新世纪中国小说论稿

方维保◎著

安徽师范大学出版社
ANHUI NORMAL UNIVERSITY PRESS

·芜湖·

图书在版编目(CIP)数据

新世纪中国小说论稿 / 方维保著 . — 芜湖 : 安徽师范大学出版社 , 2025.6
ISBN 978-7-5676-6844-7

Ⅰ . I207.4

中国国家版本馆 CIP 数据核字第 20240T8623 号

新世纪中国小说论稿   方维保◎著

XINSHIJI ZHONGGUO XIAOSHUO LUNGAO

责任编辑 : 平韵冉   责任校对 : 李克非
装帧设计 : 王晴晴   汤彬彬   责任印制 : 桑国磊
出版发行 : 安徽师范大学出版社
          芜湖市北京中路 2 号安徽师范大学赭山校区

网　　址 : https://press.ahnu.edu.cn
发 行 部 : 0553-3883578   5910327   5910310(传真)
印　　刷 : 江苏凤凰数码印务有限公司
版　　次 : 2025 年 6 月第 1 版
印　　次 : 2025 年 6 月第 1 次印刷
规　　格 : 700 mm × 1000 mm　1/16
印　　张 : 31.5   插　页 : 2
字　　数 : 436 千字
书　　号 : 978-7-5676-6844-7
定　　价 : 150.00 元

凡发现图书有质量问题 , 请与我社联系 (联系电话 : 0553-5910315)

　　方维保，文学院教授，博士生导师。安徽省作家协会第六届主席团副主席，中国现代文学研究会理事，中国当代文学研究会理事，安徽省张恨水研究会副会长、安徽省报告文学家协会副主席。主要著作有《当代文学思潮史论》《红色意义的生成—20世纪中国左翼文学研究》《消费时代的情感印象》《中国现代叙事文学的情感与叙述》《现代"革命文学"的价值结构》及学术随笔集《文明的鸡零狗碎》等。

序一　对现实发言，做"在场"批评

潘小平

几年前，在安徽省文艺评论家协会举行的一次学术研讨中，我批评学院派批评"空心化"，遭到几乎所有在场的学院派评论家的口诛笔伐，当然，也包括方维保在内。学院派批评，我一向不是十分认同，原因是学院派批评距离现实比较远。这个"现实"，不仅仅是指社会现实，也是指文本现实，创作界对学院派批评的最大诟病，是其批评话语的"不在场"和"无感情"。这一方面是因为中国当代文学批评脱胎于西方批评框架，一方面是因为学院熏陶出来的知识者的傲慢。这使学院派批评无法突破知识与立场的局限，从而深入到生活和文本深处，把握生活变化和作家创作的内在规律。

和一般的学院派评论家不同，方维保从事文学批评三十年来，始终密切关注文坛动态和作家作品，对作家对作品、对文坛对文事，始终表现出一种亲近和融入的姿态。批评应该对现实发言，对作家发言，对文本发言，而不应该以既定的理论框架和西方话语，去"套读"作家和文本。读方维保的《"别样"的官场叙事》，能感到他个人对消费文化的理解，感到他对"别样"和"另类"的消费叙述的肯定；而在他对张尘舞文本"青春叙事"的解读中，既有着对传统批评尺度的坚持，也有与传统批评尺度的对立。在我们的文化场域中，与主流趣味相悖离的文学形式，如张尘舞的《因为痛，所以叫婚姻》，如子薇的《此情可待成追忆》，一向不为评论家所关注、所认同，年轻一代作家的实践和成就，常常被传统的主流风格所遮蔽。然而生活在变化，时代在发展，我们所主导的文学观念和美学趣味，都在改变。文学批评的"不在现场"，不仅仅是批评主体的缺失，也造成审美标准的对立和断裂。而方维保的意义，即在于始终关注文学创作与生活真实之间的深刻关系，在于批评的"在场"，在于对现实发言。

［潘小平，著名小说家、文学批评家，影视编导，原《安徽文学》主编，原安徽省作家协会副主席、秘书长］

序二 方维保的评论，为什么是文学评论

沈天鸿

我一直以为，不做文本分析的文学评论是十分可疑的，而不涉及文学的文学评论，则不是文学评论。方维保的文学评论之所以迅速引人注目并产生影响，就在于他的评论始终是以扎实的文本分析为依据展开，并且始终紧扣文学性。读他的小说评论，能够感到他比被评论的小说家，更懂得小说应该怎么写。这当然首先是因为他既有深湛的文学理论功底，又深谙文学文体，例如小说之"三昧"，并且将两者融会贯通，如此，才能在评论中如鱼得水，游刃有余。同样重要的还有他的批判能力。文学评论家的批判能力来自于哲学思想，没有哲学思想，不能成为一个真正意义的文学评论家。

读方维保的文学评论是一种享受，这得益于他常常显示出的才气。是的，文学评论也是创作，也是创造，同样需要才气。而且，文学评论的真知灼见，有时不一定靠修养和评论功底就能获得，而是要靠才气，靠基于才气的敏锐的直觉。因此像方维保这样的文学评论家很少，许多文学评论家其实只是研究家——这个句子有些像病句，但它接近于真理，无可辩驳。

[沈天鸿，著名诗人，诗歌评论家，原安徽省作家协会副主席]

序三 通向隐秘文学风景的津渡

——方维保文学批评的气度和力度

韩传喜

　　中国当下的文学批评已经陷入了一种尴尬境地，无论是作家，还是读者，甚至批评家自己，对此都不甚满意。曾经在文学发展历程中发挥过重要参与和推动作用的文学批评，出现了严重的危机。其中的原因很复杂，既有社会文化环境的原因，也有作家创作水平的原因，但更主要的还是批评家自身品格的原因。面对作家、作品和文学现象，批评家的职责显然是潜入文学的本体深处，探寻文学的隐秘风景，从而对其进行全面体悟、独到解读与正确判断，指出作家的得失，引导文学创作的潮流。但当下为数不少的批评家，在此方面显然多有阙如。从此意义而观之，作为一个学院派批评家，方维保以其敏锐的感受、独到的视角、厚重的底蕴、酣畅的表述，为我们打开了一个个独特的艺术作品，呈现出一片片隐秘的文学风景，其文学批评因而显示出自身的独特品格——为读者甚至作者建构通向隐秘文学风景的津渡。

　　文学作品都有自身的密码，其中寄寓了作家对世界的认知，对生命的体验，对心灵的感受。作家在创作时，内心往往交织着复杂的情感。一方面，他们希望自己的作品能够被更多的读者所理解和接受，自己在作品中预设的观念能够得到更为广泛的传播，作家与读者从而能够通过文学作品沟通交流、谐和、共鸣。但同时，作家在作品中所表达的，常常是至为独特的人生故事与心灵体验，有意无意间，总是在精心营造着一片隐秘的风景。这片风景常常是独属于自己内心的，甚至作家在创作时会隐隐担心读者找不到进入的路径，难以领略作品自己营造的独特意境。一旦有人能够对文学作品进行解码，从而进入其中，那么作家一定会引为知己。应该说，这种高超的解读能力是普通读者很难具备的，但却是优秀的批评家的基本素质。优秀的批评家要有批评的"气度"。这里所讲的气度，主要指的是批评家的情怀、高度和视野。批评家对文学要有虔诚的信仰，有能够将文学批评作为终生事业的情怀。方维保从事文学批评已达三十年之久，他始终密切关注文坛动态，对于重要的文学作品、文学现象，往往会敏锐感知，及时研究，准确把握。不仅如此，他还对文学始终充满热爱与信心。对文学的信心其实就是对人文的信心，对精神的信心，对诗意生活的追求。方维保能够始终以一颗纯净之心面对文学，守护着文学的精神家园，将自己绝大部分时间，投入到卷帙浩繁的文学作品阅读中，并以自己的文学理论学养，不断写作文学批评文章，多年来勤奋笔耕，著述甚丰，始终与文学相伴相携，将文学作为自己的信仰，而且在超越现实物质世界的同时，不断超越自己的文学批评视界。在其专著《迷乱的风景——新时期文学现象论》《当代文学思潮史论》中，方维保对新时期以来几乎所有重要的文学思潮都进行了关注，字里行间氤氲着浓厚的文学情怀，从中可以看出，作为批评家的方维保和特定时代的文学之间有着紧密的精神关联。

优秀的批评家还需要有超然的"高度"。如此，才能对文学创作进行清晰的判断、合理的评价和有效的引导。从方维保发表的批评文章来看，他的超拔的批评家眼光源于他长期积淀的学养的厚度，对文学作品的广博的涉猎，文艺理论的深厚修养，带来的必然是文学批评的高水平、高标准。比如他从"人民性"立场出发，撰写了《资本运作时代的人民和人民性思考》《人民性：危机中的重建之维》《人民性与穷人的道德理想主义》《人民·人民性与文学的良知——对于王晓华先生批评的回复》等文章，指出"人民性，不是要建构一种人民人格。人民性，只是知识分子的价值立场。文学的人民性自它产生时起就与社会阶层的贫穷和富裕的差异相关。它虽然被绑在阶级论的战车上，导致了虚假的人民性，但它并不能改变人民性指向底层的本质。从艺术创作的角度来说，它是艺术家的创作姿态。它不是对人民特征的具体概括和描摹。建构一种人民文学，所要建构的是一种作家的题材选择倾向和情感表达倾向，人民性是文学的。倡导人民性就是要求作家对人民起一种深刻的'悲悯和同情'，正是这种深刻的悲悯和同情使人民文学具有了诗性的光辉"（《资本运作时代的人民和人民性思考》，《文艺理论与批评》2005年第6期）。这些有关人民性讨论的批评文章，凸显了方维保的价值立场、人文情怀，更凸显了他的文学批评玄览的高度。

优秀的批评家还需要有宏阔的视野。方维保的批评文章，总览之下，呈现出的是一种文学的整体观。他的文学批评涉及面很广，是对中国现当代文学进行的整体观照，从五四文学一直到当下的文学，都被纳入他的研究视野之中，并且成为一个具有整体性的研究体系。而在这样一个跨度达百年之久的长时段文学史的链条上，方维保又重点关注了五四文学、左翼文学、抗战文学、新时期文学，考察了不同阶段文学的衍变历程，探究了它们之间的内在关联。尤其是左翼文学研究，更加凸显了方维保整体性考察的宏阔视野。作为表现政治文化、思想文化和审美文化现象的内涵丰富的左翼文学，具有重大的研究意义和巨大的阐释空间。方维保在专著《红色意义的生成——20世纪中国左翼文学研究》中考察了广义的左翼文学和狭义的左翼文学，对左翼文学的历史语境、发展演变、内在逻辑和精神传统进行了系统梳理和全面阐释，充分彰显了左翼文学研究的重大而深远的意义。同时，"该著对建设整体文学观进行了审慎思考，在确立如何看待和公允评估左翼文学、如何剔抉20世纪左翼文论的学理资源，爬梳其现代意义，以作为中国现当代文学研究理论的有机组成等方面，提供了相当新颖而又切实可行的视角和诸多启示。"（韩传喜《左翼文学研究的意义、视角和限度——兼评方维保著〈红色意义的生成〉》《长治学院学报》2008年第1期）而他的比较文学研究领域，更是批评视野延伸拓展的一个重要方面。在《永不熄灭的复仇与爱恋——论严歌苓的长篇小说〈妈阁是座城〉》《从"原乡"到"本土"——海外华文诗歌的话语历程》《原始主义价值的民族与时代语境——"婚外情"叙事的跨语境阅读》等文章中，方维保在跨语境中，将不同地域、时代、风格的作家作品和不同的文学与文化思潮进行了比较研究，其内容之丰富、观点之独到、见解之深刻，令读者深得启悟。

宏阔的视野还体现在方维保对地域文学的整体关注上。方维保是皖籍批评家，对皖籍作家的关注，自然成为他文学批评的重点。更为可贵的是，他对其中的现当代皖籍重要作家，几乎进行了全景式的扫描。其中包括现代的张恨水、苏雪林等，也包括当代的潘军、许辉、季宇、许春樵等。而其中关于张恨水、潘军和许春樵等作家，方维保还写出了系列批评文章加以考察；对于苏雪林，他更是格外倾心，在研究其作品的同时，还为作家写出了评传。宏阔的视野，当然也包括并关注那些正在成长中的作家，甚至是一些不太著名的作家。对于这些有良好作品不断问世的作家，方维保不但给予了足够的关注，还撰写了各种批评文章，深入细致地对其作品进行解读，以期促进中国当代文学的多样发展，因为正是这些作家和作品，使得中国当下的文学更具丰富性与多元性。

优秀的批评家要有批评的"力度"——即批评家的独立性、批评精神和感受力。方维保的文学批评具有较强的独立性。面对着繁复多样文学作品与复杂多样的文学批评，他总是能做出自己独立的思考和准确的判断，尤其是面对纷繁复杂的文学与文化思潮时，此种能力更显突出。比如面对迷乱幽深的文学风景，方维保能够在乱象中剥离出意义，在曲幽中探寻出路径，其对苏雪林的研究与评论，便是一明证。苏雪林因社会历史原因，一度曾是大陆学界的禁忌，能够对这样的作家进行高度关注和深度解读，既显示了他的学术立场、学术敏感和历史意识，更显示了他的探索精神和独立姿态。在《荆棘花冠：苏雪林》的后记中，方维保认为："历史传记作品要求在说故事的时候，要有一定程度的简洁明白，但是苏雪林却挑战了我们在这方面的努力。尽管已经过去了很多年，她在历史研究和传记作家的笔下仍然是一个解不开的谜……她给人的感觉太奇怪了：混乱，矛盾，陌生，疏离……这是一个充满矛盾的复杂的个体。而且，很久以来，她是禁忌，是隐语，是被忽略的存在。"（《荆棘花冠：苏雪林·后记》，广西师范大学出版社，2006）正是这样"一个充满矛盾的复杂的个体"，引起了方维保的极大关注，他试图拨开历史的迷雾，发现与还原一个真实的苏雪林。

方维保文学批评的力度还体现在其"真正"的批判性上。比如在几乎众口一词的批评风潮中，他能够客观地指出革命文学和左翼文学的弊端，且切中肯綮，针针见血。对当下文学的诸多缺失，他也是敢于直言、毫不留情。即使是那些他比较熟悉的身边作家，他也是不顾人情，不做乡愿。比如在评论李幼谦的长篇小说《间岛铁骑》时，既充分肯定了其主题、题材、人物形象方面的成功，亦恳切指出："作家还是有一些方面需要注意的，首先是处理好历史与小说之间的关系，还有就是怎样使得历史在小说的叙述语境中存在的问题。"再如在评论子薇的小说《血脉》时指出："子薇在结尾的时候没有把整个作品的境界拔上去，如一般惯有的套路。"凡此种种，不为特例，处处体现出一个批评家应具的学术批判精神。

方维保文学批评的力度还体现在文学感受力上。这是他的文学批评最有价值的一个方面。当下的很多文学批评，其实是远离文学的。批评家喜欢套用西方的时髦理论和流行方法，对当下文学进行观照，最后的结果往往是理论归理论，方法归方法，作品归作品，理论、方法和文学作品本身缺少紧密的关联。文学作品无比丰富的文学韵味，在这些批评文章中，却丝毫看不出来。这样的文学批评自然是乏力而无用的，或者说，在宏阔的视野下，他没有忽视具体的文本。在最新的批评文集中，他几乎每篇文章都是从具体的文本分析开始，举凡小说的故事架构、情节的推动技巧、语言的表述方式，甚至是人物的动作和对话，只要具有艺术特点与妙处，均进行了针对性阐述。然而有些批评文章，可能是应杂志约稿而写、篇幅所限等原因，未能充分展开，未免留有遗憾。可以说，方维保将文学隐秘的风景，通过细致入微而又鞭辟入里的解读，呈现在读者的面前，让我们感受到了文学的无尽魅力。

整体看来，方维保文学批评的气度和力度，是建立在自身积淀的厚度之上：长期的文学浸润、良好的人格修养、持续的专业修为、丰厚的专业学养、勤谨的学术钻研，既形成了独到的文学理解能力与不凡的学术研究能力，也滋养了其独特的学术品格与学术魅力。

［韩传喜，文学博士，教授，著名文学评论家，东北财经大学人文与传播学院院长］

目 录

第四辑　中短篇小说论

第五辑 新世纪安徽文学编年

第一辑　新世纪小说诗学

1

长篇小说的文体生成与当代长篇小说主流美学

　　小说，无疑是相对于诗歌、散文、戏剧等文体而言的一种叙述性文体。因此，若说小说作为文体，当然不成问题。而小说写得"长"了成为一种独立的文体，就一定会受到质疑。难道长诗也是从诗歌里分出来的文体吗？所以，巴赫金说："研究作为一种体裁的长篇小说特别困难。"①然而，长期以来，我们已经在约定俗成中将长篇小说作为一种文体了。相对于短篇的长度，长篇小说可能是其数倍甚至数十倍。因为篇幅长，所以，在人物设置、情节安排、结构建设等方面都有着较之于短篇不同的考量。长篇小说创作经验丰富的作家格非说："作家在安排长篇小说结构时，自然会考虑到多种因素：故事的长度，作品的容量，主题的复杂程度，等等，它还涉及到作家对长篇小说艺术长期以来所形成的某种固有的信念，哲学观，传统的文化形态的影响。"②任何一种文体，并不仅仅存在于形式主义的表层结构和情节安排等，也并不仅仅只是某一个作家在创作中的创作安排和设计，它一定与创作主体在历史中形成的文化心理结构有着密切的关系。因此，要确立长篇小说作为文体的美学，我们必须从长篇小说形成的历史中，来考察其作为文体的属性。

---

①［俄］巴赫金《长篇小说和史诗》，吕同六主编《20世纪小说理论经典》，华夏出版社1996年，第296页。

②格非《长篇小说的文体和结构》，《当代作家评论》，1996年第3期。

一

长篇小说，按照卡尔维诺的说法，它应是"一种百科全书"，是"一种繁复的文本"。①正因为长篇小说表现内容的特殊性，面对着如此繁复的内容，创作主体必须具备处理这些内容的能力，整个社会也必须具备驾驭如此内容的经验。在各文类中，长篇小说作为一种修辞，一种文体，取决于创作主体的长篇叙述能力的养成和经验的积累。

长篇小说的叙述能力和叙述经验很早就在史传和史诗创作中获得了。

长篇小说的发生，从文化人类学的角度来说，依照亚里斯多德的说法，它是对于人的完整的生命历程的模仿；而从社会历史来说，它是对于王朝生命历程的模仿，以及对于世界空间观念的表达冲动。而最早对人类生命历程和王朝历史进行书写的，只有史诗。史诗，着力于对英雄完整的生命历程，和对王朝完整的兴衰过程进行展现和叙述。它将人类的叙述，在时间长度上和场景宽度上进行了拉伸，超越了个体短暂的生命时空。因此，从起源上来说，长篇小说文体生成的最可能的根源在于史诗。虽然中国古代的史书，如《战国策》《国语》《史记》等，其中大多都是记人、记事的独立短篇，但是，它们合起来，却完整地叙述了一个时代或数个时代、一个诸侯国或数个诸侯国的历史。从现代历史主义叙事学的角度来说，在语言层面上的历史叙述和文学叙述，其界限是模糊的；当史家掌握了长时段历史叙述和复杂叙述的能力之时，他也就掌握了长篇文学叙述的能力。

同时，中国的史传对历史时间和事件的叙述是浓缩的。在《高祖本纪》《陈涉世家》等单篇中，司马迁用很简省的文字，对刘邦、陈涉等人的整个生命历程进行了完整的叙述。而在空间的认知和叙述上，《山海经》在先秦时代就展示了它强悍的空间想象力和叙述能力。古人没有遥感测绘，那他是怎样获得如此广阔的宇内经验的？这不是想象的结

① [意大利]卡尔维诺《未来千年文学备忘录》，杨德友，译，辽宁教育出版社1997年，第73页。

果，而是漫长经验的积累。不管怎么说，在很早的时候，中国古人就已经获得了广阔的空间经验和体验。这也意味着，早在上古时期，中国的"文学家"就已经具备了长时段叙述和大空间叙述的经验，具有了长篇叙述的"审美心理结构"和"感受体验模式"。在世界范围内，同一时期古希腊史家希罗多德的《历史》也具备了同样的空间和时间以及繁复事件的叙述能力。

在历史书写中，书写者（历史家）已经获得了观照整个生命历程和王朝兴衰历程的叙述经验，或者说中国的长篇小说已经从卷帙浩繁的历史叙述书籍中，获得了长篇叙述的经验。历史的书写，是中国长篇小说得以繁荣的基础。当然，它也构筑着中国长篇小说的古典主义叙事美学。亚里斯多德说："史诗的情节应该围绕着一个整一的行动，有头，有尾，有身，这样才像一个完整的活的东西。"①中国古代历史叙述其实也与亚里斯多德来自于西方史诗的古典主义叙事美学相一致。古典主义叙事美学，意在通过长篇叙事构建庄严的理性秩序和道德秩序，它强调着时空的连续性和因果逻辑。长篇叙述的叙述逻辑在古典时期早已奠立了。同时，虽然历史叙述不同于文学叙述，它追求对历史的真实观照，而文学（长篇小说）以虚构为主要特征，但是，就如同新历史主义所注意到的，所有的历史叙述中都不可避免地包含虚构性，这是由叙述本身所决定的。从这种意义上来说，长篇历史叙述在某种程度上也在锻炼着长篇小说的虚构能力和虚构经验。

长篇小说的叙述能力和叙述经验的获得，还与作为口语文学的说书讲史和史诗吟唱有着密切的关系。

在文字产生之前，人类就开始用"口口相传"的说唱形式来传承自己民族的历史。说书人和吟唱诗人，是文字出现以前人类记忆历史的最重要的方式。古希腊史诗《伊里亚特》《奥德赛》就是由盲诗人荷马唱出来的。西方历史中的史诗歌手，在中国文明中就是说书人，或吟唱诗人。中国古代的说话艺人，以说书来谋生。他们早期可能托身为巫祝，

---

① 伍蠡甫等《西方文论选》（上卷），上海译文出版社1988年，第74页。

通过对祖先故事的讲述来获得人民的供养。而在唐宋以后，说话艺术进入市场。说书人依赖于讲史，在市场中得以生存。讲史有一套市场化的游戏规则。说书人每天（每晚）只能说一段。这一段大概有多长？也就一两个时辰。在这一到两个时辰里，他只能说一个相对完整的故事。说书人在这一两个时辰里所说的故事，在文字上的空间，也就相当于一个短篇。在一两个时辰里所说的故事，情节要有与此时间相适应的长度，要有完整性，但是又不能太多。说书人说的是声音文学和表演文学，落在纸面上就是短篇小说。说书人讲述的时间限制，落实在纸面上，就是文字空间的限制，这就使得短篇小说只能将许多铺垫性的话语省略，从而使得短篇小说的故事和社会内容的容量相对比较有限，从而使得其故事和情节相对简单，现代时期则经常将其变成场面的铺陈。说书人的讲史，是小说的母基；短篇小说是长篇小说之母基。

长篇小说需要相当长度的叙事能力。长篇小说的叙事能力，在讲史时期也获得了锻炼，并走向成熟。说书人都是要以说书为生的，顾客的持续光顾，是他生活的保障。顾客不但要被他吸引过来听书，而且还要每天都来。这就需要他在讲述下一段的时候，将故事与上一段发生联系，照顾到上一次来听书的老顾客。同时，说书人为了吸引顾客下次再来，就要预设伏笔，留下悬念。所谓的"且听下回分解"，在说书人的营销术上，是为了吊起听书人的胃口；而在叙事上，在这两个故事之间，人物、行动、时间、地点等都相互援引，这就使得两个故事成为了一个完整的大故事。假如这个说书人连续说的场次较多，这就形成了一个具有相当长度的大故事。比如说《西游记》就是由许多的小故事组合而成的大故事，《水浒传》也是。

就如同文字上的历史叙述一样，说书人的主要的职责在于讲述和吟唱历史，但是，在其讲述中为了更吸引顾客，就不可避免地添油加醋，润饰勾连，东挪西借，这就是加入了虚构。同时，古代的说书人和行吟诗人，在天人一体的世界观中，既讲历史也讲神话，当然也讲他们自己虚构的各种故事。因此，行吟诗人和说书人在说唱的同时，也锻炼了文学虚构的能力。长篇史诗所锻炼的也就是长篇虚构的能力，积淀了长篇虚构的经验。

不管怎么样，虽然中国长篇小说的创作出现得比较晚，但长篇叙述的经验以及能力很早就已经具备了。虽然史传不是现代意义上的长篇小说，虽然长篇说话只是口语文学而不是纸面文学，但这些都为后来长篇小说的发生和繁荣奠定了最为重要的基础。

二

人类社会很早就具备了长篇叙述的能力，并积累了丰富的经验，但为什么中国的长篇小说要晚到宋元以后才出现呢？尤其到明清以后才走向繁荣呢？

说起来长篇小说之所以能够成为一种文体，其实就在于其"长"。这当然很荒诞，但离开了"长"的小说还能称之为"长篇小说"吗？！体量的巨大已经成为长篇小说的本体构成因素。有关这"长"，除了作家具有长篇叙述能力外，唯一能够决定其长度的就是"发表"技术。

我们现在所说的长篇小说，它是文字和纸面意义上的。它是用来在纸面上"阅读"的，而不是"听"的。因此，长篇小说的发生，必定借助于造纸术和印刷术的发展。秦汉时期，乃至于唐代，文字主要书写在竹简和布帛上。竹简和布帛，价格昂贵，而且书写比较困难，复制数量全靠手抄。昂贵的成本，导致长篇叙述根本无法发展起来，也因此长篇书写大都为国家所垄断，专门用以书写史书。《史记》《山海经》为什么要采用浓缩式的叙述方式呢？《山海经》的字数非常少，只有大约3万多字；《史记》记载了上至黄帝时代下至汉武帝元狩元年共三千多年的历史，而文字量只有大约52万字。用如此之少的字数，讲述了如此丰富的内容，为什么？原因当然还在于那个时代的书写物质条件的限制。因为这些历史文字都是要刻在青铜上或竹简上的，就字数来说就已经够多的了，而要刻上去，要保存下来，更是个耗费巨大的工程。书写的物质条件决定了篇幅的量度。古人也都是"啰嗦鬼",但却写得如此精要,实在是不得已而为之。物质条件也是决定文体风格的一个重要的方面。当代网络写手动不动都是几百万字,不是说他们比古人能写,主要是他们写字成本太低。

历史和想象,从理论上来说,没有界限。但是,从人类社会来说,对历史的传承显然要优于对想象的描述。物质上优先照顾历史记述,是情有可原的。小说是想象的,它在人类记忆史上的地位要远逊于历史。从纸面上来说,技术囚禁了人类的想象,让人类的大规模的想象和虚构无法落实下来。虽然事实上人类已经具备了大规模叙述和虚构的能力。

所以,汉唐时代由讲史和传奇蜕变而来的小说,大多都是短篇。而宋代以后,中国的造纸术和印刷术突飞猛进,低廉的纸张价格和印刷成本,使得书写的成本极大地降低了;不但文人可以在纸张上书写,雕版印刷也使得书籍可以被大量地复制。徐振贵在谈到中国古代长篇小说元明发展的原因时,一共列举了七条。他在最后说:"自宋代毕昇发明活字印刷之后,几经改进,元代已有'铸锡作字',印刷术进一步发展。元明时期,福建建安、浙江杭州已成为印刷业中心。这也为长篇小说的印行创造了有利条件。"[1]低成本的物质条件和容易化的书写,使得为国家所垄断的长篇书写,走向了民间,走向了一般的士农工商。在这个时候,才真正有了"出版"。伴随着印刷术发展的,是宋以后私刻业的大规模兴起。为什么是私刻呢?国家出版主要印刷四书五经、历史典籍和天文地理的志书、历书;而私刻要走市场,当然四书五经也有市场,但通俗读物相对来说更有市场。纸质印刷为说话人的声音落实到纸面上提供了条件。落实到纸面上的讲史,就是一般意义上的小说了。众所周知,明清时期是中国长篇小说的成熟期。这当然得益于印刷技术在明清时代的进一步成熟和图书的市场化。中国现代出版业始于19世纪初叶,"发轫于马礼逊等基督教新教传教士来华并传入了铅活字排版、机械化印刷技术,在中国土地上出现了第一个以铅活字排中文、机械化印刷的

---

① 徐振贵《中国古代长篇小说史》,中州古籍出版社1990年,第5页。

现代概念的出版社。"①机器印刷为长篇出版带来了更大的空间。

印刷成本的大大降低，书写的容易，刺激了对长篇小说的"长度"和"篇幅"的心理期待。长篇小说，顾名思义，作为叙事文学，它的物质空间需要有相当的量度。而到底有多长才能算是长篇小说呢？在竹简刻字时代，万字已经很长了。所以，司马迁《史记》中的单篇，个个都是长篇；而到了雕版印刷时代，万字依然很长，但由于雕版印刷的可复制性，以及雕版的职业化，长篇的篇幅显然被拉长了。写得长，可以交给刻工去完成。而到了机器印刷时代，印刷的容易，以及由毛笔书写到自来水笔书写再到电脑打字的书写方式的发展，使得长篇的"长"一次一次被拉长。现代时期，十万字左右才可以成为长篇了；在当代，十四五万字左右也可以算作长篇的，但那是"小长篇"。而到了计算机激光照排时代，书写更加容易，数十万字和数百万字的长篇已经屡见不鲜了。张炜的长篇小说《你在高原》长达五百万字。这在毛笔书写、手工雕刻和印制时代是不可思议的，但是，在电脑时代又是那么的稀松平常。在一个机器大生产的时代，印刷对长篇小说文体的影响也就极大地降低了。换言之，写作长篇小说的人，不用再考虑印刷的问题了。

三

长篇小说的艺术思维，是伴随着印刷术和书写方式的发展，而逐步得到锻炼和走向成熟的。

长篇出版的初期，故事集是主要的形式。图书出版和贸易，它的一般形式，是将书籍"成册"印刷和销售。一册书，是有它的大体容量的，字数估计要有五六万字以上吧。单个的短篇故事无法形成空间上的一整本，这就要求将若干数量的短篇故事，编辑起来，发行单行本。所以，无论是中国还是欧洲，都曾经历了一个"故事集"的时期。故事集的出现，是长篇小说出现之前，出版商应付读者阅读期待的权宜之计。

①叶再生《中国近代现代出版通史》(第一卷)，华文出版社2002年，第9—10页。

　　具有内部组织性的长篇小说的发生，必定来自于读者的阅读焦虑。读者的阅读时间是自由和灵活的，他并不像听书那样受到时长的限制。同时，阅读的速度，要比听的速度更快，且不受说书人的控制。一个单独的故事，很快就会读完。而且，由于印刷需要，许多说书人声情并茂的渲染，也会因为不可描述而被省略掉。这就使得可供阅读的文字量更少，一个故事往往就剩下干巴巴的骨干了。这就使得一个说书人在一次说书中所讲的故事更不经读了。这也是早期的故事集或长篇小说故事性强而文学性弱的一个重要原因。

　　读者（终端）阅读完整性的焦虑，通过市场渠道就会传导到出版商那里，由出版商又传达到作家那里。于是，图书商人和以写书谋生的创作家，就得想办法把故事拉长，以适应读者的"阅读"习惯。最初的办法，就是将已有的故事加工改造。诸如中国《包公案》《三侠五义》等公案/侠义小说和一些历史演义和神佛故事，以及欧洲文艺复兴时期的《坎特伯雷故事集》或《十日谈》等，往往都是用一个人物或事件串起来，这就形成了长篇小说发端期的集锦式"伪"长篇。这类集锦式长篇，带有口语文学的故事性和讲述性痕迹，其中的故事的独立性非常强，并不能满足读者阅读一册一个大故事的阅读期待。这种结构长篇的方法，在一些文人创作中也有表现，如《儒林外史》。鲁迅先生指出："惟全书无主干，仅驱使各种人物，行列而来，事与其来俱起，亦与其去俱迄，虽云长篇，颇同短制；但如集诸碎锦，合为帖子，虽非巨幅，而时见珍异，因亦娱心，使人刮目矣。"①《儒林外史》实是文人创作的短篇小说集。

　　大故事叙述能力的再进一步，就是长篇神魔小说和历史演义。《西游记》的主体是取经路上的"八十一难"，每一次受难都是一个独立的故事，不同的故事之间其实没有多少关联。单个故事的极强的独立性，决定了它的故事集的特点。但是，《西游记》之所以被看作是长篇小说，首先在于它有一个神话框架，孙悟空等师徒四人的天命，自始至终笼罩

---

　　① 鲁迅《中国小说史略》，《鲁迅全集》第九卷，人民文学出版社 2005 年，第 229 页。

着每一个小故事，造成了他们之间命运的共同体关系；其次，小故事虽然不同，但自始至终都是由师徒四人去完成的，这增强了小说内部关系的有机性。同样，《水浒传》也是如此。《水浒传》的前半部，所讲述的都是各个好汉的独立故事，有的用一回，有的用几回，分别讲述了史进、林冲、鲁智深、武松、张青夫妇等人的故事。这些故事非常类似于《史记》的纪传体，独立性非常强，不同人物的故事能够被单独拆下来讲述，很显然是不同故事收集归拢的结果。但是《水浒传》之所以被称为长篇，原因之一也在于其神话结构，它将英雄的出身和归宿笼罩到了一起；其次，它在讲述各个英雄的故事的时候，注意到了各个英雄的相互牵引，由一个带出另一个，或几个一起讲；再一个原因就是，在梁山聚义之后，梁山的命运走向，即招安、打方腊，以及一个个最后死亡，形成了一个前后递嬗的故事链条。《水浒传》显然是民间故事和文人创作相结合的产物，它的纸面叙事的能力较之于《西游记》更强。这部小说有着早期"故事集"向长篇小说过渡的痕迹。

在长篇小说有机整体性的形成史上，《三国演义》《说岳》《杨家将》等历史演义小说比《西游记》《水浒传》具有更强的有机整体性。这些历史演义，往往脱胎于史传，又经历了说书人反复地讲述，人物和事件原有的内部关系，已经非常紧密。但是，由于它们脱胎于话本，因此，故事性根深蒂固，纸面叙述性相对较弱，但总体来说，它较之于那些纯粹由民间集体创作、源头众多的民间故事串烧，有机性和完整性要强得多。

我要特别强调天道观念对于长篇小说整体性的作用。天道观念赋形于神话结构，而神话结构又造就了长篇小说的故事结构功能。这种神话框架的存在，保证了长篇小说的完整性，整体上的有头有尾，并且天命观念贯穿始终起到了对于所有故事的黏接作用。假如驱除这种神话框架，《水浒传》《西游记》无疑就成了短篇小说的结集了。

随着单独的故事之间的联系越来越紧密，创作家的整体性加工和设计在整个大故事的讲述中的作用也越来越大，口语文学的讲述性和故事性慢慢减弱，真正的纸面上和叙事学意义上的长篇小说也就诞生了。纸面创作与说唱艺术，虽然都具有想象的虚构性，却有不一样的写作体验。明清时期的《金瓶梅》和《红楼梦》，可以说是中国古代长篇小说成熟的标志。《金瓶梅》虽然其结构有点类似于《水浒传》的先张开后收束的特点，即先讲西门庆的妻妾们一个个走进西门府邸的情节，然后再叙述她们的命运走向，但是，由于它一直围绕着西门庆这个人物在讲述，因此，它要比《水浒传》更具有小说的完整性和小说内部组织的有机性。类似的当然还有《红楼梦》。贵族家庭的散淡的日常生活，由于有贾宝玉这个中心人物所经历的，所以，它自始至终都是一部有着极强内部有机性的长篇小说。《金瓶梅》走的都是世俗化的道路，它没有神话框架，主要表现的是世俗的生活状态，而天道观念渗透在世俗化的生活细节之中。《红楼梦》虽然有着一个类《水浒传》式的神话结构，但神话结构与小说所表现的世俗生活内容，基本是脱节的。它完全可以不依赖于神话框架，而独立成篇。更为集中的人和事，更为一致的情节线索，以及书面文字的叙述性，都使得这类文人个体创作更加符合现代意义上的长篇小说的标准。即使其中依然有讲述人，但是，他已经隐藏到整个叙述内容中去了。显然，它们已经不是用来说的，而是用来读的；它们不是在讲故事，而是在叙事。尽管其中还保留一些诸如章回、序诗、"且听下回分解"等说书人的一些套路，但"讲故事的人所讲的是经验：他的亲身经验或别人转述的经验。通过讲述，他将这些经验再变成听众的经验，而长篇小说家却是孤立的……撰写一部长篇小说就意味着，通过描写人的生活而将'生活的'复杂性推向极致。长篇小说诞生于丰富多彩的生活中，并致力于描画这种丰富多彩，它证明了，生活中人的极端困惑和不知所措。"①《金瓶梅》《红楼梦》完全褪去了故事集和口语文学的痕迹，标志着中国文人纸面长篇叙事能力的成熟。

物质条件和环境，不是想象力的本身。但是，文学的想象力要在纸

---

① ［德］瓦尔特·本雅明《讲故事的人——尼古拉列斯科夫作品考察》，《无法扼杀的愉悦：文学与美学漫笔》，陈敏，译，北京师范大学出版社2016年，第49页。

面上展现，就必须借助于物质条件——印刷术。因此，造纸和印刷术的发展，为文学想象力的翱翔插上了翅膀。印刷术的发展，促成了纸面的长篇小说叙述能力的进化。纵观中国古代长篇小说发展史，长篇叙事的成长痕迹昭然若揭。同时，从一般的统计学意义来看，串珠式的以及带有民间说唱艺术特征的长篇叙述在数量上占据了绝对的主导地位。

四

长篇小说作为一种文体，当它进入现代时期，其已发生了翻天覆地的变化，无论是情感、价值，还是表现内容和叙述话语，都不同于传统的"说部"，而与西洋文学有了更多的勾连，但是，在古代形成的长篇小说的基本范型和审美期待，对于中国现代长篇小说还会有形塑作用。

传统集锦式长篇小说在现当代一直绵延不绝。清末《官场现形记》等谴责小说，以及众多的言情和社会小说，都广泛地使用串珠式。但是，这些长篇小说也都有着故事性和叙事性共存的双重特性，一方面故事性很强、集锦的痕迹明显，另一方面，第一人称"我"的带入，显然增强了小说结构的有机性。尽管如此，这些小说也还都只是空间或篇幅意义上的长篇小说。现代文学时期，鲁迅的《阿Q正传》、张恨水的《八十一梦》等都赓续了近代串珠式长篇叙述的传统。《阿Q正传》其实就是关于一个叫阿Q的人的事迹集锦，有明显的晚清时代的集合式长篇的特点，众多故事的组合式装配，导致了它结构的破碎不堪。可以说，串珠式长篇小说到鲁迅的时候依然没有多少长进。二十世纪四十年代的《八十一梦》的串珠式的风格更加的明显。这部小说以"梦"作为篮子，也就是用一个"我"将九个"梦"串起来，把抗战末期大后方的厚黑故事，假托梦的名义收罗起来，而在结构上也是"梦自告段落"[1]，是典型的串珠式长篇，或短篇集了。无论是话语还是结构，旧小说的气息都特别的重。还有通俗小说《侠盗鲁平奇案》，更是一部仿《福尔摩斯侦

---

① 张恨水《楔子 鼠齿下的剩余》,《八十一梦》,北岳文艺出版社1993年,第8页。

探故事》的故事集，只不过每集都出现侠盗鲁平而已。

这种串珠式的长篇在现代文人创作里常常以诗化小说的面目出现。沈从文的《长河》和萧红的《生死场》《呼兰河传》就是突出的例子。与对《侠盗鲁平奇案》的故事集的认知不同，现代文学研究界经常把《长河》和《生死场》看作是长篇小说。其实，这些长篇小说虽然也属于现代文人创作，也具有同一的地点，甚至话语和情感的同一性，但是，众多的小故事之间缺乏情节结构上的逻辑关联，并处于散乱状态，却是不争的事实。

这种传统性比较强的串珠式长篇一直延续到当代。马烽的《吕梁英雄传》与张恨水的《八十一梦》在结构上颇有相似之处。因为人物众多，故事众多，且缺少贯穿性人物和重点事件，整个小说就如同倒塌的房屋一样，房梁、砖瓦以及叙述散落得到处都是，几乎没有结构力。这种串珠式风格的回光返照，甚至弥漫至于莫言的《生死疲劳》。当然，《生死疲劳》有区块之间的有机性和黏合度还是符合长篇的要求的，尤其是其纸面化叙述，更是与前述作品有着近乎本质的差异。

在现代主义风潮的鼓荡下，一种不同于古典主义长篇小说的新的叙事诗学也开始大规模地出现了，那就是抒情型、心理型的长篇小说。

"五四"小说的主流是抒情主义。抒情—心理型长篇小说则主要来自于西方文学的经验，如《茶花女》《少年维特之烦恼》等，它打断了清末民初的小说传统。"五四"时期的长篇小说在结构上承续了中国传统笔记小说的衣钵，但是，更多糅合了抒情主义的叙述方法，建构了抒情主义的长篇小说诗学。抒情性，造就了它的整体性，而这样的新的整体性美学，是受到新文化和新文学的美学支援的。抒情是诗歌的职责，抒情必然带来叙事的减弱；抒情是可以构成长篇小说的，但是处于操练期的长篇单纯以抒情构成叙述的线索，就使得小说的情节结构显得非常羸弱。如王统照的《山雨》等也都不像一部长篇小说，抒情意味太浓，抒情的生活感受太多，故事情节散乱，吉光片羽的印象的集合特征也很明显。长篇小说叙述结构能力的羸弱，在茅盾的长篇小说《蚀》三部曲和巴金的《灭亡》《爱情三部曲》中表现充分。处于抒情主义的漩涡之中的长篇叙述，散乱凌乱，以至于给人"罗列"的印象。长篇的情绪似乎已经具备，但是长篇的骨架却建构不起来。这一时期的长篇小说就如同得了软骨病一般，无法撑起作家想要表达的那个时代的丰富的社会生活内容和强大的历史观念。

现代主义的意识流在现代时期已经出现，并且在海派文学的创作中被操练得很成熟了，但是，现代主义的长篇叙事却并没有出现。及至二十世纪的九十年代，现代主义的长篇叙事才陡然出现而且显得很成熟。现代主义长篇小说的出现，不是对中国传统古典主义和现实主义叙事经验的继承，而是来自于西方现代主义文学，诸如《尤利西斯》《追忆似水年华》等的叙述经验。残雪的《突围表演》等长篇小说，建构起了一种全新的不同于古典现实主义叙事诗学的心理和意识流长河。二十世纪的小说美学重新定义了"小说整体观"。传统的长篇小说的整体性，显然，由时间和因果逻辑造成，而基于文艺复兴后的心理科学的整体性的认知，开始向内转。"在文本中并列放置那些游离于叙述过程之外的各种意象和暗示、象征和联系，使它们在文本中取得连续的参照与前后参照，从而结成一个整体。"①这些小说施行的是"心理学意义上的'时间跨度'，作家在作品中让'现实的时间结构'内化为人物的心理与意识，物理时间就被转化成了心理时间，意识流小说就大抵如此。"②

与"五四"抒情主义长篇小说同行的，是张恨水的长篇创作。诸如《金粉世家》《啼笑因缘》《春明外史》等，都可以说是不错的长篇小说。张恨水基本是从清末民初的鸳鸯蝴蝶派的路子走过来的，他的创作汲取了两个方面的资源：一是中国传统的叙事资源，远的如《西厢记》《桃花扇》等，近的如《玉娇梨》等，围绕单一人物或单一故事讲述和演绎

① 吴晓东《从卡夫卡到昆德拉：20世纪的小说和小说家》，生活·读书·新知三联书店2003年，第184页。

② 吴义勤《难度·长度·速度·限度——关于长篇小说文体问题的思考》，《当代作家评论》2002年第4期。

的方式。另一方面则吸收了西方文学尤其是林译《茶花女遗事》等的抒情和单一情爱线索的叙事方式。但是，以单一爱情叙事构建小长篇还是可以的，而要构建历史内容丰富的大长篇，就勉为其难了。所以，在《春明外史》《啼笑因缘》等小说中，为了构建大长篇和表现丰富复杂的社会历史内容，就在小说中兑入游离性的新闻时事内容。这在某种程度上也导致了其叙事的破碎和有机性的匮乏。但是，由它们我们看到了长篇叙事走向历史的深刻和整合叙述方式的努力。

莫言说："长篇小说的结构是长篇小说艺术的重要组成部分，是作家丰沛想象力的表现。好的结构，能够凸现故事的意义，也能够改变故事的单一意义。"①宏大的结构为丰富的内容提供了伸展的空间和时间，为小说成为长篇准备了物质基础。中国现代史诗型长篇小说强有力叙事的建构，当然始于茅盾的长篇小说《子夜》。

《子夜》有两个方面的资源：一是中国长篇叙述资源，远的如史传、《三国演义》《红楼梦》等宏大叙事资源，近的是张恨水的创作；二是左拉的《卢贡·马加尔家族》和托尔斯泰的《战争与和平》《安娜·卡列尼娜》，甚至古希腊悲剧《俄狄浦斯王》。中西方文学中的战争叙述，以及神话结构和史诗结构，都使茅盾获得了上帝般的叙述视野，而《安娜·卡列尼娜》则使其获得了多线索叙事的经验；左拉的自然主义杰作，则使得茅盾获得细致叙述现实生活丰富性的方法。

茅盾在东西方文学传统的基础上构筑了现代宏大叙述美学，重建了中国长篇小说的宏大叙事，重建了天道观念对长篇叙事的主宰。但天道观念在《子夜》中的存在，既不是《俄狄浦斯王》式的，也不是《水浒传》式的神话结构，而是马克思主义社会历史观念，即"进化""历史规律"，或黑格尔所谓的"绝对理念"。创作主体让他的神圣观念，化身为全知全能的上帝，从宇宙的高处俯视二十世纪三十年代上海乃至整个中国的人的生活和社会的演变。吴荪甫等民族资产阶级的命运，及其生意的成败，都在"天意"的控制下运行，依照"天道"预设的逻辑演

---

① 莫言《捍卫长篇小说的尊严》，《当代作家评论》，2006年第1期。

化，走向最后的失败。茅盾将庞杂和散乱甚至悖论性的社会生活内容，置于一个强悍有力的叙事结构之下，在主人公吴荪甫和赵伯韬的冲突之中，来演绎观念，推进情节，形成结构。高度权力化的叙述，形成了对于叙述内容的控制。强劲的人物形象，激烈的矛盾冲突，悲剧式演进，创造了一个叙述的聚焦。《子夜》在中国现代小说的发展史中，第一次用一个非常有力量的骨架撑托起了广泛的社会生活。它的叙述不再是故事集，而是一个有机、完整的长篇叙述；在新文学的意义上，它摆脱了"五四"的抒情主义的柔弱，更给予了长篇小说以强悍有力的表达形式。

　　二十世纪三四十年代后，中国长篇小说在《子夜》的基础上，开掘出更复杂的长篇叙事操作的是路翎的《财主底儿女们》和李劼人的《死水微澜》。《财主底儿女们》将史诗叙述和心理叙述相结合，开创了中国本土的长篇复调叙事形式。而《死水微澜》将《子夜》中表现得并不算成功的广阔的社会生活面，叙述得细致生动、韵味绵长。但《子夜》的影响力更多的在于它对于革命现实主义长篇叙事传统的开创。无论是《太阳照在桑干河上》《暴风骤雨》，还是《青春之歌》《三家巷》《红旗谱》等革命历史小说，还是《创业史》等农村题材小说，都是站在《子夜》的肩膀上，进行一种更为有力的文体的推进。宏大历史观念的奠定，以及宏大叙事的构建，都是茅盾早已规划好了的。五六十年代的宏大叙事，借鉴了当年《子夜》失败的经验教训，主要以人或者事为叙述的主轴，而不是在写人或写事之间动荡。《红旗谱》《创业史》等都是主要写人的，从而有着"传"的特点；而《红日》《红岩》等则主要以写事为主，从而有了"史"的特点。这就是人们所说的中国当代小说具有史传特点的由来。但是，无论是写人还是写事，那种"历史规律"观念下的叙述安排，却是与茅盾一脉相承的。同时，梁斌等人的历史叙述中，看上去所叙述的都是世俗社会经验，但"典型化"手法恰恰泄露了权力性观念对于叙述的把控。所有的历史的变迁，所有的人物的性格的变化，都在"历史规律"的操控下显示出一条清晰的成长路径。借助于神秘主义的历史观念，五六十年代的长篇小说建构起了浩荡的叙述秩序。不管这样的叙述有多少可供怀疑的地方，但是，至少在一般的逻辑上，它看上去还是严谨的，也是有力的。这样的历史观念演绎，比《子夜》更加娴熟，因此，它们也都更像长篇小说。

及至于当代，《白鹿原》《活着》《丰乳肥臀》等都可看作是这一流脉的巅峰之作。这几部长篇小说都具有大河长流的史诗结构。在时间跨度上，它们都以民国或晚清作为叙述的起点，都有一个中心的人物，所述的事情也非常集中，而且，都把人物和事情放置于广阔的历史背景之下，个人命运与历史变迁之间的纠缠映射，爆发出了非常丰富的叙述能量和价值能量。这样的题材及其所包含的如此丰厚的生活和精神内容，使得作者不得不选择使用长篇小说这种文体。复杂社会内容的多线索叙述，多重声音的复调叙述，都在这些史诗型长篇小说中得到运用，并且得到阅读界和批评界的广泛好评。

在中国现当代文学的长篇叙事中，出现了串珠型长篇叙事、抒情型长篇叙事以及史诗型长篇叙事多种，但追求宏大叙事和情节结构完整的长篇叙事美学，才是中国现当代长篇小说叙事诗学的主流。

五

媒介美学家麦克卢汉说，不同的媒介具有不同的"感觉比率和感知模式"，而不同的感觉比率和感知模式，会对受众的认知能力和认知模式产生影响，"成为囚禁其使用者的无墙的监狱"。①中国现当代长篇小说的文体批评，大多是站在长篇小说主流叙事诗学的价值立场上来进行的。尽管中国现代长篇小说，在现代性的背景下，形成了多种相互对立而又议而不决的诗学格局，但是，有关长篇小说的叙述美学却倾向于史诗型叙述。

中国现当代的长篇小说叙述诗学，在传统的史诗型长篇小说观念之

---

① ［加拿大］马歇尔·麦克卢汉《理解媒介——论人的延伸》，何道宽，译，商务印书馆2000年，第46页，第49页。

下，建立了一种有关长篇小说文体的审美标准。它特别强调叙述的运行结构，及其所体现出来的叙述能力。它将长篇叙述内在的有机性和整体性，看作长篇小说文体生命的命门。这整体性包括结构、情节、人物、气韵（风格）等方面的一致性、贯通性，漫长篇幅的各个部分的匀称性，以及基于纸面阅读本性的叙述丰富性。长篇小说不是生活场面、人物故事、丰富心理的堆积，而是要构建其内部叙述的在相当长（面）度上的完整秩序。长篇小说文体，在梁启超等人的"小说界革命"中，被视作已经死去的史诗的复生，它必须充当所有文学文体中的王者的角色。在帝国文化中，它更被视作是帝国统治秩序在文学场域的显现，建构集约化的叙述权力，是长篇小说作为文体的伦理责任。在印刷术低水平的时代，长篇叙述无法做到，而在印刷术进步的过程中，在长篇小说文体的"完形"过程中，帝国的使命便逐步移位于长篇小说，并把帝国的话语伦理，转变为长篇小说的美学伦理。

正因如此，叙述权力分散的抒情型、笔记型、串珠式和意识流型长篇小说饱受批评。因为它们看上去不像长篇小说，更主要的是它们分散甚至消解了叙述的中心。在主流的史诗型美学看来，这些长篇依然带有古典笔记小说写作的传统，造成了结构上的散漫。《阿Q正传》的杂文串烧式结构，使得鲁迅自己倍感愧疚，从此再不涉及长篇。萧红的《生死场》创作出来后，鲁迅说："这自然还不过是略图，叙事和写景，胜于人物的描写。"①鲁迅在序言中赞扬了萧红的"力透纸背"，但却不是关于《生死场》作为长篇小说的。其重要的原因，就在于《生死场》缺乏贯穿的情节结构，在完整性上存在着严重的不足。萧红的《生死场》在某种程度上就是一个短篇小说集，其情形非常类似于《儒林外史》。这样的小说缺乏强有力的结构，也就缺乏由时间过程（历史）所造就的庄严肃穆的结构力量。它反映了作为女性作家的萧红，其构建历史叙事能力的羸弱。胡风说："对于题材的组织力不够，全篇显得是一些散漫的素描，感不到向着中心的发展，不能使读者得到应该能够得到的紧张的

① 鲁迅《萧红作〈生死场〉序》，《鲁迅全集》第6卷，人民文学出版社2005年，第422页。

迫力……在人物底描写里面，综合的想象的加工非常不够。个别地看来，她底人物都是活的，但每个人物底性格都不凸出，不大普遍，不能够明确地跳跃在读者底前面。"①无论是对于情节发展还是对于人物形象，胡风很显然所着眼的是"中心"的构筑，而萧红恰恰在这一方面能力不够，所以受到批评。与对待萧红的《生死场》批评态度相映成趣的，是胡风对于路翎的长篇小说《财主底儿女们》的盛赞。他说："可以堂皇地冠以史诗的名称的长篇小说里面，作者路翎所追求的是以青年知识分子为辐射中心点的现代中国历史底动态。然而，路翎所要的并不是历史事变底纪录，而是历史事变下面的精神世界底汹涌的波澜和它们底来根去向，是那些火辣辣的心灵在历史运命这个无情的审判者前面搏斗的经验。"②胡风对路翎的赞扬所着眼的虽然是心灵史，但同样也是历史。他将《财主底儿女们》看作是心灵的史诗。胡风和鲁迅有关《生死场》所持有的长篇小说美学，是传统的古典主义叙事诗学的体现。

鲁迅和胡风的长篇小说叙事诗学，在当代依然被继承。比如有学者在对当代长篇小说的批评中就尖锐地指出：一是结构松散；二是好奇绝厌平实，重情节轻细节，写人物缺性格；三是没有编好一个完整故事的能力；四是语言粗糙不讲究；五是拼凑敷衍，以中短篇的连缀冒充长篇；六是跟风、仿制之风流行。③他所批评的当代长篇小说的"乱象"中，至少有四点涉及当代长篇小说的情节结构问题。这一批评在某种程度上代表了当代学界对于长篇小说文体的审美构想。也就是，长篇小说是应该有一个宏大而完整的故事结构的。这种长篇叙事诗学，也反映了当代长篇小说叙事诗学的传统性。无论是中国还是西方，传统的古典主义的史诗叙述，注重的都是情节结构的宏大和完整。这是亚里士多德在《诗学》中所提出的，也是后来的现实主义美学所继承和崇奉的长篇叙

---

① 胡风《〈生死场〉后记》，《胡风评论集》（上），人民文学出版社1984年，第398页。

② 胡风《〈财主底儿女们〉序》，《路翎文集（第一卷）》，安徽文艺出版社1995年，第1页。

③ 吴俊《文学精神价值的沦丧——基于60年长篇小说创作的视角》，《探索与争鸣》，2009年第9期。

事诗学的原则。在这样的美学观念下，那些注重宏大叙事和情节结构雄奇有力、完整圆融的长篇小说，就会受到褒扬。备受推崇并作为典范的，就是陈忠实的《白鹿原》和莫言的《丰乳肥臀》等作品。而那些动辄在网络上写上几百万字的网络小说，在这种美学的观照下，就显得惨不忍睹了。它们几乎一直被主流学界批评和不被承认。

尽管现实主义的史诗美学，一直占据主导地位，但它对连绵型的抒情—心理长篇小说，如马原和残雪的长篇小说还是持有相对比较开放的态度。福柯认为："20世纪预示着一个空间时代的到来。我们所经历和感受的世界更可能是一个点与点之间互相联结、团与团之间互相缠绕的网络，而更少是一个传统意义上经由时间长期演化而成的物质存在"①。但是，这种开放式的包容态度，甚至认为存在着转型的历史判断，主要还是在于受过欧美现代主义美学训练的学院精英批评层面。毋庸讳言的是，即使在先锋长篇最鼎盛的时期，对于它的批评也还是不绝于耳的；研究界虽然在一段时期内盛赞先锋长篇，但是，他们的赞誉其实是喜新厌旧的；即使在先锋长篇最受推崇的时期，批评家也还是更愿意把最优美的赞语给予《白鹿原》这样的具有整严叙述秩序的长篇小说。假如说先锋长篇叙事还留下一点什么让精英批评主导的长篇美学留恋的话，那就是那些具有现实主义和现代主义"跨界"特征的长篇小说了。如仔细考量《活着》等受到追捧的原因，其本质还是在于其现实主义的史诗性美感，而不是其他。

中国现当代长篇小说的文体批评，虽具有一定的开放性，但大多是站在主流叙事美学的价值立场上来进行的，它对于史诗型长篇小说情有独钟，更愿意将其视作文体意义上的长篇小说。

（原载《扬子江评论》2019年第4期）

----

① ［法］福柯《不同空间的正文与上下文》，包亚明主编《后现代性与地理学的政治》，上海教育出版社2001年，第18页。

当代长篇小说70年：时代潮涌与审美嬗变

　　当代文学的前27年时期，长篇小说总体上都属于革命现实主义正典，对红色革命历史和现实的叙述，是其主流。新时期文学初期，知青小说、伤痕小说、改革小说，交织着个人情绪和历史冲动。其叙述呈现出审美的过渡期特征。二十世纪八十年代中期以后，伴随着寻根文学思潮，贾平凹、莫言等人创作了大量的以中国传统历史文化为题材的长篇小说，家族叙事、史诗性叙事勃兴。先锋小说在初始的实验之后，迅速与现实主义跨界媾和，出现了以《活着》为代表的长篇叙事作品。以近现代中国历史为背景的长篇小说中，新历史主义的解构与传统历史叙事的建构同场并存。新世纪以来，迭次出现了官场小说、底层叙述和女性叙述潮流，以及以非虚构、日常化和神话幻想为主体的现代写作方式下的长篇小说。新世纪最近几年的长篇小说创作，无论是表现方式还是价值内涵，都呈现出"乱花渐欲迷人眼"的景观。但世俗现实主义一直是当代70年长篇小说的美学主流。

一

　　长篇小说，在某种程度上，发生于对历史的模仿。中国当代长篇小说则缘起于当代中国作家对于中国历史的强烈的使命感和宏大历史的建构意识。长篇小说作为一种文体，一种政治历史寓言，与当代"27年"

时期有着特别的契合性。

二十世纪五六十年代，乃至七十年代的长篇小说，在总体上都属于革命现实主义的时代正典，按照文学史界一般的题材划分，可以归为历史题材和现实题材两大类。

革命历史小说，是这一时期长篇小说的主体。它主要表现中国共产党带领人民抗击日本侵略，打倒国民党反动统治的奋斗历史。这些历史题材，大多以近现代历史为线索，注重长时段的展现，在戏剧化的情节中，突出中国共产党人曲折的战斗历程，以及取得胜利的历史必然逻辑。诸如欧阳山的被命名为"一代风流"的系列长篇《三家巷》（1959）《苦斗》（1962）《柳暗花明》（1981）《圣地》（1983）《万年春》（1985）、梁斌的《红旗谱》（1957）《播火记》（1963）《烽烟图》（1983）、冯德英的《苦菜花》（1958）《迎春花》（1959）《山菊花》（1978）等，都是一幅幅历史长卷。作者以激情的笔墨，书写了中国共产党领导人民走向胜利的每个阶段。自然流淌的时间逻辑，给这些小说提供了自然合理的运行结构。其中《新儿女英雄传》（袁静、孔厥，1949）、《吕梁英雄传》（马烽、西戎，1949）、《铁道游击队》（刘知侠，1954）、《敌后武工队》（冯志，1958）、《平原枪声》（李晓明、韩庆安，1959）、《烈火金钢》（刘流，1958）、《小城春秋》（高云览，1956）、《战斗的青春》（雪克，1958）、《风云初记》（孙犁，1951）等，多以共产党抗日游击队战斗生活为题材的长篇小说，较多汲取了中国传统民间游侠文学的叙事方法，故事集合排列，采用章回小说的话语形式，人物具有侠义性格，风格夸张诙谐，故事性强，叙事性、结构力弱，民间意识形态浓郁，中国作风显著。这类小说又多夹杂男女恋爱纠葛的故事，带有早期革命罗曼司的以爱情取舍隐喻意识形态立场的特点。其中的战争小说，多以重大战役为题材，诸如《铜墙铁壁》（柳青，1951）、《活人塘》（陈登科，1951）、《保卫延安》（杜鹏程，1954）、《红日》（吴强，1957）、《山呼海啸》（曲波，1977）等，则往往采取战役指挥员的视角叙事，突出对战役进程的宏观掌控和战役场面的大手笔描绘。其中表现地下革命斗争的小说，是

"27年"时期革命历史小说的重要组成部分。诸如《红岩》（罗广斌、杨益言，1961）、《青春之歌》（杨沫，1958）、《野火春风斗古城》（李英儒，1958）等，都表现了地下革命斗争事迹。有些作品设置了三角恋爱情节，具有革命罗曼司的特质。除了《野火春风斗古城》等具有比较明显的侦破文学的特征外，《红岩》站在地下党的立场叙述，在戏剧化的映照中塑造了不同阵营中性格鲜明的人物形象。《青春之歌》主要讲述了一个小资产阶级知识分子在革命的血与火中，成长为革命战士的历程。两部小说，其叙述具有比较明显的知识分子话语特征。当然，如《青春之歌》这样的长篇小说以知识分子为叙述主体，展现其成长历程，在主要以工农兵为主体的长篇叙事中，更显示出格调的差异。我特别要提一下姚雪垠的长篇历史小说《李自成（第一卷）》（1963），它是以明末农民起义的历史为题材的，这在那个时代极为罕见，但这部历史小说基本的技法，场面铺陈，历史演进逻辑等，都是革命现实主义的，所以，虽然罕见，也并不奇怪。

中国当代文学研究界特别注意到了这些小说所具有的非常明显的历史功能，正如洪子诚先生所言，它主要在于论证新生政权的"历史合法性"。"它们承担了将刚刚过去的'革命历史'经典化的功能，讲述革命的起源神话、英雄传奇和终极承诺。"[①]当然，它同时也在通过小说的形式，塑造着中国红色革命的历史。当然，这种功能只有在21世纪初年的红色传奇热中，才能看得更清楚。但是，我特别关注的是这些历史小说的审美功能，集约化的权力叙事可能来源于茅盾《子夜》和蒋光慈《咆哮了的土地》所塑造的革命文学叙述传统，当然在当代我们又很容易看到苏联文学的魅影。这种叙事，大河流淌式的叙述气势，在审美上给予读者的是震撼性的精神洗礼。它极可能与古罗马的美学有着血脉关联。

当代文学史的叙述，对于"27年"时期的现实题材的长篇小说，往往只注意到农村题材的作品。而其实，这一时期现实题材的长篇小说，有相当部分是书写关于解放初期安定政权、重建秩序的三个方面内容

① 黄子平《灰阑中的叙述》前言,上海文艺出版社2001年,第2页。

的，一个是解放军的剿匪，一个就是恢复生产，还有一个是新政权的民族团结问题。在剿匪方面，主要有曲波的《林海雪原》（1957）、李乔的《欢笑的金沙江》（1956）等。进入新时期后出现的《乌龙山剿匪记》（水运宪，1987）等，延续了这些小说的革命战争传奇的主题和手法。因为《林海雪原》的成功，剿匪题材创作在文学史中的显示度就特别地高。在民族团结方面，共和国初期主要有一批少数民族作家所写的表现少数民族在共产党的领导下，与国民党残余分子，以及少数民族反动上层的斗争，如乌兰巴干的《草原烽火》（1958）、玛拉沁夫的《茫茫的草原》（1957）和李乔的《欢笑的金沙江》等。这部分小说，因为涉及边地民族历史和风情等元素，再加上国共冲突较量，以及剿匪等，叙述起来比《林海雪原》等都要复杂得多。讲述解放初期恢复生产战胜敌特破坏的作品，在共和国初期曾井喷式出现。草鸣的《原动力》（1949）、艾芜的《百炼成钢》（1958）、艾明之的《不疲倦的斗争》（1953）、李云德的《沸腾的群山》（1965、1973、1976）等，都是比较典型的工业题材长篇小说。这部分小说主要关注的对象，大多是重大民生和军工事业，比如矿山、钢铁厂、发电厂、水库等。一般的情节都是这些事业单位，遭到国民党匪徒的破坏，一时很难恢复生产但又必须很快恢复生产；在恢复生产的过程中，工人和党的领导者内部的畏难情绪和先进思想之间形成矛盾，其中暗藏的国民党特务又想方设法搞破坏，最后在党的坚强领导下，先进战胜了落后，革命者战胜了敌特的破坏，使得矿山或工厂再次沸腾了起来。这部分小说，主要以恢复生产为主线，但也暗含了侦破反特叙事。后者在不多久之后，被发展为叙述的主线，而造就了一批带有神秘主义倾向的侦破小说，如《一双绣花鞋》（况浩文）《梅花档案》（张宝瑞），以及电影《国庆十点钟》等。

　　"27年"时期现实题材中最重头的是"三大改造"叙事。讲述农村的农业合作化运动的长篇小说，主要有柳青的《创业史》（1960）、赵树理的《三里湾》（1955）《灵泉洞》（1959）、浩然的《艳阳天》（1966）、陈登科的《风雷》（1964）等。《创业史》是由梁三老汉中华人民共和国成立前造房失败说起的，当梁生宝当家走合作化道路以后，新房才造了起来。柳青在叙述中有着鲜明的历史意识，他在新旧社会对比中，说明了农业集体互助对于农民的重大意义。而《三里湾》则主要集中于乡村能人的技术革新和新旧婚姻的纠葛，历史意识的欠缺，导致了小说情节预设走向的逻辑性不足，以至于结尾难以收场。浩然写于二十世纪六十年代初的《艳阳天》，将解放初期的剿匪思维沿用到了农村叙述之中。他在阶级斗争的框架下设置矛盾，两个阶级人物都非常鲜明，五十年代的中间人物消失了，而他特别将自然灾害写进故事之中，只不过他又有意将其与阶级敌人的破坏纠缠在了一起。这部小说的结构，较之于《创业史》和《三里湾》都要强悍，乡村地主的敌特化叙述，造成了小说叙述上的悬念，以及叙述的驱动力。这部小说继承了赵树理小说对于人物的脸谱化和喜剧化描写方法，一想到马大炮和弯弯绕及其鬼心思，就让人忍俊不禁。《艳阳天》比较好地继承了前当代长篇小说的叙事策略，也就是说继承了丁玲的《太阳照在桑干河上》和周立波的《暴风骤雨》的侦破式的斗地主情节。高度掌控的叙述布局，使得长篇小说叙事显得特别的雄壮有力。无论是《艳阳天》还是《风雷》都对"自然灾害"有所表述。在"三大改造"叙事中，城市资本主义工商业改造的作品并不多，周而复的《上海的早晨》是最突出的一部。这部小说是新中国前27年为数不多的城市叙事之一。小说将工商业改造放到了"抗美援朝"的大背景下来展开，虽然有阶级斗争叙事，但是总体上还是比较克制的。小说对于工商业改造中多种历史和心理细节的叙述，具有很高的历史价值和文学价值。

现实是历史的延续，未来是现实的伸展。所以，所谓历史题材和现实题材，也都属于历史的范畴。当代前27年的长篇小说，具有强烈的历史建构意识和使命感，对于当代历史秩序的演绎，既有历史的再现，更充满了历史想象的浪漫。有关历史的理论逻辑，在长篇小说的情节演绎中，得到了理想化的实验。强大的历史价值观，操控着叙述的趋势，也重构着历史生活的细节，并使其闪耀着理想主义的光芒。在小说的结构编码上，这些长篇小说都属于罗兰·巴特所说的"古典式写作"，其"唯一作用在于尽可能快速地把一种原因和一种目的结合起来"①。这些长篇小说一般来说，都属于宏大叙事，是强大的意识形态气场下的内聚式写作的叙述表征。

二

新时期初期的长篇小说，以思潮性涌现的是所谓的"知青小说""伤痕—反思小说"和"改革小说"。其中短篇的成绩比较突出，长篇在数量上虽不及中短篇，但其在叙述结构和价值表达上又与中短篇有所不同。

北岛的长篇小说《波动》可以说是新时期第一部长篇小说。据说该作成书于"文革"后期，但它真正"浮出历史的地表"却是在新时期之后。无论从哪个方面说，《波动》都属于知青小说。知青小说现在基本已经在文学史叙述中隐匿，但我认为，它是新时期初期最重要的文学现象。知青长篇小说，可以分为两个部分，叶辛的《蹉跎岁月》（1982）、张抗抗的《隐形伴侣》（1986）、梁晓声的《雪城》（1988）《年轮》（1997）等，大多是下放知青的农村的受难记忆；而路遥的《平凡的世界》（1986）则是回乡知青的"向上走"的挫折经历，虽然二者都不乏苦难感受，以及贵族气度，但又有所不同，后者显然有着更多的道德理想主义。亲历性和自传性，是知青长篇小说构思谋篇的基本方式。其主人公看上去非常类似于"五四"文学的毛头小伙子和疯丫头，但其实不然，这些人往往都经历了历史的大波动，虽然依然保持着某种固定的理念，但"谎花"的意象，正说明了一代人内心的焦灼和幻灭。以自我经历为资源的写作，最集中地体现在以"我"为中心的叙述策略上。此种现实主义叙述，往往使得自我内在意识表达不足，也使得对外在社会面的叙述也有限。而且，局限于自我的阅历资源，往往使得情节结构松

---

① 汪民安《谁是罗兰·巴特》，江苏人民出版社2005年，第39页。

散，虚构能力虚弱。所以，尽管知青小说写了很多的悲剧，但又充满了甜腻的味道和社会学意义上的壮志豪情。

八十年代的知青长篇叙事，随着这批作家走入九十年代甚至新世纪，等到王小波写出《黄金时代》（1992）的时候，早年的多少带有些甜腻的记忆，则又化作恶搞式的自虐自嘲；等到老鬼写出《血色黄昏》（1995）的时候，当年的受难贵族的民粹派气节，已经化为血腥的记忆和历史的诅咒；等到叶兆言写出《我们的心多么顽固》（2010）《驰向黑夜的女人》（2014）的时候，当年的知青经历，也已经化为冷静的抒情记忆，甚至有点儿随风而逝的感慨系之了；而当叶辛再写出《孽债》（2008）的时候，保尔式的岁月蹉跎壮志依旧，更是化为了苦涩甚至自渎。

但是，特别需要注意的是，知青作家及其被命名为知青文学的创作，在文学史上虽只不过是昙花一现，但知青作家及其创作却是新时期最具有持久创作力的群体，他们是后来寻根小说的主体，也是后来现代派先锋小说家的主体。他们的创作青春一直延续到新世纪，下放乡村的记忆也依然在五六十年代作家的想象中回荡。

伤痕文学的长篇叙述，起源于"文革"后期的手抄本，如北岛的《波动》（1974）、张扬的《第二次握手》（1979）。进入新时期以后，则主要有李国文的《冬天里的春天》（1981）、莫应丰的《将军吟》（1980），以及周克芹的《许茂和他的女儿们》（1979）等。这些小说大多叙述将军、行政干部、农民，以及知识分子，在"文革"中遭受迫害的受难故事。戴厚英的创作，如《人啊，人！》（1980）、《诗人之死》（1982）等，具有自叙性和辩论性的叙述特征，稀薄的情节和热烈的议论，使得其更像是社会思想论文而不是小说。《许茂和他的女儿们》由众多人物构成叙述的矩阵，通过人物的遭遇，在启蒙的意义上披露了特殊年代人民的苦难。《将军吟》讲述了将军在"文革"中遭受迫害及其抗争的故事，完成了一次叙述的忠诚之旅。伤痕长篇小说的最为重要的作品是《芙蓉镇》（1981），其站在当时的时间点上，回溯式地将整个前

27年的历史纳入了表现的视野，在一个时段的整体中，展现了历史的摇摆动荡，以及给普通人所造成的磨难。长时段的历史对于小说的结构具有拓展作用，尽管作家采用了块状组合的《茶馆》模式，但历史的壮阔感和个体人性发掘的深度，以及客观化的叙述，都突破了伤痕文学惯有的一时、一人、一事的局促空间和情绪化自述的藩篱。伤痕小说，从来就不是单纯的受难情绪的简单宣泄，历史的反思，渗透于伤痕话语之中，自然不乏鲁迅风格的国民性批判思想，但也主要局限于政治文化层面。

总的来说，知青长篇和伤痕长篇，似乎让人有点重回"五四"抒情时代的感觉，浓烈的情绪冲撞着固有的革命现实主义权力结构。尽管有些作品中依然充斥着革命现实主义的政治论辩和叙事逻辑，但也意味着新的价值和叙事理路的萌生。在论述伤痕叙事的时候，我不能不提及王蒙在新时期初期出版的写于二十世纪五十年代的长篇小说《青春万岁》（1979），那是那一代人用"幸福的璎珞"编织起来的青春梦幻，当然也是新时期伤痕文学的极好的反衬，虽然它只昙花一现。

知青文学和伤痕反思文学都是面向过去的追忆，而改革小说则是面向未来的想象。改革叙事长篇是在短篇小说《乔厂长上任记》（1979）之后作家历史思考和艺术思考自然深化的结果。张洁的《沉重的翅膀》（1981）、李国文的《花园街五号》（1984）、柯云路的《新星》（1984）、张锲的《改革者》（1983）、焦祖尧的《跋涉者》（1984）等改革长篇小说，虽然也涉及到一些具体的生产经营的细节，但主要的还是政治小说；官场中的两条路线（改革者与保守派）之争，是小说叙事的主线，也是小说的基本的矛盾冲突，也是其长篇叙事的基本框架。假如说改革小说中的短篇大多写出了改革的豪迈及其成功的喜悦的话，那么长篇改革小说则由于将"改革"放到了长时段的历史进程中去考量，悲剧性的历史认知往往导致其叙事以悲剧收尾。改革长篇小说奉行的是宏大叙事，当代宏观意识形态在结构运行中调控着情节的走向，也决定着其所塑造的改革人物具有威权性质。改革题材的长篇小说虽然改变了革命现实主义的"大团圆"结局，但它丝毫没有改变其集约化的叙述结构。改革小说，具有强烈的道德理想主义色彩，它与五六十年代长篇政治叙事，有着一脉相承的联系。改革小说，虽然在八十年代中后期退出了文学史叙述焦点，但其叙述的深化并没有停止。改革小说的宏大叙事，属于历史范畴，为后来寻根长篇的叙述结构奠定了基础。改革长篇虽也是激情洋溢，但其与带有一定的个人化倾向的伤痕叙事和知青叙事，毕竟有着较大的差异。

假如将新时期初期的伤痕长篇小说和改革长篇放在一起来考察，虽然它们对社会历史时间的表现有所差异，但是，在叙事结构上，它们基本都承续了前27年时期的宏大叙事的某些方面，呈现出过渡期政治文学叙述的一般性特点，好—坏/善—恶的道德二元对立模式，是长篇小说设计矛盾冲突，确定情节走向和营造人物形象的基本方式。无论是情节结构还是人物形象，都保持着典型化话语的风格。它们依然是五六十年代革命现实主义叙述构架的延续。若是从历史价值的层面来看，它们也普遍地带有对于新时期历史合法性论证痕迹。而从文学发生学的角度来看，新时期的所有在题材方面的先锋尝试，都是从短篇小说开始的。

三

在中国当代文学史的叙述中，有关寻根文学，我们很少提及长篇，但寻根文学的文化开掘，对九十年代以后的长篇小说创作，形成了巨大的影响，尤其是对其话语的非政治化和结构的铺展方面，更是为小说叙事开辟了新的天地。寻根文学具有显著的文化论争性质，及至九十年代，长篇历史文化叙述开始超越文化论争，进入了一种较为自由的书写状态。当代文学从政治走向了文化，从主题返回了叙述本体，其波澜所及至于新世纪。

历史文化的长河叙事，主要发生于二十世纪九十年代。陕西作家群，基本可以定义为一个长篇小说作家群。影响最大的，当然是贾平凹。贾平凹在九十年代到新世纪一直保持着旺盛的创作力。他的长篇创作的成功始于《浮躁》（1987），在貌似改革题材之下，讲述了古老的家族文化在当代的演变。他特别受到关注的当然是《废都》（1993）。《废都》所讲述的西京知识分子的颓废故事，曾经受到批评家的高度评价，而我私以为，这部小说还是旧式小说的调子过于浓重，叙事上也缺乏创新之处。贾平凹后来创作的《白夜》（1995）、《高老庄》（1998）、《古炉》（2011）、《山本》（2018）等，自始至终在恋古的路上走，虽然他的创作都是现实主义题材，但神话和鬼话材料已经深深地沁入了他叙述的骨子里。我并不特别欣赏贾平凹小说的过度浓重的旧知识分子气息，但我却非常佩服其脱胎于传统笔记的叙述功力。对于家族历史叙述得最为惊心动魄的当然要属于陈忠实的《白鹿原》（1993）了。它以白鹿家族的内部矛盾为线索，将白、鹿两家的矛盾，放到近现代动荡的政治背景下，并利用神话、鬼话等民间文艺资源，追溯家族的神秘起源，隐喻家族失魂落魄的现实。在家国同构的逻辑框架下，《白鹿原》很显然就如同它的题记所言，是一部民族秘史。山东作家群是可以与陕西作家群比肩的。莫言早年的短篇小说非常精粹，他创作长篇小说让他的魔幻更加的历史化了。他的长篇小说，诸如《丰乳肥臀》（1995）、《檀香刑》（2001）、《蛙》（2009）等，在大历史的视野中，充分运用了民族文化资源，并汲取了现代主义文学营养，其叙事既联系着大河奔流的民族集体记忆，又有着极为张放的个人化特色。我特别喜欢将莫言的长篇与贾平凹的长篇放在一起比较，莫言的长篇具有历史纵深感，以及由历史而来对于现实政治的强烈介入，而贾平凹的小说则基本局限在文化史以及现实政治层面，更突出历史文化的风俗性；莫言的长篇小说是热血沸腾的浪漫叙述，而贾平凹的叙述更多的是乡村算命先生的阴冷。山东另外一位长篇小说作家，是张炜。他的《古船》（1986）、《九月寓言》（1992）、《家族》（1995）以及新世纪出版的《你在高原》（2010），基本都在流浪的线索里，追述了家族的历史。莫言小说骨子里是水浒的匪气，而张炜的小说更多的则是儒家的暮气。阿来的《尘埃落定》（1998）也如大多数寻根长篇小说一样，以近现代历史作为叙述时间，将类汉族家族文化的土司制度作为叙述的内容，在历史的流变中，讲述了土司制度的兴衰。土司制度既是一种政治制度，也是一种家族制度。假如说《白鹿原》主要解读了家族文化的衰落的话，《尘埃落定》则更多地是在政治制度上为土司制度奏响了无可奈何的挽歌。此外，霍达的《穆斯林的葬礼》（1987）、张承志的《金牧场》（1987）等也都是表达文化寻根的不错的长篇：前者在当代历史的大背景下，表现了穆斯林的历史感伤；而后者则渐入对于穆斯林的信仰阐释。韩少功的《马桥词典》（1996）采用词典的形式，写出湖南地方"晕街"在特定历史时期的方志。小说具有很强的地域性，形式也非常的新颖别致。

家族叙事是"中国故事"的题中之义。除了张炜、莫言的家族长篇小说外，还有高建群的《最后一个匈奴》（1993）、刘恒的《苍河白日梦》（1993），以及书写都市家族命运的王晓玉的《紫藤花园》（1995）等。由《白鹿原》而开启的家族叙事大潮，及至新世纪依然没有任何减弱的迹象。刘醒龙的《圣天门口》（2005）讲述了几个家族在近现代革命风暴潮中的分化。这部小说所叙述的历史时段并不是很长，但其对于现代革命史的叙述，却极具民间色彩。浓郁的汉楚文化特色，使得这部小说显得非常的奇异。格非的"江南三部曲"——《人面桃花》（2004）、《山河入梦》（2007）、《春尽江南》（2011），写出了三个时代里知识分子的梦想和社会实践，构筑了近现代以来知识分子的精神史。黄复彩的《红兜肚》（2007）叙写了朱氏家族在近代历史中的式微和家族传承焦虑。季宇的《新安家族》（2011）则在政治层面讲述了皖南程氏家族在近代历史中的商战和民族主义冲动。郭明辉的《西门行》（2016）讲述了几位大家族出身的知识分子的思想蜕变。葛亮的《北鸢》（2016）在大时代的宏阔背景中，讲述了襄城商贾世家卢家和没落士绅冯家，在历史沧桑中的命运变迁。刘震云的《故乡天下黄花》（1991）更是讲述了由一场凶杀而引起的两个家族的权力之争。徐则臣的《北上》（2018）也在历史和当下的切换中，讲述了运河之上几个家族的百年秘史。这些长篇小说普遍喜欢表现家族文化在革命风暴中的嬗变，以及人物的命运变迁。特别是塑造了一系列不同于五六十年代的革命者形象，和与理想主义相去甚远的革命者的革命故事。近现代历史中知识分子的对于精神世界和社会理想的探索，一直是这类长篇的主题。

新世纪以后的家族叙事，与八九十年代的寻根家族叙述，有着显著的不同。作家不再局限于"启蒙"和"反启蒙"的理论争辩，而是更多地将家族命运放到历史长河里去展现，同时，在表现家族命运的时候，加入了近现代民族国家的政治纠葛以及家族恩怨和情爱纠缠。这些小说不再沉闷于家族风俗的堆积，而是有着更为流畅的叙事和更强的可读性。从小说叙述的角度来说，近现代历史也往往成为长篇小说的叙述手段。

寻根长篇叙事发展至于九十年代，其中一部分演变为生态主义主题。姜戎的《狼图腾》（2004）以狼与人的冲突，作为运思的基本模式，通过纪实的叙述，展示了狼性，极端强调了"反文明"的原始主义和弱肉强食的自然进化价值观。类似的当然还包括贾平凹的《怀念狼》（2000）。当然《怀念狼》没有《狼图腾》那么地激进，它有着以原始主义的狼性匡复和拯救现代社会的热切期望。沿着这种生态主义的灰阑，在新世纪的时候，我们会赫然发现迟子建的《额尔古纳河右岸》（2005），实际是在天地人一体的观念下，表现了原始鄂温克人生活形态在现当代历史中的演变。生命形态的呈现，多于对历史的强劲表达。阿来的长篇小说《空山》（2005）和《瞻对》（2014），已经消解了当年的历史介入热情，而逐步地佛化，在手法上走向非虚构化，作者通过日常叙事，展现了"奇异的经验"。

启蒙主义叙述在寻根反思文学中，从来就没有真正缺席过。在九十年代后的文化反思的浪潮中，出现了一大批书写病态人生和社会意识形态的长篇小说。延续张爱玲的传统，揭示女性病态人格的小说，主要有铁凝的《玫瑰门》（1988）《大浴女》（2000）、王蒙的《活动变人形》（1986）等。这些长篇小说大多以近现代和"文革"时期为背景，书写家族内部女性在男权和政治的双重挤压下的心理畸变。它们既继承鲁迅的国民性批判传统，又受到欧美文学，诸如米兰·昆德拉影响，是揭示社会文化病态的长篇小说，虽然不多，但特点明显。赵玫的《朗园》（1994）虽然不比阎连科的荒诞和土气，但对于血缘家族荒诞性所做的揭示，也可以说怵目惊心。李佩甫的《羊的门》（1999）总是让我想起茨威格《动物庄园》的构思方式，这样的小说具有强烈的国民性批判意识，隐喻性的村庄，也带来了空间的逼仄。类似的当然还有阎连科的《日光流年》（1998）、《受活》（2004）、《炸裂志》（2013）等"恶托邦"叙事。在这些被称为"怪诞的现实主义"的长篇中，可以见到非常明显的茨威格的叙述风度。作家极度逼近现实，并采用了变形书写的方法，夸张地表现了一个时代的荒诞和黑色幽默，写出了中国乡村的艰辛和苦难，写出了特殊年代国人的精神畸变和人性困境。毕飞宇的《玉米》（2003）虽然叙述并不如阎连科那样的密集，但他也通过叙述几个乡村妇女在"文革"时期的婚姻故事，揭示了残酷的乡村政治与善良女性的人性畸变，读来令人感伤。毕飞宇的长篇小说善于以人物传记的形式，构成叙事脉络，其叙事虽然简单，但叙述语言非常的有劲道，而且趣味盎然，也不乏启蒙的峻急和剀切。

这类长篇小说，其叙事时空一般都是凝固的，人物也大多具有符号化的抽象性，而整体叙事更具有鲜明的象征性。其文化启蒙具有政治和文化的双重功能，当然也介入存在主义意义上的对于存在的思考。但这类长篇叙事由于文化环境的影响，正有着式微的趋势。

四

先锋小说在九十年代走向了长篇叙述。在某种程度上来说，现代主义诸如意识流手段、马尔克斯的魔幻手法，以及表象的无意义堆积策略，并不利于长篇小说的结构。但残雪居然出版了用破碎的梦魇构筑的长篇叙事，她的《突围表演》（1990）不能不说是一大成就。北村的

《施洗的河》（1993）、格非的《边缘》（1993）、吕新的《抚摸》（1993）和高行健的《一个人的圣经》都可以视作先锋长篇的经典。现代主义长篇小说深受马尔克斯《百年孤独》和博尔赫斯的影响，注重魔幻空间的营构和叙述功能的彰显，在语言学的层面突出语言符号对于意义的建构。这是对传统的时空逻辑的反叛。

实践证明，纯粹的先锋和意识流，在中国当然水土不服。所以，残雪式的极端实验，很快就走向了消解。昙花一现的命运，促使先锋派小说家，不能不将现实主义和现代主义进行跨界糅合，而创造出一种具有本土化味道的现代主义创作。在总体上，具有极端实验性质的先锋长篇并不多，大部分先锋长篇，如余华的《在细雨中呼喊》（1991）、潘军的《风》（1993）等那样，虽然都采用了黑泽明式的多重叙述组合的方式，或鬼魂叙述的方式，制造了一些复调或迷惑，但总体上并没有构成真正的"叙述迷宫"。他们只不过是将他们对于历史的怀疑主义和解构欲望，通过藏头匿尾的方式隐晦地表达出来而已。熟悉当时文化背景的读者，其实是很容易窥破其中三昧的。余华的《活着》（1992）可以说是先锋派转型的标志。此部作品以清晰的历史流程，作为一个叙述线索，在大河长流的叙述流程中，展现了历史中个体命运的多舛。以至于，余华后来的《许三观卖血记》（1995）都让读者感觉到太老实了。

新历史主义小说，我向来将其视作先锋小说的一部分来看待。格非的《敌人》（1990）、苏童《我的帝王生涯》（1992）、叶兆言的《半边营》（1990）、莫言的《生死疲劳》《蛙》《丰乳肥臀》《檀香刑》等，都采用了消解中心和重构历史的方式，来完成对历史的虚构。新历史主义既是一种价值观，也是一种叙述方式。由于特殊的历史语境和文学语境，他们普遍采取了现代主义的手段，当然也包括传统的侦破悬疑小说的叙述方式。传统的历史小说对于历史（已经建构起来的），采取的是信任主义的态度，而新历史主义小说则采取了怀疑主义的姿态，通过对历史链条中的偶然性事件的叙述，在解构的同时表达了历史的神秘和不可知。传统历史叙事中的悬疑在新历史主义小说中变成了多疑，可信性叙述变成了不可信叙述。这是另一种宿命式的叙述，当然也是一种新的叙述逻辑的展开方式。它摒弃了反思小说的理论化话语，在文学修辞的层面上，建构了对于历史的深度反思和价值重构。

在新历史主义小说的初期，其叙事结构破碎，故事线索令人眼花缭乱。但也正是在对历史重述中，慢慢呈现出线索性，和叙述的故事性。苏童的《米》（1991）通过五龙的故事，重写了普通人的"仇恨和报应"的连环命运。刘震云的《故乡天下黄花》（1991）通过家族仇恨的叙述，在侦探小说的悬念中，突出了历史的偶然性，重新诠释了故乡的意义。李锐的《旧址》（1993）和《银城故事》（2002）也是以现代革命史为背景，展现了大家族人物在历史的漩涡中，所遭遇的历史和信念的幻灭。新历史主义叙述在新世纪依然充满了反思和揭秘的热情。在叙述策略上，也不再是张爱玲在《赤地之恋》（1954）中的平实的现实主义的策略，而是多种手法并举，特别是运用了现代主义的手段。如《生死疲劳》（莫言，2006）、《软埋》（池莉，2017）等，都运用了佛本轮回故事套和马尔克斯的魔幻手法；而《大风》（李凤群，2018）、《黄雀记》（苏童，2013）都从精神病人的视角切入历史生活的精神肌理，变形和魔幻依然是他们所热衷的手法。在新历史主义初期，长篇历史小说洋溢着形式造反的热情，但进入新世纪之后，历史记忆叙述中，更多洋溢着犹豫和忧伤。

史诗意识是中国当代长篇小说叙述的一大突出特点，在九十年代以后呈现了新的特点。王安忆的《长恨歌》（1996）通过一个女人的个人史，讲述了上海这座城市的精神史，从民国风情的都市到革命时代的政治化生活，王琦瑶用自己的生命历程，诠释了历史。假如说《长恨歌》还是老老实实的生活和精神传记的话，严歌苓的《扶桑》（1996）、《小姨多鹤》（2008）、《第九个寡妇》（2006）、《陆犯焉识》（2011）、《妈阁是座城》（2014）、《一个女人的史诗》（2006）和《芳华》（2017）等，似乎书写了女性在近现代的受难史。但严歌苓所书写的不仅是"女性史诗"，在女性受难的背后，在她们的坚韧不拔和善良的背后，是现当代历史波澜的一个又一个浪头。严歌苓善于运用传统现实主义的单线索人物叙述的方式，来讲述女性的受难史和苦斗史，她非常会讲故事，也非常会煽情，她能够用荡气回肠的故事抓住读者感动的神经。叶兆言也写了许多以现当代历史为背景的长篇小说。他的《一九三七年的爱情》（1996）、《我们的心多么顽固》（2003）、《驰向黑夜的女人》（2014）等，将曲折的爱情放到民国或"文革"的历史中，优雅地讲述历史动荡中人物的爱情故事。李凤群在"70后"女性作家群中，是为数不多的具有史诗意识的作家。她的《大江边》（2011）、《大风》（2018）、《大野》（2019）等长篇小说，在宏阔的历史视野里，用浸透着江水的甜腥味道的神奇语言，讲述了江心洲人民（特别是女性）在历史的动荡波澜里的苦难生存状态。相较于张承志早年的《北方的河》（1984）中的对于"北方的河"抽象叙述，她对于长江及其社会文化生态有着更为细腻入骨的叙述，女性的冥想使得其小说在文化的深层与楚巫文化有着血脉的连接。

新时期史诗性长篇小说，对于历史叙述的范围主要在于近一百年的历史，也就是从晚清到民国再到二十世纪七十年代。创作主体对历史记忆的打捞，其价值是多元和复杂的，其表现手法也丰富而多元。在他们的历史叙述中，有反思，也有记忆，当然也有着浪漫和感伤。这种史诗性叙述建构，有民族集体记忆的冲动，如《白鹿原》，但更多地是从个人的角度书写大历史对于个体的影响；所写出的历史也更多的是个人化甚至私人化的历史。他们所讲述的历史，可能有真实的历史背景，甚至有真实的历史依据，但更多的时候，他们所讲述的历史是主观的、想象的。

在新历史主义甚嚣尘上的时候，传统的历史叙事一直在社会接受层面占据着主导地位。凌力的《少年天子》（1987）、熊召政的《张居正》（2002）、陈所巨与白梦的《父子宰相》（2004），尤其是二月河的《雍正皇帝》（1991—1994）《康熙大帝》（2009），以及唐浩明的《曾国藩》（1990—1992）等传统长篇历史叙事，被改编为电视连续剧，在主流意识形态的鼎力支持下，成为社会大众的历史教科书，消解着新历史主义的解构成果。在历史建构主义的宏大叙事中，徐贵祥的《历史的天空》（2000）以与以往革命文学不一样的笔法，重建了一个个生动鲜活的革命战士的形象。李準的《黄河东流去》以抗战时期"黄河花园口决堤"为背景，写出了中华民族在大灾难到来时的自强不息、自我牺牲、谦恭忠贞的文化品格和坚忍不拔的精神。在茅盾文学奖中，传统历史叙事所占的份额，也是比较大的。

五

女性主义的叙事表达，是新时期以后长篇小说的重要方面。大批的女性作家的创作，给长篇小说的叙事带来了不一样的经验。

"50后""60后"女性作家，她们大多在新时期初期就登上文坛。无论是知青小说还是伤痕小说和改革小说，都不乏女性创作。但要说女性意识的崛起，则主要在九十年代。在她们的叙述中，女性政治权力意识一般都比较强。张洁的《无字》（2002）、铁凝的《无雨之城》（1994）等小说，都讲述了女性在爱情婚姻以及家庭中的孤独，一方面对女性的人生提出自省，另一方面站在女性的立场上对男权制度提出了抗议。在叙事上，它们也都延续着传统的叙事方式。徐小斌的《羽蛇》（2004）是一部比较典型的女性主义文本。她通过一个家族五代女人的命运故事，张扬了一种女权主义意识。当然，这一代作家的女性叙事，在九十年代以后，也注入了消费性的叙事元素。张抗抗的《情爱画廊》（1997）《作女》（2002）、池莉的《来来往往》（1998）《口红》（2000）等，在传统的思维模式里，讲述了一个具有消费性的曲折的情爱故事而已，并没有多少女性主义的意识形态价值。王安忆的《纪实与虚构》（1993）则通过版块组合的方式，即纪实和虚构交叉排列的方式，来展现人类的命运，羞羞答答地"论述"历史与现实之间的关系，也论述了语言学意义上的纪实与虚构的关系，当然也论述了女性与家族的伦理关系。在传统的认知里，女性对于长篇叙事的结构能力比较弱，但实践却证明，有许多女性作家对于长篇架构的搭建，同样强悍有力。

九十年代以后的新生代女性作家的长篇小说，其叙述话语发生了明显的变化。林白的《一个人的战争》（1994）和陈染的《私人生活》（1994）的个人记忆叙述，看上去与"五四"的抒情叙述有着相似之处，其实有着很大的不同，女性身体隐秘感受的凸显，为长篇小说带来了新的叙述体验。卫慧的《上海宝贝》（2000），其实是一个很平淡的都市女性的与性有关的消费体验故事，它通过符号性人物所表达的东西方文化"杂交"的主题，其实浅薄而无聊。

现实题材的长篇小说，在九十年代以后，主要以关注官场生态和叙述底层人民的生活为主。说到官场叙事，从数量上来说，当然蔚为大观，有诸如陆天明的《苍天在上》（1995）《大雪无痕》（2000）、张平的《抉择》（1997）《国家干部》（2004）、王跃文的《梅次故事》（2001）、周梅森的《人民的名义》（2017）等。大量的官场叙事，重在表现官场的权力斗争，但官场叙事中的反腐叙事，又以正邪来构筑矛盾冲突的不二法门。官场叙事中的一部分，将官场与黑社会以及黄赌毒犯罪联系起来，从而将故事讲述得特别的复杂和戏剧性。在这一大批官场叙事中，要特别提及的是王跃文的《国画》（1999）和许春樵的《放下武器》（2003）。在大量的官场工作手册式的文学叙述中，《国画》和《放下武器》比较早注意从人性的角度，而不是厚黑学的价值立场，去剖析和演绎官场人生和体制黑洞。在叙事上对于猎奇式的低级趣味的脱离，让这些小说远离了发端于近代的黑幕小说的叙述恶俗。

而源自于"现实主义冲击波"的底层叙事，首先应该被提及的是刘醒龙的《天行者》（2009）。其对偏远山区小学教师的叙述，充分展示了底层人民的苦难，但其又有着"分享艰难"的承担精神。贾平凹的《秦腔》（2005）和《高兴》（2007）都讲述了城市底层农民工的生存状态和悲喜歌哭。许春樵的《男人立正》（2007）、《屋顶上空的爱情》（2012）同样聚焦城市的底层，有从乡下进入城市的知识分子，有城市中土生土长的工人和生意人，他们秉持着道德理想主义，为了完成对于女友或债务的承诺，而九死一生的故事。而他的《酒楼》（2009）则讲述了底层知识分子在实现自己理想的过程中受挫，以至于道德人格转向的问题。毕飞宇的《推拿》（2008）主要讲述了身处社会边缘的盲人推拿师的生命历程。何世华的《陈大毛偷了一支笔》（2007）、《沈小品的幸福憧憬》（2010）看上去是讲述"留守儿童"的故事的，其实，他所诉说的是底层社会所面临的生存危机，以及为最基本的"幸福憧憬"而付出的惨烈的代价。郭明辉的《老板娘》（2009）、李圣祥的《李木匠的春天》（2018）等，也都讲述了"改革"所带来的普通人的生活嬗变和生命波澜。当然，这些小说不再拘泥于政治理想主义，有着更多的关怀底层的人道主义温情。这种对于底层社会的表现，甚至延伸到年轻的80后作家的笔端，如孙睿的《草样年华》以很好的语感，讲述了城市青年的如草般的悲喜年华。

作为底层叙事之一翼，在九十年代的长篇小说创作中，王朔不属于新生代，但他的中短篇小说以及长篇小说《我是你爸爸》（1991）对于何顿等人的创作是有启发作用的。新生代小说家中的何顿，他的《我们像葵花》（1995）、《就这么回事》（1996），与朱文的《什么是垃圾，什么是爱》（1998），以及后来慕容雪村的《成都，今夜请将我遗忘》（2002）等，都延续了底层人物"颓废"的主题，以及写实主义的基本理路。这种叙述与充满道德理想主义热情的许春樵等人的叙述形成了对照。

平静的波澜不惊的日常化叙事，是新世纪长篇小说叙事的一大特点。付秀莹的《陌上》（2016）以"我"的感受来叙述乡土人民的生活状态、日常的喜怒哀乐，以及"我"对于故乡的回归感受。风俗画表现，是这一时期的特点，不仅是现实的也包括历史场景中的风俗画面。葛亮的《北鸢》（2016）的风俗叙述，细致入微，宛若一幅民国时期的"清明上河图"。徐则臣的《北上》（2018）一方面通过人物漫游中的所见所闻，展现了大运河两岸的风土人情，另一方面又透过考古现场的回溯，来追忆运河由盛转衰的历史，从不同角度记录了从扬州到北京一路上的人物和文化习俗。金宇澄的《繁花》（2012）虽然讲述的只是都市社会鸡毛蒜皮的琐碎故事，但小说语言的简短清脆、带有吴方言味道的叙述，成就了它的文体小说的风格。

新生代的小说家，他们讲述的方式更加的丰富多样，他们以多重视角的切入，以影视镜头的表现方式，以马尔克斯式的叙述，来表现现实社会、人文历史和人生百态。孙慧芬的《寻找张展》（2017）用"我""儿子"以及张展自己等具有不同社会身份的人物对张展的"寻找"，勾勒了一幅底层社会众生相以及他们的成长史。艾伟的《越野赛跑》（2016）以放纵的孩子式的想象方式，跨越30年时间，讲述了政治年代和经济年代人们的生存境况，小说带有魔幻现实主义特色。鲁敏的长篇《奔月》（2016）运用精神分析的人格分裂理论，在两条线索中，在神秘主义的通灵层面，讲述了现代人的逃离和回归。他们所塑造的人物，大多是凡俗的小人物，很少会出现五六十年代和九十年代文学中的卡里斯马形象。他们的小说涉及历史，但一般来说，宏大历史皆是叙述背景，他们更多地叙述个人的成长及个体经验。他们对于社会的叙述，不再是宏大政治历史层面上的责任，而更多地是个体人性意义上的道德良知。在新世纪之后的长篇小说，已经进入罗兰巴特所说的"现代式写作"，也即一种发散式写作。除了少数主旋律小说外，散点透视或非纪实式的历史现场呈现，渐渐成为长篇叙事的诗学主流。那种被我称为"帝国符号"的庄严肃穆的长篇叙事[1]，可能风光不再。

网络是九十年代以后繁殖长篇小说的重要场域，如蔡智恒的《第一次的亲密接触》（1998）、今何在的《悟空传》（2000），以及安妮宝贝的《彼岸花》（2001），以及后来的许多玄幻和盗墓小说，如《鬼吹灯》（2006）。从网络文学而纸面化的长篇小说，如刘慈欣的《三体》（2015），则进入玄幻时代。

当代长篇小说在五六十年代，也即"十七年"时期出版的数量比较

---

① 方维保《长篇小说的文体生成与当代长篇小说的美学主流》，《扬子江评论》，2019年第4期。

大，时间也比较集中。到了新时期，进入九十年代后，再次呈现出爆发式的增长。而无论哪一个时期，世俗现实主义一直是它的主流。在这长达七十年的历史中，长篇小说一直以历史，尤其是近现代史作为想象的着力点。具体而言，前三十年主要是以革命现实主义为基调，而后四十年则有着回归传统现实主义的倾向。前三十年，典型化和建构主义是其主要的叙述方式和价值基点；而后四十年，则融入了现代主义的叙述手段，有诸如意识流、超现实主义、影视镜头和电影故事的编码等多种叙述方式，但其自始至终没有脱离近现代中国历史与现实的原点，诸如新历史主义、女性主义，以及新左翼意识形态，都对新时期长篇小说的叙事和价值，产生价值上的冲击，但重建民族历史长河的叙述豪情却一点也没有变。

（原载《文艺论坛》2020年第2期）

当前农村现实题材文学创作与柳青的启示

在讨论当前农村现实题材文学创作问题之前，我们需要重温这样一种创作的逻辑，即文学创作是一种主体行为，乡村文学创作当然也取决于创作主体。乡村创作姿态取决于创作主体的姿态，因此，重塑乡村文学创作，就要重塑乡村文学的创作主体。

一、对二十世纪中国文学农村农民关注的回顾

从文学思潮的角度来看，每一个时代的创作，都有一个总体的关注焦点。比如五四时期，小说创作普遍地关注知识青年的情感诉求；比如二十世纪三十年代，则非常多的作家关注中国社会的阶级斗争；而在抗战时期，文学家则又普遍地将目光投注到民族抗战的洪流之中。这种焦点关注，是由社会整体诉求的变化所决定的。

中国现代文学的关注焦点，总体来说都在民族启蒙和现代化方面。五四时期的关注焦点在知识青年的情感诉求，而对于乡村的关注只是文化的支流。鲁迅等的语丝派、未名社成员，也曾关注乡村生活和乡民的精神状态，大多采取的是"回忆"式叙述，如鲁迅的小说《故乡》《祝福》《孤独者》等，他以回乡者的旁观姿态，在现实和过去的对照中，揭示了乡村过去的生机勃勃和现在的颓圮与堕落，展现的是需要启蒙的停滞和愚昧的前现代乡村社会。鲁迅对故乡的叙述，是一种远距离的回

第一辑 新世纪小说诗学

043

望，其立足点不是故乡而是京城，其重心不是故乡而是故乡所触发的个人的启蒙思想和颓败的人生感受。这种回忆式的切入故乡的方式，在沈从文的笔下，更是得到了广泛的运用。沈从文在"回忆"的梦幻中，写出了《边城》《潇潇》《柏子》等一大批的乡土题材小说。在沈从文的笔下，湘西社会就如同"人性的小庙"，美好得充满了神性。虽然他也写到了乡土现实中的兵匪作乱，美好生命的毁灭，但总体上，他所塑造的乡土社会是理想主义的乌托邦。无论是鲁迅式的启蒙主义的乡土记忆，还是沈从文的道德理想主义的乡土乌托邦，都是在"回忆"中展开的。多的是主观感受，有关乡土的正价值或负价值的感受洋溢在他们的乡土叙事之中，他们笔下的乡土距离乡土本身的生活，都有比较远的距离。现代时期对乡土有着比较多关注的当然要数东北作家群的萧红、端木蕻良等的作品，特别是萧红的《呼兰河传》和端木蕻良的《紫鹭湖的忧郁》等作品，对东北大地的乡村生活的刻画，还是比较真实的。虽然看上去他们的创作也存在着回忆性，但是，相较于鲁迅、沈从文的乡土似乎更贴近于乡土。当然还有韦丛芜、许钦文、台静农等人的乡土小说，它们虽然受到鲁迅现代性启蒙影响很深，着意于对乡土蒙昧落后的揭示，但乡土的味道较鲁迅更浓，与乡土的关系，也更为紧密。

真正开始深入到乡村生活和乡村文化结构中去的，是解放区文学中的赵树理等人的创作。赵树理的创作，继承了鲁迅的国民性批判思想和政治嘲讽艺术，由于他来自乡村，更确切地说他就是乡村文化的一部分，所以，他所创作的小说，诸如《小二黑结婚》《李家庄的变迁》等，比较真实地展现了乡村中的人事政治。可以说，在二十世纪四十年代，延安解放区的文学创作扭转了中国现代文学忽视乡村的倾向，将关注的焦点拉到了广大的中国农村地区，关注农民的精神改造问题。这种关注，就是三十年代的左翼小说也是没有做到的。假如我们将三十年代的左翼小说与解放区的农村小说相比较的话，就会看到，左翼小说几乎都是以外来的视角观照乡村的，都有一个外来的启蒙者，到乡村里来动员和传播革命，这一直延续到了丁玲的《太阳照在桑干河上》；而在赵树理等人的小说中，这样的外来革命启蒙家角色就消失了，而代之以类农民的自叙。

中国左翼文学对农村和农民生活的聚焦，一直持续到新中国的"十七年文学"时期。二十世纪五六十年代，经过土地改革和农业合作化运动，农村的生活关系和生活面貌，出现了翻天覆地的变化。农民的精神面貌和精神状态，也出现了巨大的变化。无论是从延安时代走过的作家，还是那个时代里成名的作家，都以极大的热情关注农村和农民的生活状态，出现了一大批书写农村历史巨变和农民精神嬗变的鸿篇巨著。赵树理的《三里湾》《灵泉洞》、柳青的《创业史》、周立波的《山乡巨变》、李准的《李双双小传》、浩然的《艳阳天》等。这些小说作品，大多是作家深入农村生活实际而创作出来的，具有很浓厚的农村生活气息，表现了中国农民在党的领导下，艰苦创业的艰难历程。"小说叙述的起点它就是故事的起点，小说叙述的终点它就是故事的终点。叙述的时间是按照故事时间的展开顺序来安排的，我们阅读这类小说非常明显地感觉到时间的流程。"[①]

中国当代文学创作中，对农村社会和农民生活的聚焦，在"文革"时期发生了飘移。原因当然就在于所有的社会文化资源都集中于社会革命的表达，而农村生活却被遗忘了，就是一些写农村的作品，也因高度政治化而脱离了农村生活的实际。

农村和农民生活再次受到关注，是在二十世纪七十年代中后期乃至于八九十年代。何士光的《乡场上》、潘保安的《老二黑离婚》、古华的《芙蓉镇》、周克芹的《许茂和他的女儿们》、郑义的《老井》、高晓声的《李顺大造屋》以及贾平凹的《浮躁》《小月前本》《鸡窝洼人家》等，这些小说一方面写出了农民的歌哭，另一方面也恢复了五四新文学对于乡村的启蒙审视，尤其是《小月前本》和《老井》等写出了农民的艰难的生存现实。那些有着切身乡土体验的知青文学，如叶辛的《蹉跎岁月》、孔捷生的《大林莽》和张抗抗的《隐形伴侣》等，从外来者——

---

① 周新民、韩少功等《写作：革命OR游戏》，《文艺新观察》，2013年第1期，第32页。

知青的角度，表现了特定时期中国农村的现实，但是，从叙述的本质上来说，这些小说都属于离乡者的记忆重返，或者说农村寄居者的农村感受。他们并不能真正感受到定居农村的农民对于土地的恋情。还有寻根文学，也有相当大一部分是以农村生活和文化为背景的。阿城的《树王》、韩少功的《爸爸爸》、王安忆的《小鲍庄》等，所着眼的都是农村古老文化道德的挖掘，而并不在于农村的现实生活状况，以及农民的精神诉求。我们当然可以从大的题材的范围内，将其归属于农村题材，其实它们并不是真正的农村题材了，就是标识为"救救农民"的《李顺大造屋》《老二黑离婚》也不是。尽管这些小说中有的也采取了从头说起的方式，但作为一种事后行为，回忆的痕迹还是很明显的。这种回忆式重建乡土叙事的写作，创作主体的立足点，显然在作家的身上，而不是在于乡土本身。

二十世纪八十年代前后的农村生活书写，虽然在一个特殊的历史阶段，受到集中表达，但却并不是整体社会的聚焦，尤其不是文学思潮的聚焦。虽然我们可以列出很多那一时期的农村题材的创作，但是，回顾文学史，那一时期文学思潮的焦点主要在于"伤痕文学""反思文学""改革文学""寻根文学"，乡村题材的文学都被纳入到知识分子政治和文化理想中去考量和书写，成为知识分子政治文化想象中的材料。在这一时期，除了贾平凹、郑义等人的作品外，大都采取了旁观者或外来者的眼光甚至"贵族姿态"去观照农村生活。所以，这一时期的农村生活虽然受到关注，甚至某种程度上的聚焦，但并没有真正获得富有生活实感的，与农民自身的生活和精神状态相匹配的表现。

农民的精神和生活状态在文学话语中遭受忽视，在二十世纪九十年代以后就更加严重。随着中国社会文化城市化进程的加快，整个社会（包括文学创作界）都把目光投向了城市，城市文学极为繁荣。虽然说与农村和农民有关的创作现象，主要投向生活在城市中的"农民工"，掀起了声势浩大的"乡下人进城"叙述——"打工文学"，但"打工文学"说到底还是城市文学而不是农村文学。就是如河北"三驾马车"和湖北刘醒龙那样依然关注乡村，但也是主要关注乡村干部的"分享艰难"精神，很少真正聚焦现实乡村日常生活和社会矛盾的创作。文学家的心已经飞到了城市，文学家的身体也早已置身于城市之中。曾经备受文学家青睐的农村和农民生活，似乎已经被作家们所"遗忘"。

二、当前农村题材创作的三种姿态

我们说，从二十世纪九十年代以来，农村和农民生活受到文学家的"遗忘"，当然这只是相对的，也是从社会文化和文学思潮的聚焦关注上来说的。关注农民生活命运、关注乡村生活真实状况的文学创作，无论是在哪个时代，无论社会文化关注焦点怎样飘动转移，总是会存在的。新世纪以来的有关农村生活的创作也还有不少。下面我将根据创作主体与乡村现实之间的距离，来挂一漏万地谈谈新世纪农村题材创作的状况及其倾向。

在新世纪文学的农村想象创作中，最常见的现象是远距离观照的当下农村题材创作。

付秀莹的《陌上》是一部不错的有关当代乡村的小说，但是作者采用了萧红《呼兰河传》式的写作方式，也就是在"回忆"中展开她的有关农村的叙事。在26个短篇的组合中，当然有农村的风俗人情的画面，也有农村的种种纠葛，也写了芳村的几十个人物形象，如爱梨，望日莲，小鸾，春米，以及大全媳妇、小别扭媳妇、建信媳妇，写了他们之间的恩怨情仇，家长里短，日常生活，鸡毛蒜皮的事情。显然，付秀莹笔下的这些"农村生活"不是现实的，而是过去时态的，并不是现实中所有的。她显然就如同当年的鲁迅和沈从文一样，把农村作为"故乡"来看待。所谓"故乡"者，就是过去的家乡。她的创作谈《惟有故乡不可辜负》[①]，就直接言明了她的"故乡"叙述的目的，她对于她曾经历的农村有着很强的陌生感，甚至异己感，她在另一部长篇小说《他乡》

① 付秀莹《惟有故乡不可辜负》，《文艺报》，2016年11月3日第3版。

中，干脆将她当年所经历的农村生活，称之为"他乡"。几乎采取同样的叙事时距的还有赵宏兴的长篇小说《父亲和他的兄弟》。赵宏兴所写的也是农村生活，写"我"父亲和叔叔之间的亲情纠葛，农村的生活氛围和人际关系，都比较真实。但是，整个小说的叙述时间都放到离现在比较远的二十世纪六十至八十年代，完全没有触及新世纪中国农村社会。因此，这部长篇小说也如同付秀莹的《陌上》和《他乡》一样，所书写的都是"故乡的记忆"。也就是说，她或他都还延续着现代时期比如鲁迅、沈从文等人的远距离观照和回忆式讲述的写作经验。作家们以"回望"或"记忆"的形式，想象作为"故乡"的农村，而不是现实的农村。记忆是审美的，记忆也具有过滤性，在现实中无法忍受的事情，在回忆中都会被津津乐道，被原谅和宽恕。回忆者，一般都是年长以后或长期离开后才会发生，因为经历了太多的人世沧桑，所以，回过头来，这些又算什么？一种慈悲，就会将他或她变成一个上帝或老者，仁慈地看待曾经所发生的一切。在叙述中，创作主体不是跟随着故事的现在时态往前走，而是倒入过去时态，这是回忆式叙述的典型表征，不管他或她有没有标识出明确的回忆符号。"回忆具有根据个人的回忆动机来构建过去的力量，因为它能够摆脱我们所继承的经验世界的强制干扰"①，也就是说，回忆式的叙述，具有强烈的回避现实的倾向。

　　所以，回忆式的故乡叙述，根本无法触及真正的现实。这种农村题材小说创作情况，与当代中国作家的使命是很不相称的。尽管从审美上来说，付秀莹和赵宏兴等的农村题材小说，都是很不错的作品，但是，为什么这些小说会让我们对当前农村产生"隔"的感觉呢？我想，最主要的就在于创作主体远离了当前农村的生活。

　　相对于"故乡回忆"式的农村书写的是，相当一部分作家即使身处乡土，也是以暂居者的心态，将乡土作为自己隐居和休闲的处所，他们只关注自己内心的恬淡闲适和诗意栖居，而并不关注所处乡土周围的

---

① [美]宇文所安《追忆：中国古典文学中的往事再现》，郑学勤，译，生活·读书·新知三联书店2004年，第149页。

人事。

　　苏州女作家叶弥是当代女作家中较多书写以农村为背景的隐逸题材的作家。在叶弥的笔下，计划经济时代的农村，重新变回了沈从文时代的乡村，乡村褪去了政治化的农村的喧嚣，而重回缓慢而唯美的叙事："每一个村子都被树木掩藏，路上铺着干净清凉的石块，村子里河道纵横，清澈的河水从每一户人家的屋前或者屋后流过，河水里穿行着一群群小鱼，在夜里唧喋有声。"（《香炉山》）叶弥力图通过青翠氤氲的山水、隐居世外的故事、迷离的因缘，以及流连忘返的唯美空间再现一个诗化的江南乡村。小说中，无论是隐居的女教师"我"，还是明月寺中神秘的夫妻、抑或是无名村落中的村民，都在唯美空间的熏陶中获得了精神的超越。这种乡村浪漫故事，或乡村奇遇记，都没有触及乡村中的现实居住者，那些长年累月生活在此的村民，都被屏蔽于叙述之外，与"我的"情感没有发生多少的瓜葛。

　　这种以乡村暂居者的诗意栖居式书写为主的小说，其实还不是最多的，最常见的当然是双休日乡村游记了。作家通过对乡村旅游短暂经历的记述，表达一个到访者关于乡村生活的恬淡舒适和诗情画意的体验，通过对"不及人"的山水农庄、花花草草、风俗表演以及各种农家菜的极致描摹，表达了一个"到访者"的物质主义的满足感。这样的散文虽然没有叶弥小说中的浪漫情节，但显然充满了城市里的小资情调，甚至是吃饱喝足后的几分娇情。在这种叙述中，创作主体以一种旅游者的姿态，观赏景观，乡村生活就成为一种景观，而不是生活。就是再破败的房屋，就是再蓬头垢面的乡民，在这种叙述中，都只是景观而已，而且，越是苦难的乡村，越是为他们津津乐道的景观。这种叙述当然不能说与当代乡土没有关联，不过它们与故乡叙述一样依旧是旁观者的姿态，渲染的仍旧是旧时代士大夫的隐逸之乐，一种久处政治和商业漩涡后自甘边缘的放松、闲适、旷达和乡野情趣，甚至充斥着美国作家亨利·戴维·梭罗的《凡尔登湖》式的与自然融为一体的哲学体悟和叙述情调。

当然，当前农村题材小说创作也存在着一个积极介入当下的群体。青年小说家余同友最近创作了一系列别有韵味的中短篇小说。短篇《幸福五幕》在新世纪的背景之下，在祖孙三代人对于"秘密"的守护中，写出当代农村的巨大变化，比如远离农业生活，住上了楼房，也写出了祖母对于过去小农经济生活的留恋，对于新农村生活的不适，更展示了一个温馨的新型伦理关系。他的另一部短篇小说《颗粒归仓》则是一个"扶贫"故事。通过乡村两级扶贫工作者与扶贫对象之间的冲突，戏剧化地展示了扶贫工作者在"扶贫"中所遭遇的轻喜剧。这部小说很有当年李准的小说《李双双小传》和电影《喜盈门》的风趣幽默诙谐和新生活的欢乐气氛。而这样的创作，正是余同友长期扎根基层生活所获得的创作成果。同样，李国彬的《李要饭要饭》则通过一乡村能人的创业史，写出了一个乡村干部建设家乡的赤诚之心，以及乡村创业的种种不易。而较之于余同友的小说更具有"在场感"的是李凤群的"江心洲"生活叙事。她长期生活在长江边上的与陆地似断实连的江心洲上，她亲身感受到江心洲人的生活状态和生命状态，她以自己的亲身经历创作了《大江边》《良霞》《骚江》《大望》等中长篇小说。她以"在乡"的书写姿态，写出了江心洲人民面对汹涌江水的恐惧，写出了小小的江心洲中带有鲜明当代特色的人际关系和亲缘关系，也写出了江心洲人对于飞出江心洲的渴望和当他们飞出之后的留恋。特别是长篇小说《大望》[《花城（长篇专号）》2020年春夏卷]通过赵钱孙李四个老人的荒诞回归，写出江心洲作为典型的长江边的农村社会，在现代化冲击之下的荒芜、废弃和寥落。她通过对四个老人"被遗忘"后的生活经历的叙述，表达了乡村社会那令人刻骨铭心的孤独体验和人伦恐慌。她之所以能够把江心洲叙事写得如此的感人、如此的真实，当然就在于她就是江心洲人之一员，小说《良霞》中的良霞，那个江心洲上的瘫痪姑娘，其实就是她自己。

尽管新世纪的农村题材的创作中，有一部分与农村生活打成一片的创作，但总体上来说，这些创作存在明显的创作主体"缺席"的隔膜感，正如铁凝所言：我们当下的农村题材创作，"依靠过去的经验去想象和书写今天的中国农村"，"作者严丝合缝地踩在前辈作家的脚印上，述说一个记忆中的，几近凝固的乡村"。"白云苍狗，沧海桑田，而乡村似乎是不变的，似乎一直停留在、封闭在既有的文学经验里"。对于这样的创作，她的评价是："这样的写作即使不能说完全失效，起码是与我们的时代有了不小的距离。"①铁凝作为一位资深的创作家，她的论述是切中肯綮的。浏览新世纪农村题材创作，就会看到当下的农村题材创作基本上还是固定在现代时期鲁迅和沈从文的叙述框架内和写作经验之上的。

三、农村题材创作的根本在于创作主体建设

现在是文学家将飘移的目光重新投向农村的时候了。一个重要的信号是，农村和农民最近几年在政治层面受到了极大的关注。中共中央发出"决胜全面建成小康社会""决战脱贫攻坚"的号召。而"脱贫攻坚""建成小康社会"的关键，当然在农村。中国作协主持召开了"全国新时代乡村题材创作会议"，铁凝发表了讲话，号召作家向丁玲、柳青等老一代作家学习，向路遥等作家学习，深入农村生活，"认识新时代的乡村巨变"，"塑造新时代的新人"。其次，从持续数十年的城市文学热来说，也是时候回过头来，重新关注农村了，关注现代性高歌猛进之下，中国最广大的农村和农民的生活状况和生命情态。

当我们重新将目光投向农村的时候，我们会发现，有关当前农村现实题材小说的创作，不仅是总体上数量少的问题，更主要的还在于其沉浸于过往的乡村经验和乡村书写模式上，没有触及新世纪农村生活的实际，也缺乏农村生活的实感，也就是说大多写得比较"隔"和"陌生"。面对着农村生活题材文学创作的实际情况，我们有必要追问一句：何以

---

① 铁凝《书写新时代的"创业史"——在全国新时代乡村题材创作会议上的讲话》，《文艺报》，2020年7月21日。

至此？而我的回答是，还是应该在创作主体身上找原因。

文学话语的实现无非涉及两个方面，一是话语的实现者，主要指表达主体；二是话语的表现内涵，所谓的被表达主体。就表达主体和被表达主体的关系而言，表达主体可以与被表达主体施行合一，即进行自叙性创作，在这样的情况之下，表达主体可以对被表达主体进行最大限度的介入；表达主体也可以与被表达主体实现分离，即他只把它作为表现的客体，在这样的情况下，表达主体的介入是有限的，他的书写行为会经常受到被表达主体自身逻辑的牵制。①所有的文学艺术作品都是创作主体的生活体验的成果，所以，创作主体对于当前农村题材小说的创作至关重要。创作主体的伦理站位最终将决定作家透视和切入的视角，叙述的重心，以及立足的点位。这种视角、重心、点位，并不是处理资料或对象那么简单，而是取决于她或他与叙述对象之间的关系。有的叙述，作家会把自己置于情境之中，有的叙述，作家则会将自己置身事外。尽管，从广泛的意义上来说，创作主体在叙述中置身事外，是不可能的，但是，旁观者的冷静观照，还是在文学叙述中经常存在。因此，在整个文学叙述中，从理论上来说，创作主体是第一责任主体，创作主体对于文学创作当然至关重要。

中国现代文学左翼文学，一直特别强调"在场"书写。他们为了解决文学书写的"离场"通病，特别注重对创作主体的塑造，期望在主体层面解决问题。鲁迅就认为，要做"革命文学"先必须做"革命人"②。周起应等左翼文艺先驱，在二十世纪三十年代就曾着力开办工人夜校，后来在延安又开设"农民识字班"等，试图解决工农兵文学中创作主体与表现对象的隔离问题。毛泽东《在延安文艺座谈会上的讲话》中就当时文艺创作和作家主体的知识分子化的实际，强调要让"我们的文艺工作者的思想感情和工农兵大众的思想感情打成一片"，"中国的革命的文

---

① 方维保《普罗文学的建构焦虑与创作主体的再造》，《中国现代文学研究丛刊》2009年第5期。

② 鲁迅《革命与文学》，《鲁迅全集》第3卷，人民文学出版社2005年，第437页。

学家艺术家，有出息的文学家艺术家，必须到群众中去，必须长期地无条件地全心全意地到工农兵群众中去，到火热的斗争中去，到唯一的最广大最丰富的源泉中去，观察、体验、研究、分析一切人，一切阶级，一切群众，一切生动的生活形式和斗争形式，一切文学和艺术的原始材料，然后才有可能进入创作过程。"①毛泽东在《讲话》中所讨论的"普及与提高"问题，实际上就是创作主体的塑造问题。他就是要将文艺家塑造为一个"党的作家"，一个"革命的政治家"。

以一个农民的身份从事创作，实现创作主体的身份或者主体性重构，那就是不折不扣地实践了毛泽东讲话精神的赵树理。赵树理显然继承了鲁迅某些方面的风格，比如国民性批判，但是，他却并没有如鲁迅那样将乡村放到"记忆"里，而是将其置于"现实"中。他立足于乡土，其重心也在乡土。因此，鲁迅笔下的乡土，缺乏乡土的政治细节，所有的故事都是情绪化和诗化的，而赵树理因为身在其中，乡土的政治生活细节就具体而活灵活现，农民形象的塑造也处处显示着政治分析的理性。而具有赵树理式创作精神的，还有十七年时期的许多作家。柳青就是实践讲话精神的模范作家。他在创作《创业史》之前，就曾打起包袱，带着家人离开北京，安家陕西皇甫村，甚至将户口迁到农村，在农村一住就是十四年，将自己变成一个真正的"农村人"。"柳青完全农民化了……和关中农民一样，剃了光头，冬天戴毡帽，夏天戴草帽。……站在关中庄稼人堆里，谁能分辨出他竟是个作家呢？"②他与农民同吃同住同劳动，感受农民的辛劳，理解农民的向往，也感受着农业合作化运动给农民带来的希望和兴奋。正是因为有了这样的切身体验，他才塑造出了梁生宝这样的社会主义新人形象，他才写出了农民奔向社会主义集体化的满腔热情。

① 中共中央文献研究室编《毛泽东文艺论集》，中央文献出版社2002年，第52页，第63—64页。

② 白桦《人之楷模 文之典范——柳青为人与为文之于我们的启示》，仵埂等编《柳青研究文集》，西安出版社2016年，第334页。

创作主体的身份转换，带来的是主体意识的转变。他已经由一个旁观者，而变成了切身体验者。他不再是一个过去的回忆者，而是一个经历者。一个生活经历者的感受，是现在进行时的，而不是经过回忆过滤后的遥远的观望，而是，伴随着真实的生活一同走向未来。在场的主体，他与生活的关系是高敏感度的。十七年时期的乡土叙事显然缺乏"回忆"的习惯。"深入生活"的政策要求，以及"扎根人民"的主体愿望，都使得如柳青等作家，实际上都把自己变成了一个农民。由一个最初的"离乡者"又变回"在乡者"，并在写作中以一个在乡者的身份言说。正如我们在鲁迅身上所看到的，离乡者对于乡土的言说，首先是把乡土作为"故乡"来看待，与此相应地是自觉不自觉地采用回忆的方式来叙述，而十七年时期的农村题材小说作家，大多不会这么做。回忆，作为一种写作方法，在那个时代似乎只存在于政治家的回忆录之中，文学家的乡土书写，都是从头做起，从始点说起，一直经历种种曲折，而到达胜利的终点。回忆有太多个人性，有着太多的将某一片土地据为己有的嫌疑，而集体主义时代，没有哪一个作家敢把乡土的某一片视作自己的故乡，因为那片土地是属于社会主义国家的。从创作主体的立足点来说，小说家们都是身在其中的，以一个参与者和经历者的姿态去重建乡土社会主义革命的历史的。就是杨朔的散文，如《荔枝蜜》《香山红叶》等，也没有将乡土叙述为故乡，也很少采取回忆的叙述方式。其实，散文是适宜于使用回忆视角的，更不要说还有中国强大的故乡文化情结了，但这都没有使得杨朔敢于陷入回忆的陷阱。秦牧的《土地》《社稷坛抒情》倒是采取了回忆的方式，但是，那不是对个人记忆的唤醒，而是阶级历史的重演。所以，它跟我所讲的有关乡土的个性方面的回忆，近乎完全不搭界。

在乡土叙事中采用亲历叙事的新时期作家，最突出的代表当然是路遥。与当时的其他的知青作家的乡土姿态不同，他不是外来者，而是在乡者置身其中的心态。他的《人生》和《平凡的世界》有着"在乡者"的所有的未来焦虑，尽管小说中的高加林和孙少平与其他的乡民有着精神上的差距，但是，他却是以一个在乡者言说，言说一个"回乡知青"的对生活的理解和情感愿望，表达他的躁动不安和沦陷其中的困惑。在《平凡的世界》中可以看到，作者路遥附着在孙少安、孙少平的身上，近乎盲目地往前走。与以往的革命现实主义创作显著不同的是，《平凡的世界》缺少一个必然性逻辑作为驱动，缺少一个明确的情节（人生）伸展的"目标"，孙少平、孙少安跟随着作家的叙述往前走，走向不可知的未来，假如说孙少安、孙少平是在蹚着水摸索前进的话，路遥其实也在蹚着水叙述。他完全以一个回乡知青的身份，与孙少平兄弟一起前行。

赵树理创作《小二黑结婚》《三里湾》、柳青创作《创业史》和路遥创作《平凡的世界》的过程，给了我们启示，创作主体的"在乡者"姿态对于创作出"在乡者"的农村题材的小说是多么的重要。新世纪前后，随着城市化的加速，大量的作家完成了往城市的迁徙。新世纪的作家，大多都是通过考试或其他的途径，离开了乡土，甚至有人很多年都没有回去。而那个乡土，所谓的农村，因为大量的人口奔赴城市，已经荒凉，颓圮。离乡者眼中的乡土，当然是记忆性的。那个乡土是他们过去生活的地方，甚至是他们的父母曾经生活的地方，所以只能称之为"故乡"。他们只是过去"在那里"，而不是现在"在这里"。大量的乡土叙事，都呈现为一种离乡者的写作姿态。之所以出现这种现象，原因当然在于作家的离乡者身份。

当代作家应该近距离地深入生活，沉入当前农村生活之中，把自己"缝入"实实在在的农村社会关系总和之中，把自己变成一个"农村人"；摆脱"离乡者"的感伤，建构"在乡者"的叙事立场；不再是置身事外的，而是置身事内的。面对当前农村的现实，既感受城市化进程给农村带来空心化，也切切实实感受"社会主义新农村"建设和"脱贫致富"给农村带来的希望。只有这样才能不再以"离乡者"的口吻去讲述农村故事，而是以"在乡者"的切实体验写出当前中国农村的真实故事。也就是如同二十世纪三十年代的左翼作家一样，如同四十年代的延安解放区作家一样，如同五六十年代柳青这一辈作家一样，也如八十年代的路遥一样，把自己由一个"创作者转变为一个工作者"[1]。

写作在某种程度上来说，也是一种行为艺术，乡村题材的创作也是如此。日本学者厨川白村认为，作家不必写什么人物就要自己去做什么人。但鲁迅认为，身份还是"化"了才好。[2]我也认为，做过什么人的作家所写出的那种人，一定比没有做过那种人的作家更有真情实感。我们现在讨论乡村现实题材的创作，假如没有在社会的层面上对于创作主体的重塑，都是一句空话。作家艺术家只有把自己变成了乡下人，才能够远离那些有关乡村的不切实际的乌托邦想象，才能写出乡村歌哭的现实乡村题材作品。

（原载《粤港澳大湾区文学评论》2021年第2期）

---

① 路杨《从创作者到工作者：解放区"文艺工作者"的主体转换》，《中国当代文学研究》2020年第4期。

② 鲁迅《上海文艺之一瞥》，《鲁迅全集》第四卷，人民文学出版社2005年，第307页。

第二辑　新世纪小说家论

2

社会历史传奇的人性蠡测

——论季宇的中短篇小说

中短篇小说一直是小说文体的精华所在。小说家季宇从中短篇小说起步，近些年来虽然较为倾心于长篇小说的创作，如出版了长篇小说《新安家族》（安徽文艺出版社2010年）等，但中短篇小说一直是他立足于当代文坛的精心之作。在二十余年的创作中，季宇的中短篇小说的风格、语言和叙事也都因年代和文学思潮的变迁而略有变化，但季宇式的风格却一以贯之。那就是，将中国传统小说的传奇叙事与具有鲜明的西方色彩的心理分析结合起来，创造出了一种既有很强的故事性，又具有人性深度的小说风格。

一、现实主义的社会历史传奇

关注现实的社会历史，是中国古典文学更是现当代文学的传统。季宇践行着中国文学的传统，对于世俗层面的社会历史有着始终如一的兴趣和表现的热情。

在季宇的中短篇小说中，中国社会历史中的种种社会现象，总是能够得到充分的呈现。现实时态中的种种生活事相，诸如小岛上的士兵的性苦闷（《小岛无故事》）、街头流浪汉的爱情（《街心花园的故事》）、官场中的尔虞我诈（《老范》），以及商场中的人才的狩猎

（《猎头》）等现实中的热点问题，他都将其纳入到自己的表现视野之中。现实是历史的延续，历史是现实的过去时。季宇在关注现实的同时，也对历史尤其是中国近现代历史充满了表现的热情。他的历史小说大都以民国历史为背景，表现那一段历史中的社会现实、心理状态和人物命运，诸如家族内部的倾轧（《当铺》）、革命中的兄弟阋墙（《盟友》）、家族的复仇（《复仇》）、惊心动魄的抗战（《县长朱四与高田事件》）等也都进入了他表现的视域。

季宇中短篇小说对于社会历史的表现，从一般意义上来说，依然带有革命时代宏大叙事的话语痕迹，如他经常喜欢以诸如民国、抗战和改革开放、部队等具有宏大话语特点的历史材料为背景来构思他的故事。但是，季宇显然受到新时期新历史主义文艺风潮的浸染，他在对于社会历史"事件"进行叙述的时候，往往采用私人化的叙事手段，对历史事件的发生发展和结局提出自己的见解，而不会一般性地跟随历史教科书亦步亦趋。也就是说，他的社会历史叙述虽然脱离不开宏大的社会文化语境，但他一般不会过度地渲染宏大的历史背景。他总是选择一个精准的切入点，去表现社会历史之下的精微的人心和人性的状貌。

季宇的小说追求历史的"真实感"，不仅表现在他会选择历史事件为背景，而且也体现在他的叙述技巧上，如他的小说的结尾经常会出现历史记录性质的"附录""尾声"甚至是"尾声之尾声"，将故事补充说明以"历史材料"，并时常以若有若无的真实地点和人物，以"坐实"真实性而"反拨"小说的虚构性。

对社会历史进程的热切关注，是中国儒家知识分子的传统。季宇对于社会历史的叙述，同样表现了其创作的现实主义文学精神，及其与中国儒家文化传统的精神联系。

显然，现实主义是季宇小说的一贯选择，但直露的社会批判、急切的道德指责和文化分析却不是他的胜场。季宇对于社会历史的表现，是现实主义的，但又不是新写实的生活流。他的现实主义社会历史叙事洋溢着构思精微的传奇性——传奇的人和传奇的事。

季宇二十世纪八十年代的小说，所叙写的主要是具有病态心理特征的奇人奇事。小说《小岛无故事》中的士兵是孤岛中的一群奇人。他们面对女人所表现出的节日般的快乐，相较于正常的环境，则多少显得有点夸张，但放置在封闭小岛的环境下，则又显得无比的真实。《小说两题》中所写的两个普通人——同窗大头和老兵罗大满，他们的行为又都超出了常人所为，因此又都显得滑稽而好笑。季宇所写的故事和人物虽然都是现实中的人和事，但是他善于寻找生活中的传奇。在他将这些奇人奇事聚焦于叙述之中时，这些人与事就与日常生活拉开了距离，从而形成了戏剧性的效果。典型的故事如《街心花园的故事》，作家让一个变态的疯子对着无生命的雕像做出各种亲昵的动作，从而使得故事脱离了日常的逻辑，而无论是"我"对他的真实的关心还是流氓青年对他的恶作剧，在这个疯子的世界中都成为真实的威胁，而相对"我"和流氓青年来说只不过是一个正常生活中的关心或玩笑。小说中的人物因脱离了正常生活轨道，就不再受到正常的逻辑和情理的约束从而显示出传奇性。《复仇》中民国奇女子吴玉雯对五湖联防团团长马大鞭子的刺杀，每一步都经过精心设计，当然最后也大功告成。这个故事的传奇性不仅在于一个女子对于联防团团长的精心刺杀上，更在于对于刺杀原因的回溯上，因为这个女子就是当年被马大鞭子杀害的县长吕文毅的女儿。

从人物的成长来说，奇人是由奇事塑造的。季宇小说不仅选择了大量的奇人，更为重要的是他通过这些人奇特的生命行为和人生历程，也就是"奇事"，来书写人物在社会历史中命运的戏剧性和传奇性。小说《老杆二三事》中军人出身的老杆（黄大勇）更像一个脱离现实生活的堂·吉诃德，莽莽撞撞，可笑而又在情理之中。小说《暗语》中的主人公孤儿潘六本的发迹则可谓季宇小说传奇的顶峰之作。主人公不但离奇发迹，而且后来财富的转移也是一波三折，充满了民间传奇的趣味。新历史主义的对于情节的遮幅叙述，让小说充满命若琴弦般的悬念。小说《盟友》中，革命者何天毅对于土匪蓝十四的寻找，种种的诡异的渲染和暗语的使用，使得小说充满了神秘的氛围。尤其是三个盟友之间的分裂，革命投机者马新田的背叛，种种的密谋，最终将蓝十四投入了万劫不复的深渊。《最后期限》则给主人公黄敬设置了"最后期限"，让他在"最后期限"的压力之下备受恐惧的煎熬。

季宇的社会历史传奇，与革命现实主义的集体主义的"历史必然性"传奇有着显著的不同，他往往强调的是个体和偶然性在历史中的作用。《县长朱四》叙述了县长朱四对于日军的精心复仇，但由于各方力量的制衡，朱四的复仇又只能暗中进行。偶然性在朱四的复仇中起到了几乎是决定性的作用。当朱四如佐罗一般完成了对于日军军曹高田的伏击之后，"当巡逻队满怀怨气牢骚满腹地出城去的时候，精力充沛的朱四已经回到住处准备歇息了……他当然还不可能预计到下面将要发生的事情，但对于高田来说，这个决定却是灾难性的。他精心制定的周密计划，就因为朱四的这个偶然决定而被彻底破坏了。而接下来发生的一切，更让所有的人都始料不及。实际上，后来那场轰动一时（的）'高田事件'，就在这个不同寻常的夜晚已经悄然拉开了序幕……"①这是一种典型《百年孤独》式的传奇性叙述。小说采用了反时间维度的逆势回溯的叙述方式，将人物命运历程处理为一种历史记忆，从而使得故事因为记忆的合乎逻辑的不确定性，而带来飘荡不定的传说性质。在马尔克斯式的叙述语调和叙述遮挡技术的双重作用下，作家所设置的县长朱四的人生传奇自始至终处于一种欲说还休的状态。就是最后作家自己出场，在给予某种坐实的同时，仍然不忘悬置确定性。这种直至故事的结尾也没有完全揭开的传奇人生，一反传统传奇故事结尾尽情揭示的方式，让故事具有更多的"不确定性"和"偶然性"；再加上小说在心理机缘上的追求，和对于未来的预言的有意设置，都使得它有着显著的现代主义小说的审美特性。

但是，季宇小说虽然在叙述中加入了大量的偶然性，增强了故事和人物的传奇性，但同样具有宿命性特征。《当铺》和《盟友》等小说都自始至终萦绕在无可挣脱的宿命的控制之下。就是那些现实题材的作

---

① 季宇《县长朱四》，《金斗街八号》，安徽文艺出版社2019年，第110页。

品，也同样如此。小说《名单》中的"名单"，也是一个纠结人心的"扣子"，它让白正清机关算尽也没能摆脱上报给纪委的"名单"所带来的政治宿命。关于偶然性和必然性，季宇的小说一直存在着一个潜隐的哲学思辨，就如同《县长朱四》中的"高田事件"的发生一样，作家在极力叙述和强调其偶然性，但是朱四的民族复仇心理和冒险精神，又决定了这一事件的必然发生。

季宇的小说同样在叙述和隐喻个人与历史之间的关系。中篇小说《盟友》中的马新田，因为个人的好色本性和投机心理，最终导致了革命者被屠杀和革命的失败。个人因素和品格"改写"了历史。革命现实主义文学中的"历史大势"在《盟友》的叙事中，成为失效的存在，它甚至无力抗拒看似渺小的个人的背叛。小说《暮》则重在张扬历史中的个人道德。主人公杨汉雄曾以CC成员的身份，在解放前救过陆子离，而陆在"文革"中为保全自己，否认了他们之间的关系，导致杨被作为反革命分子枪杀。改革开放年代，杨夫人要到市里投资，因此市里要为杨修一座墓碑，但墓地只能是小梅山而不能是大梅山，因为大梅山是埋葬革命先烈的地方。拯救和背叛，在历史的流程中，并不依照善良的道德逻辑运行，而总是被种种的语境因素所扭曲，而逐步走向无法把握的"变形"状态。正因为历史与个人的关系脱离了预设的逻辑，所以就更具有了传奇的跌宕和传说的意味。

季宇小说对于社会历史的传奇性的展示，充分展现了历史的暧昧本性，体现了作家对于历史的不同于革命现实主义的认知和思考。季宇对于故事传奇性的追求，显然有着中国古代传奇小说的影响，但是，诸如《复仇》《暗语》这样的作品却不能与传统传奇相提并论。季宇小说的传奇性叙事与新时期新历史主义叙事有着更多的血缘关系，因为它更多地濡染了现代主义的叙事风尚。不过，在季宇新近的长篇小说《新安家族》（2011）中，虽然作家在一个漫长的时间流程中，尽情铺衍了主人公程天送的出生传奇、发财传奇和成功传奇，但季宇已经脱离了现代主义的叙述功能和被极度张扬的传奇，而是重新回归传统现实主义传奇之路。

二、社会历史传奇的人性深度

在美学的视野里，传奇是一种故事性叙述，所追求的往往是人物命运的曲折传奇，在中国传统小说中体现为强烈的带有白描性质的故事性。但季宇的小说在情节的传奇之外，最为重要的风格特色却表现为心理传奇。季宇的中短篇小说试图通过人物深层心理和人性本能来探讨社会历史发展的动因。

季宇的小说创作起步于上世纪八十年代中后期，深受那个时代弗洛伊德主义风潮的浸染，他那个时代的小说也基本属于精神医学范畴内的心理分析叙述。

弗洛伊德精神分析学具有泛性论的特点，即用性竞争解释人与人之间的关系。短篇小说《街心花园的故事》中的疯子，在街心花园中充当着牧羊女雕像的保卫者，是位典型的恋像症患者，也就是弗洛伊德精神病学里的"皮格马里翁现象"，也就是雕像恋。他与"我"以及所有有可能接近牧羊女雕像的人所保持着的紧张的对峙关系，都源于他对于牧羊女身体（性）独占的渴望。这种具有"变形记"特征的荒诞故事中，人与人之间的关系的紧张当然只有用性竞争来解读。具有明显的弗洛伊德主义精神分析意味的小说还有《陆和冯的故事》《当铺》。小说《当铺》几乎就是一个弑父故事。因为儿子对于父亲的仇恨在故事层面似乎源于父亲的悭吝和刻薄，但父子之间的仇恨在人性的层面，则只能在弗洛伊德主义的弑父情结之下才能得到合理的解释；而《陆和冯的故事》的故事则主要与偷窥相关，因为一个男人的性偷窥和性竞争导致了另外一个偷情中的男人因此而死亡，性成为了爱与死的纠结点。这种故事中的人际关系模式，一直持续到中篇小说《盟友》。两个革命者之间，因为迷恋女色的革命者马新田对于蓝十四妻子的性臆想，而导致了他对革命的背叛和对于蓝十四的出卖。弗洛伊德主义是泛性论的，老弗洛伊德试图用性来解释一切社会行为甚至历史发生的原因。在季宇的这些小说中，我们也看到了明显的性决定论的痕迹。

但是，就如同所有的这类荒诞故事一样，这些性纠葛故事同时具有象征性。英国现代文学先驱康拉德说："所有的伟大的文学创作都是含有象征意义的，唯其如此，它们才取得了复杂性、感染力与美感。"[1]这几部小说的杰出之处在于，它通过一个常见的故事套路，并不仅仅表现几个"疯子"与周围人的性的竞争，而在于表现人与人之间紧张对峙的关系，一种警惕不安的防范的心理和相互倾轧的本能。正因为如此，这些故事便具有其哲学深度，一种存在主义意义上的"他人即是地狱"式的对于人的存在处境的观照。

发端于"五四"的现代心理分析小说，深入人的内心世界，揭示以性为基础的心理。季宇的性心理分析小说揭示种种心理"机关"，尽管这样的性心理叙事有着病态心理的阴影，但却是一种基于对于人性的关怀，是一种人本主义的表达。但是，不可否认的是，这类小说具有比较浓郁的精神病理学的福尔马林的气味。运用精神病理学来构思故事，可以达到对于人物内心世界洞察的特有的深度，但是，也可能会给读者造成一种精神病理学案例的印象，从而损害了作品的审美。

但是，季宇的中短篇小说不可能成为彻底的精神病理小说，原因就在于他无法摆脱社会文化视角对于文学材料的观照。这就使得季宇的小说更多的时候呈现为社会分析叙事。

季宇就如同八十年代从事性心理小说创作的作家如张贤亮、王安忆一样，一方面，他设置着封闭的环境，并在这个环境中展现着性心理的扭曲和变态；另一方面，又在这样的性心理展现中让社会的大背景照入文本，从而使得精神病理心理叙述沾染上社会心理分析的色彩。如《小岛无故事》中守岛战士的性压抑和性臆想，当然是因为枯燥的封闭的小岛生活所激发的。它是一个性的问题，同时也是一个社会问题。这里虽然也涉及性压抑主题，但却可以从社会的角度获得更顺畅的理解。孤闭

---

① 转引自侯维瑞《现代英国小说史》，上海外语教育出版社1985年，第135页。

的环境显然是造成小岛战士性压抑的主要原因。《街心花园的故事》中的恋像症青年，其变态同样也是社会压抑所造成的。《陆与冯的故事》虽然主体以性的误会来结构故事，但作家还在小说中采用补叙的手法，将陆的个性扭曲解释为陆的全家遭日本人杀害所留下的心灵创伤。这样的病理学心理故事甚至由于社会关怀的切入，使得故事病理心理学的叙述发生倾斜，最终演变为社会历史故事。再如小说《祖传绝技》对深山中的名医胡先生的假药治病的医术作了比较纯粹的精神医学的解读，尤其是那个加利福尼亚医科大学的心理学博士多年后所写的论文《关于利用模拟药治疗精神和心理疾病的理论和实践》，则给予了一种民间骗术以精神医学和心理学原理的支撑。可以说，这部小说所讲的就是民间神医假药治病的心理暗示原理，但是，由于把这个人物及其医术放到了历史演变之中，最后，这个故事就变成了对于民间医术在动乱历史中的多舛命运的关怀和感慨。

小说的性心理和精神医学叙述是八十年代的文学习尚。就如同弗洛伊德主义必然要走向荣格主义一样，性心理小说也必然要走向更为宽阔的社会心理分析小说道路。季宇的小说在走过了八十年代之后，也逐渐地走向了社会心理分析的更为宽阔的道路。小说《老范》可以说是这一方面的典范之作。小说主人公老范，作家对他在官场中的为官心理进行了淋漓尽致的刻画，他的微妙的官场心理都是在特殊的社会环境中形成的，因为正是官场的浮躁才造就了老范的投机心理，并使他一次次得逞，以至于最后穿帮还死心不改。在这里，老范的投机心理与他所寄身其中的社会环境之间相得益彰。小说《老范》是典型的官场心理分析小说，而小说《猎头》则是一部典型的商场心理分析小说。这部小说细致地描述了"世纪"与"伯乐"这两家猎头公司在人才市场竞争中激烈的较量。小说的分析性在于，作家通过对于这两家猎头公司的迥异的职业品格和操作手段的剖析和揭示，展现了两种社会心理的激烈的较量。小说《当铺》通过父子之间的较劲，展现了父子两代人的亲情与仇恨，尤其是儿子对于父亲的仇恨。小说将父子两代人的心理冲突外化为伦理冲突和商业冲突，从而使得故事呈现出更加纷繁复杂的心理容量和社会文化涵义。

最近的长篇小说《新安家族》中，程天送所奉行的祖传的家训"狡术以狡术还之，谎言要用谎言回答"的人生策略，以及两个家族之间彼此的博弈，不仅仅是一种商战更是一种心理战。把商战演绎为一场心理战，赋予了季宇的商战小说以社会心理分析的深刻性。这部小说的基本风格显然也是季宇中短篇小说社会文化心理叙述的赓续。

季宇的小说虽然具有很强的心理分析小说的意味，但是，他解析人物深层心理的动因，主要还在于揭示人性的复杂和探究人性在历史进程中的作用。

现代时期，新感觉派的施蛰存曾经使用了社会心理分析的手法写作了小说《将军的头》。在这部小说中，施蛰存用性竞争重新解读了石达开覆灭的原因。季宇的小说《盟友》其实也是这样的一部作品。小说中的马新田一出场就被塑造成了一个好色之徒，这个人物的是非观念和人生都与"色"密切相关。他因女色而被原来的老上司惩罚，也因觊觎战友蓝十四妻子而背叛革命。晦暗的人性，是革命失败的主要原因。小说《陆与冯的故事》同样叙述了一个由性和性心理所造成的一系列的误会和死亡的故事。小说巧妙地运用了戏剧中的"巧合"手法，将两个男人的性臆想在一个时间点上撞破，并顺利地利用这样的巧合将其中一个导向死亡。性窥视，是弗洛伊德主义故事最常见的表述方式，但这部小说显然不在于表现性变态或性心理扭曲，而在于阐释一种"历史的偶然性"，以及这种偶然与性欲望的关系，特别是这种偶然所造成的后果。在季宇的小说中，在某些时候，人性的主要层面可能是性冲动，历史也因此被他解读为性本能书写的历史；但是，在更多的时候，人性是复杂的，它包含着性本能，也包含着诸如自私和贪欲，也包含着超越个体的文化本能诸如民族自尊等。在小说《复仇》中，复仇的女儿将家族的仇恨视作活着的唯一依据或者说把复仇视作了自己的本能；而《县长朱四》中的朱四，则是将民族仇恨化作了自己的本能和义务。

季宇小说对于人性的揭示，总体上是趋于晦暗的。同时，由于他总是热衷于展示人性的机能及其实现的细节，因此，他的人性书写往往在一种更高的架构中将社会历史的叙述演变成一种心理智慧的叙述。

三、中立叙述背后的道德立场

苏雪林当年在分析鲁迅的时候说："鲁迅是曾经学过医的，洞悉解剖的原理，所以常将这技术应用到文学上来。不过他所解剖的对象不是人类的肉体，而是人类的心灵。他不管我们如何痛楚，如何想躲闪，只冷静地以一个熟练的手势，举起他那把锋利无比的解剖刀，对准我们魂灵深处的创痕，掩藏最力的弱点，直刺进去，掏出血淋淋的病的症结，摆在显微镜下让大众观察。"[1]我想用这样的分析来界定季宇同样非常的合适，季宇的小说所擅长的就是解剖人的灵魂，而且非常的冷静和残酷。

弗洛伊德主义的精神分析学说来源于精神医学，它对于世界的观照有着显著的病理学的眼光。也就是说，在精神病医生的眼睛中，人都是有病的，世界当然也是病态的。就是后来的荣格心理学，也难以摆脱病理学的眼光。季宇的社会心理分析小说，在许多的时候其叙述偏重于人物紧张关系的揭示，表现人性中对于外在世界、对于他人的不信任心理，特别是表现人性恶的地方比较多，这种表现有时候甚至很残忍。《街心花园的故事》中的恋像者不允许别人接近牧羊女雕像其实也就是出于对于他人的不信任；而且这种恋像症不管怎样也是一种社会病态。《当铺》中的血缘父子最终却演变成父子之间的相互仇杀，弗洛伊德主义的病理学意义上的弑父情结与中国大家族内部混乱的两性关系，使得整个作品充满了罪恶感。《盟友》中本是生死莫逆的兄弟，却最终同室操戈，背叛与毒杀造成了对于友情亲情的极大损伤。《灰色迷惘》则让患难与共的大毛、巴猴、小学者、师傅等人变节，无情粉碎了"我"对

---

[1] 苏雪林《〈阿Q正传〉及鲁迅创作上的艺术》,《苏雪林文集 第三卷》,安徽文艺出版社1996年,第282页。

友情、善良、正义的最后一丝信任。《陆与冯的故事》中陆正与寡妇阿莱交合，却碰上了怀着同样心思的冯，真是螳螂捕蝉黄雀在后。人与人之间的关系陷入相互被偷窥的处境中。《老范》中的老范处心积虑逢迎拍马行贿受贿都是为了当官而没有一点道德的良知。《县长朱四》中的朱四刺杀了日本间谍却受到种种的误解与仇恨。

也许正是人生病的眼光，才使得季宇的小说大多都以悲剧作为故事的结局。恶的如此善的也如此。这种展现人性的方式，极易形成道德的缺席，造成"最密切的人伦和亲情秩序"的"崩溃"。[①]因为它不是基于现实人生去表现的，而是基于人性的层面。同时，季宇的小说擅长于对于现实中人的生存之"术"的展现。从一般的意义上来说，生存之术属于形而下的范畴，对于它的展现及心理分析易于使得创作主体滑入道德评价的超越。因此，有人说季宇的小说"悬置道德判断与价值判断"[②]。

但是，季宇的小说其实却并不如此，他经常会通过各种渠道去表达他的道德倾向，体现他作为创作主体的道德介入和价值立场。

首先，通过带有自叙性的"我"来表达和实现他的价值立场，是季宇小说最为常见的一种表现方式。在小说《老范》中，叙述主人公"我"虽然对于老范的官僚行径采用了旁观者的态度，有的时候甚至是合作者和妥协者，但是，其道德的态度还是显而易见的。小说《街心花园的故事》同样设置了"我"的形象，虽然"我"在故事中只是一个观察者的角色，但"我"同样也在分析着、评价着、研究着这种性变态心理的原因，也对这种性变态心理发出基于道德的评价，尽管这种评价不是直接的议论，但是通过作家的叙述语调（作家的叙述语调与角色"我"的叙述语调是重叠的）仍然可以显现出来的。

其次，作家对于作品中人物的道德臧否有的时候是通过对故事的叙述来实现的。这在季宇的新历史小说中表现得非常的突出。新历史小说在对于事实真相的叙述上往往喜欢搞历史虚无主义的游戏，季宇的新历

① 许春樵《季宇小说的故事模式》，《清明》1994年第06期，第199页。

② 陈振华《游走于历史与现实之间》，《中国青年报》2011年12月27日。

史小说《县长朱四》从表层故事来看也是如此，好像那个日本间谍高田真的是死于意外，尤其是没法确定他就是被朱四杀死的。但是，季宇在他所设置的重重烟幕中，几乎是分明地告诉你，那个杀死高田的就是朱四。虽然他背负了种种的误解，但他却真的是抗日英雄。正是这一点使得季宇与新历史小说的虚无显示了区别，也显示了季宇对于真实英雄的赞美的态度。

再次，有的时候尽管没有主人公"我"，但那个具有道德立场的叙述者依然无所不在，甚至体现在略带戏剧性的反讽的叙述语调中。小说《小岛无故事》中作家在对守岛战士的性臆想的描写中，突出了小岛生活的枯燥。叙述者肯定了年轻的战士的自然天性的合理性，这既是基于人性的认同，也是基于人性的同情。《老杆二三事》中军人出身的老杆（黄大勇）到报社当编辑也有着一点堂·吉诃德的味道，他无法适应社会生活，所以在处理人际关系的时候就到处横冲直撞，可笑而又在情理之中。不过这个人物的正直善良由此可见一斑。在诸如《小岛无故事》和《老范》这样的作品中，作家的道德介入常常是通过反讽的叙述语调来实现的。正是这种反讽的语调，作家透露了自己的情感立场和道德评价。尤其是《老范》中的老范，作家通过我的眼光叙述着这个无法无天的小官僚的滑稽和可笑。对于老范展演式的叙述，表现了作家强烈的现实批判精神。

第四，在商战小说中，季宇则是通过设置正面形象和反面形象的方式，表现善恶的对立，将自己的价值立场放置在正义的一边。商战小说《猎头》通过"世纪"与"伯乐"这两家猎头公司在人才市场竞争中迥异的职业品格和操作手段，揭示了小说"猎亦有道，做人更得有道"这一主题。显然，《猎头》的叙事充满了现代小说的意味，但其道德评价仍旧属于传统伦理道德的范畴。这样古典主义的道德叙述，在新近的长篇小说《新安家族》中，则通过对于程天送家族善良智慧的叙述，来表现一种对于基于正义和民族主义道德理想主义的张扬。

结　语

季宇的创作以精巧的故事构思和深厚的人性解析，体现了中短篇小说的精英特征。这样的创作从文化渊源上来考察，"外"联系着西方现代文化，"内"则根植于深厚的中国古典文学的传统，从一般意义上来说，应该有着比较好的发展前景。但是，由于季宇小说受到弗洛伊德主义的影响，他对于人性的总体定位倾向于晦暗，尤其是他自始至终倾心于类官场的狡诈心理的表现，又使他的文学构思的格局和精神境界受到种种的限制，难以深入更为深厚的文化土壤中生根发芽，并获得厚重的历史感和生命的超越感。

［原载《淮北师范大学学报》（哲学社会科学版）2013年第1期。

合作者：王菡文］

"进城农村人"的生命纹理

——许春樵中篇小说集《生活不可告人》①点评札记

　　许春樵是一位具有持久爆发力的当代小说家。从二十世纪八十年代的短篇小说《找人》之后，他已经陆陆续续创作了为数众多的有影响力的中短篇小说和长篇小说，诸如《逃亡的脚步》《表姐刘玉芬》《天灾》《生活不可告人》《麦子熟了》等中篇，以及《放下武器》《男人立正》《屋顶上空的爱情》等长篇小说。他的早期创作是先锋派的，诸如《逃亡的脚步》，后来的小说是现实主义的，如《麦子熟了》。但是，作为一个受到过系统和专业的理论训练的小说家，作为一个有着自觉艺术追求的小说家，他的小说在表现内容和艺术表现方式上，又一直有着稳定的风格特色。他的中短篇小说集《生活不可告人》最近出版了，我借着给他的这部小说集"评点"的机会，对他的小说进行了有计划的重读。在"评点"后，我也对他的小说创作有了一些新的体会和认识。

一、文学书写的"进城的农村人"情结

　　每一个作家，尤其是小说家，都执着于一些他心目中的特殊人群的表现。许春樵所执着的目标人群，按照他自己看法，就是两类：一类是

---

　　① 许春樵《生活不可告人》，安徽文艺出版社2018年。

进入城市里的乡下人，一类是知识分子①。他的这种自我认知是准确的。《放下武器》《知识分子》《生活不可告人》，以及《屋顶上空的爱情》都是以知识分子的历史境遇和现实生命状态为题材的作品。而《找人》《逃亡的脚步》《麦子熟了》等，又都是以进城农民为表现对象的。假如我们站在新时期中国文学史的立场上来看待许春樵创作的题材选择的话，他的创作可以说是整个新时期文学大合唱的一部分，因为新时期以后中国文学的几乎绝大部分创作都不超出这样的题材范围。新时期最为热点的社会问题，就是农民进城问题和知识分子问题，许春樵也与其他许许多多关注中国社会问题的作家一样。从这样的角度来说，许春樵的小说从某种程度上来说就是社会问题小说。

但是，许春樵将自己的小说分成如此的两类，我认为又是不准确的。许春樵笔下的人物，无论是知识分子，还是进城的农民，其实，都是进城的农民而已。前面已经提及的《麦子熟了》《找人》《逃亡的脚步》《表姐刘玉芬》等，都是叙述农村人进城的故事，在题材归类上是无可异议的。但是，观照其所谓的知识分子题材的作品，如《屋顶上空的爱情》《知识分子》《放下武器》等，也都是从农村进城的知识分子，大多通过高考的方式进城，在城市里接受教育，留在城市里，或在城市里从事文化、教育工作，或在城市里当官。他们的政治身份虽然已经"鲤鱼跳龙门"，但是，他们的亲情，他们的道德，他们的社会关系，也就是说，他们的一只脚半个身子永远留在了农村；他们虽然已经取得城市户口，但并不是名正言顺的城市人，社会对他们的评价也会经常带有对待农村人的歧视。

在当代文学研究界，徐德明曾将这些表现进城农民的小说称之为"乡下人进城"叙述②。这样的描述显然是类比沈从文的创作或者老舍的创作而得来的。但我认为，当代中国已经没有"乡下人"，所有的居住在乡下的人，都有一个共同的政治身份，那就是"农民"。"农民"和

---

① 许春樵在安徽师范大学中国现当代文学思潮沙龙上发表的"创作谈"，2018年11月27日。

② 徐德明《乡下人进城的文学叙述》，《文学评论》，2005年第1期。

"乡下人"是不一样的,"乡下人"是文化身份,而"农民"是政治身份。在老舍的笔下,乡下人祥子是可以自由出入城市的,而当代中国"农村人"并不享有这样的权利。这是由中国现代以来,特别是当代的政治论述所已经确定了的。这些农村人,如同当年的沈从文一样,心怀对于城市文明的灿烂梦想,飞蛾扑火般,或通过嫁人的方式,比如表姐刘玉芬,或通过退伍转业的方式,或通过做苦工的方式,或通过到城里做小贩子的方式,进入到了城市。在进入城市之前,这些农村人所怀有的对于城市文明的想象,可能如铁凝小说《哦,香雪》中的小女孩香雪一样的天真、浪漫和纯粹,但更多的是为了能够享受到城市人的生活待遇和政治待遇。

在当代社会生活中,农民进入城市都会经历一个"艰难的历程"。当年路遥的小说《人生》中的高加林,就是为了成为吃公家饭的城里人,通过关系而进入城市做了记者,但是,最后却被无情地打回原形。在城市户口和农村户口面前,个人的才干是苍白无力的。路遥的小说还遮盖着一层个人奋斗的保护色,而许春樵的小说《表姐刘玉芬》则更为直接地表现了农村姑娘刘玉芬进城的苦难。漂亮的表姐刘玉芬,为了成为城里人,嫁给了身体残疾的煤建公司工人,父亲给她购买城市户口荡尽家产,尽管已经进入城市,还是受到城里人丈夫的殴打,受到上班单位员工的羞辱。表姐刘玉芬的一切遭遇,都源自她的农村人的身份。假如说《人生》中的高加林从农村进入城市的乾坤大挪移还有几分的浪漫色彩的话,而许春樵笔下的表姐刘玉芬的遭遇可能要比高加林残忍得多。《逃亡的脚步》中的中顺,因退伍而到了城市,进入了旅游公司,但是,却受到公司经理儿子的欺压,并莫名背上了杀人的罪名,不得不亡命天涯。《知识分子》中的郑凡,是从农村考上研究生的。但是,他在城市挣扎着活下来,又是何等地艰难。《麦子熟了》中的麦苗、麦叶、麦穗以及耿田等人,从乡下到城市里打工,繁重的工作不仅剥夺了他们做人的基本权利,也阉割了他们作为人的本能。

但是,《生活不可告人》中的许克己比较特殊。从一般意义上来说,知识分子许克己出身于地主家庭，而且长期在师范学校里任教，当与后来的农民工进城有很大的差异。但他同样来自农村，被镇压的地主儿子的身份，与农民在当代所遭受的歧视，其实在本质上有诸多的相似之处。假如我们能够确定他的孔孟价值观就是农耕文明符号的话，他与政治进步的女同学的冲突，其实就是古老的农耕文明与政治化的城市文明的冲突，并最终在碰撞中崩毁了。他的命运与那些在二十世纪八十年代后走入城市走向毁灭的农村人，也几乎是一致的。

当代中国的进城农民，在城市人的眼光中，他们几乎就是一群"非法入侵者"。他们大多在城市中没有合法身份，就是那些通过各种途径，比如高考、退伍转业等，进入城市的农民，也依然被祖居的城市人视作外来者，遭受歧视和嘲笑；即使他们的身份在法律意义上获得了转换，但是，由于他们在城市里无业无产，以及受身在农村的父老乡亲的拖累，他们在城市里也是极其艰难的。

所以，进入城市以后，这些来自乡村的人物，很快或者说天然地沦为城市里的最底层。他们背负着乡村父老乡亲的希望，背负着城乡二元体制所加给他们的蔑视和轻慢，也背负着底层人物命中注定的磨难，如老舍笔下的骆驼祥子一样，孤独而自卑地奋斗，希图获得城市的身份，改变自己的命运，报答父老乡亲的期待。许春樵是一位对道德理想主义有着执拗坚持的作家[1]，但我还是在他的话语面庞上看到了戏谑、嘲弄中的苦涩。许多评论家都说，许春樵的小说特别擅长小人物的书写，但是，我想说的是，他的这些农民出身的小人物与谭歌等人《大厂》中的"下岗工人"出身的底层小人物是不同的。

许春樵所塑造的这些人物是有文化批判意义的。现代作家早就批判过现代城市文明的堕落和荒诞，但茅盾、张爱玲们所批判的更多的是消费主义文化所造成的人性沦落，而许春樵的小说，基于其小说叙述的当代文化背景，他所着眼的更多的是政治文化背景下的城乡二元体制。许

---

[1]方维保《人民性与穷人的道德理想主义——读许春樵的长篇小说〈男人立正〉》，《名作欣赏》2009年第11期。

春樵的故事中，陷表姐刘玉芬、大学生郑凡这些进城的农村人于生命苦难陷阱的，看上去可能就是城里人周克武、城市里的暴发户和房地产商人，看上去作家也是在针对着这些人宣泄着自己的愤怒，但实际上他所真正针对的是造就了这些"城里人"的城乡二元体制。这种"城乡二元"下的农村人进城故事，非常类似于当年路遥的《人生》，但是，路遥所宣泄的是顺从下的怨恨，而许春樵所进行的是价值拆毁的工程。许春樵因为将自己装扮成农村人的代言人，并在身份的裹挟下，将农村人和城里人设计成了戏剧化的善与恶、美与丑的对立角色。这样的角色设置，也导致了其陷入古典主义的审美定势中无力自拔，《表姐刘玉芬》尤其如此。

二、心理挫折的"爱情的临界中止"镜像

在许春樵几乎所有的农村人进城的故事中，都有一条爱情的线索，或者是围绕着爱情而设计出的生活波澜。将生活纳入爱情线索，或者说在生活情节中添加爱情线索，这是中国现代以来大多数小说叙述的惯用套路。但是，在许春樵小说的叙述中，有一个非常特殊的现象，那就是"爱情的临界中止"现象。我这里所说的"爱情中止"，仅仅局限于爱情中性爱表达的临界中止，并不是指爱情的结束。

许春樵小说中人物每到爱情的浓情蜜意的关键时刻，也就是两情相悦肌肤相亲的时候，就会临门一脚疲软乏力。《麦子熟了》中的麦叶与耿田在枯燥孤独的打工生活中，遭遇了恋爱，他们的肌肤之亲，是水到渠成的事情，但是，当麦叶都做好了准备，男主人公耿田却找了一个很不切实际的借口，中止了恋爱的进程。《表姐刘玉芬》中，刘玉芬与初恋情人于耕田的爱情即将达成的时候，表姐也是找了一个毫无来由的借口，匆匆离开了。《逃亡的脚步》中，如花似玉的叶慧琳爱上了老实巴交的中顺，但当叶慧琳以身相许的时候，中顺却吓跑了。《生活不可告人》中，郑红英以儿媳身份参加许克己母亲的葬礼了，但许克己却总喜

欢在郎情妾意的关键时刻，让人灰心丧气。长篇小说《男人立正》也是如此。所有的这些临界中止，都造成了令人追悔莫及的后果。

这种"爱情的临界中止"叙述，首先应该被看作是一种叙事艺术。我们很自然地就会假设，假如表姐刘玉芬在关键时刻与于耕田好上了，也就没有后来嫁到城里，受尽苦难；假如许克己不在关键时刻给郑红英以冷脸，也就不会在后来受到那么多的折磨；假如叶慧琳以身相许时，中顺顺水推舟，那个流氓也就不会再缠着她，他也就不会再因被误会杀人而亡命天涯了。一切的假设除了徒增遗憾之外，永远于事无补。但正是这样的爱情的临界中止，才造就了爱情的延宕和故事情节的延伸，以及人物命运演绎的不确定性和令人揣摩的多种可能性，如《飘》中的白瑞德和斯嘉丽之间的爱情"错过"那样。当然，这一切都使作家后文的"误会"叙事顺利展开并遂了愿。假如没有这样的爱情临门一脚的疲软，后来的情节怎样演绎，真是难以设想。

这种"爱情的临界中止"叙述，在审美心理上，是一种典型的"挠读者痒痒肉"的技法，它可以造成对人物品格的反激式的照亮。《麦子熟了》中的爱情临界中止叙述，意在说明麦叶与耿田之间的暧昧关系的有名无实，而后来麦叶丈夫对他们之间的关系的理解实际上就是一场"误会"；而麦叶丈夫因为误会而虐待妻子和杀害了想象中的情敌，无疑更增加了小说的悲剧性。在小说《表姐刘玉芬》中，表姐刘玉芬在与于耕田的恋爱现场临阵脱逃，恰恰说明了她面对城市诱惑的动摇。因为这次动摇，给刘玉芬本来纯粹的性格投下了阴影，一个性格柔弱、不自主的乡下姑娘，在城里人的诱惑下走入悲剧的陷阱，某种程度上也是自作自受。

但是，作为许春樵小说叙述中的重复性现象，"爱情的临界中止"叙述在于我更愿意将其看作是一种精神文化现象。现代精神医学认为，性爱行为不仅仅是一种生理的，更是精神心理的。法国小说家雷马克的小说《凯旋门》就通过性行为来隐喻人物的性格。人物的一切行为都体现了性格特征，性行为更是如此。新时期初期，张贤亮的小说《男人的一半是女人》更试图从精神心理现象的角度解读社会文化压力对人的性爱心理的影响。主人公章永璘的性无能，正是政治文化的阉割的结果，而他的性能力的恢复，也恰恰发生在其政治自信的重新获得之后。许春樵小说里主人公的"爱情的临界中止"，看上去似乎是出于乡下人的保守，或者道德洁癖，但实际上都是出于对爱情和生活的不自信，甚至是自卑。任何一种自卑，都是来自多种挫折的积累。尽管许春樵的小说中的爱情中止现象也发生在女性主人公的身上，比如发生在表姐刘玉芬的身上，但更多的是发生在男性主人公的身上。因此，可以得出结论，许春樵小说的"爱情临界中止"，实际上就是起源于男性的自卑情结，以及体制文化的阉割，如张贤亮笔下的章永璘。可能正是出于对这种农村男性的自卑的自觉，才会有了长篇小说《男人立正》中的对于"男人立正"的呼唤。要结合许春樵小说的乡下人中心的叙述习惯来看，它实际上表现的是农村男性的出于身份的自卑和挫折感。当然，我们也可以将这种现象理解为许春樵的保守的道德理想主义观念使然。为了保护人物清白的人格，用古老的性道德来折磨他们的人生、来磨砺他们的人格，使他们不仅成为社会生活中的完人，在性行为上也是极为严谨，一丝不苟，几乎不近人情。

许春樵反复声明，此种爱情中止现象仅仅出于技术上的考量，而我认为，这恰恰说明了他的道德理想主义已经从道德伦理生活转化成了道德伦理叙述，它所触及的也包括作者自己的身为进城农民的精神和肉体困境。

三、苦难加码的"狠劲叙述"

许春樵本质上是个人道主义者，对待笔下的人物，从广义上来说，他对他（她）们充满了同情，虽然不像郁达夫那样总是两腮上挂着"清泪"，其悲悯情怀还是溢于言表的。不过，许春樵对他笔下人物的同情和悲悯是通过他的"狠毒"叙述来表达的。

许春樵苦难叙事的第一种方式，是"正负功的拉锯"叙述。小说《知识分子》的男主人公郑凡刚从研究生毕业，生活窘迫，又背负着父老乡亲的过度的期望，本来就已经够可怜的了，但是，许春樵首先就让他找了一个穷兮兮的文化单位，去赚取微薄的工资；接着让他出去做家教代课，赚一点微薄的课时费；接着再让他去写那种脏兮兮的广告，侮辱他的良知。如此还不够，他又不断地给郑凡造成"损失"，一会儿父亲卖弄儿子的出息，使得他损失了一笔；再让他的弟弟被捉去下狱，再损失一笔；再被小偷偷去一笔，还让他做"好人好事"损失一笔，再让房子暴涨，让他损失得更多。在主人公郑凡那里，他给自己的目标做加法，而在作家许春樵这里却在给他做减法。主人公郑凡本来赚钱赚得很辛苦而且少得可怜，但偏偏"减法"的打击却接踵而至。"加法"的获得越来越少，而"减法"的损失却越来越多。郑凡一根筋地向理想奔跑，其结果却是离理想越来越远。这种加法事件和减法事件都如此地频繁，直到把一个青年知识分子折磨得死去活来，从精神到肉体彻底瘫倒在地上，再也没有爬起来的信心。

许春樵苦难叙事的第二种方式，是强悍的抑制性叙述。《麦子熟了》中的麦叶与耿田谈恋爱，在正常的情况下，在现实生活中，其实就是直来直去的事情，但许春樵非要在两个人的感情历程中，加入了许许多多的波折和意外。一方面是男女主人公情欲炽涨：孤身男女情欲的本能，丈夫的懵懂和不解风情，同是打工女的邻居的彻夜亲密，都催生和激发着她的情欲，逼迫着她出轨；另一方面，她对耿田的示爱又遭遇期期艾艾的回应，心里残存的道德顾忌，都拖延着愿望的达成。尤其是姐妹麦苗，总是如影随形，像一个监视者适时地出现在耿田与麦叶爱情的镜框里，及时出手给他们的爱情泼冷水。每一次都无比地接近，每一次又最终功亏一篑。假如一次便罢了，偏偏每一次都是如此。人物的感情在是否接受鱼水情欲的拉锯战中，来回动荡，备受煎熬，生不如死。直至最后被人误会，导致凶案发生，依然是一事无成。麦叶被殴打太冤了，耿田被所谓情人的丈夫杀死也太冤了。而在《生活不可告人》中，作家有意将主人公许克己设计为一个有着一颗玻璃般自尊心和道德感的知识分子。但是，他的瓷器一般碰不得的自尊心，却遭遇了作家不断制造出来的各种各样的"碰撞"。受过他处罚的学生升职为副教授，就够折磨他的了；接着又在外出讲学中接待单位领导狗眼看人低，对他进行羞辱；再接着他在老婆的督促之下，去求他过去的恋人郑红英帮助，不仅如此，还让他带上令人倍感耻辱的礼物，如此等等，羞辱不一而足。许春樵几乎是把中国转型期所有能够调动的社会"恶"资源，都调动了来拷打许克己。每一次碰撞，他的自尊心都受到了伤害，但很快又得到了修复，修复了再次伤害，永无尽头。作家似乎是一个狠心的旁观者，饶有兴趣地观看着这一场场的碰撞，掌握着每一次碰撞的力度，看到底什么时候能碰碎似的。终于，在郑红英的女儿憒憒懂懂的抱怨声中，他的道德疮疤被无情地撕开了，他的圣人的自尊心彻底碎了。那是一种不碰碎誓不罢休的叙述耐力和狠毒的叙述心肠。

许春樵叙述苦难的第三种方式，是"意外介入"的叙述。《麦子熟了》中，麦叶与耿田的爱情，总是不断受到麦苗的意外出现的干扰；《逃亡的脚步》中中顺杀死侮辱他的恶棍，也是一场意外；《知识分子》中，郑凡的舅舅等家乡人，甚至一个小偷也会意外出现，销蚀他可能的积蓄。这种意外造成的苦难，在小说叙述的结尾的时候更是起到了导向故事高潮和收煞故事的作用。《麦子熟了》中，让麦叶所谓的出轨被"无意"泄露给她的丈夫，最终导致了凶杀案的发生；《生活不可告人》中，郑红英的女儿在办公室里"不知深浅"地索要贿物（电饭煲）的发票，泄露了许克己的贿赂，导致他彻底被打倒。精心设计的碰撞，往往因为有心理准备，使得主人公获得了心理减震，但意外的打击，虽然从力度上来说看上去很轻巧，却更有力，更致命，更是一种躲无可躲的结果。这种意外事件的反向设计在《逃亡的脚步》中的体现就是男主人公中顺的杀人案。中顺费尽心机躲藏的杀人案，在一次意外中被证明是他自己虚构的。当清白的阳光照亮中顺的时候，他这么多年的逃亡的意义一下被瓦解了。当存在的意义被瓦解的时候，中顺也像许克己一样，一下子失去了人生的支撑。看来，许春樵的狠，不仅表现在正面意义的瓦解也存在于反面意义的消解上。偶然性的，意料之外的事件所造成的苦难，在哲学上来说，更有宿命的意义。

许春樵叙述苦难的第四种方式，是"意义涣散"的结局叙述。传统戏剧普遍地喜欢设计大团圆的结局，但许春樵的小说在本质上是反大团圆的悲剧叙述，这表现在小说结局上是意义的终端消解。《逃亡的脚步》中，中顺因为杀人而东躲西藏，受尽磨难，但是，最后的结局却是他当初的杀人案件压根就不存在，是他自己的臆想；《麦子熟了》中的麦叶和耿田，极度地克制自己的情欲，呵护各自的道德楷模的形象，但最后的结果却是：麦叶因道德污名而遭受殴打，耿田因道德污名而被杀害。《知识分子》中，郑凡孜孜以求地赚钱，要兑现对女友的爱情承诺，但最后女友却因为他太过于专注于赚钱而离开了他。故事的结局，没有沿着主人公预想的，或者说追求的结果方向发展，甚至都不是走向反面，而是落入了无意义。这样的结局，无疑既是对主人公人生追求的极大的嘲讽，也是对小说所着力建构的道德理想主义的瓦解。这样的结局无疑极大地加重了主人公的苦难感受。

许春樵小说叙述苦难的方式，可能有许多种，但是，从总体上来说，这些苦难都是同质的，甚至在许多时候也是同构的。正是这种苦难叙述的同质与同构特性，造就了其叙述苦难的加码艺术。

此种苦难加码，在艺术上以极限挤压的方式"锻炼"着人物的意志和实现目标的忍耐力，彰显着人物的理想主义的人格。许春樵对于人物苦难的复数添加法，使得人物的每一次看似无足轻重的动摇和拿不定主意，都付出了惨痛的代价，变得无比的沉重。假如说每一次苦难都是一把柴火的话，作家就是在不断地添柴加火中，冶炼人物的性格，把人物内心中、文化中的每一丝一缕的道德顾虑，都暴露得一览无余，都烧得灰飞烟灭不留痕迹。但苦难情节的累积在叙述上也显然有着不利的一面，因为这种叙述实际上属于一种文本内部的空间叙述，而同类的空间叙述的叠加，必然带来叙述时间的停滞和情节发展的中止，并相应带来审美感受上的沉闷和冗长。同时，我特别注意到了《麦子熟了》中耿田拒绝麦叶的情节。当主人公麦叶在一切都准备好了的时候，却遭遇了耿田以爱情名义的拒绝。情投意合的干柴烈火遭遇无情无义的冷若冰霜，从艺术上来说，这一情节可能为后续的悲剧故事设置伏笔，但从一般的人物心理来说，耿田此举无疑是对麦叶的极大侮辱。虽然这一情节是对于主人公心理苦难的加码，以及道德理想主义的人物品格的擦亮，但是，也造成了不真实感的发生。

许春樵在每一次的苦难加码中，作为旁观的第三叙述者，都不会给人物以回旋的余地，他非常及时地披露主人公内心受到的伤害，以及出于自我防卫心理的修复和安慰行为的失效，让主人公的心灵在不断的锤击中，颤动而且摇撼。他总是不忘将他为主人公制定的目标，如买房、爱情承诺、虚拟的杀人，或道德的洁癖，将主人公拖到残酷的现场，让主人公做出躲闪，但他所提供的又只有躲无可躲的墙角。许春樵咬牙切齿地，没心没肺地，凶狠地讲述着他（她）们的故事，有一种不作弄死人物誓不罢休的狠劲。许春樵笔下的人物，作为底层小人物，生活本身就很悲摧，但他还是不断地给他们的苦难生活加码，一点儿同情心，一点儿不忍心都没有。现实主义叙述的冷酷性，现实主义叙述强悍的叙述意志，在许春樵的苦难叙述中表露无遗。

四、细节的"劲道"与"出神"

在艺术创作中，细节往往是最能体现专业精神的。许春樵的小说之所以并没有出现前述的叙述停滞的败笔，原因在于其炉火纯青的细节艺术，以及在细节书写上的兢兢业业的工匠精神、专业精神。

当读者在许春樵不断添加的苦难故事中被折磨得死去活来的时候，我看到他依然是那么地气定神闲，不急不慢地打磨和铺展着故事的细节和过程。在《麦子熟了》《知识分子》和《表姐刘玉芬》中，我看到许多折磨主人公的故事是属于同质性的，许春樵看上去只不过将某个苦难故事置换了场景、人物而已。但是，许春樵对待每一段故事，都非常地认真。如《知识分子》中，对于郑凡的打击，可以说设计了无数次。仅他的同学等人对他的打击就有好多次，而每一次，作者都极其认真地给这一段铺设起因、发展、高潮和结局。在每一段中，人物之间的对话、情感起伏，都被非常精练地铺展开，一丝不苟。有的时候，甚至不会多一句话或者少一句话。那种精练和细致的韵味，极其令我佩服。等到下一段故事的时候，他会再次将情节进程走一遍，但场景换了，人物换了，事由换了，主人公的心理感受又进入了一个新的层次。非常细微的差异，但正是对于细微差异的精密把握，让整个大的故事虽然千头万绪但依然井然有序，精致绵密。这种细节的把握，让许春樵的小说展现出现实主义细节叙述的艺术魅力。许春樵的细节打磨的功夫，总是让我想起法国伟大的现实主义作家莫泊桑的小说。

现实主义的细节艺术，就是对所有环境和人生故事，进行细致的铺展。当享乐的细节被精细铺展的时候，享乐的故事会带来享乐的倍增；当恐怖的细节被精细铺展的时候，恐怖感受也同样会倍增，而许春樵如科学家一样在精密地展现他的小人物们的苦难的时候，也就是在拿他们的人生疮口反复搓揉，其残忍可想而知。

许春樵小说的细节魅力，不仅仅表现在细节铺展的精雕细琢，还表现在其叙述的适可而止的"出神"。

许春樵出道的时候，正是上个世纪八十年代中后期，当此时，现代主义大潮正汹涌澎湃。在华中师范大学学习文艺理论专业的许春樵，当然深受熏陶。他那时的创作，诸如《逃亡的脚步》，是很有现代主义味道的。但从后来的发展看，许春樵是越来越现实主义化了的。许春樵小说，从题材上来说，主要关注的是现实生活的人事，关注现实生活中底层社会的苦难生活；从其精微的细节叙述来说，他所采取的也是世俗的写实的观照视角。因此，在总体上，他的小说可以说是现实主义的。

但我要说的是许春樵小说的叙述融合了现实主义和现代主义的"出神"艺术。那就是小说中的几乎每一段故事结尾处的"出神"，以及叙述中的不经意的"联想"。

叙述段落的结尾"出神"在许春樵的小说中非常普遍。《生活不可告人》中，许克己在读孟子的"熊掌与鱼不可得兼"的时候，作家写道："这棵与许克己一同跨世纪的树在他的视线里渐渐地变成了一条鱼"，树、鱼、许克己在许克己的模糊的视线和出神的幻觉中，实现了叠映和相互的隐喻。而在许克己遭受了另一次沉重的打击后，作家写道："屋外风声四起，冷空气继续南下，这座城市溃不成军。"[①]自然环境是主人公生活的一部分，但自然环境的冷暖是由主人公感受出来的，作家通过自然环境的变化和城市的溃不成军，实际上写出了主人公以及所有与他一样的小人物的内心的崩溃。但是这样的叙述并不仅仅通过互文隐喻以揭示人物的内心，更在于小说情境的拓展。作家将主人公的内心的寒冷扩展到自然环境，又通过自然环境将想象拓展到整个城市。这样的"出神"手法，让叙述者迅速脱离纠结难熬的具体的叙述情境，到广阔的自然环境中透一口气；将古老的隐喻接入现实语境，避免了对许克己命运的过度的叙述所带来的尴尬，在艺术上也造就了叙述语境合理的虚实搭配，和叙述语言的诗意化。

此种"出神"并不仅仅出现在结尾，在许春樵的叙述中几乎随处可见。许春樵的小说几乎都是写事，密实的写事是他的一大特点。文学中密实的叙述往往带来沉闷和叙述的停滞，但读许春樵的小说却没有这样的感觉。为什么呢？原因就在于他在叙述中适时地利用"出神"式的联想来调节。《知识分子》从头到尾都在讲述主人公赚钱买房的故事，故事非常地多且密集，作家几乎抽不出身来对周围自然环境做某种程度的描写。但就在这样的迅速而密集的叙述中，却自始至终飘动着一个秋叶的意象。"秋天是收获的季节，黄杉在这个收获的季节破产"，"秋叶提醒郑凡"，许春樵将时间的变化绑在天气和树叶上，但他并不给予季节和树叶以特别的笔墨，而是在树叶与人物的情绪、命运之间开掘了一条

---

① 许春樵《生活不可告人：方维保点评许春樵中篇小说》，安徽文艺出版社2018年，第337页，第352页。

相互通达的暗示和隐喻的通道。看上去只是只言片语，却带动了情节的发展，把该说的说了，不该说的也省略了，秋叶看似随意，但却将时间的绳索不断地拉紧。《表姐刘玉芬》中，"刘玉芬走进张春雷办公室的时候，步子轻得像踩在棉花上，一点声音都没有，她低着头，声音比脚步更轻"[1]，极状表姐刘玉芬的小心翼翼，喜剧式的场景，带着夸张和幽默，以及反讽；如此出神同时也调节了紧张的叙述节奏。

这种"出神"和"联想"大多是比喻句式的设计，在喻体上将某种社会现象带入叙述文本，杠上开花，营造一个即时的小语境。我们可以将其视作叙述者在干正事之时，想象的一次走私、串场，顺带提及的讽刺和褒扬，有的时候有点夸张，甚至滑稽、搞笑。

需要特别注意的是，许春樵在叙述中的"出神"和"联想"，他总是能够适可而止，实现目的就迅速撤回，绝不做过多的流连，绝不会如那些真正的现代派叙述那样，一出神就飘得无影无踪，忘了归途。这样的"联想"和"出神"，一方面使得许春樵的叙述立足于写实，文风朴实，另一方面又使得他的叙述被点染上了些许浪漫和神奇，造就了他的干净利落而又疏朗、隽永、空灵的诗意化的叙述风格。

（原载《新文学评论》2019年第3期）

---

[1] 许春樵《生活不可告人：方维保点评许春樵中篇小说》，安徽文艺出版社2018年，第40页，第154页。

论李为民的都市小说及其叙事策略

在我的浅薄的记忆里，李为民是一位文学新人。但若详考近20余年来的文学期刊，就会发现他至少在20年前就有小说面世，而且后来一直以比较大的发表量，立身于文坛。尤其是在小说界，无论是他的对于都市暗生活的叙述，还是他小说中人物纵横捭阖的行事风格，更兼及他小说中所展现出的社会经验，都堪称老练。李为民的小说叙述就如同他的快节奏的连绵不绝的"话痨"语风，既断断续续又密密实实，初次接触，迎面甩来的语线，往往给人透不过气来的感觉。不过，他的比夏天的酱缸还要复杂和稠浓的叙述，却比较适合我的口味。作为一个资深的小说阅读者，我不太喜欢那些我一眼就看到底的清浅。

一、暗社会犯罪叙述

在李为民的笔下，最常见的主题是都市中带有犯罪性质的利益复杂的暗社会商业交易。

李为民叙述的商业交易涉及都市生活的方方面面。小说《大菜市》中，他极为细致地叙述有关各方对于城市综合市场——吉和街的管理权的争夺的故事。但他最为醉心的还是对进出口生意的叙述。而在进出口生意的叙述中，他又以名义上的药品生意和实际上的毒品生意的讲述为主。在《女儿你在哪里》中，作者甚至将毒品交易放到了国际舞台上，将中国警察、中国商人、美国人和俄罗斯毒枭，都调集到青弋江边。《氯硝西泮》讲述了至少四个商业交易故事，一是外商以建设博物馆为名的地皮买入，二是叙述人李为民的同学都梁妻子的咖啡馆宰客，及其利用咖啡馆和它所设置的客房非法收集官员的隐私信息，介入汽车走私获取暴利；三是我哥儿们张道文介入地皮买卖；四是作为海关领导的李为民参与汽车走私。四个商业交易，都因为"我"而纠结在一起。《卧底》讲述的是一个利益至上的"局"，不容人退出，也不容人抢夺。朱为民是一个渴望脱轨的角色。他在假意加入了朱强的势力之后，想要以朱强的秘密相要挟，讹一笔钱后金盆洗手。朱强最终借"我"之手杀掉了朱为民，使其付出了生命的代价。而想要抢夺利益的则是莫克展。这个老刑警的角色我认为是存在争议的，就我个人看来，他更像是入戏太深的演员，在看到了巨大的利益之后逐渐忘记了自己作为刑警的本来职责，虽然之前的每一步都按计划完美地完成了，但是在最终需要他做出选择的时候，他还是投靠了黑暗的一方，甚至杀掉了本为同事的王政，用染上鲜血的双手告别了自己的忠诚。小说中的两个女性角色：王政和周建萍，更多的像是在利用自己的爱情去进行利益的交换。王政自不用说，她的第一次给了同母异父的哥哥朱强，自小其爱情观就有一些畸形的成分；而周建萍和"我"的爱情，原本似乎是这篇小说中的一股清流，周建萍对"我"的爱虽然来得突然，却好像非常真挚，"我"也一度陷入了爱情之中，然而，结局却出现了反转，原来周建萍正是死去的朱为民的妻子，周建萍的出现并不是偶然，一切都是为了利益，这也正呼应了小说的主题。

李为民的小说在叙述上可以看作城市黑帮叙事和侦探推理小说的糅合。推理小说和警匪叙事属于不同的门类，侦探小说讲究设疑和通过证据收集、逻辑推导以还原真相和犯罪过程，而城市黑帮叙事则讲究以罪犯的身份展示经历和犯罪经过，类似于美国电影《教父》这样的城市黑帮叙事当然还不乏街头枪战。李为民的小说，一般都以设疑造成悬念，以类侦探叙事的真相寻找为驱动力，以利益事件为线索，让各种人物关系登台表演，以揭示利益事件中人性的真相，营构出一个紧张神秘凶险黯淡的都市道德生活氛围。

小说《女儿你在哪里》以一个陷入犯罪的警察的身份来探究失踪女儿的身份，将多重故事与侦破推理相结合，熟练地运用遮掩术和反转技巧，在最后时刻利用河堤溃口，将各色人等放在强烈的聚光灯下，揭示出真实身份和真实情感。小说中的案件惊心动魄，人物身份扑朔迷离，剧情闪烁腾挪，情节紧张且跌宕起伏。李为民的小说善于运用侦探手法和医学知识，在犯罪侦破方面给情节提供推动力。《氯硝西泮》中，我哥儿们张道文需要购买地皮，就利用"我"的精神病史而要挟控制"我"；"我"也利用商业局长张道文追求"我"前任恋人罗妮的机会唆使他下药，并利用同学都梁妻子的咖啡馆而掌控他的意图下药强奸罗妮的事实；"我"参与走私并给海关人员下药等。这些犯罪活动进行得极其隐秘，叙述人也没有透露出侦破的蛛丝马迹。但是，从公安离职的女子罗妮参与了全部过程，但直到最终才被证明是公安卧底。实际上，这部小说并不是侦破小说，而是犯罪小说。作者有关侦破的种种迹象，被掩饰在犯罪行为和犯罪心理的纷乱中，以至于成为一种灰阑。

李为民对于人物之间的隐秘关系有着推测和推理的嗜好，以至于泛化至非犯罪小说的叙述过程中，哪怕如《白兰花开》这样讲述两代人的友谊和老年人情感生活的故事，也会整得迷雾重重，尤其是父亲与蒋阿姨的关系，更是让人想入非非。小说通过一系列蹊跷情节的叙述，展现了黄家人现在窘迫的生活状态，以及黄家人欲说还休的心理。当黄、李两家人相聚之后，通过黄母蒋金香的转述，才得知她的丈夫黄启义医生，在若干年前得了癌症去世了；但当他在芜湖弋矶山住院治病的时候，却瞒过了李家。既然是关系非常要好的老同事，而我父亲当时又是卫生局的领导，为什么不找我的父亲帮忙呢？是什么原因阻碍了他向父亲伸出求援之手呢？更让人百思不得其解的是，黄家的儿子黄小弟得了精神疾病，吃药是能够控制住的，但是，黄家的大女儿黄祖民却在李家人到来的时候，有意不让他吃药，让他在李家客人面前现场"表演"。

黄家的儿子得病，李家表达心意，从经济上帮助黄家也在情理之中，但黄家也没有必要有意设计"阴谋"，来逼迫李家掏钱。从作品的语境来看，其中"敲诈"的嫌疑非常明显。黄家的大女儿和黄母蒋金香为什么要"敲诈"老朋友呢？最为关键的是，当李家遭受"敲诈"的时候，"我"和哥哥以及父亲、母亲居然都明里暗里配合着他们的敲诈，似乎是在演一出双簧似的。"我"和"我"哥哥将本来用来给父母买房子的钱转给了黄家为黄小弟买房。一切都好像黄家抓住了李家的什么把柄似的。黄祖民夫妻利用了黄家对李家的恩情，对李家进行了一次成功的道德绑架。而"我"的父母偏偏又是知恩图报的仗义的人，所以，水到渠成地顺遂了黄家的心愿。当黄家用李家的钱买了房子以后，黄小弟和蒋金香却在煤气中毒中死亡了，黄祖民夫妇将房子卖了送女儿出国了。又是一个疑问，是黄祖民为了女儿出国而制造的煤气中毒事故吗？在这部小说中，叙述者"我"（李为民）充当了一个隐秘探寻者、侦破者，也即警察的角色。李为民的小说显然存在着侦破或犯罪叙述泛化的现象。

李为民小说中的人物身份都具有飘忽不定的特点。比如《女儿你在哪里》《病人》《大菜市》中女儿生父的身份，卧底警察的身份，甚至是妻子的身份，都发生了多次迁移。身份是文明社会为了识别的需要而加予成员的符号。身份符号的固定，带来了伦理认知的相对稳定。李为民笔下人物身份的多重性、外在身份与真实身份的难以确定，以及随时可能发生的身份逆转，导致了故事走向的不确定性和危险系数的增加。人物的身份的隐蔽性或者说"名"与"实"的分离，以及无法预料的出其不意地跳转，导致了"不可信叙述"[1]的产生，以及整个叙述良知重心的坍塌。

二、异化的熟人社会网络叙述

社会学家费孝通说，中国的社会是一个典型的熟人社会，"一根根私

---

① [美]W.C.布斯《小说修辞学》，华明、胡晓苏、周宪，译，北京大学出版社1987年，第236页。

人联系所构成的网络"①。李为民的小说也善于运用血缘纠葛来构建复杂的人物关系。

李为民小说的叙述始终建立于一个熟人社会的经验之上，一个具有亲缘关系的人物关系网络。在这个网络中，经常充当叙述者的"我"，其名字与作者李为民同名，是大学英文系或中文系毕业后到海关任职的官员，父亲是一个医生兼卫生部门的领导，大哥留学美国，妻子任教中学，哥儿们在商业机构做生意。但是，我知道这些人物可能都有李为民自己，他的同学、朋友、同事、亲人，甚至可以指名道姓的小都市政治人物的影子，但是，我从不相信那些人物就是他的同学、朋友、亲人和他自己，就如同我从不相信鲁迅笔下的迅哥儿就是鲁迅自己一样。假如说鲁迅笔下的迅哥儿还有几分现实真实的话，李为民小说中的"我"的经历简直可以说八竿子都打不到。这些带有亲缘关系的人们，他们在李为民所塑造出来的芜湖的地面上活动。"我"经常稀里糊涂被捉进监狱关了两三年，比如《大菜市》中的"我"——苏南、《病人》中的"我"——钱俊泽；他们很多都有住在"干休所"的父母，比如《白兰花开》中的李为民的父母、《大菜市》中住在红砖小楼里的黄伟。他们在青弋江边，或码头上，或仓库里，或咖啡馆中，恋爱、交易、吸毒、枪战，以及死亡。显然，他们不是用来叙述作者的历史层面上的人生经历的，而是用来构筑小说意义上的异形世界的魂灵。李为民的几乎每一部小说都利用"我"哥哥、父母、嫂子或者妹妹等姻亲作为铺垫。尽管这种血缘背景，有的时候涉入较浅，好像仅仅是背景（如《氯硝西泮》），有的时候涉入较深，构成故事的主体（如《白兰花香》），但总是能够渗入作品故事的叙述肌体之中去，如《氯硝西泮》中"我"哥哥李世平的走私在小说中只是一个边缘性的故事，但是"我"以海关领导的身份帮他出货，却是小说的主要故事之一。

李为民利用他所塑造的熟人社会，从经验的角度来挠读者信任的痒痒肉。虽然他的小说不是典型的第一人称小说，但他的小说与第一人称

---

　　　① 费孝通《乡土中国》,上海人民出版社,2006年,第25页。

小说有相似的经验亲历性和对熟人社会经验的展示。

　　但是，李为民在建构熟人社会的同时，又离间了熟人社会的亲切感，他如同张爱玲一样对熟人社会的亲情充满了狐疑和确定性的悬置。《大菜市》看上去就是一个裹挟着历史恩怨的三角恋爱，苏南受到钱俊芳的追逐，而钱俊芳是教授黄谋的亲生女儿；苏南同时又受到大学女同学兼恋爱对象黄伟的追逐，黄伟又是黄谋的继女，而黄伟的母亲就是黄谋的学生。苏南与钱俊芳、黄伟谈着恋爱，与她们发生了肉体关系。但是，黄伟的怀孕，却是苏南的父亲大富豪苏里所致。《师生关系》中，我大学时追求的对象是盛晶，而她却成了"我"的好友马林的女朋友，但马林又为了获得绿卡与一个华裔小姑娘订了婚。朱敏是管伟宏的老婆，但却没有生育能力。我的妻子为了我的前途命运怀了老师管宏伟的孩子，盛晶也为管宏伟生下了女儿。利用具有不伦性质的师生恋模式，来增加故事的煽情性和复杂性，是李为民小说惯用的手法之一。《白兰花香》中以两家人的伦理纠葛为背景来讲述都市老年人的晚年生活。小说以"我"的眼光探索了父亲母亲与他们的老同事之间的似有似无的情感纷争，波澜所及，导致后代之间的关系，也让人产生疑问。扑朔迷离的利益纠葛中，暗藏着说不清道不明的血缘纠葛。

　　女儿的角色是故事里的重要角色。对女儿的血缘身份的追问，是其构成叙述的极为重要的动力。《女儿你在哪里》以一个法医系副教授兼警察对失踪女儿的寻找，最后揭露出妻子的出轨，特别是女儿并非自己所亲生，甚至女儿的亲生父亲的身份还经过了多重变化，甚至女儿生父到底是谁都几乎都成了谜。《病人》中的钱清是母亲嫁给父亲之前抢先在自己肚子里种下的孽种。一场难以启齿的事故，使钱清"感到无比的沮丧和绝望"。女儿的父亲的名分，都至少在三个男人之间辗转。《大菜市》中，黄伟的生父到底是黄谋还是其他人，也是让人一头雾水。假如黄伟是黄谋与其学生所生，为什么他还忍心用她来贿赂富商苏里，而且黄伟却住在了一个老干部留下的房子里。女儿身份之谜的重复叙述，构成了李为民的叙述情结。

与谜一般的亲生女儿的身份相应的是妻子或女友。李为民小说中的妻子的角色，往往缺少理想主义的妇德，她往往被某一个强力人物指定为某个同学或朋友的妻子或女友。《病人》中的樊燕先是嫁给汐言，后被汐言指定给了戴良臣，又成了李为民的老婆。《女儿你在哪里》中，由对女儿真实生父的追问，而展开了对于妻子私生活的追寻和展开，妻子的私生活一直是这部具有揭秘性质的小说的情节的驱动力。

其实，身份成谜的不仅仅只有女儿和妻子，还有《妹妹》中的参与贩卖文物的妹妹，由于上一辈人复杂的利益和情感关系，其中的"我"李为民并不知道梁彦和"我"的亲情关系，"我"甚至还和她保持某种程度的暧昧关系，以至于最后下药毒死了自己的亲妹妹。在《较量》中，李为民将父女亲情故事、四个同学之间的爱情友谊的变质以及生意纠纷交织叠合在一起，共同编织了一个万花筒一般令人眩晕的带有凶案味道的故事。在李为民的叙述中，亲情是淡漠的，利益经常导致父子、父女和夫妻、朋友之间的相互杀戮。尤其是男女之间"舍不得做一些与身体无关的动作，舍不得说一些与心灵有关的话，以致我后来闪电般的寡情和绝交"①。

血缘纠葛特别易于帮助我们打开通向道德和伦理的通道，李为民通过人物身份关系的不确定性，从血缘伦理的层面离间了人物由血缘关系而建构起来的紧密关系，让小说中的每一个人都由最熟悉的亲人而变为陌生人，一个彼此面对却毫无可信任的"他者"。

能够将众多熟人或亲人编织在一起的人物是主人公兼叙述者"我"。李为民总是以自己的名字"李为民"和"我"出场，"我"是一个儿子，是一个丈夫、情人，一个海关官员。虽然李为民的小说具有多重叙述视角的特点，但无论换成什么样的名字，都是"我"。"我"是李为民小说的主导叙述者。以"我"为中心的叙事，是李为民小说叙述的主要特点。而从人物的性格方面来说，"我"在小说中并不简单只是一个叙述的道具，而是一个具有独立人格的角色，是故事的深度参与者。小说中

① 李为民《病人》，《奔流》，2020年第1期。

的"我"，基本就是一个病人。作者以一个迫害狂患者的眼光来看待和编织熟人社会的关系图谱，并以"我"的亲历而证实现实社会亲情伦理的溃败。与一般的第三人称旁观者叙述不同，由于"我"与亲情伦理的高黏度关系，"我"的叙述对于伦理亲情的打击当然更为严厉和致命。

也许是出于"我"的对于亲情伦理的失望乃至绝望，所以，李为民小说中的"我"总是有着逃离的愿望，而逃离的渠道就是"出国留学"。在李为民的小说中，总有至少一个人物准备留学或已经留学在外。留学叙述的反复出现，导致其被符号化。这一方面是创作主体对20世纪八九十年代社会思潮的回应，也是其个体的心结的显现。小说中的留学情节暗示了创作主体强烈的对于现实环境的厌恶和逃离的渴望。但是，李为民小说中的"我"虽然渴望出国留学，却总是因为陷入现实纠葛而无法达成愿望。而且，就是那些如我哥哥那样的人虽然已经留学在外，最终还是卷入国内纠葛之中，而无法实现真正的逃离。

复杂的亲缘关系和伦理冲突，造就了李为民小说的令人眼花缭乱的复杂叙事形态和紧张到喘息的叙述张力。小说中的人物关系和利益关系纵横交错，钩心斗角，危机四伏，从而揭示了貌似平静的都市生活下的暗流汹涌，以及现代都市生活的魔幻，都市道德的偏离，以及现代主义的动荡不宁的心理状态。李为民小说中的人物，不仅为身体的病痛而痛苦，也为精神的失控而恐惧。他的幻觉叙述恰恰就是现代主义语境中人类骚动的内心世界的表征。

三、幻觉叙述及露底的"罗生门"

相较于复杂亲缘关系的叙述，李为民小说更多的令人眼花缭乱的是其带有疯狂性质的精神幻觉症叙事。

李为民的小说叙述特别喜欢采用具有现代主义的意识流叙述。他的小说比如《病人》《氯硝西泮》中的主人公，大都是焦虑症患者，都随身带着各种名号的抗抑郁药物，甚至毒品，诸如杜冷丁、麻黄素、氯硝西泮等。也许是为了与精神类药物相匹配，李为民小说的叙述基本都可以纳入幻觉症叙述的范畴之内。小说《短歌》是比较极端的幻觉叙事。这部小说由几次见面组成全篇，第一次见面，还是第一次见面，第三次见面，第二次见面，尾声，正常的客观的叙述流程，因为外力的介入而突然中断，就显得非常地混乱，从而夸张地丧失了前后的一致性。而这正是幻觉症叙述的应有特征。小说《病人》中有三个明显的精神病患者，分别是钱俊泽、樊燕、钱静。钱俊泽是精神分裂症患者，樊燕和钱静有妄想症。小说中三人对钱清的遇害都有不同的描述。三人中钱俊泽是第一个回忆钱清遇害经过的人，通过他凌乱的记忆可以大致了解钱清遇害的一部分情况：钱俊泽是在汐言的指示下杀人的；钱俊泽先在钱清腿上打了一枪，之后将钱清推下赭山；钱清的致死原因是脑部中弹。第二个叙述钱清死亡经过的是樊燕，樊燕在自己毒瘾发作似梦似幻时向钱俊泽讲述了自己记忆中钱清的被害——"钱清穿着红睡衣，半个身体浸泡在青弋江里，慢慢地下沉。"第三个叙述钱清被害经过的是钱静，她遗传有母亲家族基因，有与母亲相似的癫痫症状，她以虚幻的梦为依据叙述了钱清被害的经过。钱俊泽在悬崖上用枪对着钱清，钱清自己纵身跃下山崖，钱清死亡后汐言、戴良臣以及其他一些人处理了钱清的尸体，将其投入青弋江中。这是一种典型的《罗生门》式的多视角叙述方式，但是，由于叙述者每一个人都有精神疾患或者身处药物的控制之中，钱清的死亡过程要较之于《罗生门》具有更浓重的虚幻性。《罗生门》中不同讲述人的话语是清晰的，而李为民小说的不同讲述人的话语却都是幻觉的，这就使得讲述人的叙述更加地远离客观实际。

同时，李为民还喜欢将心理幻觉场景和客观外在场景穿插组合在一起来叙述。鲁迅的《狂人日记》专门为狂人设置了一个封闭自足的语境，叙述视角是单一的，而李为民的叙述却是多重的，有时候是精神病患者的叙述，有的时候又是正常人的叙述，他又对二者不加区分，这就导致了两种语境，两种话语——幻觉话语和写实话语，牛头不对马嘴的穿插和搭茬。语境落差和话语落差，两种人的话语穿插组合，两种场景的穿插组合，从而导致了梦如现实、现实如梦的荒诞感，和鸡对鸭讲的阅读突兀感，以及逻辑失效的恐惧感。同时，李为民对引号以及说话人身份的"说明"的驱逐，也导致人物话语的混淆以及直接话语与人物内心独白的混淆。此种跨语境叙述导致了李为民小说整体叙述风格的怪诞化。就如同《病人》的篇名所揭示的那样，李为民的幻觉症叙述似乎已暗示了现代社会中精神病患的普遍性。他就像弗洛伊德一样，是一位精神病医生，其眼光所及人群，每个人都是病人，而且是精神病患者，每一个的话语也都是错乱的虚幻的。

李为民小说的叙述话语也如同莫言一样，具有狂欢化特征。李为民的创作是沉浸式的，他一旦进入叙事，就会如幽灵附体一般，或者就如同精神疾病患者一般，进入很"嗨"的状态。他的叙述是滔滔不绝的，叙述语流以极快的速度抛出，再加上他那江湖中见多识广的态度，从而使得他的小说话语几近于油滑的地步。李为民对都市生活了解得多，懂得深，看得透，他急不可耐地一股脑地要将这些都倾泻出来，因为讲述得太紧，就不得不把其中的有些情节流程掐断，剪掉，或省略了，这就造成了其小说的情节经常处于似断似连的状态。可以说，这种叙述风格也是一种精神病患者的叙述方式。

但是，在李为民看上去如夏天的酱缸一般浓稠和复杂的叙述中，却总有一股清流和诚实的东西混在其中，并在最后时刻冲出混乱和复杂，露出其明亮的容颜，绽现出理想主义价值的光芒。当此时，回过头去观望其在结局之前所制造出的重重迷雾，那不过是一个受到很好的现代主义文学训练的叙述老手，在炫耀自己的手艺罢了。那有毒的黑雾的营造，原来不过是为最后出场的清纯和美好做陪衬罢了，就如同曹禺的话剧《日出》一般。比如《女儿你在哪里》《大菜市》中，尽管女儿的身份迷雾重重，但李为民还是让女儿生父的身份得以最终被确定了。好像只有《白兰花开》自始至终都在暗示，没有挑明疯儿子的真正生父，但是，小说通过父母以及大哥的重重反常行为，几乎坐实了疯儿子就是我的兄弟。《卧底》中的卧底警察虽然有着重重的外在身份的掩护，但最终还是会显形，假如他/她不叛变的话，一定会站出来主持正义。各色参与犯罪的人物，大都陷得很深，但真正的罪大恶极者，也一定会出现，并受到惩罚，比如《女儿你在哪里》中的俄罗斯大毒枭。而且，虽然小说中受到法律惩罚的人物有的是冤枉的，但这些人绝不是清白无辜的。正是在不确定叙述中的对于确定的坚持，导致了李为民小说的叙述的"罗生门"露了底。

作为露底的《罗生门》的最为明确的证据是在李为民云山雾罩的故事里，终极谜底中一定有一个或几个卧底警察在。李为民有时候甚至直接用"卧底"和"谁是警察"来作为自己小说的题目，小说中总有一个警察埋伏在叙事的暗处，虽然有时可能为叙述所忽视，但如影随形从不远离。比如《氯硝西泮》中的"我"的前女友罗妮，一开始介绍她是解职的警察，当罗妮和"我"以及张道友和都梁等人交往的时候，都是一个被众多男人追逐和被下药的受害者形象，只是到了结尾，才显示出她的真警察的身份，严格来说，罗妮从与"我"交往的那一刻起，就是一个出污泥而不染的卧底警察。而《女儿你在哪里》中则有好几个警察，法医和他的警局朋友，都是卧底，而且，其中的警察还存在着真假之辨。《妹妹》中参与倒卖文物的逃狱罪犯筛子和扎马尾辫的港商齐波，到最后时刻，才显示出警察的真实身份，并把海关人员"我"和真正的罪犯朱球子逮捕送狱。李为民笔下的警察不管身份是怎样的变换或真真假假，真实的警察却从来不会缺席。李为民在犯罪叙述中植入警察的角色，就是要利用罪犯对卧底警察的恐惧，为故事立一根看不见的线索，驱使叙述的推进，也给暗黑的叙述提供一丝光亮。警察虽然在很多黑帮小说中，都充当了勾结黑帮的角色，但是，李为民小说中的卧底警察，虽也有变节的案例，但总有一个能够坚持到底使得法律和正义得到伸张。因此，正是这些警察人物的存在，才使得他的云雾缭绕的故事，照进了一丝阳光，才使得他的"罗生门"叙事露了底。

除了总有一个卧底警察这样的确定性之外，李为民虽然为人物的身份设置重重的迷雾，但最终还是要通过各种方法披露其真实身份的。

《女儿你在哪里》中，女儿的身份虽然发生了多次转移，但最终她是谁的女儿，还是非常清晰的。《妹妹》中的梁彦也是身份成谜，但是，小说通过梁彦的暗示，隐隐约约之间就已经告诉了主人公李为民，她与他之间的兄妹关系，特别是当李为民下毒毒死了梁彦被警察逮捕后，卧底齐波和筛子更是清楚无误地告诉"我"：梁彦就是李为民的亲妹妹。结尾的类似于福尔摩斯探案剧式的"真相解说"，昭示了理性在阴谋叙述中从来就没有离场。

同时，有迹可循的还有恶人的终有恶报。《师生关系》中，管伟宏为了能生个儿子，不择手段拆散了两个家庭，但到最后也没有得到自己想要的儿子；马林为了出国使出浑身解数，但一步走错而最终成为走私犯，而且还搭上了自己的女友；盛晶虽然生下了自己的女儿，但是女儿却被朱敏带走抚养了。当然，李为民将社会中的种种黑暗揭示得很彻底，并让恶人总有恶报，真相终得昭世，但这并不意味着他要将意义彻底暴露。熟读欧·亨利小说的李为民，其小说的结尾总是那么的意味深长。"罗妮像早有准备，从口袋里掏出药瓶，轻声说，我等你出来带我去吃澳洲牛排。"《病人》的结尾似乎是爱情的回应又似乎是对于"我"犯罪历史的隐约的提醒和暗示。李为民虽然采取了现代主义的手法，但他的小说却有着古典主义的终极结局。

这种露底的《罗生门》说明了李为民小说虽然复杂，但其线索还是有迹可循的。其所叙述的虽然多是边缘和暗黑的人物及其事迹，价值上多有叛逆性和反主流的特性，但主流价值作为隐形的叙述重心，从未离场。那些恶人或者违法犯罪的人，在故事终了的时候，绝大多数都会被绳之以法，虽然说正义并不一定得到绝对的伸张。这虽然是李为民小说"俗套"的一面，但恰恰反映了他在道德底线上并不是那么地玩世不恭。

李为民的小说使用了侦破叙事、幻觉叙事等多种叙事方法，但这些小说却不是侦探片，作者只不过借助于警匪叙事和侦探叙事，来表达纷乱都市中的复杂的世道人心；李为民的小说涉及血缘叙事，但血缘叙事只是其多层次叙事中的一个层次，而且也只是作者借助表现都市社会伦理焦虑的手段；李为民的叙述中充斥着暴力、侦破，但侦破故事和暴力故事从来都没有得到真正的展开，甚至也不是借此来设计情节或写情节小说，他只是借助它们来表达他对于现代都市生活的恐惧和忧虑。

四、最后几句话

中国现代文学中的故乡之思，往往依存于有泥土的乡村，但是，李为民的小说与那些身在都市念念不忘乡土的都市侨寓者的叙述不一样，在他的小说中，很难找到些许的乡村文化痕迹，要说有的话，也就是江边的几棵芦苇而已。中国当代乡村社会的体验，从来不会在他的笔下出现。从某种程度上来说，他的创作是纯粹的都市书写。与同样长于这座城市边缘地带的何世平专注于写乡村青年的城市体验不同，李为民沉湎于都市体验的张扬。

李为民的都市小说，又与当代常见的都市叙事不同。当代的都市小说，以叙述里弄小巷中的油盐酱醋茶的居多，高楼大厦写字间中的时髦男女的情感和商业纠葛的也比较多，再有写进城乡下人的夹缝生活的也比较多，但李为民似乎走的是另外一条路，专门写都市中带有犯罪性质的走私、贩毒和血缘纠葛故事。

李为民小说中，可以看到明显的欧美小说的影响，可能既有欧·亨利、爱伦·坡，又有柯兰·道尔，甚至艾略特，还有美国电影《教父》，当然也可见到香港电影《古惑仔》的身影。假如从知识谱系上来说，我倒是更愿意将他与二十世纪三十年代上海的新感觉派看作是一路，以精神分析赤裸裸地暴露了都市人物从里到外的病态，不过新感觉派要比李为民的小说更加的凄凉和艳丽，而李为民小说则多了几分智性和阴谋论叙事。

（原载《当代作家评论》2021 年第 3 期）

生存恐惧的诗意触摸

——潘军小说论

先锋小说家潘军的作品对流浪与漂泊生活具有极深的痴迷和眷恋。其作品大多是以"在路上"来展开故事线索的，具有英雄主义的精神和海明威式的硬汉精神。正如海明威总是不断地抒写着对死亡的认识一样，潘军的叙述虽然生机蓬勃，却和所有现代主义的小说家一样充满着对生的恐惧的真切体验。追究潘军小说中的恐惧感，不难发现其根源在于他深层的历史文化悲剧意识，以及他对历史的不可把握的体认。潘军对硬汉精神、对高贵的流浪汉精神以及对于恐惧感的表达，是充分诗意化的，有着"行吟诗人"的气质。

一、"我"：浪子与硬汉

潘军的小说总是喜欢以"我"作为主人公，如长篇小说《风》《海口日记》，短篇小说《三月一日》等；即使是有的作品不用第一人称，而是用第三人称，如《桃花流水》《秋声赋》等，主人公仍然有着第一人称"我"的痕迹。

潘军的小说不是现实主义的，而是浪漫主义的。这个"我"是一个具有浪漫主义色彩的文学形象。

中国"五四"作家特别喜欢运用第一人称来叙述，日记体小说、抒情小说等非常风行。这是一个浪漫时代特有的情感表达方式。但如若从叙述方面来考察，"五四"抒情小说中的"我"还是比较复杂的。如郁达夫的小说，其中的"我"具有三重性：一重是作品中的人物形象；二重是叙述者；还有一重则是作者。这三重是叠合的，在很多的时候是没有办法分清的。可以说，作家借助于这个"我"在塑造一个形象，也就是说在展现一个生命故事；同时，它也是作家笔下的讲述人，如鲁迅的《伤逝》；同时，在讲述人以"我"在讲述的时候，也把作家自己的故事讲述了进去，成为作品主人公故事的一部分。所以，克莱夫·贝尔说，文学是作家的自叙传。这种"自叙传"小说与作者的真实生活有着很强的对应和指涉关系，但不是客观对应，而"自传"则是一种公认的文本指涉，指涉的中心便是作家的人生。

在潘军的小说中，读者可以很容易找到作家自己的人生经历：他的童年，他的成长，他的工作单位，他的婚姻，他的家庭，他的同事们，以及他与他们的关系和纠葛，他的不断的迁徙生活——怀宁、安庆、合肥、海口等等，他的每一个时期对他人和社会的真实的心理；还有作品中的"我"大多具有"作家"的身份，这也与作家潘军的身份相同；小说《独白与手势》中的"我"在商人与作家两种"职业"之间来回摆动，也与作家潘军的经历非常逼近。不要说，这些"我"都有着作家自己生活的影子。郁达夫当年曾说"文学作品大都是作家的自叙传"，这句话用在潘军身上是大体合适的。也就是潘军的小说中有着对现实的确定的指涉，某种程度上就是"自传"。《海口日记》、《独白与手势》三部曲、《对话》、《关系》等都是准自传体的写作，甚至《独白与手势》与《海口日记》在时间和人物上就有"情节"和"经验"的衔接性。

自传体文学天然地易于表现作家的个人立场和经验。潘军说："整个《独白与手势》是我一生生活的大背景，与我个人的命运和经历是有点关系，或者关系不少。"但是，他说，"我没有想去写一部回忆录，或者半自传体小说，它实际上只是满足了我倾诉的欲望，人有时候需要倾诉，我只是通过这个小说自己对自己说说。"①显然，潘军小说中的那个"我"并不全是作家自我。假如把这个"我"单纯看作作家的自我，也就是说把潘军的小说看作是"自传"，那就大错特错了。文学在某种意义上是一种观念的产物，也就是说具有"虚构性"。就是那些自传作家也是如此，因为语言是幻想的；而文学更是以幻想而获得合法性的。潘军小说中人物，如《重瞳》中的项羽，虽然是一个历史人物，但是在小说中却是一个具有强烈观念性的主体；作品以项羽的口吻进行着主观性极强的叙述，更是强化着这样的主体性。《秋声赋》客观性很强，甚至利用"我"叙述的亲和力，来坐实这种"真实性"；但其中父子两代人的纠葛，对于"我"来说仍然是一个虚构的故事，尽管它可能存在着真实的原型。还有如《结束的地方》等作品中军人的情感生活，也都是虚构的，尽管它被用类第一人称在进行叙述着。《小姨在天上放羊》有着作家童年的经验和感受，但那也是体验性，是心灵的观照，而不一定是生活所实有。

文学作品的内容有着作家生活的倒影，但却并不是作家的生活镜像的复制。小说家潘军自始至终都在利用"我"的向心力构筑着一个充分自我化的空间。以"我"来命名的叙述，是以自我为中心的，也就是说，它具有浪漫主义的典型特征。浪漫主义的"我"同时也是抒情性的，它要不断地通过"我"倾泻自我的情绪。

浪漫主义与古典主义叙述最重要的差别在于，古典主义追求"确定性"，而浪漫主义追求"不确定性"；而现代主义（后浪漫主义）对于"不确定性"就更加的迷恋。潘军的小说中的"我"就是一个具有"不确定性"的"浪子"的角色。

人类对流浪有着持久的迷恋。有人类学家曾经考察出，在人的基因中存在着流浪的因子。当人类结束自己的类人猿生活而定居下来时，这样的流浪因子就沉淀在人的潜意识的深层，只有那些艺术家在他们的作

① 青峰《云霄上的浪漫主义——先锋小说家潘军访谈实录》，《南京评论》，2003 年 1—2 月合刊号。

品中才能将这样的潜意识呈现于现存的人类的面前。所以，自古以来流浪汉文学都极为发达。远古时期中国的《穆天子传》、犹太人先知的吟唱、英国文学中的流浪汉文学，都以流浪为题材，都表现了人类对流浪的迷恋。甚至俄国的老托尔斯泰在临死之前还要出门流浪。但真正具有诗化性质的、浪漫的流浪，是属于诗人自己的。中国古代诗人屈原、李白的所有的诗作都是流浪生活的结晶；中国现代散文家梁遇春甚至把流浪看作是人性的至高体现。流浪是浪漫主义的催情剂。真正的诗人都是所谓的"行吟诗人"，也就是流浪诗人。

潘军在生活中选择了"漂泊"作为自己的生活方式，他的作品也对流浪与漂泊生活具有极深的痴迷和眷恋。潘军甚至说"流动的生活会使小说飞腾"。所谓的"漂泊"和"流浪"，其实就是一种"在路上"（On the road）的生存状态。早期的长篇小说《风》是在作为记者的"我"的流动的调查中讲述故事的，因为故事是与"我"分离的，所以它还只是准流浪小说。可以说，潘军真正的流浪小说是在他离开"红门"自我放逐之后才出现的。到达海南之后的一系列带有自叙传色彩的小说强化了这种流浪情怀。《那年春天和行吟诗人在一起的经历》讲述的是"行吟诗人"莫名的流浪；而《去茂名的路上幻想一顶帽子》《海口日记》《独白与手势》都完全以"我"的流浪行程为故事的线索，讲述"我"在梨城、茂名、广州、海口、河南和北京等地的流浪生活，讲述"我"的闯荡、失败，讲述"我"在流浪中的困惑与焦虑。潘军作品中的主人公的活动空间虽然不及海明威笔下的人物那么的广阔，但却与海明威的《别了，武器》《太阳照常升起》和《丧钟为谁而鸣》中的主人公们一样有着对流浪和定居的两难抉择的矛盾和焦灼。

这种在流浪中构筑起来的"我"的形象，在某种程度上必然造就了潘军小说话语中人物形象的英雄性。中国传统民间文学的硬汉想象是《水浒传》式的，它遵循一种血腥的"刀锋"原则。它通过屠杀生命以显示自我的价值，以表达对世界的反抗。但是，暴力是反人性的，尽管有的时候它也是实现正义的必要途径。但，真正的硬汉却是精神性的，是一种知识分子对世界的表达姿态的方式，是羽化肉体之后的灵魂的存在。这种硬汉想象存在于英国小品文中，存在于现代浪漫主义和现代主义的大师莫里亚克、博尔赫斯和马尔克斯的不朽著作中，也存在于受到他们滋养的中国小说家潘军的浪子的流浪之中。

世界是一个世俗的实在。其状态大略如卡夫卡所描述的"城堡"。它具体体现为世俗的稳定的家庭生活，固定不变的婚姻模式，不断增值的金钱，预期煊赫的政治权力，以及人与人之间相互的讨好式的"人际关系"。它以网络综合的形式造就了马克思所说的"关系"；当然也是一种体制，一种伦理秩序，以及相应的情感和道德。在潘军的小说中则被叙述为"我"和妻子的婚姻关系，"我"曾经寄身的权力机关"红门"和故乡城市"蓝堡"，当然也包括《独白与手势·蓝/白》中的"我"的好朋友官僚冯维明这样的人物。这样的一个世俗的存在，对于一个俗人来说，沉浸其中是一种幸福；而对于一个超越于世俗之外的灵性诗人来说，它是庸俗的，因为它以其稳固不变的肖然扼杀了灵性，扼杀了诗情。米兰·昆德拉指出，所谓的"媚俗"就是制定人类生存中一个基本不能接受的范围，并排拒来自这个范围外的一切。①

追求自由的流浪者所不能容忍的是"媚俗"。他以迁徙和逃避来反抗。迁徙流动作为一种存在方式，是从过去的限制中解放出来的第一步。流浪者不是乞讨者，流浪者以一种高贵的姿态蔑视庸常，对一成不变的固定状态进行反叛。流浪者有一颗超越于芸芸众生之上的高贵的头颅。流浪中的人，作为主体摆脱了世俗和世俗的体制的束缚和压制，在流浪中，人获得了精神的最大独立。因此，浪子是真正意义上的硬汉，因为他敢于对世俗和既成文化和体制和权力不妥协甚至反抗。在"我"的不羁的流浪之中，那个对立的世俗存在崩溃了，因为它失去了存在的价值；在流浪中，浪子才脱离体系的束缚获得了一种"本真"的世界。

中国传统文人文化崇尚隐遁式的自我求真，这很显然是一种消极的

---

① [匈牙利]米兰·昆德拉《生命中不能承受之轻》，韩少功，译，作家出版社1995年，第267页。

伦理姿态。潘军小说中的"我"有规避世俗的一面，但是其真正的英雄性却是存在主义式的对生存荒谬性的承担。加缪在他的《西西弗斯的神话》中，论证了这种荒谬的存在，即人不得不面对现实的无意义性。而人的伟大之处恰恰在于对于这种荒谬的承担和义无反顾的直面。在潘军的小说中，"我"的无处不在，使"我"虽处于文本语境的琐碎生活之中，但又有着凌越其上的视野。《独白与手势》图1正是创作主体对车水马龙的喧嚣世界的平淡谛视后的观照。从《独白与手势》所提供的绝大多数视觉文本来看，"我"对自我内心的痛苦有着极端化的关注。"我"是一个"自由圣婴"（见《独白与手势·白》图9）的形象，连接/属于着世俗与彼岸，而又对二者有着双重的拒绝：沉入于世俗的甜蜜与享乐，而又拒绝世俗的诱惑，拒绝与世俗同流合污，表现出"出污泥而不染"的高蹈的品质；向往着彼岸，对形而上有着不竭的追求，但不愿意充当柏拉图；"我"的内心时常流露出强烈的道德正义的关怀，又有着无法挽回的悲剧感。

诗人顾城曾说："黑夜给了我黑色的眼睛，我却用它来寻找光明"（《一代人》）。荒诞的存在中铸就的自我必然也处于荒诞之中。潘军作品中的"我"在苦苦的追寻中对自我的荒诞感和对意义的空洞性有着深切的体验。但尽管如此，"我"仍然是一个自由圣婴，飞翔在无意义和价值之上。这就是对荒诞的承担。"我"的追寻和对无意义的行为的承担与《老人与海》中的圣提亚哥在精神气质上是一致的，有着鲁迅《过客》中行者的猛士的品格。因此，在这个意义上，潘军笔下的"我"的流浪实质是一次精神的"行走"过程。

潘军的小说中的"我"是男性的。就如同米兰·昆德拉小说《生命中不能承受之轻》中的托马斯一样，硬汉也是不拒绝异性的，男性的硬汉更需要女性来彰显自我的男性形象。这是流浪之所以让人迷恋，并具有浪漫诗性的重要方面。

远古时期的"美女与野兽"的故事，穿越时间的隧道，经历了无数的朝代，但它依然呈现在文学的想象之中。在审美上，这是一个力量与柔美相结合的精神文本；而就两性关系来说，则是他与她存在的依据的互证。正是美女衬托起了硬汉的精神气概和伟岸形象。无论是中古欧洲的罗曼司还是中国二十世纪三十年代的红色罗曼蒂克，它们的浪漫诗性的重要来源是书写浪子对女性美的欣赏与品味。浪子与硬汉文学都是具有浪漫气质的，如同海明威和雪莱和拜伦。而浪漫之美的最大体现莫过于对女性之美的赞誉。潘军也如同海明威，喜欢在表现硬汉气质的时候用女性的阴柔来衬托一样，在表现"我"的高贵气质的时候，潘军也喜欢写女性（但很少有女性成为他的作品的中心人物，《秋声赋》除外）。

从潘军小说的整体来看，其作品中的女性品格往往呈现出极端的矛盾性，但从演变来观察，则又有前后的差别。潘军早期的先锋创作中的女性往往都是世俗的可怜的存在，如"我的妻子"；或者是不可信任的异己的存在，如早期的小说《南方的情绪》中"我"在火车上邂逅的情人。而到了《秋声赋》之后，女性形象则渐变为精神寄托的家园，如"我"的女儿、"我"的情人们和项羽的情人虞姬（《重瞳》）。前者是人性的抑制力量的象征，而后者的作用又非常类似于骑士心目中的贵妇人，她们是精神的寄托和灵魂的慰藉。前者凸显了流浪者的孤独，而后者则是孤独者的反顾。从一般意义上说，只有女性才能衬显出男性的阳刚之美，才能激发起主人公冒险的勇气、坚强的意志和勇敢无畏的精神，才能将他塑造成面对现实和生存困境的不屈不挠的硬汉子。潘军的小说中的"我"正是在这"一般意义"上体现出一种男性的强悍、坚韧的阳刚之气，体现出人生的意义就在于一种精神：敢于承受痛苦、蔑视死亡。没有温柔美丽女性的流浪是令人难以忍受的，潘军笔下的"我"也是如此。

与女性所提供的功用一致的是故乡。浪子和硬汉常常会上演回乡的把戏，就如同项羽自始至终有着衣锦还乡的梦想一样。潘军的作品中不但古代硬汉项羽有着还乡的梦想（《重瞳》），而且作家自己也时常在有关故乡的写作中倾诉着真实的情感。当作家叙述自己的父母、过去的情人的时候，他虽然是酸楚的，但他的内心对此却充满了回归的温馨的安慰。

总之，无论是故乡还是女性，对于硬汉其意义都是双重的。它们提供了反顾和疗伤的所在，在这里，"我"获得了力量的泉源；但同时，它们也会成为世俗的一部分，成为浪子流浪的羁绊，一种压抑灵性挥发的存在。在它们衬托铁骨之柔情的同时，正张着一张罗网等待着。

而真正的硬汉是高蹈于一切世俗之上的，无论是世俗、女性还是故乡，他们都只能是衬托硬汉威仪的参照物，也许硬汉在某些时候对他们有着向往和迷恋，有着沉迷的诱惑，但他永远是独立的，他永远只把它们作为一种挑战物。正是在面对挑战的过程之中，他才显现出一种高傲猖狂的精神气度。就如同潘军喜欢自己设计封面，并在封面上给自己安排一个影像位置一样，其小说叙事中的"我"带有自恋性，在"我"对于"我"的叙述中带有对自我的欣赏和迷恋。

二、历史的"沙滩"

历史，从一般意义上来说，它具有客观性，即作为已经发生的事实，具有不可更改的特性。但是，历史是语言叙述的产物。因此，历史又具有很强的阐释主体性。对于所谓"历史"的叙述，方法是多种多样的，有对历史的记述，如《三国志》，它尽量保持与历史"本相"的一致；这在习惯上被看作是与历史事实具有对应性的叙述。这基本上是历史学家的责任。而文学对于历史的叙述，可分为三种情况：一种是对应性的历史指涉叙述。这种叙述的主要功能在于历史现场的事实性还原，这就是常见的所谓"历史小说"，如《三国演义》。这种叙述存在着重新阐释性和想象性，但是，其历史趣味使其企图以假乱真，虽然其所叙述为想象但仍然以"信史"作为标准。另一种是革命现实主义的历史叙述。在马克思主义的历史唯物主义话语中，历史是确定的，时间的自然流程——从过去，经由现在，流向未来，是一种自然规律；而人类的历史也是确定的，即由原始社会，经由奴隶社会、封建社会，到达社会主义社会，并最终到达共产主义社会。作为马克思主义历史观影响下所形成的文学叙述，革命现实主义以"历史趋势"来叙述与构想历史，所以历史于是成为一个符合"趋势"的因果前定的链条。这种历史必然性的知识，往往使得现实主体（所谓的"此在"）获得了安全感和稳定感。第三种则是新历史主义的表现性叙述。它所追求的不是历史的事实感，而是作家的历史观和情绪性，这是"故事新编"式的讲述。主体性膨胀是它的主要特征。它出现于现代语言哲学的背景之下，张扬语言对于历史的再造能力。

潘军这代人，从他们所接受的知识资源来考察，基本是革命现实主义的。革命现实主义作为一种意识形态，它在本质上是以革命理性为主导，在创作上体现为对历史整体性和文学整体性的追求。它强调历史秩序性，稳定性和对于未来的明确的预见。但是，吊诡的是，几乎所有的先锋小说家的叙述都是反秩序性的，他们对历史叙述的共同特征就是其"不确定性"。他们的历史价值观更接近于新历史主义。

这种历史观念，对既有历史怀有强烈的怀疑主义。就如同《重瞳》中的项羽所说的，"许多地方不是那么回事。这就是我今天要出来说几句的原因。我没有别的意思，反正我已死过了两千多年，问题是有些事只有我自己知道，我要不说，就会越传越邪乎，以致我到现在莫名其妙地成了戏台上的一个架子花脸。"而那都源自他们对于历史的认知和解构的冲动。这是一种"记忆的背叛"，是一种"反历史"的叙述。历史叙述所追求的是"真相"，而所谓的真相是合历史逻辑的；而"我"的叙述就在于揭露这种真相和事实的虚假性和荒诞性。

与历史必然性相对立的是偶然性历史观，潘军于是便从对历史链条的解构入手，张扬历史的偶然性。潘军在小说中大量穿插偶然性事件，并竭力渲染它对整个发展过程的冲击作用。如小说《重瞳》中项梁杀郡守起义的历史正当性在其中恰恰被归结为偶然。原来以咳嗽为号的起义，固然表面上同样依例完成了，但实际上有意的咳嗽信号其实是源于喝茶呛水，郡守作了替死鬼，起义却也不得不按部就班进行。小说《三月一日》中主人公的死亡等一系列事件都是"偶然"发生的。这种偶然性叙述使得历史因果链因此断裂，历史丧失了它的必然性，变得扑朔迷离，若隐若现和支离破碎。《白底黑斑蝴蝶》也是一个比较典型的"后现代"文本，它采用了"拼贴"的手法，把一些不相干的东西放到一起，进行了重新组合。"偶然性"之间的联系，诱发了"颠覆"性的宿命趣味。小说似乎向读者揭露了历史家的"丑行"，因为历史家对历史的叙述，只是对历史碎片的推测和缝补，并冠之以"必然性"之名。而"历史家用清醒理性撰写的真实和皓首穷经的考究其'真相'可能不过是偶然"，而"这种不合常规逻辑的非理性"却往往值得关注。①

而这种"历史相对主义"在潘军早期长篇小说《风》则表现为对既存"历史事实"的"延异"。《风》的故事由现实、回忆、想象三块组合而成，依照惯常的叙述，这三块最后应当指向一个共同的主题——意义，如茹志鹃的《剪辑错了的故事》和谌容的《人到中年》都是多视角叙述，但始终是围绕一个中心，或者说是在确定一个"事实"。但潘军在文本中把应该被确定的"英雄"一再置于被"疑问"的处境：叶家有两个少爷都可能是英雄"郑海"，但打开英雄的墓，却发现棺材里的骨骼有六根指骨，分明是叶老爷的义子六指。确定的"意义"在此被以疑问的形式延迟。前来给墓碑揭幕的专员林重远自称是"郑海"的战友；既然"郑海"可能是子虚乌有，那么这个"战友"又从何来。"意义"再次被抛出叙述之外。故事接下去更是离奇：在青云山上，林专员遇见了一个老樵夫，他们一见如故，便常常在山上的亭子里下棋，种种迹象表明他们就是当年的叶家兄弟。几天后，人们发现林专员死了，老樵夫也从此消失了。"郑海"的墓碑一夜之间被铲平，成了一块无字之碑。"意义"至此被彻底埋葬。所指就这样不断被提及，但最终却没有明确

---

① 朱崇科《自我叙事话语与意义再生产——以潘军的〈重瞳——霸王自述〉为中心》，《海南师范大学学报》，2007年第6期。

的指向，文本也因为脱离所指而成为叙述游戏。

小说《和陌生人喝酒》中仍然笼罩在这种神秘的气氛中，陌生人 A 的婚姻波折是通过他的自述、我的转述、她的证实和我的亲眼所见来逐段展开的。在这展开的故事中，阅读者最急于了解的是主人公离婚的真实原因，这构成了作品的情节，但同时这正是作品所播散的焦虑情绪的集中所在。他的离婚的真实原因被一再地"落实"，但在每一次落实的当下，阅读者就马上感觉受到了欺骗，因为那还不是"历史的真相"，真相一再地被"迁延"，那导致 A 夫妻离散的两张交响乐的票到底是谁送的？"很长时间以后，我突然明白了许多。我想这件事做起来并不难，而且做事者早已是胸有成竹了。或许这就不是个玩笑"。那么，是否是那个最终和 A 共结连理的大提琴手呢？同样是不得而知。"真相"被掩埋了，而且可能永远不会被揭示。真相永远不可被确知，人的言说可能每一次都接近，但每当接近时却发现接近的并不是"真相"，而是一个新的假象。当真相不可被确知的时候，所有的对真相的言说都成为了语言游戏。当人的两脚总是蹈在虚空中，你还能宁静而安详地活着吗？当历史被虚无化的时候，人的存在难道不是一场荒诞？这部短篇小说与长篇《风》保持着一致的叙述格调。这种历史怀疑主义和对叙述形式的迷恋即使在风格有所改变的后来也一直被保持着。

这样的叙述与日本导演黑泽明的影片《罗生门》的叙述策略有相似之处。在《罗生门》中，所谓的"真相"是通过法庭论辩的方式，由谋杀在场者各自的讲述来呈现的，由于各自的嫌疑人身份，他们的讲述都一方面试图撇清自己，另一方面又都试图嫁祸他人，因此这些辩解的话语不但没有洗刷他们的谋杀嫌疑，反而加重了他们的可疑性。潘军的不同在于，一切的真相都是由一个"我"的讲述来完成的，《风》是如此，就是《和陌生人喝酒》也是如此。在《风》中，虽然"我"的采访具有时间性，即具有明晰的线索，但"真相"是被逐次剥离的，"我"对既有真相的信服，在遭遇的故事和讲述中，虽然叙述者愿意将虚构留作"谜"，好给"我"留下期待，但还是被一次次地"证虚"，最后完全被指向空洞。

小说《和陌生人喝酒》对真相的叙述则更为缥缈。潘军与同时期的马原等人一样，接受了博尔赫斯"叙事迷宫"的影响，制造出一种评论家所谓的著名的"马原的叙述圈套"。这体现在作者对小说真实与虚构之间的有意混淆，作者常常以叙述主体的姿态介入小说，打破了传统小说的"真实化"企图，使小说呈现出元小说的叙事特征。但潘军与马原有所不同的是，马原小说中的叙事，往往是一些片段化的故事情节的连缀，故事常常有头无尾，作者的叙述态度煞有介事但又漫不经心。对于马原来说，叙述不再是为内容服务的手段，而是小说的目的。马原赋予叙述以小说的本体位置。但潘军的题材不是马原的冈底斯山脉，而是现实的谋杀。因此，马原能够在扩张小说叙事本能中使所指空洞化，而潘军则有着意义指向。作家通过摇镜头式的动荡不定的叙述，不断地变换叙述视角，使故事彼此交叉，又彼此消解，割裂叙述与深度意义之间的联系，使故事本身呈现出神秘莫测和闪烁不定的"故事本能"，一座让读者头晕目眩的结构迷宫。而历史/真相因多种可能性的呈现，而被拆解，分割，且只停留在可能性阶段，或部分真实阶段。阅读主体只能窥见"部分"，当他因此而迷惑或无所适从的时候，正好承认了作者的"历史不可知论"。在这里，潘军的有关存在的本能与他的叙事以及融合为一体，总体上烘托出一种"沙滩的感觉"。

解构"真相"是潘军小说创作的原始性冲动。在被评论家称为"近十年来最好的先锋小说之一"的《重瞳》中[1]，潘军继续着早期的对历史"真相"的解构热情。在中国文化中，历史具有官方的地位，其叙述也具有强迫接受的不容置疑性。而潘军则利用现代主义的多重声音的"喧嚣技术"，来解构这种不可冒犯的确定性。小说中，潘军首先将历史的官方叙述变换为霸王的自述，在项羽的"回忆"中来展现历史的个人性。项羽的亲历者的角色地位，让所谓的历史学家的叙述变成越来越荒诞无稽的胡编乱造。而且，以"重瞳"的视角切入，更是让项羽的性格

[1] 王达敏《〈狂人日记〉与当前小说的超现实写作》，《安徽大学学报》，2002年第6期。

走向多重人性化。他不是人们惯常印象中力大无穷的莽夫，虽然英勇无比，却头脑简单刚愎自用，他是有血有肉，有着清晰理性思维和个人意气的热血男儿。从此意义上讲，"重瞳"消解了前文本中项羽身上的神性光环以及过于分明的性格背离，而更呈现出人性的光泽和温度。其次，潘军运用了元叙述的手法，使作家的自我加入到对历史的探讨之中。小说中的作者、隐含作者和项羽的叙述是错综交杂的，显在的合逻辑叙述和隐形的"移花接木"并存——"我觉得有些事还是需要说上它几句。这也就是我愿意通过一个叫潘军的人来发表这篇自叙的真实原因。我没有以正视听的意思，民间关于我的传说至今不衰，说明我至少还有值得一说的可能性。至于我的话是否可信，那是另一个问题。"历史与现实，作者与人物的交流在传统的叙述中是不可能的，但在潘军的小说中却实现了，这是现代主义叙事的一个成果。这种叙事在"我性"的维度上与《风》是相似的，但是它对历史与现实隔离的打破，而又不将其纳入传统的鬼魂叙事，又与《风》有着很大的不同。小说终于摆脱了历史的僵硬外壳，而直达活性的灵魂的深处。

正如我前文所述，潘军小说的个人化历史叙述其原始冲动在于解构确定的历史真实性，小说家所要呈现给你的就是"历史的不可把握性"。潘军的历史叙述具有现在的意识形态意义，它解构了"必然规律"之下的神秘主义宿命。这既是对于现实的"革命"历史话语而言的，也是对于传统的历史叙述而言的。

作为先锋派小说家的潘军在叙述历史时对既有的历史叙述法采取了非常明显的反叛的姿态，如同对待"黔之驴"一样的嘲讽和戏弄的态度，他总是尽量使"历史"（真实—本事）与叙述分离，证明了历史不仅仅是"历史"本身，而且也是一种叙述的结果，而正是多视角的叙述（主体）使历史离开真实越来越远，真相越来越成为永远不可谛视的永恒之谜。能指碎片或者说本文之网，"延异"了可能隐藏的意义，本文成为纯粹的能指游戏，"语言主义"分散了或者说消解了中心，这样的文本操作体现了先锋派对于"习惯"中的语言之后的意义的怀疑甚至谋杀。这样的能指游戏,揭示了被"习惯"了的叙述背后的所隐含的真理。这样的叙述是对传统现实主义,特别是"红色古典主义"时期的"中心主题论"和故事因果链及其对阅读主体的强迫性主宰的强烈反拨,在还原历史的同时也诱导阅读主体参与历史和思考历史。

潘军的这种历史叙述具有自我主观性和审美想象性。潘军说:"'历史作为一种书写'是我一贯所认同的。1991年我写《风》时,我就在企图表述这种见解。历史不在现实,而在人心。即使是客观的历史,那么这客观也只是一种主观的可能性。但是我同时认为,历史是暧昧的,它总是在真实与虚伪之间飘悠。其实,对于这个家喻户晓的历史题材,大家感兴趣的是,我怎么把它写成了这个样子。"①潘军曾将自己个人化的历史叙述称之为"历史的自我文本"②。在潘军的叙述中,历史不再是公共关系史,而是个人史、个性史和生命史。尽管潘军善于写作历史,诸如项羽的故事(如《重瞳》)、"文革"时期的故事(《一九六七年的故事》)、解放战争时期和抗日战争时期的故事(《结束的时候》)。但是这些故事在潘军的笔下都是悲剧的材料。在这样的历史讲述中,历史和现实也就是没有什么分别了,所有呈现出的生命场景都是"历史"。因此,所谓的历史事实或历史知识也就不那么重要了,正如潘军所说,"我说过,我这个历史人物面对历史是个门外汉,我不好就此发表看法。"③"我首先想到的是能不能有另一种解释,哪怕是一种离奇的、浪漫的,但又是很美的一种解释。既要在规定的史籍中去寻找新的可能性,又不能受此局限,想借题发挥一番。"④当历史成为主体叙述的产物,它挣脱了"传统的历史书写方

---

① 青锋《云霄上的浪漫主义——先锋小说家潘军访谈实录》,《南京评论》,2003年1—2月合刊号。

② 康志刚《流动的生活流动的小说》,唐先田主编《潘军小说论》,安徽大学出版社2003年,第361页。

③ 潘军《白底黑斑蝴蝶》,长江文艺出版社2001年,第143页。

④ 潘军《跋:建构心灵的形式——潘军访谈录》,《白底黑斑蝴蝶》,长江文艺出版社2001年,第374页。

式",即不是"借助历史的小说"的"历史小说"①,而是作家张扬恣肆的叙述。作为小说家的潘军对历史的个性化书写极大地呈现了语言的存在意义。存在主义哲学认为,语言是存在的家园,在语言之外别无他物。潘军通过重构历史叙述的语言维度,而重构了历史。他让我们看到,所有的历史(包括历史中的人物,自然和一切的生命)都只"活"在"我"的叙述中,"我"的语言中。作为小说家的潘军"完形"了一个哲学的命题。正是在这个意义上,批评家王达敏才称道其为"自信智慧"的"历史的自我文本"。

三、恐惧的体验

历史是生命的语言形式。当历史成为流动的"沙滩",成为无法切实踏足的所在的时候,生命也就没有把握,成为了被悬空的漂浮物。在悬空的感觉之下,恐惧便油然而生了。恐惧是什么?恐惧是一种发自灵府的"不安全感"。那是一种因为难以名状的、未加思量的、未经证实的境遇与情绪所引发的恐怖。潘军的作品有着英雄主义的精神,有着海明威式的硬汉精神。但是正如海明威总是不断地抒写着对死亡的认识一样,潘军虽然更多的是对生的气息的把握和沉迷,但他的作品中却和所有现代主义的小说家一样充满着他对生的恐惧的真切体验。

正如我前文所述,潘军解构了客观实在的历史,并试图将其还原为不确定的存在。但是,古典主义的安全感在于,虽然它的"上帝"是神秘的,但是其所呈现给我们的却是和蔼可亲的人格化的形象。革命现实主义的历史必然性是宿命的,但它却给了我们寄身其中的一个不会随意发生变动的稳定性和生活在地面上的踏实感。在驱逐了唯心主义的上帝和唯物主义的历史必然性之后,存在的神秘性就失去了它与我们之间的遮挡物,而直接抵近了我们的生活。就如同曹禺的话剧《雷雨》,在没有上帝和灵魂之后,自然的"雷声"都可能成为我们的生命主宰,一切

① 唐先田主编《潘军小说论》,安徽大学出版社2003年,第145页。

的巧合都可能成为完全不可知的宿命的"碰撞",伴随着恐惧的神秘主义,不可知的威胁与我们的生命如影随形。追究潘军小说中的恐惧感,我们不难发现其根源在于深层的历史文化悲剧意识,来源于他对历史的不可把握的体认。

在潘军的历史叙述中,我们可以看到,历史就是那种确实存在的但又是不可确知的宿命般的悬念。它在发生作用之前会给你暗示,但真正发生的时候还是令你措手不及、令你不可思议、令你心惊胆战。命运在不断地重演着,人在不断地通过种种方式企图逃避,但宿命对人却追随不放,从来没有放弃实现自己阴谋的机会,在很多的时候可以说就是"阳谋",但人作为万物之灵长的"我"却对它无能为力。人作为主体被那种神秘的力量主宰,这不但让人沮丧而且让人恐惧。这是存在的悲哀,它也许有更深刻的人类学的根源,它早已根植于人的潜意识之中,使自己成为人的本能之中最隐秘而又最深刻的基因,并成为存在的本质。当加缪在讲述"西西弗斯神话"时,他所传达的不仅仅是人的韧性而是人对于被控制的刻骨铭心的恐惧。潘军对恐惧感的编织不是法制故事的赤裸裸的呈现,如果那样的话潘军只不过是地摊文学作者而已,就不会是今日的先锋派的代表了。他对恐惧感的表现是通过令人眼花缭乱的叙事来实现的。这是一种上帝出走后的更加赤裸的神秘主义。

恐惧的感受充斥于潘军的几乎所有的现代主义创作中。他在写作《流动的沙滩》时,曾引用新小说派的代表作家克洛德·西蒙的一段话作为题记:"我们对任何事情都没有十分的把握,因为我们始终是在流动的沙滩上行走"。这显然表达了潘军对"没有十分把握"的"沙滩"的恐惧症,但这是一种概括的也是较为抽象的描述。那么这种恐惧感的具体的来源是什么?它的具体的表现形态又如何?它在作家潘军的创造之中又有着什么样的审美意义呢?

恐惧的形而下形象是死亡。潘军对恐惧的触摸表现在他总喜欢选取那些某种程度上带有凶杀性质的形而下的事件为题材。长篇小说《风》

暗示的是一场内讧的曾经发生和莫名其妙的死亡；《流动的沙滩》所呈现的则是诡秘的气氛，及其所给予人的生存状态赋予的鬼魅的气息；《桃花流水》表现了意外的死亡事件和这个事件的再次重演；《结束的地方》《白底黑斑蝴蝶》中则写了一系列的复仇行动；《秋声赋》和《重瞳》都涉及一系列的自杀和他杀事件；《陷阱》中的作家像《狂人日记》中的狂人一样认为自己受到了迫害，他一心一意要为自己营造一个安全的所在，但最后却鬼使神差般地真的落入了自己设置的"陷阱"；而《结束的地方》则在情爱的高潮之际，死亡飘然而至；《小姨在天上放羊》则更是一个凄婉的关于死亡的故事。对死亡题材有着某种程度迷恋的潘军，甚至在许多年后仍然乐此不疲。就是后来的具有现实主义风格的长篇小说《死刑报告》所关注的仍然是"死刑"，所叙述的仍然是"剥夺生命"的故事。小说《三月一日》是一篇典型的弗洛伊德意义上的"梦的解析"。三月一日"我"在城市里失去了做梦的能力，却具有了窥视别人梦境的能力。究其原因是文本语义上起源于一次"突然事件"——车祸。在事件中，"我"获得了意外的快乐，但更不得不接受被一切人排除在外的焦虑。这是"局外人"的孤独和清醒。窥视是城市的功能化和物质化压抑之下的结果，而要重获做梦的能力、流泪的能力，唯一能够救赎的惟有那记忆中的"风筝"，但风筝就在"我"异化——被汽车撞死——的时候也死了。"我"的假死与风筝的真死，看上去是宿命的因缘巧合，但正是这种"巧合"揭示了其中的必然联系，记忆中的田园爱情的死亡，才使人彻底丧失了人之性。"我"在旧地重游中找回了旧梦，也重获做梦的、流泪的能力，摆脱了在现实中做人的尴尬，但记忆可以救人于一时，还可以救人于一世吗？风筝的没有翅膀，暗示了一个必然的忧伤的结局。《三月一日》没有杀的事件，但却是一个意外的车祸，对生命的自信形成了致命的谋害。

　　"死亡"是先锋派小说家的共同主题，但潘军的死亡叙事与余华等又有所不同。莫言擅长叙述的是堆积如山的尸体和飘荡四野的腐臭（如《红高粱》），以及在剥皮抽筋中显示死亡的恐怖状态（如《檀香刑》）；

而余华的早期小说《现实一种》中叔叔在致死侄儿的过程中，则将人视作麻袋一样的客体，冷静的叙述中所展现的是对生命的冷酷无情。这种现场性"残忍叙述"是潘军所不屑的，那过于血腥的过度形而下场面，在潘军的小说中几乎没有。潘军所关注的是死亡逼近所带来的精神的紧张感和恐惧感，以及这种感受的形而上的生命意义。这种对于死亡现场的规避，展现了潘军小说的人道主义情怀和诗性本质。这在很多年后，我们才能在余华的小说《活着》中见到。

恐惧还是一种致命的孤独。其实，所谓"死亡逼近"的处境，还是源自现实中的"关系"。存在主义哲学家萨特认为，他人即是地狱。他所说的就是人与人之间关系的信任的缺席，人作为社群性动物，信任的缺席会导致其处境的"恶心"和"烦"的状态的生成。小说《南方的情绪》是潘军的成名作，也是潘军最具有《狂人日记》风格的一部小说。叙述者"我"在去到蓝堡的过程中，以及到达蓝堡之后，整个的"人"都处于鬼祟的危险之中。"我"，作为一个"精神病患者或梦游症患者"，不停地遭受着莫名其妙的暗算和迫害。威胁如潮湿的空气一般具有粘连性。从《南方的情绪》到《陷阱》《三月一日》都弥漫着这种生存上的焦虑气息，《陷阱》是关于防备的叙事，而《三月一日》则带有那么一点对现实生活失望和调侃的味道。还有他在2008—2009年拍摄的电视连续剧《五号特工组》和《海狼号行动》，也都是在斗智斗勇中关于"防备"和"警觉"的生命故事。"死"的另外一端是"生"，为了求生于是衍生出许多的"防备""警戒"。

这些事件涉及生活的各个领域，换句话说，潘军的恐惧感是与现实的生活处境紧密相关的，我们当然也可从生活中去对它进行阐释。马斯洛心理学认为，人的欲望是构成本体的基本内涵，它包括五个方面的需要：生理需要（包括性、安全和食物需要）、归属和爱的需要、尊重的需要、自我实现的需要。潘军的恐惧感受也可在这五个层次上找到答案。在最基本的层次上，在《秋声赋》和《结束的时候》中，他对性的满足感与爱的追寻中深深地感受到危险的存在，当旺的儿媳妇对他示爱之时，当新四军队长宋英山与同伴的妻子之间发生了情爱直至性爱的纠葛之时，危险像树叶一样悄无声息地降落了，虽然轻飘飘的，却显得极为惊心动魄。在性与情获得满足的一刹那，死亡即如期而至。当这种异性之爱与不安全感紧密相连的时候，异性也就成为某种危险或不祥的象征物了。我们并不能说潘军的文本中所体现出的异性与中国传统文化中的女巫形象有什么直接的关联，但至少有它们的相似之点——她美丽、感性但又与厄运相伴。在潘军想象中，对异性的追求是肆无忌惮的，但他对情爱并没有一个坚实的感觉，在《去茂名的路上幻想一顶帽子》《独白与手势》以及《三月一日》中，他对异性——女性表现出的大多是一种失望感，他对她们有一种不可捉摸的异己的感受，或者说，她们在潘军那里基本上可算是对立的"他者"。在他那里，能指与所指是分离的，如《去茂名的路上幻想一顶帽子》中那顶漂亮的帽子所带给主人公的美好的幻想，和随着探求所带来的幻想破灭的失望和遗憾。在《白底黑斑蝴蝶》中欧阳建明与白小鱼的关系，暗示了异性的不可信任，她就是出卖自己和使自己蒙受耻辱的对象。《那年春天和行吟诗人在一起的经历》里春天、女人、诗人这一切生机勃勃的意象都与神秘恐怖的死亡气息相联结。《海口日记》表现的是自我归属的失落，而《一九六七年的故事》《重瞳》则表现的是对自我归属的无限期待；《独白与手势》则表现的是自我实现追求的失落。当然这样的恐惧感还包含着：对生存在社会体制的边缘上的自我状态的危殆感，或者说是因为体制的过于强大和自己的反体制态度而使他感受到了来自体制的威胁；还有就是作为体制之外的流亡者，他对自身处境（从何处来到何处去）迷惘与困惑；对似乎要到来的某种关怀的期待和对期待的怀疑。

正是在这样的处境感悟中，潘军的叙述才显示了作为主体的孤独意义。从文化人类学的意义上，出于自利，人类变成了群居性的，但是在本能上一直依然非常孤独。正像海明威笔下的巴恩斯、亨利一样，潘军小说中的硬汉有着女性和故乡所无法抚平的孤独。主人公往往独自去面对痛苦的折磨甚至死亡的威胁，去默默地寻找一种接受失败和严酷现实的方式。《独白与手势》中写到的"我"即将脱离"红门"之时的那种刻骨铭心的孤独感受，那是种不能与任何人分享的孤独。而这种孤独在现象上是由现实的固定人际关系的脱落所造成，但在本质上却在于他对生存恐惧的敏感。深陷"陷阱"的和被暗算的感受，是潘军等先锋派小说家对他们所处的那个时代的公共感受。也正是透过那个时代，他们才洞悉了关于存在的苦难意义。

于是，潘军不再倾心于生存危机的诡秘文本的设计，而是以平易如话般的话语形态，以凌越的叙述调式，阐释了他对于那等同于天命的命运感悟：由于超越和绝对的存在，人自身的奋斗与挣扎的历程仅只延伸在天命巨网的纲目之中，人的主体性与尊严都只不过是天命祭坛前所匍匐的活"物"的身份体现。生命的挣扎与其价值意义因为宇宙空间视点对他的蔑视而消解了其价值存在。潘军的这种天命意识使他毫无遮掩地洞悉了个体生命的有限性及其运作的无目的无意义。永不歇息的忧惕与敬畏导致了他不得不把生命的存在终止于叙述的结尾。这样潘军也就赋予他的那些形而下的故事以更深层的形而上的意义。

四、诗意的栖止

在先锋小说中，技术主义是很盛行的。但作为先锋小说家之一的潘军，虽然曾经迷恋过技术，但他与其他先锋小说家的区别却在于其叙述的诗意。潘军小说是意象化的，其中存在着大量诗的意象。

潘军小说的诗意还表现为一种画意。绘画讲究的是色彩和线条：《南方的情绪》中同车女人是"黑白相间的精灵"；《白底黑斑蝴蝶》中的"白"与"黑"；《独白与手势》的三部曲也被分别命名为"红""白""蓝"。通读潘军的小说可以发现，他偏重的是黑白色，或者是原色。这种颜色既具有水墨画的写意性，也具有古典性和感伤性。绘画同样讲究造型，诸如雕塑之类的造型艺术更以造型为胜场。小说中的"独白与手势"，所显现的显然是造型的语言。手势，是无声的语言，是"不便说"的造型化传达；就如同罗丹的《思想者》一样，无声的思想者在独自自言自语，也就是"独白"。画意还通过直接的视觉叙事来传达。《红》《白》《蓝》都配有百余幅的图画——这已不是传统意义上的插图，而是叙事的一个不可替代的层面。这种新颖的小说文本，目前已受到业内人士的广泛关注。有人称之为"视觉叙事"。在小说文字中间使用大量的画，这样在小说中间就形成了双重的叙述，图画的介入不仅增强了文字的感染力，而且扩大了艺术审美的氛围和空间。潘军小说的画意，是朦胧性的，也是情绪性的，如《日晕》之"日晕"；《南方的情绪》中叙述室内灯光的变幻——"室内明亮起来，灯光的颜色是咸鸭蛋壳那种浅青，纯净而凉爽。"白描的语言所呈现出的画意将主体的情绪纹路的细微之处暴露无遗。也许是热爱绘画的缘故，他的作品总是有着意象派画家的意象特色。

绘画和造型艺术在于呈现画面感，但潘军的小说所呈现的画面却不是静止的，而是音乐般的流动性的。这集中表现在"水"意象的营构上。潘军说他是一个愿意择水而居的漂泊者，因为除了他双亲的姓氏里都包含着"水"以外，还在于在他看来，水的形态和随笔的形态很相似，永远是自由而活泼的，他愿意以这种形式去表达自己对这个世界的体验与感受。"水磬""桃花流水"，流动的水，春天，音乐，童话般的浪漫诗意，这样水样的流动的韵味，其实并不仅仅是"水"的，而是对叙述的流动性追求。他往往在叙述中设置一个初始的意象，然后以它为诱发点，生发出水一样的流动的情节。就像《去茂名的路上幻想一顶帽子》一样，作家追随着"帽子"让自己的情绪和叙述随着它展开和流动。《南方的情绪》中的"女人"，还有《小姨在天上放羊》中的小姨的形象，都具有飘忽的流动性。潘军早期小说的意象大多具有囚禁感，如"蓝堡""陷阱"等，其象征性大于诗性。而更多的则是具有浪漫精神的如"风"似"云"般的流动意象，如"桃花流水""小姨在天上放羊""去茂名的路上幻想一顶帽子""流动的沙滩"等等。这些小说在某种意义上就像是乐曲，《秋声赋》之"秋声"、散文集《水磬》之"水磬"确实就是音乐。如同一首首流动的"高山流水"，叙述的是流走的气势，情节的推挽，"既有凝重的一面，又有飘逸的一面，既有深沉的一面，又有举重若轻的一面。"①

　　情节具有诗意化和意象化的特点。小说的本性在于情节，但情节又是最容易被模式化的。潘军的小说具有情节性，如早期的《风》就展示了曲折复杂的情节因素。潘军在2008年拍摄的电视连续剧《海狼号行动》等更有着对于情节技术的夸张性运用。但是，其小说的胜场却不在情节，而在于他的恣情的诗意。情节小说追求的是时间线索和人事线索的合逻辑性，但诗意小说却不是，它追求的是写意和抒情，即使其中有着哲理，但哲理的逻辑并不重要，重要的是意象，在意象中隐含哲理。诗意小说有情节，但情节的逻辑性经常在诗意的弥漫中显得无足轻重。所以，潘军说，他所叙述的历史不是针对专门家的。意识流小说大师詹姆斯·乔伊斯在分析现代艺术的走向时认为，现代艺术的根本精神是由抒情而叙事最终进化到戏剧性的艺术，形式复杂的戏剧性的艺术才能囊括和包容现代社会人生的复杂内容。潘军的小说具有戏剧性艺术的复杂和对现代社会人生内容的包容性，但同时也是诗意的，抒情的。

　　潘军喜欢叙写生存恐惧，但他从不直接呈现血腥的场面，在表现的时候是意象化的。他总是对恐惧怀有无限的好奇，在他的叙述中他喜欢在不经意中点击着恐惧，给人一种恐惧渐渐逼近的感觉。《结束的地方》中，当少年冬来用飞刀很准确地杀死一条狗后，这种暗示是那么地明显。但在描述的时候，他却用树叶飘落来形容。而当凶杀真正发生时，潘军又拒绝直接地表现血腥的场面，他随时将笔移开，他只将主人公宋英山被杀的情景一笔带过，"艄公大声喘息，艄公大声欢叫，艄公的身体像大鱼一样颤动，然后是一次大声的欢叫，四肢渐渐地变软了。艄公从牙缝里挤出女人的名字，就不再动弹。越发浓郁的

―――――――――

　　① 青锋《云霄上的浪漫主义——先锋小说家潘军访谈实录》，《南京评论》，2003年1—2月合刊号。

血腥味弥漫小楼，证实了女人一天的预感。"潘军将男欢女爱与凶杀交融着来写，回避了血腥的令人恐惧的场面，使恐惧包裹在凄凉的诗意中。同样的，《小姨在天上放羊》本来述说的是一个令人忧伤的死亡的故事，但当小姨的死亡被宗教化处理为"在天上放羊"的时候，死亡就成为一种令生者神往的所在。《秋声赋》中"箫"的意象，连接着中国传统民间文化而又不乏弗洛伊德主义的象征意蕴；《重瞳》中的虞美人是在虞姬的自杀之后呈现的；《桃花流水》中光明灿烂的"桃花流水"景象也是在多种杀戮之后。最美的东西总是连接着最不忍的毁灭，而优美的毁灭之中自包孕着更优美的诞生，尽管这样的优美最终还是要毁灭。但就在这生死轮回之中，美诞生了。人被震撼，被感动，也在紧张之后获得松弛休憩，被纯净化，深藏的恐惧被诗意化了，被淡化了，也被暂时掩埋了。美在毁灭后转化为一种优美的象征，这是多么古典化的手法，就像阿诗玛和望夫石的传说一样。而就在这样的仪式化的过程中，处于"被抛入的设计"（海德格尔语）中的人类获得了拯救，获得了诗意栖居。这使恐惧体验不仅令人惊悸而且令人着迷，那是一种"鲜血梅花"般的诗意化的境界。这种诗意化最突出地体现在他对小说诗意氛围的营构上。

意象化的直接结果就是意义的多重性。潘军说："无论是我早期的《南方的情绪》，还是最近的《重瞳》，我自觉每篇作品都包藏着或隐匿着我个人的某种想法。区别在于什么呢？这种想法或者这种意味存在于小说中它应是不确定的，我称之为'不确的意味'。我认为小说里面如果出现这种'不确的意味'或者'多元的意味'，这种小说就是最饱满的小说。"[1]在小说中，多重所指形成了冲突和对话，也形成叙述的张力。如《重瞳》中的"重瞳"。作者利用"重瞳"这一带有神话性质的意象，巧妙地凝结和整合了项羽在轰轰烈烈的历史中的重大事件。由于"重瞳"兼有预知未来、洞鉴过去、观照当下的能力，而这一能力也恰恰成为《重瞳》自我叙事增强的又一法门。具体说来，从观探江心中迷

① 潘军《白底黑斑蝴蝶》，长江文艺出版社2001年，第365页。

人的画戟到祖父的背影，从巧遇虞姬到陈胜吴广大泽乡起义，从定陶项梁遇难，到班师回彭城见虞姬，从揭穿刘邦遭射脚的谎言到洞察韩信内心的虚怯，甚至到临死前的历史重温，"重瞳"不仅仅贯穿和叙述了项羽大半生的辉煌历史，同时也强化了项羽的自我和个性。

潘军的小说是主观化的。潘军反映的生活面并不广，从不超越自己的精神经历，每一部作品几乎都是拔高了的自传。有许多时候作者是根据自己的经验进行创造的，每每使读者感受到其中的诗意。潘军运用把作者、读者和对象三者之间的距离缩短到最低限度的做法，通过人物内心独白、自我表露，来直接与读者的客观认识相通。潘军的创作有着充分的自我体验，有着主观性，喜欢从"我"的角度来倾吐主观的感受。在他的小说中，这种称作"导演主观视点"的角度通领了全局。但他的作品又明显打着纪实的烙印。他的叙事是主观叙事，流露的却是写实风格。这样的倾吐显然又不是"我控诉"式的，而是有着冷静的身外的体察。在叙述的时候，如一些评论家所发现的，他从不做专门的心理或景物描写，而是强调叙述主体的感觉，将主体的情绪化入叙述语言和作风之中，在一种漫不经心之中达到风度最调和的状态。正是这样的诗意的风格掩盖着他的内在的恐惧，并且使这样恐惧化为诗意的底蕴，带人流走但又使人悸动。

潘军的小说在文本的表层有着一股放荡不羁的作风，他任意地玩弄历史，别出心裁地拆解和组合文本，有时甚至企图借助图片来参与故事的叙述，如《独白与手势》；他的语言在一些时候是玩世不恭的，甚至是粗俗的；但这正是他的浪漫的诗意所在，它极其生动地传达出了一个负才傲气的当下知识分子的狂狷的个性。在潘军狂荡不羁的作风中蕴含着他对现实/历史和生命的感悟和省察：忧虑中的及时行乐，狂欢中的惊悸和震颤。他的《风》《流动的沙滩》《结束的时候》和《南方的情绪》等一批作品具有典型的现代主义风格，故事摇曳动荡，而语体却在透明中包孕着无尽的张力。而他的更多的创作却一直处于"现代主义"与"可读性"之间（他自己称之为"两套笔墨"），处于清晰与模糊之间，处于顽皮戏谑与诚挚深刻之间，视野开阔、恣意纵横但又不失绳范，轻松嬉戏的语言却极富穿透力和隽永的诗意，具有现代主义的探索精神而又不乏古典的情怀，喜剧式的叙述中有着"念天地之悠悠，独怆然而涕下"的历史沧桑感。而如《小姨在天上放羊》《去茂名的路上幻想一顶帽子》等篇，篇幅短小却有诗一样的意境，把一些令人失望和感伤的故事叙述得美妙得让人感动。特别是《三月一日》和《重瞳》将变幻不定的故事举重若轻地落足于典雅的意象"风筝"和"虞美人"上而又如蜻蜓点水般轻盈，真是风流尽得。他在这些不知前因后果的情况下所"拍"下的"生活点滴"很有惊鸿一瞥的艺术效果。潘军的小说显然是一种主观化的作品，他习惯以自己的视点来加以观察。潘军在叙述的时候善于以情绪带动故事的发展，故事因有着饱满的情绪的浸泡，使得故事显得如清风流走般顺畅。他的艺术风格，正像他对电影的理解一样，"他的每一个设计都非常的精致和不同凡响，但看上去又那么漫不经心，以致于你很难找到雕琢的痕迹"①。其意象的流动性和情绪性，自由，潇洒，飘逸，因此，他的这种书写被称为"云霄上的浪漫主义"。

潘军对硬汉精神、对高贵的流浪汉精神以及对于恐惧感的表达，是充分诗意化的。潘军的创作根底上有着"行吟诗人"的气质。

五、潘军的先锋及其位置

潘军在1980年走向文坛之时，他的小说虽然带有现代派色彩，但基本上是现实主义的。《小镇皇后》《篱笆镇》《墨子巷》《红门》等不少中短篇小说的格局，基本上没有跳出前辈作家和当代作家们的圈子。现实主义是其创作的底蕴。只是到了中篇小说《白色沙龙》才出现了转机，透出了令人欣喜的灵气和神韵。而长篇小说《日晕》则已完全摆脱了现实时空的限制，任凭作家自由驰骋，思绪跳荡而散漫，但"跳荡而不飘

---

① 潘军《基调与意味》,《上海文学》,2000 年第 8 期。

忽，表面看似散漫而有着内在隽永的韵律"。①潘军在1993年是一位先锋派小说家，在当年的《钟山》的先锋派小说大展中，他就是重要的一位。他的小说浸染着先锋派，特别是新历史小说的叙事色彩。潘军的《南方的情绪》《陷阱》等典型的先锋小说，提供的是陌生化的叙述效果。陌生化和对交流的拒绝，不但拓展了艺术和读者的想象空间，也非常确切地传达了现代主义的生存理念。马尔库塞说："艺术的世界是另一个现实原则的世界，是疏隔的世界——而且艺术只有作为疏隔，才能履行一种认识的职能：传达任何其他语言不能传达的真实；它反其道而行之。"②潘军和先锋小说拒绝文本与阅读的交流，正体现了他们对于生存"疏隔"的理解。

至1997年，潘军仍然喜欢在文本中设置"谜团"，仍然喜欢用第一人称"我"自由自在地叙述故事，仍然喜欢设置精巧的结构。但显然，他已经没有了当初操作结构游戏的热情和沉浸游戏中的那份愉悦了。中篇小说《三月一日》（《收获》1997年第3期）是作家表达游戏疲累的作品，也是他走向写实的过渡性的文本。被作家在《风》中所摒弃的叙述的中心——意义，终极关怀重又回到他的文本之中。文本的样式是卡夫卡《变形记》式的，但潘军只走了现代主义的"前半生"，他把"后半生"留给了沈从文，留给了中国式的伦理乌托邦。

《秋声赋》（《花城》1999年第4期）在叙事上更趋于平实，几乎没有了《风》中的激进的叙述花样。它是一个大体的戏仿乱伦结构，以编年体的形式叙述故事，小说一开始就利用安徽土语"爹爹"和北方话"爷爷"之间的语义模糊（北方话称祖父为爷爷称父亲为爹爹，而安徽土话却正好相反）设置了一个"谜团"，暗示主人公旺可能在伦理上出现的混乱。情节果然向这个方向发展，但潘军就如同他一贯的做派一样，设置线索让你向那个向度展开你的思索，但至最后总是让你的想法落空。他让主人公在爷爷与爹爹的角色中历险，最终却让主人公回到伦

----

① 唐先田《长篇创作的新尝试：评潘军的〈日晕〉》，《清明》，1988年第3期。

② [德]赫·马尔库塞，等《现代美学析疑》，绿原，译，文化艺术出版社1987年，第9页。

理所赋予的角色责任上。这种"逆转"说是意料之外，但对于经常读潘军小说的读者来说，却又在意料之中。他总是在具有刺激性的题材的边缘游荡，但终究还是要匡扶他的"思无邪"的道德准则。他的叙事也由最初的"不可信任"而走向平实和"可信"。

在引起较大反响的中篇小说《重瞳》中，潘军对"历史"——被书写的历史如《史记·项羽本纪》一如既往地持怀疑态度。它通过项羽的自述，来叙述故事。由于是自叙形式，它能够很好地深入内心发掘人物心灵的"真实"，对历史进行还原。这里的叙述人项羽，他是历史全程的在场者，使主人公既在当时又在现在，一种全知视角，和历史时间和当下时间的对照使作品呈现出历史反思的特点。叙述人项羽，担任着角色和叙述者的双重责任。但这种讲述方式与此前的长篇小说《风》是同样的，"项羽"与"我"都是隐含的作者，读者很容易看出作者的意图。只不过，由于题材的限制，《风》讲述的当下时段的故事使作者可以以"我"直接参与，而《重瞳》讲述的是过去时段中的故事，"我"要成为角色之一已不大可能。因此可看出潘军叙述的特点，"我"，隐含的作者尽量参与故事，并成为其中的角色，而不喜欢以纯粹旁观者的姿态叙述。就是《秋声赋》中的叙述人"我"已经被抽干为完全的平面皮相，但仍然存在于文本之中。现代主义文学对自我的迷恋在潘军的小说中可见一斑。潘军尽管通过叙述人"项羽"表示了对历史／既存的书面或口头历史的怀疑，但与《风》显著不同的是他却给出了一个确定的"历史"，《风》只将"历史"／真相消解，对它的重建并不在意，而在此历史却已显山露水，历史当事人的直接叙述，实质上已经重构／重建了"历史"。

这种在焦虑之中的重建欲望在潘军的2000年的创作中越来越强烈了。话剧剧本《地下》，在一个卡夫卡式的荒诞时空中展开故事，地震后的倒塌的大厦里的两组人物：一对不是夫妻的男女，两个同一单位的同事。一对男女在现实中婚姻各各不如意，当环境被压缩后在一种"假名"的情况下，慢慢化解了现实／地上的人与人的隔阂，产生了美好的感情；同样一老一少两个同事之间，现实／地上是领导和下属的关系，经过地下的被迫交流，相互解除了"代沟"。当他们被救出时，人们不禁要留念地下的生活。这部话剧的结构和风格都极其类似于二十世纪八十年代的实验话剧，诸如《两个人的车站》《WM》。剧本的结构是现代主义的，但表达的倾向却是古典的。作品的结构很精致，但缺乏潘军此前小说叙述的灵气和才气。这部作品结构形式是荒诞的，但有着很明显的人文关怀，即对现实的人与人的关系的关注。也就是说作品的价值倾向被指向了一个"中心"，一个确定的中心。特别是在这一文本中露出了在《秋声赋》中业已存在的、在《独白与手势》中被扩大的那种为了消解焦虑和安慰灵魂而表现出的"和解"的愿望。这种和解是"十八岁离家出走"的先锋派对于"家"的回归，是对于父亲、母亲以及情人们所在的故乡的再体认，是对于那种温柔善良和残忍无聊的文化的再次融入，更是对于浓缩了这一切的历史文化的作为过来人的宽宥和承认。《红》作为三部曲的最后一部，故事发展除了延续一个男人的漂泊与情感磨难之外，更多的是书写了生命的辉煌与毁灭，力图寻找最后的精神家园，表达了对爱与恐惧的思索。从小说叙事上看，《红》不同于前两部《白》的舒缓与《蓝》的明快，它显得更具象征意味，凝重而深远。

潘军最早是以先锋派的姿态步入文坛的，实验时期的作品稍显晦涩，偏重对叙事技巧和小说结构的探索。这时的潘军"甚至把新潮小说的叙述—结构方式淋漓尽致地发挥到长篇小说的创作中……从某种意义上说，潘军在中国新潮小说的发展中起到了继往开来的作用"。[①]1996年结束南方之行，重操旧业，写作风格日趋圆熟、从容，刻意的痕迹消失了，取而代之的是好看、好读、耐人寻味的主题情节和汪洋恣肆的情感在作品中收放自如地呈现。如果有人说透过作品看见作家余华血管里流的是"冰碴子"，那么流在潘军血管里的就该是浓得化不开的情了，亲情、友情、爱情、故土情。

---

① 吴义勤《〈风〉：穿行于写实和虚构之间——潘军长篇小说〈风〉解读》，《当代文坛》，1994年第1期。

从上述的潘军小说的编年式解读来看，作家的创作经历了一个从文体/语言叛乱到回归传统叙述的过程。这也与当下的先锋小说的创作趋向是一致的。先锋派的领袖人物余华自从《活着》发表后，又出版了《许三观卖血记》，几乎是义无反顾地走回了终极关怀的意义中心之中。潘军也不例外。他的叙述出现了平实化的趋势，《独白和手势》的《蓝》《白》两卷就是这样的文本，虽然他仍然醉心于虚构/荒诞时空的设置，同时他的平实之中却化入了现代主义的叙事因子。从他的作品中可以见到卡夫卡、加西亚·马尔克斯和博尔赫斯的影子，但中国的现实主义精神仍是他的底蕴；这样不但使他的故事好读，同时也使他的作品获得了现代主义的深度，无论是思想上的还是结构上的。汪晖在评价余华时曾说："在当代中国作家中，我还很少见到有作家像余华这样以一个职业小说家的态度精心研究小说的技巧、激情和他们所创造的现实。"[1]潘军也是这样的一个职业小说家的写作态度，他把写作分成"内心需要的写作"和"生活需要的写作"[2]，潘军说："对我来讲写作应该算是一种看家本领，写作和我本人的存在是依附在一起的，我存在因为我写作，或者说我写作因为我存在，这是我的使命，也是日常生活中核心的部分。用写作赚钱，对我来说是种意外的收获，不是事先能考虑到的，事先考虑的是能不能在专业目标上做得更好些，是不是尽你的能力把你想表达的表达清楚了，表达舒服了。"[3]虽然他也从事影视之类的商业性写作，但很显然那只是生活需要的写作，他只把小说作为心灵的写作。对文学有着赤子之心，在创作中对小说结构的"漫不经心"中的精心营构，对语言的"看似无意"的推敲锤炼，对小说诗意的醉心，都使他显示出职业作家的老练和专业精神。对于潘军可以这么说：他算不得先锋小说的最优秀的代表，但是他确实是先锋小说告别仪式中的最引人注目的一

　① 汪晖《〈余华随笔集〉〈我能否相信自己〉序言》，人民日报出版社1999年。
　② 潘军《坦白——潘军访谈录》，安徽大学出版社1999年。
　③ 青锋《云霄上的浪漫主义——先锋小说家潘军访谈实录》，《南京评论》，2003年1—2月合刊号。

第二辑　新世纪小说家论

位，正因为潘军的创作，才使先锋小说的告别没有显得那么草草收场，而有了一个辉煌的结局。

（原载《1949-2009：安徽作家报告》，

安徽文艺评论家协会主编，安徽文艺出版社2009年）

寂寞而自在地行走

——论许辉的中短篇小说

　　最初接触许辉的小说，还是在很多年以前（1992年）那个潮湿而闷热的夏天，伴随着一路的洪水，在沈阳到合肥的火车上，我读他的小说《十棵大树底下》。我陪着小说中那个记者，一起踟蹰在江淮之间洪水之后的泥泞之中，虽只是带着眼睛在观察，但多少有着几分的焦灼，一如那个夏天的阳光。重新认识许辉是从他的散文集《和自己的心情单独在一起》①开始的。在许辉散文的引导之下，我又读了他的小说集《人种》②。它是许辉这么多年来的中短篇小说的结集，从上个世纪八十年代一直到今天。同样是在火车之上，不是沈阳到合肥的，而是南京到武汉的"和谐"号动车上，就着秋天清爽的阳光，读他的《焚烧的春天》和《一棵树的淮北》。车窗外秋天里空荡的田野，染着金黄色的山岭，以及清凌凌的河水，渐渐地融入了小说的文本，并与小说中的风景连接成了一片。我于是有了初读时不一样的感受：行走，寂寞，清爽和宁静。

---

① 许辉《和自己的心情单独在一起》，合肥工业大学出版社2008年。

② 许辉《人种》，安徽文艺出版社2010年。

一、"出神"地行走

我每次阅读许辉，都是在行走之中，这可能受到许辉小说冥冥的暗示。因为许辉和他的小说总是以行走呈现它的状态，也呈现它的意义。

许辉是位不折不扣的"行者"。他不断地行走，从淮北到合肥，从合肥到北京，再到什么地方；当然他的行走并不局限于有名字的城市，他从城市走到原野，走到树木森然的所在，走进饱郁着泥土芬芳的大草甸子里，走进茫茫的戈壁滩上。他不停地行走，也不停地感受；他在行走中领悟着人情，领悟着自然，并把他的感受和领悟化作感受性极强的文字，散文的，也是小说的。

许辉最早写于1983年的《库库诺尔》就是一个行走的主题。似乎是从那以后，他的小说（主要是中短篇小说）就一直没有离开过这个主题。作于1989年的《夏天的公事》里，机关人员李中接到下基层的任务以后，在县里乡下行走了一番又回到了城里；作于1991年的《十棵大树底下》中，记者刘康在水家湖因寻找十棵大树底下而在灾区行走；《游览北京》中的"我"游览北京，行走在北京的文化名胜与民俗之中。这些都是具有原始意义上行走。一些比喻意义上的行走经常发生在许辉的故事中：鄢家岗的阚娟在鄢所长和老巢两个男人之间行走（《鄢家岗的阚娟》）；大草甸子中的青年男女在野外和村庄之间行走（《焚烧的春天》）；而淮北人老大从结婚到无疾而终，实际上完成了人生的行走（《一棵树的淮北》）。

行走有多种状态，米兰·昆德拉的行走是流亡，行走的目的地总是很渺茫；而许辉的行走不是流亡，是寻找一个好像很具体的目标，可能是一个具体的地点，比如库库诺尔，比如十棵大树底下；可能是一个具体的人，比如鄢家岗的阚娟只不过是找一个让自己有安全感的男人；也可能就是找一个让自己沉迷的文化风俗和生存的土地。许辉寻找的目标很具体，但寻找的结果似乎也很渺茫，青岛姑娘甚至连库库诺尔是什么都难以描述清楚；机关干部李中在乡下考察，看到的很多，但找到了什么吗？没有！因为一开始就没有什么目标；十棵大树底下是非常明确的所在，但记者刘康在寻找中也是渐行渐远；鄢家岗的阚娟似乎找到了自己理想中的男人，但那个病歪歪的男人好像又不是男人。

我突然想起了鲁迅的小剧本《过客》："有一个声音在召唤着我，我不能不走。"鲁迅行走的悲剧性在于命运掌控下的"被迫"；许辉的"行走"，《焚烧的春天》中的行走也具有被迫性的悲剧，但许辉更多的时候对于行走的过程有享受的幸福感。他在《夏天的公事》和《十棵大树底下》以及《游览北京》中都借助于行走而铺展了事情、人情和风俗，但主要的还是享受这一行走的过程。行走者可能抱有某种目的，但那个目的又似乎不那么重要，全在于一种"在路上"的姿态。在许辉的行走叙事中，他对于游玩及其途中的风景、世俗的人生琐碎，包括美食和休闲文化，抱着欣喜的赏玩的享受的心情。莫里亚克的《在路上》也是一种行走，但现代主义的行走，充斥着现代性的迷茫，有着生命不可承受之轻；而许辉的"行走"哲学其底蕴却是建构在中国传统老庄哲学的自然与自在之上的精神漫游，甚至可以说是一种以行走为表征的"出神"状态。

出神地行走，是作家许辉，当然也是他的小说的一种诗性哲学。

二、人称修辞的文化立场

行走是一种主体行为，许辉小说中的行走主体是"我"。从叙事学的角度来说，"我"叙事具有自叙性，也更容易表达一种自我的情绪和情感。许辉的众多小说，如《十棵大树底下》《夏天的公事》等，都具有这样的"我"性特点。这种叙事在现代文学中很常见，呈现出的审美韵味，也是读者所熟悉的。

但是，许辉小说中的"我"，经常会因场合的变化，而采取不同的称呼方式。许辉小说的人称中，在叙述城市的时候往往使用"我"；而在叙述乡村的时候则使用"俺"。正是透过这两个不同的第一人称表达方式，我看到许辉小说中的城乡二元的精神模式，以及这个"我"的精神的二重性。

许辉小说中的"我"，所指称的是城市里生活的人们。在理性上，许辉对于城市生活是向往的，或许那就是现代文明的吸引力。在他以北京为背景的一系列故事中，如《十月一日的圆明园和颐和园》和《游览北京》等小说，许辉也想尽力保持这种平和的妥协的心态，写那些吃儿喝儿玩儿的东西；但许辉不是老舍，他作为一个外来客，他无法融入老北京的民俗中去，也就是生活趣味中去。而且，一个显然的事实是，躁动的都市无法给予作者也包括读者田园的享受，所以他呈现的意象就显得杂乱甚至有点儿破碎。这不是许辉的错，而是生活使然。许辉对城市显然有着危机感，这在小说《焚烧的春天》里表现得尤为突出。《焚烧的春天》随着故事的发展，也随着男主人公对于世俗琐事的牵入，外界的诱惑不可避免地进入了大草甸子这片世外桃源。随着丈夫的出走，女主人公陷入了无边的甚至有点恐怖的孤独。世外桃源终于破毁，女主人公在随丈夫进城之前，义无反顾地一把火烧毁了他们曾经的家园，那栋土坯房子。尽管孤独情绪在这个关键时间已经被作者推到了极点，但他依然缓缓地叙述。我相信许辉与女主人公一样，是无限留恋大草甸子的。但是他也不能不如她一样离开。伤感如水一般蔓延，这是许辉对于现代化冲击大自然的无可阻挡的明白，也是他对于自然生命状态被远离而诱发的发自内心的感慨。

许辉的"我"也是具有城乡二重性的。许辉经常以城里人身份观照乡里，小说《十棵大树底下》就是以城里人的视角来观察乡里人的言行和表达方式；小说《城里来的人》和《飘荡的人儿》也是以一个城里人的视角进入对乡村的观察。许辉笔下的城里人对于乡里人的观察是超越启蒙意识的，他只是记录者，将乡里人的言行和生活记录下来，没有赞美也没有批判，他只是纷杂地细腻地叙述下去，自然地展现乡民的生活图景和惯有的生活方式和生命状态。许辉的这种"展现式"叙述所透露的是他对于乡村"俺们"的生活状态的沉浸。

　　许辉经常会忘却"我"的存在，而直接用"俺"来叙述。"俺"在许辉的小说中，所指称的主要是淮北大平原上的人们。那是作家生命中的原乡。许辉的绝大部分小说都以这里为背景，叙述这里人民的生活，尤其是生命状态。《焚烧的春天》讲述的是一对在大草甸子上割草维持生计的年轻夫妇的故事。年轻的夫妇在大草甸子上相爱了，很简单的交往，就相爱了，然后结合，然后通过家长举办了简单的仪式，就一起在荒无人烟的草甸子中打起了土坯房子，在清净的洋溢着草的气息的空间中割草和恩爱。日出日落，孤独而自在。读许辉对于这一对夫妇生活的叙述，我突然想起来沈从文以及他的湘西边城故事，还有汪曾祺及其对于高邮湖自然风光和小和尚明子与小英子故事的讲述——纯净的自然，旖旎的风光，人与自然之间无间的融合。不是回归自然，而是本来人与自然就是一体的。许辉甚至更纯净，他没有沈从文有意埋设的命运"地雷"，那个可能被随时踩踏并引发主人公命运转折的爆发点。许辉是纯净的，也是沉静的，更是诱导读者醉心的曼妙景致。人活在自然中，自然也活在人的生命里。

　　许辉对于"乡"的叙述，在题材数量上多于对于"城"的叙述；在情感意态上，对于"乡"的叙述更沉静，也更自然和得心应手。这都说明许辉小说对于"乡"的情感的倾向性。当许辉在修辞上跳动在"我"和"俺"之间的时候，他的情感体现了二重性的特征；但在这所谓的二重性里，他情感的天平更多地倾向于"俺"和与之一体的"乡"。中国知识分子的诗意人生往往来自泥土和带有泥土味的民俗，人生是如此，文学也是如此。那个行走中的"我"大概只有变成"俺"的时候，才能更接地气，才能更舒适自然。

三、神思：直观化叙述与道化自然

　　行走是许辉的存在状态，也是他小说的叙述线索。而对于"行走"

的世界，许辉小说一般都采用"直观"的叙述手法。

直观是一种外在的观照，是一种类似于现象的展现。许辉小说摒弃内心情感的直接揭示，着力勾画人物的行为举止。小说《碑》中，罗水才中年丧妻丧女，痛苦、思念、凄凉、孤独是不言而喻的。作品仿佛刻意回避这类字眼，只是描写了罗水才替妻子女儿打碑石的虔诚过程，以及诸如夜里早醒，门外看星星等细节。唯一能沾点揭示这个男人心思边的叙述是："歇息处也是枯草坡，这时才留意了，身下身左的枯草里，都已冒着绿青青的芽子了。那些芽子望去甚有张力，生命的趣味浓厚，又鲜活不尽。罗水才望得痴了，心间暗想：这都叫咋讲哩！"要说许辉"完全"摒弃内心情感的直接揭示，也并非完全如此，如小说《康庄》和《人种》中就存在着相当多的心理描写。但许辉总体上更喜欢直观化的叙述，以及用直观化的叙述来表达内心的情感和有关天地人的生命意蕴。

许辉小说直观化首先表现为修辞的直接性。许辉喜欢很直接地书写人物的行动和语言。《一棵树的淮北》叙述了淮北老大的生命立场，也写到了老大家的两次"哭"，但也就是点到为止，绝对杜绝汪洋恣肆式的情感泛滥。《库库诺尔》《游览北京》《新观察五题》以及《花大姐》系列，也都是如此。小说只是呈现了主人公的行动和语言，而其实语言也是一种行动。而这些语言和行动，许辉将所有的多余的话都删除了，所有多余的修饰性词汇都删除了，就剩下了语言的枝干，也就是语言和行动的枝干。有的时候甚至给人有点儿过于枯燥的感觉。如其中一节："'妞儿哇，嫁过来后，跟着老大好生过日子吧。赶明儿个将了崽子，也跟老大能干哩。'//也没啥排场。老大当晚就破了她的瓜。"①没有对于过程的过于关注，对于心理得失的反复均衡，直截了当，干脆利落地叙述了一个可能周转万千的事实。

除了行为举止，还有人物的对话。《在卫运河艾墩甸的高坡上》完全是通过对话来叙述的，小说《一棵树的淮北》更是到处都是人物的对

① 许辉《和地球上的小麦单独在一起》，合肥工业大学出版社2013年，第192—193页。

话，在某种程度上可以说许辉很多小说都是通过对话来推动"故事"往前发展的。许辉的人物语言，大都属于陈述性的直接引语。人物语言一般都很简短，绝没有长篇大论。在人物引语的前或后，有时候会有简单的说明，但很少有对于感情的直接描写。许辉的叙述性语言，也就是对人物行动的描述，和对人物对话起到串联作用的，也是外观化的。许辉的小说大多以事情的叙述为主。人物的内心世界被最大限度地压制在语言和行动的层面上。这种去除修饰的修辞方式，同样也出现在对于自然风光的描绘上。在《焚烧的春天》中，大草甸子的自然风光优美得让人陶醉，抒情是自然之理，但是我们却看不到朱自清式的充满比喻性修辞的表达方式，所有的就只是简单地将自然说出来，或叙述出来。无论是对于人物行动，还是人物对话，还是自然风景的描绘，许辉的描绘都是非修饰性的，他很少用比喻之类修饰性的修辞，而是直白地说出来。好像自然与人物的行动和对话已然很美，不需要太多的修饰，或者说他生怕修饰会伤害了原生态的美。

许辉的语言一般都是用来"说事的"，有话则长无话则短。读散文集《和自己的心情单独在一起》的时候，总感觉作家是很吝啬语言的，如同绘画的素描一样，简洁地勾勒自然，简单地表达心情，就结束了，没有一句多余的话。甚至他的许多短篇小说也是如此，简单的故事，简单的场景，简单的行动，简单的话语。但你如细读《夏天的公事》和《十棵大树底下》，感觉则完全不一样。作家琐琐碎碎地记述着"公事"中的每一个细节，每一个动作，每一句对话，甚至流于重复也在所不惜。这种前后不一致，当然有着作家不同时代中写作风格的变化，但在我看来，变化还不是主要的，主要的是作家一直把自己作为一个"观察者"，尤其是在他写作小说的时候，这种观察者的写作定位非常的明显。作家作为一个观察者，他不愿意去揣摩人物的内心，或者说不愿意将自己的观念强加于人物，他只是将人物的行动、语言、一般的情态、民俗风情、故事等描述出来，向读者展现了一个直观的完整的"物自体"。

这种直观化甚至还表现在许辉对于戏剧性和情节性的排斥。小说的一般性含义里包含着对于情节的追求。情节是一种戏剧性的叙述，它追求的是大悲大喜和出人意外的效果。而许辉的叙述是非戏剧性的，尽管如《焚烧的春天》等，其中也存在着一些戏剧性，但显然戏剧性不是他的追求，不是他的设计，可能就是生活本身的戏剧性吧。情节性并不是许辉所追求的小说效果。

现代小说的叙述语言往往分为两种，一种是传统性的白描性叙述，另一种就是抒情性的心理叙述。对照许辉的小说，他的创作应该属于白描性的叙述。白描性的语言最为关注的是外在的客观世界，就小说来说特别注重小说人物的行动和语言，注重自然景色的直接描绘。但是许辉小说语言的直观性又是与传统小说的白描性叙述语言是不同的。中国传统小说的白描叙述是在于推动情节和表现人物性格。而许辉小说的叙述语言则是呈现性的，而不是表现性的。许辉将自己对于自然人文以及自身处境的感受，压制锻炼为一种"少言寡语"。许辉的故事是细碎的，但语言却精练老到，是炼到一定火候的语言。

直观的，且没有修饰的语言中，语言的本体功能被凸显和放大。语言也便具有了神秘功能性。这种"简"的语言，它包蕴了人间大道，但却没有形之于逻辑思辨；它包含深情，却没有透露声色。他是体验性的，只有用心体察才能与他的语言和他的故事一起领略深意。海德格尔说，语言是存在的家园。许辉就是用直观的叙述呈现了人的存在形态。中国有句古话，叫做"大道无言"。但文学不可无言，无言就无以表达天地人之大道。许辉将语言简化、简朴到极致，将天地人的大道融汇于他的观察笔记之中。作家的这种"感觉"完全是"东方式"的，是"天人合一的感觉"。这种直观性审美，契合中国老庄哲学的"齐物"思想，其实也与天主教的神在万物的思想是一致的。神在万物，万物有灵，万物的存在就呈现了神灵。作家只要呈现出万物的直观，就呈现了生命。中篇小说《一棵树的淮北》就通过直观性的叙述呈现了作为万物之灵长的人的生命的神秘性和直觉感受性。读者只有排斥了华丽语言的诱惑，排斥了戏剧性情节的误导，以及一切的杂念，沉静心绪，才能领悟其中人物老大的生命过程的佛性。

四、寂寞而自在的"我"

小说以人物性格塑造为主，这是20世纪中国文学的一大特点。小说人物鲜明的性格，让读者记住了诸如阿Q、祥子等许多人物形象。

许辉小说却有一个特点，那就是被叙述人物形象和性格的稀薄化。小说《夏天的公事》《十棵大树底下》满目都是"事情"，不是大事，甚至是无事之事，但事情连绵不断。读《燃烧的春天》两个主要人物，似乎有性格，似乎也有冲突，但这些都迷失在大草甸子绚丽的自然氛围之中。读《一棵树的淮北》似乎有一个形象叫做"老大"，他的木讷似乎也是性格的特点，但这很显然也不重要，重要的是作家展现了一个简约而简朴的生命历程。

与稀薄化的人物性格不同的是，许辉的小说却无所不在地有着一个作家自我的形象，这个形象经常性地化身为作品的主人公，如有关北京的故事中就是采用第一人称的叙述方式，给人以自叙的感觉；就是书写乡村的，如《夏天的公事》《十棵大树底下》虽然采用的是第三人称叙述的方式，但整个作品的视点是随着那个机关人员李中、记者吴康而移动的，李中的眼光与作家的叙述是重叠的，这也导致了叙述的自叙特性。许辉的小说是具有自叙性的，但显然他的小说不是自叙传。他还有着相当多采用第三人称全知全能叙事的小说，如《焚烧的春天》《麦月》《桑月》《槐月》等。但是，无论许辉采用哪种叙事方式，都并不影响这个作家自我形象的呈现。

但是这个"我"显然不是郁达夫小说中的那个纠结于叙述中心的"我"，而是一个播散于人物、事情和物象之中的"神"。他无所不在，但并不过度地显示自己。他与世界之间保持一种适度的也是松弛的关系。

这个"我"是孤独的。他总是独自一个人行走，孤独地走在大草甸子里，独自走在北京的民俗氛围里，独自走在自己人生的历程中。那个淮北的一棵树家中的木讷的老大，生活在自己的内心世界里，与外在交往很少。这种孤独，甚至呈现为一种语言的枯寂。作品里的人物，作家的叙述语言，都是简单的，甚至枯涩的。

但是，许辉小说中的孤独，却不是鲁迅式的压抑的孤独，强行返回内心的孤独；而是一种内心自由的，带有幸福感的孤独。读许辉的小说，似乎看到了一个慢条斯理的，漫不经心的，信马由缰的作家形象：他有些拉杂，有些琐碎；他的生活和情志中拒绝戏剧化、情节化，他以赏玩的姿态，沉静在生活中，沉浸在物象里。他超越于世俗的人事纠葛之上，人是悠闲的，心是轻松的。他极为喜欢幸福的王仁们（《幸福的王仁》）的那种生活方式，那种世俗生活的况味；那种从某种程度上来说具有腐蚀人斗志的生活环境、生活状态、生活氛围；哪怕是带有点无关生存大局底线的钩心斗角也是令人沉醉的。他能从那种生活况味中获取特殊的享受和流连忘返的滋味。散文集《和自己的心情在一起》都是些心情随笔，"我"独自自处，但却不孤独也不悲凉；沉思，且自语，晓畅如话，褪尽了铅华，没有高深也不晦涩；安静地倒卧于大地之上，聆听大地与自己心脏合奏出的生命之音；用纯净的，清朗疏淡的语言，娓娓讲述着人生的感念，静静地流淌着宁静的美感。这是一种俄罗斯诗人和哲学家式的思想和感受。那个主人公"我"，不是散文家也不是哲学家而是诗人，是一个将生命的哲思呈现于感受性的诗人。这又是一个怎样随性的诗人呢。这与新写实小说中表面零度情感实则内心躁动悲凉的叙述，是完全不同的另一种生命感受。最初读许辉的《夏天的公事》的时候，熟悉的地方，熟悉的风景，也包括他所娓娓道来的熟悉的水灾。记者"我"就像我自己一样，我随着他行走，随着他观看，行走在我所熟悉的土地上，接触着我所熟悉的人们，也观看着我所熟悉的风景。没有情感的呼号，没有躁动的喧嚣，有的只是静静地行走和观看，风景和人事在他的视野中铺展开来，他的确很沉静。在他的"行走"中没有张承志式的行僧的苦涩，也没有余秋雨式的对于文化的高深的思考，他只听自己的心跳，凭着自己的心情，听自己的脚步声。

在描述作家的自我形象的时候，我又突然想起了《一棵树的淮北》中的主人公老大，他是那么落寞，而又那么地自由。我们甚至可以聆听到作家来自心灵的空灵的声音。艾略特曾这样说："诗人声音里的抒情诗是对自己倾吐，或是不对任何人倾吐。那是一种内心的沉思，或者说那是一种天籁，它不顾任何可能存在的言者和听者。"①许辉的孤独，就是这种沉思的天籁。

五、位置：文学史中的"独行侠"

当许辉出道之初，新写实小说方兴未艾。方方的《风景》，池莉的《烦恼人生》，刘震云的《一地鸡毛》正在风行，人们称这种写作方式为零度情感。我也认为，许辉也是零度情感，他的小说也理所当然地属于新写实了。以至于很多年以后，我一直为在新时期文学史中关于新写实代表作家作品中没有列出许辉和他的《夏天的公事》《十棵大树底下》而不平。我认为：实在是文学史家的眼睛出了问题。我的确曾为此而愤愤不平。

但是，多年以后，我发现许辉与新写实之类的巨大的差异：新写实具有鲜明的都市特性，无论是池莉、方芳还是刘震云，他们写作题材的重心都在都市的底层社会身上，而许辉则把眼光自始至终放在乡村世界；新写实号称"观察者"和零度情感，但在刘震云和池莉的小说中，我们可以很明显地感受到对于底层生活状态的狂化的表现；而许辉也是观察者，而他的书写却是一种呈现，他的书写在美学上更多地与中国传统的天地自然的美学观念相沟通。许辉在他出道的当时，他的叙事是先锋的，但又与余华等人的先锋有着天壤之别，他的先锋就在于叙事中的几近于无的叙事，这是与众不同的叙事，在那个时代很难再找到与他风

① 转引自格·霍夫《现代派抒情诗》，见杨匡汉、刘福春编《西方现代诗论》，花城出版社1988年，第627页。

格相同的作家。许辉与先锋派相比，他是写实的。但许辉在表面技艺上显得木讷，而其灵魂却最得先锋的真髓。许辉叙述的地点主要涉及淮北大平原，当然也包括北京这样的城市；许辉也涉及民俗，北京的，尤其是淮北的；但许辉却不是地域文化叙事者。他无法归入地域文化派。我曾想他的叙事可能与阿城的《遍地风流》有几分相像，但显然阿城的叙述中躁动着的是生命的原欲，而许辉却是淡泊的，宁静的。

许辉始终处于文坛风尚边缘，是一位"在边缘域行走"的作家。也正是因为他很难归类，他在新时期那些"拉帮结派"式的文学史书写方式中就很难被述及。但那不是许辉的错，而是文学史写作方式应该反思的地方。

[原载《海南师范大学学报（社科版）》2013年第11期，合作者胡妍。]

在社会和文化转型的结合部上想象中国

——评余同友的小说创作

余同友最近几年来发表了数量众多的中短篇小说，更有不少为《小说选刊》等选载，同时受到了评论界较多的重视。在阅读了余同友近年来所发表的若干篇中短篇小说之后，我深有感触。在我看来，余同友这些小说在现实的揭示和哲学的思考这两个方面都有着不俗的成绩：余同友以他一系列的荒诞、滑稽、妙趣横生的乡村人（不局限于乡村）的故事，揭示了现代化冲击之下的乡村道德的崩溃及崩溃中的荒诞和诡秘，也通过若干怪诞的符号化的人和物及其行为展示了反抗的意志和整个社会的病态现状。

一

余同友来自乡土，他的中短篇小说似乎是与生俱来地自始至终聚焦于乡土底层社会。他写出了转型期乡土底层人民的悲剧性的生活现实，写出了他们的悲哀和愤懑。

余同友小说的大部分人物都与乡土有着密切的"血缘"关系，他尤其惯于叙述转型期夹缝中的"城市中的乡下人"。《鼻子》（《长江文艺》2012年第1期）中的几个大学生，都从乡下来，按理说已经进入了城市，但因为他们的乡土身份，依然只是城市的"局外人"；因为找不到工作而把找到工作的好运气全寄托在鼻子上，最后在失业的打击下，形成了对于鼻子的变态心理而自杀身亡。这些乡里人，无论是有知识的还是愚夫愚妇，一旦进入城里，就再也回不去了。这些出身于乡土的人物，大多是转型期的入城农民：有的是离开乡土进入城市成为城市里的农民工、小老板，有的通过考试进入城市接受教育成为大学生，但他们依然有着乡土的"原罪"，在城市中过着漂泊的生活。余同友叙写他们的生活状态，更主要的是叙写他们的精神状态，叙写他们无聊而又充满疾病的心理和精神状态。这些人基本都是城市里的漂泊者、客居者，他们穿行于城市，但却总也无法融入其中；他们既是被城市又是被乡村所抛弃的人，是城市和乡村之间的"中间物"。

余同友笔下也有真正生活于乡下的村民，但他们往往是极少数。他们在城市化的浪潮中依然固守在乡土之中求生活，他们往往被社会学家称为"留守者"。但他们的生存状态和精神状态也如他们入城的兄弟姐妹一样的"失魂"。《乡村瓷器》中的王翠花、四喜两个成人遭遇性压抑，财产被惦记，孩子最后淹死在池塘里；《欢喜团》中，留守的老人遭遇疾病，小孩遭遇饥饿；《女工宿舍中的潘安》（《山花》2013年第11期）中的妻子小红在寂寞独守中"出轨"；《本报通讯员吴爱国》（《文学港》2013年第7期）中的回乡知青吴爱国在乡村中搞新闻报道处处碰壁，被人作弄殴打乃至于最后死亡；《科学笔记》中的乡土科学家李应华醉心于科学种植却最后在乡村人的愚昧和贪腐的官僚社会的双重迫害下变成了一个残废，变成了一个"异类"。他们留守乡土，甚至执着于乡土，但乡土既不是精神的也不是物质的归宿地，乡土早已失却了宁静，他们的精神同样在物质的匮乏中充满了焦灼。

在余同友的叙述世界中，无论是入城的还是留守的，他们的人生关系都有一个固定的交接点——洗头房。余同友感受着时代的神经，将他笔下的人物的关系、矛盾冲突和叙述的结点最终大多汇聚到了这个被重复的符号。

可以说，"洗头房"已经成为余同友叙述乡民遭遇的情结。《白雪乌鸦》（《小说选刊》2013年11期）主要的矛盾纠葛就在于洗头房，王翠花与操金钟的冲突就在于洗头房的生意，叙述主人公"我"与乡邻们的冲突也在于洗头房所带来的利益；《欢喜团》也是围绕着姐姐的洗头妹的身份而展开的，这是一个"羊脂球"般的故事。余同友通过对乡村贫穷的现状的叙述，揭示了洗头房被乡民们接受或被迫接受的原因。《白雪乌鸦》中操金钟的父亲，因为贫穷，将儿子送到城市经营洗头房，《欢喜团》（《文学港》2007年第6期）中"我"和父亲在乡村挨饿和生病，处于死亡的边缘。可以说，正是乡村的贫穷将乡村中的男人和女人都驱赶进了城市，进入了城市里的洗头房，男人变成了洗头房的老板，女的则变成了洗头妹。

通过"洗头房"这一意象，余同友展现了两种道德观念的激烈的冲突。《白雪乌鸦》中操姓队长，在金钱的引诱之下，良心丧尽，集体围攻与他们作对的王翠花；而目睹了洗头房恶行的王翠花也毫不犹豫地与之进行决绝的争斗。《欢喜团》中的姐姐到城市里做了小姐，当她回到村里的时候，她的名声就已经被毁了，她在家庭里呆不下去了，她的男朋友也不再要她了，她只能再回到城里，回到她的洗头房生活中去。在两种道德观念的冲突的叙述中，余同友展现了朴素的乡民对于传统的伦理道德的坚守。化作乌鸦的王翠花的决死鸣叫，就是这种坚守的最为激烈的表达；《暖坑》中徒弟在凄凉的夜晚独自为师傅也是岳父"暖坑"，而不是那个正牌的在城里的包工头女婿。作品结尾借助于喜剧性的再次暖坑，作者似乎要说明和伸张这种道德坚守受到了普遍支持这一"事实"。

余同友借助于"洗头房"这一符号，同时也展现了发财致富的利欲观念对于乡村道德的冲击，以及乡村道德在堕落的城市道德的冲击之下触目惊心的崩溃的现状。"白雪乌鸦"王翠花独自的鸣叫是孤独的，而那个被洗头房所诱惑的群体又是如此的庞大。《女工宿舍里的潘安》中的帅气的小保安潘安，他与女工小红恋爱、结婚，但回乡后的妻子小红最后却与人偷情并离开了他，美好的爱情在留守中荡然无存。面对着洗头房，乡村的道德，就如同"乡村的瓷器"一般，是那么地容易碎掉。这些"洗头房"，在叙事中，当然是乡下人进城的必由之路，而这条路，可能是被贫穷挤压的农民的发迹地，更是他们道德堕落、人性泯灭的万劫不复的深渊。

余同友有关"洗头房"的叙述不仅揭示了现实中两种道德的对抗，更揭示了传统的伦理道德一方的坚守与溃败，以及现实城市利欲道德一方的攻击和战胜。在两种道德的对垒中，作家鲜明地批判了洗头房和它所象征的现实的城市道德及其堕落，也褒扬了传统的乡土道德观念。在作家关于"洗头房"的叙述中，他对于现实道德状况是忧虑的，也是悲愤的。显然，作家对于乡村社会的精神现状，道德现状，以及当前整个社会现状的估价是悲剧性的，面对着乡村道德哗啦啦的崩溃，作者所表现出的有愤怒但更多的却是无奈。

余同友笔下的"洗头房"，是转型期中国最具有代表性的符号。它既不是乡村的暗娼，也不是都市的夜总会，它是中国乡村的农民向城市转型过程之中的一个空间上的"结合部"，一个似乎要必然走过的时间上的"过渡带"；它是掩盖在合法外衣下的非法，掩盖在道德外衣下的不道德；通过洗头房，余同友写出了中国农民进城过程中的道德和法律之下的暧昧，不安，欲望，焦虑，矛盾，诡秘。余同友由这个"结点"而展开的叙述，有力地表现了两种道德立场激烈碰撞的现实状况；也揭示了当代农民，无论是进入城市者还是乡村留守者，都遭遇了共同的难题：性压抑、疾病、死亡和不公。

余同友显然看到了"洗头房"在乡下人进城中独特的叙事作用，和独特的道德表达作用。余同友是敏感的，他抓住了这个具有当代中国特色的看似微小其实巨大的符号，他是一个对于时代具有高度敏感性和具有高度概括力的作家。

总体来说，余同友对于洗头房的叙述，是二元对立的，洗头房是作为负面价值存在的，是受到创作主体和形象主体共同批判和抵抗的对象。这种二元对立的思维，将洗头房及其文化价值和人性价值，处理得简单化了，使得其丰富性和复杂性没有被展示出来；也使得其在不同作品中出现的时候，以一种单调的形象多次出现，有重复之感。同时，由于洗头房在余同友的小说中，大多是叙事的边缘，或者仅仅是作为引起叙述的引子，因此，洗头房作为一种叙述素材，其作用没有充分地被发挥出来。

二

余同友的小说虽然以揭露现实的残酷性见长，但是他的新世纪创作的许多作品又有着现代主义的对于存在荒诞的哲学思考。余同友的小说揭示了多种荒诞的存在形式，并建构了一个符号序列，而且越是最近的小说越是喜欢注重对于具有象征意味的符号的应用，如"鼻子""乌鸦""狐狸精""老魏""潘安""大象""坟坑""吴爱国""科学笔记"等等。这些符号大致分为以下几类：

其一，"吴爱国"式的现实符号。最具有代表性的是《本报通讯员吴爱国》中所讲述的农民通讯员吴爱国的故事。吴爱国，看上去就是一个当代版的孔乙己。在这个故事中，为假新闻或中国式宣传所洗脑的农民吴爱国，也如余同友笔下的其他人物一样执拗，但是却因为发表新闻稿而遭遇了种种人生不幸，从一个新闻通讯员而变成了一个制造新闻的人。吴爱国的遭遇既是这个乡村秀才自身的精神愚昧，也与他所生活的环境有着密切的关系。正是吹捧新闻写作法，让一个可怜的回乡青年形成了固定的新闻写作的思维模式，也让他与荒诞的现实形成种种的碰撞。但由于涉入太深，他已经无法摆脱病态的思维和创作模式。他与培养了他的体制之间形成了相互依赖又相互伤害的存在状态。相较于孔乙己，他的命运更悲惨，他的遭遇更荒诞，是荒诞的现实造就了他可怜而荒诞的生命历程。

其二，"戈多"式的写实符号。《老魏要来》（《长江文艺》2010年第12期）《像大象一样消失》是两个"等待戈多"式的故事。这两篇小说都有着语言哲学的意味，它们共同揭示了百无聊赖的人们在通过语言构筑幻象，并在幻想中自慰的残忍的生存现实。《老魏要来》通过"老魏"的幻象，反衬了现实的枯燥乏味，揭示了哲学意义上的存在的"烦闷"状态。《像大象一样消失》则通过语言的幻象，构筑了一个随时要自杀的乡村青年的形象。余同友从农民工的角度，揭示了因生活被压制到最底层，而引发的精神颓废。

其三，"聊斋"式鬼魂符号。在《白雪乌鸦》中，作家采用聊斋式的笔法，让进城的农妇王翠花直接变成了会说话的乌鸦，从而将现实与灵异文化相沟通，在荒诞的叙事中揭示现实的荒诞；在《女工宿舍里的潘安》中，他让离婚后的潘安生活在他与妻子恋爱时的幻象中，以表现他的精神病态。

余同友笔下的这些符号也大多具有精神分析的特点，也具有怪诞、扭曲、变形等特点。吴爱国式的符号显著有着鲁迅的《阿Q正传》的特征；"等待戈多"式的《老魏来了》等作品，在叙述上有着新写实的风貌，其实完全是徐星的《无主题变奏》式的现代主义叙述。这种叙述模式，是建构在寻找与幻灭的张力之上的故事，它通过对于幻象的戳穿，揭示生活中人们的灵魂的荒凉。当现实生活中的人们，只能依据自己臆造的幻想来生活的时候，他的生活已经到了绝境，只不过这样的绝望被幻象包裹着而已。而一旦这样的热烈的幻想被戳穿，最后的慰安也就失去了存在的依据，生存的意义瞬间便荡然无存。所以说，这样的符号所表达的是一种存在主义的荒原意识。

余同友小说大多采用写实的手法，但显然他的写实并不拘泥于对于现实的照相式的复制，而是加入了浪漫主义的灵异叙事，并将之置于现实生活的背景之下，从而使得他的小说更多了现代主义的诡秘和荒诞。余同友小说的叙事同时也受到当年先锋小说的影响，如作家喜欢多采用警察讯问的形式表达一种囚徒的心理困境，这不但增加了小说的案情叙事的意味，更通过这种叙事表现出关于存在的囚徒般的危机感和困境感。因此，他所构建的大多是罪错的意象。

在符号化的叙述过程中，余同友的创作的长处和短板都显示了出来。《老魏来了》让人想起了二十世纪八十年代末期的刘索拉的《你别无选择》，及其所设计的符号——"功能圈"。老魏这一形象有力地表达了作家强烈的被控制的宿命感，和无可奈何的颓废感。但，这部小说也正是在这一点上给人以跟进试验的感觉。《白雪乌鸦》是一篇很大胆也更有特色的实验性的小说，其中主人公王翠花变成了乌鸦，有卡夫卡的《变形记》的特点。但是，尽管《变形记》是一部经典的现代主义作品，但是它的故事套叙述方式，机械而生硬；而《白雪乌鸦》的叙述对于《变形记》的套用，显然也延续了这样的弊端。但《白雪乌鸦》显然又是一个中国式的荒诞的鬼魂故事。聊斋的鬼魂故事本身并不荒诞，这是由特定的"信"的文化语境所造就的；但聊斋故事进入现代则就显得让人"难以置信"了，原因也在于中国当代普遍存在的无神论的"不信"的文化语境。余同友将西方现代主义的精神分析与中国传统的聊斋式的鬼魂故事，进行了"嫁接"，这是一次很有价值的实验。这个小说的叙述方式可以看作是对于聊斋中《促织》和《婴宁》的借鉴，它很好地表达了主人公王翠花的愤慨和复仇，但是，新时代的鬼故事，必须面对着现实语境，面对着在蒲松龄的时代和当代中国的语境差异；假如说在现实中依然仿照蒲松龄的时代去叙述，必然面临着"假"的问题，出现缺乏过渡和生硬的弊端。因此，"鬼话作家"李碧华的叙述经验是值得借鉴的。

而小说《女工宿舍的潘安》显然处理得很好。那个出现在屋顶上的狐狸精，亦真亦幻，既可以女鬼来解释，也可以幻觉来解释，因此，它的形象反而获得了真实感。在对于"狐精"意象的叙述中，作者将精神幻想与屋顶水渍图案，巧妙地叠合，而且过渡得水到渠成不露痕迹。假如说乌鸦是形象的话，这个狐狸精则是一个意象，一个被不着痕迹地突出的优美的意象。其中狐精意象的反复出现，以及现实与幻觉的无缝对接，使这个充满精神分析意味的意象既活灵活现同时又洋溢着诗意。它有效地利用了聊斋式的中国传统的鬼文化资源。这篇小说的经验说明，对中国传统文学资源的运用，必须将语境现代化，必须淡化故事性，同时提升意象审美在叙述中的地位。

余同友小说所涉及的哲学层面，如对于存在幻象的揭示，对于生命荒诞真实的揭示，虽然有着受限于现实层面的拘谨，但他通过具有中国特色的现代主义艺术手法的运用，有力地揭示了人的生存处境的困顿和荒诞；他将农民的悲剧故事，在某种层面上升到了哲学思想的层面，至少他在努力向着这个方面探索。

<h2 style="text-align:center">三</h2>

创作主体对于世界的观照，有的可能是明朗的理想主义的，有的则可能是极端晦暗的批判现实主义的。这里有时代的原因，也有作家自身感受的和价值取向的原因。在余同友的笔下，乡村、城市以及它们的结合点洗头房，则是一个疾病的世界。

余同友笔下的小人物的人生是悲剧性的，"死亡""疾病"是他为这些人物所设计的最常见的人生症候。《白雪乌鸦》中的王翠花死了，《泰坦尼克号》（《小说选刊》2014年第1期）中的丈夫自杀了，《暖坑》中的师傅死了，《女工宿舍中的潘安》中的潘安疯了，《像大象一样消失》中的大学生自杀了，《本报通讯员吴爱国》中的通讯员吴爱国死了……死亡或类死亡，成为余同友小说最为常见的终结方式。有的自杀，有的死于非命，有的在社会的折磨下残废了，有的患了精神病。几乎同样的结局，使得余同友的小说充满了悲情。一系列的死亡，尤其是自杀，就作品中的人物来说，是因无力面对现实的严酷和生存荒诞，而采取的一种逃避；而读者通过这些自杀和疾病中的人物则获得对于整个世界的负面的感受。

面对着普遍的道德堕落，余同友又以笔下的若干有着执拗的性格的乡村人物，来表达他对于传统道德的坚守，对颓败的道德与荒诞现实的反抗。余同友塑造了平凡却具有强大精神力量的主人公来对抗人性的泯灭和奴化，在这些小人物的身上，有着令人感动的美好品质，用这种力量来实现对心灵的拯救，甚至以"不死"来反抗死亡的威胁。《白雪乌鸦》中的农妇王翠花就是一只"不死鸟"。她对于城市中的招摇撞骗和卖淫，坚守自己的朴素的道德底线，毫不畏惧地与堕落的现实进行决斗。甚至死后化作乌鸦，也绝不停止坚韧地喊叫。在小说中，她成为一种道德反抗的符号。在被现实语境指认为"荒诞"的背景下，余同友的"强行"叙述，恰恰有力地表达了一种强烈的中国式的复仇精神。乌鸦的叫声，是触目惊心的决死的嚎叫。乌鸦的形象，也就从一般民俗中的不吉利的形象，转换为一个战斗的女神的形象。从某种程度上来说，《白雪乌鸦》就是一部抗议书，一部愤怒之书。与这个形象类似的还有中篇小说《科学笔记》（《小说选刊》2012年第6期）中的乡村科学家李应华。这个回乡知青追求科学，百折不挠。他的"科学笔记"，其实就是对科学执着追求而遭遇悲惨者的人生记录，也是对于乡村社会种种反科学行为的"抗议书"。

无论是王翠花，还是李应华，他们所给人的印象都是执拗，不通人情世故的，但是，他们的精神却令人感佩。非常像敢于挑战一切荒唐现实的唐吉诃德，在世俗外人看起来他们滑稽可笑，而其实他们的内心充满了执着的信念。他们的执着精神令人敬佩。余同友的小说在对堕落的道德提出了极其严厉的批判的同时，也表达了对于王翠花、李应华这些中国乡村中敢于鼓与呼的脊梁式人物的道义支持。他们的坚守带有几许的苍凉和悲壮，甚至也带有几许的冥顽，但是，这些人物的塑造，为余同友小说中的黯淡人生场景抹上了一些亮色。尽管如此，这些形象，作为符号，依然是病态的。这也是精神分析本身的病理本性与生俱来的人格上的扭曲、异化。

余同友小说里有着极为浓郁的精神分析的味道。这些小说揭示了特定文化语境中，人的悲剧性性格所存在的多重结构。这些符号，大都有着"被控制"的特征，或为某种幻象所控制，或为某种仇恨所控制，或为某种正面的价值理念所控制，或为某种负面的价值理念所控制，或为某种偏好所控制，甚至为某种简单生活理由所控制，主体被控制，最终显现为某种特定的符号对于人的控制。各色符号显示的是主体自身境遇、个体性格，与精神控制、暴力文化之间的关系。在余同友的小说中，主体是被控制的，甚至主动投入控制，很少有反抗控制的行为，即使有，如《老魏要来》，也最终要寂灭。这些精神分析性的符号，在《科学笔记》和《本报通讯员吴爱国》中，就体现在像孔乙己更像阿Q的李应华和吴爱国的身上；在《女工宿舍的潘安》中则体现在潘安的身上。作者几乎使用了张爱玲式的手法，解析了一个精神病患者的怪诞的行为，并将其放到历史文化的大背景下，来展现他的悲剧性。就是《白雪乌鸦》也可以从精神分析来获得解读。王翠花变成乌鸦并不重要，重要的是借助于这种明显存在的"变形"，揭示了现实的荒诞和它对于善良逻辑的背反。

余同友的这些荒诞的精神故事，就如同西方存在主义小说一样，充满了神秘主义的诡异，它的所指在于表现了现实的无把握的存在状态。也如中国的聊斋志异一样，灵异总是联系着死亡，而且是将死亡以不死的状态活在人世间，因此，这些小说大多有着忧郁的死亡的气息。《老魏来了》是现实层面上的神秘。这种神秘是唯物主义的，是鬼神死了以后的东方神秘主义。老魏的故事，就是公众臆想出的共同玩物。他作为一个形象之所以神秘就在于他并不存在。而现实中的人，却为一个完全不存在的形象所控制，人的悲剧性及其荒诞性由此可见一斑。

在总体上，余同友小说的反抗，主要的还在于对现实层面（形而下）的不公和道德堕落的反抗，而哲学意义上的对于绝望存在的反抗并不明显。除了《老魏来了》有着比较明显的存在主义意味以外，大多数小说中的冲突、反抗和精神沉沦都有着很清晰的现实动因。这也使得他的小说并没有真正的存在主义精神。

余同友的小说总体基调是灰暗的，不是死亡就是精神疾病，而如《像大象一样消失》等小说，其色彩尤其灰暗，很多小说满篇皆是现实的绝望、愤懑与暴虐的情绪。因此，余同友的小说在总体上所展现的都是病态的社会。余同友是一位对极致化审美境界充满痴迷的作家。余同友小说有着一种中国式的荒原意识："乡土化作废墟，空气中还回荡着尖厉、村俗而怪诞的鬼魂鸣奏曲……"①

[原载《海南师范大学学报（社科版）》2016年第10期]

① 杨义《中国现代小说史》（第三卷），人民文学出版社1998年，第416页。

第三辑　新世纪长篇小说论

3

道德理想主义的叙述困境

——评许春樵长篇小说《酒楼》

没有一种理想可以万代永恒，没有一种人生可以一世不变。落实到具体的时代和具体的个体，当今社会有一句流行语进行了更为有力的概括：女人一坏就有钱，男人一有钱就变坏。在这句有着互文性修辞的俗语中，其实说的是，无论是男人还是女人，在金钱面前都抛弃了理想，改变了道德的准则，尤其是丧失了做人的底线。这里所谓的男人女人既包括那些大字不识一箩筐的愚夫愚妇，也包括知书达理的知识男人和女人们。也许人之初性本善，但是金钱对于人的品质具有强大的腐蚀性，它能够使有理想的人最终不但放弃理想，而且出卖人格尊严，并走向彻底的堕落。金钱往往成为一条遽然划过的红线，鲜明地区分着价值理想的正面和反面。许春樵的长篇小说《酒楼》（人民文学出版社 2009 年 4 月）说的就是金钱社会对于知识男人的道德理想形象的摧毁，以及这种道德理想被创作主体遽然摧毁之后所造成的前后反差鲜明的折断性叙述。

一

在谈论长篇小说《酒楼》之前，我们不能不先回溯作家许春樵的上一部长篇《男人立正》。在这部与《酒楼》有着姊妹篇特色的长篇小说中，许春樵动用各种各样的艺术手段，把一系列的倒霉事情都堆积在了小说主人公小人物陈道生的身上，并在一种极度苦难的让人压抑的现实主义语境中，树立了这个小人物"信"薄云天的男人品格。在许春樵的创作中，这是一个最具有道德感染力的理想主义的男人形象。

长篇小说《酒楼》的前半部延续了这样的道德理想主义故事。理想主义人格一定是在苦难中迸发的灵光，这是文学叙述锤炼道德人物的带有规律性的叙事逻辑。在《酒楼》的前半部中，许春樵几乎是习惯性地将主人公齐立言抛入苦难的设计之中，作家的狠心让读者心有不忍，作家的苦心当然路人皆知了。怀有人生壮志的齐家老三齐立言在生活中受尽了种种的屈辱：这个受过良好教育的男人，在时代的大潮中下岗失业了，他曾经的壮志和体面都在这个无情的社会里折戟沉沙。他做不好生意，只能每天做一些与生活风马牛不相及的事情；他的生活陷入了极度的困顿不堪，曾经把他当作神明一样来追求的老婆与别人私通，他的做人的尊严，尤其是做男人的尊严荡然无存；他大年三十的晚上遭到至亲的哥哥嫂子们的羞辱和教训，甚至比他还要窝囊的岳母也瞧不起他。如那个下岗工人陈道生一样，几乎所有的苦难都让他这个倒霉蛋碰上了。但是与《男人立正》的比较纯粹的受难故事不同，《酒楼》的前半部更像是一个励志故事。苦难对于弱者来说，主要的社会功能在于博取同情；而对于强者来说，它则一定会变换功能成为擦亮强者人格的材料。贯穿于这部小说前半部分的是一个有关主人公未来的阅读预期，那就是"天将欲降大任于斯人也"。逆境中的主人公齐立言从来就没有放弃过梦想，也没有放弃过奋斗，更一直在艰难中坚守着他的价值理想。他在哥哥的酒楼中打工，但不愿意欺诈顾客，用自己屠宰的养殖的鸭子冒充野味；他保持着自己的爱好也保持着自己对于理想的美好憧憬，他自己设计自己制造汽车，虽然失败了但还是无怨无悔；他捡拾破烂，办起了物资回收公司，不偷不抢，坦荡做人，甚至捡到意外之财也原物奉还。有道是"君子爱财取之有道"，齐立言就是一个真正的君子。

但是，《酒楼》虽然是一个励志故事，但却不是日本电影《阿信》式的底层奋斗故事，而是一个中国知识分子的逆境奋起的故事。作家许春樵赋予了齐立言这个人物很明显的受难知识分子的身份和性格特征：不仅是他的人生中有着受过良好教育的阅历，更主要的还在于他受难中对于社会对于人生特别是对于商业运作的独特的眼光。他在被二哥撵出酒楼之后，选择了从捡垃圾起步，别人都是捡垃圾，但他却将捡垃圾运作成了"物资回收公司"。正是这种独特的知识分子的气质，使他虽然处境如同捡拾垃圾的乞丐，但却不是一般乞丐能够比肩的，更不是他的哥哥们这些庸碌的商人可以同日而语。除了这种知识分子的气质，他还具有受难知识分子才具有的坚韧的精神。他虽然身处逆境，但他的精神却是快乐的，因为他对自己的未来充满了信心。正因为这样，在造汽车失败之后，在婚姻遭遇红灯的时候，在遭受有钱的兄长们的侮辱之后，仍然义无反顾地往前走：凭着自己的双手，凭着自己的智慧，挣钱，吃饭，发财；在正直的良心之下，去努力赢得社会地位和做人的起码的尊严。由于齐立言的很明显的知识男人的身份和人格特色，因此，他所遭遇的苦难是知识男人的苦难，他的苦难中的不屈，当然也是知识男人逆境中的道德坚持和理想守卫。读者有理由相信，虽然身处苦难之中，但这些苦难只是对于一个未来成功者的现实考验。逆境中的齐立言虽然亲情和生活都已经千疮百孔，但依然是一个完美的道德理想主义者的典型，一个敢于与现实展开碰撞的伟大的堂·吉诃德。

更为难能可贵的是，受难中的知识男人齐立言，虽然对于未来的生活充满了野心，但是他并没有如巴尔扎克笔下的小人物那样为了改变自己的处境而不择手段，而是固守了中国儒家知识分子的道德准则；但是，他又不是腐儒，而是一个已经具有了现代商业头脑的现代知识分子。逆境中不屈的齐立言和他的坚韧的理想以及现代化的头脑，照亮了他自己黑暗的人生，也照亮了小说的故事。黑暗的苦难与光明的理想在文本中闪烁明灭，使得这个故事的前半部呈现出炫目的异彩。

二

现实主义的文学，大多具有强烈的现实批判的精神。在小说《男人立正》中，许春樵借助主人公陈道生的受难，而将批判的矛头指向了混乱而堕落的社会现实。这个造就了陈道生苦难的社会，虽然我们很容易明白它的指向，但是却很难去给它作意识形态的定性，也就是说，很难沿着惯有的思维将其归结为封建主义的还是资本主义的罪恶。但是，小说《酒楼》中使得主人公齐立言遭难的原因却极为明确地指向了资本主义的金钱文明。

商业社会的本质尽管被许多理论家所诅咒，但在我看来，它是中性的。商业及其核心的金钱价值，是现代文明的结晶。它对于文明的进步作出了卓越的贡献。因此，从某种程度上来说，这种资本价值及其对于传统农耕价值观的超越，又是正面的。不过，在道德理想主义看来，这种"逐于利"的价值是对于传统价值的无情冲击，导致了道德理想的崩溃，也导致了人性的扭曲，导致了现实人伦秩序的毁坏。因此，它如同洪水猛兽一样，造成了人性的灾难。许春樵的《酒楼》，与他以往许多的创作，如《男人立正》的始终如一的道德理想主义不同的是，它表现了道德理想主义及其在商业社会中的尴尬和崩溃。

在小说《酒楼》的前半部，作家一直在试图通过主人公齐立言的努力来论证一种道德的商业价值观的存在。沦落底层的齐立言就通过一种正当的商业运作，将废品回收公司办了起来，而且还获得了不错的收益。但是，许春樵显然没有信心将这种道德的商业价值持续下去。因为他在主人公齐立言稍获成功后就将这个小人物"送进"了看守所，从而结束了这个人物的理想主义的商业道德观念。在齐立言走进看守所的那一刻，作家许春樵也顺利地退出了他对于现代商业道德所持有的信赖立场。在接下去的叙述中，作家顺理成章地不再中立或庇护这个可能存在的价值理想，而是一反常态地将其作为一个反面的力量，让商业文明扮演了主人公齐立言人格尊严的摧毁者的角色。虽然万恶的商业利益原则一直砥砺着主人公齐立言，但也丝毫不能减免他对于齐立言的伤害。如同巴尔扎克一样，许春樵在主人公齐立言人生转变的关键时刻，让金钱这个最具有掌控力的角色出场。小说揭示了商业社会的游戏逻辑：高尚是高尚者的墓志铭。齐立言的努力和奋斗，在金钱社会遭遇了空前的溃败。他造汽车失败了，他妻子看不起他，肯定不是因为他造汽车而是因为他造的汽车不能带来金钱；他的哥哥们用种种的话语侮辱他，倒不是因为哥哥们不喜欢这个兄弟，而是金钱腐蚀了人性，因为他没有钱所以也就应该承受屈辱，并被剥夺对于家族财产的继承权利；他办废品收购站，不偷不抢，但最后还是被当成了罪犯抓进了看守所，他被抓不是因为他犯罪而是因为他是个赤贫的乞丐。齐立言的道德理想主义遭遇了金钱社会游戏规则的空前的嘲弄。为了证明金钱对于人的毁灭，许春樵选择了家庭亲情作为突破口。小说的故事基本是在家族的层面展开的，但家族显然只是起到了叙述框架的作用，更为主要的是作家利用家族这一亲情符号来证实金钱对于亲情的损毁。在传统的社会中，家族往往是个体的避难所。它所提供的亲情期待，也往往为个体提供了重新出发的动力。小说中的父亲形象，就是传统亲情的象征。但是，传统进入现代，它必然走向崩溃；亲情遭遇金钱，它也必然变质为虚伪的表象，而且还会因为它的存在而激发出加倍的伤害。在冷酷的金钱社会中，金钱至上，亲情浇漓，知识男人齐立言的被"伤害"几乎是命中注定的了。爱之愈深，所受到的伤害也就愈刻骨铭心。在这部小说中，家族及亲情为齐立言的磨难提供了更为有力的子弹。

　　尽管如此，作家许春樵在前半部还是在知识男人个体的坚守和社会的摧毁的张力之间，坚持着他在小说《男人立正》等作品中一贯的道德理想主义立场，在理想化的层面叙述着也塑造着知识男人齐立言的道德楷模形象。

三

读《酒楼》的前半部，我一直感觉到作家动摇在对于理想主义的商业道德准则的认同和对于金钱社会罪恶力量的理性认知之间，那是一种闪烁不定的价值观念，也是一种摇摆不定的叙述姿态。尽管作家对于齐立言一直保持着叙述的庇佑，而对于齐立言身边的亲人一直采用了略带夸张的叙述的谴责，并以此来很好地证明了自己鲜明的爱憎情感。但一个显然的事实是，这种动摇不定的价值立场也造成了对人物的命运发展的叙述的难以为继。所以，小说《酒楼》与《男人立正》截然不同的地方在于，许春樵在情节历史的中段，义无反顾地腰斩了他过去所坚持的道德理想主义，让道德楷模齐立言的形象在中途即走向了没落。也就是说，小说《酒楼》并没有将道德理想主义坚持下去，假如那样的话，作家许春樵极有可能会重蹈小说《男人立正》的覆辙，所以，小说情节发展到后半部的时候，主人公性格和命运发生了逆转。

小说《酒楼》的主人公齐立言性格的骤变发生在小说的后半部，也就是在主人公办快餐店获得巨大的成功之后。在《酒楼》的前半部分的叙述中，主人公齐立言总是在奋斗与失败之间不断地挣扎，不断地积累着他的生存和发展的经验和智慧。当他通过精心的市场调查和勤苦的劳作，不但把快餐店开了起来而且取得了成功时，他的成功不是通过不择手段的原始积累而是建立在自己的智慧和辛劳上。这种"大团圆"理应是良善人格的圆满结局，也是对于一种理想道德价值的肯定和颂扬。至此，不但齐立言的所有的苦难都得到了报偿，而且读者在前半部已然建立起来的对于完美的有道德的商业楷模的期待也终于获得了报偿。他们也如主人公齐立言一样沉浸于成功的巨大欣喜之中。但作家许春樵却就在这个关节点上，悄然改变了主人公齐立言的道德品质，让这个人物在成功的当时就迅速蜕变为一个商业动物。也就是说，小说主人公的道德品质发生了转换，由一个道德理想主义形象迅速蜕变成了一个道德的堕落者。

在道德化的叙述逻辑里，金钱是可以改变人的，尤其是可以改变男人的，当然也就可以改变知识男人。没有钱的时候，他们是道德典范，尽管他们被人唾弃；而一旦他们拥有了金钱，他们甚至比那些地痞流氓，比那些庸俗的市侩，比那些没有多少文化的暴发户，还要男盗女娼，还要道德堕落。因为他们的堕落有着艺术的水准。在小说叙述流程的后半部分，齐立言一一践行着他的兄长们早年的一切：结交贪官污吏，拥纳黑社会，玩弄女人，商业欺诈。他过去所反感的，所不齿的，他都一一做了。而且更狡诈，更冠冕堂皇，更冷血，也更有杀伤力。他娴熟地运用商业游戏规则，吞并了已经属于二哥的家族酒楼，并且将老字号"天德楼"的金字招牌送进了历史的垃圾堆；他同时也利用大哥工厂的危机，将其转换到了自己的名下。他利用金钱来对于那个曾经伤害他的家族进行了无情地复仇。从一般意义上来说，这个家族曾经伤害了他，他对其复仇具有正当性和合理性，但是，这显然又不是那个充满了道德正义的齐立言所应为。这一系列的伤害家族亲人的行为，只能说明他的心理已经扭曲，他的性格已经变态。同样的变态还表现在他对待女人上。齐立言曾经受到他的妻子和岳母的伤害，为了达到复仇的目的，他有意与前妻和前岳母和好，以证明自己的能力和满足自己的虚荣心。假如说因为前妻伤害了他，他利用金钱来获得心理和肉体的补偿，还具有某种程度的正义性的话，那他对于那个与他同甘共苦的女人，与所有的其他的他所招徕的女人一样地对待，则只能证明他的道德堕落。齐立言沉沦于女人的肉体之间，泯灭了道德与人伦。齐立言对于女人肉体的沉迷，显然不是他早年被女人抛弃的痛苦经历所激发的补偿心理所能够解释的，真实起作用的还是其背后的金钱。小说在情节上还特别设计了一个在文本中两次出现的有意味的细节：早年的齐立言对于哥哥的饭店枪杀野鸭以次充好，极度地反感，那时的主人公是一个道德人性的完人形象；而在下半部他也如他的哥哥一样做着枪杀野鸭以次充好勾当的时候，齐立言的形象也就走向了他的反面。当年的齐立言也许感受到自己可能就是那些野鸭，正在被屠杀，所以内心中充满了悲悯和同情，对于这种商业欺诈更是极其厌恶；而当他在他自己的饭店中枪杀野鸭的时候，他已经变成了枪手，他的哥哥们、前妻和各种女人们则变成了被屠戮者，他享受着屠戮者的血腥的快感。

而更为令人触目惊心和恐惧的是，变态的齐立言不是一般的丧失道德良知，而是在奉行着一套为社会所公认的商业的游戏规则。齐立言把他在挣扎中积累起来的智慧，在脱离了正直的道德理想主义之后，转换为无情无义无德的赤裸裸的堕落的手段。从表面上来看，他对于齐家传统老店天德楼的挤压，对于哥哥们的无情，是出于报复。而实际上，他都是在自觉地实践着商业社会冷冰冰的游戏规则。在这个时候，我们终于明白了齐立言早年磨砺所获得的真实经验，不是如作家路遥笔下的主人公们（如《平凡的世界》中的孙少平）那样，体验磨难是为了提升道德的自我，而是为了窥视社会的真实面目，而是为了自己将来好亦步亦趋地效仿黑暗的经验，甚至是制造黑暗的手段。当齐立言为他所生活的城市设计了宏伟的灯红酒绿的规划的时候，许春樵极为生动地展现了暴发户资本在当代社会的膨胀并发展到足以掌控社会的时候，其所带来的整个社会的道德与文化的沦落。

四

通过对小说《酒楼》情节发展和人物命运演变历程的梳理，我们可以发现，作家对于人物形象的塑造是基于道德维度之上的；作家极为强烈的道德感渗透于人物命运演变的每一个细节之中，从而使得小说的人物成为一个道德人物，其人格也成为一个高度道德化的人格。从主人公人格的设计上来说，《酒楼》的前半部和后半部中的齐立言在人格上有着鲜明的反差。发财前的齐立言有着过于理想的道德和人格，而发财后的齐立言几乎是瞬间变成了比他的哥哥们还要"坏"的资本魔鬼和道德魔鬼。正是在前后的对比之中，尤其是读到发财后的齐立言的堕落行状的时候，蓦然回首，齐立言以前的所谓的正直、勤劳、义气和磨难，都显得那么地恍若梦中。齐立言的转变所带来的是一种令人不寒而栗的震撼性。当他由道德楷模变成了堕落的资本魔鬼的时候，作家许春樵终于将他在《男人立正》中辛辛苦苦建立的理想主义的道德人格，击毁在喧嚣的资本社会的泥淖之中。他用齐立言转变的故事有力地证明了马克思所说的那句至理名言"资本来到世间，从头到脚，每个毛孔都滴着血和肮脏的东西"的真理性。不过，许春樵虽然在《酒楼》中展现了一个完整的道德理想主义的折断的过程，但不变的是他的道德化的叙述，这种叙述是他从《放下武器》以来就已经形成了的叙述路径。但是，在道德化的叙述模式之下，许春樵却也存在着实实在在的变化，那就是现实主义批判方式的转变：在《酒楼》的前半部以及此前的长篇《男人立正》中，他葆有着一种浓厚的人道主义同情，并利用底层小人物的受难，对于现实社会作着被动式的批判；而到了《酒楼》的后半部，他则如同对待道德理想主义的腰斩一样，已彻底涣散了他人道主义同情，并在叙述上化被动为主动，采用了一种在手段上更为直接在效果上更为强烈地对待现实的叙述方式。这虽然也是一种道德化的叙述，但却具有了更为有力的现实主义的精神。

当许春樵在小说《酒楼》中腰斩了他此前所坚持的道德理想主义的价值观念和隐忍的现实批判方式的时候，一种德莱塞式的现实主义批判精神便被确立了起来。这种德莱塞式的对于金钱社会的观照和鲜明的批判的立场，既昭示着作家许春樵创作的变化，也可能预示着当代中国知识分子对于现实的价值态度和叙述姿态的某种转变。

［原载《海南师范大学学报（社科版）》2011 年第 6 期］

第三辑　新世纪长篇小说论

投降，不关武器的精神事件

——论许春樵长篇小说《放下武器》①

　　文学本因时代而兴。二十世纪九十年代以后，中国文化领域出现了大规模的反腐败文学热，文学中的官场叙述非常盛行。但假如对于这样的官场叙述进行分类的话，可以分为两类：一类是主流叙述。有影响一时的小说作品，诸如陆天明、张平等的《大雪无痕》《法撼汾西》等。其中还包括陆天明的《大雪无痕》以及中央电视台所播放的如《纪委书记》《公安局长》等反腐题材的电视剧。它们用大篇幅揭露了权力的黑幕，展现了权力背后的种种玄机，对权力导致的腐败表示了深恶痛绝，这样的情节设计使这样的文学和影视文本非常类似于二十世纪初的"谴责小说"。但是，当李伯元写作《官场现形记》和刘鹗写作《老残游记》的时候，却并没有将造成这种腐败的权力人性化，而与此相反，九十年代特定的文化语境，却又将权力进行了人性化的处理，将它塑造为对于国家和民众的拯救，权力于是成为能够自我拯救的力量。因此，从某种程度上，《大雪无痕》等所谓的反腐败写作，对权力的认知上没有达到李伯元们所达到的现代水准。权力本是人类文明的重要的组成部分，但是就如同人类的所有文明一样，它对人类发展的作用都包含了两面性。现代文明认识到了权力对于国家管理的作用，但同时更看到权力的负面，所以总是对权力抱着怀疑主义的态度，因此设置了许许多多法律制

---

　　① 许春樵《放下武器》，安徽文艺出版社2016年。

度来约束权力；而中国人更多地看到了权力的正面，因此往往把权力人性化，就是在谴责权力的腐败的时候，也会用一种理想主义的权力乌托邦去实现，从而导致了对于权力的更大的人性化。另一类是非主流叙述，如王跃文的《国画》等作品。他不再寄希望于权力对于腐败的拯救，而是展现官场人生，尤其是展示官场人性，或者说人性在官场中的处境。这样的写作其中有几分苍凉和失望，但多少也有点儿道德上的骑墙。

但许春樵的长篇小说《放下武器》（人民文学出版社2003年版）却属于第三类。它当然也可以看作是当前众多的官场小说中的一部，它在形式上是一部反贪小说。在基本的故事层面上，《放下武器》采用了时下流行的反贪小说的套路。它主要讲述了县级官僚郑天良怎样从一个劳动模范、优秀共产党员和第三梯队干部堕落为一个吃喝嫖的贪官，以及最后"善有善报，恶有恶报"，受到了法律的严厉惩罚，被枪毙了事。此外，还涉及诸如官场的彼此倾轧等官场小说必有的故事元素。也就是说，小说的主体围绕的是权力的争斗，也不可避免地涉及权力道德。但却有另外一番的阐释。

英国唯美主义作家王尔德说："现在想以创作打动我们心弦的人，不给我们以崭新的背景，定须展示心灵的最隐微的活动。"[1]从背景上来说，许春樵的这部长篇小说的背景不是崭新的，但他却利用俗常的题材"展示了心灵的最隐微的活动"，《放下武器》是一部另类的官场小说。许春樵尽管也写了官场的腐败和丑恶，但是他尽力展示的却是官场人生。这就使他虽然有时候不自觉地要讽刺一下，但绝大部分时候还是冷静地展现，超越了习惯上的善恶对立模式。郑天良走向毁灭不是善的胜利也不是恶的胜利，而是一种生活状态培育了他。这种状态培养了他，使他成为明星，也使他成为贪污犯。在绝大部分的反贪写作中都把官僚的腐化堕落归结为金钱和美女的诱惑，但郑天良之所以会成为贪污犯却不是因为此。他最后走向刑场的原因主要来自两个方面：

---

[1] 萧君石编《世纪末英国文艺运动》，中华书局1940年，第70页。

第三辑 新世纪长篇小说论

165

一是官场的挤压。他坚持普遍主义的原则，在话语上可以表述为"为人民"的原则，但是，在官场的语言词典中，名与实向来是分裂的。一种悖论修辞在语言修辞学的范畴中本是幽默的源泉，但却在寻常中被见怪不怪，它的可笑性也自然消失得无影无踪。相反，对它的不适应却成为可笑和幽默。一个迂拙的人，为名——所指的意义所困惑，把错认所为能指。而一个聪明的人，则洞穿这二者的对立统一，游刃有余于其缝隙之间。郑天良很显然属于前者，他与这样的官场哲学是不适应的，因此他的一切行为都变得幼稚可笑、不合时宜、跟不上形势。他缺乏灵活性，这都使他身在官场却不能很好"为官"，也就是说不懂得为官之道，但正是这些使他成为一个被官场气氛所毒化并最终送上刑场的牺牲品。在自己原来的部下后来的上司县委书记（再后来的市长）黄以恒的游刃有余的官场艺术中，处处受到作弄，直至最后被收拾。作为郑天良参照物的是黄以恒。这位飞黄腾达的政治人物，因为在农民最需要车子的时候，他把车子开去参加了县委书记的亲戚的婚礼，虽然农民遭受了损失，但他的投机却获得了巨大的回报。他大搞"五八十"工程，为自己捞到了政绩，结果却使县里背上了沉重的负担。他善于将一切不利的因素化解，变成有利的因素：他容忍并任命郑天良担任负责工业的副县长，既拉拢了政敌又为自己获得了宽容的好名声，其实他在不露痕迹之中，将郑天良置于自己的辖制之下。他总是非常地坚持原则，当所有的人都反对郑天良评选"全国优秀共产党员"的时候，他力排众议，支持了郑天良，从而使郑感激涕零。但当郑天良回来的时候，他就已经给他来了个暗度陈仓，实现了"政变"，——郑天良成为一个有其名无其实的副县长。被架空了的郑天良被安排到了边远的地方搞所谓的工业区。黄以恒的成熟的政治艺术，对官场游戏规则的谙熟都让人不得不佩服：一个人在危机四伏的官场中何以能够做得如此之好。相比之下，郑天良就显得太相形见绌了。与这样的对手竞争，郑天良永远只能在官场的边缘徘徊和苦闷。

另外一个方面则是来自一种边缘化的恐惧。心理学家弗洛姆说："个体在社会共同体中自我感觉的边缘化，被排挤化。这种由内心焦虑、多疑引发的对前途判断的不确定性足以使个体生出致人死命的愤怒。"正是这样的恐惧导致了郑天良走向金钱和美女，但他跨到这个领域太迟了，或者说悟得太晚，结果成为官场游戏的牺牲品。当他学会了与沈汇丽这样的女人鬼混，学会了面不改色心不跳地把金钱存入自己的户头的时候，当他学会了驾轻就熟地将政敌置于死地的时候，他实际就已经踏入了深渊。这一切的发生都是那么地自然，这些献身的女人，这些送钱的商人，这些向自己表达忠诚的"自己人"，正是这深渊或曰陷阱的构造者。他虽然在最后悟出了官场的意义，但是还是有一着没有料到。在他最得意的时候，在他最甚嚣尘上的时候，他一头栽进了深渊，从此万劫不复。到死，他还是一个乡村兽医，他永远不可能真正理解官场。

这样的恐惧还来自作品线索的安排。作品采用了倒叙的手法，郑天良的死一开始就非常的明了。但在整个上半部中，郑天良的所有行为都基本是符合善良的道德原则的。一方面是道德理想主义的郑天良，另一方面是无尽的挤压和作弄。这两个方面呈现出令人郁闷的张力。这为下部郑天良的彻底堕落埋下了伏笔。

还有就是关于家乡的那座破庙伏牛岗玄慧寺。那是郑天良出生的地方，国民党的军医江可馨将他迎接到尘世，而自己随即被枪毙；当然那也是他终结的地方，来自台湾的江可馨的哥哥江本仁的部下和养子，把三百万元贿赂款交给了他，奠定了他最终走向死亡的命运。与这样的过程相应的是郑天良对它的态度也有着一个变化的过程：初而不愿意捐款和拨款，继而秘密拜访。其中穿插的是乡邻和亲戚的传说和劝告。

如此具有《红楼梦》式的现实和超现实的双重叙述，给读者留下无尽的悬念，一个疑问自始至终悬在郑天良的头上：一个这样的官僚何以被枪毙？他的死是否是一个冤案？郑天良的被枪毙是作恶自毙，还是天命如此？最终的死亡结果和本文对事实的辩护，给读者以一种深深的危机感。在现实主义的叙述中，加上带有神秘色彩的情节，在文本意义上增加了作品的魔幻色彩。这样的现实主义和现代主义兼容的情节设计，既给读者好像事事处处都有实在的佐证，又让读者处于微妙莫测的迷雾之中，难以真实地把握主人公郑天良真正的命运轨迹。于是，一种因为难以名状的、未经证实的境遇与情绪所引发的恐怖油然而生了。

正是因为如此，贪官郑天良是值得同情的。这样的同情不在于带有自叙性的"我"与他的亲缘关系；也不在于郑天良未泯的正直和良心；也不在于他与那个与自己的女儿年龄相仿的妓女王月玲苟合的时候有了罪恶感并最终帮助了她。尽管这些都使他与那些行尸走肉的堕落的贪官划开了界限，但真正的同情来自一个无辜的生命在官场之中被逼迫挤压，由一个善良的人而变成了一个恶棍，并因此而送了命。一个至死都在受到作弄的人，虽然他曾经甚嚣尘上，但由于他是被某种力量推上绝路的，是身不由己的，所以在人与人之间的关系点上，他被置于了弱者的地位。同情是他们能够享受的必然待遇。在这个意义上，作品所设置的类神话情境，也为郑天良这个流浪的灵魂提供了一个可以最终皈依的处所。人的个性光辉也因此而没有在庞大的权力道德大厦坍塌的时候被湮灭。

作者对待这样的人物（这样塑造对象）融入了自己的情感和同情，但又做到恰到好处。基本没有过火的表现，人物的愤怒或悲哀也没有超出过他们能够发生的程度以上，但作者的情绪总是不露痕迹地跟随着他们。读者只觉得有几个活动的人物，不会想到还有一个说故事的作者，这是因为，作者所倾注的情绪使他的人物在读者的感觉里有血肉生命，但同时他的情绪又没有任情地奔放，把他的人物压迫成不能自主的傀儡。

其次，许春樵还借用了时行的反贪小说的善恶对立中的另外一个角色，即受难的人民。整个故事分为两条线索，除了副县长郑天良的成长和堕落过程之外，还叙写了作为写手的"我"的生活状况和对"我"舅舅郑天良之死的追寻。在前者中，比较客观地展现了郑天良走向死亡的过程；而后者通过"我"展示了官场以外的底层人民的生活苦难，《放下武器》却有着明显的苦难意识，一种底层意识。我把它称为"底层叙述"。从一种人道主义的立场，关注底层的苦难生活，这是许春樵一贯的切入视角。在他二十世纪九十年代发表的《找人》等作品中就已经奠定了的。这可能与他的出身和经历有关。与"我"有关的是"我母亲"的死，去南京看病和我去县城找舅舅借钱的过程的叙述虽然只是为了衬托早年的郑天良的廉洁，但却是独立的，给人一种过得很辛酸的感觉。但令人惊异的是，与时行的反贪小说不同的是，苦难却不是后来的成为贪官的郑天良的贪污的原因。

更主要的是，这个"我"的存在与郑天良的贪污构成了对话关系。这个"我"具有隐含的作者的意义，也就是说"我"的形象带有自叙性质，不仅是其中的"我"的作家的身份和卖稿为生的人生，而且渗透着创作主体对于官场的认识和一种人生状态的体验。"我"的存在使作品具有传统现实主义所追求的那种"真实性"，直接用第一人称诱导读者对于作品想象的信任，故意要在写作中模糊生活和小说的界限。这显示了小说的主观体验的特性。来自"我"的和那个书商老板的强烈的黄色臆想造成了对于郑天良的人生轨迹的不间断地追索，而在不断地追索和证实之中，作者在郑天良贪污案件之外建立了全新的意义系统；这个"我"利用舅舅的贪污案件出书混取稿费，这是更大的良知的堕落，暗示了知识分子良知的泯灭。

综合上述可以看到，时行的主旋律反贪文学的基本的思维模式是正反相对的叙述，也就是贪官与人民的对立的情节演进方式，这种叙述方式以一种恶俗的大团圆为结尾，它肯定的是体制的价值正义性，而不是把体制作为制造贪官的温床。

反腐文学塑造了大量的反腐斗士的形象，诸如纪委书记、公安局长、检察长等，以反腐斗士与腐败分子的激烈斗争展开情节，不管经过多少曲折，腐败分子总能被绳之以法，正义得到伸张，这样的理想人格的塑造的出发点是道德化的，把希望寄托在"青天"身上，实际上就是把对权力的约束寄托在官员的道德自律上。这表现出非常鲜明的伦理乌托邦的色彩，由此导致了大众对于"清官"形象的热衷。清官解决模式，揭示了中国目前官本位体制下的一个事实。反腐文学延续了传统的人治观念和清官意识。

　　许春樵借助了这样的模式，在本文层面，这是一个兽性的丛林，所信奉的是残酷的生存游戏。而且相对于那些具有着大团圆结局的主流叙事而言，《放下武器》的叙事所给予的温暖是如此地吝啬。

　　但近乎游戏的态度说明，他只不过是在模仿这样的叙事方式，在本质上他是要对这种叙述模式及其背后文化进行致命的拆解。俄罗斯学者乌宾斯基在《土地的威力》中写道：人，即庄稼人，在从土地、从大自然中接受道德指南时，有意无意把过多的丛林倾向，过多的幼稚的丛林兽性，过多的幼稚的狼的贪婪带进了人类生活。……人民知识分子恰恰把这种并非动物界和丛林界中信奉的真理，而是上帝的真理带到民间去。他们扶起被无情的大自然抛弃、孤苦伶仃听任命运摆布的弱者。他们帮助，而且总是以实际行动帮助人们抵抗动物界真理的过分凶残的进逼。许春樵不但在故事的层面上否决了体制的价值正义性，而且从人性的角度发掘了官场和官本位文化对人的异化。除了那沉默的大多数，那受难的大多数之外，我惊人地发现，除了权力关系就是权力游戏，正义的那个必然能够取得胜利的正义在《放下武器》中缺席了。这样的缺席尽管不能说是死亡，但让我看到了作家对于反腐模式的决绝性的否决。在这样的否决声中，"上帝的真理"被带到了民间。

　　许春樵给这部小说起的题目是"放下武器"，而在《放下武器》之前作者曾发表过《缴枪不杀》。假如把两部小说的标题加在一起，就是一句完整的战场用语："放下武器，缴枪不杀"。而且两部作品表现内容也非常相似，都写的是县乡干部的官场生活。许春樵善于表现县乡干部的生活，这是许春樵写作的独特性。但为什么叫"缴枪不杀"和"放下武器"呢？很难令人想得通。这两句战争用语，是革命时代传达革命意识形态的艺术作品经常呈现的场面，当然也是儿童游戏中最常见的语言。郑天良出名于也成就于革命时代，可以说在那个时代他获得了"武器"，这个"武器"铸造了他。但这样的武器在后革命时代却日益显示了他的笨拙和无奈，它被后革命时代的信仰与事实分裂的处境所困扰，被这一时代的商品浪潮锈蚀着，直到在某一天被彻底粉碎的时候，这样的武器不但是被"放下"了，而且是被扔掉了。但"放下武器（屠刀）"能够"立地成佛"吗？有的人能够，如那个商业局长，因为他将武器放下得早；有的虽然表面上没有，但实际上早已如此做了。郑天良是迟到的觉悟者，当他放下武器的时候，所有的人都已经轻车熟路了（如那个飞黄腾达的黄以恒）。他又迟到了一步。所以他不能成佛，只能下地狱，在洞穿肉体的枪声中完结自己的人生。这样的武器在人性蒙尘的时代，又可另当别解，但郑天良的放下武器与后革命时代的武器——金钱和美女，似乎没有多少关系，那实际是因坚守了一种人生立场，而不得不走向死地。因为，假如他如那个商业局长那样对官场的金钱早有觉悟的话，他就会有比较完满的结局，虽再不能纵横捭阖，但全身而退、安享人生，也乃一种境界；假如他像他的部下后来的上司黄以恒那样，在贪有钱财和玩弄女人的时候都有一个崇高的托词的话，他不但不会走向刑场而且可能会飞黄腾达。因此，看上去他的被枪毙是堕落所带来的咎由自取，但实际上是他的良心使他丧失了战斗的武器，不得不投降。因此，这样的投降是不关武器的纯粹的精神事件。

刘小枫曾经将二十世纪后半叶的中国文学叙述分为"人民伦理叙事"和"个人自由叙事"。他说："在人民伦理的大叙事中，历史的沉重脚步夹带个人生命，叙事呢喃看起来围绕个人命运，实际让民族、国家、历史目的变得比个人命运更为重要。自由伦理的个体叙事只是个体生命的叹息或想象，是某一个人活过的生命痕印或经历的人生变故。……人民伦理的大叙事的教化是动员、是规范个人的生命感觉，自由伦理的个体叙事的教化是抱慰、是伸展个人的生命感觉。"①刘小枫在一种二元对立的思维上构筑了他的二十世纪中国文学蓝图。

其实，人民伦理叙事和个人自由叙事在许多场合是共存的。个人自由叙事同样可以承载人民伦理叙事。只要他不被名义上的所谓国家、民族、人民理念异化了。文学要获得永恒品格，就不应重在表达一个时代

① 刘小枫《沉重的肉身》，上海人民出版社1999年，第7页。

的总体话语，而恰恰应该表达出自己这个个体和总体话语之间的错位和差异。也就是说，历史记住的是大家共有的集体记忆，而文学记住的只能是自己独有的个人记忆。当"贪污"和"苦难"生活成为了作家们的集体记忆时，作家的创造性就在于如何在这种集体记忆里建立起个人的通道，否则，这种千人一面的集体记忆就难逃被意识形态改写的悲剧。按照法国社会学家莫里斯·哈布瓦赫的研究，集体记忆不是一个既定的概念，而是一个社会建构的概念。它也不是某种神秘的群体思想。"尽管集体记忆是在一个由人们构成的聚合体中存续着，并且从其基础中汲取力量，但也只是作为群体成员的个体进行记忆。"①莫里斯·哈布瓦赫的意思是说，有多少个人就应该有多少集体记忆，尤其是文学中的集体记忆，它更不应该是由社会机制来存储和解释的，而是要被个人记忆所照亮。

许春樵的叙事伦理是个人化的，但是当他的文本中呈现出底层意识的时候，这就具有了人民伦理的大叙事的色彩。许春樵以个性的书写穿越了权力的丛林，把人民知识分子的良知和人性的感怀带进了文学文本。

（原载《文艺理论与批评》2004年第2期）

---

① ［法］莫里斯·哈布瓦赫《论集体记忆》，毕然、郭金华，译，上海人民出版社2002年，第39—40页。

小人物的"房事"或人生的"倒刺笼"

——评许春樵长篇小说《屋顶上空的爱情》①

一

许春樵是一位对社会现实极为敏感的作家。他的现实主义写作姿态，使得他很自然地把文学的想象建构在现实的"社会问题"之上。《屋顶上空的爱情》所讲述的，就是中国社会当前最为热点的问题——"房事"。

"房事"在汉语中可以有着相互关联的两种解释——房子的事情和男女的性爱。小人物郑凡买房子不是为了炒作赚钱，而是为了给自己的恋人一个家，所以，房子的事情也就是情侣间的"房事"。小说主人公小人物郑凡，在叙述中的最为重要的梦想就是买房子，他做梦都想有自己的一套房子。于是，"房子"就成为了《屋顶上空的爱情》这部长篇小说中人物的"人生情结"，也成了这部小说整个叙述的"故事结"。

许多叙事文学作品在讲述故事的时候，都有一个"故事结"。这个故事结往往是故事得以讲述和衍化开来的元点，同时，它是作家表达情感和道德倾向的高浓缩的结点。在《复活》中，老托尔斯泰的故事是从聂赫留朵夫和玛丝诺娃的一夜情的后果开始的，因为这一夜情，玛丝诺娃后来被判刑和流放，从此贵族青年开始了他的忏悔和赎罪之旅。其实，

---

① 许春樵《屋顶上空的爱情》，安徽文艺出版社2016年。

在《复活》中，聂赫留朵夫和玛丝诺娃之间的纠葛，只是为作家提供了一个故事的"元点"，从这个元点开始，才有了后来的演绎；但是，这个故事的元点，在小说中也只是给作家提供了一个平台，一个让贵族青年得以忏悔和赎罪的介质，没有这个介质，不但故事无法演绎，更重要的是作家所要表达的俄罗斯贵族青年的对于底层人民的忏悔和赎罪之情，将无所依托。

长篇小说《屋顶上空的爱情》则设计了一个具有玫瑰色彩的网络爱情，由这个"爱情的承诺"，必然会涉及使这一承诺落实到实处的东西——房子。小说的故事讲到"房子"，许春樵获得了故事得以铺展的元点，也获得了一个引诱读者进入的甜蜜的入口。买房子兑现爱情诺言是小知识分子郑凡的奋斗的目标，也是他被社会蹂躏的"机遇"，更是故事向前发展的驱动力。小人物郑凡想尽办法赚钱买房，就是解开这个结，而在他辛苦赚钱的过程中，这个结却越扣越死。社会的"紧结"和郑凡的"解结"，形成了叙事的张力，推动着郑凡的人生走向死胡同，也推动着故事逐渐有序地铺展开来。等到郑凡买房失败，社会的"紧结"最后完成，而郑凡的"解结"也不得已走向结束。整个小人物买房的故事，也就讲完了。这样的故事设计，在小说《男人立正》中也是同样存在的。陈道生借钱，然后钱被骗，于是为了实现自己的"还钱的诺言"，他走上了故事中所演绎的劳苦还债的旅程。《屋顶上空的爱情》和《男人立正》的相似之处在于，它们都通过故事元点的设计，承载了作家如老托尔斯泰一样所要演绎和表达的道德理念，而这个道德理念就是许春樵在理想主义层面上为中国当代底层小知识分子所量身定做的道德形象。

但是，《屋顶上空的爱情》与《男人立正》的"故事结"所承载的价值趋向却是不同的。《男人立正》中陈道生的钱的被骗是一个负面的结点，陈道生"挣钱还钱"是这个解结行为的伸展，但是它却由负面最终转换成了正面。《屋顶上空的爱情》的故事结——爱情承诺，是正面的；但，正是这样的爱情，导致了主人公郑凡对于房子的疯狂追求，当爱情承诺落实到"房子"上面的时候，爱情承诺的兑现就转换为了"买房子"情结，精神的诺言转换成了物质的追求，其价值也就由正面转换为负面；爱情承诺没有演化为浪漫美丽的爱情反而成为爱情的坟墓。

这种"故事结"的叙述方式，无疑将人物紧紧地扣于一点，在艺术上造成了具有古典主义戏剧特征的戏剧化和完整性。同样，由于这样的故事结往往也是道德情感的浓缩点，所以在对于"故事结"的展开的过程中，道德的张力也就铺衍开来，并造成整个故事的道德化的叙事风格。许春樵小说是存在着抽象的哲学的。这样的哲学不仅体现在诸如对于社会的思考和对于人物命运的悲悯方面，更多的时候是体现在故事结中所浓缩的复杂的生存体验。

从一般的叙述常规来讲，故事叙述方式往往会导致戏剧性的产生，如金庸的小说《雪山飞狐》就是以李自成宝藏为故事结的，通过寻找宝藏的过程，以达到解结的目的。情节小说家利用解结的过程，设置诸多的惊喜和失望，从而使得故事一波三折富有戏剧性。许春樵的《屋顶上空的爱情》虽然也采用了这样的"故事结"的叙述方式，但是，他总体是反戏剧性的，他采用了带有自然主义特征的"事象叙述"的方法。

许春樵的叙述看上去是以人物为中心的人物小说，但是，《屋顶上空的爱情》却更像是事象小说。单一人物的叙述是传统现实主义所常见的，它可以呈现一个足够鲜明的人物性格，通过这样的人物性格，作家可以投注自己的道德理想，展现一个完整的命运过程；同时，通过这样的人物性格，也可以给予读者以注意的聚焦和性格的冲击力。但是，我们经常可以见到将人物作为叙述线索的案例，比如茅盾的《子夜》就是利用吴荪甫这个人物，将二十世纪三十年代中国上海的诸多事件穿起来，人物似乎并不重要，重要的是他所能够穿起来多少事件。这是一种较为典型的事件叙述。而事件叙述往往所指称的是讲述重大的事件的叙述方式；而如当代写实主义小说，诸如刘震云的《一地鸡毛》和关仁山的中篇小说《大雪无乡》，人物所穿起来的事件非常地琐碎，以至于无法构成有着完整流程的事件，那么，这时候，这种所谓"事件的综合"，我们只能称之为"事象";这种叙述,我们可以称之为"事象叙述"。许春樵早期的短篇小说《找人》是一个比较纯粹的"事象"小说。人物在小说叙述中,最主要的功能是穿起故事,穿起种种社会事象,而人物自身的性格却并不重要。这种事象叙述在《男人立正》中的表现也比较典型,作家将小人物挣钱的诸多平常事务都集中于陈道生的身上,陈道生这个人物似乎不重要了,重要的是由他所带起来的诸多事象。

许春樵在《屋顶上空的爱情》中所采用的"事象叙述"方式,有着一种贴身逼近纤毫毕现的精微。郑凡恋爱毕业之后,为了买房子,作者给他设计了许多事务,诸如带家教、兼职、单位比较穷、市场波动等一连串的对买房子有着正面助益或负面影响的事情。这些事象被作家叙述得繁闹而密集。主人公郑凡就在这些事情中忙忙碌碌,每一次接近了一步又让他退后半步,然后新的事务又来临了,主人公于繁闹的事务中忙得像无头苍蝇一样。显然,许春樵采用了一种古典主义的典型化的手法,他将一切的有关买房子的事务都招来加诸于这个小人物的身上。这种集中的同质性叙述在所指方面的作用在于,一方面使得作家可以借此表达他的社会批判观念,另一方面,主人公价值信仰的坚韧性也得以被考验。一系列的事情都跟随而来,一次次可预知的和不可预知的问题的到来,节律非常快,不给主人公以缓气余地;作家会偶然给日渐的焦虑降温,如让郑凡的女朋友对买房子无所谓,让他的女朋友表示她对于郑凡执着于买房子的反感,乃至离开他。但令人放松的情节大多持续时间很短,几乎就是瞬息幻灭。而且这种叙述降温,显然在情理上更加重了主人公买房子的紧迫性。在阅读小说的时候,我经常担心,挫折和厄运接踵而至、连绵不断,主人公怎样才能够承受,他有没有价值精神崩溃的一天。但是,我们看到,主人公一直坚持到最后,哪怕身体死亡(如陈道生),哪怕爱人出走,他都坚持了下来。创作主体的佑护使得小人物郑凡的意志力在密集的叙述中被扩张到了最大,也保证了他有足够的性格韧性能够承担得起如此沉重的压力。

作家对于社会的情绪,和与小说中人物的感情过于亲近,导致他被裹挟着向前走，形成了倾泻式的叙述。创作主体对于自我情绪把握的微弱，当然，也可能导致小说在艺术上节奏的失衡和阅读的窒息感受。从叙事学上来说，小说的情节性可以使小说保持节奏感；而繁闹事象的叙述，和由此带来的密集感的增强，则造成节奏感的减弱。许春樵的写实叙述是密致的，紧密的"事"和语言，往往给阅读者以不透气的感觉。同样是写实主义小说，莫泊桑的《人生》和《漂亮朋友》则要疏朗得多。

贝尔说，所有的形式都是有意味的。这种密致叙述的风格，对于许春樵的小说来说，除了说明他不会偷懒，当然也有着他特殊的艺术效用和价值功能。许春樵在《男人立正》中通过众多的接连不断的琐事，把主人公压得喘不过气来。在《屋顶上空的爱情》中，他再次故伎重施。他让主人公郑凡在房子的诱导之下，触发了一系列堪称密集的事件，又由这些事件近乎自然主义的顺序编排，展示了一个苦难的人生过程。许春樵通过郑凡"谈恋爱"所诱发的连绵不断的"事"，去"逼"出人物身上的道德的善；他喜欢让他面对着、纠缠于一系列的"事"，以在人物的相对单一的一根筋的处理方式中，去自然彰显人物的性格；他甚至都不是去着意塑造和归纳人物的性格，而是为了揭示人物的精神状态和生存处境；他的叙事中，也有着善恶的对立，但是恶一般不会是具体的对象，而是一种可能普遍存在的社会风尚；他喜欢在逼仄的处境中，更严格来说，是透过特定的社会风尚的压迫感，去暗示和投射有关存在的意义。买房子，不仅仅是为了给女朋友一个家，更是在于纾解自己作为一个农民子弟的自卑感。对于小知识分子郑凡来说，买房子就是一次万劫不复的"陷入"。马克思曾经揭示了资本主义社会的商品拜物教，而主人公郑凡就陷入了中国式小知识分子的房子拜物教，它不是由对于商品的迷恋而造成，而是由人物的身份所引发。爱情的诺言最后变成了一个"倒刺笼"，小人物郑凡满怀希望地钻进去，就再也不出来了。许春樵在带有一定夸张性的叙述中，达到了对于更广泛的社会的投射，对于更为普遍的人性的揭示。

小说《屋顶上空的爱情》紧紧围绕着房子来讲述小人物郑凡的爱情故事，结果生生地将一个爱情故事，幻化成了买房子的故事；把一个有关爱情承诺的故事，变成了"房子情结"。许春樵通过这种暧昧的转换，把房子对当今中国社会价值的扭曲表现得淋漓尽致。

许春樵所讲述的这场"屋顶上空的爱情"，无论是爱情还是故事的讲述方式，其实就是设计一只人生的"倒刺笼"。渔民在捕鳝鱼的时候，往往将倒刺笼的口用蚯蚓的体液抹在上面，以引诱鳝鱼进入；而鳝鱼一旦进入，因为笼中有着倒刺的设计，它就再也出不来。小人物郑凡为了兑现爱情的诺言而买房子，这是一个甜蜜的开始，但是无论是男人还是知识分子还是底层小人物，只要他一头钻进买房子这个"倒刺笼"之中，他也就只能在其中摸爬滚打，无论是痛苦还是快乐，也无论是希望还是失望，都只能闷在其中默默承受，永无回头之日了。

二

小人物郑凡之所以能够进入许春樵所设计的叙述的"倒刺笼"，首先当然是在于爱情的诱惑，但更主要的还在于他的道德自负。

如同许春樵的其他所有长篇小说一样，《屋顶上空的爱情》的主人公郑凡，依然是一位男性。在某种程度上，可以说《屋顶上空的爱情》所讲述的，似乎就是另一段"男人立正"的故事。男人，是性别身份。但是，正如西蒙·波娃说"女人不是天生的而是后天养成的"的一样，许春樵笔下的男人也是在文化中长成的。中国的文化传统赋予了男人统治天下的权力，也赋予了他承担天下的义务和责任。《男人立正》中的陈道生因为是个男人，所以就要说话算数，当他借了钱而又被骗以后，就是死也要在死之前将债还了，也就是说，就是死也要兑现自己的承诺。这是儒家的"信义"，也是中国男人的信仰。这样的信仰不抽象，不超越，但却很实在。同样，当男人郑凡在投入爱情之后，他就对那个网上认识的姑娘许下了诺言，由此而开始履行自己作为一个男人的职责，他必须为那个姑娘提供一所可以遮风挡雨的"房子"。不是那个姑娘一定要他提供，而是作为一个男人他必须提供，这是他作为一个男人证明自己性别的最为重要的义务，这关乎他作为一个男人的尊严。你可以说，许春樵的小说有"大男子主义"，但是，他的大男子主义不是对于女人的殴打、虐待和控制，而是主动承担对于女人的责任，包括道德义务。男人躺着睡觉站着撒尿，吐口吐沫就是个钉子。郑凡正是在对于网上"骗来"的姑娘的义务履行中，确立了自己的人格和尊严。

中国文化传统中，男性才能享受文化的权力，所以，许春樵又将知识分子的身份投置于男性主人公郑凡的身上。

许春樵小说中的小人物，尤其是长篇小说中的小人物，大多具有知识分子的气质，即使有的人物在小说语境中的身份不是知识分子而是"工人"或"商人"，但基本又都是知识分子化的。《酒楼》中的齐立言，虽然是一个商人，但一开始就具有作为知识分子符号——"发明家"的身份，还有他对于社会的观察和思考，对于社会的批判，也都透露了他的知识分子的身份信息。《屋顶上空的爱情》则直接将人物设计为一个硕士毕业的知识分子的身份，而且是一个学古代文学专业的硕士生，这就更与中国传统的文人知识分子保持了身份的一致性。

在中国文化中，知识分子有着伟大的道德传统，他们既"仁义礼智信"又"齐家治国平天下"。他们是文化的主宰者，也是国家的统治者。他们作为这个国家最受尊敬的群体，享受着"万般皆下品唯有读书高"的优越地位。像郑凡这样的古典文学研究生，在可以想象的传统社会中，一般要么琴棋书画行吟江湖，过着洒脱自由的生活，要么充当帝师或诸侯，再低也是个七品县令，自然呼风唤雨衣食无忧。虽然说小知识分子郑凡也许没有关于"天下"的宏大理想与"铁肩担道义"的壮怀激烈，但是，他却在微末的生活中履行着作为知识分子的道德责任，重然诺，言必信，行必果。这种儒家的信义道德，也是小知识分子郑凡的人生圭臬。

主人公郑凡虽然是个男子汉大丈夫，是一个知识分子，但他却仅仅是一个小人物。书写小人物的人生遭际是许春樵一贯的写作路线。从过去的短篇小说到长篇小说《屋顶上空的爱情》，他一直都以小人物作为自己叙述的中心。而且是每一部小说只写一个小人物。

大人物是有历史的，小人物也有历史。小人物郑凡的父母都是面朝黄土背朝天的农民，他硕士毕业也只能到工资微薄的文化单位任职。但小人物也是男人，也是知识分子，许春樵毫不吝啬地赋予这个小人物以美德。郑凡也像《男人立正》中的陈道生一样，虽然他做不到"位卑未敢忘忧国"，也没有"运筹帷幄之中决胜千里之外"的能力，但小知识分子的守信重义的朴素美德，以及通过自己的努力来实现人生目标的韧性，他一点也不含糊。许春樵在书写男性小人物和知识分子的时候，总是带有几分的民粹色彩和道德理想主义。在《屋顶上空的爱情》中，作家一如既往地将人物在道德层面进行了理想主义的乌托邦化的处理，他让这些人物在道德人格上无懈可击。

正是许春樵赋予主人公郑凡的男子汉品格、知识分子气质以及底层小人物的优美品质，诱导着郑凡进入人生的倒刺笼之中。对于小人物郑凡来说，买房子最初就是单纯的爱情目标——兑现对恋人的承诺，但是，他买房子也绝不是那么的单纯，他买房子给恋人一个交代，践行自己作为一个男人的诺言；买房子，他才能使自己在城市获得一个立足点和获得城市人的资格；买房子，才能兑现和回报父母的殷殷期望；买房子才能证明知识的价值；买房子才能证明小人物的奋斗的价值；买房子证明自己是个男子汉。买房子所触发的是文化的机制，正是文化赋予郑凡的买房行为具有了符号的意义。正是这种深刻的诱惑，让郑凡义无反顾地投入了买房的大军。

但是，一旦当郑凡进入人生的倒刺笼之后，许春樵便让他身处其中身不由己，痛苦不堪。在一个顺理成章的逻辑上，许春樵为郑凡设计了他这样的小人物可以想见的磨炼。他虽然是个男人，但不过是来自乡村的没有背景的年轻男人；他虽然是名校的硕士毕业生，也还是一个来自乡村的没有政治和经济后援的知识分子；他虽然有着小人物的美德，但是，在这个时代里有美德的小人物毫无用处。他虽然进入了城市，也不过是城市里的外来者，与一般的漂泊到城市的农民工几乎没有什么差别。如此境遇的人，他竟然痴心妄想地在城市里买房子。而房子却是一个巨大得令人恐惧的怪物一样的存在。在许春樵的叙述中，我们可以看到，男人面对房子，他会被阉割；知识面对房子，知识一文不值；知识分子面对物质主义，也只能斯文扫地；爱情面对房子，它更是空中楼阁；理想面对房子，它只能是虚幻；而未来面对房子，将是一片黑暗。在物质主义时代，斯文早已扫地，知识分子的社会地位，男人的努力，小人物的奋斗，其价值已经一落千丈，所谓"斯文不坠"早已成了弱势群体自慰的梦呓呢喃。中国城市里疯狂涨价的房子，虽然它所能提供给郑凡的就只是爱情的安乐窝，但却不幸而成为郑凡这样的人高不可及的乐园。于是，在买房子的过程中，他遭遇了种种的戏弄和挫败；房子带着他偏离了人生的正常轨道，走进了让他欲罢不能又无法实现的人生死胡同。

小知识男人郑凡是令人尊敬的。这不在于他的失败和精神苦难，而在于他的自我奋斗，更在于他失败中的韧性，无望中对于诺言的信守，以及失败后的洁身自好。郑凡是个失败者，但他的百折不挠的坚韧精神依然令人肃然起敬。郑凡是个失败者，但是，失败者的对人格的坚守才焕发出异样的光彩。郑凡把所有的责任和使命都背负在自己一个人的身上。买房子的意义太过重大，而他又是一个不懂得多少变通的"乌托邦化的知识分子"，他于是就像一个为了实现自己的责任而挑战"现实"的唐·吉可德。他变得有点儿滑稽可笑了。郑凡也如堂·吉诃德一样有着令人敬佩的气质。他是一个孤独的奋斗者，虽然遭受重重挫折，但是自始至终不气馁。郑凡这个形象虽然离开二十世纪八十年代很远了，但是，他的身上依然有着高加林（《人生》）、孙少平（《平凡的世界》）的影子。郑凡如《男人立正》中的陈道生一样走到了最后，而没有如《骆驼祥子》中的祥子那样半途而废，这反映了作家许春樵的道德理想主义之创作初心。

　　同时，主人公郑凡过于强烈的担当精神，也是令人恐惧的。男人和知识分子的道德责任和历史使命感，就如同两座道德精神的十字架，它既为主人公郑凡赢得了崇敬，又带着他走向魔咒的深渊。作为正面的力量，它支撑着主人公奋斗的勇气和不屈的人生意志；同时又使得主人公作为男人作为知识分子，承受了较之于女人较之于一般人更多更重的精神压力。有多少期待和尊严，就有多少侮辱和挫败。郑凡的每一次证明，最后都以失败告终。他的做人的尊严在一次次的挫败中受到反复的侮辱。他的所有的责任感，最终都化为让他精神遭受重击的心灵苦难。郑凡遭受的苦难看上去是物质性的，当然更是精神性的。许春樵为了反衬男性主人公郑凡的形象，给他设计了一个性格超脱的女朋友。女主人公韦丽是天真善良和出世的姑娘——"乌托邦女孩"，她不但没有如其他女人那样为了房子向郑凡施加压力，反而还为此最终离开了郑凡。但是，作家正是通过韦丽的天真善良和"没心没肺"的超脱，反衬了郑凡作为男人的道德责任感的沉重及其对他的道德人格的扭曲。他有着一颗脱俗的心，但是他却又陷入了物质的世界之中，他"厌恶物质的世界"，但是"又无法摆脱物质对日常生活的强制性左右"。①

　　许春樵通过郑凡"房事"的叙述，展现了当代知识分子的"倒刺笼"式的生存处境。

三

　　许春樵的小说一直有着强烈的道德批判的冲动，他通过小人物郑凡的买房子遭遇，观照了小人物的处境，并对当代社会进行了批判。

　　许春樵通过房子情结揭示底层小人物普遍存在的不安全感和焦虑。弗洛姆曾说过，个体在社会共同体中自我感觉的边缘化，被排挤化，这种由内心焦虑、多疑引发的对前途判断的不确定性足以使个体生出致人死命的愤怒。小人物郑凡无论是作为男人，还是作为知识分子，还是作

---

① 许春樵《屋顶上空的爱情》，作家出版社2012年，第68页。

为底层人物，他都深刻地感觉到被这个资本的社会边缘化了。正是出于被边缘化的恐惧，他才需要用通行的硬通货——房子，来证明自己的存在，来克服自己的不安全感和恐惧感。但是，物质主义社会无情地粉碎了他所有的自我确证的"挑战"，使他受到无情的戏弄和挫败。对于大的政商资本来说，房地产只不过是他们手中的金钱游戏；而对于处于社会底层的小人物来说，房子就是他们的爱情、性事、事业、尊严和自我实现，房子也裹挟着他们人生的希望、失望乃至绝望。大人物们的轻松游戏，最终导致了底层小知识分子们辛勤劳动和努力的灰飞烟灭。房子纠结了太多的社会伦理。许春樵给予了处于社会底层的郑凡，以起码的理想——买一所房子结婚，但是，他又毫不留情地让主人公这起码的理想化为泡影。许春樵展现了资本社会对于平凡人等低微的理想和善良的努力的击穿，及其所造成的触目惊心的挫败。小人物郑凡有点像《骆驼祥子》中的黄包车夫祥子，注定一生奋斗终成空。小人物的希望是微末的，但是，这个社会却就是不让他实现。小人物郑凡的梦想被粉碎，既在情理之中，那是因为弱肉强食是通行的规则；而也在情理之外，因为他所追求的只不过是微不足道的栖身之所。在郑凡的故事中，底层小知识男人的希望与绝望、使命感与无力感在房子的作弄下起伏跌宕，备受煎熬。小人物郑凡的遭遇显然是当代社会的物质主义文化的不公所造成的。在小说中，作家经常地以超越的第三者的角色，切入叙述，发表带有强烈现实批判意味的牢骚式的议论，非常鲜明地表达着他的价值立场。

许春樵的小说同时还有着面对现实困惑着力重建社会道德的理想。在《屋顶上空的爱情》中，作家通过郑凡的买房遭遇，构建了一个完整的道德逻辑：中国当代知识分子身处底层，受尽磨难，但是却依然保持着一颗道德良心。作家通过郑凡这样的小人物，建构了中国当代知识分子的"重然诺""勇担当"的道德形象，当然也是一尊悲剧性的形象。虽然这样的担当已经不是国家民族的宏大层面上，而只是一般的做人的基本的价值规范，但在物质和权欲横行的时代，这基本的价值规范已经是很难能可贵的了。但作家同时也表达了一种隐忧，这颗道德良心在遭受金钱与权力社会的反复蹂躏之后，它已然摇摇欲坠，随时都会走向良知的毁灭和沉沦。

相较于《男人立正》，《酒楼》将知识分子的道德理想主义进行了叙述的"折断"，许春樵让齐立言最终走向了他自己的道德理想的反面。假如说《男人立正》是沉浸于一种作家自设的理想主义氛围之中，用陈道生的遭遇弘扬理想主义道德和反衬社会的黑暗和批判社会的道德沦落的话，那么，《酒楼》则有着超越小说语境的关于市场经济社会中知识分子自身道德的反思和自省。而这部《屋顶上空的爱情》则将人物直接设置为知识分子身份，让他在物欲横流的社会中的四处碰壁，明白而彻底地昭示了当代知识分子的斯文扫地和精神的颓丧。相较于《男人立正》和《酒楼》的人物自身的理想主义情怀不同，在这部小说中，作家一开始就让这些小知识分子所背负的父辈的期待成为他们生存于社会之中的沉重的负累。假如将《男人立正》《酒楼》和《屋顶上空的爱情》三部长篇放在一条线上的话，显然，《男人立正》是完全理想主义，而《酒楼》则是半截理想主义，而《屋顶上空的爱情》中，他的理想主义已然挥发殆尽。

与《男人立正》和《酒楼》中人物的道德优越感不同，《屋顶上空的爱情》这部小说充斥着浓郁的道德自卑感和精神无力感。作家一如既往地书写性格软弱而又具有韧性的小人物，但是，这些看上去有着韧性的小人物，其实都是硬撑着。对于现实主义文学，尤其是中国的现实主义文学，它们对于小人物的关怀是有宗教性的，作家们对他们的处境饱含着同情，甚至满怀着愤怒，但是，他们却无力改变，更无力提供精神的支援。许春樵在小人物郑凡苦难故事的讲述中，强烈地表达了他对于现实的批判，对金钱和权力社会的批判，以及对底层的同情，对知识分子境遇的同情。但是，我们没有上帝，因此，我们不能如西方文学一样通过想象给他们提供天堂，给他们提供抚慰；我们也不能倡导他们再进行一次阶级斗争，因此，我们不能如二三十年代左翼文学一样想象他们奋起而进行暴力革命。我们只剩下了同情、悲悯。但是，基督教的悲悯，还有一个天堂在等待；而我们却没有。我们只能存在于今生今世，这是我们的世俗性文化，也是我们的世俗性现实。因此，我们只能将他们的遭遇暴露出来，以期引起"疗救"的注意。而这些悲悯和揭示，也只能安妥我们自己的良心，而不能给予这些小人物的生活和精神境遇以丝毫的改善。救救这些小人物，小知识分子，但是我们拿什么去拯救呢？我们既没有物质的工具，也没有精神的途径。这是当今底层叙述共同想象的"倒刺笼"。

（原载《雨花·中国作家研究》2016年第22期）

人民性与穷人的道德理想主义

——论许春樵长篇小说《男人立正》①

许春樵是一位长期关注底层人民生活境况的作家。他的中短篇小说《找人》《生活不可告人》《一网无鱼》等都以底层叙述的精彩而引起关注，而他的底层书写的集大成者则是长篇小说《男人立正》。结合当前的社会现实和理论界的有关底层叙述和文学人民性的论争，他的这部小说更有着别样的蕴味。

《男人立正》这部长篇小说如同许春樵的其他小说，如长篇小说《放下武器》、中篇小说《缴枪不杀》一样，使用了军事术语"立正"，但其实完全与军事叙述无关，作家其实只是借助这些军事术语来表达一种人的精神状态和存在状态。所谓的"男人立正"，所叙述的就是一个底层男性小人物努力"立正"做人的故事。

小说的故事是极端意义上的"苦情戏"。中心主人公是下岗工人陈道生。作为一个下岗工人，他一开始就如人们预料的那样被置于极其苦难的处境中。中国有句俗话："贫贱夫妻百事哀"。生活在社会底层的陈道生一切事情都不顺心，如同当年落难的姜子牙霉运当头喝水都会咯牙。女儿陈小莉因贩毒和卖淫被捕，从而引发了关于下岗工人陈道生的苦难故事。在故事中，苦难追随着叙述在一步步地堆积：在二十世纪九十年代遭遇"下岗"，开的小服装店生意清淡，女儿因吸毒卖淫被逮捕，他

① 许春樵《男人立正》,中国青年出版社2007年。

向厂里其他的生活同样拮据的工友们东挪西凑的血汗钱三十万元被好朋友刘思昌以做生意为由骗去了。为了还债，我们生活里最低贱的职业——卖糖葫芦、蹬三轮、卖西瓜、贩菜、卖血、医院护工、殡仪馆背尸工、养猪都——尝试过。精神的压迫和工作的劳累最终将他推向了无可挽回的死亡。就像作家开篇所言："有的人来到这世上就像应邀参加了一场盛大的宴会，一辈子山珍海味，美酒佳人，衣冠楚楚，步履轻松，临走时，打着饱嗝。抹着一嘴的油水，死后将名字刻进一座豪华体面的大理石墓碑永垂不朽了；而有的人来到这世上，不像是从娘胎里生下来的，倒像是从监狱里逃出来的，一辈子缩着脑袋，绷着神经，过着狼狈不堪、四面楚歌的日子，活着就是罪过，活着的本身就是灾难。"陈道生显然就是后一种"有的人"，他活在苦难的天地之间，苦难接踵而至，冲向他并不伟岸的身体，"毫无道理可讲"。

　　苦难在某种意义上来说是空间性的，因为在陈道生的身上，它们被一件、一件同质化地堆积起来，码放在一起。虽然事件各异，但对主人公所造成的苦楚却是毫无疑问的相同。身陷其中的主人公奢望着能够走出去，但他不能够。尽管物理的时间在不断地往前延伸，但对于陈道生来说，时间却是停滞的。"也不是这个世纪想跨就能跨得过去的，对于许多人和事来说，跨过去的只是时间，而不是相对应的责任和使命，这样跨世纪就变得很抽象和空洞，甚至没什么意思。"陈道生所在的那个中港合资的双河机器制造有限公司没有跨过世纪，死在新世纪的门槛上，而陈道生其实也与那个死掉的机器厂一样没有跨过世纪的门槛。因为苦难把他和他的同事和乡邻们都留在了旧的世纪里，旧的时间里。

　　陈道生的苦难贯穿了小说的整个叙述，风花雪月的温暖对他来说是完全不可企及的奢望。在小说的惯常的叙述中，往往在苦难中加入温情，通过温情以调剂读者的阅读压力，并提起他们的阅读兴趣。作家许春樵也试图这么做，他在故事中增加了徒弟于文英对他的爱情和无私的奉献和牺牲。但一则由于陈道生所遭遇的苦难过于繁复和沉重，一则这一爱情线索过于平淡，以致于爱情线索不但丧失了浪漫的功能，反而增加了陈道生人生的悲凉色彩。假如说徒弟王文英对陈道生的帮助还是友情或爱情的温暖的话，那生活中的温情实在是太淡漠了，淡到几乎如同白开水。相反，在故事中被重复最多的却是另外一个女人——陈道生老婆——骂他的话："你不像个男人。"在中国文化的词典中，苦难是有层次的，而最大的苦难显然不是生活的负累，而是来自女人的蔑视。因为女人是社会中最为低贱的，而作为男人却为女人所蔑视，这对男人的雄性形象是无情的阉割，更是对男人尊严的彻底的蹂躏。但在本文的语境中，语义层面所传达的是女人对逆境男人的蔑视，但深层所表达的却是苦难对人的起码尊严的摧毁。

为苦难所追随着的"骆驼祥子"一样的陈道生显然不是特例，作家的人生体验和读者的生活经验都自然地指向一个群体，所谓的"底层"，很自然地将陈道生作为一个底层符号。因此，陈道生的遭遇只是一个缩影，他所居住的七十六号大院的每家每户几乎都是与陈道生过着一样的生活。许春樵通过小人物陈道生的人生经历展示了底层苦难的普遍性，定义了一个社会学意义上的无产者阶层，破烂、肮脏、嘈杂和营养不良是它的基本生活属性。底层的存在与繁华的现代都市形成了鲜明的映照，并无可回避地成为了光鲜的现代化脸上刺目的"疮疤"。

但是，塑造一个逆境中的猥琐小人物显然不是作家许春樵的最初打算，作为一个有骨气的作家，他试图让作品中的主人公陈道生努力地挺起腰身，"立正"做一个人，一个男人。所以，他赋予逆境中的主人公陈道生以摧不毁的生命意志。陈道生，这一个小人物如同老舍小说《骆驼祥子》中的祥子一样，有着一种努力向善的意志，那就是试图通过诚实的劳动以改变自己的生活处境。但也如祥子一样，他的这种努力失败了，或者说他的这个阶层的努力都失败了。只不过老舍笔下的祥子在失败之后顺应社会的要求变成了流氓，而陈道生却依然故我。这是陈道生们的愚拙，但也是陈道生们的坚持。但正是这样的坚持让我们感受了更多的苦难和悲剧。因为祥子变成了流氓，他的苦难给我们造成了尴尬，但也因此给我们在道德上获得了舒解的口实，因为他通过流氓这种生活方式向社会实现了报复，寻求到了别样的"公正"。而陈道生却没有，他的一切的苦难及因此所造成的精神积压最终只有通过读者的怜悯和同情心才能得到释放。哲学家李健吾说："唯其良善，我们才更易于感到悲哀的分量。"①因此，这部小说在阅读时给人一种令人不堪的窒息感觉，不是说小说的情节如老托尔斯泰的《复活》充满了太多的道德说教，而是其中有太多的苦难淤积，完全没有一丝的生活亮光。这是一部有着太多的传统戏剧元素的"苦情戏"。

苦难是诱发同情的酵母，而同情是对身处逆境者和弱者的感同身受。陈道生和他的大杂院乡邻的苦难引发了作者和读者汹涌的同情，其悲情的程度一点也不少于雨果的人道主义力作《悲惨世界》。在苦难的层面上，许春樵表达了作为社会良心的对于底层社会的人道主义同情。为此，他甚至不惜一切地动用传统的现实主义手法，将所有的苦难都集中到陈道生的生活中，塑造了一个受难的"典型"。

苦难可以引发同情，但却不能够令人肃然起敬。因为敬佩是对精神意志的折服和慕羡。一个秦香莲式的人物可以引发同情，但却难以让人油然而生敬意。因此，要使这个受难者赢得敬意，就必须在他的意志品质上增加素材。作为一个资深的小说家，许春樵当然明白这样的道理。所以，当陈道生这些穷人"穷"到一无所有的时候，作家许春樵所能给予他们的便只剩下"骨气"，也就是所谓的"精神"了。展现苦难显然只是《男人立正》的一面，而更为重要的一面，他试图传达的是"男人立正"的精神，所谓男人面对苦厄之境依然保持道德良知而不随波逐流的穷人的意志，也就是传统儒家的"穷而不失其志"的精神。陈道生是一个走投无路却又坚持以立正姿势站在人生舞台上的男人。

穷人和他的精神和道德意志的高尚性在中国文化伦理中有着宿命般的关联。这种关联既是中国传统儒家重义轻利道德思想的表现，更是中国儒家激励落魄知识分子的励志素材。这种关联在中国现代文化和文学中得到了赓续，中国马克思主义无产阶级"先进性"更是在阶级性高度

① 李健吾《〈边城〉》,《咀华集·咀华二集》,复旦大学出版社2005年,第28页。

上将穷困和理想主义的道德进行了更为完美的论证和铆合。这在文学上最终体现为叙述上的无产者形象的道德理想主义。这样的道德理想主义经历了红色革命时代的文化实践的洗礼，基本上被固定在了穷人的身上，因此可以界定为"穷人的道德理想主义"。

纵观中国现当代革命文化实践，我们可以看到，穷人的道德理想主义主要表现在两个方面：一是互助精神。"互助"在可能性上，它可能发生在所有的人与人之间，包括穷人之间，富人之间，穷人和富人之间；但在革命文化的叙述中，它则在习惯上只被看作是穷人间才会发生的美德，因为它是基于共同的生活境遇和苦难感受下的生存意义上的边缘救助。小说中的七十六号大杂院具有传统田园时代的道德理想主义象征物的色彩。因为是平房大杂院，各成员之间能够相互地交流；更重要的是，作为封建时代家族院落的最后遗址，亲情在其间弥漫。"七十六号大院子里住的都是穷人，穷人的日子是靠互相帮衬着过下去的，谁家烧饭做菜缺盐少酱油或忘了买大葱生姜，到邻居家厨房里拿了就用，跟共产了差不多，几十年来的日子就这么从中华人民共和国成立前一直过到了成立后，毫无变化。"陈家女儿小莉因贩毒和卖淫而被逮捕之后更是被给予了极大的同情和力所不及仍慷慨给予的帮助。就是现在已经发家致富的刘思昌也充满了豪侠之气，当陈道生上吊自杀之后，是他义无反顾地缴清了医院的医药费。二是精神的自我完善——诚信不欺。陈道生虽然生活无着，但他做服装生意却坚决不卖假名牌；刘思昌虽然"欺骗"了陈道生并最终导致了陈道生的苦难，但他最后还是回来了。叙述本文给了他一个道德的豁免：他是因生意失败而逃走，而不是有心赖账。而这个诚信不欺的"典型"当然非主人公陈道生莫属。受骗之后的主人公，为了维护自己在亲朋街坊中的信誉，他开始了八年还债的苦难历程：卖糖葫芦、蹬三轮、卖西瓜、贩菜、卖血、去医院做护工，甚至到殡仪馆当背尸工，自己辛苦经营的一个小小服装店也被讨债者分割，贪图安逸的妻子也愤然离开了他，历经种种磨折，最后在亲戚和一个好女人于文英的全力帮助下，在乡下承办了一家养猪厂，终于还清债务。

对于他所承受的债务，就他自身的处境来说，完全可以耍赖。但陈道生却没有，而是人不死债不烂。通过陈道生的还债事件，作家将陈道生从卑微提升到了高大，甚至伟大。三是不拔的忍耐精神。骆驼祥子最初是有韧性的，但他的韧性最终折断在社会的恶流之中。而陈道生则不然，虽然他自始至终都是一个软绵的人物，但在软绵之中却有着永不放弃的韧性：遭遇一切苦难，都自始至终保持着道德的底线——诚实的心性；遭遇一切苦难，却始终对生活存在着些许的憧憬。

萧伯纳曾经说过，"伟大的剧作家不仅是给自己或观众以娱乐，他还有更多的事要做。他应该解释生活。"①小说《男人立正》将生活阐释为了一种道德化的存在。它浸透于我们在《复活》中才能见到的道德情绪之中，它给人以震撼的力量，也使整个九十年代的纸醉金迷成为了灰色的幕布。"这部小说通过陈道生这个小人物悲怆的生活经历，力图唤醒人们渐就麻木的诚信、责任、廉耻和悲悯意识，在一个小人物的命运中试图重新构筑社会的信任与道德理想。"②还有一个层面，就是道德理想主义的二律悖反问题。七十六号大杂院对陈道生的"集资"是令人感动的，但这种感动反过来加重了主人公的道义负债。就如同我们对待陈道生这个人物一样，一方面我们希望他能够坚守人的起码的道德立场，但是另一个方面，丛林社会所奉行的是丛林原则，而我们主人公所奉行的理想主义道德原则很难适应这个社会，当然也很难在这个社会中生存。因此，在阅读的时候，我真的希望陈道生能够干一些坏事。像他这样被社会逼到了墙角的小人物，就是干一些坏事也是值得原谅的。更重要的是，假如他干了一些坏事的话，就可以减轻他的形象所给予我们这些读者的道德重压，缓解我们的负疚感。

道德沦丧的时代，谁人能坚守底线？读了许春樵的小说《男人立正》，这样的答案是明确的：那就是底层，也就是人民。人民应该具有

---

①［英］萧伯纳《怎样写通俗剧本》，王宁、顾明栋编《诺贝尔文学奖获奖作家谈创作》，北京大学出版社1987年，第56页。

②邱华栋《男人的传奇——读许春樵〈男人立正〉》，《江南晚报》，2007年3月25日。

什么样的德性？我主张人民或者说底层，与所有的社会人群一样，在道德上没有优越性可言。但许春樵通过下岗职工陈道生的还债行为，对底层社会的德性进行了理想主义的塑造。莽原生在《臭皮匠，诸葛亮与李敖的"进步观"》一文中批评我的人民性观点①："他不懂得，民众的互相救助，不仅是可能的，而且常会发生。在困苦的境遇下，有人把一碗饭分给他人半碗，常是很自然的事。车夫在做那样的事情时，是觉得他应该做，他必须做，这是他的'道德规范'所致，他没有想坐在车上的先生怎样看他。而鲁迅的感慨，是鲁迅的事，还因此感到威压，看出自己的'小'，这也正是鲁迅先生的伟大之处：在批判社会的时候，也在剖析自己。而方维保对这件事的怀疑，恐怕是他的理论出了问题。"尽管我在评价鲁迅的小说《一件小事》的时候对其中的车夫形象从审美上进行了怀疑，但是我并不否认小说中的车夫在道德上的意义。同样，我也不否认许春樵小说所塑造的陈道生形象所带给我的震撼和感动。文学的吊诡在于，理想主义之下塑造的典型形象虽然具有艺术上的虚假性，但通过这样的符号所传达的道德精神依然能够浸润人心。所以，小说家邱华栋在读了《男人立正》之后认为，这部小说具有托尔斯泰式的道德忏悔和世界拯救精神。我是极为赞同的。人道主义对底层形象的处理，向来是理想主义的。尽管这样的处理在审美上具有空洞的特性，但是这都不能否认这样的形象的道德意义。但是，底层或曰人民，作为个体形象，并不排除他们中的个人甚至很多个人具有道德上崇高的特例；但我始终认为作为一个集体形象，赞颂他们整体的道德优越性，是值得怀疑的。站在人道主义的，而不是民粹主义，也不是启蒙主义的立场是合适的。

在宗教的意义上，苦难是通往道德净化的重要途径。但苦难本身并不能净化人的灵魂，因为它只是一种实在的承受。如若要实现净化的目标，受难主体就必须在苦难中反观并获得启悟。就如重负的纤夫完全没有美感，而画家笔下的纤夫却给人以心灵的洗涤一样。文学的讲述为反

① 方维保《人民、人民性与文学良知》，《文艺争鸣》2005年2期。

观和启悟提供了理想的场域。只有在讲述中，形象主体的精神和美感才能呈现，作家的怜悯之心才能表达，而读者的怜悯之心也才能被激发。因此，讲述故事，或者说讲述苦难的故事，是文学天然的意义所在。阿伦特引用丹麦女作家凯伦·布里森（Karen Blixen，笔名 Isak Dinesen）的话说："你如果能把苦难放进一个故事中，叙述出来，你就可以承受任何苦难。"①苦难将人类尊严的遭遇展现了出来，也就将尊严的内涵从一种反面进行了阐发。苦难故事能够激发起"热爱人类尊严的勇气"。

许春樵曾经说过，文学需要一批安贫乐道、灵魂纯净并能矢志不渝、坚贞忠诚、对文学满怀敬畏的人去捍卫和坚守，就像一个教徒对神的膜拜与牺牲。在宗教的意义上看文学，文学不只是一项事业，更是一种修行。②他的这番话是就作家对文学的态度而言的，而假如结合俄罗斯人道主义理论家别林斯基的文学观来思考的话，我觉得把这番话移植到他对人民的态度上来再合适不过了。对人民尤其是身处苦难的底层能满怀着敬畏和忠诚，在立场上卫护他们，在情感上同情他们，把他们视同自己的父母之辈，怀着一种责任，去表现他们，并在他们的苦难中净化自己的灵魂，这正是一种功业，也是一种"道德的修行"！马尔库塞指出："艺术本身就是以自身的形式对苦难和罪恶的赎救，是对秩序的恢复与完成，对心灵的净化，尽管只是虚幻的，但这种虚幻的安慰是可以转化成为现实力量的。"③

（原载《名作欣赏》2009 年第 11 期）

---

①［德］汉娜阿伦特（Hannah Arendt），"Isak Dinesen，"in Men in Dark Times. New York：Harcourt Brace & World，1968，p. 105.

②许春樵《文学是一种修行》，《新安晚报》，2006 年 6 月 28 日。

③［德］马尔库塞《论新感性》，《审美之维》，生活·读书·新知三联书店 1992 年，第 114 页。

当代历史视野中的创业神话与古典爱情

——论许春樵长篇小说《下一站不下》①

引　言

　　许春樵最新的长篇小说《下一站不下》很显然是一部人物传记式小说，而且，看上去非常类似于当代常见的"好人好事"式的非虚构小说。小说自始至终聚焦于"江淮好人"宋怀良的爱情和创业。这部小说中所塑造的主人公宋怀良形象，虽然与长篇小说《男人立正》和《屋顶上空的爱情》中主要人物的偏于执拗的道德理想主义人物形象有着一脉相承的关系，但有所不同的是，作家在这部小说中却把主人公宋怀良放置于最近三十年中国社会历史的大视野中去塑造悲剧性的人格，同时，与《屋顶上空的爱情》只将爱情作为附庸来进行社会历史批评不同，这部小说则以爱情作为叙述主线，通过爱情纠葛和历史生活风貌的一体共振式叙述，在一种道德化的文学话语中，展现了历史的流转和道德的嬗变，以及对历史生活和情感生活作出道德判断的困难。

---

　　① 许春樵《下一站不下》，人民文学出版社2021年。

一、感恩叙事与古典爱情

贯穿长篇小说《下一站不下》的主线是宋怀良和吴佩琳的爱情纠葛。文学中的爱情叙事大体有两种，一种是上层男性的猎艳式的爱情，如张恨水的小说《金粉世家》中的金燕西与冷清秋的爱情，一种是由底层男性专享的仙女下凡施恩（拯救）受难者的爱情。长篇小说《下一站不下》显然属于后者。

作为一种叙述起点和一场爱情的发生背景，作家许春樵在故事的开始，就毫不犹豫地将男主人公宋怀良投入了苦难之中。主人公宋怀良一出场就遭遇了下岗，从一个备受尊重的国企工人一下子变成了遭受蔑视的下岗工人，而且，苦难还接踵而至——父亲生病而无钱看病，父亲去世也无钱举办葬礼，风里来雨里去过着没有尊严的生活。作家为了加重男主人公宋怀良的苦难（当然也为女主人公吴佩琳的出场垫高道德阶位），他还设计了初恋情人汪晓娅抛弃宋怀良去另攀高枝的带有侮辱性的情节，因为男性的苦难在父权制社会中莫过于自己的女人另投他人怀抱，以及她所投来的不屑的眼光。但苦难在具有儒家传统的叙事学中，其实是一个呼吁结构，它是为接下来的拯救叙事和奋斗叙事做铺垫的。当主人公宋怀良被置于人生低谷之时，许春樵就运用中国小说中常用的"天上掉下个林妹妹"式的传奇技法，让厂长的女儿吴佩琳出场去拯救落难中的下岗工人宋怀良。于是，就有了美丽性感的吴佩琳对于宋怀良的一系列"施恩"行为：为了嫁给宋怀良，她放弃了出国机会，冲破了父亲的阻挠，将用来出国的钱帮助宋怀良还因父亲生病和去世而欠下的债务，两度将宋怀良从看守所里救出来，自己掏钱举办了她与宋怀良的婚礼，离开干净整洁的干部楼，搬到了槐树巷那逼仄肮脏的小房子里，她不但不嫌弃宋怀良的贫穷，而且如一个穷人家贤惠的女人一样与丈夫和邻居、亲戚友好相处。为了体现吴佩琳的爱情意志，作家还将她置于四角恋爱的叙述漩涡之中，让他在三个男人中去选择一个。当然，虽然可供选择的男人有三个，她毫无悬念地按照创作主体的预设，拒绝了条件优越的干部子弟郭凯和跑运输的小暴发户魏国宝的追求，而无条件地选择了并没有追求她的下岗工人宋怀良。正是吴佩琳对于宋怀良如此之"好"，才有了宋怀良新婚之夜的誓言："这辈子我为你活，为你死！"任何誓言都不是单方面的承诺，而是双方共同签下的契约。宋怀良的誓言就是对吴佩琳所施予的恩情所签下的承诺书。他必须以婚姻的忠诚来兑现，而吴佩琳当然可以用这一誓言来追索。

许春樵对女主人公吴佩琳的"施恩"叙述并不仅仅局限于他与她的婚前，还延伸至婚后的"奋斗"阶段。在宋吴婚后，吴佩琳更是以一个贤妻良母继续着对宋怀良的拯救，她把仅有的100块钱替宋怀良还了债；她拒绝了父亲的朋友为自己安排的清闲的职位，回到家与丈夫一起以下岗工人的身份过艰难的生活；毫不犹豫地拒绝了台湾老板要招聘她做"女秘书"的诱惑；在蹬三轮车的宋怀良被误会遭受发小郭凯奚落之时，义无反顾地要去维护丈夫的尊严；夫妻二人一道去演艺剧团打工，扛笨重的道具和烧水，一起遭受因剧团被查处而身无分文的生活；她对于从乡下来的宋怀良家的穷亲戚毫不嫌弃地包容，完全没有厂长女儿的娇气和傲慢。在后来做生意过程中，她与丈夫一起卖墓地，并利用父亲的影响力，赚得第一桶金。他们一起成立怀琳装饰公司，她贡献她的才华帮公司设计装修，利用自己的关系帮助公司扩张业务。如此还不够，作家还利用吴佩琳的两个曾经的追求者郭凯和魏国宝，"考验"了吴佩琳对宋怀良的感情的"忠诚度"。

在有关吴佩琳爱上宋怀良的叙述中，许春樵不惜笔墨将吴佩琳对宋怀良的"恩情"完全不受节制地倾倒到这个落魄的下岗工人的身上。吴佩琳也被塑造成了一个理想的爱人形象，她具备了所有中国传统道德所要求的贤妻良母应该有的道德品质。但更为主要的是，许春樵几乎是将吴佩琳塑造成了一个完美的拯救者形象。而对于主人公宋怀良来说，吴佩琳对他的患难与共的爱情、患难见真情的爱情、患难中不离不弃的爱情，可以说不但给处于人生低谷的宋怀良打了一剂强心针，也给黯淡压抑的五里井下岗工人宿舍区的人们投射了一束光亮。吴佩琳对宋怀良传奇式的爱情,不但以她温软的身体救渡了宋怀良,而且救渡了整个五里井下岗工人。在小说中,许春樵在将宋怀良塑造成理想主义的道德圣人之前,他首先将吴佩琳塑造成了道德圣母的形象。而且,他还将吴佩琳的道德圣母的形象,根植进宋怀良的道德血液中,从结婚的那一刻开始,对吴佩琳的感恩就成为宋怀良最高的道德准则,自始至终地在他的精神世界里监督或者鞭策着他的一切行为,并建构了他感恩式的人格。由此,许春樵也彻底锚定了宋怀良与吴佩琳的感情关系,为宋怀良后来在欲望诱惑之中能够坚守对吴佩琳的感情奠定了逻辑基础。但显然,许春樵所塑造的吴佩琳形象,是一个男性心目中的理想女性形象,是但丁(《神曲》)在游历天堂和炼狱时陪伴在侧的贝尔特里丝形象的中国版本。

如果说《下一站不下》在前半部是按照施恩模式来讲述吴佩琳对主人公宋怀良的爱情的话,小说的后半部则调转了叙述的方向,讲述了宋怀良对于吴佩琳爱情的报答,由此小说也进入了叙述的感恩模式,并在感恩模式下来塑造宋怀良的忠贞不二的爱情模范的形象。在小说中,为了表现宋怀良对吴佩琳的感恩,作者设计了一系列的感恩举措,比如宋怀良用做生意赚的钱购买了一栋豪华的别墅,送给吴佩琳;陪着吴佩琳一起声势浩大地到五里井槐树巷搬家;他以他和吴佩琳的名字注册了装修公司,为吴佩琳在公司里专门设置了一个副总的职位;为吴佩琳专门筹建了一家登记在其名下的饭店;当吴佩琳想出来工作的时候就将江北公司交予她管理;当吴佩琳被抓进派出所后找关系将她捞了出来;等等。

为了表现宋怀良对吴佩琳的报答或感情的忠贞,许春樵为男主人公设计了一系列回馈式的"三角恋爱"故事,对等式地来证明宋怀良对吴佩琳的爱情。在张月秀、吴佩琳和宋怀良的这场三角恋爱中,面对着历经婚姻伤害而变得温柔隐忍和善解人意的张月秀,虽然他的情感已经动摇,但还是把持住自己,从而导致她远嫁新疆。而在艾叶、吴佩琳和宋怀良的这场三角恋爱中,作家推出了另一种风格的第三者——年轻、热情张放、大胆泼辣、现代前卫的女设计师艾叶。已经为妻子吴佩琳的猜忌而折磨得疲惫不堪的宋怀良，几乎是毫无还手之力就爱上了这个有点儿疯狂的女孩子，但他以同样的拖延策略，最终导致了艾叶的另嫁。而在他与初恋情人和吴佩琳所构成的三角恋爱中，一种风格更加出格的第三者出现了，那就是已经沦落风尘的初恋情人汪晓娅，这次主人公更是坐怀不乱。在这一系列的以吴佩琳、宋怀良为两个角色，而以闺蜜、年轻的女设计师和初恋情人为第三角的三角恋爱中，叙述者为主人公宋怀良设计了至少四种诱惑方式——温柔体贴型、浪漫张扬型、初恋情人型和妓女型。但无论是哪一种类型，主人公都在拖泥带水之后，选择了吴佩琳。同时，为了表现主人公宋怀良对于爱情的忠诚，作者还赋予了主人公以面对性诱惑的非凡的抵御意志。在小说中，宋怀良对于与妻子吴佩琳的合法性爱从不拒绝，而且性爱还是他们化解误会增强情感的重要手段；但另一方面，无论是面对已经沦落为卖淫女的初恋情人汪晓娅的洗浴中心里的低贱求欢，还是面对着宾馆房间中主动逢迎的年轻女孩艾叶的性感胴体，还是面对离婚后的张月秀透过一杯热茶所传达的柔情蜜意，宋怀良都无一例外选择了拒绝，甚至在即将发生之时也能够勇敢地主动中断进程。极限考验所传达的是主人公宋怀良坚定不移地忠诚于妻的坚强意志。就如同吴佩琳在爱情选择中放弃或者说拒绝了运输暴发户魏国宝和干部子弟郭凯的追求，而坚定不移地选择了宋怀良一样，许春樵几乎是对等式地讲述了宋怀良对于第三者的拒绝。

在小说中，许春樵将宋怀良与张月秀、艾叶的爱情自始至终控制在"精神出轨"的范围之内。宋怀良对于"道德底线"的把控力，一方面表现了其婚姻观念的传统性，另一方面也表现了他的精神意志的坚定性。也就是说，他虽然在精神上已经"出轨"，但却在传统伦理的意义上坚守住了婚姻贞操。宋怀良之所以能够获得如此坚如磐石的精神意志，就在于他对吴佩琳在五里井槐树巷施予他的恩情的报答，验证了"夫妇之间的忠诚在于身体"的道德戒条。

小说《下一场不下》中，无论是吴佩琳对宋怀良的爱情，还是宋怀良对吴佩琳的爱情，都堪称传奇。小说正是通过三角恋爱故事的讲述，在选择的多重可能性中，凸显了吴佩琳与宋怀良的相互选择的爱情。同时，又通过宋怀良近乎不通情理的性禁忌，表现了宋怀良这位"江淮好人"虽嫌古板却不同于流俗的坚硬品格及其古典主义本质。

二、槐树巷意识与创业神话

显然，长篇小说《下一站不下》中主人公宋怀良对爱情的苦心经营和表现出卓绝的意志，并不仅仅在于维护他与吴佩琳之间的爱情和婚姻本身，同时，他实际上是要借着婚姻来维护五里井槐树巷精神。作家实际上是将宋怀良和吴佩琳的这场爱情和婚姻叙述为一场下岗工人命运共同体内部两个代表性人物在道德伦理上的价值分歧。

在小说的开端，许春樵就以他那善于书写苦难的笔，展现下岗工人艰难的生活图景。国企改制，大量工人下岗，他们住在逼仄、肮脏、漏雨透风的五里井槐树巷，女人被迫出卖肉体，工人就业无门，无事可干打架斗殴，犯罪被判入狱，至死睁着"怨声载道的眼睛"。这简直就是恩格斯在《致玛·哈克奈斯的信》中所描绘的伦敦东区贫民窟景观的中国重现。而接连遭遇下岗、父亲生病、父亲去世和被初恋情人抛弃等人生苦难的主人公宋怀良无疑是下岗工人的缩影。许春樵运用精细而犀利的现实主义手法，写出了下岗工人失业初期的从生活到精神的震惊体验，以及他们在那一个时间段中，那种生活里，那种精神状态中的孤立无助和整个社会对他们的冷漠。而另一方面，作为一种刺目的对照是，那些"庸俗的、满身铜臭的暴发户"通过不正当手段攫取了工厂的地皮，做起了房地产，做起了墓地，赚取了巨额的利润，过着豪华奢侈的生活。许春樵不仅写出了下岗工人的生活苦难，更写出了他们所遭受的屈辱。许春樵笔下的五里井槐树巷下岗工人的生活，可以说是20世纪90年代初下岗工人生活境遇的一个缩影。作家将他们塑造成了一个命运共同体，主人公宋怀良就是这一共同体之一员。

苦难叙事往往以否定的方式肯定了人生有价值的东西。正是在苦难叙述中，许春樵着意表现了五里井槐树巷无线电二厂下岗工人们的抱团取暖的可贵精神。他用当年文化寻根小说中常见的手法，将槐树巷职工宿舍区下岗工人写成了一个具有乡土宗法制血缘亲情的伦理乌托邦，或者可以将其命名为"五里井槐树巷精神"。当宋怀良遭遇人生苦难的时候，他的邻居，那些同样是手头拮据的下岗工人，包括卖烟酒的小店主、拉板车的、甚至老头老太们，都向他伸出了援助之手。他们将仅有的一点钱，借给他送父亲看病，借给他给父亲送葬，在他结婚的时候，就如同对待自己的兄弟姐妹一样，用简单到寒酸的仪式庆贺他和吴佩琳的婚礼。已经深陷生活的凄风苦雨中的下岗工人，之所以毫不犹豫地尽到他们力所能及的责任，其目的只有一个，那就是为了维护下岗工人群体的最起码的尊严。甚至嫁给宋怀良的吴佩琳，也不是完全出于爱情，而是出于对曾经的同事、现在的下岗工人们的同情，她与曾为厂长的父亲断绝关系而将自己投入到下岗工人的群体中，除了有对父亲背叛母亲的憎恶之外，还有着对导致工人下岗而自己却住着干部楼的国企干部的不满和赎罪。正是在这样的同病相怜和惺惺相惜之中，许春樵将一个松散的底层社群凝聚为一个乡土亲缘共同体。

而也在这样的亲情叙述中，许春樵建构了主人公宋怀良的作为一个下岗工人领头人的使命感和责任感，也完成了对主人公宋怀良的感恩式人格的塑造，并为发达以后的宋怀良始终如一地反哺五里井槐树巷乡亲和维护他们人格尊严的行为打下了坚实的道德伦理基础。就如同宋怀良与吴佩琳的感恩式婚姻关系一样，许春樵一开始就在宋怀良和五里井槐树巷下岗工人之间建立了一种施恩与报答的关系。如果说背弃自己干部家庭的吴佩琳形象，是下岗工人渴望关怀和救助的愿望的现实呈现的话，那么，同为下岗工人的宋怀良的形象则是他们的自我救助愿望的呈现。从某种意义上来说，无论是宋怀良的角色还是吴佩琳的角色，许春樵在塑造他们的时候，都遵守的是愿望逻辑，而不是现实逻辑。同样，从某种意义上来说，长篇小说《下一站不下》就是充满了人道主义精神的创作主体给予五里井槐树巷下岗工人的一副自我安慰剂。

小说叙述学认为，虽然很多时候小说在逻辑上遵守的是生活逻辑和其中人物的生命逻辑，但是，在绝大多数的时候，它还是依照创作主体的叙述伦理发展。《下一站不下》中的宋怀良的形象就是在叙述者叙述伦理的指导之下塑造成的。当下岗工人宋怀良在五里井槐树巷乡邻的热望之中，虽然历经种种挫折，但几乎没有多少意外地完成创业神话的书写之时，宋怀良水到渠成地开始兑现他对于五里井槐树巷乡邻的"承诺"。他雇佣当过舞厅三陪女的韦晓丽做公关部经理，雇佣过去的无线电二厂女工张月秀做助理，把刚从监狱放出来的五里井槐树巷街坊的子弟接进公司，甚至怀琳公司的所有工作都是围绕着下岗工人来组织的。在小说的叙述中，宋怀良对五里井槐树巷乡亲的报恩，有的时候甚至到了无原则的地步。他只要一有机会就会将五里井槐树巷的人接纳到他的公司里来，哪怕这些人被收进了公司无事可干，也工资照发不误，他甚至在洗浴中心冒着道德风险给那个曾经抛弃他、同为槐树巷下岗工人的初恋情人汪晓娅一笔钱，让她开了一个化妆品店。

　　在许春樵的叙述中，主人公宋怀良的槐树巷意识并不仅仅包括五里井槐树巷的下岗工人，还包括那些下乡来的人，包括那几个与他一起创业的农村人。他们跟随着宋怀良夫妇创业，彼此建立了信任。他们犯了错误，尤其是性方面的错误，宋怀良总是找各种理由包庇他们，为他们开脱，就是将耿双河开除了，也要让他有尊严地离开。还有当年那几个色情表演剧团中的团长王遥和演员石榴红，只要找来了，他就一定想尽办法给他们以帮助。就是在他对于妻子吴佩琳的忠诚里，也包含了同为五里井槐树巷下岗工人的情感在里面。从某种程度上来说，宋怀良所要感恩的已经远远不止于五里井下岗工人社群，而扩及所有的处于受难中的整个下层阶级。他也并不仅仅是感恩了，而是生发了一种源自感恩的关于底层社会的集体意识，他从自己的曾经的下岗工人的亲身体验出发，生发了一种要带领所有人摆脱困境获得尊严的领袖意识。尽管从市场经济条件下的公司管理来说，他的行为是荒唐的，但是，那却正是他的报恩逻辑的题中应有之义，他就是要利用他的公司，为下层受苦受难的人们提供庇护；他就是要与下岗工人或者他们的子弟一起分享财富，一起分享做人的尊严。宋怀良的举动，解决了下岗工人的再就业这一老大难的问题，获得了政府颁发的"江淮好人"的荣誉，也收获了五里井槐树巷人的感恩戴德，但他的行为未必没有沽名钓誉好大喜功之嫌。在小说的结尾，作家还特别加上了吴佩琳得了癌症以后获得众多的他曾经帮助过的人的集资捐钱的情节，并以此来论证宋怀良"行善"的正确性，佐证五里井槐树巷人的底层互助意识的生生不息和底层人民生而善良的民粹品格。

罗兰巴特说："写作是一种含混的现实：一方面，它无可争辩地产生于作家与他所处社会的对立；另一方面，从社会的合目的性出发，它通过某种悲剧的移情作用，把作家遣回到他的创作所依赖的最初手段上。"[1]许春樵从他对创作伊始，就有着很明确的底层意识。这种底层意识并不仅仅体现在他对底层生活状态的始终如一的观照上，而是体现在他的民粹上。也许他当初的短篇小说《找人》只是关心底层，但他的长篇小说《男人立正》却是民粹的。许春樵后来的创作虽几经流变，但民粹的理想似乎到了这部《下一站不下》又回来了。在小说中，除了暴发户魏国宝是个十足的坏人之外，宋怀良吴佩琳夫妇、五里井槐树巷的下岗工人张月秀、老厂长吴镇海夫妇、政府官员程凯、下岗女工按摩女汪晓娅、舞女韦晓丽、乡村色情剧团演员石榴红、女设计师艾叶、鸿翔建材商店老板赵超、建材城老板韩爽，乃至于从乡下来的耿双河、周小泉，大家都非常讲义气，都是与人为善的好人。并且，为了保持这种民粹理想，叙述者寻找各种理由为这些底层人物的各种荒唐行为进行了不厌其烦地辩解，特别是赋予主人公宋怀良几乎是不可能具备的严苛的道德自律和情感定力。

许春樵的这种关于底层社会优良道德品格的叙述，显然与社会现实无法实现接茬。但问题不在于是否能够接茬，而在于小说作者需要使这些人保持道德清白，以纾解他由来已久的民粹思想和道德理想主义的情

---

① ［法］罗兰·巴特《罗兰·巴特随笔选》，怀宇，译，百花文艺出版社2005年版，第8页。

怀。民粹主义是一种对底层社会道德品格的正面想象。在民粹的语境下，主人公宋怀良的失败悲剧，其意义就被导向了一场具有阶级倾向的关于底层苦难的人道主义叙事。民粹思想与阶级意识是一体两面的孪生兄弟。当许春樵在小说中特别强调底层民粹的时候，他实际上也就认同了充斥于近现代思想史之中的阶级意识。在这个层面上，宋怀良对吴佩琳的爱情，宋怀良对槐树巷下岗工人群体的回报，也都有着非常明显的阶级意识的味道。与经济领域里常见的创业故事不同，《下一站不下》为宋怀良的创业神话设计了一个伟大的道德目标。它不仅证明了下岗工人宋怀良能够自我实现，"能够"创业成功，而且也证明了下岗工人"能够"实现自救。当然，宋怀良的创业神话还达成了他那被中断的人生梦幻，他把一个市场中的实体经营成一个福利企业和国企，这与其说他是在经营一家企业，不如说他是拿他在市场中所赚的钱，来经营一个国企"大集体"梦幻。因此，只有将宋怀良的创业神话与其槐树巷意识联系起来，我们才能洞穿它的实质，也才能理解为什么宋怀良在自杀这件事情上还要忽悠一个"见义勇为"的好名声。尽管如此，当执着于集体梦幻的宋怀良不得不采用自我了断的方式结束他的创业神话的时候，作家并不是在说明宋怀良为"好人"之名所异化或拖累，而是在阐释这个创业神话是多么不合适。这就是这部小说塑造的创业神话的叙述功能之所在。

三、误会叙事与道德判断的困境

从以上的分析中我们可以看到，许春樵在小说《下一站不下》中不但将主人公宋怀良塑造成了一个情感专一的模范丈夫，而且将其塑造成了一个真正的"下岗工人再就业模范"。但是，小说《下一站不下》作为一个情感文本，其所表现出的意识倾向还是隐藏了很多模棱两可的意义暗示。这主要表现在小说为主人公宋怀良所设计的一系列误会叙事和"迫不得已"的处境中。

为数众多的爱情误会叙事的设计是小说《下一站不下》的重要叙述特点。比如宋怀良带着妻子的闺蜜张月秀出差，孤男寡女同处一室，虽然他们彼此清白，但显然无法解释清楚。假如说出差无锡是阴差阳错，那么后来张月秀和他彼此已经产生感情的情况下，依然在一个办公室中共事，自然更加说不清楚。再比如他对初恋情人汪晓娅的救助，虽然说他对于汪晓娅并无感情，只是出于对槐树巷人的同情，但他的过于慷慨以及有意遮掩，还是使得他的辩解苍白无力。再比如他陪客人到洗浴中心去，虽然他并没有嫖娼，但置身于这样的场所，本身就无法洗刷自己的声誉。还有他与年轻的女设计师共骑摩托车在街头的玩闹，如此展览性的招摇过市本身就说明有问题；虽然说一直到最后他与艾叶都没有发生实质性的性爱关系，但暗夜宾馆中的独处以及共同遭遇歹徒，自然更加无法自证清白，等等。

以上这些误会叙事之所以能够达成，实际上是三方叙述交叉介入的结果。从宋怀良的角度，作为行动主体他的能够引起误会的行为，就是历史的本来形态；但从评价主体吴佩琳的角度来看，宋怀良的这些行为却充满了暧昧的气息，而且，在她的道德化的眼光之下，这些行为自然就被打上了道德的烙印。而从叙述者的角度，宋怀良的这些行为正为他提供了阐释历史和推动叙述的弹药。叙述者正是利用了历史事实和道德事实之间界限的模糊性，以及宋怀良有意无意的越界，让他陷入了连锁反应式的现实行动和道德自证的陷阱之中，在翻大饼式的反复搅扰中，来磨炼他的道德人格。许春樵正是利用这些误会叙事，不但从人性的角度揭示宋怀良情感生活的复杂性，而且在纠缠不休的叙述中创造了道德判断的张力。当然，叙述者是清醒的，他只是利用误会叙事来考验主人公宋怀良的道德意志，而并不会真的去损害他的基本的人格尊严。叙述者总是在他神魂颠倒之时，使他意志苏醒并能够以超拔的毅力挣脱铺天盖地而来的爱情罗网和忠诚拷问。

在企业经营方面，许春樵同样为主人公宋怀良设置了为数众多的具有价值张力的"迫不得已"的经营行为。比如为了接工程，宋怀良不得不带官员进入娱乐场所，并亲自陪同买单；比如任用舞女韦晓丽做公关部经理，诱导管理工程的干部犯罪，顺势利导地控制他并接到工程；比如利用韦晓丽的双重身份，给身为县长的郭凯输送利益；比如他开拓网吧市场，虽然他的市场开拓策略并不为当时的法律所禁止，但是其行为却对青少年造成了实际伤害；特别是他专门喜欢雇用那些有劣迹的所谓人才，虽然这些人在企业经营上确实起到了很大的作用，但是，这些人往往都是通过不法的手段为他赚钱。虽然说他并不总是参与他们的不法行为，或者装聋作哑视而不见、见而不说，但这依然无法摆脱他纵容包庇的嫌疑。虽然他的这些灰色的经营行为大多都是当时企业经营中司空见惯的现象，根本不值得大惊小怪，而且，这些也是宋怀良跟随时代潮流的"不得已而为之"的行为，然而，这些不道德的经营行为又确实损害了他的"江淮好人"的形象。许春樵为主人公宋怀良所设计的"不得已处境"，其实依然是一种误会叙事。作者一方面利用这些所谓的"迫不得已"行为将叙述的触角伸向历史领域，展现了宋怀良的经营行为的历史价值，另一方面又利用吴佩琳的指责对他的经营行为做出否定性的道德评价，而后叙述者又利用自己的叙述特权将其归入"迫不得已"的范畴，为宋怀良进行道德的辩白。作家一方面将他叙述为一朵洁身自好的出污泥而不染的白莲花，一个"为了那个信仰将个体生命的本能与欲望完全压抑和放弃"[①]的道德完人，另一方面又将其置于情人环绕的诱惑不断的环境之中，使得他几乎成为一个登徒子；一方面他是一个在道德漩涡中能够固守道德理想、甚至具有道德洁癖的堂·吉诃德式人物，另一方面他又是一个在为人处世和企业经营上能够适应环境并具有经营灵活性的活生生的市场生物。在宋怀良的形象中，高洁的道德理想与实际行为中的不道德，构成了一种道德上的自反。显然，这个人物的道德人格具有分裂性，很难用一般的统一性逻辑去衡量。而宋怀良的道德人格的分裂性，显然是由创作主体的道德化叙述所造成的。

但是，假如我们将主人公宋怀良的道德人格，放置于马基雅维里的

---

① 张光芒《中国现代启蒙文学思潮论》，上海三联书店 2006 年版，第 47 页。

目的和过程二分的理论框架之下，就会得到很好的解释。宋怀良如当时的很多暴发户一样，为了赚钱不择手段。但是，他与那些土帽子暴发户不同的是，别人赚钱就是为了吃喝嫖赌，而他的赚钱和将企业做大，却是为了救助像五里井槐树巷乡邻们一样的穷人，为自己也为他们挽回做人的尊严。在马基雅维里的理论框架中，过程的不道德，并不能损害目的的崇高性。只要能够实现崇高的目标，过程的不道德性则可以忽略不计①。显然，主人公宋怀良就是一个类似的马基雅维里式的人物。但是，许春樵做得并不彻底，他通过宋怀良的进退失据和犹豫不决以及反复辩白，表现了这个人物的内心挣扎和道德困境。因此，宋怀良既不是一个完全道德堕落的人，又不是一个能够彻底上岸的人。他实际就是一个处于道德夹缝中的孤独的苦人。正因如此，才造成了关于他的"江淮好人"的"名"与"实"的定性的困难。显然，《下一站不下》中的宋怀良要比《男人立正》中的陈道生要复杂得多。

作为叙述中主要人物宋怀良的对手和一种反动力量，女主人公吴佩琳较之于男主人公宋怀良更加具有道德理想主义的色彩。她在小说中自始至终充当着宋怀良所制造的种种爱情误会和迫不得已商业经营行为的洞穿者和坚定的批评者的角色。小说正是通过她的过于敏感的女性眼光，从负面评价了男主人公宋怀良商业行为和情感行为的道德性，展现了社会道德风习的堕落景观。虽然说叙述者附体于主人公宋怀良的身上，为其中为数众多的人物进行了包庇性的辩解和开脱，但还是为市场经济时代下了一个道德上极为负面的判断。虽然小说也通过宋怀良经营层面上的辩解和老厂长吴镇海对女儿吴佩琳的和稀泥式的劝导，批评了吴佩琳跟不上时代的古板和死脑筋，但是，由于这种辩护的苍白和道德上的站不住脚，最终在某种程度上坐实了吴佩琳所谴责的社会道德堕落的真实性，并最终将吴佩琳塑造成了一场充满张力的道德拉锯战的主动出击者，一个道德底线的积极的守护者，而不是她的丈夫宋怀良。虽然小说试图构建市场经济与社会道德的对话关系，但由于吴佩琳立场上的

① 参见［意］尼科洛·马基雅维里《君主论》，商务印书馆1985年版。

道德评价的一边倒，创作主体所期待中的对话关系并没有实现。而正是吴佩琳形象的单纯性和理想性，宋怀良形象的正面性和理想性才遭到了消解，并且蜕变为市场经济时代堕落道德的同流合污者。在一个道德监督者的视野中，不但目的需要崇高，过程也要白玉无瑕。她并不会设身处地为他辩护。

正如米兰·昆德拉所说："小说的精神是复杂的精神。每部小说都对读者说：'事情比你想的要复杂'。这是小说的永恒的真理。"[1]许春樵在讲述宋怀良的爱情故事和创业神话的时候，他一方面对宋怀良的性道德和创业精神以及创业目的满怀着崇敬之情，另一方面又通过张月秀对他的怨怼、吴佩琳对他的指责、艾叶对他的耍弄和公司的破产，无情地嘲笑了他的古板、他的两面三刀、他的犹豫不决和首鼠两端，给予他的道德圣人形象罩上了一层可怜兮兮的面纱。特别是小说结尾的那个充满歧义的戏谑的死亡事件更是一个解构式的象征，它不但宣布了道德理想主义的虚妄，而且，从情感上为宋怀良这尊道德理想主义雕像的倒塌唱了一首充满解构欢乐的挽歌。

但是，虽然《下一站不下》深陷道德化叙述的陷阱无力自拔，但并不等于它毫无历史判断。而这种历史判断主要体现在小说的结尾的自杀事件中。在小说的叙述中，宋怀良对爱情固执地坚持不触及性爱底线的观念，是荒诞的；同时，他坚持用他的企业，无原则地养活一批只拿工资不做事的槐树巷乡邻，也同样是荒诞的。作家虽然在情感上对宋怀良的五里井槐树巷意识和国企梦幻表达了敬意，但他又站在历史的高度毫不犹豫地将怀琳公司送上了倒闭的末路，并且将沉湎于大集体梦幻中的宋怀良，同样毫不犹豫地送上了自杀的不归路，并不顾及他对五里井槐树巷是怎样的恋恋不舍，也不顾及他对报恩式的爱情是怎样的迷恋。作家"不得不违背自己的阶级同情和政治偏见"，写出了"他心爱的贵族

①［捷克］米兰·昆德拉《被诋毁的塞万提斯的遗产》，《小说的艺术》，孟湄，译，生活·读书·新知三联书店1992年，第17页。

们灭亡的必然性",并"把他们描写成不配有更好命运的人"。①

总之,小说《下一站不下》塑造了一个在道德上很难下判断的人物形象。虽然许春樵主要是从爱情纠葛来表现宋怀良这个人物的形象的,但是,通过对这个人物所身处的那个时代的生活器物和风俗民情的标记,通过这个人物在那个时代中对重大公共事务的表态,小说将这个人物形象的意义由私人领域向公共领域进行了伸展,不仅将他塑造成在道德上很难下判断的人物,而且将他塑造成了具有重大历史指涉的典型人物。小说通过宋怀良这一人物的情感失败和企业破产及其所经历的痛苦过程,表现了大时代(从二十世纪九十年代一直到二十一世纪二十年代)的道德博弈和精神痛苦,并通过主人公宋怀良的自杀事件,预言了一个时代的终结。显然,这是一个在审美上非常别致的具有原创性和高辨识度的文学形象。他既不同于报告文学中常见的扁平的"好人"形象,又不同于当代奇人奇事叙事中那种故作高深的怪诞人物。这个人物形象无论是从历史指涉的深度还是从性格的独特性来说,都具有黑格尔所说的"这一个"的特征。但整部小说的道德化叙述,也给主人公的形象带来了脱离历史语境的执拗和偏颇。

(原载《中国现代文学论丛》2024年第4期,有较多删改)

---

① [德]恩格斯《致玛格丽特·哈克奈斯》,中国作家协会、中央编译局编《马克思恩格斯列宁斯大林论文艺》,作家出版社2020年,第140页。

永不熄灭的仇恨与爱恋

——论严歌苓长篇小说《妈阁是座城》①

严歌苓是一个善于写女人的小说家。《小姨多鹤》《陆犯焉识》《一个女人的史诗》等都是以女人的苦难与成长为叙事的主导。她有时候将女人生活的背景放在战争时期，有时候又将背景放置于"文革"（1966—1976）的动荡社会里，但是，在她的最新的长篇小说《妈阁是座城》中，她却将一个女人的成长放在了妈阁（澳门）的赌场里。与此前小说单纯叙述女性的隐忍的东方式美德不同，这部小说则通过一个女人与三个男人在妈阁赌博中的冲突，讲述了一个以妈阁城的博彩文化为背景的一种"瘾症"。瘾症，从精神病理学的角度来说，作为一种精神疾病，它主要是指个体对某种事物出现强烈的，被迫的，连续性的冲动，如果那些冲动得不到满足，就会产生极度的焦虑，只能以一种更强烈的满足才能获得缓解。那是一种"特别深的嗜好；长期接受外界刺激而形成的难以抑制的习惯。"②瘾症，是一种无可救药的精神依赖，人处于瘾症之中，就会被他所依赖的对象所控制。那是一种如严歌苓所描述的"痴迷的、白热化的境界"。③

中外文学中对于精神瘾症的叙述，都不乏其人其作，如陀思妥耶夫

---

① 严歌苓《妈阁是座城》，人民文学出版社2014年。

② 李行建主编《现代汉语规范词典》，外语教学与研究出版社2004年，第1567页。

③ 田超《〈妈阁是座城〉：严歌苓的新"魔幻现实"》，《江南时报》，2014年2月12日，A14版。

斯基和他的《赌徒》。严歌苓显然承续了这种瘾症叙述传统，把她的对于精神瘾症的理解放在了当代妈阁（澳门）的赌博文化语境中，进行了极具强度的表现。然而，贯穿这部长篇小说，我们会发现，严歌苓所揭示的并不仅仅有赌博这一种瘾症，它还包括了女性叙述之下的对于男性的无可摆脱的精神依赖，以及与生俱来的文化情结等等方面的复杂的蕴涵，她对于赌场中的人性等方面的解释充满原型的意味。

一

《妈阁是座城》在某种程度上来说，就是一个关于赌博的故事，关于赌徒的故事，赌博和讨债是作品的主导性叙事。

赌博是《妈阁是座城》这部小说故事纠葛的唯一的介质。在小说的语境中，赌博是故事的关节点，是众多人生故事展现的纽带，没有赌博这个精彩的游戏也就没有这么多精彩的故事。

严歌苓通过这部小说在知识的层面讲述了赌城妈阁的种种博彩的技术性问题，在宏观上，她介绍了赌场与叠码仔之间的关系，叠码仔与赌徒之间的关系，叠码仔之间的关系；在微观上，她讲述了各种形式的博彩的技术和规则。但是这虽然是一部赌博小说，却不是赌博的技术手册，这部小说作为文学文本，它很精彩地讲述了一个个令人荡气回肠的博彩场面，讲述了赌徒们在赌博中的精神状态，也讲述了一个个赌徒对于赌博的深度迷恋，讲述了赌欲对人性的考验与折磨。小说的整个背景是有关赌博的，无论是拉斯维加斯还是妈阁还是越南某地；出场的每一个人，也都是赌徒；他们每一个人的行为，也都是赌博，至少是与赌博有关。无论是梅晓鸥的先祖梅大榕，还是已经成为梅晓鸥过去式的前情人、原国家某部委科技人员卢晋桐，还是木雕艺术家史奇澜，北京的大房地产商段凯文，甚至是梅晓鸥的年少的儿子，他们皆沉湎于赌海之中，沉湎于赌博输赢瞬间的刺激，深深依赖，倾家荡产，亡命天涯，也在所不惜。可以说，严歌苓写出了赌场中的世间万象，写出了因赌博而起的人生的起落。严歌苓借助于小说的艺术手段，营构了一个赌博的文化氛围。

严歌苓运用了精神分析的方法，以叙述者的口吻从旁观者的角度，非常细致入微地描绘了赌博这种"热病""绝症"①，同时剖析了赌徒的心理：他们"把偶然的赢看成是必然，把必然的输看成是偶然"。在急功近利的一夜暴富的金钱的诱惑下，他们本末倒置，最终成为了"牺牲品"直至输得家破人亡，就是清醒了也无力面对早已成了烂局的人生，于是就此沉沦，在赌博中走向人生的末路。赌博的魔力是巨大的，它吸引着一个个梅大榕、段凯文、史奇澜来了又去去了又回，还是逃不开那张赌桌。"胸怀一份壮丽理想，赤手空拳赢回他曾经的繁华"，正是这种心理使得一个个正常的人成为赌徒。严歌苓将赌博和赌徒的人生进行了审美化，她让读者在赌徒的输赢瞬间享受到了一种类似于性高潮的高峰体验。

严歌苓以妈阁为舞台，展现了赌博者的跌宕人生。梅晓鸥不仅仅是赌场的中介，她当然也是个不折不扣的赌徒。甚至，在作品的语境中，每一个人都是赌徒，卢晋桐、史奇澜、段凯文、梅晓鸥，以及老猫和广西仔是，甚至史奇澜的老婆陈小小、段凯文的老婆段太太也是，加入这场赌博的还有貌似置身事外的老刘、梅晓鸥的儿子。他们赌钱，更是赌人生。赌博已经成为流淌在他们血液里的质素，九死一生都难以戒除。严歌苓以狂欢化的笔调，叙述了多次赌博的场面，和它那令人灵魂沸腾的细节。因为"赌"这个字而发生了残酷、热辣、迷离、朦胧的情感故事，赌介入了男女私情的创造，它也就显得无比的重要。赌徒卢晋桐为了戒赌而自断手指，但总是自食其言；为了赌博，史奇澜诓骗自己的表弟，表面上是为了还梅晓鸥的赌债，为了对他的情人不食言，但这一切都恰恰证明了赌徒对于赌博的上瘾的症候。

在梅晓鸥的视野里，赌博也有着自己的"道"，所谓"赌道"。赌博

---

① 严歌苓《妈阁是座城》，人民文学出版社2014年，第64页。以下涉及作品内容，只在引文后的括号中标示页码。

之道，在于技术，更在于人生之道。史奇澜，就是一个有着道德底线的赌徒，他豪赌，但到达妈阁就只有梅晓鸥这一个叠码仔，他的令人迷恋的风度不仅仅在于他那双艺术家的手和颓废的情调，更在于他愿赌服输欠债还钱。与他相对照的则是段凯文，虽然他也曾风度翩翩，但缺少一种始终如一的人品，他不仅仅同时与几个叠码仔赌博，这破坏了游戏的规矩；而且在欠钱之后开始耍赖。这非常类似于女人的贞节，史奇澜是个"贞节"的赌徒，而段凯文则是"不贞节"的赌徒。正因为如此，梅晓鸥才对史奇澜无比的真情，而却看不起段凯文。

赌博而成瘾，是为"赌瘾"，也就是参与博弈游戏的人，对于赌博产生了深度的精神依赖。所谓的"赌徒"，就是指称那些有赌瘾的人。人一旦沾染上赌瘾，就如同沾染毒瘾一样，欲罢不能，形成对于赌博的深度幻想。《妈阁是座城》中的每一个人都是赌徒，是赌鬼，他们都对赌博这种游戏有着深度的沉迷。

在这部小说的赌博叙述中，也充满了道德评价。严歌苓用生动的笔墨展现了赌博的"血腥的"一面，对人性堕落推波助澜的一面，她通过卢晋桐等人的故事，通过主人公梅晓鸥的仇恨，对于赌博这种恶习进行了极为严厉的鞭挞，但同时，在审美化的叙述中，她又展现了赌博者的血性人格，小说将赌瘾设置为男性的性别本质，一种令人陶醉的男性风度，无论是在主人公梅晓鸥的眼光中还是在叙述者的视野里，欣赏和期待皆跃然于纸上。严歌苓对赌博的道德评价是矛盾的，严歌苓与她的主人公梅晓鸥一直处于道德的两难之中：一方面，她对赌博是憎恨的，她从切身之痛出发诅咒赌博，她为自己身处的叠码仔的身份而自谴、自责甚至自虐；另一方面从她的职业出发，诱使他们参与赌博，试图将赌博作为一种中性的社会现象来看待。因此，她的谴责和仇恨是犹豫不决的，道德的立场也是暧昧的。

甚至，作家的职业习惯，就如同叠码仔身份一样，她不能不把自己从道德本性中分离出来，充当博弈的另一方，成为一个赌徒，成为赌博的道德上的支持者。作家对赌徒的心理和人性存在着剖析，同时，某种程度上也展现了人性的分裂和内在搏斗，但是，相较于陀思妥耶夫斯基《罪与罚》等作品中对于自我深刻的审判式的叙述，严歌苓的叙述更多的是原谅和宽恕，甚至是辩解和欣赏。

<h2 style="text-align:center">二</h2>

在《妈阁是座城》中，严歌苓讲述了一个叠码仔与若干赌徒的故事，抛开赌博之外，这个小说其实讲述的是一个女人与若干男人的故事，讲述了一个叠码囡与众多男性赌客之间的情感纠缠。围绕着主人公梅晓鸥，小说构建了一个女性与男性关系的话语场境。《妈阁是座城》从某种意义上来说，是一部带有女权主义复仇色彩的小说，无论是梅晓鸥还是她的曾祖母梅吴娘，都仇视男性，但是，正是在这个刻骨的仇恨中，我们看到了梅吴娘以及她的曾孙女梅晓鸥对于男性是多么的依恋，没有男人这个敌人就没法设计人生的未来，人生也就失去了意义，这种依恋以至于到了病态的程度，这就是一种"恋男症"。

在严歌苓的叙述中，梅晓鸥从她的曾祖母那里遗传了对于男人尤其是赌博男人的仇恨。当年曾祖母梅吴娘因为对丈夫复仇，所以杀死了她生下的每一个男孩。到了梅晓鸥，她又阴差阳错地走上了曾祖母的复仇之路，因为初恋情人卢晋桐的嗜赌如命，她对于赌博的男人都有着激烈的复仇情绪。小说的叙述者总是在"教导"着男人别沾赌，女人别沾与赌有关的男人。每当梅晓鸥看到赌徒输光的时候，她总是有着一种报仇雪恨的快意。但是，梅晓鸥是复杂的。"她是诞生在社会转型当中的一个人，想自强，又向往虚荣，变成了别人的猎物。她身上有女人的种种弱点，尽管也有很多叛逆和积极向上的一面，但是在这个时代就成了一个畸形的产物，她既是男人的猎物，又是男人的克星，既是赌博的敌人，又是赌博的桥梁。有人通过她走向赌博、走向毁灭，也有人通过她走向拯救，她是多面的、复杂的一个人。"①我要说的是，尽管梅晓鸥的

---

① 田超《〈妈阁是座城〉：严歌苓的新"魔幻现实"》，《江南时报》，2014年2月12日，A14版。

第三辑 新世纪长篇小说论

人生和性格都很复杂，但是，利用赌场和赌债"笼络"着男人却是明晰的，这是她自始至终的动机和目标。

小说《妈阁是座城》的中心线索，就是梅晓鸥的"终身大事"。她不属于赌场里的任何一个男人，却不得不在这些男人中挑选一个来寄托自己的终身。在社会语境中，赌徒是没有性别的；但在文本语境中，梅晓鸥的赌徒或者说严歌苓叙述中的赌徒却都是男性。梅晓鸥总是离不开或者说迷恋着那些赌场中的男人，她总是违背着自己的职业伦理，对每一个赌博的男人都怀有说不清道不明的情愫。在梅晓鸥的视野里，赌博的男性是令人心旷神怡的。梅晓鸥在用赌博诱惑男人，复仇男人，就如同赌博一样，主人公对深陷赌博的男人充满了爱恋。在梅晓鸥的眼里，赌博就是一种男人的本性，也是一种男性的风度；赌场中的男性富有攻击性，包含占有欲；他是霸气的，优雅的，也是高贵的。赌博激发了男性的飞扬的神采，哪怕是赌输了的男性也有着一种颓废的美感。他令梅晓鸥心醉。

梅晓鸥周旋于众多的赌客之中，其实也就是周旋于众多的男人之中。就如同这些男人无法离开赌博一样，梅晓鸥也无法离开这些男人。也许看上去，她与他们的关系只是一种工作关系，但是正是这层关系却将他们"缠绕"在了一起。同为叠码仔的老猫，一直对她情有独钟，他体贴她、帮助她，甚至纠缠她，如同一只对鱼腥馋涎欲滴的老猫。可是，梅晓鸥似乎看不上老猫，无非就是因为他的身上有着太多妈阁街头混混的江湖气息，没有文化，就是腰缠万贯也不过是个土豪，别的姑且不论，单说气质上，段凯文和史奇澜两个人就能"甩老猫十八条马路"。但梅晓鸥依然自始至终与他保持着一种若即若离的关系，这种关系很多时候看上去是工作关系，但明眼人一眼就可以看出，她是把这个男人作为情感生活的"备胎"——她不要他但又不能放手。梅晓鸥似乎更需要的是一种令她折服的男性气质。老猫所没有的这种男性气质，在段凯文身上就时常闪烁着光芒。段凯文是一个优秀的男人。他是从农村走出来的清华大学高才生，后来凭着自己的奋斗成了如今的房地产大鳄。他不但财力雄厚，而且有着丰富的人生经验和坚强的意志力。他虽然一次次在赌场输得倾家荡产，但梅晓鸥每次都用自己的情感一次次地佑护着他。因为他的身上有着太多的令梅晓鸥着迷的男性之谜。这是他的特殊的男性魅力，从作品的开始一直到最后，他对梅晓鸥都施行着微妙的控制力。面对着背着三千万赌债的段凯文的脸颊，梅晓鸥"感到了雄性的刚性和无奈：他们每一天都在刀锋下开始"，"她雌性的那部分想为他舔舔那小小的伤口"。但是，段凯文毕竟是个"烂人"，尤其是他背着她与其他赌场勾兑，这让梅晓鸥看到了背叛，男人的背叛。于是，梅晓鸥借助于催债，跟踪他，挤兑他，掌控他，但就是不远离他，给他自由。而最让梅晓鸥上心的当然是史奇澜。他是一个玩木头的艺术家，一个玩木头起家的富豪。他的身上有着令梅晓鸥陶醉的艺术家气质，哪怕他最后倾家荡产也成为一个落魄的"烂人"，她也能从他的身上感受到颓废的美感。更为重要的是，史奇澜就是去骗别人，也要把梅晓鸥的赌债还上。梅晓鸥从他的身上，看到了男人的忠诚。所以，尽管这个男人已经一文不名，尽管这个男人已经属于他的妻子，但她还是把自己的钱财供他使用，将自己的身体供他享用，并不忌讳自己成为这个男人的另外一个女人。主人公梅晓鸥与老猫、段凯文和史奇澜所保持着的这种"暧昧"的关系，甚至体现在她与儿子的关系上，也体现在她与她的初恋情人、儿子的父亲卢晋桐的关系上。她一方面仇恨着卢晋桐，离开他，但是又无法忘却他，她用仇恨牵系着这个男人。对于儿子也是如此，她一方面倾心于自己的事业，无法照顾儿子，另一方面，她又紧紧抓住他，不让他脱离自己的视野，不让他在感情上疏离自己。

　　梅晓鸥与这些男人们有着暧昧的情愫，与这些男人们发生着情爱的交流，虽然这些男人又无疑都是她的竞争对手，甚至仇恨的敌人，梅晓鸥依然如母亲对待儿子一样对待他们。梅晓鸥与儿子的关系是有暗喻性的，其所指其实覆盖了他与其他所有男人之间的关系。她其实把这些男人们，都当成了自己的儿子看待。就如同她的曾祖母梅吴娘眼中的男人一样，卢晋桐、段凯文这些男人其实都是在用赌博的输赢引起女人的注意，是一种儿子向母亲的撒娇。她像母亲一样恨他们的赌博，恨他们的不成器，同时又用赌博将他们笼络在自己的身边。梅晓鸥迷恋着这些男人，迷恋着这些赌场中的男人；她虽然憎恨着他们，但是就如她的职业一样，她在情感上更是离不开他们。

在这个小说的叙事中，我们可以看到，梅晓鸥其实一直在耍弄着自己的情感手腕，将这些男人置于自己的掌控之中。若是没有这种对于男人的控制欲，我们根本就无法解释她对于史奇澜的种种帮助，我们也无法解释她对于段凯文的一再的充满"善意"的逼债。在小说的叙事中，梅晓鸥的讨债看上去显然有着"作秀"的成分，因为她并不在意钱。正是通过讨债，她保持着与这些她认为优秀的男人的关系；她把钱财的债务变成了情感的债务，从而控制了这些男人，使他们成为自己合法的意淫对象。这使我想起了张爱玲的小说《金锁记》中的曹七巧，为了控制儿子，她亲手将他变成了一个大烟鬼。梅晓鸥为了控制住这些男人们，她将他们一个个炼成了赌鬼。也许正是看破了她的这一"阴谋"，史奇澜才在不择手段赚钱还清了赌债之后，远走高飞彻底摆脱了她。

梅晓鸥乐此不疲地在赌徒的身上寻觅女性内心深处的悸动，有的时候她是个诱惑者，有的时候又扮演着拯救者。而就在诱惑和拯救之间，从男人们命运的起承转合中，她获得了极大的满足。这种迷恋是来自她灵魂深处的本能，是身体的，也是文化的。对于男性的爱恋，寻找一个优秀的男人，是梅吴娘和梅晓鸥代代相传的夙愿。现实中的梅晓鸥苦苦追寻着，竭尽精力，永不歇息，就如那些赌客的赌瘾一样。作家似乎在说明，女性对于男性也有着深度的精神依赖，那也是一种瘾症，就如同梅晓鸥离不开赌场牟利以生存一样。这种病态的爱恋更多地诉诸的是直觉本能而不是理性，尽管看上去梅晓鸥是个很理性的女人。这种病态的爱恋，集合了仇恨与爱惜与情欲为一体的情感，一直萦绕在她，在史奇澜、在老猫、在卢晋桐，以及她的儿子之间的关系中。这种恋男的瘾症，对于具有某种女权主义倾向的严歌苓来说，也许是一个黑色幽默和讽刺，但是，正是对于这种女性恋男瘾症的揭示，严歌苓的笔触才深入了人性的深层，披露了造化的神秘。

"恋男症"，在有的时候被称为"女花痴"，指女性对于男性及其身体的迷恋和妄想。正常的女性对于男性的出于情欲的关注是正常的人之常情，但恋男症患者，则被男性及其身体或性格深度吸引和控制。在《妈阁是座城》中，主人公梅晓鸥虽然不是习惯意义上的花痴，但是因为曾祖母的原因或某种遗传密码，她一直替代曾祖母而过度专注于赌博男人，并形成了令人不解的感情偏好。"他"，那个男人，成为挥之不去的"幻想"，成为荣格所说的"一只在过去时代的阴影中挑逗人欲的娃娃鱼"[①]。

三

在《妈阁是座城》中，赌徒对于赌博的痴迷，梅晓鸥对于赌博男人的迷恋，之所以如此顽固，甚至他们的命运，都源于根植于他们血液中的文化遗传密码。现实中所发生的一切故事，都是东方民族的遗传基因，是那个长久以来埋藏在这些男男女女的身体里的病灶——文化瘾症，所引发的。严歌苓从家族的也是东方民族的历史文化出发，为梅晓鸥和她的赌博朋友的行为和命运设计了一个宿命的轨迹，也寻找到了一个之所以发生的深层动因。

小说以梅晓鸥先祖梅大榕和梅吴娘的故事作为"引子"，开启了故事的叙述。梅大榕和梅吴娘的关系模式，他们的性格模式，以及他们的命运模式，就如预埋的一个癌变的症结一样，时时出现在梅晓鸥后来的记忆中，时时因为现实的生活而被唤醒。梅晓鸥的命运，命中注定地与赌徒发生纠结，尽管她试图反抗和逃离，但她越是逃离越是踏着梅吴娘的生命轨迹往前走。她生命中的三个男人的赌博故事，以及梅晓鸥与他们之间的爱恨情仇，也如同是梅大榕与梅吴娘的人生故事的翻版。梅大榕与梅吴娘的故事虽然只是久远的记忆，梅晓鸥并没有经历，但是，现实

---

① [瑞士]荣格《心理学与文学》，冯川，苏克，译，译林出版社2014年，第45页。

中的每一个赌博的男人，都是梅大榕的影子；而梅晓鸥对于他们的态度，也在重复着梅吴娘的态度。梅晓鸥作为一个现代女性，当祖先的文化经验在她的记忆中复活的时候，这剧烈地冲击着她的职业操守，她似乎想摆脱梅大榕和梅吴娘的命运，但是，她越想摆脱就陷入得越深。她一直在梅吴娘的命运之途的泥泞中挣扎，但总是徒费精神。

而且，梅晓鸥还是先祖梅大榕和梅吴娘的合体，梅晓鸥的精神遗传是双重的，一是赌徒的基因，那是从嗜赌如命的祖父那里继承的，她天生带有赌徒的基因；二是敌视赌博的基因，那是从她曾祖母那里遗传的，排斥、报复、憎恨赌博是她天生的使命。前者使她在现实中化身为赌徒，她扮演着叠码囡大姐大的角色，在赌场中进行了血淋淋的赌博，狂热而又享受；而后者则化身为一个复仇者，当梅晓鸥第二次看到卢晋桐断指的时候，她的心"那么冷那么硬"，这就是"梅吴娘附体"。这种双重遗传也导致了她的性格被赋予了遗传性的双重性：她一方面赌博、讨债，手段狠辣；另一方面又是一个善良的母亲，对那些男人们爱恨交加，恨铁不成钢。这种双重的带有分裂性的性格，使得她在生活中总是处于挣扎的困境之中，在赌徒的角色和母亲的角色之间来回地跳跃，承受着撕裂和纠结的痛苦。

在严歌苓的叙述语境里，这种文化遗传是家族的，它通过宗族血液一代一代流传到梅晓鸥的身上；同时，也是东方民族的，"东方男人身上都流有赌性"，这样的赌性流传到卢晋桐、史奇澜、段凯文这些人的身上。种族文化的遗传，保证了梅晓鸥所碰到的每一个男人都是赌徒，她"以为可以把卢晋桐从自己生命中切除了，其实没有，她是用老史来补偿对卢晋桐的无情，老史无形中在延续着卢晋桐"。现实中的梅晓鸥因为承续了家族的和民族的血脉，她对于赌博和男人就有了巫女般的直觉——"梅晓鸥那双能够识别藏在体面的人深处的赌棍的先知的眼光，是她的先祖梅大榕给她的，这是一种血缘渊源的痼疾所生出的警觉、直觉"。她甚至能够从赌场里的赌客身上嗅到他们身上所散发着"某种荷尔蒙的气息"，一种"猪、牛、羊在看见屠刀时身体内会飞速分泌一种荷尔蒙"，"生命在极度绝望和恐怖时分泌的荷尔蒙毒素"。无论是梅晓鸥还是史奇澜们，个个几乎都是天生的赌徒。

文化血脉衍传神秘而又神奇。在严歌苓回忆性的叙事中，现实和过去常常被捆绑在一起，而且"过去"一直作为埋藏在现实人生里的一个症结，它时不时地发作，影响着现实中梅晓鸥的人生道路的选择，以及价值的和道德的判断。无论是梅晓鸥还是她的那个男人，都遗传了固有的男人与女人的关系和人性的文化模式。就如同基因是可以遗传的一样，男人的秉性和女人的个性也都是可以遗传的。卢晋桐、段凯文们就遗传了梅大榕的豪赌的秉性。赌博的瘾症并不是后天培养的，也不是那些职业掮客引诱的结果，而是东方男人与生俱来的；同样，梅晓鸥们作为女人，那种对于赌瘾膏肓的男人的仇恨和爱恋——恋男的瘾症，也是与生俱来的。

荣格博士说：文化的基因都是可以遗传的。荣格所鼓吹的"原型"，被他规定为是人类得自遗传的一种神秘的心灵内容。如他说："原型实际上就是本能的无意识形象。"[①]《妈阁是座城》对于具有命运色彩的瘾症，时时表现出无可奈何的宿命的悲哀。梅晓鸥仿佛是梅吴娘的转世，她在以赌博惩罚着男人的同时也救赎着男人。当然当年的梅吴娘无法惩罚和救赎她的丈夫，她只能将她所生的每一个男婴掐死，而梅吴娘始而似乎是惩罚，但终于无法摆脱女性对于男性的精神依恋，最后不得不出手救赎他们。冥冥之中有一个律令，也在指导梅晓鸥这样做，甚至迫使着她违背了自己的职业操守和生存需要。

这部小说的最后，通过作家严歌苓对于情节的强力介入，终于使得史奇澜摆脱了赌瘾，摆脱了命运的纠缠，梅晓鸥作为女人，她与男性之间的关系，终于获得了和解。这样大团圆的结局，显然与小说在开端即已预示的悲剧性结局有着逻辑上的背离，但是，这种结局却寄托了作家革新文化遗传和改善两性关系的理想主义价值观念。不过，从这部小说来看，梅晓鸥一直承受着文化密码的驱使，匍匐于强大的命运的安排，

----

① ［瑞士］荣格《心理学与文学》，冯川，苏克，译，译林出版社2014年，第62页。

悲剧性地在命运的抛物线上前行。梅晓鸥的理性对于这种文化的悲剧有着理性的自觉，但是，作家严歌苓还是不得不让命运战胜她的理性，从而使得整个作品更像是一部命运悲剧。

四

在小说的语境中，赌瘾、恋男症、文化的遗传症候都流向和集结到了一个地点，这就是妈阁。所有的偏执性的瘾症，最终形成了一个名字，这就是妈阁瘾症。

妈阁是座城，是圣城，是赌徒心目中的圣地。妈阁的富丽堂皇的赌场，为赌徒提供了人生豪赌的大舞台，妈阁的偏陋小巷也给落魄的赌徒一个休憩收容的场所。在这个热气蒸腾与安宁偏陋并存的城市里，"他和她的角色关系"确立了，"没有老妈阁提供的戏台，他俩压根没有台本，更别提唱念做打。更没有现在这段过门"。这个海边的弹丸之地，为所有的赌徒提供了舞台，也为发生在这里的人生故事提供了契机。赌徒们，他们的赌博，他们的故事都命中注定地要到妈阁来演出。梅晓鸥从美国而来，史奇澜、段凯文从北京而来，还有那些从中国各地、从世界各地以旅游之名而来的赌客；他们或者从正规的途径而来，或者偷渡而来，都是要到这个叫妈阁的地方来，与其说是来赌博，不如说是来朝圣。所有的这些人，都患上了同一种"热病"，那就是"妈阁瘾症"。

从心理学上来说，这种对于一个特定地点的疯狂趋附，是一种典型的教徒心理，也只有在宗教族群里才会发生。所有的疯狂的趋附行为，都源于心理归属感和终极关怀的寻找。这种瘾症控制着所有人的行动，也控制着所有的人和故事，甚至也控制着创作主体的叙述流程。妈阁已经使"他们"欲罢不能。这些赌徒们，这些朝圣者在这里上演着人生的活剧，他们在这里赌博，也在这里爱恋，他们将妈阁认作了理想的赌博和爱恋的交织之地。他们在这里享受着过山车一般的瞬间生死的人生体验。没有赌博的男人，想到这里来试一试运气，赌输的人更幻想着到这里来扳本还原。对于妈阁的爱恨情仇，就是对于赌博的爱恨情仇，妈阁就是赌博的表征符号。段凯文这些人到这里来赌博，就如同与她谈一场刻骨铭心一生一世的恋爱。因此，梅晓鸥就是妈阁，妈阁也就是梅晓鸥。妈阁的魔力就如叠码仔梅晓鸥一样，她充满了矛盾也充满了诱惑：她是赌场的同伙，亦是赌场的敌人；她既是赌徒的同伙，又是赌徒的敌人；她既是男人的同伙，又是男人的敌人；她既是堕落天使，又是拯救的女神。赌徒们与她与妈阁注定有着永远解不开的情结，而"她"对这些男人们有着同样解不开的诱惑与仇恨。所有的这些男人们，都需要到这里来完成上帝所赋予他们的使命，爱上妈阁，恨上妈阁。他们在妈阁疯狂的赌博中获得高峰体验，获得精神的洗礼，也在妈阁的赌博和爱情中获得救赎。妈阁在这个意义上，还是一个救赎之地。对于那些坐困愁城的人来说，妈阁到底是天堂还是地狱，谁能说得清呢。所有的爱恨情仇，形成了他们对妈阁的深深的依恋。妈阁、赌博、爱情、人生以及人性，在严歌苓的叙述中是具有互文性的，它们相互隐喻和指称。而所有的隐喻，都指向了妈阁。

　　Macao，严歌苓没有采用通常的"澳门"这样的音译，而是将它译成了"妈阁"。也许"妈阁"并不仅仅是Macao，也是"妈祖之阁"。这样的音译又使其回归了本源。妈祖，作为广东福建一带的信仰，它有着种种的神谕和无可奈何的宿命。有关信仰和人性的城池，总是充满了种种说不清道不明的挣扎、突围，但只要魅惑在，复仇与爱恋就永不熄灭。《妈阁是座城》中的"妈阁城"，总是让我们联想起卡夫卡的小说《城堡》和钱钟书的小说《围城》。其象征意义，其实也很明显：人生就是一种赌，赌博如此，爱情、婚姻、事业也大抵如此，难以抽离又难以割舍。人们争先恐后地跃入这座城堡，然后又离开它；人们离开这座城堡，然后又迫不及待回到它的怀抱中。人性的困境，就在这进进出出之间。对于妈祖的信仰，是不会停歇的；对于妈阁的信仰，当然也有着它持久的生命力。有恩有怨，但永远无法离开。这就是信仰的魔力，是人性的魔力，当然也是妈阁的魔力。

　　《妈阁是座城》是一部有着《飘》一般迷人情愫的小说，只不过《飘》以战争为背景，而这部小说则是将所有的人（男人和女人）都放到妈阁放到赌场里，并使其在赌博中经历人生的起落，最终获得地老天荒的宁静和超脱。小说的结尾，梅晓鸥和段凯文终于逃离了妈阁，但是，对于妈阁来说，只要走进去便几乎没有出来的可能，笔者真的不相信她和他能够从妈阁抽身而去，我宁愿将这样的结尾看作是作家严歌苓出于叙事的需要，而不是妈阁瘾症的自然逻辑。

（原载《澳门研究》2014年第3期）

手指触摸的不仅是身体还有历史

——评钟求是长篇小说《等待呼吸》①

在读钟求是最近出版的长篇小说《等待呼吸》时，总是让我想起米兰·昆德拉的小说《生命中不能承受之轻》和雷马克的小说《凯旋门》。在这两部小说中，作家都将意识形态和身体叙事进行了合一化的叙述，以身体的，特别是性的感受，来书写意识形态的感受。这种叙述方法，在现代主义诗歌中，也屡见不鲜。九叶诗人辛笛的诗作《风景》就使用了这种方法，"列车轧在中国的肋骨上／一节接着一节社会问题"。在这两行诗句中，诗人辛笛将作为民族意义上的中国和作为肉体的个体，视作感同身受的同一的肉身。新时期中篇小说《男人的一半是女人》也曾使用了这样的手法。在这部小说中，张贤亮将意识形态的压抑，视作是主人公章永麟丧失性能力的原因，最后章永麟性爱能力的恢复，也是得益于信仰符号《资本论》的重新赋能和作为"人民"符号的女子黄香久的身体拯救。

在长篇小说《等待呼吸》中，作家钟求是也采取了类似的叙述方法。纵观这部小说，人物都很简单，虽然有主人公杜怡的恋人夏小松、后来的恋人章朗，以及诸如胡姐儿等等，但这些人物都是为了杜怡而设置的阶段性附加式人物，因此，从某种程度上来说，这部小说只叙述了女主人公杜怡的人生故事。它虽然被分成三部——《莫斯科的子弹》《北京的

① 钟求是《等待呼吸》，北京十月文艺出版社2020年。

问号》和《杭州的氧气》，而且三部都具有独立性，特别是最后一部《杭州的氧气》由于更换叙述主人公，独立性更强，但是，由于女主人公杜怡贯穿了三部，所以虽然地理空间（莫斯科、北京和杭州）具有分割作用，增强了每一部的独立性，但是，我们还是可以将它看作是一个完整的故事。在这三部曲中，虽然每一部都有故事的发生、发展和结尾这一完整的过程，但是，每一部又都是整体中的一部分，分别承担着开端、发展和结局的责任。就整体的《等待呼吸》来说，它具有一定的故事性，也就是说，它讲述了一个留学苏联的女孩子杜怡所经历的九死一生的爱情故事。而且，其"在顺序上是故事序列和叙述序列重合"①的，因此，它可以说是一部20世纪80年代理想主义女青年的精神和肉体记忆。

这部小说的情节线索也很简单，它只有两条线，一条是主人公杜怡的爱情和身体受难和恢复，一条是对于马克思的信仰和关于中国道路的思考。两条线索相互协调、彼此呼应直至终了。两条齐头并进的线索，在叙述中是怎样结合的呢？是雷马克式的直接用性能力来隐喻，还是张贤亮式的怪诞组合？《等待呼吸》在叙述爱情与意识形态关系的时候，可以说继承了《凯旋门》和《男人的一半是女人》的意识形态的身体化叙事的方法，但是，钟求是相对于雷马克和张贤亮也更加艺术化。贺绍俊在研究钟求是小说的时候，曾经指出，钟求是的小说特别喜欢构建符号化的意象，通过意象的运行来叙述。②在《等待呼吸》中，钟求是一如既往地沉迷于他的意象化叙事。在这部小说里贯穿始终的意象有几组，比如"子弹"，比如"两只不同颜色的鞋子"，比如"手指"，比如阿尔巴特大街的油画，比如那首叫做《氧气》的音乐，等等。

这些意象大多与身体和意识形态相关联，但能够将身体和意识形态命题很好结合的，并在这场有关当代中国思想事件的叙事中起到至关重要作用的，只有"手指"这一意象。经由当代大众文化语义场建构起来

---

① ［法］热拉尔·热奈特《叙事话语 新叙事话语》，王文融，译，中国社会科学出版社1990年，第53页。

② 贺绍俊《从时空上追寻文学的踪迹——读钟求是的小说》，《文艺报》，2014年2月14日。

的有明确身体（性）暗示的"手指"意象，作家钟求是重建了中国当代历史记忆，以及试图在时间的河流中为抚平创伤的叙事努力，"无聊的历史是从这根手指开始的"①。

一、"手指"与信仰女体的塑造

在第一部《莫斯科的子弹》中，通过小说的铺叙我们可以知道，夏小松和杜怡，是两个具有不同人生爱好的中国留苏学生。

杜怡的恋人夏小松一直痴迷于社会政治信仰的探讨。在二十世纪九十年代初动荡的苏联社会中，他一方面读着马克思的《资本论》，另一方面读着哈耶克的《通往奴役之路》和有关自由主义的著作。他在思想开放的时代里，试图寻找到一种平衡社会主义和自由主义的另一条道路。或者更确切地说，面对着苏联共产主义的困境，他试图为马克思主义找到一个保留下来的理由，并解决困扰中国社会的现实问题。夏小松对两条道路的困惑，首先化为两个"打架的男人"，他似乎喜欢看着马克思和哈耶克"打架"；其次化为"两只颜色不同的鞋子"，出现在杜怡的梦中。无论是两个打架的男人还是两只不同颜色的鞋子，都隐喻了两种不同的政治经济学观点和社会发展道路及其冲突和不协调。适合自己脚的鞋子，才是最好的鞋子，对社会的发展也是如此。而夏小松的困惑就在于他就如同当年的苏联社会一样处于选择之中。鞋子，无论在中国还是西方文化中，都是身体的隐喻，尤其是女体的隐喻。读过弗洛伊德的《梦的解析》和处于中国文化语境中的读者都比较好理解。两种不同颜色的鞋子意象的出现，是钟求是在《等待呼吸》中将身体和意识形态问题一体化的最初的叙述尝试。同时，鞋子的意象在第二部中还再次有回应，但主要在于叙事作用，所指与第一部基本相似。

在小说的叙述中，夏小松对于两种颜色的鞋子的思考，对于马克思道路和哈耶克道路，看上去有着选择的困惑，其实不然。他的中国文化

① 钟求是《等待呼吸》，北京十月文艺出版社2020年，第297页。

背景使得他显然更亲近和崇拜《资本论》和他的作者马克思，因为他体现了公平和正义。所以，他不是把哈耶克的肖像而是把马克思的肖像"纹"在了自己的胸前。夏小松在身上纹上了马克思的画像，这看上去只是一个纹身行为或身体艺术，但其实意味着夏小松的肉身与马克思融为一体。马克思作为一个男人的形象，也证明了马克思不是抽象的，而是具体可感的，有着男性的魅力。古老的纹身行为，总是与信仰有关，夏小松的纹身也是如此。从第一部（也是夏小松唯一以肉身出场的部分）来看，夏小松几乎没有其他的人生嗜好，除了像父亲一样与杜怡恋爱外，他就是政治生物，或者说就是一个信仰的符号，一个卡里斯马式的人物。马克思是作为信仰的形象留在了夏小松的躯体上。从意志的形成原理来看，选择的困惑，只能带来迷惘；而选择的确定，将带来方向。正因为夏小松已经在马克思与哈耶克之间做出了选择，他和杜怡在莫斯科才过起了"有意思""有方向"的日子。

在国际共产主义运动中，马克思主义的信仰，从来就不是抽象的，它总是与共产主义革命中所面临着的种种社会现实问题紧密地联系在一起。夏小松和杜怡的爱情，自始至终伴随着夏小松对共产主义运动中的社会历史问题的探讨，从苏联到中国，从苏联时代到中国的改革开放时代。对于这种政治信仰与个体生命之间的捆绑关系，在二十世纪九十年代的知识分子社会社群中，是比较好理解的。

小说中的女主人公杜怡，似乎只是一个单纯的物质主义女孩，一个自由因子，她醉心于在物质匮乏的莫斯科做出有味道的食物和专注于享受爱情的甜蜜，她在寂寞的留学生活中与夏小松相遇，并对这位哲学家或政治经济学家怀有中国传统女性一样的对知识男性的崇拜。所以，在夏小松那儿"打架"的两个哲学男人恶作剧般的比喻，很顺利地就化为了她梦中的"穿两种不同颜色鞋子"的男人。这是夏小松的哲学影响杜怡的最初的身体表征。从某种程度上来说，知识女性杜怡与马克思主义哲学家夏小松的恋爱，一开始就是一场追随者对于先知的献祭活动。杜怡以女性的身体出场，而夏小松则以玄妙的哲学现身。夏小松的有关社会问题和两种信仰的探讨，与杜怡的身体，在这样的场境中构成了一种别致的互文关系。当然，这毕竟不是一场标准的献祭仪式，而是以两个性别不同的身体为中介的恋爱。夏小松是以一个睿智深邃的男人形象出现在杜怡的视野中的。他以恋爱之名，以身体为中介，将他对于杜怡的爱恋和对于马克思的信仰，一起传递给了杜怡的身体。夏小松通过在自己的胸口纹上马克思的肖像，而把马克思主义的信仰，烙在自己的身体上，实现了马克思主义的肉身化。杜怡对夏小松身体的崇拜，也自然是自己对作为男人的马克思的崇拜。

这一切都需要一场仪式。于是，手指作为一个虚实相间的意象，就以"匿名"形式出现在了仪式的现场。

手指的意象，在经历过一系列的铺叙之后，在关键的时刻，出现在叙述之中。《等待呼吸》就是一部杜怡的传记。夏小松的"纹身"在叙事上必须在主人公杜怡的身上发挥作用，故事才能在夏小松退场后继续讲下去。在这部小说中，杜怡和夏小松恋爱的高潮，是他们身体的直接交合。在宿舍中，经过杜怡的要求，夏小松在杜怡的胸前通过他的手，在她的胸前"纹"出了夏小松的形象。经由夏小松之手，纹在他身上的马克思肖像，也一起转移到了杜怡的身上。如此，马克思、夏小松和杜怡，这三个不同时代的人物，就在肉体上融为一体，夏小松和马克思是作为男人的形象同时留在杜怡的身体之上的。在古老的信仰仪式中，性交欢与信仰仪式的完成是同步的。在爱情这一润滑剂之下，在杜怡这一夏小松需要"塑造的对象"的积极参与之下，夏小松构筑了一个有情节的仪式，完成了他对于杜怡的"塑造"。①就小说来说，当夏小松用他那炙热的爱情之手，在杜怡的胴体上绘下自己的肖像的时候，他的共产主义信仰就已经渗入了杜怡的肉体之中，成为一种根植肌体深处的生物性信息，一种生命的遗传基因。夏小松通过在杜怡身上"纹"上自己的肖像，从而把他对于马克思的崇拜一起，迁移到了杜怡的肉身之上。需要

---

① ［法］保尔·利科《虚构叙事中时间的塑型：时间与叙事卷二》，王文融，译，生活·读书·新知三联书店 2003 年版，第 1 页。

注意的是，虽然我一直使用"手指"来描述这样一场仪式，其实，在小说的叙述中，手指并没有真正出现。手指在论述中的出现，这是我根据文本的自然逻辑推导出来的，或许作家在这一段的叙述中还没有真正意识到"手指"的叙述和象征功能。

爱情的高潮紧接着就是死亡的如期而至，这是一个非常老套的故事逆转手段，也是人类对爱欲与死亡的命定关系的出于生物本能的非常古老的生命思考。当夏小松在杜怡的身体上，用手指完成了一次自己肖像的纹身时，他们的爱情传递却陷入了中止。当杜怡与夏小松情到浓时，"夏小松的手终于伸向了她最后的阵地"，不过，却被杜怡阻止了，但她还是许诺"以后给！"①杜怡的阻止和承诺，这是中国伦理文化命题中的应有之义，但在小说的叙事进程中却是一个至关重要的程序后门。身体交合的延宕，但死亡却不会被延宕。苏联819事件的流弹顺利打进了夏小松的身体，完成了对现世爱欲的终结，并使得主人公杜怡的矜持和拖延，成为一个今生今世再也无法弥补的"遗憾"。这预示着杜怡无法兑现对男友的身体承诺。

"莫斯科的子弹"显然具有双重的象征意义。夏小松在一个具有符号意义的地点和时间为流弹所击中，显然，被击中的不仅是男人夏小松，还有他那胸口纹着的马克思肖像；同时，透过夏小松的肉体，子弹也击中了杜怡的身体。打入了夏小松的身体的子弹，在中断了这个怀揣问题的青年学者的研究的同时，也以极端的方式宣布了莫斯科道路或者说《资本论》所指明的共产主义革命道路的挫折，也就是说，这颗子弹同时也打在了苏联社会主义的躯体上。而且，夏小松未竟的信仰追求和对于世界共产主义运动的道路的思考，也经由杜怡对夏小松的肉体承诺而迁移到杜怡的身上，将她的身份变成了一个信仰者的遗孀。无论是从妻子对于丈夫的身体承诺来说，还是从一个追随者对于牺牲先知的道德责任来说，杜怡都有义务完成先知的未竟的事业。突然降临的死亡，使得夏小松未竟的事业和未完成的丈夫义务，都经由杜怡的身体承诺，而化

① 钟求是《等待呼吸》，北京十月文艺出版社2020年，第50页。

为一个年轻孀妇的道德焦虑和身体期待，化为她的一个精神症结。叙述到此处，小说初步完成了它对整个这部小说的故事核的营构，当然也为整部小说的叙述提供了一个发源地和得以推进演化的核心动力。钟求是在第一部中所埋伏的这个生命密码，更为第二部"北京的问号"中的守身如玉和第三部"杭州的氧气"中的"借夫""生子"提供了令人信服的依据。当然，最直接的功能则在于推动"手指"叙述的伸展。

中国有句俗话，解铃还需系铃人。而从心理学角度来说，心理的创伤需要回到特定的场景中，借助于造成创伤的物象，才能疗治创伤。手指创造了夏小松的女人也创造了夏小松的追随者，当然只有通过手指才能了结。当故事进入第二部"北京的问号"之前，杜怡曾试图对她与夏小松的关系做个一次性的"了结"。她借钱为夏小松治病，为的就是能够重返莫斯科爱情的现场，继续未完的爱情之旅。但是，夏小松偏偏成了植物人。杜怡于是赶在夏小松正式死亡之前，兑现自己对夏小松的承诺，用夏小松那没有知觉的"手指"①，让自己"完全"成了夏小松的女人，履行了自己作为妻子和恋人的人生义务；也使得夏小松"完整"行使了自己作为丈夫的权利，完成那被中止的婚床仪式。手指，在这里具有显然的象喻性，它以其相似性而获得了代替的资格。但这场手指游戏的意义双重性在于，它既可以看作是一场了结，但更可以被视为一场资格认证。看到这一情节的时候，我泪流满面，我深深为杜怡和夏小松的爱情的不完满而遗憾，也深深地为杜怡的痴情而感动，更为杜怡未来的人生之路而忧虑。

小说叙述与理论论证的巨大的不同就在于，理论论证总是在不断建构意义，而小说叙述则喜欢在建构意义的同时又不断地解构意义，以此推动情节的发展和人物性格的塑造。杜怡以夏小松的手指最后定格了自己的夏小松妻子的角色，但这一行为随即面临着无意义的追问。植物人夏小松的手指是没有知觉的，就如同夏小松的已经没有知觉的身体器官一样。所以，杜怡所做的一切，虽然催人泪下，感人至深，却毫无意

① 钟求是《等待呼吸》，北京十月文艺出版社2020年，第103页。

义。因为这一切都只有象征意义，而没有实际意义，它空幻而且不切实际。正是这样的挫折，导致了杜怡还必须为爱情的承诺，而承受心灵的痛苦。无法兑现对爱人的身体承诺，最后沉淀为一个更为沉痛的心结，一个身体的病灶。正是这样的挫折，导致故事的完成再次延宕，才使得故事不得不继续推进，以完成未完成的叙述。

在叙事上，故事核的形成，或者说819的子弹，将杜怡和夏小松在莫斯科的学习和恋爱史，瞬息变成了整个故事的前史。我们知道，钟求是的有关"莫斯科的子弹"的叙述，实际上是在历史场域中借用文学之名而施行的一场场景的替代性挪移。站在线性历史的关节点上，"莫斯科的子弹"终结了一段历史，却开启了这部小说的叙述始点。而对于理想主义女性杜怡来说，她对于夏小松偿还的失败，也使得《等待呼吸》蓄积了更为强劲的驱动力，在后文的叙述中将故事导向远方。

钟求是很会讲故事，尤其善于讲爱情故事和信仰故事，一场平淡无奇的爱情和很抽象的信仰问题，他却讲得如此的感性，如此的浪漫，传达出食物一般的香味和肉体交欢一般的情味。显然，由于作家寄身于杜怡的叙述，所形成的对于由那段艰苦而浪漫的记忆所构成的苏联共产主义的印象，是有正价值的。创作主体由情感和记忆而倾斜了他的价值评判的天平。

二、"手指"与信仰女体的伤害

"手指"意象的再次出现，是在第二部《北京的问号》的结尾。

在"北京的问号"中，作家似乎把两种信仰的讨论忘记了，连篇累牍地叙述夏小松之死所留下来的债务（杜怡为夏小松治病而欠下倒爷胖卷毛的五万元钱），及其"后遗症"。叙述者循着"还钱"的压力，来讲述主人公杜怡为了还债在北京的赚钱经历。作家钟求是瞬息之间，就将一个天真烂漫的留学生变成了那个时代里非常常见的"北漂"。作家借助于杜怡的挣钱压力，推动着她必须去经历，也推动着叙述的前进。她在20世纪90年代的北京的舞台上，展现了"莫斯科子弹"所造成的次生灾难，还有主人公杜怡更加深重的创伤体验。

主人公急匆匆地从一个场景转向另一个场景，把这个时代纷繁复杂的各种文化展示了一遍——阴暗的地下室，活动在中俄之间的倒爷，稀奇古怪的莫测高深的前卫艺术，纸醉金迷酒池肉林的暴发户，招摇撞骗而又煞有其事的书法家，行走在黑白两道间的"三替公司"，等等。她不得不住在最廉价的地下室，吃着最劣质的食品，到处去打工，做倒爷胖卷毛的借贷人，做书法家的人体模特，做"三T"公司的谈判代表。九十年代的京都文化，看上去富足而又浑浊，与莫斯科时期的虽然饥饿但单纯浪漫的快乐，形成了鲜明的对比。

杜怡的北京经验，在我看来，看上去是主人公在赚钱还债，或者是创作主体借以推动叙事的动力，但实际上是在继续着夏小松的理论探讨。作家试图以主人公杜怡的身体，体验着哈耶克的自由主义和市场经济。在这样的哈耶克式的自由主义社会和市场经济里，充满了底层压迫和人（尤其是女人）的尊严的损害，金钱至上，伦理颠覆，人性湮灭，到处充斥着不平等和社会痛苦。作家似乎就是要通过杜怡的体验，来验证自由主义和市场经济的"恶"。在这里，尽管主人公杜怡没有自觉的意识，但小说所展示的与莫斯科时代的截然相反的图景，已经昭示了作者的意图。而且，小说毕竟是一门虚构的形象艺术，它不需要对政治理论问题做过分严格的区分和定义。不过，由女性的裸露的身体所组成的"北京的问号"中，我们还是可以看到作家对自由主义和市场经济的巨大的质疑。

创作主体对九十年代价值的否定还体现在他所着重突出的主人公杜怡的迷茫感的表现上。相较于"莫斯科的子弹"部分对于杜怡和夏小松活动地点的方位的清晰叙述，有关杜怡在北京活动的地点在叙述中就近乎失去了定位。莫斯科时期的杜怡有着明确的生活方向，作者摹画了一幅清晰的莫斯科的社会主义文化地图；而北京时期的杜怡，由于夏小松的死亡失去了生活的方向，她所活动的地点也就失去了明确的定位，在叙事上采用了没有时间逻辑的平行并列的空间叙事形式。杜怡的方位感的丧失，恰恰说明了她的从身体到精神的浑浑噩噩，和在信仰上的迷茫。同时，与莫斯科时期的户外的敞亮的生活空间相比，主人公杜怡在北京的寄身之处，却被集中于地下室、密室和隐秘的露天展示场馆。以"地下室"为代表的系列空间意象，指向了主人公杜怡的身体和心理的封闭，隐喻了女性作为被损害和侮辱者而受到的压迫和禁锢。在众多事件的并置叙述中，时间被驱逐，众多同质性叙事并置，导致空间性的强化。叙述的空间性强化，反证了时间流动的停滞，和对于空间逼仄的在意。它们非常类似于鲁迅笔下的"铁屋子"和现代主义文学常见的囚徒之境。在某种程度上，这一困境就是九十年代中国政治经济和文化的象征。杜怡的最后逃跑，在某种程度上可以理解为将个人的身体从污浊的意识形态的铁屋子中抽离的举动。

假如说第一部展示的是马克思主义的理想社会的话，第二部似乎对应的是哈耶克自由主义的社会形态。而这样的社会形态，至少在主人公杜怡的体验中是恶劣的。两个文化价值空间的比较叙事，使得各自的意义不言自明。

对于杜怡来说，她为什么要"必然"经历这一系列的劫难？在小说的讲述中我们可以看到，她只要答应做倒爷卷毛的"女翻译"，就不用还钱了，也就不会受那么多的苦遭那么多的罪了。但她偏偏就是不愿意做卷毛的情人，把自己的身体交给那个令人厌恶的男人。她严守自己对自己身体的处置权或者说对于男友的守贞，这是她背下巨额债务的原因。同样，当她去做前卫画展的人体模特的时候，虽然需要脱光衣服，将自己的身体暴露于大庭广众之下，但她并不需要去完成性意义上的卖身。如果说与卷毛打交道，与暴发户打交道，以及到前卫画展做模特，她都还能够自主选择的话，还能控制住局面的话，还能守身如玉的话，那么，她做书法家的人体模特和出走"三T"公司时却被截住，她要保持自己身体的清白几乎就是不可能的。书法家"红膛脸"如先生在自己的画室里给杜怡下了迷药，杜怡为这个色狼所强暴自在情理之中，但是，我们从后文看到，她只是被猥亵，并没有真正地被玷污身体。再者，当杜怡因为同情弱者而被迫逃离胡姐儿控制的时候，她在蚌埠的宾馆中被胡姐儿的两个爪牙抓住，不但被喂了毒品，被剁了一根手指①，而且，从小说所描述的情境来看，她还被扒光衣服，那个凶神恶煞般的肥胖流氓，一定不会放过杜怡美丽的胴体。

在主人公杜怡能够自主的时候，能够守卫自己的身体不被亵渎，这是主人公在故事的逻辑里应该能够完成的。但是，当主人公无法自主的时候，她还是能够守住自己的身体，这已经脱离了故事逻辑的范畴。显然，这是创作主体介入为主人公杜怡提供庇护的结果。我一直认为，作家的同情心是广泛的，它不仅体现在他对于社会公益事业的热衷，而更应该体现在对他笔下人物的深切的同情和悲悯。一个作家，不管他笔下的人物是好是坏，哪怕是坏到了极致，罪大恶极，他都应必须对其怀抱着悲悯和同情。在《等待呼吸》中，钟求是作为其笔下人物的庇护主体，对他或她呵护有加。比如说杜怡，作者在写生活对她的伤害的时候，比如莫斯科的那颗无端的子弹，作者的善良之心使得他并没有让夏小松立刻死去，而是让他回到祖国；夏小松死亡之前，作者特意安排了杜怡与他的一场"做爱"戏，给这一对苦命的恋人以最后的安慰。钟求是一方面写了生活的作弄和残忍，另一方面通过叙述延宕的手段，在残忍之下展现了人性的亮色。主人公杜怡之所以能够在险恶的环境中还能守身如玉，也自然是创作主体庇护的结果。钟求是一方面把胡姐儿等黑社会组织的残忍写到极致，另一方面又对她们网开一面。罪大恶极的流氓在坏事做绝的时候，依然保留了一点人性，而这一点人性使得杜怡只是被截断了手指，而不是被强暴。正是作家的同情心，让已经处于"呼吸急促"之中的主人公杜怡依然能够活下来。可以说，钟求是的同情心就是小说中人物在窘迫的环境中依然能够保持最后一丝呼吸的氧气。

当然，杜怡仅仅手指被截断，也可以看作是一种叙述的技巧。为了避免出现尴尬的场面，而以已经具有身体喻指的"手指"来替代，以隐

① 钟求是《等待呼吸》，北京十月文艺出版社2020年，第103页。

晦地叙述杜怡最为痛心的身体受辱的场面。当然，这样阐释也是具有风险的，因为明确的性侵犯细节的缺席，必然导致后来的叙述要为此下功夫"圆"故事。尽管有着叙述的风险，但是，作家还是义无反顾地这样做了，因为他要将杜怡塑造成一个类似于末代沙俄时代的十二月党人的情人，一个中国语境中的革命贞妇。

无论如何，伤害确确实实是发生了的。假如说莫斯科的生活塑造了"手指"，而北京的生活则是"截断"了那根手指，在杜怡的信仰肉身上加予了致命的伤害。"北京的问号"的叙述驱动力看上去来自主人公杜怡的还债压力，实际上，依然来自杜怡的那为政治信仰所充实的爱情心结，那个真正的故事核在守护主人公杜怡的时候爆发出伦理的力量。

三、"手指"与信仰女体的治愈

在亚里士多德所说的"悲剧情节"中，古典主义叙事总是存在着一个发生、发展和结束的过程。《等待呼吸》的第三部"杭州的氧气"，显然属于故事核的"解开"阶段，也就是杜怡的心理创伤的修复阶段。杭州这一江南都会在整个叙事流程中，充任了最后纾解的责任。

杭州，为什么能够成为一个"有氧气"的地方？原因很简单，首先它是杜怡的故乡。杜怡从遥远的莫斯科，带着伤痛到了北京，只是留下了一个大大的问号和令人窒息的伤痛。故乡是流浪的归宿地，这是中国数千年的文化根性。当然，这个故乡不是萧红的故乡呼兰河，也不是老舍的故乡北平，更不是沈从文的故乡湘西，而是从历史文化中走来的江南，一个被想象为自由的所在。只有在江南故乡杭州，她才能被无条件接纳，才能被无条件包容，才能在杭州的悠闲而舒适的生活情调里疗伤，才能彻底隔断一切伤害的骚扰，获得安宁。杭州是有氧气的杭州，对已经濒临窒息的杜怡来说更是救命的氧气。

但是，在这一阶段里，小说依然要解决三个问题：主人公杜怡肉体的归属，精神和信仰的归属。在"杭州的氧气"中，作家调换了叙述者，由原来的杜怡的视角改换为章朗的视角。小说利用章朗年少时被夹断的手指，跨越"无处安放的部分：年"，而实现一种叙述对接。从叙述上来说，杜怡视角的叙述已经持续了大部分，调换一种叙述，就会造成阅读的不适。初读第三部的时候，我以为作家另起炉灶写了另一个故事。但从章朗在CD店里看到杜怡的假手指，我才蓦然将两个人的故事和两个人的命运联系到了一起。在小说的叙述中，作为身体隐喻的手指起到了至关重要的作用。叙述从杜怡的假手指，过渡到章朗的假手指。假手指在叙述上就如同叙述暗号，将第二部"北京的问号"和第三部"杭州的氧气"天衣无缝地连接了起来。

　　江南生活中的杜怡，看似已经走出当年的伤痛，但就如同话剧《恋爱的犀牛》（孟京辉导演，1999）中的那句歌词唱的那样"麻醉不等于遗忘"，杜怡其实一直沉浸在与夏小松的恋爱氛围和信仰氛围中，她的言行甚至做爱的姿势，她以各种方式继续着与夏小松的恋爱。那个无聊寂寞又有着几分颓废的章朗，无形中充当了夏小松的角色。杜怡对章朗的接受，看似无意，但仔细想想，似乎又是有意。他/她的断指的原因虽然各不相同，但"假手指"给他们之间的心灵沟通提供了一种通道，它就如同一种密语，将两个人的身心在历史的维度上连接到了一起。小说中，杜怡一直坚守着的身体，似乎很简单就为章朗所征服；后来怀孕以后，杜怡看似要把孩子打掉，但最后一刻改变主意，把孩子留了下来，虽然经历了教授夫妇的接受、拒绝和接受的过程，但看似"懵懂"的杜怡在叙述中的方向却是异乎寻常的明确，那就是要为恋人夏小松生一个孩子。如同小说所提及的话剧《恋爱的犀牛》的剧情所暗示的那样，她只是把他当作了另一人的影子。杜怡正是在夏小松的替身里，才真正敞开了自己的身体，兑现了对于爱人当年的爱情诺言。当杜怡在江南的杭州实现了与"夏小松"的灵与肉融合之时，她的心结才得以打开，她才在心底里发出了"享用我吧，现在"（《恋爱的犀牛》的插曲《氧气》）的呻吟，也就在这一刻，她的精神和肉体病痛也才得以疗治。说起来，章朗只不过充当了杭州的氧气或者一种治疗的药丸，但那也是命运使然，假如说他有所自觉的话，那是在向先知致敬。

意识形态的和解带来了身体的和解，而身体的和解也同时意味着意识形态的和解。在"杭州的氧气"中，伴随着杜怡心结的解开和伤痛治愈的，是恋人夏小松所留下的理论难题的解决。作家跳过了"无法安放的部分"，不忍叙述的年月，给杜怡的杭州生活，设置了一个俄文老旧书店。这个书店看上去好像是为收藏杜怡的记忆而设计的，其实，除了它的婚床作用外，就是为经济学教授专门设计的。这个书店就是为等待一个能够解读夏小松难题的人，而出现在叙述之中的。主人公杜怡在书桌上向恋人夏小松的替身敞开身体之后，经济学教授终于出场。教授夫妇的遭遇，看上去就是为了唤醒杜怡对夏小松父母孤苦无依的道德义务，以促使她最终为夏小松生一个孩子；其实更主要的在于，作者通过教授对哈耶克《自由主义》和马克思《资本论》的大段解读，顺利解决了夏小松当年终其一生而未能解决的中国社会问题。

小说中的夏小松，在莫斯科读经济学，熟读《资本论》，思考的是哈耶克和马克思这两个看上去相互对立的命题。结尾的时候，教授的解读，回应和解答了当年夏小松在莫斯科的思考。夏小松和教授的思考，看上去是一个政治经济学问题，实际上在中国当代就是政治问题。在教授的这段讲演中，我特别注意到，他给哈耶克的自由主义和马克思的《资本论》，都给予了适当的安妥。作者以财富的名义肯定了市场经济和自由主义，同时又以"公平"的名义肯定了马克思的社会主义。教授所给出的是第三条道路，就是结合了自由主义、市场经济的财富创造能力和社会主义的公平正义。假如说在第一部中，作家若隐若现地演绎了社会主义；在第二部中，似乎演绎了自由主义和市场经济，但显然，第三部应该演绎第三条道路。但是，在"杭州的氧气"中，我们没有看到教授所拟定的第三种道路或那种理想社会形态的实体。但不管怎样，在第三部"杭州的氧气"中，作家打通了两种看上去对立的意识形态的脉络，拯救了已经处于上气不接下气中的理论信仰，使他们在逻辑上说得通了，在实际的生活中相互妥协了，给信仰的肉身灌注了氧气。而这一切的逻辑基础就在于亚当斯密的《国富论》。我没有仔细去研究这部全名叫做"国民财富的性质和原因的研究"的著作，但我意识到，杜怡这个作者的代言人是在"国"（或民族）的立场上将对立的二者统一了起来，将二者调和了起来。

从精神健康的角度来说，一种心理疾患的治疗，只有通过心结的打开，才能治愈。假如说，在爱情层次的叙述上，作家通过主人公杜怡在"杭州的氧气"中，获得了心灵和肉体的治愈的话，而在信仰叙述的层面，作家通过杜怡对恋人夏小松未竟的理论问题的解决，治愈了一种信仰，给了它以生命的活力。更确切地说，杭州的氧气，治愈了夏小松的理论症结。当杜怡和章朗在"苏联解体的日子"，在堆满俄文图书的书桌上做爱的时候，历史演化与个体命运，精神信仰与肉体欢愉，难分难解地纠缠在了一起，政治记忆就如同那颗流弹，深深楔入了个体身体之中。而且，作者似乎是为了回应前文，有意安排了杜怡和章朗在事后对"手指"的谈论，将夏小松、个人的痛苦经历等都拉入现实的场景之中。虽然场面可能有几许尴尬，但对于作家所着力营构的身体和意识形态一体化的隐喻却有着非常重要的作用。

当然，当身体封闭的症结得到解决的时候，有关政治信仰的难题也获得了释然。在《等待呼吸》中，理论问题的叙述贯穿了整个中国当代历史。作家在书写主人公杜怡的个人史的同时，也写出了一部中国当代史。他的叙述就是有疼痛感的历史肉身。有关马克思《资本论》和哈耶克《通往自由之路》的讨论，缔结于莫斯科，终结于杭州。虽然这只是夏小松个人的研究，但是，它却是当今世界两种意识形态在经济学领域的重大话题。由于钟求是是学经济学出身的，所以，他极其关注这个话题。他在这三部曲中，通过主人公杜怡的经历，似乎在某种程度上演绎了这个政治经济学议题，并以杜怡的体验，给予这个议题以价值评价，在小说的第三部通过教授的解读，小说似乎解决了这个问题，或者回答了"北京的问号"。钟求是似乎在暗示，理论也是社会历史的氧气。

同时，这部小说还暗示了一个苏联道路和美国道路的问题。在小说中，杜怡或者说其恋人夏小松，一直有着既留学美国又留学苏联的想法，这两种想法就如同那"两只不同颜色的鞋子"一样举棋不定，但是命运的阴差阳错导致了他们只能选择留学苏联。而且，这样的留学经历，导致了杜怡在两只鞋子中做出了选择。作家为杜怡的选择精心挑选了一个日子，那就是苏联解体纪念日和圣诞节。在那个日子里，杜怡与夏小松的影子章朗在堆满俄文书籍的书店做爱。纪念日的重合，显然有着两种意识形态调和的意味，但杜怡对苏联解体纪念的意愿还是昭然若揭，因为这一天并不是夏小松的忌日。最后，杜怡没有选择留学美国，而是选择重返莫斯科。这种选择别有意味。美国显然是市场经济和自由主义的理想国度，但是，杜怡却放弃了对它的选择，而重回记忆，重返那个饥饿但自由浪漫的国度。尽管杜怡的重返莫斯科有着很深的价值选择意味，但是我更愿意将其看作是一种格式塔心理学上的记忆的连接和生命的重续。在重返故地之时，当年的浪漫就具有梦幻的性质，而且由于时代不再，这种追忆就多多少少濡染了感伤的色彩。这是对恋人和青春的追悼，也是对一种已然干枯在历史的风雨中的价值符号的追悼。

这种格式塔心理学的完形冲动，在这部小说的叙事上也有着典型的体现。小说看上去就是一般性的顺序叙述，即依照时间和空间的自然顺序，讲述了主人公杜怡的爱情和受难故事。但其实，这部小说却是回忆性的，小说的第一句"杜怡仍新鲜地记得"即暴露了它的回忆性叙事的本质，但是，作家在尽量压制回忆性叙事的痕迹。所以，回忆的时点和位点，只有从小说结尾才可以推测出来。杜怡应该是在将孩子安顿到山西晋城以后，而重返莫斯科的。这当然不仅是空间和时间的重返，而且也暗示着生命的重返。假如说重返记忆，对人有治愈作用的话，我认为，在信仰层面，杜怡的重返莫斯科，就是为了治愈一种为子弹所击穿的信仰。但钟求是的这种重返叙事，我认为，并没有多少实际意义，除了对于受伤的信仰主体具有抚慰和安妥作用外，也许将面临着巨大的记忆穿透的风险。那应该是另外一个故事里的事情了。

结　语

综上所述，《等待呼吸》是一部将抽象的理论信仰与身体经验糅为一体的叙事，而抽象的理论信仰和身体经验的缔结点，就在"手指"这一意象上。"手指"不但指向了爱情和性，而且，指向信仰；它是身体和信仰的象征。在表象层面上，《等待呼吸》就是一部具有中国经验特色的爱情小说；而在深层，它更是一部苏曼殊所谓的"以情求道"（《燕子龛随笔·三十七》）的信仰小说；更确切地说，这部小说所昭示的是信仰的肉身化和肉身的信仰化。信仰从来就不能脱离肉身而存在，没有肉身的信仰也必然堕为虚无，信仰和个体生命的肉身是二位一体的构成，是道成肉身。在这部小说中，信仰探讨与爱情叙述是同步且平行的线索，从修辞学的角度来说，肉体和信仰之间是互为喻体的互文关系。

在《等待呼吸》中，"手指"意象至少四次出现，在小说的三个部分中，各出现了一次，分别讲述了女性信仰肉身的塑造、伤害、修复的三个阶段和治愈过程。所以说，《等待呼吸》首先是一部有关女性身体的治愈之书；同时，它也展现了中国当代历史的三个阶段和当代历史参与者的从受伤害到和解的完整过程，所以说，它也是一部政治信仰的治愈之书。杜怡就如同"十二月党人"的妻子一般，在社会历史的动荡中经历了诸般痛苦和困惑之后，完成了自我的救赎，也完成了对一段历史的救赎。整个这部小说显然有着屠格涅夫《前夜》般的古典浪漫主义情怀，或评论家孟繁华所谓的"青春祭"①的调式。

在文章即将完成的时候，我突然无端想起了戴望舒的那句诗："我用残损的手掌轻抚……"

（原载《小说评论》2021年第1期）

---

① 孟繁华《钟求是长篇小说〈等待呼吸〉：后"革命时代"的心灵史和青春祭》，《文艺报》，2020年6月29日第2版。

困境假设下的老年凝视、乡土镜像与人性症候

——评李凤群长篇小说《大望》[1]

　　在 2020 年初的新冠疫情期间，很多人都封闭在家里。文学评论家们，在幽暗的书房中，想到了马尔克斯的《霍乱时期的爱情》，想到了萨缪的小说《瘟疫》，甚至想到了一些中国当代小说家所写作的有关瘟疫的小说，比如毕淑敏的旧作《花冠病毒》。而我却第一时间想到了古希腊的悲剧《俄狄浦斯王》。在我的记忆中，《霍乱时期的爱情》有将瘟疫浪漫化的嫌疑，而《瘟疫》则有把瘟疫抽象化和哲学化的倾向。唯有《俄狄浦斯王》敢于坚持不懈地追溯瘟疫发生的原因。

　　也就在 2020 年这场疫情的减缓时期，李凤群发表了她的长篇小说《大望》。这部小说严格来说，并不涉及疫情。它只是讲述了赵钱孙李四位老年人突然遭遇了集体被儿女"遗忘"的事件，讲述了他们被"意外隔离"后不得不回到他们曾经生活的村子——长江边上的大望洲，为了能够恢复与儿女的联系和冲破困境，他们做出了种种努力，经历了种种心理和身体的煎熬，以及对于存在意义的种种触摸，他们在困境中对遭遇"隔离"做出追问。

---

　　[1] 李凤群《大望》，花城出版社 2021 年。

一、叙述的困境假设与疫情围困的投射

《大望》的整个故事，都处于一种文学中常见的"假设困境"的笼罩之下。赵钱孙李四个老人，无端地失去了和家人的联系：做过乡下赤脚医生的老赵，早晨到离儿子在上海所住小区不远的公园溜达回来，毫无征兆地就被儿子和孙子遗忘了；做过十九年民办教师的钱老师在转场去安徽开城二儿子家居住的时候，那个叫开城的地方发生了变异；做过好几年村主任的孙老善，也同样在早饭的时候被儿子视为空气；刚回国不久的农妇老李也和远在日本的女儿失去了联系。他们的个人身份在公安的系统上也找不到了，面对面的亲人也不认识他们了，他们子女的电话都打不通了，并且对面不相识了；他们只能彼此联络以及与无关的人联系。他们与那个熟悉的环境，瞬间被生生地割断，变得陌生了。于是，他们不得不结队回到曾经居住的大望洲。《大望》在小说的开端，就在简短地介绍了赵钱孙李四位老人的人生胜迹和彼此关系之后，讲述了一场突然降临在四位老人身上的莫名其妙的"失联"事件。这场事件几乎就如同几年前某国客机失联一样具有戏剧性和令人不可思议。一种无法命名的异象攫取了他们的人生。

赵钱孙李四位老人与家人的失联，显然是荒诞的，尤其是在小说的写实语境中，更是不可思议。但是，这种困境假设，无论是在古代神话还是现代主义文学中，又都是非常常见的。比如童话中王子突然被巫师变成了野兽，比如天降灾难（比如洪水、地震、海上的船舶失事）将人群困于荒山、孤岛、地下室、古堡等某种绝境之地。现代主义文学特别喜欢在写实语境中营造"假设"性的困境叙事。比如卡夫卡的《变形记》就通过变形的手法，将推销员葛里高利变成了大甲虫，而潘军的话剧《地板》则通过假设性的突然地震把一群人置于封闭的地板之下。还有一部叫《同船共渡》的小说，通过一群人共同乘坐的船的沉没，将一群人置于救援无望的困境之中。虽然"困境假设"的叙述套路非常常

见，但是，它们所表现的荒诞程度却不尽相同。比如船舶的突然解体，比如突然降临的地震等，因为都有科学的根据可循，这种困境设计本身只具有叙事意义，也就是说它只是普洛斯特所说的"一种纯粹的程序"①。只有卡夫卡的困境假设才特别地荒诞，原因是葛里高利作为一个正常的人，却在早晨醒来突然就变成了大甲虫。而这种变成大甲虫的假设，在古代的童话中，是属于符合逻辑的设计，但是，在科学主义语境下，它变得极为荒诞了。李凤群的《大望》虽然没有把人变成大甲虫，或蟋蟀（如《聊斋志异》），或乌鸦（如余同友的《白雪乌鸦》），但父子对面不相识，同样是不可思议的。我估计，李凤群可能受到了当代科幻小说的影响，而突发奇想地设计出这样的具有科技背景的超现实情节。

《大望》在叙事上也挪用了《十日谈》式的多人轮流讲故事的叙述方式。所不同的是，《十日谈》只是以瘟疫为背景，给讲述故事提供一个契机，把种种故事串起来，而《大望》中的赵钱孙李四位则已经为突然降临的灾难所攫取和控制。《十日谈》中所讲述的是"他人"的故事，而《大望》中讲述的都是主人公"自己的故事"。《大望》中的主人公无法做到冷眼旁观或娱乐他人，切身的生存危机，使得他们假如要娱乐他人，最后都成了娱乐自己。赵钱孙李四人在困境中的对抗遗忘下的话语，与其说是讲述，不如说是体验和忏悔。《大望》的现代主义叙事中的"囚徒困境"和"危机拯救"又都是《十日谈》所没有的。《大望》看上去是一部小片，实际上是一部极具现代感的影视大片。《大望》实际上挪用了现代主义文学的意义。

据我所知，小说《大望》构思于疫情之前，但却成书于疫情之中，而且小说中又涉及疫情内容。但我认为，所有的隐喻都产生于语境，就是《大望》没有涉及2020年的疫情，当它发表于疫情的语境中的时候，它的意义也不可避免地放射性地波及疫情叙事。《大望》隐喻了疫情中

---

① ［法］马赛尔·普洛斯特《通信集》第19卷，普隆出版社1991年，第630页。转引自张新木《论〈追忆似水年华〉的叙述程式》，《国外文学》1998年第1期。

的种种现象，比如以"突然降临"的为儿女所遗忘，来隐喻灾难降临的突发性；比如被动的隔离与封闭，隐喻了疫情时期最常见的社会管理手段。因此，我们完全可以将小说中所说到的隔绝和封闭，看作是疫情时期社会话语的转场运用，或者看作是对疫情时代的一种隐喻。疫情话语的移植和现代主义的变形"故事套"，从现实体验来说，完全可以认为是来自2020年的新冠疫情种种社会感受的投射。

《大望》中的疫情指喻，既来自其社会文化语境，又是疫情体验的提炼。所有的现代主义创作都喜欢运用困境"故事套"，这说明了《大望》这部看似写实的作品其实具有现代主义艺术的本质，荒诞比真实更真实。

二、老年危机的凝视与乡村荒芜的聚焦

现代主义创作，大都属于深度叙述的范畴，这种小说都有表层语义和深层语义两个层面。就《大望》来说，抛开小说的困境假设的故事套不谈，它在叙事层面直接涉及的人物和地点就只有两个：四个陷于绝望的老年人；一个被抛弃的荒芜的大望洲（故乡）。叙事文学有三要素，时间、地点和人物。由于《大望》叙述中所展现的物理时间看上去只有三个月，但实际上，其时间在叙述中处于停滞状态，是没有长度的，所以，在表层叙事意义层面，可以不考虑，而只考虑人物和地点。人物，就是赵钱孙李四位老人；地点，就是荒芜的大望洲。《大望》显然就是利用"困境假设"来聚焦当代社会的老年社会危机和乡村危机。强烈的社会问题意识，是促使作家在叙事上设计出"困境假设"的根本原因。

《大望》可以说是老年社会的危机镜像。赵钱孙李，四个人物，在小说中都是个性鲜明的独立个体，但李凤群显然有意将其指向一个在中国当代社会日益受到重视的社群——老年社会。小说中的四个老人，巧合地就叫赵钱孙李，因为这是取自《百家姓》第一行的四个姓氏，它就具有了泛指的意义，就具有了指向群体的功能，它是一个集体名词，因

此，赵钱孙李实际上指向了整个老年人社群。《大望》所讲述的老年人的被社会拒绝和隔绝的生存危机，在当代社会文化中，溢出了小说语境，而与中国当代社会的老龄化，取得了意指上的契合。所以，放到当代中国的社会语境中，《大望》似乎所讲述的就是当代社会的老年化危机。

李凤群通过鲜活的小说叙述，展示了老年社会的种种症候。小说中的四个主要人物赵钱孙李，他们都已经过了能够在社会中工作养家活口，或者独自支撑的岁数。当他们在小说中出场的时候，一个个要么就是寄身在儿子家里帮忙带孙子，要么就是身不由己地照顾被他人收养的残疾女儿，要么就是在两个儿子之间来回倒腾地寄食。而且，作为从农村走出去的老年人，他们没有养老金，没有固定的养老场所，只能寄希望于儿女能够赡养他们。作为这样的一群老人，他们最大的隐忧就在于儿女对他们的遗弃。而在小说的叙述中，老人们的担忧和恐惧的未来，恰恰转化为了现实。他们被儿女拒绝，他们被曾经的学生拒绝，他们被派出所的人拒绝，他们被路人拒绝。系统性地拒绝，驱赶着四位老人逃向大望洲，不得不遁入一个被无形之手封闭的隔绝世界。这种拒绝在小说的虚拟语境中，当然属于一种天降灾难，但这恰恰是现实社会中诸多老人被遗弃的社会事件的集中投射。

但《大望》中真正的惊慌并不在于被灾难隔离，而在于赵钱孙李等老人被社会隔离后的生活境况和生存危机。这些老人身上没有身份证件，口袋中没有多余的钱粮，生命中没有亲人的照顾和支撑，精神的颓丧，未来的迷惘，都促使他们时时处于死亡的边缘。人生暮年的种种的身体和精神症候，都集中地爆发了。比如身体功能的老化、记忆衰退、老年痴呆、腿脚不灵、失聪、视力模糊、谵妄、认知障碍、生活自理能力丧失、情绪失控、营养不良等等，以及他们种种叫天天不应叫地地不灵的无助、绝望、焦虑、幻灭，甚至自戕。随着困境叙事的持续，死亡的阴影已经逼近，甚至肉身的腐臭的气味也已弥漫于空间。李凤群将种种老年疾病（包括身体和精神）都在赵钱孙李的身上试验了一遍，以表现丧失外援和亲情支撑后的老年人的老年困境。小说写出了老年人的生活状态和生命处境，以及这一社群被社会边缘化和被抛弃的命运。这是一个由突发的灾变所造就的受难的"命运共同体"。虽然四位年老者与其子女的失联只是基于一种假设，但它同样是一种对生命存在可能性的暗示。

在中国现代文学中，比如巴金的《家》、曹禺的《北京人》，老年人经常被作为民族国家符号和启蒙对象而活跃于叙事之中，而李凤群在《大望》中几乎不触及民族国家寓言，她将这些老年人还原到日常的生命状态之中，书写他们作为生物和精神个体的人的生命状态和人性素质；并且，利用"困境假设"塑造了一个老年社会和与之相伴随的集聚的灾难镜像。零星的老人被抛弃的事件，往往被社会所淹没，而集中表现的时候，我们才能感觉到它的触目惊心。

《大望》的另外一层显而易见的表层意义在于它对于乡村危机的聚焦。李凤群利用"困境假设"不仅使得赵钱孙李四个老人在分开很多年后重聚，而且使得四个老人在被整个世界拒绝后，不得不重返了他们曾经的聚居之地——大望洲。

李凤群运用"挤牙膏"的叙述方式，在四个老人的讲述中，构建起了过去的大望洲，它的人情、事态和历史。一座小学校，小学校中的校长，民办教师；曾经饥饿的老钱和几代人皆因钱家饿死人而愧疚的县长；一个村长，他的冒名顶替别人当兵的儿子及其殉职；一个赤脚医生及他的莫名其妙的行医史；一个乡村妇女，为了生一个儿子而经历的九死一生，及其与两个女儿结下的仇怨。小说展现了大望洲的伦理文化构成，他们的生死观，他们的隐秘的渴望和疼痛。当然，也通过赵钱孙李的讲述，叙述了他们的子女们出走大望洲的各式各样的原因，以及道德浇漓的前现代景观。小说通过四位老人的口述，复原了乡村的历史。而且，通过谎言惩罚的方式，还原了一个真实的乡村史。两套口述，两种历史，论证了乡村道德褶皱里的真实情状。口述的大望洲历史，加上眼前所见的大望洲现状，《大望》建构了一个完整的乡村历史。李凤群同时通过赵钱孙李四位老人的眼光或者说叙述视角，展现了作为当代中国乡村之一的大望洲的现状。曾经繁华热闹，人口稠密的大望洲，在轰隆隆的现代化的车轮声中，已经人去村空，荒草四野，墙倒屋塌，野鬼唱歌。大望洲不管过去怎样地鲜活，但都已经成为历史记忆；现实中的大望洲已然变成了一个被抛弃隔绝的乡村世界。强烈的社会问题意识，促使李凤群利用四个老人困守乡村的故事，隐喻了中国乡村社会的困境。

在《大望》中，虽然大望洲和四位老人之间已然存在着众多的关系，但是，在叙述层面上，还存在着一种互文关系，四位老人和颓圮的大望洲共同构成了相互隐喻的老去的历史，一个被遗忘和隔绝的没有未来的乡村社会。《大望》没有如一般的现实主义小说那样，在"自然""客观"层面上去书写老年社群，或乡土重返，以及做一番直接的社会层面的控诉和伦理道德谴责，或温情脉脉的儿时记忆重温和感恩戴德的故乡怀想，而是通过现代主义的变形的手法，在一个看不见摸不着的"局"中，表现了挣扎在命运旋涡中的老年人群和乡土社会。

李凤群对老人群体和大望洲的写实性叙述，充分展现了她的古典主义倾向的小说叙述艺术。困境假设的戏局设计，当然富有喜剧感和突兀感。显然，李凤群创作《大望》的初衷就是要将四个老人集中到一起，假如要通过世俗化的手段来实现创作目标的话，在叙述的处理上就会非常地费事费力。而这一假设情境的设计，把四个老人召集到一起就不用那么大费周章地解释说明了，同时也很自然和顺理成章。《大望》的戏剧设计，虽然也有做局的痕迹，但并不改变四个老人和大望洲被儿女们"遗弃"的本质。而且，它还有一个好处，"遗弃"被处理成一个无意的甚至是天意的神秘的"遗忘"，它软化了小说的过于严重的道德控诉意味，也为这些老人后来的希望和道德反思提供了根据。

三、生存困境与人性拷问

　　《大望》的假设困境的设计，应该来自《圣经》神话原型。《圣经》

中的伊甸园显然是天堂的模型，而《大望》中的大望洲，则显然是一个炼狱。伊甸园中的亚当和夏娃，通过偷吃智慧果获得人的自觉意识，从而以上帝的叛徒的姿态冲出伊甸园蒙昧的封闭，而《大望》则试图讲真话以重新获得与外在世界的联络。《大望》显然是一个反伊甸园模式。而从科学主义的精神分析学的角度来说，大望洲的生活就是一场噩梦，它是根据"日有所思夜有所梦"的原理，而显现出来的乡土和老人社会的养老担忧和被遗弃恐惧。

但《大望》从深层语义上来看，困境假设实则在于表现人性的困境。传统叙事中的困境假设，大多都是为了验证奇迹。而现代主义叙事下的困境假设，则大多是为了拷问人性和证明存在的荒诞。《大望》中的困境假设，显然属于后一种。这种悲剧性体验从源头上来说来自生命的必然规律对现实幸福或不幸的洞穿。

在《大望》中，与世隔绝的大望和赵钱孙李的生命本能是一对相互对立又相互激发的叙述范畴。李凤群借助于人类的求生本能，使得赵钱孙李四位老年人在困境之下不得不反思（一种讲述）各自的人生，从而达到叙事推进的目的。在传统的意义上，为尊者讳，老年人作为曾经养儿育女和享受各种社会权利的一代人，他们普遍地受到尊重，他们的人生也被充分地粉饰和装点。在他们具有掌控后代未来权力的时候，干下了许多"见不得人"的事情。即使在年老之后，依然以父亲或母亲或尊者的形象干预后辈的生活，比如老赵对儿子婚姻的干涉。在由他们自己的话语所营构的辉煌人生中，他们并不懂得反思和忏悔。所以，天降灾异，在小说中看上去是一场意外事件，但完全可以理解为一场天谴。就如同《俄狄浦斯王》中的王国遭受瘟疫的原因就在于国王犯下弑父娶母的罪恶一样。每个社会个体，在社会世界里，其人格都具有表演性，也就是说每个个体都有表演人格的一面。但是，在极端环境下，当回归本真成为生存的必要条件的时候，他的表演人格就会土崩瓦解，就会回到真人。因为表演（"谎言"）再也无用，不回真人毫无利益，表演的面具就只好被抛弃。赵钱孙李四位老人也都具有表演人格，在长期的社会世界里，表演面具已经与他们的肉体融合。李凤群先验地将表演人格设置为价值的负面，并借助佛教叙事将这种负面价值转换为来自天命的惩罚条例，就更促使赵钱孙李们不得不回到现实，从而督促他们以加速度回归本真状态。

在小说叙述中，困境中的自救为四位老人提供了忏悔的机遇，也为小说从社会学的层面清理他们的人生提供了动力。四位老人，小学教师本没有什么学问，他所谓的教书育人，就是对学生的糊弄和肆无忌惮的体罚，以至于学生受到终生不愈的心理创伤；乡村医生，根本就没有什么医术，而且见死不救，逃避责任；老李重男轻女，为了能生个儿子，多次打胎，断送了一个个女儿的生命；村干部孙老善，无原则地巴结领导，冒名顶替让儿子当兵，而让村里的一个合格的小伙子名落孙山。李凤群通过四个老人的讲述，而忏悔了各自的罪恶，也追问了这场灾难的真正原因：正是他们曾经犯下的罪恶，才导致了今天的被"遗弃"；也同时让他们意识到：他们所遭受的苦难其实是罪有应得。天谴的教训在于，并不因为他们的年老而可以免除其罪责。

《大望》在叙述中，也为赵钱孙李们安排了一条通达救赎的途径，那就是他们的忏悔和对罪责的承担。他们必须意识到，罪责不在儿女们对他们的遗弃，也不在天意的作弄，而在于他们自己。《大望》中四个老人与世界的隔绝，前半部分主要以自救为主，不断地出大望洲，找人打听消息和获得养活自己的钱粮。《大望》在叙述四个老人"求救"的过程中，利用困境压力使得他们的人性真相得到充分的暴露。小说中的老赵、老孙等人为了重新取得与亲人的联系，不惜以曾经伤害过学生的钱老师被学生扇耳光为条件，来换取联系的通道。老赵等人的行为看上去理直气壮，看上去是为大家着想，实则是以损害他人为代价。困境中的人性通过这些行为充分暴露它的自私和丑恶。赵钱孙李的命运共同体，因为老赵和老孙的行为几乎被打破了。李凤群也在困境中展现了人性的善良，这就是老李这一女性老人形象的设计。善良的老李不但温柔体贴，充当了其他三位老者的照顾工作，还把自己的钱拿出来供大家使用。她在老赵等人试图牺牲钱老师尊严的时候，及时提出了反对意见，并拒绝参与其中。可以说，正是她的努力才使得因灾难和旧相识而建构起来的这个脆弱的共同体得到修复。老李以一息尚存的人性光亮，反衬了老赵和老孙等人的"恶"的程度，也使得老赵和老孙的计划被及时制止。

李凤群在小说《大望》的前半部，主要叙述了赵钱孙李四位老人的主动的求生行为及其所遭受的一系列的挫折。她以国民性批判和启蒙理性介入叙述，但《大望》并不是一部"恶之花"。她毫不留情地针砭了人性之恶，但是，又给四位老人留下了回头的余地。在她的神秘主义的设计中，也许一开始就是一场有限的考验，而并不打算将出口封死，就如同失联困境中的四位老人，还是能够与世界保持一定程度的联系一样。

四、真相求证与生命救赎

在小说《大望》的后半部，李凤群将"求生"叙事转换为救赎叙事。她假设了讲真话的老人能够获得与儿女偶然通话的情境，并为这种假设情境规定了一个逻辑链条，即谎言阻碍了赵钱孙李们与儿女的联系，而真话却让他们能够恢复沟通。而能否放弃谎言说真话，是他们能否获得生命意义上的救助和宗教意义上的精神救赎的唯一途径。

《大望》借助于偶然性的真话与重获联系的关联，叙述了赵钱孙李在求生本能下的反复验证情节。作家在叙述中建构起了"真相与救赎"之间的必然性逻辑，不再是物质生命的，而是精神层面的救赎。这种救赎，这种对于真相与谎言的对于生存的不同意义的命定式设计，或许来自疫情期间关于真相问题的探讨和感受的移植，但也可能来自基督教或佛教的惩罚和救赎的宗教逻辑。

为了推动情节的发展和深化，李凤群采用了一种带有惩罚机制的"挤牙膏式"叙述，来推动四个老人逐次地复活，清洗，还原记忆。显然，四位老人一开始并不情愿说出真话，总是以诸如自尊心和虚荣心等种种借口，掩饰真相，掩饰自我，他们说出来的话，总是半真半假，所呈现的自我也是琵琶半遮面。小说通过强大的惩罚力量，以不说真话就会被遗弃或中断联系为由，一步一步地逼迫着他们不得不剥离种种的伪装，说出真实的历史，还原真实的自我。伴随着这种拉锯式叙述的是赵钱孙李四位老年人的剧烈的心理挣扎和精神痛苦。同时，李凤群还采用了发糖机制来诱导和鼓励几近绝望的老人说出真相。在一个偶然的机会里，一位老人说了真话，于是就他就打通了电话；当他转身讲了假话的时候，电话又断了；而当他再次讲真话的时候，通讯又再次恢复。一步步地诱导和鼓励，就如同巴普洛夫的"条件反射原理"一般的救赎逻辑，在生物学的意义上得以建立起来。

在《大望》的叙述中，李凤群把自己扮演成一个恩威并施的隐身牧师，掌握着惩罚和奖励的大权。这些老人他们不但在讲真话以后获得联系上儿女的利益，而且还获得了说出真话后放下精神包袱和精神放松的感受。彼此之间，能够坦然真诚相对，在信任之下获得共识，共同面对命运的作弄。至此，《大望》的叙述就从一般生命意义上的自救，过渡到宗教意义上的救赎。"只有真相才能救赎"，成为作家推进叙述的一个强有力的手段，也成为赵钱孙李四位老人改变过去谎言、掩饰的劣根性的压力。真话，具有真理的意义，它是这些过去谎话连篇的老人获得救赎的唯一途径。老人们在失联后出于搭救愿望的倾诉和讲述，最初是被动的，然后逐渐变成一种主动的行为。他们最初的讲述，只是为了获得生的希望的被动言语，后来就变成了一种主动的对过往罪恶的忏悔。

赵钱孙李四位老人所要面对的不仅是自我的虚荣所带来的负价值，还有来自自然的惩罚，那就是他们日益衰老的躯体和语言遗忘所带来的存在的湮灭危机。《大望》展现了老人们战胜生存危机的力量和坚定的求生意志。老人们因为年老等原因，而出现了自我遗忘的生命症候。为了对抗记忆的衰退，他们以记日记、不断地讲述和相互倾诉，来维持记忆和与世界的联系。在有关话语的叙述中，李凤群触及了语言哲学层面上的言语与存在的关系的论述，她以老人们的行动很好地诠释了海德格尔所说的"语言是存在的家园"这一哲学信条。语言就是存在的肉身，老人们以不间断地讲述维持存在。他们以语言证实自身的存在，也力图使自身的存在现身于历史。

假如把大望洲比作是一只诺亚方舟，那么老人们就是那只鸽子。他们不断地被放飞出去。这四位老人，有的时候是一只，有的时候是两只，有的时候是四只整体出行。但他们没有诺亚方舟上的诺亚一家那样的幸运，诺亚第一次放出鸽子就衔回了橄榄枝，而赵钱孙李的每一次外出探查，都以失败告终。《大望》看上去是一个失联老人群体对社会的重新感知，对社会伦理边界的重新探索，对自我与社会之关系的重新建构的伦理故事，但实际上它所触及的是存在的本质话题。这是一个有关"真相""本质"与"自我"的存在主义的论辩。这个论辩贯穿了整个叙述，导致了《大望》成为一个以小说形式存在的具有宗教性的论辩场境。《大望》写出了人类的孤独的本质和试图摆脱孤独获得社会人群认同的渴望，思考了真相与交往的关系，自我与社会的关系，存在与交往的关系。

显然，根据小说《大望》所设计的讲真话就能够恢复与外界联系的逻辑，最终赵钱孙李四位老人的困境是应该获得一个大团圆的结局的。但是，实际上，李凤群对此却持有暧昧的态度。这具体表现在，讲了真话使得四位老人偶然获得了与外界的联系，但经过了三个月困守的赵钱孙李四个老人与外界并没有完全恢复联系。假如把这种联系理解为外在世界对他们的接纳的话，他们依然没有完全被外界接纳。这样的结局似乎喻示：被遗弃的结局是命中注定的，是无可挽回的。小说的悲剧结局，显然，又打破了古典主义的大团圆童话。

当俄狄浦斯通过坚持不懈地追查而发现瘟疫的源头就在于自己的时候，他用剪刀刺瞎了自己的双眼。而赵钱孙李四位老人，却并没有做什么。刺瞎自己双眼的俄狄浦斯，表现了承担伦理责任的巨大勇气，而赵钱孙李四位老人的勇气又在哪里呢？埃斯库罗斯在《俄狄浦斯王》的写作中，爆发了耀眼的伦理理想主义，而李凤群在《大望》中所要彰显的是写实主义的精神，她在逼迫四位老人忏悔，逼着四位老人承担罪责，但四位老人最终对自己的罪责也还是糊涂应对。李凤群没有给予答案，她也无法写出答案，所以，她只能利用创作主体掌握情节的特权，给四位老人最终走出梦魇的困境设计了一个"不置可否"的结局。

即使我们将结尾理解为获得了大团圆，但是，那经历了生死考验和生存追问的赵钱孙李们也已然遍体鳞伤。可以推想的情节应该是，回到社会人群中的他们一定狼狈不堪。失联困境获得了解除，那些受困的人们能否回到过去的正常的生活状态？那弥漫态的受困痛感能否就此消失？这是李凤群在结尾之外抛给我们的一个令人尴尬的问题。

总之，长篇小说《大望》借助于"失联"异象的设计，在社会的层面，把有关老年人的生存危机，把乡村社会的荒芜，从现象的层面展现了出来，也显示这两种危机的紧迫性；同时，失联假设在疫情语境下的呈现，直接指涉了疫情中的种种社会管理措施及其给人际关系所造成的困扰，甚至指涉有关疫情的责任追索；同时，《大望》作为一个使用了现代主义变形故事套的小说，它的所指并不局限于表层的社会事象，而是在困境假设中，拷问了人性，并且在哲学上以近乎思辨的方式探讨了"真相"与"自我"等存在主义命题。它从多个层面表现了李凤群对于废弃的故乡、被遗弃的老人，以及被生存围困的人们的"人道主义同情"。

《大望》是小说家李凤群的最新一部利用现代主义变形故事套来表现现实生活的长篇小说，她的上一部有如此风格的作品，应该是《大风》。而失联意象，在她的长篇小说《大野》中也已经露出了苗头。

（原载《扬子江文学评论》2021年第1期）

顺其自然：老宅、人物与叙述

——评王安忆长篇小说《考工记》①

在阅读王安忆的长篇小说《考工记》的时候，我产生了一些困惑：比如这部小说语言采用的是旧白话，并常用类文言的单字词，虽讲人和物，也多泛着古董般的光芒，但我从小说中又分明感受到了它的先锋的气息，它的先锋性和古旧性奇妙地近乎悖论式地存在着，它的先锋性到底在哪里？还有一个问题，就是这部小说到底是写人的还是叙物的？"五四"后中国新文学，尤其是小说，已经建立起了以人物为中心的叙述传统，假如按照这样的路数来观照《考工记》，它显然就是一部人物小说，这个人物就是陈书玉；但是，这部小说却以中国古代一部建筑学著作作为它的名号，假如依照《考工记》这类的路径来观照，这部小说就是写物的，它显然就是一部有关老宅"煮书亭"的衰微史。那么，《考工记》到底是写人的小说还是写物的小说呢？假如我们把这部小说看作是一件类似于建筑或家具一样的艺术品的话，其叙述与小说中的人或物又有着怎样的关系呢？"记"作为一种叙述体式，它又是怎样叙述的呢？

一、老宅的历史和建筑构型

中国文化的"家"的概念，首先来自房屋。中国现代文学叙述中的

---

① 王安忆《考工记》，花城出版社 2018 年。

《家》和《憩园》以及《雷雨》《北京人》，都将"家"安置在一所封闭的宅子里的。宅子，就是一栋建筑物。《考工记》，就文题而言，就是要考索一座老宅子，就是考索一座老宅子的建筑形制以及其历史命运。王安忆的最近创作有"唯物"的特点，比如《天香》写了天香刺绣，《考工记》写了古宅，等。假如说《天香》写了刺绣的手艺，以及刺绣技术之美的话，那么，《考工记》则就是写了古宅，以及古宅的营造技术之美。

可惜《考工记》里的主人公陈书玉不是营造师，不过，好在古董商人大虞，是懂得建筑结构及其美学的。这当然是一个很好的补充。小说的主人公陈书玉出生于这座叫做"煮书亭"的古宅里。他与这座古宅的关系是缺乏亲和性的，用人伦的话语来说，就是缺乏感情的。为了能挖掘这座古宅的内容，作家进行了有条不紊的"顺其自然"的叙述。她先是披露这座宅子的外在建筑景观，庭院里的陈设；利用邻居的搭建蚕食、瓶盖厂的建设，披露了宅子的外在结构形制；再借着利用"三年困难时期"和"文革"时期红卫兵的"抄家"，将古宅中的家具、设置、收纳，以及古董、地契等披露出来。但是，直到这个宅子漏雨的时候，才通过主人公爬上房顶，推开天窗，以及修建工人来维修的叙述，细致地披露了宅子的榫卯结构，屋顶的瓦当；直到改革开放以后，大虞到了陈家，才披露了宅子上门窗雕花以及戏剧内容。而总体房屋的结构图，直到有学生来实习，借助学生之手，才绘制出了一幅完整的建筑结构图；直到要将房屋作为文物进行保护的时候，才通过陈书玉和大虞去查阅各种资料，最后披露了房屋的历史脉络，才确定了宅子的"煮书亭"的名号。这部小说通过各种方式，逐步披露了房屋的形制、装饰、结构、材料以及室内外的陈设等内容。这部小说虽然是叙述文学作品，但其对"煮书亭"在建筑上的介绍，实际上是非常周详的。

《考工记》细致地考察了房屋的历史人文。奚子通过鉴定，确定了房屋是由富商建立的。暴富家庭，有的是钱。不分青红皂白，将中西各样的，他认为能够炫耀的设置，都放到房子里来。比如下水道的盖子，是西式的；而房屋的外形，结构又是中式的。对于房屋风格的考察，可以见到一个中西混搭风格在上海的形成历史。而这座老宅的原始风格，不正是老上海的风格吗?! 现在看起来那么老旧和谐的格调，正是在历史风雨的吹打中形成的。煮书亭，当然是很有文化的，但那不过是暴富阶层给自己贴金镀银的皮相。但那又有什么呢？当时是没有文化的，但历史的风雨赋予了它以文化身份。《考工记》还通过老宅形制的变化，考察了其在历史断面的文化痕迹。比如，在二十世纪五十年代，房屋被搭建，造成了老宅形制的第一次变化，而正是这一次的变化，给老宅添加了五十年代阶级革命的新信息；而通过老宅被开辟为瓶盖厂，所造成的建筑形制的第二次大的变化，透露了老宅所经受的"文革"时期的历史信息，等等。王安忆如同一个考古工作者，通过她的文学叙述，解析了老宅的文化构成、历史流脉，以及不同历史时期的文化遗留。通过这样的具有建筑学意义的考察，展示了上海建筑风貌的演变。她将老宅在历史风雨中的变化，视作了一个上海历史的标本。

所以，说这部小说是一部有关"煮书亭"的建筑叙述，在某种程度上是准确的。

二、老宅中的人及其周边

但是，仅仅把《考工记》作为一部建筑学的著作，显然又是不准确的。《考工记》这部小说，实际上就写了一个人，那就是陈书玉。他显然就是一个旧人物，就如同巴金《家》里的高觉新差不多。因此，也可以将其视作一个坟墓的人物。这样说的时候，我又突然想起了茅盾《子夜》里的吴老太爷。陈书玉这个人在叙述中的人格定位，与房子的品性也是息息相通的。小说从陈书玉年轻的时候开始写起，写到他的中年，写到他的老年。写他从上海的富家子弟，一个小开，后来蜕变成了一个"城市平民"，从没有职业后来变成了一个小学教师，后来在小学职员的位置上退休。但是，这个人自始至终没有长期地远离这座房子。四十年代后期，阴差阳错地离开了一段时间，但很快就回来了。我注意到，王安忆在叙述陈书玉离开的那一段时间，是很简略的，似乎离开的时间只有几天，其实有一两年。而且，从此以后，就再也没有远离这座房子。假如说《考工记》只写了陈书玉一人，很显然也不对。但小说中的四小开中，大虞、朱朱、奚子，都只是陈书玉的外围关系，是陈书玉这个中心人物，漾出去的水圈。而且，大虞等三人，都与老宅发生着重要的关系。大虞、朱朱和奚子，当然各有自己的命运，但他们与煮书亭所发生的关系是很特别的。在人物图谱中，冉太太、奚子太太和大虞太太，以及房屋中的祖父母、父亲母亲以及仆人，还有很多进入的看门人等等，则是最外面的一圈。各种各样的人，有的甚至都没有名号，他们在叙述中，或者说在陈书玉的人生历程中，随来随走，就如同戏台上的小配角一样。这种人物设置，让我不由地想起了老舍的话剧《茶馆》的人物处置方法。

王安忆在技术上安排这些人物，当然不仅仅是为了叙述人物，假如那样的话，《考工记》就成了典型的人物叙事了。可以作为上海文化标本来加以分析考察的，还有人，那就是陈书玉以及他们四小开以及那些与老宅发生关联的人与事。四小开中，陈书玉出身于一个富商家庭，家里过去是做码头和船运的；而奚子的父亲是大律师，自己也留洋，学法律，并学了油画；大虞的祖上是做棺材铺的，因此，对木工等比较熟悉，也接触到西洋的装饰物；朱朱的祖宗是做通事的，后来被砍了头。而且，朱朱家曾经的发达，也与其私吞陈家的财产有关。而冉太太，则是民族资本家出身。在上海滩上混的，还有妓女采采，以及做手工的女人。当然，这些人物还包括后来占据东厢搭建蚕食的无产阶级家庭和看门人，以及修房人等等。

这些人的身份，家庭状况，可以说是百工了。每个人都有身份，都有人生的阅历。《考工记》通过这些人物的引入，解析了上海的历史，以及在每一个历史断面里的文化。有做棺材的，有做律师的，有做码头的，有做缝补的，有做仆人的，有工人，也有交际花，还有围绕着这些人物的各种享受娱乐。

因此，《考工记》就是在做一项考古工作，只不过它不是发掘那埋在泥土中的古董，而是考索那埋在历史坟墓里的文化，作者通过文学性的叙述，一层一层地发掘着它在不同年代里的文化层，考察这些文化的渊源、脉络，以及最后的走向。通过文化层的考察，展现出历史的灰阑，展示了上海开埠以后，各路人马在上海滩发迹的历史。

三、人与屋的关系哲学

但是，《考工记》中人与屋的关系，不是分裂的，而是在叙述中被置于一个生命共同体之中的。人与屋之间，具有"双向建构性"。在作家的叙述中，是人建构了屋的形态，也是屋建构了人的形态。屋，也是生命的个体。作家就是要将人和房子，捆绑在一起来叙述。我注意到，主人公陈书玉对这座古宅，是缺乏亲情的，但是，偏偏各种机缘，让其他的家庭成员和侵入者，都离开了，他却牢牢地绑在这座房子上。可见的种种社会活动，造成了陈书玉和煮书亭的一种机缘，也造成了他与房子之间的命运共同体关系。可以说，通过作者的叙述，使得陈书玉和房子之间，形成了非常强悍的黏性。他的想离开，以及他的实际上的离不开，形成了物与人之间的关系张力。因为陈书玉离不开房子，也在文本叙述上形成了叙述的焦点。张生教授说，当陈书玉在"文革"中受到冲击的时候，倒是希望他重新回到重庆沙坪坝小龙坎，显然假如这样的话，陈书玉就可能永远离开了"煮书亭"，《考工记》对于房屋的叙述就将被打破。也有人说，冉太太将他去香港的表格都寄到了，他无论是为了情还是为了自身的处境或夙愿，都可以离开老宅，离开上海，移居香港。但假如这样的话，这部小说有关物与人的黏性关系，同样也就会被打破。一种文学的叙述伦理，在叙述中化作了小说中人物的磨磨唧唧柔弱不决断的性格，让他留了下来，最后陪着老宅一起走向死亡。次要人物，也与老宅发生着生命攸关的联系。朱朱，看上去与古宅关系最弱，但冉太太与陈书玉之间的若有若无的情爱关系，在叙述中形成了一个巨大的离心力量。这是要将陈书玉从古宅的漩涡中，拯救出来的最大的力量。而大虞，这个古董商人，正好充当了《考工记》之考工者的角色。作者通过他的眼光，将煮书亭的家具、书画、建筑形制以及建筑历史，都发掘了出来。而奚子呢，因为他的神秘存在，从而引出了"弟弟"、小李等人，而他们在煮书亭的保护中，起到了很大的作用。我们可以猜想，虽然弟弟说顺其自然，但假如没有他们的庇护，朱朱、大虞以及陈书玉，可能会遭受更大的灾难，而且，老宅可能早就被拆了。

在《考工记》中，存在着建筑与人的关系的哲学，那就是相互依存的命运共同体。没有人，建筑也就失去了存在的依据。尤其是没有人的审美，也就没有建筑的审美。在民间的感受里，人们经常讲，没有人居住的房子是容易颓圮的。人气养着房子，房子也养着人。人与房子之间在生命的维度上，是息息相通的。徐德明教授说，这部小说是"及物"的，其实，站在屋的角度，这部小说也是"及人"的。物，也就是这座老宅，与其中的人，有着同样的生命状态。这看上去有点像庄子的"齐物论"，当然齐物论指的是草木山川动植物在生命意义上的万物有灵。人们对人造物，往往将其视作人类主体的附着物，一般不将其视作生命的一部分。其实，人造物，比如说房子，比一般的山川草木有着更为浓厚的生命意识。因此，陈书玉不仅仅是老宅中的人，他与老宅在命运的维度上，是相互隐喻的两个同病相怜的文本。我摘录以下三段，就可见我所言不虚。"门里面，月光好像一池清水，石板缝里的杂草几乎埋了地坪，蟋蟀喞喞地鸣叫，过厅两侧的太师椅间隔着几案，案上的瓶插枯瘦成金属丝一般，脚底的青砖格外干净。他看见自己的影，横斜上去，缀着落叶，很像镂花的图画。""推开窗户，光线进来，三角的屋顶显得空廓，椽子排列，漆色还在，散发着幽亮。这宅子还有精气神呢！""忽又发现这宅子并不像以为的那么广大，走那么数十步就碰壁回头。也许茅草长起来的缘故，都在齐膝。下露水了，听得见沙沙声。湿润的草叶和草茎摇曳，月光四溅……"①

在《考工记》中，"人"与"物"的关系，实际上是一对怨偶。在其中的人，对老宅是缺乏恋情的。除了陈书玉，老宅中的人，祖父祖母，伯祖以及叔父、父亲母亲，以及姑姑，甚至是家里的仆人，都急吼吼地要离开这座宅子，他们或者是年老死去，或者是无法忍受老宅的陈腐和孤独而选择离开。所有的人，都对老宅没有多少亲情，而陈书玉对自己的父母也是如此。亲情的淡漠，导致了老宅愈加的衰老和腐朽。陈书玉不但对自己的亲人没有多少情感，对老宅其实也没有多少情感。陈书玉甚至对自己的生命也是提不起精神，也是没有多少情感的。腐朽的人和腐朽的宅子一样，有着一个衰老的心脏。陈书玉对于自己的生命状态，没有进取心，是放任自流的，对于老宅的命运其实也是放任自流的。他的态度，无论是对于朋友还是对于老宅，都是"尽人事听天命"，也就是他所称道的"顺其自然"。所以，老宅在各种人事纠葛中耽搁了修缮，以至于倒塌，看上去陈书玉好像是尽到了职责，其实，他心里高兴也未可知。因为只有老宅倒塌了，他才能"与汝偕亡"。

在这个意义上来说，《考工记》是有点儿现代性的时间焦虑的。《考工记》设置了两个时间，一个是老宅的时间，缓慢地往前迈着步伐，似乎知道它的终点是什么，就赖着不走，或者磨磨蹭蹭地走。二是老宅外面的时间，那是社会进化的大潮，急匆匆地往前赶，风风火火地向前奔。那个陈书玉，好像夹在两种时间之间，他想赶上社会发展的时间，但赶不上，回到老宅内，时间似乎停止了，但面对着外面的时间，又产生了无尽的焦虑。古典的时间和现代性的时间，就这样把陈书玉夹在中间挤压，直到他被腐蚀、风化，直至苍白死亡。他的处境有点像鲁迅所说的"历史中间物"。作为一个旧时代的人物，走入了新时代，他被强烈的阳光照散成为灰尘的命运，那是一定的。新时代扑面而来，旧人物终将消失于历史的深处。人是如此，老宅也是如此。当然，这样的启蒙者对于旧物的嫌弃，在小说的叙述中，化成了主人公对于老宅的厌恶和

① 王安忆《考工记》，花城出版社2018年，第6页，第182页。

急于离开或摆脱的心理。这种叙述，与巴金等在现代时期讲述"憩园"或"家"的故事是一脉相承的。

这种对于旧物的嫌弃，在叙述中，与主人公陈书玉和他的朋友大虞等对于老宅的保护，形成了意识和价值的冲突。在小说中，陈书玉只不过是没有地方可去，所以才申请对房屋的修缮的。而大虞，也只不过是出于一个古董商人的眼光，才非常欣赏房屋的文化历史价值的。至于后来叔伯以及妹妹等人，回来在房屋捐献中，要分一杯羹，当然更不是为了保护老宅。因此，对于老宅保护唯一有冲动的人，其实是大虞。老宅保护由此在叙述中才显得无足轻重。更确切地说，保护老宅的意识，来自创作主体出于对上海文化历史的保护意识。它并不是故事自然衍生出来的。也可能正是感受到了所有的人对于自己的薄情寡义，老宅才加速了它的朽坏，直至最后坍塌。

因此，启蒙意义上的旧物嫌弃与文物保护的珍惜，在小说的叙述中处于一种分裂的状态。这是文化寻根时代的小说叙述中，常见的一种分裂。但《考工记》也揭示了一个事实，那就是房屋中的人，感觉到痛苦不堪，住着老房子很难受，要走出去，可能如张爱玲所说的那样，穿着华美的袍，但爬满了虱子。而房屋外面的人，感觉房屋很奢华，很有文化价值，想着要保护，要走进去。这也是一个由现代性所塑造出来的文化宿命，一座永远解不开的"围城"。

四、"顺其自然"的叙述

《考工记》中，每当主人公陈书玉有什么棘手之事，找到"弟弟"的时候，"弟弟"都告诫他要"顺其自然"。这是小说中重复的比较多的一个词汇。

所谓的顺其自然，就是不违背自然之理，顺势而为，比如建筑要顺着自然的地形地貌和水源等来建造。其实，王安忆的《考工记》，在叙述上也是顺其自然的。顺其自然，并不是不做人工的营构，而是说，其营构不违背自然的走势。放在文学创作中，就是对文本进行精心设计和打磨，但又不显出人工雕琢的痕迹，显得自然流畅。人工之巧，与天工之妙相得益彰。王安忆的《考工记》就是一部经过精心打磨又自然生动的匠心之作。

就如同房屋的建造图纸一般，《考工记》的叙述重心在陈书玉和煮书亭。王安忆坚持了《长恨歌》中的以单一人物为线索的叙述方式。线索的单纯，使得小说至少看起来简单明了。在确立重心人、物之后，其他都是围绕这个承重主梁来搭建。陈书玉之外的三个小开，则是主梁之外的三根梁柱。他们既承担叙述的重要作用，但其作用显然不会超过主梁。他们在叙述上分担着架构的作用，同时又是传导各种社会力量的神经。而其他的人物，则充当着建筑的檩条和筒瓦的作用。各个角色（构件）之间，不越位，不缺位，各自承担着在叙述中应有的职责。

叙述的总体框架，在结构图式上，简单、明了，甚至透明，读者一眼就能看穿。但再简单的关系，都是由既定的卯榫将他们咬合在一起的。王安忆在安排人物关系，以及安排人物和物（房子）的关系时，体现了她的叙述智慧。除了陈书玉之外，其他的人物，什么时候出场，什么时候退场，都有着精心的设计。她会让这些人物在适当的时候入场，但她绝不让这些次要人物在她的叙述场境中，有过多的流连；当她或者他需要再次入场的时候，她一定会毫不犹豫地及时将他或她请回来。小说中多次提到一个建筑学名词，叫"接榫"，王安忆这部《考工记》在叙述上，其接榫艺术是非常高超的。奚子因为学过油画，所以能够识别老宅中窨井盖的文化成分。大虞，因为原来家里是做棺材铺的，所以能够识别出房屋中的榫卯结构，以及雕花样式和戏文内容。早期的身份介绍，在后文的叙述中，都起到了作用。再比如，弟弟这个人物，早年不过是一起到过小龙坎，后来无意中却为陈书玉安排了工作，在陈书玉和已经为官的奚子之间牵线搭桥。

《考工记》看上去，有着现在非常流行的方志小说和考据小说的风格。在王安忆的笔下，人和屋和历史，三者都是她的"考古"对象，但是，这三者作为"文学叙述文本"，又是融为一体的"建筑结构"，非常自然地融在了一体，称为命运共同体。人、屋、历史的关系，用作者的话来说，那就是"顺其自然"。顺其自然，是中国古人的一种处世哲学，它表达的是现实中的人，对于外在环境的服膺。在叙述人、屋和历史的时候，这三者的态度就是顺其自然。人、屋、历史，保持着若即若离的关系，各自尽人事听天命。其实，在叙述中，作者也似乎保持着顺其自然的心态。人与屋的关系设计，就如我前文所说的，内在接榫的严密，是颇具匠心的，但是，在叙述中，创作主体却并不显示强求的痕迹。当下的许多考古式小说叙述，考古的味道太浓厚了，而小说的味道很淡，究其原因，就是叙述手段和表现内容的机械结合，以及过度张扬的考古式思维。这就使得叙述不圆融，主体意识的过度流露，破坏了小说叙述的优美。

但是，王安忆给我的感觉是，她不是在写历史，而是借助历史之手，展示屋的结构，展示屋中人的精神构成及其嬗变。王安忆在写历史的时候，也充分地发挥了建筑美学的精神，如四小开，在政治层面上，各自的命运遭际，看上去比较松散，但总是在与政治历史紧密相连，在特定的时候，总会"接榫"。四个出身不同，性格各异的人，总是或明或暗地会与屋的命运发生联系，他们的处境，影响着屋的命运，有政治态度的人，与屋发生了"接驳"。假如说，陈书玉和大虞是屋的近距离的保护层的话，奚子以及小李、弟弟，则是屋的远距离保护层。

这种人事关系缜密的接榫，以及它的简单之风，也体现在叙述语言上。小说基本采用了古白话，古白话以白描见长，这也使得这部小说有一股子古朴之风，很少出现像现代西方小说那样的冗长的心理叙述。小说的叙述语句，大多都是短句子，与她前期那样的浪漫的抒情的偏重于心理化的叙述语言，形成了鲜明的对照。短句子，甚至还夹杂着文言的单字词，当然给人简洁爽朗的印象。但，《考工记》的短句子，其叙述却是繁复的，细致，精细。就如雕镂艺人的刻刀一样，她冷静地刻画，不肆张扬，但精雕细琢，体现出工匠的精神。《考工记》这部小说，在语言上也是很有特点的。小说采用短句子、单字词、文言叙述法等。就如同建筑上的雕花构件，看上去很烦琐，甚至絮叨，但又非常的简洁。没有浪漫、抒情和心理化的语言，总体上是古白话的风格，白描的手法。白描的语言具有陈述性、主观性的特征。在哲学上来说，其语言是"观物"的。因此，在叙述上我们可以看到，这部小说的语言没有浪漫，没有抒情和心理的大段叙述。而浪漫的、抒情的和大段心理化的叙述，正是中国现代新文学的特征。陈书玉等人，对于老宅的观感的叙述，是有技术性的。但正因为技术性的写实的描述，才将老屋的每一个历史时段的变化，精确地呈现了出来，才将老屋的颓圮过程，精确地记录了下来。因此，我说这部小说有着旧文学的特征，而这样的旧文学的叙述特征，放在当下的新文学的语境里，就给人一种陌生化的感觉。类似于古董再现的新鲜感，甚至是泛着异光的诡异感。这就是这部小说的先锋性的由来。这个叙述，与小说中的人、物以及环境是很"搭"的。它们之间的关系，是一种合适配比的产物。其也是整个这部小说情调和谐的构成部分，而从创作上来说，这是作家炼字、炼句、炼叙述的结果。人物和环境，都很絮叨，但是又如此的简洁，而不拖泥带水。这是一种很了不得的写作功夫。作家就像《核舟记》里的那个工匠一样，要在有限的空间里，来表现繁复的内容，这彰显了她非凡的艺术功力。

这部小说就叙述的表层来看，作者似乎在压制历史话语的表达。这种感觉当然来自我们对于宏大叙述的习惯，《考工记》所要讲述的是大历史下的小人物和老宅的命运，所以她不可能在大历史上有过多的涉及。其实，在小说的叙述中，当代宏大的政治历史其实是无处不在的。从某种意义上说，《考工记》其实是一部旧人/物的当代政治生活史。小说从1944年开始写起，写了每一个历史阶段，写了政治给人的生活的影响，写了政治给予物（屋）的结构造成的影响，隔壁人家的蚕食，瓶盖厂的建设、"抄家"，以及改开后发还家具，以及高楼大厦的雄起给老宅造成的相形见绌的局促感，给人和物造成的窘迫感。

既然空间是有限的，而又有着无限繁复的内容，她就要抓住肯綮，在不自由的空间里，来施展她的刀功，她的笔法。在人物的设置上，以有限的人物数量构成叙述的骨架，陈书玉是叙述的骨干人物，而外一圈就是其余三小开，再外一圈就是与四小开发生联系的人物，如朱朱的老婆冉太太，奚子的同志小李、弟弟，以及陈书玉的祖父祖母、父亲母亲、姑妈、妹妹，以及家里的仆人等。老宅和与老宅发生关联的人很多，人物的关系也很复杂。但是，假如把这种人物关系画成一幅人物关系图的话，你会发现它又非常的简洁明了了。这种人物关系图，其实也就是人物层面的建筑图纸。它的框架非常的清晰，尽管它的内部可能有着难以想象的复杂。人物之间的关系的接驳，也很有逻辑，在《考工记》中，没有任何一个人是天外来客，没有任何一件事是意外发生的。在小说中，看上去这些人与人之间的关系，以及人与物之间的关系，都有宗教上的"因缘"的感觉，但作家在建设《考工记》的文本这座建筑的时候，建筑构件的接驳或接榫，总体构图的把握，却是很技术性的，有着工匠的细心和严谨。

从容的不紧不慢的叙述节奏，半新半旧的叙述格调，新时代步伐很快轰轰隆隆地来，旧时代悄无声息地缓缓地去。两个时代的步向不同，一个向着未来，一个向着过去。陈书玉和煮书亭只能被动应对。它们在历史的特定时段，打了个照面，发生了关联。不过，新时代到来的那轰隆隆的声音，传到了陈书玉和老屋这儿的时候，也只是化作了疲沓的回应。于是产生了一种韵味，从时空的角度来描述就是，既在一定距离之外，又无比的贴近。①作家压制着过往的扩张性的表达方式，怀着悲悯在静静地叙述。她既贴近历史，又与其保持着舒适的距离，顺其自然地讲述着陈书玉等四小开们的关系，讲述着老宅的颓圮过程，甚至是社会历史的演变。这种顺其自然的叙述意态，给这部小说带来了一种自然而舒适的叙述韵味。

在阅读《考工记》的时候，我无法不将其放到王安忆的创作史上，

---

① ［德］瓦尔特·本雅明《机械复制时代的艺术作品》，王永才，译，城市出版社1993年，第9—10页。

进行比较和品味。王安忆的上一部作品《长恨歌》已经是比较沉静的叙述了，而我感到，这部《考工记》比上一部更加的沉静；假如将其与当年的王安忆的创作相比较的话，当年的那个抒情的少女作家，当年的那个躁动的少妇作家，经历过这么多年的风风雨雨，如今已经蜕变成了一个意态从容的中老年作家了，无论是对于生命的生死契阔，还是世道变迁的快与慢，都能够从容面对了。顺其自然，是她在这部《考工记》中所表现出来的生命态度，也是她的叙述情怀。

（原载《中国当代文学研究》2020 年第 5 期）

乡村少年"残忍"的成长记忆

——评何世华的两部少年成长题材长篇小说

在当今的创作中有着太多的天真浪漫的少年题材的小说，但何世华却向我们展示了完全不同的乡村少年的成长生活。他在新世纪发表了两部长篇小说，《陈大毛偷了一支笔》发表于《收获》2007年第4期；《沈小品的幸福憧憬》发表于《小说月报（原创版）》2010年第5期。这是两部青少年成长题材的小说。两部小说通过乡村少年的成长过程，揭示他们成长中的人性张力，和社会道德责任缺失所造成的恶劣后果。在这两部小说中，虽然作家所给予的时代背景不同，但他所揭示的乡村少年的社会结构和人性样态，却同样是令人深思的。

一、乡村少年的社会形态和人性现状

英国小说家戈尔丁在著名的长篇小说《蝇王》中，将一群少年主人公流放到一座被文明和理性遗忘的荒岛上，他试图通过这种相对封闭的环境来考验和展示人性的善恶分裂。在戈尔丁看来，封闭的荒岛有益于激发出人类本性中生物性的、野蛮性的一面，有利于作家把握理性与蛮性之斗争的每一环节。何世华的《陈大毛偷了一支笔》和《沈小品的幸福憧憬》也有着类似的"荒岛"。只不过，他将荒岛置换为特殊时代背景下被文化隔绝的所在——"学校"，或者说一个与外界缺乏沟通和交流的"少年社会"。

何世华叙述中的两群少年，一个是二十世纪六七十年代的陈屋小学的学生们，一个是二十一世纪第一个十年的沈村小学的学生们。这两个分别以陈大毛和沈小品命名的少年群体，上学是他们缔结为群体的机缘，但是，学校的忽视、家长的忽视、以及整个社会的忽视，使得他们不但远离学校，远离家长，也远离社会，形成了一个类似于荒岛式的孤独成长的存在样态。

这两个少年群体内部，有着自己独特的人际关系和权力关系。请看这个关系矩阵图：

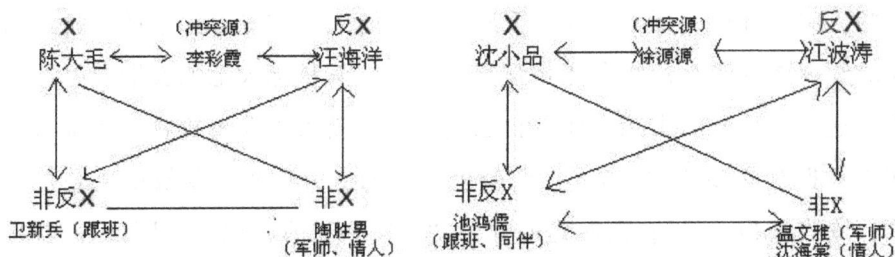

```
    X      (冲突源)      反X              X      (冲突源)      反X
  陈大毛 ←→ 李彩霞 ←  汪海洋          沈小品 ←→ 徐源源 ←  江波涛

  非反X ──────────── 非X            非反X ──────────── 非X
  卫新兵(跟班)    陶胜男            池鸿儒            温文雅(军师)
                (军师、情人)      (跟班、同伴)        沈海棠(情人)
```

马克思说："人是社会关系的总和。"要展示人性的样态，就必须揭示人物之间的关系。在何世华的两部长篇小说中，都是以一个男性少年——陈大毛或沈小品为叙述中心，而围绕着这两个少年，则构成相似的激发人性的人物关系。从这两部作品的人物结构的符号矩阵模型可以看到：两群少年几乎处于一个封闭的系统之中，即使偶有外在因素的干预，比如老师、家长的介入，也只不过是起到了催化器的作用。

这两群少年已然形成了自行运转的社群组织，并有着自己的组织结构。在这个社群里，存在着两个以上相互对立的团体和派别，每个团体和派别都有一个高高在上的统治者，也都有着默默无闻的被统治的"臣民"。对立的团体，相互攻讦，也相互消长，并最终形成一个相对稳定的社群。每当平衡被打破，就会出现权力的颠覆，正如政权的交替、更迭。《陈大毛偷了一支笔》中的卫新兵和陈大毛原来都是汪海洋一派的"臣民"，但陈大毛后来利用各种手段控制了卫新兵，打败了汪海洋，成为这一少年社群的头目。《沈小品的美丽憧憬》中的最初控制者是江波涛，但他后来也被打倒，沈小品于是成为统治者。每个统治者都会利用各种手段笼络自己的追随者，陈大毛控制了卫新兵，将他挖到了自己的麾下，变成自己的间谍和军师；沈小品也将池鸿儒变成了自己的跟班。不仅有男性追随者，还有女性追随者。陶胜男、温文雅分别充当汪海洋、江波涛的"女军师"；而后来随着陈大毛和沈小品的地位的稳定，她们又都改换门庭，成为了新统治者的女将军。何世华通过陈大毛和沈小品，揭示了一个成长少年群体内部的关系政治。

在这个少年社会中也有着自己的生存法则——弱肉强食的"丛林"法则，如森林里的野兽一样。卫新兵抓住陈大毛"偷"钢笔的把柄，将他的红薯据为己有；汪海洋是强势的老大，就将陈大毛的女朋友强行夺来。这个小社会的头儿，凭着自己的武力，就可以获得食物，也能吸引或强行据有众多的"女人"。而当受压迫的一方积累起足够的力量的时候，则成长为"王"；而原先的那个"王"则又演变成了"臣民"。江山易帜，权力更迭，当然也引起了少年群体内部人员的重新站队。血腥"战争"的胜利或失败，才是他们登位和退位的唯一理由。为了获得社群的统治权，这些少年往往不择手段，诸如告密、家庭背景炫耀、金钱引诱、美人计、武力征服，甚至丑陋的外貌的恐吓。备受欺凌的陈大毛，就利用他受伤后的丑陋外貌，以及练过的拳脚，达到了实现"复仇"和控制群体的目的。小说通过陈大毛地位的戏剧性的转变，展现了少年社群内部权力更迭的全部过程，和恐怖的运行机制。

在这样的丛林法则之下，陈大毛和沈小品们的恶的人性本能被激发：他们追求物质欲望的满足；追求性欲望的满足；也追求残忍的控制欲望的满足。在这两部小说中，物的符号则分别是"钢笔"和"气球"，它们鼓荡了两位少年主人公的原始欲望。在物质匮乏的年代，对连练习本都要用铅笔来来回回写好几次的陈大毛来说，钢笔就是奢侈品。这种对物的渴望是人性所致、人之常情，在某一时期内就是陈大毛的"幸福"所在；然而短暂"幸福"带来的却是一系列的罪恶。陈大毛被"钢笔"

拖入了"异形";沈小品也几乎是被"气球"带入了人格的变异。同样将陈大毛和沈小品们拖入异形的还有他们日益成熟的身体。李彩霞、徐源源就分别扮演了两个年代主人公的性幻想对象。但是美好的性萌动，却在恶劣的竞争中，被随意地毁灭。他们不知道怎样去表达自己对于异性的好奇和幻想，只能用毁灭的方式，将美好变成了对同伴的丑陋的伤害。陈大毛、沈小品们在孤立的环境中成长，他们的人性在畸变，恶在不断地膨胀。他们叛逆，仇恨，消沉，堕落，扭曲。读者尤其惊异于作品中主人公们的仇恨。他们被伤害，于是疯狂地复仇；不但将仇恨洒向伤害者，也洒向所有的人。他们相互伤害，相互复仇，甚至也伤害自己和向自己复仇。他们暴虐，自虐也他虐。他们所身处的环境培养着他们的暴力人格。沈小品朝着空中的气球举起了仇恨的弹弓，他挥舞着菜刀冲向勾引他母亲的男人；陈大毛似乎是有意将自己脸弄伤，他和汪海洋对于侮辱女老师都有着狂欢式的兴奋。两部小说中都有大量的施暴情节。施暴是可耻的，但是以"复仇"的名义和扭曲心态下的施暴，非但不可耻，反而"光荣"。何世华正是通过大量的施暴场面和情节的叙述，揭示了良善人性休眠的恐怖。

在这个封闭系统中，生命不被尊重，命运似被玩弄，生存在一种近乎荒诞的方式中。正走入青春期的少男少女，他们的生命本能，尤其是恶的本能，肆意地发挥。没有约束，也没有向善的培养。因此，"一切似乎都是不可逆转的，并且以很快的节奏向前行进着"。沈小品在自己遭遇各种挫折和施行各种恶行之后，他试图去找回父亲，找到关爱，找到亲情，跳出这个怪圈，但他可怜的"憧憬"却遭遇了更大的挫折。成长中的少年处于走出"围城"的困境之中，即使有的长大走出"孤岛"，而又会有更年轻的群体将孤岛维持下去。其实，沈小品好像走出了这个孤岛，极大地接近了他的"憧憬"——城里人的生活，但他的那个"憧憬"就如同那个气球一样是如此脆弱和不堪一击。

陈大毛、沈小品们所身处的社会以暴力衡定个人，他们一开始并不愿意沾染着这个社会，但是他们每个人都无法逃离这个社会对他们的吸附，最后便只能依照着社会的游戏规则行事。他们只能选择在这个社会中放纵人性恶的欲望，沉沦在恶浊的社会中迷失自我。陈大毛们"太像'超人'了"，"在这种夸张和虚构的故事空间中，那可怕的恶的爆发力，简直已经偏离了人性。"①

人性之论，中外哲学史上有过诸多说法，但无论认为人性向善还是人性本恶，都不曾否认人性的成形与社会环境之间的关系。荀子认为"人之性恶，其善者伪也"，人性本恶，善德良性在于有事人为。这种对于人性本恶的论调，不独在中国，西方也有。英国小说家戈尔丁在小说《蝇王》中就通过一群少年在荒岛上的冲突，揭示了"人性的缺陷"——野性和邪恶。当代作家何世华，显然受到戈尔丁的影响，他亦是这一性本恶论的接受者，他的小说尤其是长篇小说的题材和构思，也多少带有点戈尔丁的痕迹。

二、社会——人性恶的加速器

沈小品和陈大毛少年群体的人格畸变和人性病变，有着少年成长中的人性本能的缘由，但是，社会责任的缺席，以及社会对于他们向恶的培养也起到了很大的作用。何世华在表现乡村少男少女人性之恶泛滥的时候，其目的却在于"要从人性的缺陷中追溯社会弊病的根源"。②

两部小说所给予的社会背景是不同的，《陈大毛偷了一支笔》被放在了"文革"时期；而《沈小品的美好憧憬》则被放在了改革开放的八十年代。无论是什么样的时代，陈大毛和沈小品们的生活语境，都是偏僻的乡村和几乎无人关注的乡村小学。但是，不管怎样的偏僻，政治和商业经济都浸入了乡村人们的价值观念，并毒化着人们的人际关系。

《陈大毛偷了一支笔》主要凸显的是社会政治权力，及其对于少年们

---

① 晓南《看〈〈收获〉"五十周年特辑"》，《西湖》2007年第12期。

② 《陈大毛偷了一支笔》引述了英国小说家戈尔丁《谈〈蝇王〉的主题》一文中的语句作为题记。

的毒害。陈大毛生长于"文革"时代，作为村治保主任的父亲，给了他关于政治及其权力的恶劣的范本。小说叙述了"文革"时期贫下中农和地主的成分划分，以及地主受蹂躏，贫下中农任意胡作非为的历史。其中"分鱼"的情节最具有震撼力。在陈屋生产队摸鱼和分鱼的过程中，陈大毛和卫新兵在摸鱼中争鱼；而后陈大毛利用父亲的治保主任的身份，将最大的鱼从"四类分子"卫老二手里夺了过来。而且，在分鱼的过程中，治保员、生产队长、会计形成统一战线，很轻易地把卫老三抓阄抓到的那条大鱼给了陈宝贵，并瓜分了他的其余小鱼，事件最终由卫老三打了儿子更多个巴掌而结束。堂皇的阶级斗争的外衣下，掩盖着的是弱肉强食的丛林逻辑。分鱼事件给予陈大毛和卫新兵的经验是，可以利用冠冕堂皇的政治获得私利，整治对手。社会道德的失序激化着孩子们内心的仇恨。"分鱼"的第二天，由于卫新兵的报复，陈大毛就因违反了《三大纪律八项注意》的第七条"不许调戏妇女，流氓习气坚决要除掉"而被所有同学排挤、耻笑。尤其到了"文革"时期，这些少年都被卷入了其中。当批斗生产队长的时候，卫新兵们就趁机向他抛石头，发泄自己的仇恨；当批斗知识分子的时候，他们就在造反的口号下疯狂地报复老师。

而《沈小品的幸福憧憬》则凸显了商业价值观念，对于乡村生活和对于少年们价值观的扭曲。沈小品所身处改革开放的时代，但是城市的繁荣却让乡村变成了被人遗忘的角落；而且商业经济的发达，更反衬了乡村的贫穷。对于金钱的追逐，也腐蚀着乡村的人们。在物质因素被放大的现代社会，巨大的生存压力使得人们与金钱的纠葛愈演愈烈，绝大多数时候人都处于被统治地位。日出而作日落而息的农业生产无法满足日益增长的物质欲求，为了给下一代创造更好的成长环境和教育条件，沈和平们出于无奈离开农村去做城市阶级里最底层的农民工。父亲的离开，使得沈小品彻底陷于孤独。而且，商业时代恶俗糜烂的乡村文化更是毒害着沈小品们的身心。沈小品所生活的当下农村也早已不复往日的平静，城市化进程的加快，性教育光碟片、游戏机等新兴娱乐元素的传播也在侵蚀少年们单纯的思想。沈小品是一个新时代的"留守儿童"，而留守儿童本身就是一个由城市化进程导致的特殊群体，他们在青春期缺少了父母的监护及教育，这不仅造成了身体的营养不良，更为重要的是缺少了在心理成长道路上的正确引导。沈小品的父亲沈和平在妻子汪满月的要求下外出打工以谋求更多金钱来供孩子念书和重建房屋，而妻子汪满月随后也去镇子里卖鸡蛋，这使得沈小品从父母建造的坚实堡垒里解脱出来，并试图进入江波涛、温文雅等一群"坏孩子"的圈子。而江波涛、温文雅等一群整天在外游荡、逃课厌学的孩子们也同样都是留守儿童。

还有孩子们身边的社会，他们的父亲、母亲和老师，这些围绕着他们的伦理角色，不但没有承担起应有的伦理责任，反而给陈大毛和沈小品们提供了走向成熟的恶的模本。

陈大毛和沈小品的父亲分属于两种不同类型的父亲角色。陈大毛的父亲，是一个荒淫的暴君形象。他所给予陈大毛的是对于他人的暴力驾驭和对于女性的奸淫。作为政治权力的符号，他让儿子认识到了权力的魔力。这个村治保主任，耍弄权力抢占妇女，霸占别人家的财产。他的自私和颠顸，引导着陈大毛对于权力的追求。而沈小品和卫新兵的父亲，则是一对软弱的角色。卫新兵的父亲卫老二为政治身份所阉割，而沈小品的父亲则为贫穷所阉割，他们没有男性气概，他们软弱，萎缩，不能保护自己的妻子也不能保护自己的儿子。他们的卑微，对于卫新兵来说，让他自始至终像父亲一样，充当着狗一样的卑琐的角色；而沈小品，则陷入了对于"真正"的父亲的寻找，或自己施行暴力，在自己身上寻求心理补偿。同样道德失范的还有教师。这两部小说中的"人民教师"的形象都是颠覆性的。沈小品的班主任洪海滨是沈村小学的统治者，他喜欢用暴力和离间计对付学生，他不但蛮横无理，还经常利用自己的职权作威作福。孔秀丽和马前进同样占有陈屋小学的权威话语权，孔秀丽不但言而无信，而且不讲道理。陈大毛目睹两位老师的性行为，沈小品也目睹了自己母亲的偷情。陈大毛的父亲利用权力占有女人、他的班主任老师孔秀丽和她的情人体育老师马前进、沈小品的母亲汪满月及其情人沙万春，都充当了陈大毛、沈小品和其他孩子的性启蒙老师，也都诱导着他们过早的成熟和对于性的丑恶感。

权力欲望的摹本也来自于社会。暴力教育的结果，就是更大的暴力；暴君的臣民的未来，也一定是暴力。陈大毛的父亲陈宝贵当年在恼羞成怒之后将钢笔钉在儿子的脸上；而他的儿子陈大毛最后也变成了与他一样的暴虐的团伙首领。性道德的失范，所造就的也只能是性暴力。陈大毛的同伴们用暴力的形式，在他们的同学孙晶晶的身上表达着对于异性的好奇；而孙晶晶也通过暴力的形式对她的同学陶胜男进行性的复仇；陈大毛和他的臣民们在"文革"的造反声中，撕碎老师孔秀丽的衣服，抖出她的丑事，羞辱、侮辱和殴打她，其野蛮已经令人发指。而沈小品班上的班长沈海棠更是一个早熟、懂事的姑娘，但因为缺少父母看管，她竟然和一同放牛的老头鬼混，以致最后怀孕退学。

失范的性欲望、暴力和权力，提供了恶劣的范本，造就了这些少年的暴力欲、控制欲和肮脏的性欲。何世华书写了陈大毛和沈小品们野蛮而疯狂的成长过程，揭示了人性的恶的"社会弊端"。恶劣的成长环境是陈大毛和沈小品人性恶一面膨胀的主要原因。

在小说的叙述中，悲剧的制造者的责任无疑被推给了故事发生的背景，为"文革"时代所搅乱了的社会和被城市化进程所遗弃的乡村。正是如此，这两部小说具有了揭示"社会弊端"的现实主义的历史批判的精神。

三、"乡村少年"叙述者的人道情怀

《陈大毛偷了一支笔》和《沈小品的幸福憧憬》虽然运用夸张的手法，展现了乡村少年人群的极度的人性的恶，和恶浊的社会对这些乡村少年人性恶的催化；但是，这两部小说依然给予这些为恶的人性和社会所裹挟的少年以微茫的光色。在这两部小说中，故事的线索一个是一支

钢笔，另一个则是一只气球。"钢笔"和"气球"，也是这两部小说带有符号性的象征意象。它们是少年陈大毛和沈小品的渴望，而这个渴望是与知识和美好向往相联系的。

但是，就是为了这样的带着些许稚气的追求，这些乡村少年吃尽了苦头，被殴打，被怀疑，差点死掉，甚至被拖入万劫不复的人性恶的深渊之中。这样的美好追求，对于陈大毛和沈小品以及乡村的孩子们来说，其实并不过分，甚至有点儿可怜；但是，他们为此付出的代价却太大了。陈大毛几乎在偷钢笔事件中走向了毁灭，他的同学孙晶晶被当众侮辱，而侮辱她的陶胜男也在她的报复之下受到了更大的侮辱；而沈小品也为了追求那似有似无的气球而九死一生，他的一个女同学甚至被放羊老头给诱奸了，他的一个被称为"老大"的同学因报复而被判刑了，他的一个同病相怜的同学因为与他一起到城里寻找父亲而永远消失了。

当陈大毛和沈小品们对外在的世界和自己的身体充满了好奇的时候，没有人告诉他（她）们怎样地正确地对待；反而以恶劣的示范，引导着他们一步步地走向深渊。正是孔秀丽和马前进老师的私情，沈小品母亲和别人的偷情，让这些懵懂的孩子知道了性爱。他们就在这样的环境中，顽强而又野蛮地生长着。没有亲情的关爱，以至于他们亲情冷漠；没有教导，以至于他们将仇恨向老师发泄；没有友情，以至于他们相互之间算计、伤害、虐待、报复。

本该美丽的生命消逝了，本该健康的生命扭曲了。陈大毛和沈小品们的身上也许有着令人厌恶的恶，但是他们的境遇却又令人无比的同情和心痛。看到这些孩子，为了这些许渴望而付出如此之大的代价，不能不对他们产生无尽的同情。而这两部小说的现实意义也就在此得以彰显：正是乡村的过度贫困，以及他们周围充斥着的恶俗和卑劣的人性，致使这些少年微渺的期望都不能实现。

在这两部小说中，《陈大毛偷了一支笔》是纯粹悲剧性的，它通过陈大毛的偷笔事件，展现了一群成长中的少年在人性恶之中沉迷，一点微茫的希望的亮色也没有，一点微茫的良善也被恶所泯灭。而《沈小品的幸福憧憬》却有所不同，它在展现沈小品类似于陈大毛的恶行的同时，一直没有放弃对于希望的叙述。小说通过对沈小品到城市里寻找父亲的反复叙述，表现这个乡村少年对于希望的执着追求。他执着地要离开自己深陷的乡村而去寻找另一个世界，虽然他为此付出了惨痛的代价，虽然他所向往的城市也未必是幸福之所在，但他的心中却有着希望在。小说还通过沈小品回到乡下之后"突然"的长大的情节，让极有可能走陈大毛之路的沈小品，脱离了吸附他沉沦的少年群体。这样的情节，在人物性格的逻辑上也许存在着不合理性，然而，正是这样的人生"逆转"，却表现了作家对于乡村少年的美好的期待。沈小品的"突然"长大，在情节逻辑上虽然是突兀的，但是，他的故事却让读者看到，乡村留守少年的成长只能靠自己。

　　陈大毛和沈小品等乡村少年的孤独成长史，实际上发出了"救救孩子"的呼声。父母和社会责任的缺失，使这些正处于成长中的陈屋小学和沈村小学的孩子们，成为不折不扣的被遗弃的孩子。他们本该受到保护，但是老师和父母以及社会不但不保护他们，反而给予伤害。当我们看到陈大毛被他的父亲将钢笔钉在脸上的时候，我们不能不谴责这样的残暴的父亲；当我们看到沈小品的父亲丢下孩子去城市打工的时候，我们不能不谴责他对于孩子的"遗弃"；当我们看到可怜的陈大毛就因为无意中拿了同学的一支钢笔而被裹挟进无尽的灾难的时候，我们也不能不谴责学校老师的冷漠；当我们看到沈小品的同学因为早熟而为放牛老汉所诱奸的时候，我们也不能不谴责这个社会的残忍。同样，这些少年之间本该有着友好友爱的关系，他们的生活和生命本该天真烂漫，但是，却彼此仇恨，暴力相向，设计陷害。他们每一个孩子既是"害人者"又是"受害者"。他们彼此伤害，社会又加以伤害，这些乡村少年受到了从肉体到精神的全方位的伤害。我们不能不为这些孩子的生命处境，而愤怒和同情；尽管他们的身上有着令人憎恶的过早的成熟和人性的恶，但是，这些过早的成熟和人性的恶，是"社会弊端"使然。

　　这两部小说显然受到了新时期先锋文学的影响，尤其是在暴力叙述方面。那个超越性的叙述者，在小说的故事中，充当着冷静的旁观者的角色。他面对着陈大毛和沈小品的人性挣扎的时候，他面对着这些少年受到伤害的时候，他冷酷地看待一切，似乎毫不动容，读者甚至可以从细致的暴力描写中看到了对于暴力的狂欢。这些旁观的叙述者，显然也在有的时候化入主人公陈大毛和沈小品的身上，伴随着他们一起跳跃着丑恶的舞蹈，但是他又总是让他们在施行恶行的时候，保持着若干善的矜持。作家正是通过陈大毛和沈小品这两个人物，叙述他们所看到的暴行，这使得他们既身处其中又超越其外，从而达到"回顾"乡村少年人生的目的。

当陈大毛和沈小品们回顾他们自己的少年成长历程的时候，如此不堪的人生，一定令他们感伤不已：本该享受天真烂漫的童年和少年时代，却变成了黑暗而残忍的痛苦记忆。这是一场黑色的幽默，它只有荒诞和黑暗，没有幽默和快乐，而且每一次忆起，都会深深地剜着人心。

也许人的成长都需要经历这样的一个过程，但是"文革"少年陈大毛和"留守"少年沈小品未免所付出的代价太大了。作家何世华在展示这两个乡村少年的人性恶生长和社会之间的关系上是存在着矛盾的，但是，在他诗性的书写中，我们感受到了他对于乡村少年残忍童年的人道主义关怀和一丝温暖。

（原载《安徽文学》2013 年第 11 期。合作者：胡妍）

父亲身影中的当代乡土伦理嬗变

——评赵宏兴长篇小说《父亲和他的兄弟》①

十多年前，读过赵宏兴的一部诗集《身体周围的光》。他将"阳光"比喻成"装修工"，感觉那诗作在朴实中蕴含着现代派的沉思的鳞爪。在我的感觉中，他就是一个典型的诗人，尤其他的那个笔名"红杏"，总让我禁不住联想到颜色缤纷的女诗人。诗人从事小说创作的并不是很多，但一旦他们操作起小说来，其叙述起来往往也就诗意灿烂了。因为，诗歌是所有文学的底子。赵宏兴就是一个以诗人的身份创作小说的作家。戊戌年的春节前后，奇怪的天气裹挟江南，梅花等各种花草，在跌宕起伏的温度中，几度开放和凋谢。而我也在这个花草被折磨得死去活来的春天里，不经意中读到了足以给我带来慰藉的署名赵宏兴而不是"红杏"的长篇小说《父亲和他的兄弟》。

一、纪年模糊的当代乡土社会的生活史

长篇小说《父亲和他的兄弟》共有九章——父亲、兄弟、供销社、苦鸪命、伙牛、挂面、借钱、土地、下杜村。各章大体独立，有一个相对完整的故事。有点类似于赵树理的《小二黑结婚》，或者萧红的《呼兰河传》。但《小二黑结婚》是以事件为中心的，而《父亲和他的兄弟》

① 赵宏兴《父亲和他的兄弟》，中国书籍出版社2018年。

则是以人物为中心的。同样以人物为中心，萧红的《呼兰河传》却写了众多的人物，而《父亲和他的兄弟》则整篇围绕父亲这一中心人物来叙述，虽然故事也有很多，却有一个核心纠葛，那就是父亲与小叔的矛盾冲突。萧红的《呼兰河传》缺乏时间的线索特性，而《父亲和他的兄弟》则与"传记"非常地相像，从解放初期一直讲到"改革开放"，通过插叙又介绍了父亲的父亲，以及父亲的出生，父亲到供销社供职，父亲的初恋，以及父亲辞职回乡后、直至老年的乡村生活经历，近乎讲述了父亲完整的人生过程。

从小说《父亲和他的兄弟》各个章节之间的关系来说，似乎有点散。但跳跃式的讲述，避免了时间线索中太多庸常和无意义事件对叙述的牵绊，有捡重点说的好处。"伙牛""挂面""借钱"等章节，时间有模糊不清，或重复的成分，但当"土地"一章的到来，立刻让时间的流程豁然开朗。以"我"为叙述者的回忆性叙述，通过"我"作为角色的介入，将所有的故事融合成了一个整体。

长篇小说《父亲和他的兄弟》是去情节化的，也是非故事性的小说。虽然在单独的章节中，比如《伙牛》《借钱》《土地》中，都有一个完整的故事，也有故事的跌宕起伏和戏剧性变化。但作家并不追求戏剧性氛围的营构，也不追求情节的逻辑性勾连，而是如一个经济学家，通过自己的叙述，讲述了前当代中国乡村社会的种种生产方式。比如《伙牛》细致地讲述了分田到户几家合伙养牛，以及父亲的犁田技术，养牛的方法和前后两次伙牛的分分合合；《土地》讲述了分田到户从丈量土地到抓阄的整个过程，以及宅基地置换的悲喜剧；《挂面》则讲述了下杜村请外村手艺人做挂面的故事，以及后来在"割资本主义尾巴"中戛然收场的结局；《苦鸪命》还讲述了乡村建房上梁的歌唱以及内心的喜悦和骄傲。在乡土生活生产方式的讲述中，作家对吃食尤其情有独钟。在《供销社》中，作家讲述了供职于供销社的父亲的吃食，以及父亲及其初恋情人每天省一点饭食晒干后救济家里人的故事，以及爷爷饿死以及大伯为殁人浊气熏死的情状。在《挂面》中，作家津津有味地讲述了挂面这种生活技艺，讲述奶奶生病被一碗挂面治好的神秘传奇；在《土地》中，作家讲述了母亲将刺槐花做成令人馋涎欲滴的美食的过程。

小说《父亲和他的兄弟》有着显著的淡化时代背景的倾向，但是，通过这些生产方式和生活方式的讲述，我们还是能够很明显地感受到时代和地域文化所打下的烙印。同时，作家所讲述的乡村生产方式、生活方式，生产技艺、生活技术，并不是技术性的呈现，而是把它们作为父亲母亲以及乡邻们的生存艺术，融入了他们的人生日常之中。在赵宏兴所呈现于叙述中的这些生产方式和生活技艺中，我能够感受到我的江淮分水岭地区的父老乡亲的大欢喜和大悲哀，我能够感受到他们在特殊年代的歌哭和挂在沧桑脸颊上的泪水的凉意；我更能够感受到我的父老乡亲们的苦中求乐的生存意志。

所谓"技者，道也"。赵宏兴的叙述，真是有点汪曾祺的味道的。但汪曾祺的叙述中多少有着几许绯红的浪漫，而赵宏兴的叙述较之更多了几分苦涩和苍茫。小说《父亲和他的兄弟》自然的情节化或者回避整体情节性的艺术追求，使得整个小说如同一条乡村的无名小河，自然自在地流淌，与优美无缘，但却天然、质朴，也宛如我江淮分水岭地区的土地和父老乡亲的相貌和性格，其貌不扬，但沉静之下涌动着热烈。作者将诗歌的品格注入到历史语境下的日常生活书写中，使得小说在厚重的故事外壳下有了诗歌的清逸气质，更显得韵味无穷。小说《父亲和他的兄弟》不是一部让读者陷入情节欲罢不能的小说，但绝对是一杯饮后令人不觉回味、沉思的佳茗。

二、中国当代乡土社会的伦理史

父亲，在中国文化中，是绝对意义上的伦理尊者。正因如此，以儿子的身份来写父亲又似乎是儿子的责任，所以在文学史上非常常见。书写父亲，无论是在中国文学史上还是在世界文学史上都非常普遍，尤其是儒家伦理文化主导下的中国文化中，父亲更是被讴歌的尊者。父亲，是长篇小说《父亲和他的兄弟》中的"传主",整个小说的中心人物。

父亲的人生,是这部小说的中心故事。这部小说也可以说是以儿子的眼光给父亲所写的一部传记。父亲在中国伦理文化中的意义是毋容置疑的。小说中的父亲命运多舛,有着苦鸹命,他屡次三番想重返公职,但都阴差阳错,差之毫厘。他孝敬父母,为人赤诚,尤其是对自己的家庭,对自己的兄弟,对自己的儿女。作为长兄,恪尽职守,但却为兄弟所羞辱,受尽屈辱,但他依然对生活充满了乐观情怀。这是一个具有忍耐精神的父亲形象,一个受尽苦难的父亲形象。父亲对自己作为长子的文化身份的认同,让他自愿承担起了拯救家庭的责任。放弃自己的工作,放弃自己的爱情,牺牲自我,保全家庭。他对自己作为儿子和兄长的身份的坚信,让他自觉承担了自己在家庭中的伦理责任。

父亲在中国文化中从来就不仅仅是一种生物性存在,同时更是文化性的、精神性的象征。父亲在《红楼梦》中,比如贾政,是个凶神恶霸般的家族威权的角色。但那个时代里,父亲崇拜是父亲作为家族威权的基本保证,即使父亲的威权受到质疑。而赵宏兴笔下的父亲,则让我想起了巴金小说《家》中的大哥高觉新。在那个时代,父亲的形象已经沦落,他已经成为文化中受嘲弄的对象,鞠躬尽瘁但楚楚可怜。与五四新文学普遍的审父不同,赵宏兴笔下的父亲,不仅仅是令人同情、理解的对象,而且是一个某种程度上值得崇拜的对象。在这部小说中,父亲虽丧失了作为长子的威权,但他仍能时时处处在遭遇弟弟的蓄意挑战和羞辱的情况下,苦苦撑持,着力维持。变换了道德视角的父亲,是令人尊敬的。而且,值得尊敬的不仅仅是他作为父亲的角色,而且是作为一个知识分子,作为一个人,他在苦难中委曲求全。父亲虽然身份低微,但不管生活怎样作弄他,他自始至终保持着一个善良的心性。在赵宏兴的叙述中,父亲的性格是稳定的,苦难中保持善良的秉性,不为苦难的裹挟而变质。

根据传统的性别角色的规约,身为丈夫/父亲的男人最重要的就是他必须是一个家庭的供养者,这一角色的扮演保证了男人作为一家之主的尊严和主体地位。在小说中，父亲最隐痛的是丧失供销社公职，在农村里又不精通农活。从文化意义上来说，工作是男性或者女性社会身份地位得以实现的基本保证，而父亲恰恰在这方面有着"先天不足"。在特定时代的中国农村中，不能干农活，无疑是父亲遭到小叔轻视并丧失兄长威信的重要原因。在叔叔对待父亲的无情中，蕴含着他对于长子强势地位的挑战。在叔叔的挑战中，父亲遭遇到了作为长子的身份危机，遭遇到了从中心到边缘的失落与迷惘。作为一个辞职回乡的乡村知识分子，对农活不那么精通，但是他很聪明，很多农活一学就会，犁田、养牛、挂面。他在对农活的学习和熟练之中，一直试图重建这种中心位置，重建自己的身份，也重建他与小叔之间的伦理关系，但可悲可叹的是，他的每一次努力都以失败告终。

作家赵宏兴没有将父亲放到大时代的风云变幻中，而是将其置于乡村的日常事务中。在非戏剧化，非传奇的叙述中，塑造了一尊虽不高大但可歌可泣的父亲的形象，一个既与中国儒家文化有着血脉联系，又有当代中国乡土特色的父亲的形象。

《父亲与他的兄弟》中，父亲的对手是他的兄弟——我的小叔。小叔，在叙述中，他是奶奶的小儿子，父亲的弟弟和我的叔父。在儒家伦理的序位上，他应该孝敬父母，听从长兄长嫂，慈爱侄儿，但是，不知从什么时候起，至少在现代文学叙述（如巴金的《家》）中，叔父就开始充当败家子的角色，他与家庭的伦理关系就开始若即若离。这部小说中的小叔，叙述人更是将叔父的这一形象推向了负面的极致。小叔作为父亲的同胞弟弟，完全不讲手足之情，只要是父亲的事情，他都处处挤对，他诬告父亲导致父亲招工失败，他与他人串谋将伙牛占为己有，他置换房基地出尔反尔，他借钱给侄女上学却转身就要回去，以及殴打父亲和母亲，等等。他对于兄长，不仅忘恩负义，而且言而无信，冷酷无情，不可理喻，心肠恶毒，心胸狭隘，几近变态和疯狂。小叔对于父亲的憎恨和挤对，有时竟然毫无缘由，很多时候都只能用嫉妒和恶来解释。父亲所作出的弥合亲情的努力，到了小叔这里总是再次将结痂之处无情撕裂。尤其是奶奶的死，更凸显了他作为儿子的亲情和人性的泯灭。他冷酷、刻薄，没有人性的热气。

因为这种仇恨和冷酷，缺乏合情合理的解释，或者故事层面的交代的缺席，因此，我们就只能将其归结为人性之恶。在小叔这个人物身上，我看到了作者的启蒙视野的介入，以及启蒙主义之下，作者对于人性恶的针砭。小叔在小说的叙述中，充当了一个启蒙意义上的人性恶的符号。在父亲重新招工被其诬告和奶奶被其虐待致死等几个事件中，叙述者"我"充当了全知全能的上帝的角色，准确地讲述了奶奶在小叔家遭受虐待以及自杀的过程。本来应该存疑的情节，在"我"的想象性叙述中如此栩栩如生，成为指责小叔的无可辩驳的呈堂证供。

同时作者赵宏兴也如同所有的启蒙主义者一样，对宗教性的善恶有报的逻辑充满了怀疑。这突出地表现在善恶惩罚对小叔的网开一面。小叔的作为不但没有受到应有的惩罚，反而逐渐苗壮，并最终成为这个乡村里最早走出的人，最早靠打工发家致富的人。这一切都似乎在证明着北岛的那句谶语——"高尚是高尚者的墓志铭，卑鄙是卑鄙者的通行证"。

正是在小叔这一形象上，叙述者"我"的启蒙主义立场得到了非常明确地凸显。虽然小说《父亲和他的兄弟》是一部个人化的家史，作者"我"显然并不刻意凸显父亲和小叔活动的舞台背后的那个动荡的时代，小说叙述的聚焦点始终围绕着父亲的挣扎而展开，但是，小叔在宏大的启蒙主义远光的烛照之下，他的精明而自私的乡村小人形象，甚至是国民性弱点集合体的形象，却是非常鲜明的，鲜明到有点儿胀眼的程度。小叔这个形象，在小说的叙述中，充当了传统戏曲中的反派或者逆子的形象，他的存在让这部小说的矛盾得以结成，得以展开和铺衍；作为一个阴暗的角色，他的存在，有力地衬托了父亲的人格亮度。父亲与小叔的关系，在小说叙述中更像基督教话语中的上帝和撒旦，没有撒旦的邪恶，也就没有上帝的尽善尽美；没有父亲这一伦理意义的道德正面，就没有小叔这一伦理意义上的道德负面。对于父亲和小叔，叙述者都有着鲜明的道德判断。这种道德判断行之于形象，就是父亲与小叔形象的道德两极，极致的善良和极致的邪恶，在二元对立的叙述中，小叔被很彻底地小丑化了。假如说这部小说有一些戏剧化元素的话，就在于黑白的截然对立，善恶的相互激荡，它非常类似于传统戏曲中的善恶"二人转"。这种善恶对立的叙述，看上去很传统，但也是启蒙主义固有的话语模式。

当代乡土社会，是中国农民苦难的渊薮。只有脱离乡土，才能逃离苦难。小叔的一套看似恶行的做派，实际上是在做着与乡土亲缘道德的切割工作。小叔以他自己的方式告别了乡土，也告别了乡土的亲情伦理。没有了小叔的乡土，当然少了一个捣乱的逆子，少了一个乡土亲缘文化结构的破坏者。但是，离开了小叔的乡土，父亲与小叔的情感对台戏的热闹也就到头了。正是叛逆的小叔，反衬了父亲乡土伦理坚守者的角色。

看上去，作家对父亲的想象，也并不是将其放在家国结构中的，如《白鹿原》那样，而是将其放在乡土日常的生活肌理里，置于家庭伦理结构中，对父亲的褒扬也是出于其对伦理角色的担当，而对于小叔的贬斥也是出于对其伦理角色的失当，但是作者其实是将他们这一对矛盾，放在伦理文明的变迁上来看待的。父亲在步步为营企图坚守，但依然最终失败；而小叔步步紧逼，看似失德失伦，却最终大获全胜。通过这一对关系，叙述者"我"让读者看到了乡土社会在当代政治的大气候下伦理道德颓败的触目惊心。

父亲和小叔的人生纠葛，构成了《父亲和他的兄弟》这部长篇小说的张力结构。这一结构的营造，将长时段的叙事时间跨度，以及纷繁的故事牢牢地聚集成了一个优美的整体；而他们之间关系的演变过程，正是一部意识形态冲击下的中国当代社会的伦理嬗变史。

三、情感暧昧的故乡之思

"我"是父亲人生的叙述者，父亲和小叔故事的穿针引线者，也是整个故事的叙述者，但我同时是父亲的儿子，是小叔的侄儿。"我"在叙述中具有了双重身份，扮演着双重角色。"将身份用情感的方式来表达"①，这是人类话语表达中的自然现象。

在父亲与小叔的人生对台戏中，"我"的情感天平自然倾向于父亲，把他塑造成为一个道德理想主义的化身②，把自己变成了一个父亲人生的赤裸裸的同情者。鲁迅的散文诗集《野草》中有一篇故事《颓败线的颤动》，讲述了一个做妓女养大儿子的母亲遭受儿子蔑视的故事。其中母亲的愤怒，是通过自叙来实现的。在《父亲和他的兄弟》这部小说中，长兄如父的父亲对小叔忘恩负义的愤怒，是通过"我"的叙述来表达的。而"我"则利用我的叙述者的权力，通过将小叔丑角化来实现的。"我"作为小说中的一个角色，设身处地地感受着父亲的曲折和委屈。父亲在遭受欺凌的时候，"我"的内心在流血，情感在沸腾。美国当代小说家卡佛曾说：一个作家的工作，不是去提供答案和结论。如果故事本身能回答它自己……这就足够了。写实主义的情感零度理论，并不适合于评价这部小说中"我"的情感倾向性。因为正是通过"我"的情感倾向性，作家暴露了他的如同父亲一般的重建乡土伦理的企图。

"我"同时又是父亲人生的观察者，是乡土社会的观察者，父亲母亲以及小叔们，也就是我的父老乡邻们，他们在城乡二元的社会里，遭受歧视，饱经饥饿，以及政治动荡的折腾，他们在生存的底线上挣扎，甚至为了活下去而不顾亲情互相倾轧。"我"虽然对父母乡邻们的遭遇感

① 李海燕《心的革命：中国情爱的谱系，1900–1950》，转引自郭婷《现代中国的情感革命：评两本爱的概念史》，《思逸》2017年（冬）6期。

② 方维保《人民性与穷人的道德理想主义——读许春樵的长篇小说《男人立正》》，《名作欣赏》2009年第11期。

同身受，但又无可奈何。"我"作为故事中的一个角色，因为年幼而无法改善父亲的境遇，就是作为一个后置的叙述者，无力回返到历史生活的现场，去干预当时的生活流程，而只能默默地叙述。而这种无奈的沉默和在场者的角色，无疑加重了"我"的自我谴责情绪，以及为这种情绪所裹挟后而进行的具有几分夸张的倾向性话语。

但是，"我"的身份，既是父亲的儿子和小说中的角色主体，同时又是一个旁观者。理性的、冷静的观照和叙述，是"我"当然的责任。作为一个叙述者也作为一个儿子，"我"虽然同情父亲的遭遇，但却并不认同他的牺牲精神和"为他"主义价值观念。所以，在新时代到来后，"我"也就理所当然地成为父亲的叛逆者，远离了乡土，虽然"我"的叛逆与小叔有着质的不同。"我"对乡土故乡的情感是复杂的。父亲在故乡的土地上行走，已经形成了固定的模式，而"我"这一代已然为新的城市文明所激荡，因此，不能不离开故乡离开父亲，去拥抱新的父亲未曾体验过的生活。正是父亲的被"我"审视的处境，让"我"产生了惺惺相惜后的出走愿望，和摆脱父亲相似处境和命运的渴望。而这难道不就是小叔一直做着的并已经实现了的人生梦想吗?! 至此，我不能不佩服一位民间哲人的诡诈，他说："在殊途同归之前，不必着急。我们正活在各自的宿命里，然后朝着某个共同的结局从容前进。"①

小说《父亲与他的兄弟》的结尾是耐人寻味的。作者让叙述者"我"充当了一个回乡者，并将整个故事纳入到回忆的框架中，去凭吊。"下杜村不光是我地理意义上的故乡"，更重要的它"还是我精神意义上的故乡"②。地理上的故乡，"我"离开是容易的，但精神文化上的故乡已经融入了"我"的日常行为方式，进入了"我"的骨髓，成为了"我"的血液。"我"就是想离开也是离不开的。这种宿命关系的形成，当然是由"我"生于斯长于斯的故土和亲情培养起来的。

但是，叙述者"我"的那浓重得化不开的伤感和漂泊感又是从何而

① 蓝蓝的天的博客《读书笔记：霍乱时期的爱情》，http://blog.sina.com.cn/xiaolubanbi。
② 赵宏兴《父亲和他的兄弟》，中国书籍出版社2018年，第251页。

来的呢？乡土文明在社会风潮的激荡下最终沦落如斯。父亲虽然一辈子试图离开，但却不得不与它厮守终生；小叔一辈子颠覆亲情要离开它，最终如愿以偿；"我"虽然对乡土怀有深情，不也是如小叔一般离开了吗？！"我"的孩子们当然更是将他们的祖辈故土视作异乡。至此，我与叙述者"我"一样不得不怀疑：血缘真的是联系故土的生命密码吗？当启蒙主义的社会进步理性，化为中国现代知识分子的精神本质的时候，农耕社会的故乡已经成为落后的代名词，成为必然要逃离的思想猎场。也许情感上，他们依然保持对于故乡的乡愁眷恋，引诱他们皈依故土，但是，为理性所主宰的故事底蕴，却鼓动和诱惑他们作一次义无反顾的出走式的告别。

最终一句话：长篇小说《父亲与他的兄弟》所讲述的父亲与小叔的纠葛，以及"我"与小叔的纠葛，其实就是我的江淮分水岭的父老乡亲们竭尽全力离开祖祖辈辈生活着的乡土的故事。而对于乡土，无论是"离得开""离不开"，还是"舍得下""舍不下"，都不是一句话能够说得清的。在质朴的回顾性叙述中，这部小说所包含的心理可能是五味杂陈的——对抗，坚持，反思，追忆，凭吊，可能还有自我的抚慰和疗救，以及永不回头的离别。

（原载《青春·中国作家研究》2018 年第 2 期）

成长的诗意与无奈
——评子薇长篇小说《此情可待成追忆》 [①]

  女性，天性就是爱情动物。她们依靠爱情的滋润活着，也依靠爱情的幻想活着。女性的爱情小说，就是制造爱情幻想的理想方式。所以，世界上几乎最优美感人的爱情小说，都是由女性作家创作的，《呼啸山庄》《乱世佳人》莫不如此。

  子薇的长篇小说《此情可待成追忆》就是一部不错的爱情小说。小说主要叙述了三个好姐妹——宋美兰、乔琪、苏倩倩的成长历史。小说主要是围绕着三姐妹的情感经历来叙述其成长的，从青春期的艳冶动人，到中年期的迷乱癫狂，直至最后的枯寂状态。情感历程的起伏跌宕，非常类似于《乱世佳人》。尤其是其中的一对怨偶乔琪与段成林的形象和性格，与《乱世佳人》中的斯嘉丽和巴特勒有相似之处。

  假如说《乱世佳人》中斯嘉丽的成长是在与男人的钩心斗角中和血与火的苦难中炼就的话，而这部三姐妹的故事则是将女人的成长建构在性爱的基础之上的。性爱在这些人物——三对男女中被推到了具有绝对性的位置。乔琪与段成林爱情的幸福是因为他们性爱的和谐，而其婚姻的最终失败也在于段成林参观了乔琪生育的过程而丧失了性爱的情趣；另外两个姐妹宋美兰和苏倩倩，在婚姻的初始阶段就陷于性爱的无趣，因此才有爱情生活和婚姻生活的平淡无聊。性爱和谐的期待导致她们最

---

① 子薇《此情可待成追忆》，安徽人民出版社2008年。

后走向婚姻的"出轨",并在"出轨"的性爱中尝试性的魔力。婚姻和爱情的幸福全在于性的和谐程度。性爱是男女两性爱情的基础,老弗洛依德就反复论证过,而子薇则通过小说将其演绎得如泣如诉,将爱情之性爱提升到了精神体验的层面了。

《此情可待成追忆》的叙述中虽然充满了性爱决定论,但却并不是性爱小说。小说叙述中对于性爱与女人的话题有着哲理性的思考,这不仅体现在情节的安排上,而是随着人物命运的叙述而随时随地地铺衍的。前期的哲理具有青春的诗意,充满了青春期女孩子关于自然、友情、爱情的幻想;后期的哲理随着人物命运的急剧转折而更多地具有宗教的意味。

整部小说是依照"三姐妹"模式来安排情节的。同时表现三个人,就需要给每个人都安排一条线索。小说线索虽然有三条,但整体是单纯的。这部小说在线索安排上的基本功,主要体现在三条线索交集点的合理安排上。因为三个人物处于同场,安排适当的"事件"使得线索适时交叉,而又同步往前发展,所以线索多而不乱,又体现出全局的考量,体现出整体性。整个小说的情节安排,虽然有个别地方有逸出之处,但总体上拟合得比较顺畅,也比较合理。不过,同时安排苏倩倩和宋美兰婚姻"出轨",享受性爱,也导致了情节的重复,使得无爱婚姻的悲剧性未能凸显。而在情节起伏节奏的安排上,前半部较为缓慢,而后半部则较为急促。其中乔琪与段成林的爱情悲剧,安排孩子的意外坠楼身亡为转折点,过于传奇;而且作为整个故事的高潮点,太意外了,没有显示出铺垫的逻辑力量。

这部小说具有浓烈的女人味。从女人的立场,从女人的身体来体验男人,体验社会。这倒是切合了女性感受世界的方式。语言也很女人味,优美、绮丽、伤感,以及纤细入微的感受性。前半部所插入的一系列书信写得极为漂亮,堪称美文。女性的细腻和感受性,得到极好的呈现。再加上煽情的情节,造就了整部小说极强的可读性。尽管如此,我依然认为,整部小说的抒情能力大于叙事的能力。

古典主义的价值情怀和叙述编码

——读孙志保长篇小说《黄花吟》①

  孙志保的《黄花吟》是有着显著的文化深度和价值追求的长篇叙事小说。孙志保生活在古文化底蕴深厚的安徽亳州，这里是老子和庄子的故乡。孙志保对亳州一带的老庄文化怀有很深的感情，也怀有极大的尊敬。因此，小说《黄花吟》中有老庄文化，这是情理之中的事情。但是，亳州毕竟不再是老庄时代了，经过数千年的儒道融合，儒道合一和儒道互补的文化已经成为中国文化的主流，也成为中国知识分子骨子里的文化结构，同时儒道合一的价值，也已然成为中国传统价值中的主流——在朝则忧国忧民，在野则放浪江湖携眷独处。而这看似分裂的两种文化，最后都落实在了小说《黄花吟》中主人公王一翔的摇曳动荡的儒道互补式的人格及其叙述编码上。

一

  《黄花吟》的第一层叙述结构，是深陷泥潭的"现实社会"和超凡脱俗的"民间社会"的对照性互文。

  《黄花吟》这部小说有两条线索，或者说表现了两个"社会"，一个是现实的俗世社会，一个纠结于权力与利益的官场社会；另一个则是超

①孙志保《黄花吟》，安徽文艺出版社2018年。

然物外的民间或江湖社会。这两个社会构成了这部小说基本的价值结构，也构成了这部小说基本的叙述架构。

首先是现实的俗世社会。主人公王一翔在这个社会中横冲直撞，以一种近乎不食人间烟火的姿态，用他的行动揭露着，也批判着这个私欲横流的社会。读孙志保的长篇小说《黄花吟》，让我想起了王蒙先生的《组织部来了个年轻人》。假如说王蒙的《组织部来了个年轻人》中的林震还主要是旁观者和叙述者的话，而《黄花吟》中的王一翔则因为爱情和婚姻，而深度卷入了组织部内部纠葛和黄花市的利益权力的漩涡。小说通过王一翔的亲历，逐步揭开了黄花市官场的腐败，尤其是自己岳父家族对于黄花市的控制。孙志保揭示了吞没人的社会生态。这个政治生态机制，以裙带和利益为抓手，把所有的人都编织到它的网络中，拖入到它血腥的控制里。在这个官场社会中，哪怕是极少的好人，如受到叙述者深度庇护的市长孔令清，在叙述中处于王一翔与官场社会连接点的其深爱的妻子刘小茵，以及身处官场如鱼得水但又能保持善良秉性的董小青，也都不能做到洁身自好，幸免于害。

正是在这个被深色涂抹的黑暗背景中，叙述者凸显了王一翔这个异数和英雄的形象。因为只有主人公王一翔能够幸免于难，只有王一翔能够真正出污泥而不染，只有他能够拒绝驯化，始终以对抗的姿态，作为一个外来户，一个异数，孤独地战斗在暗黑吸血的网络中心。在主人公王一翔在与这一地方宗族势力进行斗争和周旋的过程中，树立了其耿直、善良和正气的形象。这是一个中国传统知识分子，如屈原、嵇康、阮籍等狷狂知识分子的集合体。虽然说将王一翔与当年王蒙笔下的林震相比较，王一翔虽然缺少蓬勃奋斗的朝气，甚至显得疲惫和失望，但他的善良、正直、正义感，以及不与邪恶妥协的倔强和勇气，与当年的林震依然是一脉相承的。虽然王一翔的形象，多少有点儿灰色的感觉，但他依然是照彻黄花市官僚系统雾霾的一束明亮的光，他的堂·吉诃德式的存在，让蝇营狗苟者窘迫，尴尬，甚至恐惧；他的存在使赢弱无告者看到了希望，感受到了温暖；他虽然只是一介书生，只是一个小公务员，但却具有英雄主义精神，具有担当精神；他的行动虽然经常是被动的，甚至给人以羸弱的假象，但是，却屡屡在作者的佑护下书写传奇；他虽然在小说的结尾并没有取得最后的胜利，甚至多少还有点儿狼狈，但是，他的存在已经使得那些暗黑势力魂飞魄散，惶惶不可终日。虽然说王一翔的形象不乏空幻的理想主义色彩，但王一翔的形象无疑弘扬了自古以来中国知识分子的正价值，也无疑弘扬了我们当代社会的正价值。

作为整个这部小说的两条线索之一的，是主人公王一翔与以明月棋吧为核心的民间社会的交往。明月棋吧，远离庙堂，处于深巷之中，可以说是典型的"江湖之远"。这个民间社会中的所有的人物，都人格清奇，富于传奇色彩，作家书写了一个民间奇人奇事系列。这种奇人奇事叙述，孙志保与贾平凹、冯骥才当然属于同道。这个民间社会，超越于世俗之外，清幽绝世，无论是人还是物，都与庙堂社会的恶浊形成了鲜明的对照。这个民间或者说江湖社会，是主人公王一翔所追求的生活理想。这个民间社会给予了主人公王一翔远离官场，远离暗黑游戏的机遇。主人公王一翔在这里下棋，在这里听书，在这里喝酒，在这里恋爱，只要他在庙堂社会中受伤，就会到这个世外桃源中，获得休息，得到抚慰，修补伤口，汲取力量。这个民间社会具有中国古代知识分子所追求的审美理想所要求的所有特征，有诗词歌赋，有神话传说，有奇花异草，有人格奇异的俊男美女，还有心胸一尘不染的精神境界。这样的民间社会，是具有道家气息的，是具有退隐倾向的，乃至于还沾染了一定的佛家色彩；假如给它一个冠名，它可能是庄子的漆园，也可能是陶渊明的桃花源。但是，这个明月棋吧并不是完全儒家的，因为身处底层，出于生存的需要，也不能不被动地作出绝地反击，尤其在刘小庄征地事件中，书场老板江松的致命设计，让我看到战国纵横家、墨家的江湖侠义和策略机心。这种谋略天下的气度和智慧，在王一翔与刘千年一家的对峙过程中也有着较多的体现；这种墨家的剑侠精神，在王一翔刺刘（大年）事件中表现得尤其充分。这两种精神的文本存在，意图在于说明，一介书生并不是任人欺凌的弱者。这个民间文化的核心当然是下棋。

穿梭于这两个世界之间的是小说主人公王一翔。主人公王一翔的来回奔波，将小说的两个世界，连接成了一个无缝的整体。更主要的是，小说通过主人公王一翔的选择，表现了当代知识分子的两种情怀——入世情怀和出世情怀；或者说表现当代知识分子的儒道互补式的悲天悯人与放浪江湖兼而有之的人格。但是，在庙堂价值和民间价值之间，作者的价值选择和审美选择明显倾向于后者。除了作者对庙堂社会的直言不讳的批判和对于民间社会的溢于言表的赞美之外，每当叙述者或者主人公王一翔处于民间社会，如"明月棋吧"，或"黄花居"，或郊外农田之中的时候，那个诗情画意，那个琴棋书画，那个感情的惬意，那如水的诗情，那种归宿的深情，总是滔滔不绝四处漫溢。

《黄花吟》的这种价值选择和审美选择，还体现在主人公王一翔形象具有浓厚的古典才子情调上。

王一翔的才情，首先体现在他的战略家的谋略和侠士的书剑之术上。在小刘庄征地案中，虽然第一次失败了，但是，他等待时机，由远而近，用一个无关的绑架案，最终牵出了老万，最终围困了刘千年，逼着他亲自出面求饶。同样精彩的还有钱文强奸案。在此案中，他巧妙地利用自己妻子的手机，与刘大年互通信息，逼迫公安部门抓捕了歹徒，并让刘家陷于绝境。别看他只是书生，但是书生却能够在运筹帷幄之中决胜千里之外。在刺刘中，他剑刺刘大年，让这个气势汹汹的恶徒失魂落魄。

王一翔的才情还体现在诗词天赋上和围棋高超的棋艺上。每当他与自己的知己交往，无论是男是女，都会即席赋诗一首。这种诗词歌赋的才情，甚至出现在作品的叙述话语中，有时甚至到了卖弄的地步。除了诗词歌赋，王一翔几乎是琴棋书画无一不通，尤其是围棋，几乎是打遍天下无敌手。琴棋书画和诗词歌赋，是中国古典主义知识分子吟风弄月仗剑天涯必备才情。

王一翔的才情，再次体现在他几乎是所有女人的红颜知己方面。除了他的妻子刘小茵之外，棋吧主人阎月儿，组织部同事董小青，还有那个在家乡的给他写了几百封情书的袁四儿，无不对他倾心相待，甚至主动投怀送抱。这些女人都各有背景和资源，但无不对其一见倾心，忠贞不渝，风雨不断，给他提供温暖，为他提供庇护，给他化解危难。王一翔的女人缘，甚至让我等产生了极其强烈的羡慕嫉妒恨。

这部小说的才子情调，是这部小说体现其价值倾向的重要部分，更是这部小说极其重要的审美元素，它极大地增加了这部现实主义小说的空灵、浪漫情调。

二

《黄花吟》这部小说的另外一层隐喻性结构，在于现实生活与围棋技艺的互文性隐喻。

小说写了主人公王一翔的对于下棋的痴迷，好像王一翔就是一个不问世事的棋呆子。但是，凡是了解中国围棋文化的人都知道，围棋实际上是中国纵横家、墨家、道家、儒家文化的集大成者。它通过黑白来演示阴阳的相互激荡，来演示世界中的不同主体的难解难分的联系，来演示两种道德性生命力量的此消彼长，来演示强弱的相互转化，通过力量的消长来演示天地大化的演变。

但是，围棋并不仅仅演示形而上学的"道"，它的一个极其重要的精神在于，它将天地大道落实在极为具体的"术"上。它通过一系列的"围之术"，如包围、打劫、金边银角草肚皮等技术性层面的相互接战，践行着孙子兵法。看上去落子很闲，看上去卿卿我我地调情，看上去割肉剜骨地别离，实际上这一切都不过是战胜对手、收服对手的障眼法。

在古代文化的层面上，黑白和阴阳都是中性的，但是，在现代层面上，黑白被赋予了道德上的正邪之义。白，是清白正直；黑，则是邪恶与丑陋。围棋中的黑白大战，实际上隐喻了正义与邪恶的交战。小说每一次在写过王一翔的棋坛大战之后，接着下去一定是一段现实生活中的正邪之战。这种交叉叙述，实际上造就了围棋与现实生活斗争的互文性隐喻。王一翔是围棋高手，实际上隐喻着他也是现实生活斗争的高手；王一翔每一次与朋友或者找上门来的挑战者之间发生比赛，也都预示着现实生活中的鏖战即将到来，或者现实生活中的斗争遭遇困境，于是在围棋中寻找对策，或汲取勇气。王一翔在围棋中感受天命逻辑，获得顺乎天道乘乎大势的使命支援。所以，在现实生活中，王一翔有时甚至只有匹夫之勇，他也依然义无反顾，关键还屡屡得手。王一翔在下棋上是深通"围"的艺术的，但是，在与黑恶势力的博弈中，他显然做得并不好，好像给人的印象是，他面对刘家人的时候，大部分时间都是直来直去地对抗；而刘家人一开始就非常强势，用各种各样手段"围捕"王一翔的人格和意志。但是，马主任考察案，钱文强奸案，刘小庄征地案，刘家人的强势一步步走弱，而王一翔却一步步走强。直至最后把整个刘家人及其裙带，几乎彻底打败。王一翔在与刘家人的博弈中，其技艺一点不比他在围棋场上差。他可以说是一个出神入化的高手。

但是，围棋毕竟是对弈的符号，它的技术交战是超乎道德的。而王一翔在现实生活中的一些手段，比如钱文案中利用妻子手机获得罪犯信息的手段，实际上做得并不光彩。他是惩治了罪犯，却将他的妻子刘小茵置于万劫不复的境地。正是这一案件暴露了王一翔马基雅弗利式的"为达目的不择手段"纵横家和战国策士的道德缺陷。权谋文化是中国儒家文化的癌症，就是出世的王一翔也不能例外。

围棋之道在于"围"。在当代社会，围棋虽然没入民间，成为娱乐和体育活动，但那只是它的儒道墨文化精髓被披上了一层无用的审美和娱乐外衣而已。只有刘千年那样的无知狂妄之徒才藐视它，但结果是在王一翔的看似柔弱的反抗中，最后一败涂地。

孙志保在现实生活中的正邪对抗，与围棋世界中的黑白博弈之间的对照性叙述中，不但隐喻了天地大化与现实生活中正义最终战胜邪恶之大势，也隐喻了现实斗争的手段与围棋攻防艺术之间的同构。甚至在文本结构和气氛渲染上，也可看到道家所谓"势"的转换之道。

三

我注意到，这部小说的现实生活叙述，主要采取了一般的现实主义叙事方式；而民间生活叙述，则主要采取了抒情的中式浪漫主义叙述方式。在叙述现实生活的时候，往往冷漠，甚至有点儿残酷，但在叙述下棋的时候，往往热血沸腾，情辞直入宇宙生命，想象力丰富。

但是，这种双线交叉的叙述编码方式并不分裂。原因在于作家采用了类第一人称的叙述（主人公王一翔的视角和口吻），使得这部小说的双线结构被模糊化处理，主人公王一翔在两个世界之间的穿行飞翔，顺利地将两个判然有别的世界联结为一个无缝的整体。

同时，在这种由第一人称所缝合着的双线交叉叙述中，躁动的现实主义叙事与抒情的中式浪漫主义叙事，交叉呈现，沉闷、滞重、浮躁、紧张的现实生活叙述，被间以宁静、超然、放松的浪漫抒情叙述，使得两种风格、两种情调、两种境界之间在艺术上相互调节；理想梦幻与现实处境的互动与切换，叙述收放自如，叙述节奏张弛有度，艺术氛围摇曳动荡；在精神层面上，两个世界、两种价值观念、两种生活姿态的相互映照，以及相互隐喻，不但衬托出两个世界和两种价值之间鲜明的色差，而且在哲学上也深层指涉了这个世界意义构成的多重性，以及善恶相互依赖的完整性。

《黄花吟》在总体的叙述架构的"势"营构上，以及价值情怀的表达上，前后通达，贯穿始终，并逐次累进，具有艺术的完整性。但是，这部小说叙述（情节）断裂的痕迹依然一目了然。它明显以刘小茵的死亡为一条红线，将小说分为了两个部分。也就是说，刘小茵的死亡太突兀了。她死后还发生了许多重要的事情，作为两个世界的联系人，作为主人公王一翔黄花故事的促成者，她没有经历和参与，在故事上太可惜了。当然还有最后的那些关于世俗的试验。那次试验差点儿变成了事故。主人公王一翔似乎也做了一次哲学的思考，可能是红楼梦式的总结，但这个故事旁逸斜出，有点儿太神来之笔了。同时，叙述上的古典文人趣味的膨胀，导致诗词叙述过度，也导致了一定程度的叙述停滞和阅读的阻碍。主人公王一翔，他的灵魂伴侣阎月儿，以及市长，都是有点儿老夫子的酸样儿。只要他们中的两个在一起，似乎不说几句诗词，就不会说话了。

《黄花吟》的这种价值选择和审美选择，以及它的叙述编码方式，都有着显著的古典主义的审美倾向，有着显著的农耕文明的价值特征。孙志保试图在现实生活题材的叙述中深蕴中国传统生命文化与道德文化的努力也是卓有成效的。这是他所塑造的王一翔形象，正直而窝囊的小公务员形象和具有中国传统色调的侠士形象的叠合再造。其塑造和叙述这一形象的语言，也是朴实亲切的生活化的写实叙述，与清丽抒情的诗的情韵的糅合体。

今宵如何难忘？

——评子薇长篇小说《今宵多珍重》①

　　子薇的长篇小说《今宵多珍重》新鲜出炉摆上我的案头的时候，恰值三八劳动妇女节，而它恰是一部带有女性主义倾向的小说。

　　小说主要讲述了主人公如雪的奋斗和成长的历程，讲述了她怎样从一个纺织厂的下岗女工，成长为一个区的副区长的故事。子薇把一个女性的成长，放到中国新时期社会改革的大潮中，让她去历练，让她经历企业的破产，找工作求职的艰难，遭受个人的和人事的困扰，最后一步一步往上走，而且是洁身自好堂堂正正地实现了自我的价值。如雪真的有点像阿信了，她的故事也理所当然地获得了励志的价值。如雪在新时期中国的遭遇，正是当代转型时期女性成长的一面镜子，虽然遭遇艰难，但义无反顾，而且成长的路一直往前延伸，无可阻挡。所有的成长，都必须经历过苦难的磨洗才有它的价值。如雪的成长也是遭遇了种种的艰难，如单位中复杂繁复的工作，同事的嫉妒，以及家庭的困扰等等，但是，其程度远远达不到苦难的水准；而且，她真是太顺利了。仅仅因为信访局的主要领导看她像他已经死去的爱人，就处处呵护，着力提拔，而能够从科长而当上副局长而后又当上了副区长。因此，我认为，在某种程度上来说，子薇笔下的如雪的成长是理想主义的。显然，子薇在叙述如雪成长的时候，是有所省略的，有的时候就是有所涉及，

　　① 子薇《今宵多珍重》，安徽人民出版社2016年。

也是蜻蜓点水，稍有暗示即一带而过。子薇在苦心地保护着她的主人公如雪，也顺带完美着她所在的那个单位——信访局。

这样看来，小说主人公如雪在成长过程中似乎没有经历过多少苦难，或者说她的成长缺少阿信那样的苦难的擦亮。但从小说的叙述来看，显然又不是这样。在《今宵多珍重》中，主人公如雪的苦难显然不在她获得成长的单位，而是在于她的家庭。如雪作为一个由母亲一手拉扯大的乡下姑娘，在婚姻生活中有着极大的不幸。她嫁给了一个她不爱的城市小市民的儿子杨子辰。势利、小气和看不起乡下人的丈夫和婆婆，让如雪从身体到心理，遭受了前所未有的虐待和煎熬。子薇用她那饱含女性情感和女性偏见的笔墨，把婆婆和丈夫塑造成了十恶不赦的魔鬼。尤其是她的丈夫杨子辰，不但缺少男子汉的胸襟和对于妻子、女儿的应有柔情和关怀，而且阴险狠毒谋财害命。在小说的前半部分，子薇用类第一人称的叙述，主要讲述了婆婆和丈夫在家庭中对于妻子的恶行；在小说的后半部分，子薇则用第三人称的叙述，讲述了丈夫在单位怎样政商勾结，耍弄阴谋诡计。为了谋取高位，他设计害死了单位的主要领导；他为了保住他的靠山，怎样一箭双雕设计害死了区委书记的情人并顺带除掉了自己的情敌。

在《今宵多珍重》中，我认为，子薇所塑造的丈夫杨子辰的形象是成功的，原因就在于她成功地将当代社会诸多的官商勾结、不道德的商业行为，以及社会中已经揭露出的诸多"厚黑学"，都通过杨子辰的形象串了起来，并将其设计为充满危机、跌宕起伏，让人眼花缭乱的故事情节和杨子辰的人生行为。从总体上来看，主人公杨子辰的身上是没有人性优点的，就是他的对于女儿的关怀，也被第一叙述主人公如雪进行了恶意的解读。这是一个彻底的坏人形象，一个卡里斯玛形象。

主人公杨子辰之所以成为一个恶魔，一个重要的原因就在于整部小说都是站在妻子如雪的角度叙述的，也都是站在妻子如雪的立场看待杨子辰的结果。传统的女性主义喜欢将家庭和丈夫恶魔化，而中国女性主义虽然不排斥家庭，却喜欢将丈夫这一社会角色恶魔化。这种中国现代女性主义的风潮，在《今宵多珍重》中表现得是比较充分的。作为读者，当我跳出妻子如雪的立场，我认为，这个妻子如雪也是有问题的。她对于丈夫的言行，其解读常常是失常的，甚至有着某种程度的病态。当然，从小说中来看，出现如此的价值失衡，主要原因当然不在于她乡下人的身份（也不全部排除），而在于她的初恋情人强玉龙，一个理想主义的男人形象，在她的生活中作祟。也正是这个理想主义男人梦的作用，当如雪在家庭中遭受虐待的时候，她控诉丈夫；当丈夫杨子辰和初恋情人强玉龙卷入杀人案的时候，她毫不犹豫地倾向于初恋情人，在叙述中为他辩解和开脱；她也毫不犹豫地离开了丈夫，让他在叙述中遭受万劫不复的惩罚，不但是法律的，而且是因果的。

但不管如何，在小说《今宵多珍重》的语境中，丈夫杨子辰的恶行，构成了主人公如雪事业成长路上所面临的真正的苦难，如果对此进行归纳的话，它无疑属于家庭的范畴。子薇的叙述，总体上来说，正在走着的，是一条"五四"以来中国女性主义的家庭和事业相互对立的叙述道路，也在这个道路上构建着她的具有悖论性的女性人格，以及故事情节。在新世纪的背景下，如此的叙述和价值立场，具有诸多值得反思的地方，特别是其中所蕴含的女性受害者心态，这是现代女性创作必须要摆脱的。

陷入婚姻纠葛的叙述

——评张尘舞长篇小说《因为痛，所以叫婚姻》①

　　张尘舞是青春叙事的高手，这是我第一次接触她的小说《流年错》时的感觉。她的那个故事，在那年炎热的夏天里给我以清凉爽快的感觉。张尘舞原名张静，她的第一部长篇小说，《流年错》中的主人公就叫张尘舞，大概是在网上连载的时候名气很大，于是在小说出版的时候就署为"张尘舞"了。

　　长篇小说《流年错》是一部少年成长小说。它叙述了一个叫做"张尘舞"的女孩的成长历程。主人公张尘舞从童年起，就很顽皮，坏坏的可爱，鬼点子很多，聪明，狡黠，还有点儿暴虐，甚至过度成熟。主人公张尘舞的语言很"溜"，也就是嘴皮子耍起来一套一套的，流里流气的。大致可以定位为一个坏孩子头儿。而从小说的语言来说，叙述的语流干脆、爽快不拖泥带水，叙述语言和人物语言都是，有时会随口就来一串脏话，性格和做派都非常像香港电影中的带有一点流氓气的"小太妹"。小说的总体语言风格，有一种怪异的华丽。儿童语气之下的网络式构词造句模式，以及不同语境的意义暗示沟通，既别扭又合理。小说对于成长期女孩微妙心理的揭示深刻到位。作者讲述张尘舞的故事采用了成长小说的模式，从童年少年时讲起，直至青年，时间跨度有点儿长，情节也有点散漫，故事也有点儿滑稽和无稽，但故事和生活情境却

---

　　① 张尘舞《因为痛，所以叫婚姻》，新星出版社2013年。

非常的生动、有趣、爽快。整个故事是第一人称的带有自叙性质的叙述，因为署名"张尘舞"而故事中的人物也是张尘舞，因此非常像一个少女的自传。这部小说充分展示了张静的语言天赋，和对于小说写作的与生俱来的才气。

也许是因为这部作品受到了认同，或者说其中的人物被广泛接受，张静从这部小说开始就以"张尘舞"为自己的名字了。写小说，把小说中的故事写成了自己的生活；写人物，把人物写成了自己，这在文学家中不多见，而在电影演员中则很常见。不知是作家太入境了呢还是本就是写自己的呢？答案除了天知道，就只有作者自己知道了。

似乎是接着《流年错》的主人公张尘舞的人生轨迹和恋爱情节，长篇小说《因为痛，所以叫婚姻》（新星出版社2013年）自然将故事导入女人长大以后的"婚姻"的叙述。作为一个成年女性叙述婚姻题材，也是张尘舞作为一个作家成长和选择的应有之义。

《因为痛，所以叫婚姻》所讲述的是一个当下比较时髦的第三者插足的故事。小说的情节构思和矛盾设置都相当的紧凑，小说的主体部分延续了第一人称叙述，尽管作品是第三人称的，但第一人称或类第一人称叙述，是女性作家的命门。这是由作家的叙述立场决定的，她喜欢以女性的眼光看世界，也当然以女性自身的立场叙述世界，包括叙述她们的婚姻，哪怕是别人的婚姻，她也会看作是自己的。小说的女主人公齐雪欣抱着爱情至上的原则与男主人公出身农门的主任医生杨学武恋爱结婚。但是，他们的婚姻却遭遇了何韵的挑战。当然，从小说的情节来看，真正的挑战倒不是何韵，而是他们之间的出身差异，一个是干部家庭，一个是农民家庭；门第的文化差异成了楔入他们婚姻肌体的致命钢钉。而作为门第文化差异的符号而出场的，就是婆婆这一角色了。小说中的婆婆很显然是被妖魔化的，也就是说作家在叙述这个人物的时候，对这个人物身上的缺点是夸张性的叙述，甚至是讽刺的。这是一个婚姻状态中的城市妻子对于婆家的官方的立场。作家的城乡偏见、性别偏见在这里暴露无遗。还有最后的结局，男主人公丈夫最后是既失去了原配妻子又失去了情人（现在的妻子），似乎这个故事是专门用来训诫和教育男人的。也许这样的悲剧男人在生活中是存在的，但是这样的情节安排又是女性作家出于宣泄愤怒的预设的结果。显然，这样的结局安慰了作为女人的作家自己，却减弱了故事的悲剧性。

这部小说的故事和情节安排非常完整。从整个小说来说，故事可以分为两大块——前妻的生活和后妻的生活，以后妻时期的生活为主。小说的叙事是以女性主人公齐雪欣而展开的，偶尔也跳到男性主人公及后妻何韵的视角。小说在叙述视野上，还是比较专一的。这样的叙述虽然是全知的，但又显然带有自叙的特征。这是女性创作的共性。这部小说是有情节性的，线性的流程如丰水季节的小河，一顺往前流淌，很是顺畅。小说的叙事在转换和衔接方面，也比较顺畅。家庭的矛盾，第三者的适时出现，夫妻的离婚和丈夫的下场，一路讲来，自然流畅。小说的技巧，叙述的机巧，都把握得很好。可以看出，作家的叙述能力和情节驾驭能力都是很强悍的。但这些机巧却也让读者看得一清二楚。一个故事，从它的发生发展和结局，以及其中人物的命运，都带有太多的戏的特点的时候，就可能导致技术大于内容，有着卖弄机巧的嫌疑了。当然，作为言情婚姻小说，张尘舞的小说在情节内容方面也比席娟的《上错花轿嫁对郎》要好得多，但是也还有席娟小说的胎子在。这是当今女性言情类小说共同的弱点。具有相当特点的，还有她的中篇小说《牌局人生》。作为爱情婚姻题材，其中的纠葛设置都比较好。假如相较于《流年错》，这两部小说缺少了才气，而多了匠气。

我看过这部之后，还是有点儿不满足，原因大概在于：这部小说的故事始于爱情婚姻也止于爱情婚姻，陷入婚姻的叙述，而缺乏对于人性，甚至是人的处境更多的更深的思考和探索。当年的《围城》之所以不是爱情题材和事业题材的小说，原因在于它在爱情和事业之中表现了引发读者深层悲哀的东西，而不仅仅是爱情悲剧，而是由纷繁的世事浮云，引发了读者关于存在的锥心刺骨的疼痛的感觉。还有就是作品中的一切都太清晰了，小说尤其是作者在处理情节的时候，还是糊涂点好。

生活本身就是一团糨糊，要是太清晰了，就离生活远了。同时，保持一点糊涂，其实就是保持一点阐释的丰富性、含蓄性和神秘性。现在有些人将婚姻情节剧归入消费文化，是有一定道理的。婚姻自身及其纠葛所造就的情节的煽情，可以迅速被接受、被咀嚼，它的意义蕴涵也可以迅速被消耗掉，作品当然也就成了一次性消费品了。

（原载《安徽文学》2015 年 11 期）

浪漫而古典的诗意

——评刘湘如长篇小说《风尘误：朱熹和严蕊》①

　　第一次见到刘湘如先生，大概是四五年之前了吧。在佛子岭水库，典型的学者型作家、儒雅洒脱的诗人形象呈现在我的面前。很简单很赤诚的一个人，两三天的交往，隐隐之间，没有多少言语，就感觉是朋友了。当然是忘年交了，他比我大十几一二十岁，乡贤，长者。后来，他陆续地把他的新出版的作品，长篇小说《美人坡》和《风尘误》等寄给我，我们有时候通过书信，有时候通个电话，谈论着对人生的看法，更多地讨论着对于文学的心得。不久前的一个春天，因琐事到上海，仅仅凭着一个简单的信息，在春光烂漫的上海常熟路，在一个非常西式的中餐馆，我们把酒对谈。静静地，并排坐着，一边喝着昂贵的啤酒，一边说我们的文人话题。猛然发现，我们在为文和为人以及当下若干文人的文品和人品方面，我俩虽然年龄相差不少，但却有许多相同和相似的见解。直觉之间，刘先生是一位文人气息很浓厚的作家，是那种熟悉古今学识很广、思想里不时冒出闪光点的作家。

　　由刘湘如先生的风度，不由得不说到他的文章。刘先生早在上个世纪八十年代就参加了中国作家协会，出版了很多散文集、报告文学集和传记。他写出很多不同形式的作品，都得益于他的文学功底。他的作品有一种独特的文字美，最初写诗歌和散文出身、后来以写散文、报告文

---

　　① 刘湘如《风尘误：朱熹和严蕊》，上海远东出版社2009年。

学为主的作家，语言文学功底自是有着独特优势。他的很多作品都有着广泛的社会效果，都曾受到过读者的迷恋，在上个世纪八十年代，分别由公刘和鲁彦周作序、由全国著名的两大出版社——长江文艺出版社和上海学林出版社，作为优秀书目推出的《星月念》和《淮上风情》，都是百分百的纯文学散文集，面市时新华书店里出现读者争购供不应求的场面，这情景在今天的纯文学图书市场上是不可思议的。

我感到刘湘如先生早前作品更注重给人美感，近年来的作品偏向探索现代社会的现实现象，用他的观察和思想，剖析人生和社会。虽然我过去对于刘湘如先生的作品探研有限，不过我知道文坛对他的评价一直很高，我从诸多评论文章中有所了解，我最为熟悉的是他的两部小说《美人坡》和《风尘误》。

我说刘先生是一位文人气息很浓厚的作家，其实我还想说的是，他是一位有着浓厚的中国古典韵味的诗人式的作家，也有着这一类作家所特有的浪漫的情调。从他近年来出品的长篇小说《美人坡》和《风尘误》就特别能够看出这一点。中国文人的浪漫情调，总是关涉诗歌、酒和女人。诗歌是诗人的本业，没有诗当然也没有诗人；没有诗人情怀的作家成为不了一个好作家，没有诗和诗人修养的作家，或者说没有诗人气质的文人就是一个江湖中的混混而已，一点都不浪漫。还有就是酒了，苏轼所谓的把酒当歌，吟诗必是酒后，有酒有诗，当然是文人的洒脱和浪漫了。但仅仅有这两样还是不够，还要有女人，但并不是所有的女人都可带来浪漫，只有那些有才情的女人才行，哪怕是妓女都无所谓，才情一定是要有的，或能鼓瑟而歌，或能挥毫泼墨。当然这样的才情也还不够，假如仅仅能够鼓瑟泼墨而泼辣如孙二娘者也不浪漫，文人的浪漫还要求这样的女人不但有才情还能够与文人心灵息息相通，更能够在壮士遭遇挫折的时候，以红巾翠袖，揾英雄泪。上从诗人屈原，中有苏东坡、辛弃疾、曹孟德，直到当代之刘湘如先生莫不把酒当歌，风花雪月，诗意人生。刘湘如先生的文人浪漫情调可能体现在生活情调上，但更主要地还体现在他的小说创作上。我所熟悉的湘如先生的最著名的两部长篇小说《美人坡》和《风尘误》。前者为当代题材，后者为历史叙事。这两部小说的共同特点，都是以优美的女性为题材。他以诗性的语言演绎女性的纯真、感性和多变的人生状态。其中有对女性忠贞的赞美，有对女性多情的流连，有对女性多舛命运的同情和悲悯，更有对于女性才情的崇拜，而在这两部小说中最能体现刘湘如先生古典浪漫情调的当属历史题材的长篇小说《风尘误》了。

《风尘误》，其副标题是"朱熹与严蕊"，由上海远东出版社2009年8月出版。这是一个以真实历史为背景而虚构出来的凄美的爱情故事。小说中的妓女严蕊因家庭遭受理学家朱熹的迫害而沦落为娼妓，在她的为妓生涯中，曾先后与若干风流潇洒的文人墨客相爱，当然最主要的还是与朱熹和理学的激烈反对者朝廷重臣唐仲友相恋。小说的主人公严蕊具有双重身份，一个是有才情的才女和大家闺秀；另一个则是沦落风尘的妓女。这两者都契合我所说的文人浪漫的标准。更为重要的是，这也是一位有情有义的才女和妓女。小说通过她与唐仲友之间的情感的交往，很好地证实了这一点，而作家有意将其设置为一个弱者，则体现了作家的怜香惜玉之情。而且唐仲友这一形象，在某种程度上就承担了作家怜香惜玉的代言人的角色。小说还设置了多重冲突激烈的矛盾，有朱熹与严蕊之间的，也有严蕊与唐仲友之间的，还有唐仲友与朱熹之间的，作家将情感矛盾、家族矛盾和政治矛盾等多重搅拌处理，从而使得矛盾显得极为复杂。但由于作家紧扣严蕊这一中心人物，其他的线索和矛盾都围绕着这一人物，因此矛盾虽多，线索的头绪也多，但读起来却一线通达线索明晰。当然，这种"简单"也与作家将所有的矛盾放在"正""邪"对立两个方面来处理有关。正邪对立是一种古典的审美思维。这种古代的矛盾处理方式和审美思维也是道德化的。通过这种正邪对立的矛盾，以及作家围绕严蕊所设置的叙述语调，小说很好地彰显了作家以女性为中心的叙述立场和情感倾向。作品中所叙述的人物大多是知识分子，严蕊是有才情的大家闺秀，朱熹则是大学问家，唐仲友也是极有学问和才情的大官僚知识分子，因此，小说所构筑的是一个知识分子的话语场境。小说的主人公严蕊虽然曾置身于妓院，但也是"往来无白丁"了。与这种知识分子语境相应的是小说的诗情化的叙述氛围。首先是大量诗词的穿插。这些诗词有主人公的，也有作家根据情节而拟就的，诗词最直接增加了诗意。其次是诗性人物。人物的才情和诗情兼而有之。严蕊等这些具有才情的人物，再加上作家为人物所置身的诗情画意的环境，当然还有诗意的叙述语言，都极大地增强了小说诗意化的氛围。还有，细腻的情感铺排是刘湘如先生的胜场，那些丝丝入扣的情感叙述具有极强的情感渗透作用，它如水般地缓缓道来，漫过世道人心，每一丝缕都注定要在人物的命运中留下波痕。

刘湘如的《美人坡》里对于女人的书写更是淋漓尽致，很多哲理性的描述让读者拍案叫绝。许多不同类型的女人相继出现，在不同时期以自己的方式与主人公之间产生新的感情错乱或感情纠葛，一条奇瑰的线索编织出一幕幕令人感叹的拍案的故事，从女儿、侄女到夫人的一大群女人在命运的阴错阳差中戏剧性地展开恩爱情仇，给人留下无法忘记的印象。关于女人的描写在《美人坡》里有这样一段：女人常常是一面镜子。有时候，通过女人可以窥见一段历史，有时候，通过女人可以窥见一个社会。她有时照出美，有时照出丑。假如她本身是美的，那么她也像镜子一样容易受损，假如她本身是丑的，那么她也像劣质反光一样容易使事物变形，假如她晶莹剔透，那么会愈加显现出周围的污浊。一池涟漪清可照人，她自己会最先被照见在里面……

对于女人了解如此，理解如此，看透如此，怜香惜玉如此，可知刘先生是个女性的唯美主义者，赞美主义者。作为一个文学浪漫主义的优秀作家，这些显然是源远流长的丰富的文化传承。也可见我对于湘如先生的浪漫古典的学者和诗人式的作家的界定是不虚的。

（原载《新安晚报》2011 年 4 月 3 日 A15 版）

女人如水，沧桑而疼痛

——评唐玉霞、王毅萍长篇小说《情断南宋》①

　　在醉眼蒙胧中，接过唐玉霞、王毅萍签送的小说《情断南宋》，于是就借着昏暗的午后的阳光在办公室里读起来。小说很好读，叙述、语言、情节，以及那股感伤的情绪，都很容易让我滑入。尤其是那股情绪如水般弥漫起来，挑动着敏感的神经，我不能不对历史、时间、生命发生感慨。

　　我们能否回到以往？答案是：我们永远回不去了！生命的流动永远是向前的，所有的意义都是转瞬即逝，永不再来。人类痛彻心扉的感伤自此而生成。南宋是中国历史中一个繁华与悲凉同在的朝代，在那个朝代里有一个出身芜湖的诗人、状元，他就是张孝祥；南宋我们能够回去吗？我们能够回到张孝祥的那个时代吗？物理时空中的逻辑答案是否定的。但有一种方法可以回到过往，那就是通过文学的想象。唐玉霞与王毅萍创作的长篇小说《情断南宋》就是通过文学的想象回到了那段与张孝祥相关的南宋的时空。

　　回到过去的最好的也许是唯一的方式就是回忆。小说写了四个女人的回忆：张孝祥的母亲李榕的回忆，张孝祥的表妹李扶柳的回忆，张孝祥的妻子时兰芽的回忆，张孝祥的友人曹非烟的回忆。四个人的回忆，恰好构成了张孝祥的四段人生：他的出生，他的初恋，他的成年和结

---

　　① 唐玉霞, 王毅萍《情断南宋》, 安徽人民出版社2010年。

婚，他的最后结局。回忆构成了一张网，张孝祥在网的中心，他在众多女人的叙述中，从出生到死亡，一步一步地走着他的人生之路；他在众多女人的叙述中从无知的孩童到练达的官员，一分一分地演绎着他的性格：怯懦、勇敢；有情、无情。在女人们的回忆中，张孝祥的形象活泼了起来。没有历史的考证，也没有繁缛的渲染和修饰，张孝祥就在女人们的叙述中从风雨飘摇的南宋走向了21世纪的我们的视野中。回忆让我们回到了过去，当然也将过去带入了现实。

　　所有的回忆都是女人的，不仅是因为这是女人写的书，更重要的是女人借助写男人而写出的女人书。小说中的诗人、状元及官僚的张孝祥是鲜活的，但更主要的是他为女人们的回忆提供了一个叙述自己的机遇。张孝祥的出生，带动的是关于其母亲李榕颠沛流离的生命状态的感佩：一个有才情的女人，因为时代的动荡，陷入了婚姻和情感、伦理与情欲的万劫不复的漩涡中，所有的才情散了，所有的生命的生气也消失得了无踪影。张孝祥在错误和纠葛中诞生，成就了一代诗人；但也成就了作为女人的母亲的人生悲剧。一个遭遇如此的女人，在追忆如此人生的时候，其情何以堪！张孝祥的成长带动的是其表妹也是初恋情人李扶柳的人生记忆：因了父亲的叛国罪名，她的家被人放火烧掉，她的母亲的逃亡与含恨死去，她自己则自卖身进入烟花之地。她的美丽，她的才情，使她结识了表哥张孝祥，出于报复而委身于这个仇人的儿子。在围绕着张孝祥的四个女人中，她的生命历程最为凄惨，她的人生处境最为尴尬。得不到婚姻，得不到爱情，也得不到男人的庇护，成了乱世政治的牺牲品。甚至连牺牲品都不是，她只是张孝祥青春启蒙的工具而已。张孝祥的妻子时兰芽，她的婚姻的成功就如同李扶柳婚姻的失败一样，是政治媾和的结果。虽然也有着亲上加亲的婚姻伦理作后盾，但无爱无性的婚姻，最终导致了她的结局比李扶柳更加的悲惨。她最后的灵魂追忆，更是把一个女性生命悲剧推向了高潮。似乎有着好结局的是秦桧的侄孙女曹非烟。一个追随爱情的女人，最后却被所爱的人转手他人，这又不仅仅是人生的悲剧，更是人生的耻辱。也许出于情节的需要，她被作家安排为张孝祥诗词集的出版人。耻辱休眠了，爱情在蒙昧中延续。四个女人自始至终无法获得完满的幸福：母亲李榕在乱伦的耻辱与惊恐中了却人生；李扶柳有爱却没有婚姻；时兰芽则有婚姻而没有爱情；曹非烟则既无婚姻也无爱情。残缺的人生，难道是女人天生的宿命吗？四个女人的回忆，都是关涉男性主人公张孝祥的，但是，她们都是在用自己的身体在感受爱情和政治，以自己的生命为代价在感受女人生命的消散过程。

　　女人的叙述天生是感性的，这是关于作者的，更是关于小说中回忆着的四个女人的。生命往前展望总是阳光明媚的，而逆向地往后追忆，则总难以摆脱生命消失的悲伤。更何况是关于女人的，是关于美丽女人的，叙述主人公自己的悲伤来自自我生命的崩溃；而读者的悲伤则既由于叙述主人公，又来自怜香惜玉之情，又来自关于人类的生命追忆的无可奈何的悲凉感悟。时间，是物理的，但更是生命的。在长时段之后去追忆，一切的鲜活的生命和生活都如在目前，但一切又已成过眼烟云。一种地老天荒的沧桑，在四个女人的追忆性叙述中，平淡之下暗流涌动。疼痛不仅是关于创伤的，更是在夜半梦醒时分，万籁俱寂之时，那种对于"回不去"的沧桑感受的醒悟。读了小说《情断南宋》，我感觉女人的疼感较男人更甚。

历史风云中的理想徽商形象

——评季宇长篇小说《新安家族》①

季宇长篇小说《新安家族》为弘扬和表现安徽地方文化提供了一个路径，也在某种程度上改写了既有的对于徽州文化和徽州人的想象。这具体表现在以下的几个方面：

一、以艺术的形式给予徽商以豪迈的生命历史

在安徽的地方文化中，徽州文化一直是极为重要的一部分。而徽州文化的根基则在于儒商文化，徽州的其他文化形式诸如家族文化、村落文化、书院文化等等，也都以此为基础。正是明清时代徽商的大量的金钱，支撑了徽州地区多种文化形式的存在。因此，弘扬徽州文化，当然就要首先表现其中最具根本性的徽商文化。对于徽商文化的表现，安徽已经做了大量的工作，主要就是对于徽商历史资料的整理，出版了大量的与徽商文化相关的徽州文化研究成果。但是，我们必须看到，在关于徽商的想象中，目前大多都止于社会学和历史学，徽商因此仅仅止于简略的历史学的学理描述和社会学的统计材料。诸如唐宋元明清以来，出现了多少出身徽州的大商人，他们赚取了多少钱。当然，在历史学和社会学的想象中，还包括对徽商的原生地——徽州山水、宅院、道路桥梁

① 季宇《新安家族》，安徽文艺出版社2011年。

以及书院等的描述。在这些历史研究中，徽商成为儒商，成为儒家知识分子，成为知书达理的大官僚。在历史学的视野中，徽商的名号是会被经常提及的，但仅仅不过是被豪迈地提及而已。因为鲜活的生命活在人生的历程中，没有对于人生历程中鲜活的生活的描述，生命仅仅就是一般的干瘪的符号而已。这种研究往往能够呈现一种文化的全貌，具有文化的数理意义，却很难呈现文化中的人的活泼的个性。

历史不是死的资料，而是鲜活的生命史。《新安家族》这部小说通过一个"长时段"的生命细节，复活了徽商的生命历史。它让徽商走向了外在世界，复活了他们奋斗搏斗哪怕是奸诈狡智的生命历史。它采用了传统历史叙述惯用的长时段表现法，从晚清到民初到抗战，在历时性的线索上，展现了中国近现代历史的变迁，以及在这样的变迁中徽商的成长历史。在这样的讲述中，徽商不再仅仅是固定在某个时间节点上的商人群体，而是一个具有成长流程的生命群体。同时，《新安家族》第一次全景式地展现了徽商的生命舞台，它从徽州出发，活跃于扬州、上海、湖州、武汉，乃至于南洋和欧洲。小说在一个广阔的空间中书写了徽商的活动史。这部小说以主人公程天送为叙述线索，但却讲述了一群人的生活和生命状态。程天送这个人物带出来的，是一个个的徽商家族及其在近现代历史中的兴衰。因此，这部小说可以说是一部家族史，虽然它不再采用传统的封闭式的家族史的表现手法，但却也将家族内部的种种的家族观念以及与家族观念相关涉的商业观念，展现了出来。家族是中国社会构成和中国伦理道德的本位，因此，通过叙述家族的演变，叙述家族在近现代历史中的道德姿态，也就展现了中国民族在近现代历史中的兴衰，因此，这部小说也可以称之为一部民族史。季宇通过对于程天送及其徽商家族的想象，不但赋予了徽州文化以生命史，而且让徽商和徽州文化不再仅仅是局限于一隅的地方文化，而是成为整个中国民族文化的一部分。

长篇小说《新安家族》不但给予了徽商以细致而鲜活的生命历史，而且，让徽商跳出了阴暗潮湿的宗族大宅门，走向了外在世界，复活了他们奋斗搏斗波澜壮阔的生命历史。徽商不再仅仅是高深的庭院，也不再仅仅是沉塘，更不再仅仅是高大森严的牌坊群，而是一个闯荡世界的商人群体。小说赋予了徽州商人以鲜活而豪迈的人生形象。

二、一部具有史诗品格的"长河"小说

中国民族诗思维的特性，伟大与豪迈不是来自个性的张扬，而是寄身于民族国家的建构历程中。在塑造徽商的形象的时候，季宇显然有意运用史诗的手法，在一个"长时段"的历史波澜中，讲述一个徽商的成长史。在一个广阔的时空中，借助徽商的家族背景，伴随着近现代中国民族的苦难，让徽商的成长参与民族的苦难和觉醒之中，使徽商成为中国民族重塑民族形象、洗雪民族屈辱的积极推动者。

长时段的历史时间，广阔的历史空间，造就了整个小说的大气磅礴。惊心动魄的商战，沉浮动荡的人生，赋予了小说和它的表现对象徽商以丰富而鲜活的生命细节。整部小说采用全知叙事的手法，既通过场面的铺排展现了面的开阔，又通过文化的追溯体现了历史的纵深感。整部小说在叙述上的战略性安排，形成了其结构上的大气磅礴。而在故事的层面，这部小说的戏剧性进度的把握，是很懂火候的。家族内部的争斗，家族外部的商战；民族内部的矛盾，民族之间的纠缠，复杂的矛盾和冲突，通过惊心动魄的场面，以及叙述的遮掩和释放等手法的运用，使得整个故事紧张激烈，扣人心弦。整个故事既具有丰富而鲜活的生命细节，又具有震撼人心的诗的感染力。

三、道德理想主义的品格照亮了徽商的形象

《新安家族》是一部典型的人物性格小说。在塑造人物性格的过程中，现代时期的作家大多有着自己鲜明的道德倾向性。尽管有的小说也采用超越的立场塑造一些所谓的圆形人物，但是作家的道德立场却无法

回避，尤其是在中国的文化语境中，这种道德超越往往会造成读者的阅读迷茫。《新安家族》在某种程度上也可以称之为商战小说，因为它大量表现了商业行为中的"商术""生意经"。商战小说，以表现商术为主。而商术的表现则易于使得小说的叙述陷于技术中立主义的道德观。商战所运用的就是商术，而商术其实就是权谋智慧在商业领域的运用。商业的目的就在于追求利润。在权谋之内，在商业的利润之内，道德隐退。而《新安家族》的叙述则不然，作家采用了道德化的叙述方式来塑造作品中的主人公程天送的形象。作家首先将徽商程天送放在善恶对立的两极冲突中来考验他的道德人格；来表现以程天送为代表的徽商主流的"诚信"的为商之道，他的道德正义感，他在现代民族危机中的强烈的民族主义情怀。在小说中，程天送虽然身份是个商人，但作家首先是将其作为一个社会关系中的"人"来勾画他的行为和品格。在季宇的笔下，儒商是诚信道义的化身。

小说有意塑造了具有道德理想主义特征的徽商领袖程天送的形象。《新安家族》首先将徽商放在了人性的善恶道德天平上来衡量，不但刻画了程天送、汪仁福、鲍二爷这些令人尊敬的商人的形象，而且还写了许晴川、何贵、汪文南、董小辫等一批徽商的奸诈、阴险、因利弃义背伦的无耻。还有武汉帮对其他商帮的排斥，马二爷和谢秉章为了阻止程天送在武汉设庄所采取的一系列手段，不光彩的"阴谋诡计"。《新安家族》并没有止于一般的人性善恶的演绎，作者同时还把这些人物放到现代民族国家的视野中来对他们进行道德评价。程天送等人开拓商路，建立现代商会，支持华商；程天送在武汉罢市成功，为徽商钱业主持了正义，打击了洋人的气焰，争取"公平的商权"，体现了民族主义的情怀。长篇小说《新安家族》无疑是一部商战小说。"经商有术，术无道则不立。""道术合璧，方可通天达地。""所谓道者，就是正道、真道、诚道，天下之道。胸中有天下，则离道不远矣。""经商之道，为人之道。得人心者得天下。钱再多，势再大，都不能长久，唯人心向背，方可制胜。"许家和洋行相互勾结，狼狈为奸，控制竹木生意，但他最终还是难以逃脱"善"的逻辑惩罚。小说通过"善"对于"恶"的克服战胜，张扬了徽商的道德理想主义形象。

对于徽州文化和徽商的表现，在明清的笔记文学中，徽商往往是骄横跋扈，也是骄奢淫逸的商人。就是当代关于徽州和徽商的想象，也基本局限于沉塘等阴郁礼俗的表现。从上个世纪八九十年代以来也出现了一些艺术作品，如美术（应天齐的版画）、舞蹈（韩再芬的"徽州女人"）以及一些小说和影视剧等。但是，关于徽州和徽商的艺术想象，受到当年张艺谋电影（如《大红灯笼高高挂》《菊豆》）等的影响太大，往往把徽州文化和徽商文化想象为一种封闭、怪诞、阴郁、充满了乱伦和死亡的臆想，以致徽州文化被视为某种有点儿变态的生命存在。这种对于徽州文化和徽商文化某一方面的夸张性的想象，扭曲了徽州文化，也扭曲了徽商的形象；并使得徽州文化和徽商的形象就如同展览在宏村西递村的"三寸金莲"鞋子一样，永远停留在历史的深处，成为一种封建时代残酷的符号。而《新安家族》重塑了徽商的光辉形象。

四、戏剧化叙述呈现了当代影视艺术的品格

史诗之所以是诗，就在于它的艺术的逻辑。《新安家族》的史诗特性还表现在它的戏剧性叙述。主人公程天送的身世，他的发财之道等等，都具有传奇性和戏剧性。而小说的戏剧性更主要的还表现在作品中繁多的戏剧冲突的设置上，有徽商不同家族间的冲突，有家族内部的冲突，有中外商人之间的冲突，有三角恋爱中恋爱男女间的冲突，以及一系列令人眼花缭乱的冲突。强烈的戏剧化的叙述方式，使得作品在情节中具有扣人心弦的吸引力。戏剧性属于艺术的范畴。

小说脱胎于同名电视剧，电视剧的镜头语言深深地渗入作品的话语之中。作品虽然洋洋百万言，故事众多情节复杂，但是语言干净，叙述流转明快，阅读起来并无滞涩之感。有人认为，小说叙述的镜头化，给小说的叙述带来了文学性的减弱。通常来说，小说的语言更加书面化，

也更具有叙述性，而不是场面性和对话性。《新安家族》对于镜头语言的化用，显然减弱了叙述性和书面性，而带来了更多的场面性和对话性。但是，也正是这样的镜头语言，使得这部小说避免了家族小说常见的叙述滞涩的弊端，并获得了明快的情节流转和更多的场面感。有人认为，影视的镜头语言对于小说语言的侵入，说明了小说等纯文学的日益大众化和庸俗化。我以为，镜头语言带来大众化倒是一定的，但庸俗化却未必。近现代在小说中使用镜头语言的很多，张爱玲的《金锁记》和新感觉的小说都曾广泛运用，也获得了很大的成功。

徽学已经成为一门显学，但关于徽商的文学想象却很有限。当《大宅门》在书写京商的时候，当《走西口》在演绎晋商的时候，当《闯关东》在书写鲁商的时候，关于徽商的文学想象就尤其显得重要。当然，书写徽商的有纪实性历史小说《胡雪岩》（后来也拍成了同名电视剧），但是纪实性的小说在想象的展开方面，会受到传主人生的种种掣肘。季宇的长篇小说《新安家族》在这样的文化背景下书写徽商，不仅展现了一个完整而辉煌的徽商的成长史，还填补了关于徽商想象的空白。

新史传叙述的典范之作

——论季宇长篇非虚构文学《淮军四十年》①

一、历史创作洪流中的新史传创作

迷恋和书写历史，并把历史看作是性命之学，是季宇文学创作的一个情结。早期的历史小说，运用新历史主义的手法，表现战争时代的令人扑朔迷离的历史和人性；后来他开始走出小说的想象而进入史传的书写领域，所以有了《段祺瑞传》《燃烧的铁血旗》等历史创作。就历史创作来说，季宇主要专注于近代史，比如《段祺瑞传》和《燃烧的铁血旗》以及这部《淮军四十年》。从季宇的整个的创作历程来说，他是越来越倾向于史传创作了。一个作家从文学想象的场景走入实在历史的场景，最终还是历史情结在起作用。因为越是迷恋历史的作家，越是最后会陷入历史的记录而不是小说的想象之中。这是历史小说家的宿命，也是中国儒家知识分子的文化基因使然。

中国当代知识分子对历史的叙述，一般来说有三条路径，一条是传统的官方历史写作。它大多是由专门的国史馆、特定的机构和被赋予使命的历史家（太史令）去写作的。但是，众所周知，当代中国的历史基本上都是教科书。而教科书，由于特殊的体裁和特殊的意识形态的需

① 季宇《淮军四十年》，人民文学出版社2015年。

要，它已经将历史变成了简单而抽象的政治判断。就是一些历史家所写作的"通史"之类，也往往因乖离历史太远，意识形态倾向太过于严重，而无法成为真正的历史；更不要说它的社会学意义的枯燥乏味的叙述，都不再具有文学性和可读性。中国优美的史传传统在当代早已湮灭。二是历史小说。历史小说是中国当代知识分子介入历史的合法方式。但历史小说分为两种，一种是一般意义上的历史小说，如二月河等人的创作。但是，这种创作对历史背景的依赖，导致了它的虚构变成了"造假"，"历史演义"最终导致此种历史创作的没落。另一种是新历史主义小说。这种历史小说，以直接的文学性虚构张扬历史的价值观。但是它所有的历史评价，都依赖于虚构的背景，这无法满足中国读者追求知识性历史的渴望心理；而且，也因为创作主体无法直接表达历史价值观，加上现代主义的炫技，读者总是雾里看花不明不白，最终抽身离去，尽管它的文学方面的成就一直备受推崇。三是"新史传"创作。这种史传创作，继承了中国史传叙述的传统，也是中国文学的传统，连接曾经被中断的传统，并且赋予新时代的叙述视角和价值观念，创造出史传写作的新天地。当代的新史传创作的复兴，源起于上个世纪八九十年代的"红墙传记"。它具有纪实的特性，但是，当年的权延赤等人的创作，叙述琐碎，并缺少历史评价的语境。所以，进入新世纪以后，才有了所谓的"非虚构文学"的出现；而且非虚构文学的文学性被带入新史传创作之中。

二、宏大的现场性叙事

季宇的《淮军四十年》，我认为依然属于当代新史传创作的流脉，但它早已超越了教科书历史，当然也超越了红墙传记，并且在历史小说之外，开辟了历史叙述的新路径，它在复兴着中国的史传传统，并且有着较之于传统史传更加宏阔的视野和对于历史的更加理性的评价。

这部《淮军四十年》采用了历史叙述所常用的"宏大叙事"的叙述

方式。这部作品，从淮军建军的1862年，一直写到庚子事变。通过淮军这一政治和军事集团的兴起和衰落，展现了中国近代历史的跌宕起伏的过程。这种对于历史大势的把握，是一种宏观的抽象和概括。它表现了淮军的命运和历史的走向，有着鲜明的历史观念和价值判断。这种宏大叙事，不能说没有教科书历史的痕迹，不能说没有革命现实主义小说的痕迹，但是，这种宏大叙事，对于错综复杂的历史来说，却也是一种不失有效的概括的方法。这种宏大叙事，有力地避免了中国传统史传所陷入的琐碎的具体的历史场景的叙述漩涡，而获得了更为开阔的历史视野，对于描述历史走向是有效的，对于全面合理评价历史事件和人物有着极其重要的作用。当然，前提是这种宏大叙事，不能带有先入为主的抽象的成见。季宇在书写淮军历史的过程中，通过对于淮军的兴起、鼎盛以及衰落的过程，一步一步铺展开来，淮军的军事行为，淮军将领的人格特征，这些军事将领的政治人事关系网络，以及它们的相互作用，都使得我们能够感受历史走势，有效地避免了传统宏大叙事的弊端。

季宇的《淮军四十年》在宏大叙述的同时也赋予了历史以画面感和生动性。历史叙述的生动性是史传书写的一大难题。历史小说，对于历史书写时具有生动性。它的对于历史史实的任意的调动和改编，它的对于历史现场的随意的虚构，都给人以身临其境的感受。但是，再生动的小说也不是历史，它对于历史的传达是观念性的。中国传统的史传是有其生动性的，原因在于它也会经常性地去还原当时的历史语境。但是，这还原也会导致其文学性上升而历史性下降。季宇在《淮军四十年》中，我们可以看出他在有意回避历史小说的笔法，这对于一个以新历史主义小说的写作见长的作家来说，是艰难的，但是他却做到了。季宇也在有意采用传统的史传的场景还原的方法，以增加其叙述的生动性。但是，我注意到，在还原历史场景，尤其是在还原对话场景的时候，他在尽量向历史史料方面靠拢，他通过一些历史资料，诸如回忆录、书信等，来构筑他的历史真实前提下的生动性或者说文学性。当然，季宇在书写淮军历史的时候，掌握着更多的叙述的武器，他经常地会借用文学叙述的方法，对于特定的自然风景和人物心理进行描绘和揣测。这种文学性的想象，也是有限度的，但是正是这有限度的想象性叙述，增加了他的新史传创作的生动性，而又不失其历史的真实感。

季宇在《淮军四十年》中以人物为中心构筑起了他的新史传叙述的审美体系。中国传统的史传，尤其是本纪、列传等，都是以人为中心而构筑历史的。但是现代正史叙述则往往弱化人物而强化事件，历史因此而成为冷冰冰的事件史和社会学叙述。《淮军四十年》本是事件史，作为整体的淮军的历史。依照历史事件而推进叙述，这是一般性的常用的方法。但是，季宇继承了中国史传的传统，他将淮军的历史叙述为人的历史。他通过叙述淮军的具体的人的行状，展现了李鸿章、刘铭传、潘鼎新等一大批淮军将领活生生的人生情状，彰显了他们的性格，也展现了他们的文化出身、他们的性格与个人命运的关系，与淮军的兴衰的关系。可以说，这部《淮军四十年》就是淮军人物传。每个淮军将领，在这部史著中都有一部完整的传记，都有一个完整的浮沉跌宕的人生。季宇所采用的履历表的方式对于人物的介绍，也呈现了以人物为中心的叙述特征。季宇的这种以人为中心的叙述，也来自近现代文学的以人物性格为中心的传统。季宇将其运用到新史传的创作之中，有力地改变了近现代历史写作的枯燥乏味的局面。

三、历史评价和历史价值观

历史叙述必然涉及历史的评价问题，季宇的对于淮军及其将领的历史评价既有着现代性又有着基于乡谊的偏见。中国传统的历史评价方法，孔子写春秋，创造了春秋笔法，讲究暗示和"微言大义"，一字寓褒贬，也就是在叙事中暗含褒贬，委婉地表达作者的倾向。左丘明概括为"微而显，志而晦，婉而成章，尽而不污，惩恶而劝善"。但是，后代的历史撰写也有经常在卒章的时候，来一段史家的评价，由"太史公曰"来引导出评价。季宇的《淮军四十年》，一方面采用了正史传赞等方式，经常在卒章的时候，来集中地表达他对事件和人物的评价；但是，季宇的评价并不全是自己的观点，他往往又将多重的声音引入评价的语境。诸如对李鸿章屠戮太平军战俘一事，他就将多种评价都引入了进来，形成了多种声音的对话，从多个方面来评价李鸿章的屠俘事件。另一方面，季宇也会经常在叙述的过程中，通过对事件叙述的修辞，以呈现自己的历史观念和历史价值观，微言大义也是他所经常运用的。他通过一些特定修辞方式的运用，来实现对历史的评价。但季宇对于历史的评价，最常用的方式，还是对于历史的论析。诸如对于洋务运动，对于淮军在中日战争中惨败的历史责任等方面，它是长篇大论的，而且将各方面的历史事实摆出来，分清是非，明确责任。

历史评价与历史价值观是二位一体的。《淮军四十年》的历史价值观是很有探讨的必要的。1.季宇在历史的叙述中，以史实说话，根据史实重新评价人物和历史事件。最典型的就是，关于李鸿章是"卖国贼"的成论。季宇摆出了当时各种历史情境，证明这种指责是特定历史情境中的污蔑之词，与李鸿章是否卖国并没有什么关系。他甚至肯定了李鸿章作为晚清的裱糊匠所承担的委屈和耻辱。并将李鸿章塑造成了一个忍辱负重的官僚形象。2.但季宇对于有的人物和事件的评价有时候也是动摇不定的。比如对于李鸿章苏州屠杀俘虏事件，他对于此事件的谴责是溢于言表的，但是，他又列举了种种当时"现实处境"来为李的行为开脱，他还列举了种种其他的论调，看似引入讨论和多种声音，实则还是在为李鸿章辩护。3.季宇站在历史发展的高度，充分肯定了洋务运动对于中国政治、军事、工业以及思想现代化的作用，肯定了李鸿章以及淮军的历史功绩。

但是，在对于李鸿章以及淮军在甲午战争和中法战争中的责任的评价，季宇也采取了"辩护"的方式为李鸿章脱罪。作为中国最主要的军事首领和最重要的军队，李鸿章和他的淮军，由于腐败怠惰，消极避战，导致中日战争惨烈失败，导致中法战争虽胜尤败的结局。这两场战争的失败，有清王朝内部帝党和后党之争、湘系与淮系之争，以及军队管理体制的混乱等方面的原因，但最主要的还是由于他任用了腐败无能的同乡丁汝昌，把前方战争的进退作为政治斗争的筹码，以及他任人唯亲导致军事将领匮乏的人事政策等。对于这两场战争的失败，李鸿章和他的淮军显然有着不可推卸的责任。但季宇作为一个历史学家，他的《淮军四十年》的优点在于，虽有他的偏见，但他并不回避历史评价中的不同声音，并在多重声音中建构自己的史识；尤其在历史的叙述中，并不因为自己的偏好而扭曲史实，使得历史的阅读者能够将自己的评价通过多重讨论和历史史实参与进对历史人物和事件的评价。这也是新史传叙述的现代意识。

季宇以他的这部《淮军四十年》，也以他的《段祺瑞传》以及《燃烧的铁血旗》，建构了一个现代化的史传写作方式。他的这部《淮军四十年》可以说是新史传叙述的典范之作。

（原载《人民日报》2015 年 6 月 16 日 24 版。有增删）

"别样"的官场叙事

——孙再平、桂林长篇小说《娘千岁爹万岁》①序

桂林和孙再平的长篇小说《娘千岁爹万岁》可以归类为官场小说，但是与清末的官场小说和当今风行的官场小说都有诸多的不同，显得很"别样"和"另类"。

其实，从清末开始，官场小说已经形成了叙述恶浊的惯性。当年的《二十年目睹之怪现状》《老残游记》《官场现形记》等，都给中国官场小说定位为"怪现状"的"现形记"。奇怪的是现代时期，却没有多少官场小说。到了当代，尤其是上个世纪九十年代以来，官场小说日趋繁荣，尤其以王跃文的《国画》为标志，其后一直洋洋洒洒到今天。这些官场小说，大多继承了晚清的"现形记"传统，大写特书官场的钱权色交易。当代官员形象一败涂地，其上品者，文辞优美，揭示官场腐败的同时也不忘挖掘人性；而其下品者，既文辞粗糙，又则借助官场这张皮，包藏海淫海盗的私货以招徕读者获得利益。而与这些负面官场小说同时的，也有另外一支官场小说，他们大多顺应主流意识形态，叙述官场的丑陋的同时，主要的还在于弘扬主流价值，塑造主流的官员形象。以上两种官场叙事，前者为烂污的堆积地，后者则是宣传的英雄谱。从文学的想象来说，两者皆是叙述的恶俗。

而桂林、孙再平的《娘千岁爹万岁》则与上述二者都不一样。这部

第三辑 新世纪长篇小说论

小说的主人公是一个基层乡镇的党委书记，小说也主要叙述他在乡镇中的"工作"。乡镇中的党政人员的工作，当然就是官场了；而且小说也以相当的篇幅叙述了主人公凤秋生的官场沉浮，以及官场中微妙的人际关系，以及官场中常见的算计和倾轧等等，因此这部小说也可算得上是标准的官场叙事了。但与当代官场小说的"官场艺术展览"不同，这部小说的主人公凤秋生的主要的智慧和狡黠等用在了"民生"方面。他与他的同事们，无论是上级还是下级，大多保持了一种友好、友谊甚至爱情般的关系，他对于自己的官途似乎并不上心，也不会特意地去巴结上级，或有意地去算计和陷害别人以达到自己升迁的目的；他的主要的精力都放在了自己乡镇的经济发展和民生提升上。为此，他经常会耍一些小聪明，诸如假称发现文物，诓文物部门征地、发补助，留下地皮修路、建学校、盖办公楼等等。他的最精彩的智慧还在于抗洪救灾中，因为了解了破圩能够给圩区百姓带来好处，而不动声色地假意抗洪，利用抗洪和破圩而获得很多的物资，获得了很多的援助，大大改善了百姓的生活。虽然他后来也因为破圩而受到了处分，并被排斥于副县长的提名之外，但是他对这一切都似乎无所谓。这是一个把自己的利益看得很轻很淡的官员。当然，凤秋生这个人物却并不概念化，虽然有时候太神了点，如诸葛亮一样的神，把前后左右都不动声色地想到了，安排好，而且似乎总有着好的运气在等着他，但是这却是一个活生生的人物，与主流意识形态宣传的没有多少人色的"高大全"式的官员以及道德模范不一样。他狡黠，但无私；他智慧，但都将其用在了民生上；他有官威，但又非常可爱，且让同事和百姓亲近。显然，这个人物是道德理想主义的，但是，他的存在却不是抽象的。

这个形象倾注了作者与当代主流价值观一致的情感理想，当然也与他们对于乡镇官员生活和生命状态的熟悉有关。这个形象的塑造，使得这部小说脱离了自晚清以来官场小说的叙述惯性，而重构了一种基于生命意义上的道德形象。当然，其中的凤秋生形象，并不是说完全没有道德修饰的味道。作者太爱这个人物，而将他与污浊隔离了开来，使得他面对金钱诱惑，官位的诱惑，女性诱惑等等的时候，都具有了超人的免疫力。由于他的抵抗力太强，也使得他的意志力和道德力，多少脱离了现实的一般逻辑。

再者，凤秋生这个人物，就他在乡镇中的角色——镇党委书记来看，他的行事有的时候还是有点儿诡秘的，有的事情他在办理公事的时候名义上是为了保护同事，或者说对付上级好为乡民争取更多的利益，这些行为做派，假如放在现代政治学的视野中来考察，也并不是不可以找出他的政治文化的缺憾的。一个建构在道德理想主义基础上的政治人物，其行为是感人的，但是，也是危险的，甚至可能存在着鸦片一样的让人上瘾的毒性。

同时，这部小说为了衬托主人公凤秋生的形象，给他安排了两个女人，一个是妻子刘懿，一个是情人银凤。刘懿的形象多少有点儿概念化，原因当然不在于作为凤秋生的妻子，她的对于官位的过度迷恋，而在于这个形象看上去就是为了反衬凤秋生的超然人格而存在的。她尽管有着很多的高干子女的恶习，诸如不孝敬父母，诸如不喜生育等丁克族的习性，但是，作品最后设计让她写密信告发自己的丈夫，还是不合情理的，是与她的一心想让丈夫升官的"夙愿"相违背的。而情人银凤，作为带有知识分子心愿特色的女人，她的对于爱情的痴情，对于凤秋生母亲的孝敬，正好是刘懿的反面。从小说的叙述来看，这个人物不但是凤秋生这个孝子所喜欢的，也是作者所欣赏的。从这个人物身上，我们看到了这部小说道德倾向的传统性。小说所设置的这两个人物，围绕着镇党委书记凤秋生，形成了一般官场小说的一妻一妾的格局。这多少还是回应了当今官场小说的叙述惯性和阅读癖好。但是，小说却并没有将她们与凤秋生的关系滥情化，两个女人虽然都与凤秋生有着性的肉体关系，但作者却对他们之间的关系进行了极为节制的叙述，有的时候甚至让人觉得过于节制，而不近人情，比如银凤献身而凤秋生喝醉酒毫不知情等。不过正是这种节制，使得这部小说才脱离了当今一般官场小说渲染色情，渲染权色交易的叙述窠臼，并在总体的成色上远离了狎邪的官场叙事恶习，有着一股方正之气。

这部小说是一部比较典型的人物小说。作品围绕着凤秋生的乡镇生活行为，偶然叙述及他的同事，情人，总体上脉络比较清晰，偶有分权，但不算怎样的枝蔓横生。小说对于凤秋生的生活状态，叙述得绵密、腴厚、诚实。这部小说完全没有一般网络叙述的恶习，作者不懂得场面性的、情节性、对话性的兑水，也不刻意在情节尤其是在情爱情节上吊读者的口味，不会刻意地去赚取点击率。这部小说笔调幽默而又带着一点自嘲，行文描写和叙述都极为顺畅，有着极好的文字把握能力，对于单篇叙述节奏有着很好的掌控能力。尤其是涉及一些乡村自然风貌的描写、文物知识等叙述等方面的内容，由于作者的知识分子气质，由于主人公的知识分子气质，有的时候真的让人担心作者会如同贾平凹的《废都》一样陷入腐儒般的自恋的卖弄，但是，在这部小说里，作家却处理得恰到好处，它让读者一方面感觉到了对于这些知识的入行入里，另一方面又不会被这些知识牵累太多，不会为这些知识所缠绕。所有这一切都是为了主人公凤秋生的性格塑造的需要，驻足有驻足的流连，舍弃也干脆决绝不留恋。

这部小说作为一部长篇小说来说，其总体构成还是完整的。故事的起步，到故事的结尾，其安排，给人以完整性的外观感受。但是，这部小说同时也具有单节的完整性，如"挂职""破圩"等等，都可以看作一个独立的故事；而且，作者在叙述的时候，总是会安排缘起、发展、高潮和结局，尤其到最后一定会安排一个人物，如县长、书记，或乡长，用某种语言给他做一个总结。但是，作为一个长篇小说，我们还需要考察它内部的逻辑联系和整体结构、情节走势的安排，线索的预设，叙述中的推动等等。对于这部小说，我要说的是，单节独立性太强，从而损害了整部小说的整体性；而且，情节发展常有的起点—发展—高潮，没有把握好。小说的前几章，基本没有情节意识，等到后几部分才有了隐隐的察觉。从小说本身来说，这部小说的高潮部分应该在主人公凤秋生与副县长候选人王诏的斗法，并在最后意外获胜，获胜以后，而看穿一切，最后辞职远走他乡。这样既是对于竞争对手的王诏的回应，也是对官迷心窍的妻子刘懿的回应，更是对她无故举报的回应，但这部小说最后的结局，却是以母亲去世收尾。这就使得主人公凤秋生的出走显得突兀，没有缘由。不过，母亲去世一节，非常的感人。尽管，故事显然还有许多该展开的地方，如妻子刘懿的对峙；情节最后的结局，游离了设定的路线。但由于最后母亲去世一节太过于感人，也在某种程度上遮掩了情节的缺陷。

别林斯基说，真诚是文学的本质要素。小说《娘千岁爹万岁》虽然在人物塑造及性格内涵，在情节结构的安排上都有着很多的缺憾，但是，其叙述的真诚之心，读者是能够感受到的。也因此，他们在阅读的时候，就很自然地会将其跳过去，而被他的真诚所感动，所包裹。真诚地面对生活，真诚地面对写作，读者感受到了，信服了，感动了，故事的情节性和逻辑性，也就不重要了。就如同当年的萧红和她的《呼兰河传》，虽然其中的故事散淡，但还是受到无数读者的追捧。原因就在于她真诚的叙述。而只有专业的评论者，才会在感动之外，去理性地分析其不足。

附记：

《娘千岁爹万岁》原名《花落凤上坡》，最初在"凤凰网读书原创"连载，读了后，感觉很不错，就推荐给当时在读的中文系本科生作为评论的作业。我自己读了后，就毫无顾忌地将阅读感受写了出来。其中有充分的肯定，也有不少的批评。写了后，我就将其放到博客上了。谁知道，他们竟然拿去作为纸质版的序言了。作家都爱惜自己的作品，有的人甚至到了自恋的地步，别人指出其缺点，往往就捅了马蜂窝。而孙再平和桂林，竟然一字不改，对批评的文字谦逊地接受了。他们的对于艺术的精神，是让我感佩的。

（原载《安徽文学》2015年第11期）

江南水乡的怪诞传奇

——陈庆军小说《天堂鸟》①序

所有小说的叙述，无非包括两个方面，讲什么和怎么讲。要在这两个方面做好了，好的故事再加上适当的好的讲述方式，那就是一部好小说。小说《天堂鸟》就是一部既有好的故事，又有好的讲述方式的好小说，更是有着奇异味道的好小说。

《天堂鸟》所讲述的故事很传奇，也很有趣。小说的核心主人公是瞎眼的老妇人蒯嬷嬷。她在一生中经历过三个男人，第一个男人是船东的儿子汪宗海。同样出身于船家的主人公蒯丽丽，无可奈何地爱上了他，并不顾父亲的阻挠同他私奔了。她同汪宗海结合，并生了一个漂亮活泼的儿子，谁知道天有不测风云，儿子掉到江里淹死了，后来汪宗海的船也倾覆并葬身于江底。好端端的花好月圆说没就没了。第二个男人则是县大队的队长马啸天。蒯丽丽是在逃避婆家迫害的危难中，遇到这个亦兵亦匪的男人的。良家妇女遭遇土匪，其情形可想而知。但这个马队长硬是凭着自己的丰富阅历，和三寸不烂之舌打动了这个美丽的少妇，让她对自己欲罢不能。这里我想到了刘醒龙的短篇小说《圣天门口》的情节。第三个男人则是孤儿渔夫杨瑞招。蒯丽丽是在丈夫马队长抗日战死后，在投水殉情时遭遇到杨瑞招的。这同样是一个呵护女人备至的角色，他以善良无私打动了美丽的少妇蒯丽丽，也同样使得她不能不嫁给

① 陈庆军《天堂鸟》，安徽师范大学出版社2018年。

他，做他的女人。主人公的三任丈夫都是在她听到天堂鸟的叫声之后，发生不测变故的。传奇般的爱情，都以悲剧收场。看上去都有某种具体的原因，诸如突然被鬼子包围而战死，或者货船被突然的狂风恶浪倾覆，或者无端遭遇狂风溺水而死，但其实这一切都是命。由于天堂鸟的预警，使得蒯丽丽的人生充满了宿命感。我不是学生物学的，不知道天堂鸟长得什么样。但读了蒯丽丽的悲惨故事，我对这种鸟产生了恶感。就如同我小时候对于乌鸦的感觉一样。乌鸦是一种民间信仰中不祥的鸟，天堂鸟也是。据我的推测，这种天堂鸟应该是江南水网地带的一种鸟。因为主人公蒯丽丽和她的三任丈夫，都生活在太湖边上的沼泽无人区。此地的人民大多以水为生，或在江上或沼泽地带打渔，或在此地跑运输，当然也包括如样板戏《沙家浜》所演绎的在此地抗日救国。这部小说的作者陈庆军先生显然对于水乡的历史文化，以及水的生活有着特别的了解，也有着特别的感受，对于水乡人民的生命状态有着深刻的体察，因此，他所讲述的水乡人民的故事，尤其是船上人家的故事，让我感受了特别的新鲜和刺激，也为船家和渔民的生命而感到特别的揪心。这是我第一次看到如此刻骨铭心地表现水上人家生活和命运的长篇小说。

小说《天堂鸟》其实还有一个重要的爱情故事，那就是上海下放知青宋小秋与回乡知青杨二龙之间的爱情。虽然这一个爱情也是小说的爱情故事之一，但我更愿意将其看作是"讲故事"的套路，将宋小秋和杨二龙看作是故事的讲述人。因为两代人的爱情，虽然双线并行，但不具有互文隐喻的功能。这部小说并不是传统意义上的传奇小说，但是，它显然吸收了传奇的讲述方式。小说一开始所讲述的就是设局，将蒯嬷嬷设计为一个谜底。然后再通过杨二龙、宋小秋与蒯嬷嬷的交往，逐步相互信任，甚至蒯嬷嬷还做了宋小秋的干娘，诱导蒯嬷嬷逐步讲述了自己三个丈夫的故事。蒯嬷嬷的讲述，经历了从最初不愿意讲，到最后完全控制不住要讲的过程；杨二龙和宋小秋从最初怀着好奇探究故事，到听到故事，最后"惨不愿听"的过程。这两个相逆的力量，相互激荡，造就故事讲述的驱动力，也形成了故事讲述的张力。小说作者陈庆军先生虽然是长篇小说的初试者，但显然是一个讲故事的高手。他在上述的两种力量的相互激荡中，就如同一个草原上的老练骑手，缰绳的松紧，掌握得恰到好处。他总是在蒯嬷嬷的故事讲述中，适时地加入第一叙述者杨二龙或者宋小秋的感受，或者间以杨、宋之间的若即若离的爱情，或者让蔡嬷嬷充当蒯嬷嬷故事的讲述者，让在场的主人公适当地拉开与记忆（故事）的距离，也舒缓一下故事讲述的节奏。小说对于小说主人公讲述心理的揣摩非常的到位，甚至有着语言哲学的意义，尤其是土匪队长马啸天对于蒯丽丽的"降服"，更是显示了语言的魔力。其实反观整个故事的讲述，也正体现了作者陈庆军先生对于语言魔力的自觉。他不但用宋小秋与杨二龙的爱情故事，套进了蒯嬷嬷的故事，让蒯嬷嬷的三个独立的爱情故事，因为叙述主人公杨二龙，也因为蒯嬷嬷自己的讲述，而成为一个整体。而且，蔡嬷嬷和蒯嬷嬷所讲述的蒯丽丽的故事，因为是两位阅历曲折的老人所讲述的，充满了民间故事的沧桑感和经验性。正是因为两位老妇讲述的存在，才使得"天堂鸟"这种充满民间意味的意象，在整个的故事中显得自然贴切，顺汤顺水。试想假如这个"天堂鸟"的预警作用，由杨二龙或宋小秋讲出来，那就会非常别扭，因为受过新式教育的年轻人，压根儿就不信仰这些东西。我读这部《天堂鸟》，其实就是在不经意间被拖入了故事的网络中，最后一口气读完，而且还意犹未尽的。我道出我的阅读感受，其实要说的是，《天堂鸟》这部小说所讲的故事以及讲故事的形式，对读者来说是有致幻作用的。这一点让我想起严歌苓的小说《铁梨花》。

跳出这部小说的讲述陷阱，我想谈谈小说中的人物。小说中的蒯嬷嬷显然是一个有故事的人，而且是一个神秘的人，似乎与"天堂鸟"有着某种神秘的对应性。但，无论是老年的蒯嬷嬷，还是年轻时的蒯丽丽，还是与她交往的汪宗海、马啸天、杨瑞招，汪家的船上帮工水手水生，现实生活中的朋友蔡嬷嬷，以及宋小秋和杨二龙，他们个个都是有故事的人，个个都是有待开启的故事篓子，虽然性格各异，脾气也不一样，但绝大多数人，都是品格纯正，带有理想主义色彩。虽然小说中不乏对于愚昧落后的针砭，但《天堂鸟》这部小说从整体上来说，赞颂了人性的善良和美好。小说中穿插了很多江南水网地带的自然、民俗，以及历史文化遗存，具有很浓郁的乡土气息。小说的前部这种穿插与人物的行为相契合，比较自然；而在结尾部位显然穿插过度，就有点臃肿和滞重的感觉。

总体来说，《天堂鸟》这部长篇小说，讲述了一个非常好的，非常有意味的故事，同时小说的故事讲述方式，也充满了叙述的智慧，也非常有趣味。这真的是一部非常不错的长篇小说。

戊戌年初夏，应陈庆军先生所请，拜读大作《天堂鸟》，感受良多；又因扁桃体发炎中，不能说只能写，遂写下上面的阅读感受。不准确的地方，还请方家指正。

是为序。

方维保

2018 年 5 月 13 日于芜湖赭山南麓

捕捉一个时代的光影

——谈正衡长篇小说《芙蓉女儿》①阅读札记

一

我和谈正衡先生可以说是老朋友了，从上个世纪九十年代一直厮混到今天，屈指数来也有二十好几年了。他的散文，是我所熟悉的，写了很多，总是让我馋得流口水的那种。后来结集在大江南北的几个出版机构出版，得天下人热捧，一时风行，闻名遐迩。

在戊戌年这个溽热的夏天，谈先生要到欧洲去旅游，临行前突然交代，要我给他的新写的长篇小说《芙蓉女儿》做个序言。我当时还是吃惊不小，再三推托：鄙人何德何能，竟敢给先生作序？！但是他一口咬定，说是我早就答应了的。推托终于不成功，我于是只好赶鸭子上架。

关于这次作序事件，还要从去年的一次聚会说起。去年秋天的某一日，谈先生突然来电话，说是他要做东聚会。我也没有正经当回事，因为朋友们三天两头找个由头聚会，也是很平常的事情。谁知第二天下午，他弄了辆车子，一下子把我等一干人拉到了离市区几十公里的一个叫做黄池的地方。黄池出茶干，市面上到处都是卖的，我当然知道这个地方。但是，我们那天并没有看到茶干，而是饱览了这个衰落小镇的安

---

① 谈正衡《芙蓉女儿》，安徽师范大学出版社2019年。

静的田园风光。

晚餐是在黄池的一个果树园里进行的。一条土狗在屋里屋外地转悠，边上的网围里几只公鸡母鸡已经上笼。我们一帮子人在屋里摆开两张桌子，吃着从附近农田及鱼塘里采获来的菜肴，喝着小酒。就在我等渐入佳境之时，谈夫人李大姐似乎早有预谋地说起谈先生早年为文的轶事来了。还提到谈先生当年给她写的情书，字字句句，声情并茂，娓娓道来。谈先生也仿佛重回少年维特时光，更是即兴大声诵读情诗一首。我等座中大呼小叫，敲碗拍凳子，不一而足。酒酣耳热之际，谈先生说要写小说，李大姐说她支持。谈先生说李大姐也是大家闺秀出身，李大姐当然也就当仁不让。谈先生说要写他的岳母，说她老人家是一个传奇女子，也是从南陵徐家大屋出来的。我断断续续听着了几个零碎的情节，就随口说道："可以非虚构，或纪实。"

谈先生的写作是个急性王，他那雷厉风行的劲头，那种抓住灵感的尾巴一挥而就的豪情，经常让我等目瞪口呆。黄池聚会后三四个月吧，他老兄就把稿子发给了我，一口咬定要我写序，还说就是按照我说的"非虚构"的路子写的。于是乎，我就在炎热无比的戊戌年的夏天对着谈先生的《芙蓉女儿》写下了下面这些话……

二

《芙蓉女儿》以女主人公李芙初为叙述视角和贯穿性人物，通过她的经历和交往，讲述了陵阳（南陵）的历史和人物。小说虽然没有特别显示讲述人的角色，但讲述人李芙初的讲述行为还是隐约可以看到的。由李芙初，小说牵系出了她的同母异父的姐姐黄浣莲，由她而讲述了她的好朋友傅菊英的故事，陈采薇的故事，堂妹小芙子的故事，以及母亲的故事，还有姐姐同事陶婕的故事。

作为小说中的人物，李芙初从少女到出嫁，一直是一个可爱淳朴又有教养的女孩子。她虽然是湘军将领李成谋的曾孙女，但毫无骄纵和跋扈；她经历战争的血与火，经历危险和苦难的"跑鬼子反"，但依然能够保持着平和的心态和女性知识分子蕴藉的涵养。也许是顾忌到尊者的形象，这个人物更多地充当着讲述者的角色（尤其是后半部），她对于小说中诸多事件介入得还不够，尤其最后她与希惠的结合来得过于突然。小说主要是围绕着她来构建人物网络的。

小说对李芙初的同母异父姐姐黄浣莲的叙述最多。黄浣莲由于生父去世早，性格一直很独立。后来在中小学里教书，从小说的暗示可以知道，她是共产党圈子内人物，在个人感情生活上，她与她的同志邵运柏一直若即若离。这是一个可敬但欠缺一点可爱的女性。在李芙初的女伴中，陶婕的形象较为鲜明。陶婕是一个长相俊俏的美术老师，在抗战中沉沦，成为伪军张昌德的姨太太，获得了大量的地产和房产，抗战胜利后，受到了惩罚，变得无比的失落和颓丧。作者通过李芙初的眼光，剖析了人性的沦丧，批判中有着同情，同情中又有着恨铁不成钢的指责。傅菊英，父亲在模范街开了家东南旅馆。傅菊英虽然性子柔柔的，但却死心塌地爱上了一个受伤的国军排长，并且义无反顾地跟随他去了四川泸州老家。爱情让一个柔弱的女孩子爆发出刚毅的性格。读到这个女子的行止，我对她由衷地生出敬意。

在所有的女孩子中，陈采薇是作者着墨最多的女子。她的身为大律师的父亲，她的留学的哥哥，她的母亲，以及到四川逃难的过程，都有一个完整的交代。而在陈采薇身上，作者最为钟情的还是她的性感和美艳。她的少女时代的眸如秋水，她的成年后的熟女风韵，以及与这些相伴而来的各式各样的凸显和绽露身材的旗袍，她的露出的脚踝，以及额前飘动的几缕头发，还有她的姿态，文才和细腻的情感。崇拜英雄的美艳少女，嫁给了有着英雄般威权的袁佩璋，那种飞蛾扑火般的精神也是意料之中的。但是，如此美丽的女子却死于难产，总让人感觉到于心不甘，造化弄人。我认为，采薇这个人是有一点魔性的。极致的美艳，总埋藏着令人难以置信的毁灭。这就是现代美学的悲剧精神。

相较于女性形象的精彩，《芙蓉女儿》中的男性形象大多是走马灯式的人物，不但讲得少，而且大多作为陪衬，只有极少数几个如教师江清越和邵运柏、校长戴凌洲、湘籍巨绅张和声、督学袁佩璋等较有特色。但总体来说，男性的形象没有女性的形象那么的出彩。

三

老谈写东西的特点，据我所了解，断不会只关注儿女情长的，他的作品喜欢文抱风云字含流沙的。这部《芙蓉女儿》也是如此。

《芙蓉女儿》写了一帮小女孩的成长和命运，可以说是女人的成长纪事。但老谈却将她们的命运坎坷放到历史长河里去淘洗锻炼。而这个历史就是南陵的地域史和老谈岳母的家族史。

老谈是一个有着很深故乡情结的文人，他的大部分作品都以故乡南陵的历史文化和山川草木为背景，而这部《芙蓉女儿》，乍看题目有点丈二和尚摸不着头脑，我以为就是写花儿草儿的，读了我才知道，原来小说的主人公们大多都是湖南人的后代。李芙初及其姐妹们，她们大部分人都是在清代末年镇压太平天国的湘军将领李成谋的后代。"太公李成谋，当年率军在芜湖一带与长毛太平军反复厮杀，后来出任长江七省水师提督兼领南洋水师大臣，便将唯一女儿许配给了徐文达的长子徐乃光。"徐文达支持清军平叛，后也坐上两淮盐运使的宝座，高官厚禄。血脉衍传，直至李芙初这一代。"芙初和小芙子，还有她俩各自的爸爸，皆出生在徐家大屋西宫，她们家族几十年的故事，都藏在这座宏深老房子里。"

当然李芙初的家族史，是通过即时回忆和插叙闪回的手段来展现的，而这些历史场景则插入了小说的现实时间里。小说的现实时间，则是从抗战到中华人民共和国成立前夕的这一段历史。小说从一九三八年二月十七日军轰炸陵阳城开始写起，一直到解放军渡江前夕李芙初结婚，也就是所谓的抗日战争时期和解放战争时期。

小说中的历史是有两段的，但是，在老谈的叙述中，它们是折叠在一起的。而两段历史的见证人和经历者，又都是围绕着"芙蓉女儿"们的现实命运来展开的。

这部小说当然没有叙述"芙蓉女儿"们的现在状况，但是，小说又显然存在着一个回忆的视角。而谁在回忆呢？当然是叙述人李芙初在回忆。李芙初不但睹物思人，而且从历史中获得了自豪感和沧桑感。当然，这种自豪感和沧桑感，也是作者老谈的。读老谈的这部《芙蓉女儿》，我也从他所叙述的历史中获得了自豪感，感受到了沧桑感。

四

老谈将这部《芙蓉女儿》定位为"非虚构"小说。如此的定位，从逻辑上来说有点矛盾，但是，在文学叙述中又未必不可以。

这部《芙蓉女儿》的写作初衷，当然是要写李芙初的，但是，在实际的写作中，陵阳历史的强大牵引力，使得老谈不能不向它靠近，结果就是，我们的老谈将李芙初作为了一根穿引的红线，从而把那么多的人物那么多的事情，都穿到了一根线上来了。所以，《芙蓉女儿》与其说是写人的小说，不如说是写事的小说；而且还不是写李芙初一个人的事，而是写了南陵人物十多年间的为数众多的事。而且这些事，大多都是有鼻子有眼的，据我看来，很多都真实可靠。

我接触了许多的小说家，他们都热衷于表现历史。他们与我谈论他们小说中的历史是如何的真实。老谈也是如此。他的这部《芙蓉女儿》中的李芙初祖先李成谋家族、徐文达家族的历史都是真实的，有关南陵抗战前后的诸多历史事迹和历史人物也是真实的。对于作为历史家老谈来说，将其带入历史来叙述也是有效的。

但是，历史是碎片化存在的，也就是说很多的历史材料，都是缺乏内在逻辑的。而这种碎片存在的历史资料，断不能就这样地存放于小说中。可以说，真实历史的碎片化和非逻辑化，为文学的想象提供了胜场。老谈在小说的开头就展现了他的文学想象的表现力：日军飞机的轰炸，血肉横飞，几个主人公纷纷出场。这样开端设计，就如同好莱坞电影《拯救大兵瑞恩》一样，很有视觉冲击力，很有文学表现力。此外，陵阳城在小说叙述的时段里的历史其实也就十年多一点的时间，并不算很长。但是，在这十年多一点的时间里，所发生的事情可以说千头万绪，极为庞杂。诸如"跑鬼子反"，陵阳各种政治势力的争夺，当地驻军变脸式的所作所为，当地多种学校的开办和关闭、重组的状况，以及相关人等在各种事体中的纠葛斗争，等等。老谈要将这许多的材料都纳入小说的叙述，是非常不容易的，更何况他笔下的叙述者仅只是一个成长中的姑娘李芙初呢?! 从小说通过李芙初对这诸多的历史资料的编织来看，还是有点零乱的。但，故乡情结和历史情结之下，二者得兼是比较难的。从小说的角度来说，将李芙初的形象和穿针引线的功能加强，在诸多的历史资料中有所取舍，或许能够收到更好的文学表达的效果。小说家并不负责再现历史，历史不过是小说家的材料。

投鼠必然忌器。文学性强化，必然损害历史的真实感，尤其是触及叙述人李芙初的形象，这是老谈在伦理上的顾忌。因为据谈先生说，叙述人李芙初就是她的岳母李芙初。换句话说，还是所谓的"非虚构"在作怪，因为一旦具有太多文学性的李芙初，就远离了现实中的岳母李芙初了。那如何向老人家交代呢?! 我想老谈在塑造李芙初形象的时候，也是很难心的。

文学中的历史表现，向来都是比较纠结的。虽然有无数的理论家写了无数的文章来讨论这个问题，但到头来还不是捣糨糊。我只好如此安慰老谈了。

但以上的所有的这些纠结和两难一点也不妨害这部《芙蓉女儿》的艺术成就。老谈对于南陵地方历史的表现，对于家族历史的表现，以及对于那个特殊历史阶段的表现，建构起了风云变幻又浩荡前行的江南家族和地域历史，而且，非常的丰富，也非常的生动；老谈热烈、典雅，且稍显卖弄的语言，极其具有感染力，甚至魅惑力；他的对于自然风物的精微刻画，他的仿佛苏轼重生的古诗词，更是令人感叹，击节的。

历史活在我们的记忆里。我们没有记忆，历史也就死了。当我们恢复了记忆，历史也就复活了。复活的不只是耶稣，在中国人的记忆中复活的首先是我们的祖先。老谈的这部《芙蓉女儿》就是一部复活历史记忆，复活家族记忆，复活地方记忆的杰作。如此说来，南陵是有幸的！

老谈在欧洲玩耍的时候，我将他的序写好了。本想说几句不好的话，但还是被他的文本说服了。

是为序。

第四辑　中短篇小说论

4

雕刻一朵浪花让它照亮生活的未来
——读黄惠子的小说《旅途》《浮出水面》

  黄惠子的短篇小说《旅途》和《浮出水面》，虽然是两篇独立的小说，而实际上完全可以将其看作是一个由四个婚姻故事构成的小说系列。

  《旅途》实际上讲了三个婚姻故事。第一个是姚瑶爸爸妈妈的婚姻故事。大忙人爸爸经常出差和各种应酬，实际上已经有了外遇；而家里的妈妈在短暂的挣扎和抗议之后，也有了外遇。奇妙的是，爸爸和妈妈都保持着克制和收敛，婚姻保持着稳定。第二个故事是孟雯的爸爸妈妈的婚姻故事。孟雯的妈妈在丈夫因赌博而关进监狱的时候，与富裕的有妇之夫相爱，而在爸爸放回来之后，将微商等行业等都尝试遍依然生活不如意，而他的妻子与情夫竟公然在他在家的时候相聚。后来他就失踪了，也不知道是自杀了，失踪了，还是被谋杀了。而孟雯的妈妈也就顺理成章地与有钱的情夫赵叔叔结婚了。第三个故事是乖乖女姚瑶和叛逆女孟雯围绕姚瑶的男朋友王卓而产生的纠葛。王卓是孟雯的妈妈介绍给姚瑶的，但他却在与姚瑶交往的同时，依然与其他的女孩子交往。孟雯在梦中出现了王卓，说明她对王卓有意；而当孟雯在红粉佳人咖啡馆遭遇王卓与其他女孩子在一起的时候，王卓始而挑逗孟雯，继而又强暴了她，在她昏迷之后将其抛于铁轨之上。第四个婚姻故事发生在《浮出水面》中。婚后女子赵畅与丈夫康群婚姻生活不和谐，原因是她联系上当年的校友章燚，与章燚的重逢激起她摆脱枯燥乏味婚姻的愿望。但当她终于在另外一个城市与他相见之后，一切的梦想都破灭了。最后只好又回到了生活之中。

黄惠子笔下的四个婚姻故事，其共同的特点就是对婚姻的不忠。与那些叙述婚前阶段的爱情故事不同，这四个故事都是在法律意义上的婚姻的范畴之内谈爱情；与那些在社会学意义上讨论社会差序格局中的婚姻不平等和男女不平等不同，这四个故事都将对婚姻和爱情的不满意，归咎于庸常的生活。虽然这些故事也讨论爱情的不如意导致婚姻的不如意，但作为婚姻不如意的原因，又是非常的勉强和缺乏说服力的。相反，忠诚于婚姻和爱情的人物，往往都有着不好的结局。在这四个故事中，只有《旅途》中的孟雯爸爸和《浮出水面》中的丈夫康群是忠诚于婚姻的，但忠诚于婚姻的孟雯爸爸和丈夫康群的结局都不那么美好，孟雯爸爸不知所踪，康群受尽妻子的抱怨而且被不忠的妻子所蒙骗。显然，通过这四个故事，作者解构了婚姻中的道德理想主义。但在这两篇小说中结构婚姻道德的方式却是不一样的，《旅途》偏重于对不忠婚姻的现象性呈现，而《浮出水面》则偏重于谴责庸常生活对人的压抑，并将不忠婚姻解释为反抗庸常生活的无奈之举。黄惠子有关庸常生活侵蚀爱情和婚姻的叙述，非常类似于苏童的小说《离婚指南》和池莉的小说《烦恼人生》。

但与苏童和池莉所采取的新写实主义有所不同，黄惠子采取了现代主义的叙述手段。因此，黄惠子的这两篇婚姻故事，精彩的并不在于故事本身，而且在于这种婚姻故事的讲述。现代主义观照之下的这些俗而又俗的婚姻故事，读来有着与苏童、池莉风格不同的别种滋味。

在小说《旅途》中，黄惠子采用了孟家和姚家的两个女儿——乖乖女姚瑶和叛逆女孟雯分别讲述的方式，来对孟、姚两家的婚姻故事进行交叉自叙和补叙，草蛇灰线地展示了孟家妈妈出轨、丈夫失踪以及女儿思念父亲，姚家爸爸出轨、姚家妈妈也出轨但依然保持家庭完整的故事。从故事上来看，姚家的故事和孟家的故事，毕竟是两个无关的故事，虽然两家是邻居。该小说的智慧之处在于，让孟家的妈妈给姚瑶找了个对象王卓，而孟家的女儿孟雯却在梦中梦到了这个王卓。最后又在遭遇王卓与其他的女人在咖啡馆约会后，为王卓所强暴。于是，因为王卓这一人物，使得孟姚两家的故事发生了交集，将两个局外人变成了局内人，从而将三个故事编织成了一个完整的大故事。在这三个故事里，所有人的婚姻都出现了出轨迹象，有的造成了离散的后果，有的却保持着家庭稳定的假象。同时，通过王卓与孟雯的交往，说明了父母一辈的缺乏忠诚的婚姻，正蔓延到儿女这一辈人的身上。小说《旅途》显然采用了电影的平行交叉蒙太奇的手法，虽然有点闪烁和迷乱，但总体上线索还是清晰的。小说的结尾讲到王卓和孟雯的咖啡馆相遇，十分精彩。作者在梦幻般的跳跃闪回和梦境叙述中，不但呈现了无法细说的孟雯的遭遇，而且还获得了一种印象主义光点之下的诗意。特别是当孟雯醒来在阳光刺眼的铁轨上，而且看到了正向她走来的姚瑶。这种情景虽然是梦幻的，却暗示了孟雯、姚瑶的几乎与孟雯爸爸一样的归途。这种印象主义的结尾处理，虽然是诗意的，但却是触目惊心的。小说题名"旅途"在小说叙述中虽只是一个近乎虚设的情节，但却表达了孟雯和姚瑶这两个生长在无爱家庭的乖乖女和叛逆女，殊途同归的命运，无论她们是以留学逃离，还是如孟雯父亲那样以失踪解脱。

小说《浮出水面》虽然也与《旅途》一样也是关于婚姻出轨的故事，但却解释了婚姻出轨的原因所在，那就是婚姻生活的枯燥和无聊，以及庸常生活对激情的致命销蚀。丈夫康群是一个几乎没有什么缺点的丈夫，但还是遭到了妻子赵畅的厌烦。这个丈夫康群有点像托尔斯泰小说《安娜·卡列尼娜》中安娜的丈夫卡列宁，也有点像曹禺的话剧《雷雨》中的丈夫周朴园，一个好丈夫，一个尽职尽责的丈夫，却遭到了妻子的无尽的埋怨。小说《浮出水面》的叙述重点在妻子赵畅的身上，也是以她的视角来叙述的，因此，这部小说可以说就是赵畅的自述。追溯赵畅故事的源头，她实际上就是《旅途》中姚瑶父亲的每天在微信上与之调情的女人。而到了《浮出水面》中姚瑶的父亲变成了另一个有妇之夫章燊。可以确认的是那个姚爸爸在微信中谈恋爱的不知名的女人，可能就是赵畅。赵畅们的婚姻生活太过于平淡和无聊，以致于她们就无端地产生了打破这种平静找点生活乐趣的冲动。小说中妻子赵畅对丈夫康群的千种数落和万种不是，都来自这种冲动，而不是可以实证的真实过错。在作者如此铺垫之下，为妻子赵畅落入网恋陷阱提供了逻辑保障。赵畅始而联系上过去并不怎样了解的校友，继而又在校友章燊发来的照片中误把他错认为一个年轻小伙。错认当然是常见的误会叙事的由头，但其实就是没有章燊，也会有黄燊或蓝燊的。小说的设计是煞费苦心的。作者没有让赵畅在摇一摇上摇一个，而是给她安排了一个十几年没有见面的而且交往不多的校友，这可以说保全了赵畅的形象，使她免于被想象成一个为欲望所蛊惑的不甘寂寞的女人。尽管如此，当赵畅在微信中与章燊恋爱得热火朝天而且要付诸实际的时候，她还是免不了被想象欲望的化身蛊惑。这部小说的结尾还是一如既往的精彩。当赵畅冲破重重障碍与微信中的校友章燊从网恋而奔现之后，肥胖而且谢顶的章燊，与赵畅想象中的那个帅小伙反差太大，以至于她在失望之余直接打道回府。这一误会叙事的结局，显然来自网恋中经常出现的为网民所津津乐道的悲喜剧，不过当它被黄惠子以当事人赵畅的亲历口吻而说出来的时候，依然充满了自嘲和反讽的味道，它不但揭穿了赵畅之前所谓爱情的肉欲本质，而且给她以一个令她不堪的收场。而更为意味深长的则是小说最后的结尾，当赵畅将为情人章燊准备的礼物——银河投影灯，作为献给丈夫康群的生日礼物并为他过了魔幻的生日之时，我认为作者是极其残忍的，因为这一作为对赵畅的形象是具有毁灭性的。站在一个旁观者的立场，我们不能不嘲笑赵畅的虚伪和仇恨她对丈夫康群的辱蔑。但站在女主人公的立场上，这却是一个迫不得已的折返——一个试图冲破婚姻生活蛛网的女人，结果却不得不又回到这个蛛网之中，而且还要赞美，她于是就将仇恨和怒火都撒到了受害者身上。在老托尔斯泰的笔下，离家出走的安娜，后来卧轨自杀了。但《浮出水面》中的赵畅没有，小说《旅途》中的姚瑶的爸爸也没有。他或她都"如同那只可怜兮兮的小船，孤单地跌进了银河里"，虽然他或她依然保持着对童话般的期待。小说《浮出水面》虽然没有如《旅途》那样搞个阴谋预设，但赵畅童话般恋爱故事的"浮出水面"，也不能不说对女主人公给予了极大的嘲讽。而正是这种嘲讽式结局的设计，体现了作者价值观的传统性。

在中外文学中都不乏"出走与回归"的故事，只不过以婚姻居多。美国电影《廊桥遗梦》以一种平铺直叙的手法讲述了这样的故事，而黄惠子的小说《旅途》和《浮出水面》则以更加具有现代主义特征的叙事，把这样的故事讲得更加精彩，更有韵味。黄惠子就如同那巧手的工匠，在庸常而沉闷的婚姻生活之上，雕刻一朵浪花，并用它照亮婚姻的未来。

（原载《清明》2023 年第 3 期）

西部镜像的两面——敦厚安宁与雄奇动荡

——读卢一萍的散文《背起太阳上长安》和小说《无名之地》

卢一萍的名字给我以温柔之感，但其文字却西部风味十足。按照东部人到西部去的行走顺序，我先从散文《背起太阳上长安》说起。

《背起太阳上长安》是从巴山的米仓古道说起的，主要写的是来往于巴山之中的背夫的生活。作家虽然并非着意写人物的形象，但整个背夫——背二哥的形象，依然栩栩如生。他们一代一代从几千年之前开始干这种艰苦的营生，经历过"文革"时期，直到最近几年交通便利了才日渐衰落。几千年来，背二哥唱那既心酸又浪漫的背二歌，穿越时间的长河，将太阳一样的希望背向了长安，背向外面的世界，同时，也将生活的希望带给了自己和自己的亲人们。这是一群能够背扛得起生活重担，也能够苦中作乐的人们。他们是一个令我肃然起敬的族群。

《背起太阳上长安》对背二哥生活中所涉及的方方面面，都有一种技术性的痴迷。从这篇散文里可以看到，卢一萍是一个很实诚的人，他对背二哥的生活及其辛苦的技艺，不但熟悉，而且很有研究，观察，体会，深入物理人情的"腠理"。

他写起来就如同科学家一样的精准。他写背二哥的天平架子，写背二哥从事背夫工作的年龄阶段，写以背二哥为题材的民歌谣曲"背二歌"，写背二哥的鞋子——耳边子和满窝子，都体现着他的精湛的理解。他对技术细节写得很精准，符合科学原理，有关事物的技术细节都写得很清晰，甚至对民歌的歌词、曲调和韵律的分析也都很到位。能够把技艺（包括制作天平架子、编写歌谣、编织耳边子）解析得如此细致、精准，又很在行的，恐怕非背二哥莫属。而能够将如此多而杂乱的技术细节，有层次地，用简洁的语言描述出来，有趣味地描述出来，紧贴着背二哥的身体透着的汗水味描述出来，除了背二哥，就只有卢一萍了。我想，他一定也是这个行当里的专家里手，可能是个巧夺天工的木匠，也可能是民谣的词作者，或者是专门的耳边子编织匠人吧。只有身兼了背二哥和作家的双重身份，才能写出这些生活气息浓郁又充满技术性的文字。由此，我想起了张恨水在重庆对打梭哈的细节和神情的叙述。那令人惊叹的精到，在卢一萍的这篇散文里重现了。尽管卢一萍这篇散文中所写的背二哥的生活是辛苦的，但这些文字所透露出的背二哥的性格和情感却是敦厚的，那些背二哥们对生活的态度是忍耐的，甚至是享受的。曾经与他们生活在同一个地方的卢一萍，在许多年后复述他们的生活，也毫无颠覆背二哥们生活价值观的心思，反而对那在时代的风云变幻中消失了营生、技艺和生活方式，萌生了几丝失落、伤感和忧愁，当然也不乏崇敬。一种生活技艺的消失，简直不知道是幸运还是不幸。回忆和感念是人之常情，因为那就是我们自己和祖祖辈辈曾经历过的生命形态。这是卢一萍所写出的西部的一面，敦厚的生活，敦厚的文风，虽有几丝苦涩却安宁恬适。

而卢一萍的小说《无名之地》则写出了西部的另外一面——险恶。卢一萍在小说《无名之地》中，将故事发生的地点由川渝，迁移到了西部边缘的新藏线上的红柳滩。这里完全是另一种景象。假如说川渝一带的人民所承受的生活重压，都来自大山的话，而新藏线上的人民所承受的压力则来自高寒缺氧的冰山。故事发生地是位于喀喇昆仑山腹地的219国道旁的红柳滩。这里虽然也属于新疆的叶城境内，但与北疆的盛夏有着显著的不同，恶劣的气候、高山反应和道路的艰险，都超越了人们的正常认知，大家都以为国道经过，而且地名还是红柳滩，何况又是盛夏，但正是这些认知假象，将两个"假警察"导向了他们的束手就擒之路。作者在充分渲染了这里恶劣的自然之后，却又将红柳滩营构得热闹而繁华。有一座边防兵站，兵站对面就是一座闹腾的市场。有一对汉族夫妻卖四川炒菜，号称"新藏天路四川酒楼"；一个甘肃嘉峪关的中年汉子卖兰州拉面，自书"喜马拉雅兰州拉面店"；一个和田的维吾尔族小伙子卖馕和烤肉，旗号大书"乔戈里高峰艾孜拜888清真烤馕烤肉店"。其实，规模最大的是靠北那家"天堂酒吧"，它搭了四顶白色的帐篷——一顶大帐，三顶围绕着大帐的小帐，有着白俄血统的老板"黄毛金牙"不但经营着酒水，还经营着三个女人的皮肉生意。还有那个骑着退役军马的黄毛金牙，看上去颇像英国骑士，而实际上就是一个中国土匪。红柳滩充满了热热乎乎的肉的气息，从吃食到性爱，都是如此。它与雪山的寒冷形成了鲜明的对照，给人以不真实的感觉，也令人难以置信。二十世纪九十年代背景下的这种粗糙大气上档次，有力地烘托出了比美国西部电影中的西部更为典型的，具有中国西部的自然地貌特征和九十年代文化特征的西部。

但这篇小说的绝活，却并不在于渲染中国最西部混杂着多种民族和时代元素的文化，极其恶劣的自然环境，以及在此环境中坚韧生存的新疆各民族人民。而是顺着西部片的惯常思路，写一个中国式的凶杀案，而不是美国西部片的两伙人的火并。首先出现于黄毛金牙面前的是一辆那个时代里特别扎眼的走私进口的尼桑轿车，以及两个咋咋呼呼的警察。显然，这是一个被掩盖了真相的"奇点"，一是这种高级轿车不应该出现在雪山的道路上，因为它不适合在这种路况下行驶，而只适合城市的道路；二是这两个警察并不像个警察的样子，很随便地威胁开酒吧的黄毛金牙，而且他们的口音显示，他们是甘肃的，而不是叶城的。他们没有权力跨省办这种开妓院之类的案件。但是，这只是一个开头，虽屡见不鲜，但也不是特别过分。接下去，作家就使用了层层加码的艺术手段。在好坏二分的古典主义时期，为了将好人写好将坏人写坏，最常见的手段就是将表现好人美德的好事一件接着一件地写，将表现坏人恶劣品德的坏事一件接着一件地写，以彰显好人之好与坏人之坏，所谓的坏事做绝。所以，当黄毛金牙回到他的天堂酒吧后，其中的一个"坏警察"就到了天堂酒吧，喝酒吃饭嫖娼拒绝付钱还持枪威胁同样拿着猎枪的黄毛金牙，留在天堂酒吧通宵嫖宿而不顾留在几十公里以外达坂上看车的同僚的死活，并且还拒付那个将其同僚救到红柳滩的卡车司机的五十块钱的费用。总之，越来越不像话，越来越不像个警察的样子。但是，因为他们手中拿着手枪，谁也拿他们没办法。在这一段里，作家还是利用自己的叙述权力，硬是将可能的怀疑掩盖着，让两个"坏警察"尽情地发挥着他们的恶德。这是一种引而不发的叙事技术，当然也是为了让这两个"坏警察"将戏做足，为他们的真实身份的暴露准备好条件也打下基础。以上这些对"坏警察"的种种恶劣之处的叙事，虽然我们可以从叙述之中感受到这两个"警察"可能有问题，但是，他们依然还是被看作警察。这样的叙述显然有当时背景下的社会批判的意义。

整个故事的转折点，来自救了警察却被拒付车费的卡车司机陈国富，对两个"坏警察"的报复。他在回头的路上，经过达坂，就将那辆尼桑轿车的车窗砸破了，结果就发现了地毯下的血迹以及车后备箱中的人头。陈师傅的发现，暴露了两个"坏警察"的真实身份，原来都是"假警察"，两个都是杀人犯。作家在兵站忙着以"军事演习"为名堵截杀人犯的间隙，插叙了两个杀人犯之所以走上杀人之路的来龙去脉。至此，加诸警察身上的恶名得以洗脱。显然，作家运用了《西游记》中的真假美猴王的桥段，走了一段危险的而又能够顺利解脱的叙述游戏。之后，对于两个杀人犯的捕拿，虽然充满了风险，比如他们手中有枪，比如他们是杀人不眨眼的惯犯等，但几乎就是水到渠成了。虽然后段的捕拿惯犯的游戏，很寻常，但作家还是充分利用了自然因素，参与了捕拿的过程。比如两个逃犯，在逃到河边的时候，就因为高原反应和缺氧，而双双倒毙于地上。

当作家将杀人逃犯假扮警察继续作恶的故事讲完的时候，一个处处埋伏着凶险的西部形象就浮现了出来。这是一个很平常的杀人故事，但是，当它被放在孤绝的雪域高原上发生，自然就显得非常的奇特，使得寻常的人迹罕至或胡杨成林或广袤无垠的戈壁沙漠的惯常印象，平添了混乱的传奇色彩。这是一个雄奇而又动荡的西部。

当我们回望散文《背起太阳上长安》的敦厚朴实的时候，小说《无名之地》中的人和事不仅色彩过于斑斓，而且邪恶欲望的涌动，给所有人都增加了诸多的不安。不过，当杀人犯光临红柳滩被叙述为逃犯们偶然误入陷阱的时候，当天堂酒吧老板黄毛金牙、卖羊肉串的艾孜拜、拉蔬菜的卡车司机陈国富们都被叙述为虽然生活混乱，但又非常野性、勇敢、重情，守信和讲义气的时候，作家卢一萍还是为最西部的红柳滩，网开了一面。这也使得小说《无名之地》与散文《背起太阳上长安》在道德倾向和情感倾向上，连成了一条线。也证明了这是中国的西部，而不是美国西部片中的西部；其充满了道德感的艺术思维，也是中国的，而不是美国西部片中的。虽然卢一萍在小说中也加入了类似于美国西部片的一些叙事元素，但那又怎么样呢。

（原载《清明》2022 年第 6 期）

女性成长词典、剧情补叙及反童话叙述

——读虹影的随笔《虹影词典30则》与小说《西区动物园》

一、《虹影词典30则》：性别政治及剧情补叙

克娄·贝尔说，文学大体是作家的自叙传。而当我将虹影这些年来创作的小说和诗歌按年代进行排列，可以说，这些创作构成了她的个人史，一条女性成长历史的河流。她说："我的每一首诗都是自传，这首诗当然是写我自己的生活，写我姐姐们的前生后世"，当然也写"我""内心的秘密和疼"。

虹影无论是在她的小说和诗歌中，还是在她的创作谈中，都毫不遮掩地将自己的人生经历拉入小说的叙事历程，将自我的情感情绪甚至是心理融入诗歌的意象中。在"读诗"中，虹影以自己的阅读经验为例，提醒读者，读诗就应该了解诗人创作背后的历史。她其实是在诱导读者混淆历史与想象的边界，建构一个想象中的女性个体历史。

历史是一个有秩序的编码，无论是民族国家史还是个人史。在以往的创作中，从《饥饿的女儿》《好女儿花》《英国情人》到诗集《我也是一个萨朗波》、童话《米米朵拉》等，虹影构建的个人成长史，清晰流畅，从私生女到情人再到母亲。假如说这是"正史"的话，但由于文体限制和记忆遗漏，她的很多生活片段和经验感受，以及哲学寻思，都无

法在这条"女性河流"的主流中得到表达，于是我们看到，每当她的作品出版之后，她都会做很多的序言或后记，访谈，以及相关背景的随笔，对她的作品或者个人史进行查遗补漏。而这种"补漏"言说的汇集编排，就成了这部《女性的河流：虹影词典30则》。

虹影的词典式叙述与常见的词典和词典式小说有很大的不同。假如说语言学《词典》属于第一种元范式的话，韩少功的《马桥词典》则是一种由语言学词典蜕变而来的小说范式，而虹影的这部"女性创作词典"则属于第三种，即她处于两者之间，既有女性知识的梳理和解释，又有女性生活的叙述，形而上的格言中夹杂闪烁着记忆的磷光和人生经验。这种风格，从虹影来说，可以追溯到苏珊·桑塔格，而站立在历史云端里的却是超人尼采。同时，在形式意义上，《词典30则》又有着随意编排和去中心化的特点。在"作家的基本功"中，虹影特别提到美国后现代主义画家杰克逊·波洛克，由此我想到，《词典30则》篇目，非常像波洛克的《秋韵：第30号》《薰衣草之雾：第1号》，至少在命名上就非常相似，还有她的这些作品就是一场场"即兴的身体行动"的产物。

不过，我从不相信解构主义能够彻底驱逐"中心叙述"，就像我能够轻易在杰克逊·波洛克的色滴画《鸟》中看到一幅抽象的鸟的图形一样。当我试图在《词典30则》中去寻找那只传说中被解构了的"鸟"时，虹影那条只有在阴阳交合之时才会出现的"虹影"结构，便如期出现了。时间顺序的编码，正是看似混乱的《词典30则》所呈现出的河流般流动的规律，一条女性生命流动的河流。

但是，正如所有的词典一样，每一个词条都是只是一个提示。它背后所隐藏河流的曲折和丰富性，都只能靠史家去传记和揭示。我所要做的工作，就是抓住虹影在"女性河流"中所提供的信息点（词条），结合她的小说《饥饿的女儿》《好女儿花》《英国情人》以及诗集《我也是一个萨朗波》、童话《米米朵拉》，以及我所记忆的她的人生，在春江水暖的三月，在女性河流的岸边，把我的注脚写在沙滩上和芦苇丛中。

在虹影的小说和诗歌创作中，父亲母亲养父和姐姐们，一直是她关注的焦点。在《词典30则》中，虹影找来了很多边角余料，以"补叙"她的父亲母亲和姐姐们的形象。

虹影在小说中所塑造的青春期六六对母亲充满了怨恨。在《饥饿的女儿》中，母亲因为自己的私情，而不敢在姐姐们欺辱六六的时候，保护她。她不敢公开六六的生父，任由六六在各种场合受辱，任由六六承受着与她的年龄不相称的社会重压。任由六六在寻找生父的路途上经受痛苦和心灵的挤压，以及心理的畸变。这个任劳任怨的母亲，脾气暴躁，唠叨起来没完没了，总是将矛头指向年幼的六六。所以，六六总是与母亲"逆着干"。在《好女儿花》中，尽管虹影设置了种种宽恕母亲的环境，但怨怼母亲的情绪，还是在叙述中到处弥漫。

而在《词典30则》中，虹影通过剧情的"补叙"重塑了母亲的形象。她用忏悔的语调，表达了六六对当年的追悔。她把那在童年经验中凝结起来的坚冰，放置于自己的怀抱之中融化。"我"不再是以一个女儿的身份，而是以女儿和母亲的双重身份，对母亲与"我"的关系进行疏解。她作为一个母亲深切体念了自己母亲的艰难，以及母亲对我的爱。她说："看着女儿，想着母亲，我是一个夹在生与死之间的人，太多的空白跨过时间与悲伤袭击我。"在"心有灵犀"中，她毫无顾忌地表达了对于母亲的思念，她们在梦中见面，紧紧地拥抱。哪怕就是梦醒了，也照样能够给予"我"一整天的快乐。在《词典30则》中的有关《米米朵拉》的创作谈中，她在"教育"的层面上，再次达成了与母亲的和解。在"如何与孩子相处"中，她说自己创造了一个"有正能量的，爱笑不爱哭的孩子"；讲述了自己的未婚生子，并和母亲生自己比较，"感谢上天让我有了孩子，让我体会到当母亲的自我"；在"天才故事家"中，她说《米米朵拉》讲述的是一个孩子寻找母亲的故事。她看世界的方式也发生了变化，即使童年被母亲弃置于忠县接受野孩子般的教育，她也认为"世界不是那么坏"了。虹影还把过去与她有着极大隔阂的姐妹们和母亲，都拉到自己的女权主义的队列中来，共同谴责那位在小说中曾经备受崇拜的"父亲"。

这种对母亲的爱特别体现在对母亲晚年捡垃圾这一人生情节的"补叙"上。在《好儿女花》中,虹影已经述及大姐偷取了母亲的存款,导致母亲晚年对大姐非常愤怒。但很显然,母亲晚年真实的生活状况又为母亲自己、大姐和哥哥掩盖了。在"生存"中,虹影讲述了她所听说的母亲捡垃圾和老年痴呆症的故事,直接将她在《饥饿的女儿》和《好儿女花》中已经撕开的姐妹纠葛,进一步扩张,暴露出女儿撕食母亲的血淋淋的场景。显然,补充的这一情节,虹影表达了自己对生养自己的母亲的无限歉疚。这样的愧悔之情直接化解了六六早年在"饥饿的女儿"时期对母亲的怨怼。还有一个补叙情节,就是母亲的追认生父:母亲像祥林嫂一样逢人便说,她最爱的男人是"我的生父"。在《好儿女花》中,虹影已经透露了母亲对生父的情感和肉体的爱恋,只是在养父在世的时候,母亲顾及家庭关系而拒绝直接说出来。六六也因为母亲私情给自己造成的苦难,心存不满。而母亲的转变,给了一直苦苦寻找父亲的六六以极大的安慰,从而转变了对母亲的看法。那个在六六幼年时代,一直是卑微如"好儿女花"一般的母亲,一下子高大了起来,神圣了起来。虹影引述《圣经》里的话——"地上的盐,世上的光"——来形容母亲在六六心目中的地位,"母亲是我的盐","母亲是我的光"。

与母亲的正面伦理形象对调的是父亲。早年的虹影因为"想要一个父亲",想找"一个父亲一般的丈夫",所以,她小说中的男人大都是温柔的,多情的,对"我"呵护备至的,在她有关父亲的想象中,到处洋溢着崇拜和感恩。养父不是亲生父亲,但却事事处处维护自己,偷偷地给我吃食,把别人都赶出去他把守大门让我洗澡。生父甚至偷偷守护自己的女儿,十几年如一日。生父小心翼翼请女儿吃饭游玩的情节,以及临死前将十几块钱遗赠女儿的情节,都说明了父爱的伟大。

但是,通过补充剧情,虹影将她的叙述伦理转了个大弯,父亲已经由慈父变成了一个受到声讨和诅咒的父权制文化符号:"父亲找碑文,找了一根鞭子/他知道误会一开始就有,再有也不稀奇/他说:你是多余的，转世也不曾改变"（《非法孩子》）；《我也叫萨朗波》同样讲述了"我"的火热的激情和"他"的冷若冰霜，以及"我"在"他"的眼里完全只是"性"。《风筝》更把自己比喻成"被流产的孩子"和"被丢弃的风筝"，在"我"的可怜处境中反衬出"他"的傲慢与无情。而且，在诗集《我也是一个萨朗波》中，那些惊心动魄的带有虐待和杀戮意味的意象，诸如"鞭子""斧子"，大都指向父亲或情人或丈夫施与女性（母亲或姐妹）的暴力。这些诗作中的男人一个个都暴虐而面目可憎。

　　同时，在《词典30则》中，姐妹们在叙述中的形象也发生了变化。在《饥饿的女儿》和《好女儿花》中，六六与姐姐们的关系是紧张的，她们都如张爱玲小说中的女人们一样，自私、冷漠，与最小的妹妹争夺食物，争夺着父爱和母爱。这种心理学上的同性排斥，在小说中转化为"争夺父亲"的持久战。也如张爱玲小说中的女人们一样，她们彼此还争夺男人。在《好女儿花》中，看似不露山不露水的尤物——四姐，她作为"我"的同母异父的姐姐，在去英国见自己丈夫的时候，与"我"的丈夫一起同游郊外的天体海滩。在《好儿女花》的结尾中，虹影以一种近乎于无的笔触，隐晦地暗示了四姐与我丈夫的不伦。而到《词典》中，虹影则将这一剧情明朗化，那就是"两个姐妹和一个男人的复杂关系"。这一情节显然是《好女儿花》叙述的延伸，但在《饥饿的女儿》中的姐妹嫌隙的价值，却并没有得到延续。在诗作《小姐姐》中，她重新认识到"血浓于水/我要带你快跑/远离那世界"，她慨叹，时间，"就是开花的斧子""就是结果的斧子"。这首诗表达了"我"对已经死去了小姐姐的深切怀念。当年的复仇游戏已经转变了画风。

　　当然，最为惊心动魄的情节逆转，还是虹影自己。她已经在以母亲为敌的过程中，成长为一个母亲。这就是"母亲模型"的意义。在《词典30则》中，虹影反复将自己与母亲比较，从而认识到母亲所受到的苦，都来自父权制文化，这种认知直接导致她成为了一个女性主义者。

　　在虹影的叙述中，一直强调女性与男性地位的对等。就像《好女儿花》中的六六一样，男女两性的交往，哪怕是脱衣服也要大家一起脱，一个女人不能容忍成为男人消费的"物品"和任由榨取的肉体。在"教育"中，虹影补充说，一千种一万种教育，最终都是自我教育，"学会生存之道，学会浮出水面，学会靠岸和冲向云端"，女性独立就是"你存在于这个世界的价值，还是要靠自己。"早期的虹影的两性平等叙述，主要体现在性爱场景中，体现在如火的激情里；而《词典30则》中的虹影则更强调在性别政治上，少了些激情，多了些理性。

经由西蒙·波伏娃、弗吉尼亚·伍尔芙、苏珊·桑塔格以及勃朗特姐妹的哺育、辅导和启发，虹影对写作在实现女权中的意义，已经有了充分的自觉，那就是"为姐妹写作"。她在诗集《我也是一个萨朗波》中感性地表现了男性对女性的抛弃和虐待，而《词典30则》的"补叙"则直接追问："我们女人与男人一起组成这个世界，可为什么男人总是主体，我们是附属和弱势？"正因如此她高度认同毛尖对她诗集的"一个女人与一个国家的关系"的评价，梦想着，山鲁佐德通过讲故事控制国王，而后又通过国王而控制国家。

二、《西区动物园》：反童话叙述，一种另类记忆

小说《西区动物园》实际上是由两个故事构成的。第一个故事，也是核心故事，讲述了二姨和邻居男人董江的偷情，她/他与董江的妻子唐庆芳的婚姻纠葛；唐庆芳为了报复二姨而杀害了她的儿子叶子；唐庆芳还跟踪小六，在动物园里，在江边上，最后在她玩滑板的时候推倒她，试图谋杀她。案情暴露后，唐庆芳被关进了监狱。第二个故事，是小六在母亲离家出走后，被送到与母亲没有血缘关系的二姨家寄养，遭遇到种种男女奇情、独自游逛动物园，与幽灵少年叶子一起玩滑板，以及遭遇与叶子一样的谋杀。

虹影设计了一个完全没有理由的寄养经历，将两个各自独立的故事链接到了一起，并通过故事包裹故事的形式，将两个故事变成了一个故事。

小说是通过小女孩小六的视角来叙事的，由于母亲神秘失踪，小六被寄养到与母亲完全没有血缘关系的二姨家里。在二姨家里，小六亲历到了二姨与邻居董江的私情，包括董江给二姨家的门刷漆，对小六的照顾，以及二姨与董江在小六熟睡之时的恩爱。这种男女私情，在现实生活中也许就像柴米油盐一样平常，但对于一个年幼的小女孩来说，无疑是一个惊心动魄的奇遇。而更大的奇遇接踵而来，被反锁在家里的小六爬出窗户，遇到了玩滑板的少年叶子，并与他建立了神秘的友谊，后来证明这位叶子就是已经死去多年的二姨的儿子。小六在叶子的蛊惑下，去到动物园游玩，见到了性格古怪的老虎，并给老虎尖耳朵喂糖；在游逛动物园、江边游泳的时候，被灰衣人跟踪；在小六独自玩滑板的时候，遭遇到了二姨的情敌唐庆芳的谋杀；通过小六遭遇的谋杀，又发现了杀害二姨儿子叶子的凶手。从某种程度上来说，《西区动物园》就是一部危机四伏的儿童奇遇记。当代儿童奇遇记中的各种故事元素，诸如与凶猛的动物交朋友，与幽灵少年的友谊，神秘的谋杀案件，以及出乎常情的男女私情等，都被顽皮的孤儿小六经历了。儿童对外在世界的好奇，难以理解的成人举动，儿童喜欢自由的天性，以及小孩子的顽皮不听话，危机的神秘感知和机智懵懂等儿童心理和行为特征都一一清楚呈现。

　　但是，《西区动物园》显然并不是一般意义的浪漫的儿童奇遇记，而是充满种种暗示和象征的现代主义精神文本。这部小说利用儿童的思维特征，在小六讲述故事的时候，模糊了现实世界与灵魂世界的界限，采用了由实在到虚幻的叙述路径。小说在叙述小六出于好奇心而爬出窗户，遇到玩滑板的少年叶子，后在叶子蛊惑下偷偷游逛西区动物园，以及二姨及其情人董江对自己的关怀和他们两人的恩爱，都是写实的。直到小六玩滑板遭遇唐庆芳的谋杀，小说在叙述上才迅速还原了梦幻事实。与小六交谊甚好的实实在在的叶子，原来早就被唐庆芳谋杀，而且被埋在了二姨家的院子里，与小六玩耍的叶子原来是一个鬼魂。当叶子被证明为一个灵魂的时候，问题随即而来。那个与叶子有着神秘友谊的老虎尖耳朵，则极有可能是叶子的灵魂附体；由此，小说又通过小六到动物园游玩被灰衣人跟踪，以及老虎在夜晚吼叫等，暗示叶子遇害极可能与老虎尖耳朵有关，或许他是被灰衣人唐庆芳喂了老虎，而老虎的吼叫似乎又是在提醒小六对叶子之死的关注，或者暗示小六在叶子案件侦破中所起到的作用。至此，通灵的女孩小六的形象立了起来，她在懵懵懂懂中参与了凶杀案及其侦破。一般的悬疑侦破叙事，都有一个智慧的推理高手，但《西区动物园》中的案件侦破却是通过蒙冤灵魂的引导而完成的。这就是现代主义叙述与常见的案件侦破叙述的区别所在。

虹影所有的叙述都离不开对童年创伤的表达，这部《西区动物园》也是如此。在以往的小说（诸如《饥饿的女儿》《好儿女花》）中，都讲述了母亲对叙述主人公小六的情感的两面性，一方面是关爱，另一方面是嫉恨。母亲的这种情感导致了小六遭遇了童年的身心创伤。在《西区动物园》中，一开始就失踪的母亲，分裂为两个形象，一个是温柔善良有人情味的二姨，一个是穿着灰衣跟踪小六的唐庆芳。她们一个负责给小六以人性的教育和温暖的关爱，弥补因母亲缺席而带来的母爱饥渴；一个则在灰暗处时刻准备谋杀小六，把人世间所遭遇的种种不公都转化为对年幼无知的小孩的仇恨。正是这两个母亲的存在，一方面使得小六既感受到母亲的人性之美，另一个方面也感受到母亲的变态疯癫之丑。虽然说，小六与灰衣人唐庆芳的遭遇，也是小六童年奇遇记的重要方面，但是，巫婆一样的唐庆芳，却在整个小六的浪漫奇遇记中，钉下了一颗生锈的棺材钉，她使浪漫黯然失色，她使得小六的童年创伤永不得愈合，她使得浪漫传奇的童年记忆中自始至终晃荡着一个令人恐惧的巫婆的影像。

这种母亲性格的分裂与形象的分担，在小六、叶子和小玉的关系上再次得到了验证。小六与叶子的相遇，彼此都在对方身上看到了某种熟悉的气质和长相；小六与小玉的相遇也是在某种神秘的指引之下，彼此都凭借着对方身上的某种气质或长相而认出了对方。这种类似于暗号密码式的指引，当然具有叙事链接作用，但更重要的是，它暗示了小六、叶子和小玉之间血缘上的可能关联。但是，将不可信叙述贯彻到底的虹影，也仅仅是一个暗示而已。虹影将她以前小说中的兄弟姐妹，在这部小说中分置于不同的家庭之中，但还是留下神秘的叙述密码，以供好事者索隐追踪，以增加想象的空间。

《西区动物园》在叙事上采用了二重叙述主体和叙述视角交叉叠合的叙述方式，一个是显名的叙述者小六的视角，另一个是匿名的超越叙述者的视角，这两个叙述者和视角往往处于交叉叠合状态，很难撕扯清楚。小六懵懵懂懂地看见、听见和遇见，而那个超越的叙述者则控制着向她展示案情的节奏，最初只是通过一些细节（比如五屉柜上叶子的照片，院子里的菜地，灰衣人的若隐若现）来暗示，直到谋杀突现才向她展示所有的剧情，以证实其与叶子的交往，都不过是一场梦幻而已。小说的情节在结尾处再次发生逆转。当成年后的小六在学校里遇见二姨的二女儿小玉的时候，她的童年记忆再次翻盘。在一个现实时空里，在一个真实的人物小玉面前，小六的记忆几乎全部对不上号，二姨儿女的数量，儿子叶子的死亡原因，都与记忆发生了巨大的偏差。小说在现实生活与梦幻记忆的对照中，解构了童年记忆。

《西区动物园》在表象上是一部有关童年记忆的神秘传奇，而在实质上则是一部反童话叙述的现代主义精神文本。同样因为这部小说的童年创伤主题，而带有鲜明的虹影创作的印记。

（原载《清明》2021 年第 3 期）

写出凡世奇人的执着与精彩

——读季宇短篇小说《老耿的春天》和《月光如水》

　　《老耿的春天》可以说是一部人物传记，是"个性又耿又强"的小说主人公耿强（老耿）的前半生的生动记录。这部小说的主体部分，讲述的是学林学的农业局干部老耿的痛苦的扶贫经历。但它显然脱离了当下流行的非虚构扶贫文学的俗套，一开始并不点明主题，也并不急着切入主题，而是从"我"与老耿的认识开始写起，讲述了老耿的长相、家庭和婚姻，特别讲述了老耿考入农业大学林学系，与我们夫妇成为同学，并一起参加学校"京剧票友会"的故事。接着又按部就班地讲述了老耿在农业局因为耿直和口无遮拦，而得罪了前后两任局长的事迹。

　　也就是说在《老耿的春天》的前半部分，作家季宇是完全依照小说的套路来写的。现在一般的扶贫非虚构文学，由于叙述受到具体的人和事和专题倾向等方面的拘束，创作者的手脚往往无法施展，行文局促，人物缺乏生活，也缺乏性格，创作主体的想象力因此受到了极大的限制。而《老耿的春天》从一开始就将其定位为小说，从而有效避免了非虚构文学的限制，并获得了充分铺排的机会，把老耿塑造成一个有性格，有生活实感的人物。

　　有关老耿的扶贫是在小说的后半部分。但季宇将老耿的扶贫处理为一场意外，或者说是官场中的打击报复的结果。老耿由于耻笑外行局长有关骡子繁殖的信口开河，受到了拍马屁的黄副局长的发配，将家庭困难的老耿派出去扶贫。围绕着老耿扶贫事件，作家将叙述者"我"和当年的"京剧票友会"的著名诗人瀚老（名叫苏瀚）再次引入叙述之中，从而使得小说在早期建立起来的人物关系和叙述者"我"不至于被闲置，也为情节增加了波澜。一开始老耿的老婆因为家庭困难不同意老耿下去扶贫，然后，瀚老通过市里主要领导做工作后，农业局郑局长力排众议同意将老耿从扶贫干部名单中剔除，再到老耿坚持要下去扶贫，真是一波三折。而且，一场在常规的扶贫叙事中属于轰轰烈烈的出征仪式，演变成了充满了各种玄机的的轻喜剧。同时，作家季宇也正是通过这一令人百感交集的"扶贫"出征式，充分展现了老耿的性格，解释了小说的标题——老耿的春天。老耿作为一个农业方面的专家，被置身于复杂的官场之中，当然就会到处碰壁，而一旦遇到了能够使他发挥专长的机会，就会紧紧抓住不放，把他妻子认为的"流放"变成了发挥自己才干的机遇，把人际关系的严冬变成了自己生根发芽的春天。这段由多重"意外"组成的轻喜剧，对于常规的"扶贫"叙事而言当然也是一个不折不扣"意外"。优秀的小说家，总是能够抓住每一个细节，将情节的波澜叙述得活色生香，趣味横生，波澜起伏。正是在这一波三折的情节中，显出了季宇小说的叙述功力。

在小说的后半部分，季宇主要讲述了老耿和他的工作队的扶贫工作。而这一扶贫工作则主要围绕着种植血橙而展开的。在常规的"扶贫"叙事中，"扶贫"行动都被先验地指向了成功，并且在走向成功的过程中毫无波澜和曲折。但是，季宇又一次写出了一场出乎意料的扶贫经历。季宇以他的神奇之笔给小说设置了假血橙树苗这一桥段。在这一段故事的开始，遭遇人生春天的林学专家老耿，信心满满地要在扶贫村子种植血橙，为此大举从外省购进树苗，期待将来橙子丰收给老百姓带来好收入，实现扶贫的目标。因为老耿是林学专家，所以老耿的一切论证都可以说是天衣无缝。但是，季宇在顺理成章地铺垫之后，在将读者引入充分的信任区域之后，却突然来了个一百八十度的大转弯。林学专家老耿看走了眼，购进了假血橙树苗，而且很久以后才发现。显然，老耿的扶贫实业遭遇了致命的挫折。小说又通过插叙的形式，直播了老耿与工作队队员小楚等人到林场索要赔偿的场面，更在这样的挫折上进一步地雪上加霜；而当老耿等人返回后，又被县检察院以贪污罪名传讯，并且还遭到派出单位农业局黄副局长的"落井下石"，这其实是在霜上又加了一层冰。更进一步的打击还在于老树苗患了溃疡病，原来的土地不能再种植橙子，老百姓也因失去了对扶贫工作队的信任而不再愿意再提供新的山场。此时的老耿突然陷入了"姜子牙落难"般的境地，打击一个接着一个，他所做的一切都归于失败，他的扶贫事业，他的林学专家的自信，都被这接踵而至的"灾难"否定。作家季宇怀着几近"狠毒"的心，将烂事一件接着一件甩到他笔下的人物老耿的身上，就如同用鞭子在抽打着他。但是，作家显然是在用受难磨炼他笔下的英雄，就如同姜子牙必须受难才能成为大贤，唐僧必须经历九九八十一难才能取得真经一般。从英雄的定义来说，从来就没有一个英雄是在平淡中出现的，只有那些经历了重重磨难，而又能够初心不改的人，只有那些经历重重磨难还能够意志坚定的人，才能担当得起英雄之名。小说通过老同学"我"的劝退被老耿拒绝，通过农业局黄副局长的使坏等，充分表现了老耿坚定不移的意志和对于初心的坚持。在小说叙述中，生活的磨难擦亮了老耿性格中的"耿直"，使得老耿成为了一个名副其实的有风度的英雄。

但是，《老耿的春天》并不是一出悲剧，而是一部正剧。作家季宇在将主人公老耿充分"锤炼"之后，给了他一个大团圆的结局。由于老同学兼叙述者"我"和当年京剧票友会的同好瀚老的介绍，一个财大气粗的房地产公司老板进入故事。该老板产业转型投资绿色产业，解决了老耿种植血橙的土地问题，资金问题；老耿又通过土地置换，将自己扶贫的村子小杨岭村纳入了种植园项目，解决了扶贫对象错位的问题；那块不能种植血橙的土地，改种苹果，顺利解决了老土地的闲置问题。总之，一切问题都迎刃而解了。最后毫无悬念地迎来了种植产业园（农业旅游度假村）的开园仪式，老耿也做了生态旅游度假村总经理。在这样一个充满风险的叙事逆转中，作家季宇举重若轻，如平沙落雁般将一个濒临烂尾的扶贫故事，很平顺地置于"大团圆"的结尾上。这一冒险叙述的顺利处置，体现了作家很高超的叙述艺术和情节把控能力。

从某种程度上来说，《老耿的春天》其实讲述的应该是一个京剧票友的扶贫故事。因此，小说中的京剧和京剧票友圈就在叙述中发挥了重要的作用。小说的叙述者"我"在农大上学期间就因为喜欢京剧，进入京剧票友会而结识了出身于京剧世家且对京剧有相当造诣的耿强。这一人物关系，为"我"以同学和票友的身份充分了解主人公耿强的经历和性格提供了逻辑支持，也为"我"以近乎旁观者的身份叙述耿强的扶贫经历提供了令人信服的视角。同时，京剧票友圈的人物关系虽然是小说的副线，但也较多地牵入小说的情节之中，比如著名诗人瀚老在主人公耿强被列入扶贫干部名单时为耿强提供的帮助，在耿强陷入诈骗案时提供的帮助，以及在情节的最后上场扮演"群英会"角色，还有作为票友会成员的"我"为耿强遭遇的诈骗案寻找律师的帮助等。而最为重要的是京剧成为主人公耿强表情达意的最主要的途径。当他甘于边缘的时候，他唱《空城计》；当他遭遇挫折时，他唱《四郎探母》；当他扶贫成功时，他唱《群英会》。可以说，京剧唱词和唱腔已经成为小说叙述中的隐喻，时时刻刻指涉着人物的生活和心灵处境。而且，由于京剧唱词的介入，也冲淡着故事的情节性，使得故事具有了诗性。当然，京剧票友的爱好，也揭示了主人公耿强的民间人物的身份，印证了作家对民间奇人的关注。

中篇小说《老耿的春天》中耿强虽然可以称得上是民间奇人，但他毕竟又有着官家的身份，从事着扶贫工作，小说的叙述也多多少少沾染上了官场小说的叙述风习。而短篇小说《月光如水》则是比较纯粹的民间奇人故事。

《月光如水》主要讲述兽医老万神奇的行医故事。小说抓住一个"奇"字，来突出老万的奇人奇事，来表现老万言行之奇异、道行之深厚。

作家季宇开篇即以回溯的方式讲述了主人公老万的"历史问题"，用悬念的设置来吊起阅读主体好奇的胃口。国民党西北军一七九团团长白金魁钟爱的河曲马生病，悬赏医治，前两个兽医，都因医治失败，遭到了杀害。在经过如此的惯常的铺垫之后，隐居深山的老万被找到了，在军阀屠刀的逼迫之下不得不加入到医治河曲马的兽医行列，但老万临危不乱，与白金魁达成君子协定，最后医好了马匹。但他也被白团长强行留下在军中充当少尉排长衔的兽医。小说用前两个兽医的性命和医术，垫高了老万的胆大心细和医术高明。而有关他在小万村被找到以及最后拒绝领赏的细节，都说明了他不慕钱财、淡泊名利的道德人格，而一个气定神闲的民间隐者也从这段传奇故事中缓缓走来，形象一步步清晰，直至完全呈现于舞台的中央和叙述的核心。这段关于老万"出道"的叙述，虽然讲的是老万过往的在国民党军队中的历史，但基本上都属于"传说"。作者虽然企图坐实这是"历史"，比如说田站长看过老万的档案，但还是难逃叙述文本的传说性质，但显然是"我"转述田站长的转述别人所叙述的老万的故事。作家用传说的方式塑造了老万这位民间高人的形象，这虽然是寻根文学中非常常见的叙述方式，但是季宇用来自有他的出奇之处，因为他将历史写得如同传说，而传说也写得如同历史。而之所以如此，就在于作家要充分张扬老万故事的可信性。

小说在讲述了老万的"出道"故事之后，接着就按时间顺序讲述了老万的蒙冤故事。老万在解放后因为"历史问题"受到了处分，原因就是因为他在国民党部队里当过马官。但作者通过兽医站田站长的愤愤不平，以半见证的方式讲述了老万曾充当过中共游击队的情报人员的"革命历史"——老万"不仅没做过坏事，还多次帮助过五湖游击队。作为马官，敌人每有行动，他就会提前得知。正是利用这个有利条件，五湖游击队从他那里获得了很多有价值的情报，多次粉碎了敌人的'围剿'"。作家季宇在这一段叙述中，使用了他在新历史小说（如《县长朱四与高田事件》《当铺》）中所常用的解构主义的叙述方法。他通过老田之口，证实了老万革命历史证人的缺失之痛，当年的证人们（比如老万的堂侄）或下落不明，或早已牺牲。正是这样的叙述，导致了田站长口中的老万革命的故事，成为不可确知的存在。但与季宇早期小说中洋溢着新历史主义小说的怀疑论不同，《月光如水》对老万历史证人的缺失这一段，虽通过老田的讲述表达了造化弄人的感慨，但似乎并不愿意过于悬置结论，而是通过老田的对老万革命历史的坚信不疑，将叙事可信化，从而中止了新历史主义惯常的不可信叙述的延伸。虽然如此，老万的蒙冤故事和老田的求证失败，特别是老万对于"处分"的淡然置之，不但再次将老万的故事置于传说之中，同时也将老万彻底放逐到民间，使之成为足金足赤的民间人物，一个看淡历史风云或者因为了悟历史规律而处变不惊的民间高人。

在《月光如水》中，老万出道的故事，老万"革命"的故事，都是由田站长转述的，而不是他亲历的。田站长亲历的故事是他怎样成为老万的徒弟的经历。田站长刚到兽医站的时候，自恃学历高，而看不起乡下老头一般的老万。在田站长的自叙中包涵了两个小故事，一次是到陶岭村的出诊，小田将"冷伤"的马匹误诊断为"上火"；一次是到上渡口出诊，小田面对痛得上下翻滚的马匹束手无策，乃至翻书也找不到结论，而老万一眼就看出马患的是肠板结。小说通过田站长的叙述，将先前的历史传说落实到了具体的生活实践之中，并通过很具专业性质的诊断和治疗，坐实了有关老万医术高明的传说"此言不虚"。虽然田站长的经历，以及田站长与"我"的上下级关系，都使得他所讲述的老万的故事，具有很充分的可信性，但是，那毕竟还是田站长的口述，而不是直接呈现在"我"眼前的事实，因此，依然具有传说的性质。

在转述了田站长所讲述的有关老万的三个故事之后，《月光如水》进入到"眼见为实"的叙述者"我"自叙的部分。小说通过"我"的眼光，首先介绍了老万悠闲自适的民间生活状态。这是一个喜欢吃肉、随遇而安、甘于孤单的老者，也是对生活无所索求的化外之人。然后，再通过老万对"我"的拷问，道出了老万的医道——"亲亲而仁民，仁民而爱物。"同时，又通过一个给富商的一匹"喂得太好，骑得太少"的马匹治疗出汗病症的故事，道出了"人道"与"兽道"的相通。这一段主要讲述了老万对兽医的哲学体悟，只不过是通过"我"讲述出来而已。从一般意义上来说，兽医也是医，而医可以分为两种，一种是技术意义上的匠人，一种是既有医术又有深度思考的哲学家。就如同弗洛依德是精神病医生又是人类学家一样，老万不仅是具有高超的医术的兽医，而且是有着基于生命平等意识的哲学家，是一个具有儒家"仁爱"之风的哲学家。在老万收徒标准的这一段叙述中，作家极大地提升了民间高人老万在"兽医思想史"中的地位。

叙述者"我"亲历的老万给母马玉龙接生的故事，被有意放在了整个故事的结尾。小说首先叙述了德高望重的鲍叔公精心培育了母马玉龙，接着细致描绘了母马玉龙的女孩子一样的漂亮——"马头高峻挺拔，如剥兔一般；鼻方耳短，目如垂铃，颈部曲线优美，躯干轮廓舒展。""玉龙的四肢堪称完美，细长有力，肌腱发达，兼具乘马与驮马的优点。"作家还夸张地叙述了鲍叔公对于玉龙如掌上明珠一样的喜爱和精心饲养。总之一句话，作家就是要以此来抬高母马玉龙的重要性，为玉龙后来的遭遇难产险情加重砝码。小说非常细致地叙述了玉龙难产，以及老万如同接生婆一般的接生经过。在这一叙述过程中，类似于《三国演义》中的"温酒斩华雄"式的反衬手法，再次得到了运用。小说通过鲍叔公对"我"的同事老鲍的臭骂，老鲍不敢吱声，显示鲍叔公的权威；而后又通过接生中的老万对鲍叔公的臭骂，鲍叔公的不敢吱声，来彰显老万在接生过程中的绝对权威。同时，小说通过老万称呼玉龙马为"丫头"，通过将玉龙肚子中的马崽称为"胎儿"，通过鲍叔公和老万关于到底是母子留一个还是母子都留的对话，表现了老万将马匹作为人一样对待的医道。为了突出老万的医术，小说运用了"危机逆转"的手法，突出了老万医术的绝对高明。小说通过老万将玉龙母子俱失的危机转到母女能够留下一个，最后却让母女平安的叙述，写出了老万医术的精湛。季宇还在紧张的氛围营造方面做足了功夫。小说通过极致的"静"来反衬整个医疗过程的紧张，——"四周万籁俱静，只有风声划过树梢发起沙沙的声响。寂静的村庄中不时传来几下狗吠声，空气沉闷得令人窒息。"在《金斗街八号》中用来形容战前气氛的语言，被季宇移置于一场生命拯救的场景之中。此外，小说还通过老万的多次吸烟的动作，特别是当玉龙母女平安以后，他还未吸烟就已经睡着的叙述，极写了老万医治过程中的全力以赴和过后的疲累。

在叙事方面，小说《月光如水》有关民间奇人兽医老万的神奇医术，其实存在着一个从转叙到自叙的过程。而这样叙述的变化也存在着认知判断上的从"耳听为虚"到"眼见为实"的过程。整个小说倒叙式的叙述也存在着时间向度上的由远及近的过程，就如同倒着放电影的一样，从历史的深处开始讲起，逐步到达现实阶段，只不过这样顺时叙述因被倒叙的现在进行时语态所包裹，显得令人迷惑。这种叙述的变化其实就是一个逐步铺垫到最终验证的过程。老万给玉龙难产的接生这一段，不但将整个故事推向了高潮，也通过这个最后的亲历场面，在极致中"验证"了所有的有关老万的传奇经历和起死回生的神奇医道的传说，在历史的景深中塑造了一个置身化外却有着拯救生命道行的医者形象，并最后论证了创作主体的"道在民间"的价值观念。从艺术上来说，《月光如水》在叙述上虽然呈现出表面上的松弛和散淡，但其内在结构却非常的严密，叙述推进也十分富有节奏感。而且，那些看似随性的日常生活叙述，不但增加了小说的叙述厚度，也凸显了小说的民间化特性。

假如将《月光如水》置于当代文化寻根文学的历史之中来考察的话，《月光如水》也如当年阿城的《树王》一样，表达了儒道合一的生命精神，即一方面看淡世俗的权力地位，将自我置身于自由的民间，另一方面也有着实现某种生命精神的执着追求，并以拯救苍生作为最大的精神满足，体现了知识分子的担当精神。而为当年的寻根小说所没有的是，当年的寻根小说一般都把民间人物写得极为稚拙以体现创作主体的道家思想和儒家的装疯卖傻的处世风格，而《月光如水》中的老万却并不如此，相反，作者反而突出了老万的身处历史的旋涡之中的犹如秋风劲草般的生命韧性。而在审美上，由于小说所采取了回忆式叙述方式，从而将这所有的有关老万的故事纳入到记忆的范畴之内，从而使之与现在时的叙述拉开了距离，其美学效果，就如同汪曾祺的《受戒》一般，在提供了历史景深的同时，也在有关老万当年精彩表现的叙述上蒙上了一层"往事不再"的感伤和"月光如水"般的苍凉的面纱。假如将《月光如水》相较于《老耿的春天》，它显然更加地朴素，虽完全游离于时尚题材之外，但它在艺术上也更显精湛。

《老耿的春天》和《月光如水》所书写的都是被政治边缘化的民间怪人和奇人，也都是没入民间的专业人士，季宇运用他那洗练而又有力的笔墨，写出了老耿和老万们在逆境中的执着和精彩，写出了他们坦荡且儒雅的人生。老万虽然也如老耿一样必须面对创伤记忆，但老耿是愤然而起，而老万则是平心静气的豁达和超越，但不管主人公取哪种姿态，在他们的身上也都有着持之以恒的韧性和道行。这样的人物多少带有理想主义色彩，但却又是我们的生活和社会所必须珍视的"光"和"盐"。

（原载《清明》2021 年第 5 期）

爱情的"事故"与成长的故事

——读思之青中篇小说《在瑞安》

  思之青的小说《在瑞安》(《清明》2021 年第 6 期)的故事很单纯。她讲述了一个叫作穆槿的女实习生令人锥心的失败的初恋故事。小说自始至终都以主人公穆槿的视角,在观察着她所实习的丽都国际美容院的人与事,在讲述着她与美容院中的整形医师宁维意从镜子中的相识,再到她生病时他对她的关心,再到她爱上了他,在一个夜晚在他独居的房子里相爱,以及她在无意间发现了同事阿莲的发夹,再到情绪爆发,发生医疗事故。最后,小说又通过解密的方式,解释了宁医师与阿莲是清白的,而与店长其实是一对,以及他的得了精神病的妻子和许多的孩子。而在她纠缠他于火车站之时,他为了救她被过往的汽车撞死。而她则在许多年后带着对他的怀念重返瑞安独自生活。小说的情节虽然到后来越来越复杂,但是总体上是一条线到底,把一个女孩子经历的初恋失败,写得很彻底。

  《在瑞安》的故事很单纯,但人物关系却很复杂。它显然不是"五四"青春小说那样的单纯青春爱情叙事。这部小说设计了极为复杂的人物关系,在主线穆槿与宁医师的爱情之外,作者设计了围绕着女主人公的四角或五角关系。通过穆槿的眼光,小说至少讲述了这样的几对关系,阿莲与宁医师之间的暧昧关系,顾经理对穆槿的追求和对她的照顾,穆槿与阿莲的纠葛,穆槿与店长的纠葛,店长与宁医师之间的情人关系，店长与宁医师原配妻子的关系等。在如此多的关系中，穆槿是叙述的纽带，一个看上去的体验主体和关系枢纽，但从整个小说的叙述来看，宁医师才是真正的掌控者，一个中心人物，因为在叙述者穆槿的眼中满眼都是宁医师的影子在晃动。通过如此多的关系，小说将宁医师塑造成了既令人恨但又令人欲罢不能的行走江湖的"采花大盗"。

但不管故事是怎样的单纯，关系怎样的复杂，这部小说都是围绕着女主人公穆槿而进行的。它实实在在地讲述了穆槿的故事，讲述了初入社会的少女穆槿所遭遇的一场恋爱事故。为了将这种热度很高的故事装进一个冷静的冰水桶里，作者采用了好莱坞电影式的倒叙或者回忆架构，如同电影《魂断蓝桥》一样先呈现火车站撕心裂肺的交通事故，再回忆初恋故事的来龙去脉，再从回忆中回到现实讲述交通事故的后续。这种叙述方式非常方便对热的故事的讲述，因为它能够给予故事一个完整的也相对封闭的框架。同时，热故事与冷叙述的结合，更能反衬出热故事之热，也能够创造出故事的历史景深。再次，回忆式的架构非常有利于叙述者与故事本身拉开距离，冷静地处理故事的来龙去脉，能够造成故事的记忆感以及记忆对现实的延伸感，在美学效果上创造了情天恨海的沧桑感。这是古典主义叙事常用的手段，而作者对此运用得非常娴熟，这是这部小说引人入胜的诀窍所在。

但《在瑞安》这部小说的别致之处，并不在追忆式的叙述手法及其所带来的美学效果，而在于作者对于这场爱情故事的介入方式上。小说的叙事者，从叙事学的角度来说，有大略这样几种情况，一是直接的第一人称"我"的叙事，五四青春小说比较喜欢这种技法，比如鲁迅的《伤逝》；二是以第三人称"他"的叙事，郁达夫的《沉沦》就是如此，但在郁达夫那里"他"还是"我"；三是超越视角的上帝叙事。现代主义小说往往喜欢将这些叙述者搞乱，令读者分不清是第几人称叙事，创作眼花缭乱的缤纷感觉。但在现实主义叙事那里，这些叙述人称或视角还是比较清晰的。《在瑞安》这部小说在叙事者安排上还是比较老实的，作者采用了第三人称叙事，即从穆槿的角度来讲述故事。小说中的故事，情感，几乎从来没有宕开过，或者说没有远离过穆槿这个人物，都是紧粘着她，在她可以听到，在她可以感觉到，在她可以想到，在她正经历着的范围内，无论是对外物的感受，还是对内心心理和情绪的表达，都是围绕着穆槿这个人物而进行并由她发出。这种叙述方式，非常类似于郁达夫的小说《沉沦》。也就是说，这是一种表面上的第三人称叙述实际上的第一人称叙述，也就是"我"的叙述。因为本质上的第一人称叙述，小说的作者就非常便利地附灵于小说的角色穆槿的身上，来讲述初恋的故事，及其后来的追忆和余音袅袅的情感。从叙事学角度来说，第三人称是客观的，中立的，也是超越的，但是，由于作者所采用的是伪第三人称叙述或真第一人称叙述，所以，越位"代入"的作者在叙述中的情感就不再中立了，而是深度卷入。所以，当爱情出现事故之后，就出现了大段的以几乎第一人称的口吻的对于男性当事人宁医师的"诉说"。因此，《在瑞安》是一部作者代入感很强的小说。假如说这部小说是一场爱情的事故的话，作者就是这场爱情事故的参与者；假如说这部小说是一场少女成长故事的话，作者就是这场故事的亲历者和讲述者。

叙述伦理学是一种专门用来考察创作主体在文学叙述中的情感介入的学问。它认为，创作主体的情感介入不仅表现在题材的选择上，而且深度干预情节走向、人物塑造、性格刻画、人格品质的定位和情感表达的方式，甚至叙述的结构等；反过来，文学文本的结构样式、叙述人称、叙述视角和语言等，也可以看作是创作主体情感的体现。通过文学文本的考察，读者同样可以一窥创作主体的情感动态和价值定位等。在《在瑞安》这部小说中，我非常感兴趣于小说中的伪第三人叙述的"代入"问题，感兴趣于这种"代入"后面所包含的伦理内容。这部小说的主体在于讲述一场悲剧性的爱情，但是，与一般爱情故事的背景的设置不同，作者将穆槿和宁医师之间的爱情放到了一家美容院。美容院在当代中国的城市文化中，其道德色彩是混沌而斑驳的。美容院中的爱情总是给人以奇异的感觉。正如小说中所写到的，穆槿就经历了阿莲与客人之间的打情骂俏、某位豪横的客人对她的钦点以及店长要代替穆槿亲自下场招待客人的事件。在美容院中，无论是从爱情还是从医学的角度来说，都只有肉体而没有爱情。从这个角度来说，作者在爱情发生的场合选择在为道德阴影所笼罩的美容院，是一场典型的写作上的冒险之旅。我在阅读这部小说的时候，能够很清晰地感受到作者对尺度的把握，以及由这种把握所带来的叙述的紧张感。在美容院这一特殊场景中，实习生穆槿的爱情故事发生了，它将会导向何方是一个令人疑惑的期待。小说在讲述主人公穆槿在实习的第一天，就在美容院的镜子中，她与整形医师宁维德相遇了。这朵电光石火般开放的镜中花，从此就在少女穆槿的情感土壤中扎下了致命的根系。从心理学的角度来说，我并不怀疑这一情节的合理性。这是孤独的少女在满是女性（小说中的顾经理是女人味太浓的男性）的美容院中，乍见成熟男性的正常的生理和心理反应，也是情窦初开的少女第一次见到她所心仪的男性的情感应急机制。但，由于小说在此后就专注于叙述穆槿对于美容院环境的拒绝和对阿莲的厌恶，因此，她对宁医师的感情都只能在懵懂中、晦暗不明和毫无来由的嫉妒中运行。作者对于这种青春期少女由身体引导的情愫的表达形式，可以说把握得非常精准。但情感铺垫的隐晦书写，自然会影响读者对于主人公穆槿委身于宁医师这一行为的价值判断：欲望满足而不是情感表达。少女思春是人类成长上的必经的一个环节，所以后来作者直接出面将其定性为成长经验，我认为也是恰当的。但对于"爱情"来说，生物学经验的强调必然导致对柏拉图式精神爱情造成伤害。可以说，从主人公穆槿踏入宁医师独居的房间开始，就注定了这场所谓的爱情发生了事故。身体的交往并不是爱情的承诺，而涉世未深的穆槿不明白，而老于世故的宁医师心知肚明。正是这种认知的错位，导致了小说在穆槿委身之后的叙述陷入了自我情感纠葛和伦理悖论之中。由于创作主体的角色代入，作者并不能超越于主人公穆槿的情感之上，因此，从少女穆槿的角度，就出现了急转直下地对于男性主人公的道德形象的恶意涂抹。宁医师从一个风度翩翩，知冷知热，令少女穆槿痴迷的情郎，变成了玩弄女性，勾引无知少女，无情无义始乱之终弃之的登徒子。作者虽然在结尾处运用破案说明会的方式，解释了宁医师房间中"发夹"的由来，澄清了阿莲和宁医师之间的关系，但是，女店长的关于她与宁医师的复杂关系的解释，更造成了宁医师的道德形象万劫不复，即宁医师对于穆槿的爱情，纯粹就是一场玩弄，就如同他玩弄其他女性一样。至此，一场青春期少女与中年男人的浪漫的爱情故事，就转换成了一个青春少女遭遇一个中年男性的欺骗的社会道德剧，一场爱情路上的事故，一场刻骨铭心的青春恋情就转变为成长途中应该被记取的血淋淋的教训。

但是，这是我逻辑推演的结果，作者的叙述要远较之于我的逻辑推演要复杂得多。在作者的笔下，少女穆槿对于男主人公宁医师的感情，既有处女情窦初开后对于异性的身体依赖，也有感受到被欺骗后的报复式的身体与情感的莫名兴奋，也还有对于青春期情感的祭奠的心理，以及进入中年后对于成长期经验的不堪回首中的反复咀嚼和体味。可以说，《在瑞安》这部小说写出了少女穆槿初恋没有甜蜜的苦涩，写出初恋少女情感上的懵懂，更写出了女性成长的坎坷经验。

作者代入到人物的生命中，以女主人公穆槿的身份，以鲜明的道德立场，讲述了少女成长的故事，也塑造了其生命中的第一个男人的形象。可以说，小说的叙述立场并不是女性主义价值观的惯常思路，因为它充分表现了女主人公对于初恋男性的被植入式的身体和精神依赖，而且从女主人公对于男主人公的如泣如诉的谴责来看，这种依赖是疾病式的。从小说结尾的情感走向也可以看出，哪怕面对着自始至终关心照顾和包容她又深爱着她的男人顾经理的苦苦追求，少女穆槿依然拒绝了他，而独自到她曾经受到伤害的瑞安，去过青灯古佛式的生活。虽然这是出于小说情节完整性的需要，但是，从这样的情节结尾中，我们还是能够看出这场成长途中的恋爱事故，对于女主人公未来的致命影响。文化人类学家通过考察发现，世界各民族的成长仪式都有一个必不可少的考验环节，如让年龄达到十多岁的少年，接受割礼，经受异性侵凌、火烤、蚊虫叮咬、猛兽追逐等，只有当她或他闯过了这许多的关之后，他或她才能正式成为部族的成员。这种成人仪式大多都化入了文学艺术的情节之中，人类可以在文学艺术的想象之中重返原始仪式的现场体验成长的考验。《在瑞安》这部小说无疑重现了这种原始仪式，特别是女主人公穆槿委身于宁医师的这一情节，更具有女性成长的仪式感。古老的女性成人仪式，是以女性的服从为前提的，它是生物学意义上的身体磨炼，它并不考虑女性的情感问题。而现代文化的一大成就，就是人性中的感情道德的苏醒，任何人都不可能去接受没有感情的野蛮侵凌。因此，当主人公穆槿满怀着情愫而委身于宁医师的时候，这就是一场爱情故事，而当宁医师只将她的委身看作是一场纯粹的性爱的时候，爱情故事就翻车为爱情事故了。而这场爱情事故放在女性漫长的人生之中的时候，这一事件，就演变成了整个人生故事中必须要经过的叙述关键点，在这一点上，主人公重温了身体的享乐、疼痛、依赖和道德的屈辱，这场无爱的爱情就成为主人公穆槿重新认识人生和爱情的临界点，使得她重新认识了爱情和性的神秘关系，并使她获得了承受和选择未来的能力，爱情事故这一环节因此便具有了成长史的意义。小说《在瑞安》对于成长体验的复现，使得小说主人公穆槿的个体感受被放大为女性集体的成长经验。

在写完这段读后感后，我在日暮时分，去到长江边上。从近处看，深秋暮色中的江水依然翻滚汹涌，挣命似地展现着它的枯水期到来之前的生命力，但，当我将眼光投往远处，投向广阔的天际，苍茫中的江水即刻宛如一匹游动的白龙，丝带一般地婉转于天与地的连接处，宁静安详。此时，我知道，正是述说夏天的好时候。夏天的时候，我们疲于应付夏天的风暴和江水的暴涨，没有时间言说它，而只有到秋冬的时候，我们才能有空闲来回顾它。自然和人类息息相通，无论长江水情还是婚姻爱情，牵入其中当然就是要死要活纠缠不休，而出于其外就自然就会有一番穿透的境界，当然，牵入其中自有红尘世俗的美，而出于其外才能够享受安宁和静谧。所以，"无边落木萧萧下"和"白头宫女说玄宗"，都属于同一种情感叙述美学。正因如此，鲁迅才会有"三十年不见"的黑漆漆的夜，张爱玲才会有暌违"十八春"令人无可奈何的爱情，而思之青才会有了这场"重返瑞安"的有关爱情神秘性的追忆。

（为《清明》公众号而作）

梦里邂逅一群哲学家

——读赵焰短篇小说《邂逅白发魔女》

　　赵焰的小说总是充满了思辨，比如《李鸿章》等。这部《邂逅白发魔女》又给思辨提供了一个文本的肉身。它具有以下三个方面的特征：

　　一、小说《邂逅白发魔女》虽然看上去是一部历史小说，但其实是一个由历史包裹着的魔幻的故事。小说以宋徽宗的口吻叙述他的三皇子赵楷的出走和归来的故事，就很奇特；而出走的三皇子赵楷，走入黄山深处，居然误入不知有汉无论魏晋的桃花源，这是又一奇。而桃花源中的人行为举止和言语，都与常人不同，这是另一奇；尤其是那鹤发童颜的生命长生不老、智慧深不见底的白发魔女，及其有形技艺之上的剑术和她妙不可言的传道受业解惑的方式，更是古灵精怪。而赵楷居然与桃花源中的人们，前言不搭后语地交谈起来，还都是有关宇宙生命和儒释道哲学的东西，更是让人丈二和尚摸不着头脑。最令人惊奇的，原本是一种遇到神仙的故事，最后却成了南柯一梦。还有经历过桃花源中学艺的三皇子，原本是满脑子无聊思辨的懦弱之人，在国家破亡之际一变而为坚定冷峻的救国英雄和剑术超群的侠客。小说中故事在现实和梦幻之间不断切换，亦真亦幻，界限模糊。靖康之难的历史背景，荒山野岭世外桃源的一群古怪精灵，都使得这部小说充满了传奇性、魔幻性和浪漫性。

　　二、小说《邂逅白发魔女》叙述的寓言性和象征性。正如弗洛伊德所说，所有的梦幻都具有象征性。小说的从历史到梦幻再回归历史的叙述结构，不仅表现了一个少年皇子的成长过程，而且也象征了知识的获得、内化和付诸实践的途径，符号化地演绎了格物致知和知行合一这两个中国哲学的方法论。而在梦幻之中，小说更是借助于桃源中人的自我表达，探讨了生命的意义。黄山桃源中人的故事、对话、表情和动作，无不阐述着中国儒释道相融合的哲学意义。小说有着一个充满象征暗示意味的叙述结构。小说中两个相爱之人在莲花峰殉情的故事，以及成仙得道的生命轮回，都暗示着生命永恒。这种关于生命永恒的象征，也预示了三皇子赵楷最后的结局，将战死沙场作为解脱的途径。小说中赵楷与桃源中人的交锋，看上去云淡风轻，实际上充满了只有智者才能领悟的机锋。尤其是小说中白发魔女与赵楷的练剑，显然既是西方文学中女神贝尔特里丝对但丁的引导，又是东方文学中的阴阳交战，还是儿子回归母亲的子宫重新获得力量的神话的复现。白发魔女以她自身的消失，在证明了自己哲学的同时，也完成了她作为使者的救渡之责。多重神话原型的叠映，隐喻了充满悖论的生命哲学。

三、小说《邂逅白发魔女》具有强烈的思辨性和哲理性。小说中赵楷的出走，源于理学时代中理与心、理与情的困惑。而他的到访黄山，实际就是为了解决这个空洞的思辨问题。但这个思辨问题，在现实之中显然无法得到解决，于是就在这愿望之下，得到了神示。主人公赵楷的格物致知是从对语言的反思开始的。他认为，语言控制了人类，妨碍了人类的认知。也就是道可道非常道，和"言筌"之害。所以，从桃花源中人的身上，学到了从语言中逃离。其次，赵楷又反思了人类的肉体。他认识到，身体和器官功能限制了人的认知，只有突破肉身，才能获得幸福。肉身是人类不能承受之重。再次，赵楷反思了爱欲。他认为，男女的爱欲也阻碍了人类的认知，只有摆脱爱欲，才能进入"色空"的境界。最后，赵楷反思了物质性的技艺。他认为，"技者，道也"。"世人都以思考为要义，击剑之时，总是想着如何攻击，这就错了。应让事物与心直接对接，这就省去了诸多中间环节，以肢体之'心'本能应对。

这应是最短的捷径。"正是基于以上这几个方面，赵楷最后得出结论，"心"即"理"，"情"即"理"。赵楷之所以能够得出这样的王阳明心学式的结论，就是循着西方现象学的"还原"和中国哲学中的"原道"的方法论，在心理上披荆斩棘，一步步将覆盖在本心之上的层累的历史和知识都抖落，才最终抵达的本质探寻，获得身轻如燕的空灵的境界。

读完这部小说，我们与其说这是一部历史小说或魔幻小说，不如说它是一部哲理小说。赵焰在小说中阐述的哲理是复杂的，儒释道都有，甚至也有欧美生命哲学和语言哲学的东西。但无论是这个玄幻传奇故事的本身，还是其中所象征、暗示和阐释的哲理，都在做着一件事，即：人类只有抖落语言、情欲和物质主义这些岁月的尘沙，回归自然，才能皈依本心，才能唤醒我们身体里的"神"，但无知无欲的后面又是无尽的忧伤。

（为《天涯》公众号而作）

中年女人的生命中没有传奇

——评海饼干小说《衰老从几点钟方向开始》

　　海饼干的小说《衰老从几点钟方向开始》，是以第一人称"我"的口吻开始的，那年的"我"四十八岁。这个岁数的女人，是特别喜欢倾诉的啰唆鬼。在小说中，她是"像倾倒垃圾"一样，将自己的苦闷烦恼无聊一股脑儿地倾倒给她的闺蜜陈凡。而当我们阅读这篇小说的时候，她实际上跨语境将其烦恼和落寞都倾倒给了我们。不过，这只是一种静静的倾倒，并不歇斯底里。

　　小说一开始，女主人公"我"就陷入一种莫名的焦虑之中。她看着刚从养老院接回来的小心翼翼的婆婆很不顺眼，对相濡以沫生活了很多年的丈夫也完全无感，甚至对闺蜜陈凡也只是将她当作自己"倾倒垃圾"的垃圾桶，对生活提不起兴趣，甚至对健身也勉强为之。也就在这样的情绪笼罩之下，"我"目睹了闺蜜丈夫的出轨以及她们夫妇的分居，目睹了"我"的丈夫在喝酒时被酒友捅成重伤，看到了那个陪他赴酒宴并引发纠纷的邻家女子，还经历"我"婆婆到医院看望儿子的感人场景，以及婆婆被抬入救护车的场面。在常见的叙述逻辑中，这部小说一定会陷入一场乱麻似的、凌乱的家庭纠纷，利益各方一定会闹得鸡飞狗跳眼泪翻飞，小说情节跌宕起伏、高潮不断。

　　但是，这部小说显然并没有依照惯常的情节小说的路数走，作者似乎对家庭纠葛并不感兴趣。主人公"我"对于向来飞扬跋扈的婆婆，对于丈夫肖兵的出轨行为，都没有激情满怀地投入到战斗之中去，而是以局外人一般地冷静但也不是完全忍受的心态经受着这一切。我们见过太多现实生活和文学想象中的要死要活的家庭闹剧了，以至于我们的思维也如小说中的陈凡一样，对于"我"的态度感觉好生奇怪啊，这不是一个四十八岁女人应该有的样子啊！但这正是这部小说的别出匠心之处：她是要表现更年期女人对生活意趣的丧失。小说中的"我"尽管内心中还残存着几许挑剔生活的刻薄，但那股热乎劲儿早已只剩下苟延残喘了。她对生活失去了兴趣，也就懒得那么较真了。在许多有着陈腐气息的小说中，到这个年龄的女子，假如不再挑剔生活，那一定就会青灯古佛夜读经了。但海饼干又给"我"来了个出乎惯常的"拐弯"："我"虽麻木但并不超脱，更不心如死灰，而是陷在深不见底的生活烦恼里呢！那只能够将"我"从烦恼中捞出来的手，无论是神的手还是情人的手，都没有向她伸过来。一切都那么的平常，丈夫的出轨很平常，就如同婆婆被抬上救护车一样的司空见惯。这是一种难以描述的生命状态，而这恰恰就是大多数中国四十八岁女人的真实的生命状态。在海饼干的叙述中，生活中的女人褪去她绯红的色彩，干枯得只剩下了原初的灰褐色，自然地呈现在我们的面前。这种叙述显然并不可爱，却又是如此地逼真。

而女主人公"我"之所以会生出如此的灰心和烦恼，则完全在于她对于女性生命的感悟。这主要体现在作者对小说中四个女性人物的设计上：一个是四十八岁的家庭妇女"我"，另一个是"我"的闺蜜陈凡，这两个人物虽然性格不同，对待生活的态度也不同，但她们都是为丈夫所抛弃的女人；再一个是隔壁的小姑娘，那个被丈夫带出去喝酒的丈夫的情人，当然还有一个，那就是陈凡丈夫的情人。这两个人物在小说中露脸很少，似乎只能归为一类，看作是一个人；再一个就是刚从养老院中接回来的传说中控制了很多人的高龄的婆婆。这三类人，正好处于女性生命的三个阶段：丈夫的情人和陈凡丈夫的情人，是女性生命的年轻阶段；"我"和闺蜜陈凡，是女性生命的中年阶段；而婆婆则是女性生命的老年阶段。小说通过处于生命中年阶段的"我"的叙述，将处于年轻阶段的丈夫们的情人和处于年老阶段的婆婆，拉到了同一个场景中，集中且同时展示了所有生命阶段中女人的生命状态。虽然说三个生命阶段中的女性同场竞技，但其实年轻阶段的丈夫们的情人就是"我"的过去镜像，而年老的婆婆是"我"和闺蜜陈凡的未来镜像。小说通过"我"对夫妻关系的追忆，将"我"的过去叠映在丈夫们的情人们身上；同时也通过"我"和婆婆之间的关系，将"我"的未来形象投影在婆婆的身上。生命是流动的，而且是单向不可逆的。再可人美好的生命，再飞扬跋扈的生命，都有一个经历中年、堕入晚年的过程。小说中的叙述者"我"其实目睹了女性的生命之花由饱满到干枯到死亡的整个过程。因此，小说中的"我"其实是一个洞穿生命真相的感悟者。因为曾经经历过，所以她对丈夫找一个情人或者带隔壁女孩去喝酒再或者为这个女孩去打架，都已麻木不仁，也许还心存宽恕，婚姻也不过如此而已；因为看到如此能干的婆婆，如今却变得面目狰狞令人厌恶，而且却不得不寄居在儿媳妇的蔑视眼光中，小心谨慎惶恐不安，所以"我"似乎对女性生命的未来再也没有了美好的期待。无论男女，倘若能够一头扎入日常的世俗享受，那他或她的生命感受便一定是幸福的。而她或他，一旦将生命的悲剧看透，摆脱了社会所赋予的角色，生命也便索然无味了。社会角色让人烦恼，而一旦完全摆脱了社会角色的定义，也会产生失重的感觉："现在我不知道我还会成为什么角色，也不知道时间会将我带去哪里……"就一般的情况而言，女性尤其敏感于青春的流逝，尤其悲观于老年状态的不可阻挡的到来。这既是一种生理本能的感受，也是一种认知意义上的经验，更是一种造化赋予的宿命。

这部小说的题目很有趣，衰老从几点钟方向开始？就这部小说来说，衰老是从"我"的四十八岁开始的。但我认为，衰老是从主人公"我"觉悟到生命索然无味的时候开始的。我仿佛听到一种对于女性生命的悲悯之声，正穿透浮躁的文本表象，在生命的深处如磬般敲响。这部小说其实是一部女性的生命之书。

　　所有的文学创作都必须面对强大的故事传统。那些被人讲得烂俗的故事，是有绑架人的法力的，新生代讲述人稍不注意，就可能被撺掇上别人的车子，跟着别人的情节狂奔，把别人的故事当作自己的故事讲完，而且还讲得欢天喜地。显然，海饼干是清醒的，她虽然并没有刻意地规避传奇，但却确确实实地摆脱了陈旧的故事、俗套的诱惑，在那些并不值得着意渲染的女性生活日常中，建构了一种可能不太招人喜欢，但却是真实的生命情态。

（为《长城》公众号而作）

有一种悲剧结胎于善意的逻辑

——评许春樵中篇小说《麦子熟了》

一

许春樵的小说《麦子熟了》（《人民文学》2016年第10期），是一部有关进城的乡下人的情爱悲剧的小说。小说设置了具有诗化特征的"麦子"意象，来指涉整个进城的乡下人。

小说《麦子熟了》中的主意象——"麦子"，是由小说中的人物组合而成的。小说虽然主要是写麦叶的故事，但通过她连带着也写了比她大的姐姐麦穗和比她小的妹妹麦苗的故事。三个来自乡下的打工女的名字——麦叶、麦穗和麦苗，汇聚在一起，就是"麦子"。麦子是北方的农作物，许春樵利用人名做成的象征和隐喻，将三个女人的人生放大到了整个来自北方的乡下女人的身上；再通过麦穗、麦叶与耿田之"田"的关系，将隐喻放到了来自北方乡下的所有男女的身上。其方法类似于鲁迅在《药》中由"华老栓""夏瑜"以及"药"而构成"华夏"和"治疗华夏"的意象差不多。

小说的题目是"麦子熟了"，但是，通读整篇小说，麦子无论是作为自然意象还是作为人文意象，都不是成熟在田野上，而是在南方的城市里、工厂中。所以，"麦子熟了"作为一个整体过程意象，它所指涉的是有关从乡村进入城市和工厂打工男女的道德文化冲突和生命状态的想象。带有泥土和诗歌韵味的"麦子"，作为符号，时时唤醒着作家对于乡土社会的童年记忆和浓情厚意，以及与工业化文明相对立的乡土道德体验。在麦子残酷的"成熟"过程中，既渗透着作家对于乡土道德在现代化冲击下走向崩溃的忧虑和哀叹，也隐含着小说主人公和作家能够坚持的精神力量的来源。虽然麦子作为自然物在小说中并没有真正出现，但它却一直如影随形地伴随着主人公的命运，在文字中萦绕回环，从未离场，创生着小说的诗意。叙事文学作为文学也是需要有诗意的，《麦子熟了》的诗意渗透在叙述中，浸润在文字里，洋溢在人物的命运中。

二

身体关怀是现代人道主义叙事的普遍价值目标。小说《麦子熟了》就从人道主义出发，讲述了打工男女（尤其是打工女）的性苦闷，形成了对于打工男女道德生活的普遍性想象。

小说《麦子熟了》的主体部分讲述的是打工女的性苦闷。麦叶、麦穗、麦苗因为贫穷离开她们熟悉的乡下到陌生的南方城市去打工。她们离开了乡土，离开了丈夫和孩子，独自在工厂里、在工地上打工挣钱。作为有血有肉的人，她们的劳累需要亲人的安慰，她们的孤独需要爱人倾诉，身处危境的她们更需要强有力的男人的保护。小说非常真切地写出了孤独中的乡下女人们的身体苦闷和精神焦虑，以及在环境的压力下身体欲望和精神焦虑的澎湃。在这样的情况下，所有的能够给她们提供身体满足和精神抚慰的男性，都可以成为她们的"白马王子"。工头王瘸子、摩托司机老耿，甚至陌生的男人，都成为了她们心中的偶像。作家通过麦叶与老耿之间的欲说还休的"调情"，麦苗最终为王瘸子包养，以及麦穗对麦叶的吃醋，突出了身体欲望对于这些打工女的身体和精神折磨。需要男人对于她们来说，很多的时候并不仅仅是为了金钱（尽管金钱也很重要），而实在是为身体的抚慰和渴望所左右。作家对于打工男女身体欲望的书写，是反激式的。麦叶自身性爱救济途径的中断，麦穗的直言不讳的性话语，邻居打工妹的夜半歌声，瘫子老王的包养诺言，以及各种各样的奇诡而又心知肚明的生活环境，都激发着和凸显着主人公麦叶的性欲望的热度。作家充分展示着他的老到的写实主义手法，在麦叶的犹豫不决的情欲，和叙述的放纵与约束的张力中，在平静的叙述中饱和着其文本的欲望情热。在这样的书写中，我似乎看到了莫泊桑《娜娜》中所使用的一般性的手法和功力。

而在思想层面，当麦苗被包养，麦穗与丈夫以外的男人鬼混，麦叶与老耿调情的时候，作家给我们的表面结论似乎是：乡下古朴的道德观念在这些女人身体欲望的蛊惑下分崩离析了。但是，我却在许春樵的叙述中，看到了他对于这些身在异乡的乡下女人的同情和宽恕。许春樵的有关乡下女人性苦闷的叙述的意义在于，他通过麦穗自由流淌的性欲望和被麦叶咬牙切齿压抑着的性欲望，表现了打工女的身体困境。作家将这些身在异乡的打工女作为活生生的人去讲述她们。他的叙述洋溢着人本、人道的情怀。

关注打工男女的"性福"，是当代社会新闻焦点问题；讲述打工男女的欲望故事，以达到对于底层生活境遇的揭示，也是当代一般底层叙述的惯用策略。《麦子熟了》虽然一开始甚至大部分都在叙述打工女的性苦闷，但是，这部小说却并不是所谓的非虚构社会纪实，它的超越之处在于，它将笔触切入了由性苦闷而引发的深度的精神焦虑和抚慰渴望。许春樵是有着理论素养的作家。他在《麦子熟了》中所持有的有关身体欲望的基本观念是"灵肉一体"的认识。他对于性爱的道德界定，并不在乎外在的社会道德戒律，而在于灵魂和肉体契合的新理性主义伦理。这种道德对于特殊情境下的身体放纵，比如麦苗、麦穗等人在远离亲人和丈夫的环境下所发生的身体抚慰行为，持宽容和同情的态度。虽然麦穗、麦苗违背了传统的婚姻道德，但是，作品的叙述者并没有明显的谴责，甚至还通过麦穗的话语和行为论证了她们人性伦理上的身体满足的合理性和合法性。

有人说，小说是爱情的事业。爱情，尤其是性爱，在小说的叙述中是具有诱惑力的。许春樵把麦穗、麦叶、麦苗、耿田，以及其他的打工男女的性事及其悲剧，讲述得张弛有度，滋味十足。尽管《麦子熟了》在这一阶段，充满了艺术的设计感，但是，它依然基本保持着非虚构的水准。

三

在《麦子熟了》中，许春樵主要关心的是打工男女的身体渴望，但麦叶这个形象却将其叙述引向了精神关怀。作家为了一个理想，而塑造了麦叶这个道德乌托邦的形象，并让她成为打工男女道德生活的普遍性想象中的例外。麦叶一方面是打工仔中的一员，同时，她又是打工仔中的一个独特个体。她与被集体表述的打工仔，在文化道德等方面有相同的地方，但她又是非常不同的"那一个"。她是一个被关怀的性苦闷者，同时，又是一个精神至上主义者。麦叶是一个精神乌托邦，作家在精神的层面给予了她另一种关怀。

我自始至终认为，许春樵是有着道德理想主义①的道德洁癖的。在《麦子熟了》中就表现在对主人公麦叶"名誉"的保护性叙述。麦叶太苦了，丈夫不懂得她，工作又是如此的劳苦，其他的女人都知道无论是为了钱还是不为了钱都要找机会安抚一下自己的身体；而她在身体极度焦渴的情况下，面对着一个强壮又懂得自己的万人迷男人老耿，却犹犹豫豫止于最后一分钟。在作品中，虽然麦叶曾把自己灌醉，要把自己交给男人老耿，但老耿却在最后一刻悬崖勒马。在这样的情节中，老耿与其说是止于自己的情感和理性，不如说是成全了麦叶的精神和道德信念。作家真的很是残忍，他利用麦叶的身体欲望和道德信念之间的冲突，安排了一系列的硬的和软的诱惑，来考验或者锻炼主人公麦叶。在

①方维保《道德理想主义的困境与小说的折断性叙述——评许春樵长篇小说〈酒楼〉》，《海南师范大学学报（社会科学版）》，2011年第6期。

这一系列虚虚实实的冲击中，作家铺展了他的叙述张力，赚足了读者的阅读情趣，却把我们的主人公麦叶折磨得死去活来。

在小说的语境中，假如麦叶放荡一下的话，我认为是符合人性的，也是可以得到谅解的，也是无损于她作为好女人的声誉的。但是，作者却让麦叶一直坚守自己的道德信念，哪怕最后使得她一无所获。在小说的叙述中，麦叶可以说一直就是一个祭台上的牺牲品。她以她活生生的肉体疼痛传达着许春樵对源于传统文化精神的婚姻道德观念的褒扬的价值立场。当然，假定如此的话，后面麦叶作为无辜者遭受误会的叙述"包袱"也就抖得不像小说中那么有效果了。换句话说，作家就是要将麦叶塑造成一个在肉体痛苦上翻滚的使徒，以为小说后续的出人意外的悲剧蓄足力量，为后续的误会叙事的悲剧性搭好垫脚石。麦叶的身体放纵是自然常理，但是，小说家的责任并不在于揭示生活常识，而在于通过人物或情节传达自己的理念。

《麦子熟了》本是一部有关打工女的性苦闷的小说，但许春樵最终将打工女性苦闷叙事演绎成了一部爱情小说。在对麦叶与老耿这两个人的交往的叙述中，作家自始至终压制着男女主人公的情欲的宣泄，或者说，利用情欲的书写及其压制，来反衬他们的精神爱恋。维特根斯坦曾说："人的身体是人的灵魂的最好图画。"[1]许春樵通过麦叶的性苦闷写出了她的精神苦闷和作为人的灵魂焦虑。不管后来耿田是否死亡，她都在精神上获得了缓解释放，由性苦闷而结识了耿田这个同样期待着精神爱恋的打工仔，而将她的精神引渡到了神的境界。

许春樵相对于广泛存在的打工族性生活的新闻性叙述的高超之处在于，他将常见的社会焦点中的性聚焦，提升到了精神的关注和灵魂的关怀。黑格尔说，一个有文化的民族竟没有形而上学——就像一座庙，其他各方面都装饰得富丽堂皇，却没有至圣的神一样。[2]许春樵笔下的麦叶就是一个形而上学的神。他的道德理想主义的神就祭奉在麦叶的肉

---

① [奥]维特根斯坦《哲学研究》，李步楼译，北京：商务印书馆1996年，第272页。

② [德]黑格尔《逻辑学（上）》，杨一之译，北京：商务印书馆1974年，第2页。

身上。

至此，许春樵也将麦叶塑造成了一个与几乎所有打工男女不同的独特个体，使得她超出了一般的符号的描述能力之外，也就是说，使得她超出了一般的有关打工男女生活的想象之外，成为一个另类的符号，一个反击有关打工男女惯常想象的符号。有人可能说，许春樵小说中的麦叶形象，概念化了，理想化了。我认为，虽然非虚构让人感受了对于社会现实的逼真写实的艺术魅力，但是，小说作为一种艺术，作家的道德理想和艺术想象一定有它的文本的合法性，麦叶这个形象的塑造依然是在小说学的范畴之内的。许春樵通过麦叶这个理想主义的形象，展示了他的道德理想，也使得他的小说更像艺术而不是生活写实。理想主义的麦子的形象，是许春樵的思想之一个方面。

而在艺术上，她的存在正与她所处的欲望化的环境形成一种既彼此勾连又彼此冲突的叙述张力。对立反激的叙述，在古典主义时期是非常流行的。许春樵的叙述在乌托邦形象的设置上也有着一般古典主义叙述的风格。

四

小说不同于社会纪实的一个重要特征，是它自有自己的情节（人物命运）的设计。许春樵在麦叶命运的设计中，并不止于身体焦虑与辛苦坚守的纠缠，他几乎突然地转换了场景，并在场景的转换中，让一场"误会"近乎必然地发生了。正是这场"误会"直接导致了情节走向的变化，原有叙述意义被击穿及新的意义获得建构。

小说叙述中"误会"桥段的设计，是文学叙述中转换人物命运和情节走向的常见的把戏。它在文学叙述中非常常见，也非常俗套，它几乎是一个固定的戏剧模式。从小说学上来说，误会意在通过其的形成和解释，以推动情节的发展，好把故事讲下去，好把故事讲得跌宕起伏，讲得有趣味。假如单纯从"误会"的设计上来说，《麦子熟了》也显得非常平常，它沿袭了常见的情节小说的叙述程式。但是，误会桥段在文学叙述中虽然是常见模式，却常用常新。最关键的是，要看这样的技术性的设计，能否从俗套中翻转新的意外路径，传达出新颖的思想或感悟。

"误会"，在现实主义叙述中，常常是一个可以化解的结扣。丁西林的话剧就经常利用"误会"造成幽默与讽刺。但是，在古老的希腊悲剧中，"误会"却是天命的现实显现。《俄狄浦斯王》就是一场由神操纵的"误会"。在这场所谓的"误会"中，俄狄浦斯和他的父亲母亲，都无可奈何地充当了命运的牺牲品。在《麦子熟了》中，有关麦叶的故事是现实主义的，但是，有关对于她的误会却同样带有所谓的"必然性"或"宿命论"。

当麦叶在许春樵的保护性叙述之下，几乎被塑造成了一个发乎情止乎礼且守身如玉的道德楷模的时候，我心里就有了一种非常不好的预感——"坏了！这个女人悲剧了"。就如梅里美的小说《卡门》中的主人公所说的，"我正在把一条链子系到枪的撞针上。"我这是出于现代小说阅读所形成的直觉。在一种普遍的现代悲剧的叙述逻辑里，善良必然暗示着善良者的悲剧的到来，所谓"高尚是高尚者的墓志铭"。许春樵不会依照着传统的因果善报逻辑，一路走下去将她塑造成一个节妇，并让她善终，从而造就一个大团圆的结局。显然，作家之所以将麦叶的道德形象在她的痛苦的坚守中高高垫起，其意就在于增加她在后来叙述中作为悲剧人物的悲剧性。果然，在小说的叙述中，我所预期中的"误会"如期到来。打工女人中最清白的麦叶，却在姐姐麦穗的闺中戏言中被丈夫"误会"为出轨。不但自己遭受毒打，而且她真心爱着的清白无辜的男人老耿，也被她丈夫杀死了。一场传说中的情欲故事，导致了血案的发生。

在许春樵将"误会"搬到《麦子熟了》的语境中的时候，还不仅仅在于揭示一个善恶悖反的现实道德的荒谬，而在于作家可能早就洞穿了所谓"误会"的命运把戏，用一场所谓的"误会"来阐明，乡下人进城在新时代的背景下它的整体性的道德"污名"及其所造成的悲剧。麦叶所遭遇的"误会",是一种关于道德生活的普遍性的想象之下的强迫性的认知,它不是基于事实,而是基于人云亦云。

在一种有关打工男女性苦闷和性混乱的整体的定性之下,其中一些独立的个体,也难免被污名。在逻辑上,整体包含个体,整体的属性决定了个体的属性定位。体现在符号上,一种关于群体道德状况的符号描述,它的覆盖面,是普遍性的;而这种普遍的铺盖必然伴随着话语的暴力,以及对于个体例外的牺牲。在这样的普遍性认知(定性)之下,谁又能独善其身呢?就是有能够独善其身的人,也难逃被覆盖的命运。当整个社会甚至包括知识界,都认为所有的打工男女都存在性苦闷,以及性混乱(包括临时夫妻,包养等),"打工男女"就成为了描述这种道德状况的符号。身为打工男女之一员的麦叶难道能够例外吗?!当然不能。麦叶丈夫桂生对麦叶的误会、殴打、虐待,以及对同样执着精神之恋的老耿的杀害,表面看就是一个愚夫的无知和颟顸,其实,他自有他的逻辑。桂生为什么就轻易相信了谣言了呢?人们可能说,谣言杀人。其实他也没有捉奸拿双,而他之所以相信了麦穗的谣言,还是基于一种普遍性的认知所做出的判断。别人都是如此,他的妻子当然也不会例外。这是正是整体"污名"之下的自然逻辑。叙述上的所谓"误会"桥段的设置实际上包含了合理的逻辑推演。

许春樵的杰出之处或别致之处恰恰在于,他在普遍性的想象之下,写出了麦叶这样的一个"例外"。这种例外在常理的逻辑里应该是可以存在的,尽管在小说的叙述中我们也可以将其理解为技术性安排。但正是这种技术性安排,让我看到了许春樵小说中的永不泯灭的道德理想主义的执念,以及在整体性"污名"之下对卓异个体所遭遇的处境的忧虑。因此,《麦子熟了》这部小说所揭示的有着比婚姻出轨凶杀更为悲剧性的思想。

关于打工群体的道德生活想象和符号化描述,都是以关怀和善良为名而进行的,但却导致意外的结果,那就是对于这个群体的道德的"污名"。从身体的人道关怀转换为道德污名的指责,误会叙述及其价值的戏剧性蝶变，被作家很准确地（不管是有意识还是无意识）抓住了。不是情节的逆转，而是其思想蕴含的陡然反水，传达了打工仔这一符号所被赋予的惯常逻辑，也给予社会中普遍存在的所谓的关怀以一记重击，使得温情脉脉的人道主义被撕扯得粉碎。

当此时，小说《麦子熟了》的叙述已经不再是一个艺术的问题，而是一个令人深思的思想问题了。在"误会"叙述中，许春樵实现了小说的意义转折，这是一种自我的否定，也是一种意义的洞穿。在看似平常的小说叙述学中，许春樵实现了一种深刻的思想洞见：普遍主义的话语暴力对于个体主体性的遮蔽。

五

在一种传统的现实主义叙述中，结尾是非常重要的。因为作家要安排人物的去处，因为它需要给予世界以确定性的解释。而现代主义却可以不管不顾，任其开放和自由流淌，因为它对于世界的认知是不确定的。许春樵的《麦子熟了》从严格意义上来说，它属于现实主义范畴。

许春樵在轰轰烈烈的情感悲喜剧之后，以近乎平淡的语调，如中国传统小说一样给每一个人物都交代了去处：老耿离开了打工的地方，在另一个地方被麦叶的丈夫杀死了；麦穗内疚于自己的"谣言"而出家做了尼姑；麦苗做了甜蜜的二奶；丈夫桂生因为杀人而被判了死缓。而麦叶经历了打工过程中惊心动魄的精神之恋，经历了丈夫的虐待和恋人的被杀，她终于"成熟"了。

但是，似乎所有人都有了去处，而唯独麦叶"留"了下来。她到底要到哪儿去呢？作家安排她在重返城市而不得的情况下，又回到了乡村，去给那个被杀害的恋人上坟。上坟，可以看作是整个故事的落幕，但却不是麦叶的真实去处。作家在叙述麦叶的归宿的时候，胶着了。但其实是在说，麦叶无处可去。

在小说的语境中，麦叶是最有收获的一个。她的外出打工，是奔着财富去的；但却找到了爱情。虽然她所爱的那个人死了，但是却留下了精神的果实；虽然她最终走向的是世俗的恋人的墓地，在中国文化所规定的情境中找到了精神的归宿地，那是麦叶精神境界的再一次的跃升：假如说以前的交往中多少夹带着爱欲的气息，而经历过风风雨雨的洗礼，她的爱已经淬变为宗教性的精神之爱了。这大概就是许春樵所谓的"麦子熟了"的真义所在。

但我总感觉到，在她那饱经沧桑后的落霞余晖般的宁静中，依然有着挥之不去的痛感。所有人，无论生死，都有了去处，但唯独麦叶似乎没有去处，似乎毫无着落。在我们陶醉于作家所营构的悲悯的诗意中的时候，也应该同时看到了一个孤零零的身影。我不禁要问：麦子（麦叶）成熟以后怎么办？麦叶还要去打工吗？在作品最后的叙述中看来有这种可能；麦叶还去找她的那个精神恋人吗？他已经被杀了；麦叶要回去给那个虐待她的丈夫重新当老婆吗？他已经被判了死缓，而且麦叶显然也不再愿意。麦叶似乎之后只有死路一条了。在小说中，她是要上吊的，但却因为女儿又回到了生世。最后她又去给老耿上坟，似乎找到了精神的归宿。她难道要一辈子给死了的恋人守坟守节吗？在中国当代世俗性的社会中，可能性也是微乎其微的。那成熟的麦叶到底到哪里去呢？作家没有给出答案，他似乎要留给读者去思考。我真的想给成熟的麦叶提供一个合适的栖身的处所，比如另一个能够爱恋的男人，或者一座教堂，或者一个尼姑庵；或者别的什么地方。但我真的很难设想有这样的一个地方。但是，假如给麦叶设计了一个去处，无论是教堂或者尼姑庵，或者找一个男人嫁了，这又是多么的老套，当然更不符合作品给麦叶所设计的精神脉络的走向。

所以，在故事的结尾，麦叶只能孤单的一个人，走在路上。在这样自然的收束中，麦叶的形单影只的形象在一种远镜头中，慢慢地变小，也慢慢地变得高大了，高大成了一个硕大的"？"。而目睹着她孤单的身影，我所能够获得的只能是孤独、寂寞、悲凉的人生况味，和天地虽大却无处栖身的无言的悲哀，和一个追求精神生活的人在世俗世界中的穷途末路，以及绝望。

《麦子熟了》的结尾，一方面是确定的现实主义，另一方面又是不确定的现代主义。这样的结尾使得前文所说的普遍主义话语所造成的创痛被延伸，暗示着情节续写的可能性；它在确定无疑的落幕中，又留下了令人回味悠长的敞口。

六

麦子真的成熟了！许春樵也在一场欲望政治中走向了精神的救赎，完成了对他自己的底层叙述，也是对于整个当代底层叙述的一次品格提升，引导着底层叙述从单纯的形而下社会焦点叙述的困境中脱身出来，走向更为审美化的精神境界。

"五四"以来的问题小说，一直想借助社会问题的表现以解决中国社会的实际问题。这是思想的范畴，也是社会学的范畴。它是中国文学知识分子参与社会融入社会中心的一种方式。上个世纪八九十年代以来的底层叙述，一开始也是醉心于对社会问题的揭示和现象式描述，这使得作家因为深度卷入社会而缺少超越性的审美净化，导致其文学纪实性有余而审美性不足。

许春樵的小说《麦子熟了》告诉我们，文学对于社会底层的关注，不仅要关注其现实事象，而且要将其作为艺术来对待。小说要有着高于事象的艺术的设计，关于人物命运的，关于情节结构的，关于叙述的。这样才能将文本从其特定历史内容中解放出来，将文本的意义生产"从以'国家—民族'为核心的机制中解放出来"①，通过叙述去完成一次精神的也是神性的敬畏之旅。只有这样文学才能够成为生命之学，也才能真正成为文学。

《麦子熟了》同时也将上个世纪九十年代以来底层关怀叙述，从一般

---

① 李同路《莫言小说〈蛙〉与多重权力—话语冲突中有关生育的文化记忆建构》，《清华中文学报》2016年第15期。

的廉价的人道主义叙述提升为对社会情感的深刻的反省。思想不是文学的本职，但是，小说中所体现的思想洞见，一定较之于纯粹思辨的思想理论，更加具有思想震撼力。不但因为它来自作家及其同呼吸共命运的主人公的共同的体验，更因为它那出于一般习惯思维之外的深刻照亮，也只有这样才能使得底层叙述超越现象描述，而进入更加深刻的思想领域，获得审美的深刻性。小说的写作，是一种小说学，同时也是一种思想术。

（原载《雨花·中国作家研究》2017 年第 10 期）

论潘军近期小说中的戏剧原型意象及其审美功能

——以《断桥》《知白者说》《十一点零八分的火车》为例

有关戏剧的早年经验，一直存在于小说家潘军的知识和审美结构之中。这种审美情结，在潘军过去的小说叙述中，就曾起到过很大的作用，而在新近创作的《断桥》《知白者说》《十一点零八分的火车》等三篇小说中，戏剧意象的叙述功能和审美作用再次得到集中地呈现。戏剧中的人物动作造型、人物形象和故事等，以原型意象的形式化入小说叙述中，使其不但在小说的情节铺展、人物塑造和意义抽象等方面发挥结构性的叙述作用；同时，作为被充分意象化的原型和虚设的线索，也使得小说呈现出兼具现代主义和古典主义美感的诗性文本。

一、潘军知识构成中的戏剧

童年经验在文学想象中的原型功能，在中国现代众多文学家和艺术家的创作中都得到过验证。这一童年经验对创作的原发性作用，对潘军的创作也同样适用。

潘军生长在一个戏剧之家。潘军的父亲雷风曾经担任职业编剧，为黄梅戏写剧本，他的剧本《金狮子》曾在 1956 年第一届全省戏曲汇演中获奖。潘军的母亲潘根荣是个黄梅戏演员，而且是怀宁县剧团的演员。潘母如旧时代的艺人一样，目不识丁，所学皆来自潘军外祖父潘由之的传授。在黄梅戏方面，潘军可以说具有深厚的家学渊源了。但是，潘军开始戏剧创作的时候，创作的却不是黄梅戏而是话剧。潘军上大学时曾创作了一部以左联五烈士为题材的独幕话剧《前哨》，自任编剧、导演，还出演一号角色鲁迅。该剧后来获得全国大学生文艺会演一等奖。结合中国大学中文系的教育教学的新文化传统我们可以知道，潘军在大学中文系创作话剧而不是戏曲，主要就在于大学中文系并不教授传统戏剧戏曲而只教授话剧。所以，潘军的戏剧创作不是从戏曲开始而是从话剧开始，自在情理之中。在潘军的艺术概念中，话剧和戏曲都属于戏剧。文化艺术出版社给他出的《潘军文集》第八卷"剧作卷"，就收录了他的话剧、戏曲和电影剧本。

《前哨》的成功成就了青年潘军对于文学、话剧、美术、导演、表演的艺术自信和文学自信。2000年，潘军在《北京文学》上发表了他的第一个大型话剧剧本《地下》。剧作采用现代主义的故事套，假设发生事故，将所有的人困于地下室，于是，在生命有限性的压迫之下，被困的人反而解脱了所有的人生社会的束缚，获得了生命的自由。这部话剧有着现代主义话剧普遍的有关人性自由的哲理。2004年被称为潘军的"话剧年"。他分别为北京人民艺术剧院和中国国家话剧院创作了两部话剧《合同婚姻》和《霸王歌行》。这两部话剧都是根据他自己的小说改编的，六场《霸王歌行》改编自《重瞳》，《合同婚姻》改编自同名小说。这些剧作都先后在北京人民艺术剧院和中国国家话剧院上演。

从早年的话剧《前哨》到话剧《地下》，再到《合同婚姻》《霸王歌行》，话剧一直是潘军所钟情的文学形式之一。显然，早年话剧剧本《前哨》对他后来的话剧创作和文学创作有着极深的影响。

话剧来自欧美，而戏曲来自中国传统。这二者虽同属于戏剧范畴，但在表现方式上却有很大的不同。中国戏曲属于歌剧，有着很严重的抽象性，而话剧属于西洋近代发展起来的写实剧。潘军虽然跟着时代的节拍，创作和导演了不少的话剧，但戏曲一直埋藏在其灵魂的深处。潘军虽然戏曲剧本写得很少，好像只有一部京剧《江山美人》（改编自小说

《重瞳》)，但戏曲的种子一直活跃在他的小说叙述中。由于深受家庭文化氛围的濡染，他对黄梅戏非常熟悉，甚至有着骨子里的喜欢。由此而及于对京剧，对这些传统戏曲中的那些传统文人故事和做派的喜欢。在话剧和传统戏曲二者之中，由家庭而培养出来的戏曲素养，显然大于他在大学期间所培养起来的话剧素养。越到后来，他对于戏曲的爱好越溢于言表。

这种对话剧的偏爱和对传统戏曲的喜爱，在其早期的小说创作中，就有所表现，比如小说《重瞳——霸王自叙》，显然是以戏曲《霸王别姬》为变异的蓝本的。这部写于2000年的新历史小说，以第一人称霸王自叙的方式，从项羽的内心感受出发，叙述了项羽在失败之前的人生经历。就如同二十世纪八九十年代的先锋话剧一样，中国的先锋小说从形式来说主要来自欧美现代主义，但在抽象符号的运用，以及意象化叙事方面，却是与中国传统的戏曲有着脉息的连通。而且，这种对戏剧（包括话剧和戏曲）的偏爱在早年的创作《重瞳》中就体现了出来，而且近年来越来越浓烈。出版于2018年的《潘军小说典藏》系列中，他在其中插入了大量的插图。而这些插图与早年的小说单行本（比如《独白与手势》）中的西画风格明显的抽象画面不同，现在的插图显然增加了中国传统文化元素，特别是戏曲元素，比如在《风》中插入"桃李春风一杯酒""高山流水""人面桃花"以及戏曲人物画"三岔口"；在《死刑报告》里插入"苏三起解""乌盆记""野猪林"等戏曲人物画以及萧瑟的秋景；在《重瞳——霸王自叙》之后插入戏曲人物画"霸王别姬"和"至今思项羽"。[①]

在小说中融入戏剧元素，在中国现当代文学中，比较常见，最常见的当属于"戏中戏"，比如张恨水的长篇小说《春明外史》，但潘军小说与众不同的是，他只是将取材于现当代戏剧或传统戏曲中的戏剧元素，诸如人物形象、人物动作造型，或故事，运用于小说的叙述之中，就如同神话原型出现在现代艺术中的形态一样。

① 潘军《潘军小说典藏：重瞳》，安徽文艺出版社2018年。

二、戏剧原型意象的叙事功能

文学理论认为，任何文学意象，当它出现在文学叙述之中的时候，哪怕是在诗歌之中，都会具有叙述作用。而在叙事文学中，其叙述作用主要在于对于不同情节段落的连接、叙述走向的推动，以及人物性格的塑造等方面。

短篇小说《十一点零八分的火车》（《江南》2019年第4期）讲述了导演闻先生和舞蹈演员出身的柳小姐之间的一场若有若无的情感邂逅。闻先生与柳小姐之所以能够产生情感的交集，与他/她乘坐同一趟火车的同一间软卧包厢有关，但空间上的遇见只是给予他与她机会，却并不能保证一定就能够产生交流和发生爱情。真正在情感交集中产生穿针引线作用的，是柳小姐那斜搭在卧铺上的那一双舞蹈家的修长的腿。"倒踢紫金冠"这一舞蹈造型，是缔结闻先生和柳小姐关系的关键点。人际交往理论认为，共同的趣味才能触发交往的冲动。闻先生是一位导演，有着职业的敏感和欣赏女性美的独特眼光，而柳小姐也是一位资深的舞蹈演员。他与她的艺术趣味在"倒踢紫金冠"上达成了共识，达成了一种彼此欣赏和瞬间的懂得。从而为闻先生和柳小姐这两个素不相识的男女的搭话创造了条件，才使得后面的故事（一个女性向她面前的陌生男性倾诉自己的过去）得以持续下去。

"倒踢紫金冠"这一舞蹈造型，或者说身体造型，不仅在故事发生时起到了至关重要的作用，在后文故事的展开中也是起着推动作用。这部小说虽然采用了维多利亚式的对话叙述方式，但其实就是一部柳小姐的自叙。但与《霸王自叙》中的叙述者直接代替霸王叙述不同，柳小姐的自叙有着更多的第三人称叙述的特征，也就是柳小姐似乎在讲述其他人的故事一般。而闻先生的观察和对于柳小姐的隐约情愫，都不过是在为柳小姐的可爱"补妆"。小说通过柳小姐的自叙，讲述了她的跳芭蕾舞的过往和曲折的爱情故事。而在柳小姐演出芭蕾舞剧《红色娘子军》的过程中，为了能够使小说叙述紧扣"倒踢紫金冠"这一核心意象，作者特别设计了一个"事故"，这就是"男演员的手插到女演员的袖子中拿不出来"；又由此将故事展开，——因"演出事故"而恋爱以及后来的恋爱悲剧。在柳小姐的舞蹈生涯回忆和爱情故事中，"倒踢紫金冠"依然是叙述引导者。

在整个故事的叙述中，"倒踢紫金冠"这一意象犹如钩花时的钩针，它穿插在小说的每一个细节中，每一段情节中，过去的，现在的，闻先生的和柳小姐的，将火车上的艳遇故事，穿插勾连了起来，成为一个整体；而且看似毫无关联的人物和历史时空，也因为"倒踢紫金冠"而成为一条故事得以展开的线索。在整个叙述过程中，"倒踢紫金冠"所引发的四个层面的故事都一一得到了展示：1.《红色娘子军》的故事，即洪常青和吴清华的故事；2.演出《红色娘子军》过程中的演出事故；3.由演出"倒踢紫金冠"而导致的爱情和爱情悲剧；4.闻先生和柳小姐因"倒踢紫金冠"而发生的交往和后来的追忆。整个小说的讲述是倒叙进行的，即由果到因，《红色娘子军》中的洪常青和吴琼花的故事及其隐喻意义被埋藏在最里面，而正是这样的倒叙式的追溯，让叙述具有了历史的纵深度，也使得了整个故事不再仅仅是一场轻佻的艳遇，而成为一出历史悲剧。

这种利用特定戏剧场景或动作造型引发和驱动叙述的方式，为中篇小说《知白者说》[《北京文学（中篇小说月报）》2019年第4期]所延续。不过，《十一点零八分的火车》中是一个戏剧动作造型，而这里则是一个艺术形象——鲁迅小说《孔乙己》中"孔乙己"的形象。

小说《知白者说》的故事大致有三个：1."我的故事"：叙述者"我"创作话剧《孔乙己》以及后来在宣传部做官以及辞职当导演的故事；2."沈知白的故事"：沈知白演出话剧《孔乙己》获得名声和经济利益，以及后来当官和被人告发判刑的故事；3."孔乙己的故事"：这个故事由三部分构成，鲁迅小说《孔乙己》中的孔乙己故事，话剧脚本《孔乙己》中的孔乙己故事，以及沈知白演出《孔乙己》中的孔乙己故事。

作者采用了电影艺术中常见的平行交叉蒙太奇的叙事手法，以话剧《孔乙己》的创作和演出事件作为将三个故事链接到一起的核心叙述元素。但在叙述的潜结构中，真正能够将三组故事链接到一起的，对小说的主人公沈知白的形象具有补益的，实际上却是鲁迅小说《孔乙己》中的"孔乙己"这一形象。

在电影叙事中，平行蒙太奇或平行交叉蒙太奇，不同的线索之间往往构成了互文和隐喻的作用。在《知白者说》中，无论多少条线索，或是生成怎样的隐喻意义，都是始终围绕着"孔乙己"这一中心意象进行的。为了将"我"以及作者的趣味编织进小说中去，潘军设计了大学生"我"创作了话剧《孔乙己》的故事。这种叙述主人公创作话剧的经验很显然来自潘军上大学期间创作话剧《前哨》的经历。就如同《十一点零八分的火车》的"倒踢紫金冠"一样，虽然《知白者说》中有着很多的有关创作和演出话剧《孔乙己》的纠葛，但是，在这部小说中，自始至终运行的具有结构性作用的是意象化的人物"孔乙己"。孔乙己作为飘动的受侮辱和损害的符号，始而附着于"我"的身上，终而附着于利欲熏心的艺术家沈知白的身上。当沈知白出狱后在超市偷东西而被店主打倒在地的时候，那个出现于小说和话剧《孔乙己》中的落魄的孔乙己形象，最终从舞台上飘进了现实生活，并附着于沈知白的身上。为了营构一个完整的"戏中戏"，潘军还将鲁迅的另一部小说《祝福》中的祥林嫂形象，纳入话剧《孔乙己》的周边。"我"在创作话剧《孔乙己》时，在小说《孔乙己》的故事之外，添加了一个女性角色，一个小寡妇的形象，而出演这个角色的正是沈知白的下属兼情妇演员刘倩。通过后来的叙述可知，她在被沈知白欺骗利用之后又遭到抛弃，于是，就如同祥林嫂一样逢人便诉说她的悲惨。

潘军还在演出话剧《孔乙己》这一事件中，设计了"我"与沈知白的有关具体动作场景的"剧情之争"。"我"比较欣赏沈知白有关孔乙己偷书的设计，而对他所添加的"酒店老板抽掉板凳孔乙己坐空落地"的场景，不以为然，并暗示沈知白对孔乙己"狠得过度了"，和他作为一个当权者的为人不善。小说如此叙述，实际已经模糊了舞台时空和现实时空的界限，或者说将舞台场景跨时空移植到现实场景之中，将一个令人同情的舞台人物的遭遇，变换价值指向，如贴牛皮膏药一般紧紧地黏贴在主人公沈知白的身上。

虽然《知白者说》是一部叙事文学作品，由于其所讲述的是话剧演出的故事，因此，其中的"我"与沈知白最初所讨论的都是剧中人物动作和舞台造型的问题。所以，无论是有关孔乙己的形象，还是沈知白的形象，都是从造型艺术的角度来构造的。比如，"我"第一次见到沈知白时，他的抛大衣给刘情的动作，最后沈知白在偷超市东西的时候被殴打的场面，都充满了戏剧性和动作性。只不过短篇小说《十一点零八分的火车》中的"倒踢紫金冠"是优美的造型，而在《知白者说》中"抽凳""殴打"等是丑陋的造型而已。但，它们都是定格在"我"的记忆中永远挥之不去的画面。

总之，小说《知白者说》塑造了两个孔乙己，"我"在开端，沈知白在结局。"我"的命运是反孔乙己的，而沈知白才是真正的孔乙己。作家之所以要塑造两个命运相反的孔乙己，就是要通过沈知白的最终受辱来炫耀"我"的成功。小说中面对沈知白最后受罚的悲惨情状的叙述，有着类似善有善报恶有恶报的诅咒式的安排。这样的情节安排显然弱化了小说的更广泛的社会批判力量，也充分显露了创作主体在这一时期创作中的人道同情的缺失和境界的狭窄。

假如说《知白者说》是利用隐喻的方式，来达到人生如戏和戏如人生的隐喻的话，而小说《断桥》则利用当代穿越叙述的手段，完全打破了时空的界限，把有关《白蛇传》的多重阐释幻化为多重穿越和多重恋爱的复杂故事。

潘军在若干年前就曾有过这样的创作冲动。他在一次访谈中说：我出身于梨园世家，对舞台，对戏曲，都有独特的感情和体验。我会选择几部经典的戏曲，挑几个剧种，如京剧的《白蛇传》，昆曲的《牡丹亭》，越剧的《梁祝》以及黄梅戏的《女驸马》作为蓝本，根据我的理解，先对剧本进行合理的改编，让其更符合今天的审美趣味，然后再拍成舞台艺术片。比如说黄梅戏的《女驸马》，我会删除冯素珍娘家的那场戏，一上来就是这个漂亮的女子满怀欢喜地进京寻夫，可是等到了京城，才知她的夫君因为某件事已经身陷囹圄，马上就要砍头。冯素珍走投无路，这才铤而走险去揭了皇榜……这么写下来，尤其要强化她和公主之间的不断纠缠，试探，设局，坦白，好看的应该是在这里吧。①

小说《断桥》(《山花》2018年第10期) 正是上述创作理念的更为复杂的艺术实践。在《断桥》中，潘军以越剧《白蛇传》中的许仙、白娘子 (白蛇)、小青 (青蛇) 和法海之间的戏剧故事为"本事"，将冯梦龙版小说"白蛇传"、京剧中的"白蛇传"、现实科学世界中的雷峰塔的倒塌、网络世界中男女主人公的冒名游戏，跨时空穿插在一起，进行情节、情感的串场，并通过层层转叙，相互对比，相互映照，也相互拆解，造成了一种现实如梦，梦如现实的感觉。在这样的讲述中，跳跃式地构建了至少三重爱情故事，白娘子与许仙的爱情故事，白娘子与法海的爱情故事，小青与许仙的爱情故事。在这些爱情故事中，三角恋爱，人兽恋爱，和尚的情感出轨，小姨子与姐夫的私情，现代网络中的男女网友恋爱等，都纳入到现实中的转世许仙"我"的口中来叙述。小说几乎将中国文化中的种种非常规的两性情感一网打尽，既古典又时髦，既很煽情又很文艺。这种后现代式的拼贴技法非常类似于赖声川的话剧《暗恋·桃花源》的做派：虚实并行，相互穿插，完全不考虑时空的界限；但无论时空是怎样的错乱，人物的行为是怎样的接不上茬，人物的行为情感和故事却自始至终围绕着"白娘子故事"而展开。不同的白娘子故事的"对话"，才造成了"断桥"叙述的完整性。白蛇的故事虽然有千万种讲述，但终究还是白蛇的故事。传说中的白蛇故事，不再外在于故事，而成为整个故事的本体、肉身。

这是一个热奈特称之为"具有诡辩性质的叙事"②。小说通过现实中

---

① 何素平《潘军：我喜欢做充满悬念的事》，《合肥晚报》2011-03-12。

② [法]热拉尔·热奈特《转喻：从修辞格到虚构》，吴康茹，译，漓江出版社2013年，第138页。

的两个既似冒名又似转世的许仙和白娘子的恋爱故事，将原故事在中国文化语境中可能产生的各种歧见、阐释，将源故事中可能生发出来的情感纠葛，也就是主干故事中可能生发出来的枝杈，都纳入了到网络虚拟世界中的许仙和白娘子的故事之中来叙述。虽然在叙述过程中，有多重时空内容和阐释枝蔓的介入干扰，但叙述线依然能够保持定力，虽在闪烁中若隐若现，但却一直坚强地保持到终了。

由上可知，在潘军的近期小说中，戏曲戏剧的情节、场面和动作造型等，作为一种原型，在小说的叙述中，起到了穿针引线的作用。正是这些原型意象，将不同时空中的故事和人物连接为一个富有弹性的艺术整体。

三、戏剧原型意象的幻美呈现

潘军近期小说中，有着很明显地将戏剧人物、场景、情节、行动造型意象化的特点。意象，是主体的思想情感在特定物象上投射的产物，或者说是思想情感与客观物象的叠加和融合。意象是具体的、可感知的、携带着情感和文化信息的。庞德认为"意象就是瞬间展示知识和感情的复合体"[1]，意象是诗性的，创造意象的能力永远是诗人的标志。潘军近期小说中的意象，都属于独创性意象，从类属上看，都属于戏剧类意象。它们都来自创作主体"从童年就开始的整个感性生活"以及"阅读经验"。[2]

在潘军近期的三篇小说中，分别涉及三个来源于戏剧的意象——"倒踢紫金冠""孔乙己"和"白蛇传"。

"倒踢紫金冠"在《十一点零八分的火车》的故事叙述中并不起到实际的作用，但它是故事的灵魂，只是一个比较虚幻的存在。就如同记忆中闪烁的磷光，它"飘荡"在柳小姐和闻先生之间，它"浮现"在叙述

---

① 蒋洪新、李春长编选《庞德研究文集》，译林出版社2014年，第208页。

② ［英］T·S·艾略特著，裴小龙《观点（选译）》，《诗探索》1981年2期，第104页。

者闻先生的记忆中，也"浮现"在整个的叙述过程中，从"开头"到"结尾"。就如同当年戏剧家曹禺在创作话剧剧本《日出》起初只想到两句"太阳要出来了，我要走了"，而后虚构出整个剧本的人物和情节一样，潘军极有可能最初只在大脑中闪现"倒踢紫金冠"的影像，而后才构思了这部小说的整个情节。

意象虽然绽放于瞬间，但它同样具有历史深度。中国革命现代舞剧《红色娘子军》中的"倒踢紫金冠"，并不是纯粹的西方芭蕾舞，而是融合了中国古典舞和传统戏曲肢体动作的一种舞蹈造型。该动作造型极富动感，特别能够展现女性身体（尤其是腿部）的修长，身体的柔韧，快如闪电的力度，无论是"夕"字造型还是斜线的"∕"字造型，都给人以闪电般的鹰击长空的视觉效果。这种芭蕾舞造型由于"文革"时期高强度地传播，它已经定格在一代人的记忆中，并成为能够标识出一代人的文化符号。由这样的符号，创作主体自然会联想起跳过这样的动作和展现过这样的造型的吴清华，以及与她演对手戏的洪常青。潘军熟悉中国戏剧并喜欢绘画，所以特别痴迷于造型，比如《独白与手势》这部长篇小说，其篇名很显然来自罗丹的雕塑——《思想者》。所以，他选择"倒踢紫金冠"作为整个这篇小说的中心意象，就不足为怪了。潘军通过"倒踢紫金冠"这一看似飘逸的造型意象，将记忆的触角探入了历史的深处，并展露了其深沉的个人体验和理性思考。

同样，小说《知白者说》中所出现的来自鲁迅小说《孔乙己》中的"孔乙己"形象，也不是小说中实有的人物。作者有意将剧本中非常实在的人物形象——孔乙己，虚化为一个带有隐喻意义的意象。在互文隐喻的逻辑之下，携带了小说《孔乙己》信息的话剧《孔乙己》中的孔乙己形象，显然一开始就落在了主人公"我"的身上，指称着"我"的类似于孔乙己的境遇，当然，它虽然被压抑或遮盖但还是隐约地暗示着沈知白最后的结局。"孔乙己"在小说中的出现，作为一个虚幻的意象，飘动在故事中的"我"和沈知白之间，既指称着他们的现实遭遇也暗示着他们的未来命运。虽然它具有如前文所说的叙述作用，但它本身并不在意于叙事，而在于营构一种文化氛围，它的叙述能力是以潜隐的方式存在的。就如同"倒踢紫金冠"一样，"孔乙己"也是一个有历史深度的意象。这样的历史深度是由创作主体对于鲁迅小说《孔乙己》的文化背景的疏解，和对于现实人物处境的叙述，共同完成的。从某种程度上来说，《知白者说》在意象营构上，与《十一点零八分的火车》如出一辙，它们都是由戏剧中的人物动作造型而引发的想象。只不过，《十一点零八分的火车》中的"倒踢紫金冠"是主人公柳小姐的舞蹈才能，而《知白者说》中的"孔乙己"只有附着在沈知白身上的一个魅影，只有经过隐喻这一中间环节，也只能通过隐喻，才能发挥作用。

同样，《断桥》中的白蛇故事，作为一个过去时间里的虚幻影像，时常从幕后飘到现实生活中，就如同一个鬼魂，许仙、白娘子、小青和法海之间的感情纠葛，也就如同鬼戏，飘荡在现实中的冒名许仙和白娘子之间。这是一种前世冤孽在现世的复现，并且介入现世的人际情感的纠葛。从科学的角度来说，它实际上是现世人际纠葛和心理感受在陈旧意象上的反射。而正是小说的科学语境，比如网络游戏环境，让我们反观出白娘子、许仙纠葛的虚幻性和鬼魅性。也正是如此，我们只能将其作为一个文学意象，而不是真实的故事。就如同前文的"倒踢紫金冠"和"孔乙己"一样，它同样具有历史深度。由于这样的故事来自古老的神话和戏曲《白蛇传》，从它最初的成形，再到由越剧而演变成黄梅戏、京剧；由一个民间自娱自乐的小戏而演变成众多学者研究的对象；由单一的人鬼恋故事，而演变成三角恋爱、姐妹同嫁，以及人兽恋、神魔恋等，白蛇和许仙的故事于是具有了文化史的深度。而这一切的历史深度和文化的累积，都只是掩盖在白蛇许仙故事的物象之下，都掩盖在"断桥"这一物象之下。当男女主人公自我代入的时候，文化记忆就被唤醒，许仙白蛇的故事就成为一个似乎看得见摸得着而又看不见摸不着的意象，控制着人物之间的关系及其命运走向。

潘军在近期小说中所创造的戏剧意象，并不是单独出现的偶然现象，他在每一篇小说中，都将某一戏剧意象设置为完整的虚线，通过多次浮现的方式，时断时续地实现着它的连接。孔乙己意象在不同叙述时段的出现，就如同"倒踢紫金冠"一样，构成了小说的一条虚线。《十一点零八分的火车》中"倒踢紫金冠"就如同一曲回环的旋律，从开头回荡到结尾，而且还余音缭绕三日不绝。《知白者说》中的"孔乙己"更是成为叙述者"我"耿耿于怀的癌症，直到最后沈知白被殴打都无法舒怀。《断桥》中的许仙白娘子的故事，就如同阴魂一般，渗透在叙述主人公话语的所有的毛细血管之中，就是到了小说的结尾，主人公还被绑在"断桥"上，而没有逃出梦魇。

潘军近期小说喜欢使用戏剧情节、场景和人物动作造型来设置虚幻意象和构建叙述虚线的手法，与贾平凹的小说利用动物来构成意象和虚线的审美趣味和审美效果都不同。贾平凹的动物意象来自原始神话，而潘军的意象则来自人文历史。潘军和贾平凹都在现实生活之外创造了另外一条线索，并让两条线索——虚线和实线，形成了对话关系，但是，他们都没有造成巴赫金意义上的"复调"①，原因就在于，陀思妥耶夫斯基《罪与罚》中的两个声音是一个自我分裂成两个而造成的对抗关系，而潘军小说《知白者说》《断桥》和贾平凹小说（如《废都》）中的虚线和实线之间，则是处于互补关系。贾平凹小说中的意象虚线，依赖于一种神话语境，而潘军的意象显然根植于"上帝死了以后"的对"绝对理念"（黑格尔语）的信奉。

潘军近期小说中的戏剧意象，一如既往地都具有非常浓厚的"我性"。前述的这些雾态的意象，浮现于"我"的记忆中，被"我"所叙述，所观察，所体验，就如同戴望舒的诗作《雨巷》中的丁香花的存在一样，都表达了带有明显创作主体偏好和感受的"我"的对于人生经验的咀嚼，和对于过往人生的念念不忘以及自我抚慰。我曾经将潘军比作

---

①［苏联］巴赫金《陀思妥耶夫斯基诗学问题：复调小说理论》，白春仁、顾亚玲，译，生活·读书·新知三联书店 1988 年。

一位"行吟诗人"①，现在这位行吟诗人依然在以旁观者的姿态观照世俗人生，但是，他的旁观其实并不是结构性的，而是以世俗人生内容反向建构起的一个高洁的，愿意思考历史的，愿意在旅行的途中、在虚拟的网络中获得艳遇的诗人形象。所有的浪漫在潘军的叙述中，都有一个界限，就是，他总是设计一个愿意在浪漫过后自动离开的女主人公，柳小姐是如此，白娘子也是如此，不知所终虽然是一场悲剧，但却是叙述者"我"更愿意的结局；而那些不知进退的人物，比如《知白者说》中沈知白，他的气质风度以及表演艺术，都是"我"很欣赏的，甚至是嫉妒的，但他的不知进退却是"我"最为不爽的。小说对"我"和沈知白的所作所为进行了对比，表层语义在于批判这种官场人物，实际上是在建构一个自我形象。也就是说，所有的这些艳遇或官场经验又都不能羁縻诗人漂泊的脚步，反之，就不可爱了。其实，这一切都源自创作主体对世俗人生道德伦理责任的危险感受和随时逃逸的姿态。当年的"红门""蓝堡"只是一个模糊的象征体，而在《知白者说》中，潘军将那个模糊的象征意象具体化为一个人物，一个在官场钻营的艺术家沈知白。那个处于叙述中心位置的"我"转而成为一个既身处其中又置身事外的旁观者，而将红门中的人物沈知白置于叙述中心。但这种中心叙述人物的转变，一点儿也没有耽误潘军对于自我形象的建构，甚至因为象征物象的具体化，更加反衬出自我的出污泥而不染的形象。"讲述自己的故事，……（把）自己外化，从而达到自我表现的目的。"②

由于上述的这些戏剧意象，并不是真实的事迹，而是飘浮和萦绕于小说叙述事迹中的若有若无的存在，或者"我"的心像，因此，它便具有了一种神秘的暗示，对于小说情节的走向，对于人物的命运，都有着莫名其妙的控制。由于这些戏剧元素、故事、情节、形象等，都是意象化的，其作为一种意象，都具有象征性，将意义从小说中的个体人物的

　　①方维保《浪子·硬汉与生存恐惧——潘军小说论之三》，《淮北煤炭师范学院学报（哲学社会科学版）》2003年第1期。

　　②［英］马里·柯里《后现代叙事理论》，宁一中，译，北京大学出版社2003年，第21页。

命运抽象到整体之中去，并由此而生成知性的机锋。而且，由于这些飘动的戏曲意象既与小说中所叙述人物和事迹有一定的关联而又超越于其上，因此，无论是在小说叙述之中还是在情感表达和意义象征上，都形成了它的诗性特征。不过，在《知白者说》中，潘军的戏剧意象的运用是有意识的，因而带有更多的知性的自觉；而在《十一点零八分的火车》中的"倒踢紫金冠"的意象，则有更多本能的因素，因而更具有直觉意义上的瞬间触发的美感。无论如何，这种诗性不是现实主义的而是浪漫主义的。《十一点零八分的火车》中的闻先生和柳小姐的浪漫邂逅或旅行绯闻，其实淡到了近乎于无，以至于就只剩下了那凝聚了历史信息和身体冲动的"倒踢紫金冠"造型在记忆中晃动。而《断桥》中，白娘子、许仙、小青和法海的纠葛，不管有多少种纠葛的组合，但那自始至终也只是引动欲望的记忆团雾，在西湖的边上，在时间的隧道中，以模糊的形态晃动。这些神出鬼没地穿插于叙事中的以戏剧人物或某个造型或整个故事为原型的意象，造成了评论家唐先田所说的"跳荡而不飘忽，表面看似散漫而有着内在隽永的韵律"。[①]

结　语

以上这一切都说明，潘军童年时代和青年时代所植下的戏曲戏剧情结，在近期的小说创作中又再次苏醒了，并在他的小说创作中发挥叙述作用和得到审美呈现。但是，潘军近期小说中的戏剧意象的运用，与现代时期小说中的戏剧资源的使用有着很大的不同。首先，通过以上我们可以看到，戏曲戏剧在潘军小说中的运用，只是以意象点发的形式出现，他并不着意依照戏剧的构型或戏剧的冲突演化方式来构建小说文本，也就是说他自始至终只是将其作为原型意象来使用的。其次，其小说中的戏剧意象，缺乏地方性或本土色彩。他的戏剧意象是经过脱敏的，他在选择戏剧意象的时候，并不着意彰显其地方色彩，而更多地是

---

① 唐先田《长篇创作的新尝试：评潘军的〈日晕〉》，《清明》1988年，第3期。

将其作为自己创作的兴奋点和激发器。也因此，虽然潘军常用的戏剧意象的源文本具有很强的地方性，但是，他的表达却更具先锋文学的超地方性或世界性的特征。第三，相较于潘军早期的小说创作，潘军小说中戏剧意象的运用，有频率越来越高的趋势，这说明了他对戏剧意象越来越重视。但从艺术效果上来说，相对于《重瞳——霸王歌行》中的绵密细致以及飘逸的舞台化的叙述，更多了一些类似影视导演耍弄技术或者凸显技术的痕迹，尤其是《断桥》中过于频繁和复杂的叙述场景的切换，有过火之嫌。

［原载《安庆师范大学学报（社科版）2022年第2期》］

生命晚年的锈色之美

——读李为民短篇小说《白兰花香》

"卖白兰花啊！"一个苍老的女声，穿越初夏透明而湿润的空气，震颤在江南老城芜湖斑驳葱绿的小巷深处，那声音如同锈蚀的钢丝经过一夜露水的浸湿，赭红里浸透着新鲜。这声音引起了我对白兰花香的遐想，也同时勾起了同居这座城市的小说家李为民关于几个老人晚年生活的联想。

短篇小说《白兰花香》（《人民文学》2016年第11期）主要讲述了四个父母辈老人暮年的生命状态，以及他们间的相互照拂、尊重和相濡以沫的情感。

小说是从"我"的父母从芜湖到屯溪去看望过去的老同事蒋金香一家开始的。因为"我"的父母，过去曾与黄家父母同事，"我"和哥哥孩童时期都曾寄养在黄家，作为医生的黄父亲甚至救过他们的命，所以，这些两个家庭的聚会看上去就有点"报恩"的意味。

小说对这趟报恩之旅进行了精心的设计。作家通过一系列蹊跷的情节，展现了黄家人现在窘迫的生活状态，以及黄家人欲说还休的心理。当两家人相聚之后，通过黄母蒋金香的转述得知，她的丈夫黄启发医生，在若干年前得了癌症去世了；但当他在芜湖弋矶山医院住院治病的时候，却瞒过了李家。既然是关系非常要好的老同事，而"我"父亲当时又是卫生局的领导，为什么不找"我"的父亲帮忙呢？是什么原因阻碍了他向父亲伸出求援之手呢？更让人百思不得其解的是，黄家的儿子黄小弟得了精神疾病，吃药是能够控制住的，但是，黄家的大女儿黄祖民却在李家人到来的时候，有意不让他吃药，让他在李家客人面前现场"表演"。黄家的儿子得病，李家表达心意，从经济上帮助黄家也在情理之中，但黄家也没有必要有意设计"阴谋"，来逼迫李家掏钱。从作品的语境来看，其中"敲诈"的嫌疑非常明显。黄家的大女儿和黄母蒋金香为什么要"敲诈"老朋友呢？最为关键的是，当李家遭受"敲诈"的时候，"我"和"我哥哥"以及父亲、母亲居然都明里暗里配合着他们的敲诈，似乎是在演一出双簧似的。"我"和"我哥哥"将本来用来给父母买房子的钱转给了黄家为黄小弟买房。一切都好像黄家抓住了李家的什么把柄似的。黄祖民夫妻利用了黄家对李家的恩情，对李家进行了一次成功的道德绑架。而"我"的父母偏偏又是知恩图报的仗义的人，所以，水到渠成地顺遂了黄家的心愿。当黄家用李家的钱买了房子以后，黄小弟和蒋金香却在煤气中毒中死亡了，黄祖民夫妇将房子卖了送女儿出国了。又是一个疑问，是黄祖民为了女儿出国而制造的煤气中毒事故吗？

其实，小说煞费苦心设计"阴谋"桥段，最主要还在于充分展示老同事蒋金香一家现在的生活窘况，以及黄启发和蒋金香夫妻的强烈的自尊心。历史上，作为老同事，黄家照顾了李家的孩子，甚至救过他们的命，而李家也在工作调动上帮过黄家，实际上是两不相欠的问题，假如说相互帮忙也主要还在于老同事的友谊。但后来，李家父亲做了卫生局的领导，李家的儿女也都比黄家的儿女更有出息，这都造成了黄家父母和她的女儿黄祖民极大的心理落差，他们逼迫儿子考试导致了黄小弟的精神分裂；他们嫉妒李家的地位，所以，看病也不去找老朋友；从种种情况来看，黄家不到万不得已的时候了，是不会求助于李家的。但自尊心又使他们不能明说，于是就演了一出黄小弟发疯的戏。小说在叙述中，虽然照顾曾经的友谊，但是对于黄家的小肚鸡肠的心理还是有所针砭的。

　　作家采用了草蛇灰线的春秋笔法，将黄母蒋金香临近晚年，忧念儿女的苦楚心境一步一步披露出来。至于这场戏背后的玄机，父亲、母亲、大哥和"我"，甚至蒋金香、黄祖民夫妇，甚至疯了的黄小弟都心知肚明。作者津津有味地叙述了他们之间的较劲，叙述黄母蒋金香和黄祖民夫妇的算计和情感敲诈，以及李家的默然也是有趣味的应对，看上去都是有来有往的应对拆招，其实都是太极推手，心中的道德考验才是内力。故事的剑拔弩张只是表面，蒋金香母女借助李家的途径出国才是暗藏着的力道方向。尽管黄家的行为有情感绑架的意味，但是，李家父母的配合，恰恰说明了父亲和母亲对于晚年的蒋金香的深切同情和感同身受，以及对蒋金香的过度自尊心的体谅。

　　小说除了讲述李家与黄家的故事之外，在后半部又引入了一个类三角恋爱故事。父亲的初恋情人，他的老上司牛书记的女儿牛茹娟，在身为市长的丈夫去世后，孑然一身，于是，搬来与父亲、母亲同住。母亲甚至在张罗三个人合葬的墓穴。作家非常到位又煞有趣味地描画了父亲、母亲、牛阿姨之间的情感纠葛。父亲看上去是在报答初恋的恩情以及牛阿姨的父亲和丈夫当年对自己的关照，但是，他的行为却使得小说的情节节外生枝，更加扑朔迷离。父亲与牛阿姨到底是什么样的关系？其实，这些都没有必要去追究了。父亲与牛阿姨的"亲密"行为，母亲对于牛阿姨情如姐妹的情谊，以及母亲对于牛阿姨的嫉妒和对于父亲的拷问，一切看上去都煞有介事，但是这一切都不过是三个老人之间的相伴度过晚年的存在方式而已。"我"以一种超越道德的眼光打量着三个老人之间抱团取暖的行为，叙述中充满了人性的悲悯。

　　《白兰花香》除了表现父母辈之间曾经的交往和现在的相互扶持之外，又通过既是叙述者又是小说人物的"我"——李为民，表现了身为儿女的人，对于父母辈老人的宽容、体谅和孝顺。父母年事已高，我哥哥就从国外带钱回来给他们买一处"带电梯的房子"；父亲和母亲要去看望老同事蒋金香阿姨一家，我们就一路陪伴着；父母亲要将买房子的钱给黄家买房子于是哥哥就把钱转去了；而且，在转钱的时候，还想方设法照顾父亲的，母亲的，蒋金香阿姨的面子和自尊心。父亲、母亲与牛阿姨之间的纠葛，"我"与哥哥都以豁达的态度对待。"我"的态度，在世俗的层面上，是对于父亲母亲以及有着深厚友谊的黄家、牛家的孝敬；而在生命的层面上，是对人到老年的父母辈的生命形态的尊重、体谅。尤其是小说的结尾，母亲窦长英弥留之际，叙述者有意给她安排了"圆满"的人生终点：她的儿子们就在眼前陪伴；她的孙子回来了，她的孙媳妇也回来了。儿孙的送终，是中国人人生的最大安慰。母亲的灵魂在孙媳妇安妮所奏响的音乐中，在诗意和宁静中飘往天国。这结尾，是一场带有宗教性的临终弥撒。

"老吾老以及人之老，幼吾幼以及人之幼"，小说通篇洋溢着白兰花香一般的既传统又现代的生命伦理的芬芳。就如曹禺当年抓住了"太阳出来了，我要走了"这句诗意的话，而创作了《日出》一样，作家李为民显然抓住了"白兰花香"演绎了他的小说和情怀。

白兰花香在小说中出现了五次。第一次出现在黄家人招待李家人的饭店旁，"紧挨着的是一棵白兰花树，风吹来的时候，就能嗅到扑鼻的花香"。第二次出现在黄家的庭院中，"楼下院子种了许多花草和几棵白兰花树，花丛中飞舞着蜜蜂、蝴蝶、蜻蜓"。第三次出现在黄家小儿子发疯以后，"我闻到一阵阵白兰花的芬芳，一切似乎又回到原先"。第四次是黄小弟朗诵《钢铁是怎样炼成的》后，"我又闻到一股股白兰花的清香"。第四次，李家人回芜湖后，母亲窦长英听到"卖白兰花的中年妇女在吆喝，尾声拖得老长，香味撩人。她买了两大朵，一朵预备着给牛茹娟"。第五次，母亲逝后，"边上是两撮枯萎锈色的白兰花，依稀散发着香气"。

白兰花是一个实在而又虚幻的意象，它穿行于故事的波折动荡之中。它是江南文化的符号，极具地域特色的白兰花香，不仅牵动着叙述者和父母辈早年的记忆，也营造着现实的生活氛围，它还象征着母亲窦长英、牛茹娟、蒋金香们的性格，当然它更是江南文化道德美感的外显。这些饱尝历史忧患，也备受情感折磨的女人，就如这白兰花一样，清新芬芳。那是江南母亲的品格，她醇厚，宽容，仁爱，隐忍，悲悯。白兰花枯萎了，母亲的生命之光也就消散了，但枯萎的锈色的白兰花依然昭示着生命的美。白兰花香的穿插叙事，缓解了小说的紧张，更使得小说自始至终萦绕着感伤的诗意情怀。

小说《白兰花香》的叙述非常地别致。小说对于黄家、李家以及牛家父母辈的过去交往和现实关系的半遮掩式叙述，使得小说充满了玄机，给读者以遐想和疑问的同时，其在叙述上的效果也是显而易见的，它以最简洁的语言，蕴含了丰富的历史文化内容，也诱导着读者陷入追问、分析。而读者能够把握到的一切，又显得若有若无。小说将一个非常平常的故事，讲得充满张力、诗意和意趣盎然，充分展现了作家高超的叙述能力和审美能力。我认为，小说要有故事，有美感，有情怀，而小说《白兰花香》都是具备的。

"卖白兰花啊！"那苍老的声音在初夏的江南的湿润空气中震颤。我楼下的那棵枝干虬黑的白玉兰，那在风雨沧桑中酿成的馥郁的香气，正在夏风的鼓荡下，浮动起来，濡染着我的耳目和心。

每次读李为民的小说，那声音就会响起来了，那香味就朝我飘过来。

（为《人民文学》公众号而作）

被毁灭的女性人生

——评子薇的中篇小说《血脉》

　　子薇的小说一直比较关注女性的人生。大多数的女性故事都喜欢用恋爱婚姻家庭结构故事，子薇也不例外。此前的长篇小说《此情可待成追忆》写了三个女性的情感历程。而这部《血脉》中的女主人公带娣也有着一个曲折的情感经历。但是，子薇的女性小说虽有纯情浪漫的故事，那却不是她落笔的重点。她其实要借着诸如恋爱婚姻家庭这样的流行叙事来表现女性被毁灭的人生，而且到这部小说，这种倾向是越来越显著了。

　　《此情可待成追忆》选择了爱情幻灭这一主题来展示女性主人公的人生毁灭，而小说《血脉》则选择了血脉这一传统的题材。中国文化的本质是父权制的家族人伦本位。它通常是以男性作为家族血脉流传的线索，女性是没有这样的资格的。带娣的父亲离开了家庭，留下了带娣和她的弟弟兴旺。依照一般的血缘规则，兴旺便自然成为了家庭的血脉继承人。于是，在母亲的督导和自己的亲情的驱使下，带娣就承担起了辅助和保护这个家族血脉继承人的责任。她从小带着弟弟，家里的好吃的好喝的东西都让给了弟弟，弟弟长大了要结婚了她就将家庭的房子让给弟弟，弟弟要生孩子了她就找关系帮母亲提前退休回来带孙子，弟弟失业了就找关系将他弄到烟厂开车，弟弟和弟媳死了她就代他们抚养他们的儿子，为了让侄子将来生活得好一点就利用职权贪污。带娣对于弟弟，她不是父亲，但是却在尽着父亲的责任；她不是母亲，却也是在尽着母亲的责任。而这一切，看上去是亲情，其实都有一个目标，就是想保护和延续家族的血脉，从弟弟到侄子。为了保护家族的血脉，带娣牺牲了自己的人生享受，也牺牲了自己作为一个女人的最美妙的青春年华。无论从哪个方面来说，她都是一个实实在在的牺牲品，一个男权文化的牺牲品。在带娣走上牺牲品的道路上，母亲是一个罪魁祸首。正是她的男权思想、血脉意识，使她无视女儿的感受，无视女儿的利益，她不但在儿女的培养中事事处处偏向儿子，而且为了维护儿子的利益甚至破坏女儿的婚姻，导致女儿最后成了嫁不出去的老姑娘，她亲手毁灭了女儿的幸福。

在看到了母亲的所作所为时，我禁不住想起了张爱玲笔下的曹七巧以及她对于女儿长白婚姻的破坏。由此，我要说的是，子薇的小说是有精神分析的味道的。但是，子薇显然不像张爱玲那样的弗洛伊德主义，她没有将母子关系和母女关系处理成恋母情结，无论是在母亲与儿子兴旺之间还是在母亲与女儿带娣之间，都没有多少伦理的性的气息；她是从文化上来定位他（她）们之间的关系，是从中国血缘家族文化来分析人物间关系的本质的。子薇所选择的这个题材是很传统的，但是其意识却很现代。这部小说是有着很显著的启蒙意识的。作家通过主人公带娣被毁灭的人生，不但揭示了母亲和带娣精神中"蛮性的遗留"，更为重要的是批判了它对美好人生的毁灭之罪。这部小说还有着显著的女性意识。这倒不是说它以女性作为叙事的中心，而是说它有着对于文化重压下女性精神状态的分析和对于女性被毁灭人生的同情。作品中的带娣的女性权力意识是处于半昏睡半苏醒状态的，她的不满也是基于自己青春的消逝而引发的悲哀感受，但是，读者可以感受到作家在为她的主人公着急，如此的母亲为什么不与她决裂呢？为什么不如五四的青年女性那样走出家庭在广阔的社会里寻找和获得自己的幸福呢？但是，强烈的创作理性和故事叙述逻辑都阻止了向如此方向发展。也因此，子薇的这个故事获得了一种"令人烦闷"的张力。这种张力的存在促使着人们去思考主人公带娣的人生悲剧的深层动因。在小说中，父亲离去后，母亲将儿子改随自己姓"朱"，她要培养的是一个朱家的血脉继承人。由此，我想到了电视剧《武则天》，晚年的武则天在杀掉一个个儿子之后，在立嗣上遇到了难题，到底是立女儿太平公主呢还是立李家的男性后代？武则天显然是有着非常强烈的女权意识的，但是在继承上她陷入了男权文化的包围和强烈的诘难。这就是男性文化中的女权的悲剧，这悲剧在子薇的笔下再次发生了，母亲和带娣都要培养朱家的继承人，而这个姓氏依然是父姓而不是母姓。假如说母亲在被遗弃中有什么女权意识的话，那她的这个意识注定给她带来更深的悲剧；假如说带娣在佑护弟弟中有什么女权意识的话，那她的悲剧较母亲更深。子薇对于主人公的权利意识的把握是比较谨慎的，她并没有把带娣或母亲塑造成一个女权主义者，而是尽量将这些纠葛压制在家庭关系之内，让血缘文化的运行尽量发生在亲情伦理能够解释的范围之内。

一个女人的青春年华是美好的，但当她进入中年甚至老年之后回首往事，蓦然发现，如此美好的年华却被一些乌七八糟的事情糟蹋得不成样子的时候，那种疼痛感一定是钻心刺骨的。子薇在《血脉》中再次叙述了一个"长时段"的人生，但是，她这次没有从头说起，而是采用了回忆性的叙述，将人生中混乱的人生事体放在故事的中段。这种回忆性的叙述方式，之所以经常被不同的作家激活，是有理由的。它不但保证了故事的完整性，而且有利于作家在有限的篇幅内将一个长时段的故事讲完。《血脉》中带娣的人生故事是完整的，虽然没有写到人生的尽头，但那已经不重要了。更为重要的是它有利于主人公带娣在青春消逝之后可以有机会做一次苍凉的追想。在带娣的追想中，青春复活了，青春又死亡了。青春是女人的一切，没有青春，女人还靠什么活着？所以，在故事的后三分之一处，在回忆之后，作家子薇以代言人的身份，表达了强烈的人生幻灭感和悲哀感。也在这回忆之后，女主人公陷入了与上司黄前生的婚外情，陷入了共同贪污的闹剧。这似乎可以解释为带娣幻灭以后的放荡不羁，其实这个结尾的复杂性还在于，带娣并没有彻底地破罐子破摔，她一直牵系着侄子凌云。也许其他的东西都可以放下，诸如身体的，信念的，都可以不要，但对于血脉的牵系却是不由自主的。至此，子薇再次诠释了血亲意识的根深蒂固，当然也再次诠释了女性悲剧的文化根源。带娣的青春没有了，她靠什么活着？答案是：带娣靠家族的那一丝血脉——侄子凌云而活着。主人公的境界是不高的，她陷入了生活之中、文化之中。子薇在结尾的时候没有把整个作品的境界拔上去，如一般惯有的套路，但是，我们知道她写的是一个实实在在的女性人生，而正是这实在的叙述使得我们明白，带娣悲剧是如此之深重，如此之不可救药。

（原载《安徽文学》2014 年第 10 期）

"土得掉渣儿"的乡土叙事

——评李圣祥中篇小说集《小窑堡纪事》

李圣祥历经人生起伏，但自始至终对文学痴情不改。这么多年来，无论是打工，做木匠，烧锅炉，还是当小老板，总是见缝插针地写小说。把小说当作吃饱饭之后的唯一信仰，其精神是值得敬佩的。这也说明了文学的魅力。

由安徽文艺出版社出版的李圣祥的小说集《小窑堡纪事》（2013），由6个中篇组成。这些小说的写作和发表，从上个世纪九十年代一直到今天，时间跨度很大。这本书反映了李圣祥小说创作的轨迹。我大体可将其分为两类：

《毛海走了》可以归属于自叙性一类。这篇小说中的毛海，身为擦背工人，地位低微，而又为人实诚，所以不但为同事、领导，而且为老婆耍弄。这是一个倒霉透顶的人物，一个身处倒霉中的人物又想改变自己的处境，最终再一次次地耍弄。底层社会的艰难处境，自尊而又极端自卑的心境，被李圣祥刻画的活灵活现。也许毛海的处境与当时作者的人生和心灵的处境有着某种程度的相似性。所以让读者在同情中，产生了刻骨铭心的疼痛感。它折磨着一切有着善良之心的读者，不忍心再读下去，不忍心再看这个善良的人再受到社会的伤害。但是，越是这样，作者越是不厌其烦地将毛海被伤害的故事延续下去，也就是将这种折磨延续下去。这也许是小说家的残忍吧。这部小说从话语风格上来考察，显然有着知识分子的文人气息。这也是作家李圣祥比较早的创作，其风格与后来的乡村农民的叙事有着很大的差异。

小说集中的另一类是典型的乡土故事，主要有《二榔头抗旱》《蜡烛泪》《小窑堡纪事》《风流家史》等。这些小说中的人物，都是典型的乡土人物，如三瘪子，二榔头，驴子，兰花等等，大多都是外号式的人物，让读者想起了赵树理小说中的人物的名字。这些人物大多有着乡土人物的性格和气质。李圣祥写出了这些人物的质朴，实诚，智慧、狡黠和无赖、无奈的心理和性格。李圣祥的小说某种程度上来说，是性格叙述。他将人物的性格凸显到了极致，有时给人以片面化的感觉。如《蜡烛泪》中的驴子，就是一个实诚到令人流泪的人物。他对家庭，尤其是对于兄弟的无私的奉献，即使在遭遇兄弟及其妻子的愚弄的时候也始终痴心不改。正是他的迂腐的性格，让我们看到了乡村人物的善良和悲哀。李圣祥通过这些人物，展现了江淮分水岭地区贫穷苦难的社会现状。写出了在贫穷的压榨之下，乡村人民的朴实的道德正受到冲击；尤其是《风流家史》这样的小说，写出了为了改变贫穷的生活，为金钱所压榨的人们道德走向了溃败。李圣祥小说的语言，是极其"土"的，就像人们形容赵树理那样，是"土得掉渣儿"。这些小说的语言，当然不是山西的土语，而是江淮分水岭的农民土语。这些语言简洁，干脆，直接，直白，来自这一带农民的生活风物，甚至带有一点文言的味道。李圣祥是原汁原味地将这些语言写出来，有的时候是不动声色地写出来，但却简练，幽默，诙谐，不是形体层面的夸张的滑稽，而是思维层面的不露声色的幽默；同时又不乏乐感，诗意。李圣祥有着很强的驾驭故事的能力。他基本不写大背景，所写的大都是乡村里的琐碎的小事，如偷鸡摸狗，鱼塘放水等等。但是，他却能够将一个细小的事情，缓缓地讲来，而且讲得有趣味，有时候竟然有了惊心动魄的情节。他的基本的手法是白描的，没有丰富的修饰，也没有繁复的场景，但是在极致的白描中，却能够显出诗意，显出乡土人民的生活情趣和生存悲哀。汪曾祺说："要把一件事情说得有滋有味，得要慢慢地说，不能着急，这样才能体察人情物理，审词定气，从而提神醒脑，引人入胜。"①李圣祥虽然不是汪曾祺那样的清丽抒情，但他的粗糙的乡野之风，细致的慢慢道来的细节，同样洋溢着抒情的情怀。正因为如此，李圣祥的小说虽然从题材到语言并不时髦，但却好读，读起来顺畅，没有阅读的障碍，不会产生滞涩；读起来有趣，有情趣，有兴味，不会形成阅读的乏味和疲劳。李圣祥的小说的手法从总体上来说，是没有什么特殊追求的，但是却有着一种筋道和老练。这显然是一个没有受过多少训练的作家的智慧之处。这是从生活中悟出来的文字。

书写乡土人民生活和生存状态，是李圣祥的独到之处，也是他的长处。假如说《毛海走了》与二十世纪九十年代以来的城市底层人物叙事，有着诸多的相合之处的话，他的乡村叙事则几乎没有重复任何他人的痕迹。从笔者所见的表现皖中地区，尤其江淮分水岭一带的风俗民情的小说来说，至今未见出其右者。

---

① 汪曾祺《小说笔谈》，《天津文艺》1982年第1期。

一条在城市和乡村之间游来游去的鱼

——读何世平小说集《去城市》

何世平算得上是与改革开放一同成长的作家了。从乡下，到城里，在城里做生意，结婚成家，无论生活怎么样，他一直都坚持着自己的写作爱好。何世平不会去叙述宏观的历史变迁，他只是以一个小人物的身份，以一个写作者的身份，承受着宏大历史嬗变带来的或喜或悲的生活，敏感地体验着生活的冷暖。

何世平的拿手好戏是描写从乡下进入城市的男男女女的生活状态、心理颤动和道德波澜。他笔下的人物，大都是青年。他们在改革开放的背景下，从乡下进入城市，于是，他们就有了两个家，一个在乡下，一个在城里。而这两个家，都不是那么稳定，他们同时两头牵挂，也在两边漂荡。假如说改革开放在乡村和城市之间开掘了一条河的话，何世平和他笔下的人物，就是一条（群）在城市和乡村之间游来游去的鱼。他们从乡村游向城市，又从城市游回乡村，而后又游回城市，他们在城市和乡村之间来回游荡。《还乡》中，当年在国营酱油厂上班的可发，对等讨了村支书漂亮的女儿园子为老婆。但当年的国营厂和优越感在改革的大潮中消失了，失业的可发和园子只好回到乡下养猪，结果死在乡下。城里呆不下去了，乡下也回不去。他们无处可去，只有死路一条。《去城市》中，刘向群、范小玉夫妇在城里苦苦挣扎，但也不愿意回到乡下去。《龙虾》写一个文学青年艰难的人生之路。"你"和云的故事，有一点绯红，有几许浪漫，但很快就被压力如山大的现实熄灭。小说利用"龙虾"做文章，乡下青年把在城里吃到龙虾作为生活的目标，但当他们吃龙虾的理想实现的时候，自己吃的河龙虾与别人吃的海龙虾就不一样了。《小芳》"我"、小芳和王新夫妻，卖了乡下的房子，义无反顾地永远离开乡下。他们在城里哪怕是租房住，甚至到处漂荡，也不愿意回乡下。他们努力在城里买房，艰苦卓绝地要把根扎在城市的水泥地里。《一条游来游去的鱼》在结尾处用了一个游来游去的鱼的意象，看似诗意，实际上暗示了主人公陈小涛无路可走的困境。小说以留守乡下的孩子的自叙的形式，写出了乡下人的困境，游手好闲，没有技能，债务缠身，一走了之，留下孩子吃苦失学。

何世平在写乡下人在城里求活的时候，他有好几次写到了做假酒。经历过那个时代的人都知道，当时的农民进城，并没有什么好的生存之道，做假酒就成了进城农民的一个极为重要的发财途径。何世平很敏锐地抓住了一个时代的特色，并将其镶嵌入他的小说编码中，彰显了时代的特征。

我在读何世平小说的时候，总是想到沈从文。乡下人沈从文总喜欢将城市写得不堪，而何世平用改革的洪流将乡下人裹挟到城里，然后让他们在城里走向堕落。《把一块钱给我》写小学教师马健在社会的夹攻之下，最后"坠落"成了一个乞丐。《在叔叔的屋檐下》中的王小川，在叔叔的屋檐下讨生活，父亲和自己都被叔叔剥削，何世平让资本无情地蹂躏着亲情，似乎证明金钱埋没了人性。不仅如此，乡村婚姻道德也在城市商业文明的冲击下遭遇了尴尬。《腊月正月》中的老古在给儿子相亲的时候，碰到了洗脚女。《优秀青年王小力》中，乡下优秀青年王小力总是相亲失败，看起来是因他的内秀木讷，实际上却是因为他的自卑或者姑娘对乡下人身份的嫌弃。这篇小说采取了先抑后扬的手法，先一直说王小力憨头憨脑，把所有的不是和失望，都堆在王小力的身上；直到最后才由王小力对奶奶诉说，将一切解释清楚。在这种福尔摩斯式的揭秘叙述中，何世平的趣味显然不在故事本身，而在于通过真相的揭示，表达一种不满和自怜。

何世平是擅长写乡下人曲里拐弯的心理状态的。《明天请客》中，父亲和大海叔，一对老兄弟，随着年岁变大，慢慢发生了莫名的纠葛。《颠倒》中，老人小有才的"颠倒"非常有趣好玩，把老人的心理琢磨得很透，写得也很生动。同样属于老年题材的还有《失母记》。这部小说中王大宝、李黑皮以及大宝娘的纠葛，虽然鸡毛蒜皮，却是乡村生活的现实写照。情节的安排比较好，节奏比较好，火候不急不慌。《小乔的手机》虽然不是写老人的，但是从偏重于心理揭示这一向度来说，与老人题材又有一脉相承之处。小说中的得胜心理病态，怀疑老婆外遇，于是虐待善良的老婆小乔。故事很简单，但把两个人的性格都逼出来了，小乔的忍耐，得胜的变态，都写得很深刻。《野人》和《小芳》都对市井的流言蜚语进行了针砭。《小芳》写了小芳遭受流言蜚语的伤害，《野人》中小锣也受到了同样的伤害。不过，姐夫和小姨子在乡村的风俗里是创造绯闻的沃土，而偏偏这个老婆玉玲不太注意。

何世平有一部分小说还是保持着乡下的甜美梦幻的。《幸福像花儿开放》讲了一个苦命能干的山里佬，倒插门做上门女婿，似乎被丈母娘看不起，但通过他的吃苦耐劳，最后赢得了尊重也赢得了爱情。故事是过去时态，笔法略带调侃的语气，有抒情诗的韵味。《1986年的爱情》更是三月桃花般浪漫，王大宝朴实憨厚，又精灵鬼怪，但就是这样一个人，偏偏赢得了高傲的山里姑娘毛桃的心。这是傻人有傻福。《1986年的火把》中，小莲不堪忍受包办婚姻，偷偷与宝泉私奔了。《秘密》中的赵老好，通过假喝药，与乡村姑娘李梅结下秦晋之好。但"喝药"的手段在他的儿子手里再次实施，却造成了儿子的死亡。在何世平的乡村爱情故事中，经常出现购买电视机的桥段，这也是具有时代特征的经典符码。一看到结婚中，要电视机作为彩礼，立刻就唤起了那个时代的婚姻礼俗记忆。因此，他的小说趣味很纯正。

何世平的小说，没有宏大的时代风云，格局相对比较小，情节线索也比较单纯，但他就如同一个住着不大房子的园艺家一样，把他的小小的园地精心经营，也创造了一番别致的洞天。何世平的小说擅长写简单的乡村爱情或婚姻故事，写在城市里漂荡的乡村青年的简单的人生境遇。他的故事是写实的，绝对不会有装神弄鬼的魔幻。他的故事有头有尾，故事在该开始的时候开始，故事在该结束的时候结束，自自然然地开始，自自然然地结束。通读何世平的小说，团圆式的结尾和悲剧式的结尾，可以说是各占半壁江山。团圆式的结尾，大多是乡村爱情故事；悲剧式的结尾，大多是乡下人在城市里的苦逼生活。无论是悲剧结局还是喜剧结局，何世平一般情况下，不会把它搞得太戏剧化，也就是说，在情节上看不出人为设计的痕迹。何世平讲故事，一般都是一条线索讲到底，中间一般不拴扣子，在绝大多数的时候，何世平对于悬念似乎是排斥的。他的小说也因此没有时下流行的那种"宫斗"或侦探悬疑叙述得恶趣。从美学来说，复杂是一种美，简单也是一种美。而我认为，对于中短篇小说，尤其是对于短篇小说来说，简单的而又是美的，是不容易的，是考验作家艺术表现力的。显然，何世平是做到了。日本小说家星新一的短篇小说总有出人意外的情节，何世平的小说没有。而我认为，星新一的出人意外的曲折，是美的，而何世平的自然叙述也是美的。曲折叙述，显摆的是技术性的智慧，而自然叙述则只有靠小说叙述者的对情节线索精到的把握才能获得。

当然，何世平的小说并不总是那样的单纯、简约和坦诚，没有一点机心的。《秘密》中，他就利用"秘密"这一扣子，写出了两种截然不同的恋爱手段，虽然都是喝药要挟女方，父子二人获得结果却大相径庭。父子两代都用喝药这一招，不是说生活中不可能，而是说这样重复的情节，显得不够自然，有点儿牵强。特别是嘲笑一个为追求爱情而自杀身亡的青年，心意也就不那么地道了。

何世平的绝大部分小说，都是客观化的第三人称叙述，尽管故事中有着他自己的人生痕迹，但是《龙虾》那样的情绪化叙述却是比较稀有的。这说明何世平已经走过消耗自己人生资源的初学者时期，而成长为一个专业的写作家。何世平最近几年发表的几篇小说，诸如《还乡》

《去城市》等，是越来越会讲故事了，叙述节奏的把握和略带诙谐的叙述语调，都给人炉火纯青的感觉。

小说家何世平，是一个对小说创作极为执着的人。大概就如著名作家许春樵所说的，他是一个把小说写作当作信仰来看待的人。作为一个写作的同行，我除了表示敬佩，还能说些什么呢。

世平请我为他的小说集作序，已经拖了很长时间了。也许作品都已经出版了。假如是这样的话，我希望以这篇小文作为小说集的再版序言吧。

是为序。

于芜湖赭山脚下

乡土生活方式的现代处境与创作主体的调和姿态

——读余同友的《湖泊》、木叶的《野放牛》和李云的《渔光曲》

余同友的《湖泊》、木叶的《野放牛》和李云的《渔光曲》有着共同的事件原型，即环保背景下的"迁牛离岛"的本事。经过作家的工作，不但衍生出了为数众多的故事，也使得本事的主题发生了不同向度的偏移，或为精神疗愈之书，或为爱情神话，或为乡镇工作者的工作记忆。而通过对小说创作主体的叙事伦理考察，可以发现三位作家在叙述中都出现了写作赞助人的形象，但处理的方法又有着很大的区别，或回避，或设法庇护，或化身为代言人；三位作家面对自然环境被现代化"改造"，各人的姿态也有着很大的不同，或委曲求全，或坚定反抗，或妥协服从。

一、"故事"：从"本事"出发的衍化和生发

从小说学的原理上来说，尽管小说可以充分的虚构，但写实主义小说很多又是有"原型"的。而这所谓的"原型"，也就是作为小说想象的起点和基础的"本事"。

最近这几年，因为环境保护、旅游开发和安全等方面的考虑，长江沿岸的很多省市都出台了将江心洲、湖心岛上的居民或牲畜，搬离江心洲和湖心岛的政策和措施。诗人和小说家木叶的家乡——安徽省宿松县

有一座数十平方公里的大湖——黄湖，此湖烟波浩渺，湖中有岛，曰上马墩岛和下马墩岛，为淤沙所形成，常年无人居住，湖边居民将牛放养于岛上。国家相关环保政策出台后，为了防止牛粪污染湖水，县乡两级政府也出台了类似的政策措施。在这样的政策之下，岛上或江心洲的原有居民或者说牛主，就有了各种各样的心态，可能有人很兴奋，可能有人热土难离无比留念，也有人可能心情矛盾复杂。余同友、李云和木叶，曾于某年某月一起从他们工作的城市去到木叶的老家宿松县，并同游位于下仓镇附近的黄湖，以及靠近下仓镇的湖心洲"上马墩岛"。其时，下仓镇政府正在落实"搬离荒岛"计划，即将原来生活在上马墩岛上的牛群和居民搬离到陆地上重新安置，而在落实政策中遇到了各种各样的问题。余同友、木叶、李云三个特别敏感于"荒岛""迁徙"的文人骚客，访问了乡镇工作者，了解到了以上的这些工作内容，并将这些工作内容作为小说创作的"本事"，而创作出了以牛群和居民撤离荒岛为主题的小说《湖泊》《野放牛》和《渔光曲》等三部小说。

中国文人的佳话之一，就是同游同题吟诗作赋。1924年朱自清和俞平伯同游南京秦淮河，就以《桨声灯影里的秦淮河》为题，分别写了一篇散文，人文俱佳，一时佳话。余同友、木叶和李云皆是兼具诗人和小说家的双重身份，所写的三篇小说虽不是同题，但小说的"本事"却是一样的——湖泊中的孤岛上马墩上的牛群撤离到陆地上。从三部小说中，我们可以看到比较多的作家对叙述本事的痕迹，比如共同讲到"大湖"（李云小说中称为"蓝湖"）、"上马墩岛""岛上的牛群""政府部门要求将牛群撤离"，以及与此相关的自然环境等。创作主体出于对"本事"的尊重而让历史文本涉入文学叙事，既是为了给自己的想象找到一个蹦跳的起点，也是为了对历史场景背后的人有所交代，当然也是为了迎合国人的历史癖好。正是由于他们共同的对"本事"的尊重，使得笔者能够将这三篇小说放到一起来加以研究，并在"互文"语境中对其进行共同性和差异性的解读。

面对着这样的共同的"本事"，余同友、木叶、李云三位小说家却讲述了三个不同的"故事"。

小说家不是历史家，他只需要对"本事"做基本的尊重，而不需要拘泥于"本事"，他有权利根据自己对"本事"的理解，以自己的情感价值为指针，对"本事"中所潜藏着的可能性，进行发掘，并动用个人的经验，在想象中来完成重新编码和叙述，并进而讲出具有独立个性的故事。也就是说，《湖泊》《野放牛》《渔光曲》三部小说虽然有着"原型"的影子，但它们并不是历史文本而是小说文本。由此，我们在研究小说的时候，在考察小说的"本事"之外，还要考察小说的"故事"，考察小说在"本事"的基础之上，衍生了多少层次的"故事"。

余同友的《湖泊》[①]讲述了两个故事：一个是木匠汪长松、打鱼女王翠花夫妇，在他们患抑郁症的养女红波去世之后，王翠花也罹患抑郁症；一个是长江禁渔后无事可做的汪长松、王翠花在上马墩岛上养牛，以及汪长松和王翠花与岛上的牛群建立了亲密的情感，在汪长松撤离岛上牛群的过程中，疯癫的王翠花蓦然清醒，驾船救出丈夫和最后一头调皮的牛"黄毛"。这是两条近乎独立的线索按照前后顺序排列，构成了因果关系，更是建立了调皮的黄毛和养女红波之间模糊的对应关系。木叶的《野放牛》[②]也讲述了两个故事，一个是一姝和一丁年轻时代的恋爱故事，交代了上马墩岛上牛群的由来；一个是报友兄弟以及六七利欲熏心试图谋取岛上牛群的利益。虽然说是两个故事，但都围绕着"牛"来进行的，可以说是"牛"将两个故事铆合到一起的。李云的《渔光曲》[③]则讲述了三个故事，一个是阿香婆在上马墩岛上养牛，给城里的儿子买房；一个是镇上的女干部杨瑶瑶带着男朋友到岛上拍视频，导致小岛和牛群出名和小镇成为旅游热点；一个是杨瑶瑶接受镇书记的任务动员阿香婆将牛群从岛上撤离。《渔光曲》的故事较《湖泊》和《放野牛》要复杂得多，原因在于镇政府在奉命撤离岛上牛群的同时，又要铲

---

① 余同友《湖泊》，《星火》，2022年第6期。

② 木叶《野放牛》，《山西文学》，2023年第7期。

③ 李云《渔光曲》，《北京文学》，2023年第6期。

除候鸟的栖息地黑树林，转而又要重新开发荒岛。《渔光曲》有"下乡"叙事的基本构型，串起三组人物和三个故事的是杨瑶瑶这个人物和她的工作，整个故事实际上就是由阿香婆和杨瑶瑶之间的冲突而构成的。这篇小说的结尾，与《湖泊》《放野牛》都不同，原因就在于镇政府最后给岛上引进污水池厂，也就是说岛上的牛群也就不用撤离了，黑树林也不用砍伐了，甚至连杨瑶瑶和男朋友刚子的爱情都在经历莫名其妙的挫折之后又重归于好了。

从故事层面来看，动员岛上居民和牲畜搬离荒岛的工作，在落实到小说的故事层面的时候，许多模糊不清的东西都被有倾向性地具体化了，一是核心主人公都被落实为女性，而且都是年老女性；二是故事都围绕着牛与人的关系而展开；三是"本事"介入文本有远有近，《湖泊》最远最模糊，《野放牛》次之，而《渔光曲》最近，涉入也最深；四是叙述重心发生了变化，《湖泊》的重点在于讲述牛犊对主人的疗愈，近乎是一篇动物小说；《野放牛》主体部分都是围绕一姝过去的爱情故事展开的，近乎是一篇爱情小说；只有《渔光曲》最为切近"本事"，但也有向阿香婆这个人物身上溜的趋势。正是通过对"本事"的重述，小说家给予了"本事"以故事层面的更为丰富的赋值。

二、小说文本之内的解读——形象主体的"人事"纠葛

文学皆是人学。所有的小说不管故事是怎样的精彩，但精彩的故事并不是文学的最终目标。《湖泊》《野放牛》和《渔光曲》最终都还是围绕着"人事"而展开的。笔者所谓的"人事"并不是现在常见的人事部门的"人事"，而是指在故事叙述中所体现出来的创作主体对"人"的关怀。由此，三部小说几乎共同地将一个"社会事件"转化为关涉"人"的命运的文学叙述。

余同友的《湖泊》虽然叙述撤离岛上牛群的本事，但其重心似乎更在于强调牛和人之间的关系上。造船木匠汪长松和打鱼人王翠花，因为

禁渔而丧失了职业，并导致精神忧郁。因为王翠花一句溺死小猫的实话，诱发了患有忧郁症的女儿红波的自杀。虽然红波的死亡，主要源于她的爱情挫折和抑郁症，但追溯起来，还在于其母亲的忧郁症的诱发，而母亲之所以患上了忧郁症，在于其职业的丧失。如此追溯的最后结果，都归咎于"禁渔政策"。如此作者不但解释了上马墩岛上的牛群的来处，即汪长松和王翠花夫妇养的，而且，给养牛人找到了一个利益之外的理由，即汪长松和王翠花夫妇对爱女红波的情感寄托。小说的后半部分几乎完全沉浸于书写汪长松王翠花夫妇与牛群的交往，以及在迁移政策逼近的情况下，人与牛之间的神奇的配合。这一部分，可以说是一种基于疗愈王翠花精神疾病的目的而设计的情节，但却恰到好处地表现了人和牛之间的惺惺相惜，心灵相通。小说利用汪长松的幻觉，在调皮的犍牛黄毛和养女红波之间建立了神秘的隐喻，牛就是人，人也就是牛。牛群安慰了汪长松和王翠花夫妇受伤的心灵，而他们夫妇也将牛群当作女儿一样来养。既然牛就是家庭里的成员，当然不可能被送去屠宰场，而是要被养起来。小说《湖泊》某种程度上可以说是一部疗愈之书，也是一部动物主义小说。《湖泊》中汪长松遭遇暴风雨的情节，可以说是神来之笔。作者写了两个出人意外的场景，一个是疯癫的王翠花的突然清醒和驾船来救丈夫和牛，一个是犍牛黄毛始而拒绝离岛终而在暴风雨之中前来救助主人，并跟随主人夫妇离开上马墩岛。汪长松、王翠花和骚牯牛黄毛之间的相濡以沫的情感达到了顶点，很好地诠释了人与牛之间的关系。小说中王翠花的忧郁症的治愈，正是来自岛上的牛群。余同友试图在论证，焦虑的现代社会的拯救者恰恰就是它所屠戮的对象——动物。

　　木叶的《野放牛》的叙述中心几乎完全不在牛群的身上，假如说余同友的《湖泊》中还有一头名字叫黄毛的牛犊的话，而在《野放牛》则完全只有一个传说中的存在。整个故事实际上是将上马墩岛上的牛群作为一个揭秘叙事的入口和考验人心的试金石。与《湖泊》对人与牛之间关系的详尽叙述不同，木叶只是借用搬迁岛上牛群的事件，来讲述一个爱情故事。小说利用上马墩岛上的牛群,揭秘了一个尘封已久的非法爱情以及其中的忠诚与背叛的故事。已经人老珠黄还对一丁心存幻想的一姝,与其说是在守护岛上的牛群,不如说是在守护她自己的青春梦想,守护一姝和一丁当年浓情蜜意的爱情的证物。当作为那场爱情的当事人的一丁,他前去劝说一姝卖掉牛群时,无疑就是说他对那场爱情和随后的背叛,完全不认账了。当然一姝受到的打击的并不仅仅来自爱情,还有亲情。两个姨侄儿报友兄弟,为了从岛上牛群获得利益,甚至到了不择手段的地步。整个叙述围绕着是否撤离牛群这一事件,形成了对核心人物一姝的"围攻"的态势。当六七派人上岛考察牛群的时候,这一围攻就从口舌之争上升到了实际行动。当一姝因为六七上岛立即精神疾病发作以后,故事随即戛然而止。在《野放牛》这部小说中,一姝代表的是一种精神梦想,而一丁、六七和报友兄弟所代表的是横流的物欲。一姝对垒一丁、六七、报友兄弟和六镇长的失败,实际就被表述为精神梦想对阵横流物欲的失败。由此,一姝当得上是一个悲剧英雄了。而其他的人物,诸如一丁、报友兄弟以及六镇长,作者虽然尽力为他们开脱,比如一丁因为不出五服而移情别恋,比如六镇长批评了六七的莽撞行为,但总体上都属于形象晦暗的势力。也就是说《野放牛》的艺术思维,依然带有二元对立的痕迹。

李云的小说《渔光曲》中有三组人物:杨瑶瑶和男朋友刚子为一组,杨瑶瑶和镇书记为一组,阿香婆和孙子乔松为一组。在三组人物中,阿香婆是当之无愧的核心人物,所有的人物都围绕她转,所有的故事也都由她而起。《渔光曲》的突出特点,就是具有非常明确的主题意识,那就是现代性和田园牧歌的冲突。在《渔光曲》中,作为现代性具体体现的政府意志、新闻传播和工业资本,非常强悍地主宰着作为传统生活方式符号的阿香婆的命运,她不再是一个自足的存在,而是被作为一个等待处理的"问题",无论她愿意还是不愿意。当小说叙述人杨瑶瑶被镇书记分配工作,专门去做阿香婆工作的时候,就从逻辑上决定了阿香婆的被动地位和最终离开她的岛和她的牛群,还有她的生活方式的命运。

阿香婆，被动地被一次次"发现"，比如她被发现是一个非常了不得的民歌手，比如她的岛被发现是一座适合休闲度假的好去处，比如她的岛被发现是适合教育青少年的教育基地，还比如她的岛被发现是一座候鸟的栖息地。同时，作者也并不如《湖泊》《放野牛》的作者那样将阿香婆写成一个不食人间烟火的神话中的人，也没有将岛写成知识分子的精神寄托之所，而是将阿香婆和她的牛群放置于现实生活之中，她养牛是为了给儿子在北京买房子，她在与公职人员杨瑶瑶的沟通中也懂得妥协；虽然对刚子拍视频具有本能的排斥，对刚子的视频导致的游人如织打破生活的宁静心存不满，但也并没有决然拒绝和反抗。她在退让中尽可能多地保留她的领地。小说围绕着阿香婆和她的牛群是否被处理，可以说是一波三折，而最后的结局竟然是建污水处理厂和留下黑树林。作者通过这样的情节变化，一方面表现了传统的自给自足的生活方式与所谓的现代化生活方式发生了交流和冲撞，另一方面又表现传统的生活方式在与现代化生活方式的交流和协商中被改造、修改。而在这样的交流和冲撞中，阿香婆也不是一个尴尬的应对者，而是一个应付裕如的老练的政治家。

也与《湖泊》《野放牛》不同，《渔光曲》对上马墩岛上牛群的搬离的理由进行了非常明确的说明，那就是牛粪污染损害了长江生态保护。假如说《湖泊》《野放牛》都是悲剧结尾的话，而《渔光曲》却是一个大团圆，牛群主人阿香婆两次唱歌，更是增添了小说的喜悦气氛。

三、文本边缘的解读——创作主体的叙述伦理

《湖泊》《放野牛》和《渔光曲》三部小说所涉及共同的核心意蕴，都是自然法则与社会规范之间的博弈，以及这种博弈中人类的内心感受和情感倾向，尤其是涉及创作主体的面对原始天性和现实中政策法规之间的矛盾时所采用的叙述伦理。

小说《湖泊》所给予的牛群搬离上马墩岛的理由，就是屠户老刘口

中的"环保需要"。虽然作者只是将其作为一个模糊的背景，但却有力地诠释了汪长松一家与政治权力之间的对立关系。而对这种关系的处理，将体现创作主体与他的赞助人之间的伦理关系。小说的作者余同友显然对淳朴原始的生活方式持有认同的态度，所以，他才会设置这样一种对立的关系。但是，他显然又不愿意使他的人物和原始自然伦理，与具有强制性的政府政策和政策执行之间发生正面冲突。于是，他就在汪长松一家和政府权力之间，加上了一个楔子或防火隔离带，"环保需要""限期迁移牛群"的政策，是通过屠户老刘转述给汪长松的。这就使得政策的真实性大打折扣，变得捉摸不定和令人怀疑。政策的如此送达方式，显然极大弱化了汪长松夫妇与镇政府及其限期迁移牛群政策之间的对立，也弱化了其在执行限期迁移牛群的过程中所应该承担的伦理责任（因为都转嫁给了屠户老刘）。这也使得小说的主题变成了物质欲望与自然天性之间的冲突，而不是政府权力与自然天性之间的对立。

但是，虽然作者采用模棱两可的暧昧叙事，试图减缓或弱化现实政策在传统生活方式失落中的责任，但政府的"环保需要"无论是否通过屠户老刘转述（屠户老刘转述更具有威慑力），都是实实在在的一种具有强制性的压力。这种倒计时的压力机制，为整个叙事营造了一种焦虑气氛和危机感。余同友正是在这样的背景之下，探讨了王翠花抑郁症发作的原因。很显然，王翠花发病的直接原因在于"长江禁渔"，作为渔民的她丧失了她赖以寄托的生活方式；女儿红波的自杀则源于王翠花道出了杀猫崽的事实，而王翠花之所以如此，是因为她抑郁症发作。通过这种层层递进的穿透叙事，作者将病因直接指向了"长江禁渔"等政策。创作主体显然不能也不愿意将小说中的人和牛塑造为直接的对抗者和保卫者，他所能够做的只能是让小说中的人物将外在的危机内化为自己的心理焦虑。当然，人物内心的焦虑不能向外在社会寻找到释放和纾解之时，就只能转向善良的牛群诉说，向动物寻求精神支援。余同友从心理学的角度，探讨了汪长松、王翠花夫妇的忧郁症的病因，并探讨了其治愈之道；余同友更从情感角度，表现了在现代社会中依然沉浸在原始生产、生活方式下的人们，面对现代化冲击时内心的不安、委屈和无奈。余同友对这些人精神的流离失所充满了同情，并为他们唱了一曲挽歌。而正是这曲挽歌，暴露了作者的反现代性的原始主义立场和对于原始田园生活的向往。

小说《野放牛》中所讲述的将牛群撤离上马墩岛的理由似乎是六镇长的突发奇想，但导致的后果很严重，那就是一姝的抑郁症发作。不过，木叶同样对六镇长的责任进行了能够实现免责的"隔离"。六镇长只是让六七去劝说，但六七又找来报友兄弟，而报友兄弟劝说无效，六七就私自派人上岛察看。而这一切都是"瞒着"镇长的私下行为。当镇长被堵在办公室以后，就立即批评了六七的胡作非为。镇长的"领导艺术"，成功地将他自己置身于事件之外，获得了责任的豁免。与余同友的《湖泊》一样，木叶很好地处理了他的故事与赞助人之间的伦理关系，但笔者不管怎么看又都有点反讽的味道。好在小说《野放牛》只是将撤离岛上的牛群作为一个借用的故事套，以达到对一姝隐秘的非法爱情的讲述。虽然如此，作者还是很好表现了主人公一姝对上马墩岛和牛群的守护。疯子一姝周围的亲人们，对她的"围猎"，不仅是对她所保存的爱情梦想的"围猎"，也是对养活了这场爱情神话的上马墩岛的"围猎"，当然也是对能够寄存人类爱情神话的世外桃源的"围猎"。当一姝被送往精神病医院之时，上马墩岛及其上的牛群，就失去了它们的守护神，其命运可想而知。作者几乎明确无误地告诉我们，是人类的日益膨胀的欲望，才导致了浪漫之地的被毁灭。作者几乎将自己放到女主人公一姝的身上，被动地感受着精神尊严遭受物欲戕害所带来的痛苦，无可奈何，只能发疯。作者虽然以报友兄弟们的角度在叙述，但实际却寄身于一姝这个形象之上，通过一姝的痛苦乃至发疯，表现了物欲与美好人性的尖锐的对立。总之，在余同友和木叶的笔下，强迫迁移既是一种反自然也是一种反人性的力量。而岛屿、牛群以及它的主人，恰恰是美好的自然人性的象征。与《湖泊》中的汪长松和王翠花夫妇的隐忍不同，木叶塑造了一个勇敢的反抗者。尽管这个反抗者并不是为了岛上的牛群，但在撤离岛上牛群的大背景下，一姝的行为完全可以看作是抗拒搬离牛群的转喻。通过一姝这一形象，笔者也可以看到作者木叶内心中的流动的血性和激烈之处。

李云在写作《渔光曲》时，与《湖泊》《野放牛》一样，面临着平衡人物形象、作品主题与赞助人关系的问题。在《渔光曲》中，在《湖泊》中压根就没有出场的镇干部，在《野放牛》中只是出个身影的六镇长，在《渔光曲》中却显出了完整的身影，而且成为整个故事的叙述者，那就是被乡书记派去做阿香婆工作的女干部杨瑶瑶。在《野放牛》和《湖泊》中，"我"是作为一个隐形的"他者"而存在于叙事之中的，"我"虽然看上去对乡镇干部提供了叙述庇护，但"我"跟他们并不是一伙的。而当杨瑶瑶成为《渔光曲》的叙述者之时，创作主体就已经附灵于这个人物的身上，"我"的他者地位也便不复存在，换句话说，杨瑶瑶的意志就是"我"之意志的代言。这是一种典型的"下乡工作队队员"叙事。

因为杨瑶瑶是受镇书记的指派去做阿香婆的工作，镇书记的指示就成为她的工作目标。而政府的日常工作形态就是解决问题。所以，在杨瑶瑶的视野之中，阿香婆及其养在上马墩岛上的牛，就是一个需要解决的问题；杨瑶瑶的男朋友刚子拍视频导致上马墩岛成为旅游打卡地，造成环保压力而受到上级的批评，也是一个亟待解决的问题。小说的出奇之处在于，在"环保"线索之外，另立了一个"开发"的线索。这看上去与"环保"相冲突，但也是地方政府不得不做的一项工作。怎样在"环保"和"开发"二者之间求得平衡？这当然是地方政府需要思考的问题，但始而"环保"终而"开发"却使得基层工作者杨瑶瑶疲于奔命。这种"环保"与"开发"的矛盾，在造成杨瑶瑶工作难以笃定的同时，也造成了阿香婆和她的牛群命运的动荡不居。当然，最后实现了神奇的妥协，即在岛上建设污水处理厂保留牛群、保留黑树林保持岛上生态，同时又另外建设游乐设施。以上这些妥协，其实是与阿香婆没有多少干系的，她和她的牛群只不过被动地等待处理而已。以杨瑶瑶为视角的叙述，非常鲜明地突出了以"服从"为基调的下乡工作队队员工作特色。而这既体现了被杨瑶瑶代言的"我"对待"环保"和"开发"并举的工作态度，也体现了"我"对于阿香婆及其所代表的一种生活方式和文化形态的"改造""利用"的态度。创作主体的此种姿态，是社会工作层面上，它与余同友、木叶面对现代化所持有的消极抵抗或委曲求全的态度有着显著的不同。这使得《渔光曲》成为与"本事"最为接近的一个文本。

正因为如此，作者才会给"渔光曲"的故事安排了一个热闹的大团圆的结局。但是，在热闹的大团圆的结局中，笔者却嗅到了某种闹剧的味道。阿香婆、上马墩岛及其上的牛群、黑树林，正在被以各种名义反复折腾，不再是一个世外桃源而是一个光怪陆离的现代化的游乐场所。只有从这里，我们才能理解作者在"题记"中的有关"田园牧歌"消失的感叹。从这个意义上来说，李云的《渔光曲》看上去似乎是一个浪漫主义的文本，而是实际上却是一个具有反讽意味的现实主义文本。尽管如此，就如同余同友的挽歌曲调和木叶的抗议的一姝并不能代表余同友和木叶具有抵抗现代化倾向一样，李云的反讽也只是因为他对那古老的生活方式太过于迷恋了，而不自觉在叙述中流露出了稍带苦涩的微笑。

第五辑　新世纪安徽文学编年

5

2007—2008年度安徽长篇小说和传记获奖作品综评

长篇小说以其容量的宏富和强烈的世俗关怀精神而为当代文坛所特别看重。以2007—2008年度安徽社科文艺出版奖（文学类）的评选结果来考察，长篇小说和长篇传记的创作不但在数量上有大幅度的上升，而且在质量上也有很大的提高，出现不少在思想深度和艺术技法上都比较优秀的作品。

结构宏大的历史场景，表现命运曲折而个性鲜明的人物，彰显丰富而厚重的文化，是长篇小说的文体责任。如果以此为标准来衡量参加2007—2008年度长篇小说和传记创作的话，黄复彩的长篇小说《红兜肚》当然是最值得称道的作品。

《红兜肚》在视野结构上堪称大气恢弘。小说虽然主要表现的是一个皖南家族的命运，包括家族内部的爱情纠结、性爱乱伦、氏族纷争和仇杀，但作者并没有局限于家族内部情事的叙述，而是将表现的视野扩展到整个二十世纪三四十年代，将家族的每一个成员投放到这个中国近现代最为动荡血腥的历史时空，在土匪滋乱、农民暴动、孝子为匪、长工屠奸、父子相煎、兄妹反目、大革命、日寇入侵、土地改革等一系列的历史事件中来锻炼他们的人性。纵向的时间流脉的勾勒，充分展现了风云浩荡的历史，以及它对于中国家族命运的影响。从这一点上说，这部小说具有史诗的性质。

《红兜肚》同时也是一部具有深厚文化蕴含的作品。小说表现的是皖南地主朱子尚家族的兴衰。在这个大家族的内部，众多的矛盾纠结缠绕，血脉的延续随时都面临着中断的危机，蓬勃的情爱又总是遭遇着家族礼法的道德拷问，血腥的仇杀在荼毒生命的同时又将生命的河流导向崭新的未来。而中国家族社会的命运变迁，又从来不是家族自身的问题。土匪、革命、不同家族间的倾轧，又使得朱子尚家族的命运更增添了变数。当然，影响皖南朱子尚家族命运的还有那具有神秘主义色彩的一只冥冥之手，那可能就是佛教"劫数"。家族内部的爱恨情仇和家族外部社会的动荡嬗变，酝酿着人生命运的天翻地覆，交错缠结的爱恨情仇让古老的土地在不安中战栗。一个家庭，两代子孙，在乱世中上演了一幕幕惊心动魄的场景。伴随着朱子尚家族走向没落的，还有那种洋溢着魅惑力的皖南文化风俗，包括傩戏、寺院、壮丁、乞丐，以及三教九流。小说在多层次的叙述中，展现了一个家族，一个时代，一种文化从精神到肉体的幻灭过程。家族文化是中国汉文化的基本存在形式，《红兜肚》通过这个皖南大家族命运的演述，实际上就是中国民族的寓言，它不但展现了波澜壮阔的中国近现代历史，更表现了中国民族神奇的民族性。整个小说虽然没有形成如《白鹿原》中的白嘉轩般的脊梁式的人物，但作品将朱氏家族放在了宏大跌宕的历史中来书写，极好地展现了历史与文化的兴衰及其浩荡的沧桑。

再次，小说《红兜肚》所展现的历史，实际上是民间视野下的历史，它闪烁着人性的光芒。通过朱子尚家族众多成员的命运变迁的展现，尤其是通过主人公朱子尚的命运，表现了人性的复杂，命运的莫测和无奈。《红兜肚》显然是一部家族小说。故事以池州朱家为叙述的中心点，所有的线索都围绕着朱家的人物展开。看那上去似乎是一家之主朱子尚，但其实不是，与陈忠实的长篇小说《白鹿原》的以白嘉轩为中心人物不同，《红兜肚》的人物是发散性的，众多家族人物都在叙述中受到了重视，每个都形成一条生命线。作品中的两个主要人物朱子尚兄弟，充分展现了中国乡村绅士地主的生命冲动与光辉灿烂的理想。朱子尚一辈子生活在肉体的世界里无可自拔，他的一生是可悲的。相比之下他的哥哥却能生活在精神的世界里，而且是高层次的精神世界。朱子尚的人性构成是复杂的，在他的身上折射出的那种错综的、迷离的、相互矛盾的、互为善恶的人生色泽以及乖戾无常的人格特征。作品中的其他人，无论是在情爱的漩涡里折腾的芷莲、海棠，还是在命运的颠簸中沉浮的杏林、杏麦，无论是九死而不知其悔的腊狗，还是愚而又忠的家奴哑巴，都无不给人留下无尽的思索。

这部小说具有浓郁的地方特色。小说借助于人物的命运，展现了江南池阳充满灵性的山水风光和民俗风情。在小说中，最具有人性色彩的就是"红兜肚"了。这"红兜肚"是皖南池州一带专为出嫁女孩子准备的红色的肚兜。它平常并不穿，只在出嫁的时候用。上面当然会如所有的肚兜一样绣上个喜气的图案。但是，这个红兜肚所绣的图案却都是关于男女性爱的，也就是俗称的春宫图。它的作用在于指导刚出嫁的女儿在新婚之夜怎样与丈夫交欢。隐秘地放在出嫁女儿的箱底，又称"压箱底"。红兜肚既然作为了小说的题目，显然在小说的情节和人物的塑造中有着重要的作用。小说中的女主人公在出嫁的当晚并没有和丈夫圆房，在后来直到疯子丈夫走失被杀，也一直没有用到这个新婚指导手册。之后，新寡的女人与丈夫的兄弟相爱，怀孕直到生育之后，因为道德的原因不得不分手的时候，才将红兜肚展现给了她的情夫。显然，红兜肚不再是指导手册，而是催情良药。它用极度的性爱表达极度的情爱。正因为如此，红兜肚才脱离了技术层面的功能，而变成了生命的符号。黄复彩对于皖南风俗文化的展现，并不局限于红兜肚。小说借助于女主人公的出嫁，将皖南的婚嫁、葬礼以及傩戏等都进行了铺张的绵实的"介绍"。介绍民俗是上个世纪八九十年代寻根文学的阿喀琉斯脚踵，过度的民俗的空间性累积造成了小说灵动性的流失和说明性的膨胀，小说成了民俗的说明文。黄复彩的智慧之处在于，这种所谓的民俗介绍是贯穿于故事情节之中和人物命运相伴随的。如婚俗就是在女主人公止莲的出嫁中演述的，这种演述由于与人物命运相伴随，所以就显得自然。特别是小说中描写油坊榨油的香味，充满了诗意。而且是以女性主人公偷窥油坊裸体工人的心灵感受来表现的，这更使得诗意中充满了蓬勃的生命冲动。

小说在艺术上笔力雄放，诗意昂然。人物众多，但又都性格鲜明；线索众多，错综复杂，跌宕起伏，但收放自如，叙述井然有序。

与黄复彩的《红兜肚》表现过往时间的历史性叙述不同，洪放的长篇小说《挂职》则是一部现实题材的作品。它以"挂职"这一中国特色的社会现象切入官场。这部小说主要叙述省委宣传部的两个处长级干部分别下派挂职县委副书记的故事。小说通过主人公杜光辉、简又然的挂职经历以及他们自己的作为，写出了官场的机诈，写出了官场的生态。这部小说体现了作家强烈的现实关注精神。同时，这部小说采用对比叙述的手法，塑造了两个个性鲜明的官场人物形象。主人公之一的简又然是个极具政治智慧的官场人物，作者在一种欣赏的语调中叙述了他机诈而又八面玲珑的风度；相反，另一个主人公杜光辉在官场中虽然有着值得称道的人民良心，但又太过于稚拙，缺乏应对智慧。所以，虽然他脚踏实地地为穷县百姓做了不少的好事，但却深陷当地的官场倾轧之中，成为牺牲品。作者是怀着同情的语调在叙述他笔下的这个人物的。为了表现杜光辉的好人品德，甚至让他心甘情愿地背起政治处分。自虐和隐忍成为这个老好人最为重要的品德。两个挂职人物性格和处境的对照，最后得出的结论是：好大喜功者，畅行无阻，加官进爵；朴直善良者，郁郁不得志，失魂落魄。但是，小说并没有将两个人物简单地进行好与坏的脸谱化处理。小说在展现官场冷漠的同时，又写出了官场的人情味。在处理简又然这个人物时，写他对同样挂职并是竞争对手的杜光辉的关心，尤其是在小说的结尾处，他送一万元钱给杜光辉的小孩治病的事，显示了人性的一面，人情的一面。作家以人性观照官场，使这部小说摆脱了黑幕小说的写作教条和叙述俗套，在冷漠中绽现温暖；同时，作家也没有一味排斥道德判断，对比中的人物形象彰显了鲜明的价值立场。

小说《挂职》的语言很干净，也很诗意化。在小说的叙述中，经常会遇到情节的胶结点。在这样的胶结点往往线索具有多发散的点，如果处理不好，叙述就会显得无所适从，情节的发展也会脱离主干信马由缰，导致叙述的尾大不掉或臃肿。而且这样的胶结点，既是作品中人物的尴尬场面，也是作家叙述的窘迫之所。因此，对这样胶结点的叙述往往考验的是作家的叙述智慧。在《挂职》中，洪放的叙述是智慧的。面对着一些令人尴尬的胶结场境，他往往采取了先留白后补充叙述的处理方式。如简又然在北京的县招商办事处里，面对两个情妇赵妮、李雪的愤怒相遇的尴尬场境，作家就果断地将叙述中止在尴尬的见面之时。叙述的戛然而止，使得作品的主人公和叙述者都摆脱了即将发生的困窘。当然也避免了叙述的臃肿及其所带来的拖沓，使得情节顺利地过渡到了下一段。当下一节顺利出场之时，作家又补叙了简又然脸皮被抓破的后果。这种留白处理的方式，很好地凸显了简又然圆滑老练的处事风格。这种智慧的处理方式同样表现在对爱情线索的叙述上。小说中，主人公之一的杜光辉与妻子黄丽的爱情是悲剧性的。因为杜光辉的窝囊和憨厚，其妻子在他挂职的时候，与其单位的领导私通。妻子的私通，其子都已经知晓；杜光辉当然也早已心知肚明，但是这是一个尴尬的事实，因为孩子以及自己的面子，都使得他不愿意面对。所以，在叙述中，作家始终注意到了杜光辉的心灵境遇，总是点到为止。这种处理，使得叙述者与人物的心灵显得息息相通，充满了同情和宽恕。又如对于简又然与李雪、赵妮的性爱，也都是点到为止，就是水到渠成性爱出场的时候，也往往采用了隐喻化的诗性的语言来描述，避免了中国传统性爱描写的赤裸化、罪恶化，而使其具有了审美的意义。

　　这部小说的情节线索是明晰的。小说安排两个人挂职，两个人物的挂职经历自然形成了两条线索，时而平行，时而交叉；两条线索因为两个主人公的"同事"关系，交集自然；因两个人物性格的差异，两条线索又相互对照。情节开始于对于挂职的组织安排，情节的结束也因为挂职的结束而自然尘埃落定。同事关系和挂职行动，使得整个作品成为一个整体，安排得很巧妙。不过，优点与缺点是共存的。两条线索的明晰，使得读者容易进入和把握作品人物和情节的走向，阅读显得容易和顺畅；但同时，由于这两条线索过于清晰，以及过于明显的人物性格和作者的道德判断的差异性对照，又使得作品在内涵上显得单纯有余而丰富性不足。

同样关注现实的还有杨小凡的长篇小说《酒殇》。这是一部敢于面对现实且带有写实性的长篇创作。小说通过某酒业集团的改革，表现了商业大潮中现代国有企业经营者在与政府的互动游戏中所表现出的智慧、才能及理想主义的价值追求。该小说是一部有特色的工业题材作品，背景宏大，人物关系复杂，冲突激烈，人物性格鲜明。对生成于新时期初期的改革小说的二元对立叙述方式的运用，使得这部小说呈现出鲜明的是非界限，并深度陷入夸张性的道德情感而不能自拔。创作主体对于牵连着现实功利的道德情怀的迷恋，使得他与作品中人物的命运遭际有着心灵和品格的息息相通。

与《红兜肚》等长篇小说用贯穿性人物结构和线性历史的叙述方法不同，李华阳的长篇小说《凤凰街街长》是一部具有"散点透视"的叙述特征的市井风情小说。小说白描了一幅从"三年困难时期"到"文革"前"凤凰街"饮食男女、芸芸众生的原生态生活图像和皖东风俗风情画卷。小说以凤凰街为舞台，以街长张秀兰为主线，采用冰糖葫芦式的结构方式，将众多人物的众多故事串联起来，烘托时代风貌和地域人情，没有整一的情节，却有贯穿的人物，叙事灵活多变，情感朴素真实；"清明上河图"式的风俗画的展现，既大俗又大雅；小说的语言特别值得称道，将普通话与地方风俗俚语结合运用，语言素白，洗练，幽默，俏皮，具有浓郁的生活气息，地域色彩明显；无论是叙述语言还是人物语言，大多简短，清脆，顺溜。小说的中心主人公张秀兰，具有特殊时代的理想主义色彩；由她所串起来的众多人物，都是小人物，在大时代的背景下或喜怒哀乐或悲欢离合，一个个都鲜活异常，栩栩如生。小说叙述朴实无华，但也有时代背景设置错位的弊端。

无论是《红兜肚》还是《挂职》都是一种宏大叙事，但子薇的长篇小说《此情可待成追忆》则是一部关于女性成长的私性爱情小说。小说中的人物性格鲜明，情感经历曲折多变，丰富多彩。小说主要叙述了三个好姐妹——宋美兰、乔琪、苏倩倩的成长历史。小说主要是围绕着三姐妹的情感经历来叙述其成长的，从青春期的艳冶动人，到中年期的迷乱癫狂，直至最后的枯寂状态。情感历程的起伏跌宕，非常类似于《乱世佳人》。尤其是其中的乔琪与段成林的形象和性格，与《乱世佳人》中的斯嘉丽和巴特勒有相似之处。假如说《乱世佳人》中斯嘉丽的成长是在与男人的钩心斗角中和血与火的苦难中炼就的话，而这部三姐妹的故事则是将女人的成长建构在性爱的基础之上的。性爱在这些人物——三对男女中被推到了具有绝对性的位置。乔琪与段成林爱情的幸福是因为他们性爱的和谐，而其婚姻的最终失败也在于段成林参观了乔琪生产的过程而丧失了性爱的情趣；另外两个姐妹宋美兰和苏倩倩，在婚姻的初始阶段就陷于性爱的无趣，因此才有爱情生活和婚姻生活的平淡无聊。性爱和谐的期待几乎是导致她们最后走向婚姻的"出轨"，并在出轨的性爱中尝试性的魔力。婚姻和爱情的幸福全在于性的和谐程度。

　　小说《此情可待成追忆》的叙述中虽然充满了性爱决定论，但却并不是性爱小说。小说叙述中对于性爱与女人的话题有着哲理性的思考，这不仅体现在情节的安排上，而是随着人物命运的叙述而随时随地的铺衍的。小说前半部的哲理具有青春的诗意，充满了青春期女孩子关于自然友情爱情的幻想；后半部的哲理随着人物命运的急剧转折而更多地具有宗教的意味。小说虽然有三条线索，但整体是单纯的。三条线索因为三个人物处于同场，时时交叉同步往前发展。所以线索多而不乱。整个小说的情节安排，虽然有个别地方有逸出之处，但总体上比较顺畅，也比较合理。作者很会结构故事，多线索发展，交叉叙述，起伏有致。这部小说具有极强的女人味。从女人的立场，从女人的身体来体验男人，体验社会。语言也很有女人味，优美、绮丽、伤感。前半部所插入的一系列书信写得极为漂亮，堪称美文。语言和情节很是煽情。小说语言既有青春的诗意，又有哲理的趣味。

　　在 2007—2008 年的长篇创作中，作为叙事文学的传记创作也取得了不菲的成绩，并出现了众多优秀的传记文学作品。这些传记大多以晚清以来的历史人物，尤其是以知识分子政治家为传述对象，展现了历史人物的个性，表现了中国近现代历史的风云变幻。

　　潘小平的《翁同龢》和赵焰的《晚清有个李鸿章》都把目光投向了中国历史剧变时期的晚清。赵焰的《晚清有个李鸿章》是一部长篇传记。它将李鸿章放在晚清时代的大背景中，来表现这位淮军领袖杰出的政治智慧。作者对于他为中国近现代文明的发展和对外开放做出的贡献给予了充分的肯定，同时也展现了他悲剧性的人格和悲剧性的命运。这部传记在叙述中论辩，在论辩中叙述，有着极强的思想性；同时在作者的叙述中，传主的人格形象又栩栩如生地展现出来。这些都充分展示了作者很强的驾驭文字和观照历史的能力。作品的独特之处在于，将思想和论述引入历史人物传记领域，将传主李鸿章的人生写成思想传记。

　　相对于赵焰的思想性传记，潘小平的《翁同龢》则是一部带有传记性质的历史"小说"了。这部作品以真实的历史、真实的人物为背景，通过对晚清帝师翁同龢起伏跌宕的人生的叙述，表现了晚清社会复杂惨烈的历史变故，以及一代知识分子在挽救国家危亡道路上所进行的艰难跋涉和不懈探索。小说结构宏阔，叙述苍劲，人物性格跃然纸上。作品在历史资料和文学想象间自由飘荡，既具有强烈的历史旨趣，又具有小说的文学性。整部作品叙述典雅，文人气息浓郁。

　　而章玉政的《刘文典》则记录的是民国时代的国学大师刘文典的人生传奇。这是国内第一部关于刘文典的长篇传记。围绕着传主刘文典，作品提供了大量翔实的刘文典的生平和学术研究资料，勾勒了一幅处于政治历史边缘的学者的生活和研究情境。在真实的历史场境中，作者塑造了刚直拙朴、个性鲜明的现代大学问家、教育家刘文典的形象；在一幕幕看似平淡的历史片段中，又寄寓了作者对当今知识分子命运的观察与叩问。作品常常以当今的眼光，"我"的口吻切入对于传主的叙述，在历史与现实的对照中，展现了历史的当代性，也表现了作者历史叙述的强烈的个性色彩。

　　总体来看，2007—2008年度安徽长篇小说和传记创作取得了不错的成绩，但也应该看到，许多作品在思想深度和艺术技巧上都还有提升的空间。就文学而言，尤其是对于长篇小说和传记而言，个性的丰富的文学性想象是其魅力所在。文学观照现实和历史，但又不拘泥于事实逻辑，充分运用作家想象的权力，精心构思情节，用情节驾驭作品的结构，而又远离雕琢，呈现"自然"的美；充分挖掘人物内心的丰富性，性格的复杂性，以及人性的多面性。小说创作需要非常重视文化叙述与人物塑造之间的协调关系，重视时代背景与人物性格、言行举止之间的一致性；而传记则需要把握历史叙述与文学想象之间的关系，历史的魅力不仅在于其自身，同样也在于富有想象力的文学叙述之中。

　　愿安徽作家创作出更优美的长篇小说和传记。同时，谨以此文祝贺以上作品的获奖。

　　　　　　　　　　　　　　　　　　　　（原载《文艺百家谈》）

2018年安徽小说创作漫评

在2018年的中短篇小说中，许春樵的《遍地槐花》是一部有深刻象征意味的诗意之作。小说《遍地槐花》写李槐花和赵槐树在年轻时相爱，为了一句"我等你"，赵槐树在远走他乡归来后，流浪全国各地，寻找李槐花。小说采取蒙太奇的手法，将四十年剪辑成若干典型的片段进行组合。主人公的故事自1978年发生，到2018年结束。四十年不懈地寻找，但到头来李槐花当年的承诺只不过是一句戏言。小说结尾的反转，瓦解了爱情诺言，也瓦解了寻找爱情的意义。许春樵再次展示了他叙述的刻毒和狠辣。小说在朴实的现实主义叙述中糅合了现代主义叙述手法，有暗示，有嘲讽，有诗意。他的另一部中篇小说《月光粉碎》讲述了进城农民姚成田，因怀疑自己杀了人，而陷入了犯罪心理的裹挟，并处于草木皆兵的恐惧之中。一个无辜的人，一个真正的好人，却时时担惊受怕，活成了一个罪犯。许春樵以他惯有的戏谑语调，讲述着这样一个具有若干悬疑特征的现代主义故事。这个黑色幽默，揭示现代人的破碎如月光的生存状态。月光粉碎的意象，不仅是诗意和隐喻，也包藏着戏剧性的调侃，以及刻骨铭心的同情和宗教意义上的悲悯。许春樵的中篇小说集《生活不可告人》由安徽文艺出版社出版。这是许春樵多年的中短篇小说精华的结集，由评论家方维保点评，形式活泼。以自然风物或民俗意象做诗意隐喻的还有潘小平的中篇小说《雪打灯》。这篇小说以写实的笔触，状写了唐小淮、余前前、麻三等电视台打工仔的生存状态。潘小平对生活高度逼近，叙述绵密，有劲道，"雪打灯"的意象，有着丰富的意蕴，是现实，也是预言，更是打工仔空幻情绪的艺术呈现。潘小平以她的深刻，照亮了繁华世相及其背后的破败。小说中的生活很浮躁，叙述却很有韵味。

乡土题材在2018年创作量比较大。赵宏兴的长篇小说《父亲和他的兄弟》在当代历史背景中，叙述了父亲与叔叔之间的纠葛，既展现了历史的变迁，也表现了当代乡土社会风俗文化和伦理的嬗变。赵宏兴的叙述是极度的写实，淬炼到根部的叙事，使得父亲和叔叔的故事，有了传奇的韵味。他的短篇《旅行》写同事大砖回乡退"娃娃亲"加"姑表亲"，大砖本来是要退亲的，结果在一次身体接触中，戏剧性地转变了态度。小说很短，误会叙事加上戏剧逆转的手法，讲来很有趣味。何世平也是一位醉心乡土创作的作家。他的《把一块钱给我》写小学教师马健在社会的夹攻之下，最后"坠落"成了一个乞丐；《明天请客》中，父亲和大海叔，一对老兄弟，随着年岁变大，慢慢发生了莫名的纠葛。同属于老年题材的还有《失母记》，这部小说中王大宝、李黑皮以及大宝娘的纠葛，虽然鸡毛蒜皮，却是乡村生活的现实。情节的安排比较好，节奏比较好，火候不急不慌。《去城市》写刘向群、范小玉夫妇在城里苦苦挣扎，但也不愿意回到乡下去。这些小说大多写的是乡村青年进城的生活经验，表现了乡村青年在城市和乡村之间来回摇摆的生命状态。这些小说一如既往地朴素、凝练、实诚，虽然格局小，但韵味十足。钱玉贵的中篇《羁绊》讲述了质朴耿直的乡村老汉花贵田的两个女儿和一个儿子在城市里的酸甜苦辣，大姐是学霸，最后成了大学老师，不过也照顾不了自己的弟弟和父母；二姐到深圳打工失业，后来被包养；三弟好吃懒做，最后敲诈勒索被逮捕。他的《云崖寺》讲述了两个不相干的故事，一个是表姐的苦难，一个是藏身云崖寺再造辉煌人生的富商的故事，似乎是一种对照，似乎又不是。王永华的中篇《老余的石头》在闪烁的回忆中讲述了余家垴的余子发、余子昧和菊花等往事纠葛和现实处境。这是一部极其有叙述意味的实验之作。值得注意的是，

2018年的乡土叙述与传统的乡土叙述已经有了很大的差别，城市是乡土摆脱不了的参照系，也折磨着乡土叙述。

2018年安徽小说中现代都市味道浓厚的是李为民的创作。李为民连续在《青年作家》《牡丹》等刊物发表了中短篇小说《大菜市》《约定》《谁是警察》《卧底》等。与何世平专注于写乡村青年的城市体验不同，他把所有的笔墨都泼在了城市的商战中。他的小说显然受到爱伦坡的影响，扑朔迷离的利益纠葛中，暗藏着说不清道不明的血缘纠葛。在他的云山雾罩的故事里，总有一个卧底的警察在。但他的故事绝不是侦探故事，而是利用对卧底警察的恐惧，为故事立一根看不见的线索，驱使叙述的推进。他的小说展现了现代都市的生活场景和人心世态。他的小说结局，多少有着好莱坞电影的效果。李为民有着流畅的叙述语流，他对都市生活了解得多，懂得深透，他急不可耐地一股脑地要将这些都表现出来，他不得不把其中的有些情节流程掐断，剪掉，这就造成了情节的断裂，而在艺术上，这恰恰是一种绝妙的遮掩术。李为民的小说，表现了现代都市的道德浇漓，都市生活的魔幻，以及现代主义的动荡不宁的心理状态和对于生存无法把握信任的心理状态。

2018年安徽小说中真正的历史小说是季宇的创作。小说《金斗街8号》讲述了抗日战争时期敌占区五湖城里的一场惊心动魄的地下斗争。小说情节掌控张弛有度。紧张的跟踪和反跟踪游戏，伴以瞎子歌手看似悠闲的《马嵬驿》唱词，危险气氛的渲染非常成功。市井风情伴以历史故事。小说语言简洁，点到为止，又饶有趣味。《最后的电波》（《人民文学》第7期）是从许多真实的新四军通讯兵的人和事中提炼出来的。作家熟练地运用了悬疑小说的手段，表现了皖南新四军艰苦卓绝的突围战。小说通过作为"群众"的报务员李安本的讲述，在历史的危机点上，有力彰显了新四军的革命英雄主义精神。季宇的小说一反早期创作的新历史主义消解哲学，代之而起的是新时代建构主义的革命英雄传奇。

此外，还有朱斌峰的《大泽乡》、陈斌先的《响郢》等历史题材的创作。

以公务员和教师等职业为题材的小说，也有很大的收获。孙志保的长篇小说《黄花吟》是有着显著的文化深度和价值追求的长篇叙事。小说通过主人公王一翔与妻子家族之间的较量，表现了当代知识分子的古典主义价值追求——在朝则忧国忧民，在野则放浪江湖携眷独处。小说有着浓郁的皖北文化特色，诗酒人生，红袖添香，剑侠江湖与官场无间道，交织成行，相映成趣。小说《浣纱记》以一个美女同学蓝亭的归来为故事结，讲述了三四个当年的高中同学与她的感情纠葛，以及这些或经商、或当官、或做教师的同学现在的处境。小说以假冒嫁入豪门的误会故事，揭示了世事的无常和人情的冷暖。小说结构精巧，以昆曲《浣纱记》中的西施与范蠡的故事隐喻主人公蓝亭与高华盖之间的爱情关系，现实人物的命运也沾染了古典主义的浪漫与悲情。孙志保的小说人物多是公务员，而张尘舞小说的人物则多是教师。她短篇小说《关系》通过办公室的同事在两个竞争对手杨晓峰和王俊之间巴结，到测试人情的冷暖。小说结尾的反转，具有反讽的意味。中篇小说《大雪横飞》讲述了一个崇尚竞争的海归女博士，在学业上，在工作中，哪怕是在婚姻生活中，处处争强好胜，不近人情，不懂得生活的乐趣，在绝症缠身时，才蓦然发现，所有的成就和荣誉不过都是过眼烟云。这是一个反《阿甘正传》的故事，一心向学的死心眼的主人公米卢的悲剧人生，典型地体现了中国式的奋斗哲学及其幻灭。短篇小说《门牙》运用人物自叙的方法，围绕着一个学生磕掉门牙的事件，状写了小学教育和小学教师的困境。小说的生活实感很强，叙述也非常的丰富活泼。小说通过一个小事件反映了我们时代的一个大问题。主要人物各自独白式的叙述，不但使人物的生活发生了交织，也使他们在心理上形成了对话和交流。曹多勇在《江南》《清明》等发表了《女人圈》《白霜》《白露降》《寒蝉鸣》等多部中短篇小说。其中《小说月报（原创版）》发表的短篇小说《孕事》，讲述了生病的妻子为了做一个完整的女人冒险怀孕生育的故事。曹多勇以朴实的文字，讲述了一个感人的人性故事。杨小凡的《太平道》讲述了两个出狱贪腐官员的故事，一个依然保持着市长的做派，做生意套取国家扶持资金；一个回到乡下养鸭子，真心悔过赎罪。《知青小金》用乡下孩子的眼光讲述了一个上海下放知青小金在下放地农村的生活经历。与当年知青文学所讲述的故事有所不同。陈斌先的小说《寻找刘真红》讲述了经济危机所造成的连锁债务，以及它给基层干部和老百姓带来的痛苦等，小说对连锁债务所造成的错综复杂状态叙述得非常逼真。人物形象在复杂的纠葛中奇迹般地站立了起来。小说《分水岭》主要讲述了分水岭农家女苗苗到上海娱乐场所打工，以及回乡后与和尚静尘的感情纠葛。小说语言洁净，叙述散淡，有着较为浓郁的佛教气息。中篇《寒腔》在当代背景下，讲述了两代庐剧名伶洪霞水月母子与父子戏迷之间的恩怨纠葛，展现了庐剧及其艺人在当代社会中的困境，用庐剧的"寒腔"暗喻人物命运和精神状态，人在戏中，戏如人生。陈斌先的小说有一股子野性。秦超的《你种菜，我养鸡》讲述了一个留守工厂的保安老许与流浪哑巴在工业区里种菜养鸡的故事，披露了所谓工业区的前世今生。周蓁的小小说《书殇》《奔跑的电子秤》构思精巧，风格朴实，饶有风趣。

具有魔幻现实主义特色的创作，也是2018年的很好的收获。余同友的《千手观音》讲述了一个有着一双美丽双手的姑娘，凭着有特异功能的双手，看到商场每一个人的前世今生。作家通过手的灵异功能，揭露了被掩盖的真实而不堪的人生。这似乎是由看手相而演绎出来的灵异故事。他的《精灵之家》讲述了孤儿、离家出走的诗人、傻子和疯子羊儿、牛儿、马儿、猫儿，以及失去主人的鸽子，苦难而温馨的生活。小说以童话的手法，写出了这些残障人士的透明的精神状态。有安徒生童话的味道，有多少带一点中国化的灵异。小说《斗猫记》讲述了山里的大爷朱为本斗猫的故事。余同友运用幻觉手段，让朱为本将白猫幻作自己的已经离开的儿媳妇，一心一意要将其赶走，置之于死地。小说表现了山里人对于子嗣的重视。余同友的小说，精到老练，不拖泥带水，叙述上不做特别设计，浑朴自然。余同友过去的小说喜欢利用鬼神文化资源，比如《白雪乌鸦》，而《斗猫记》虽神奇，却也保持在科学能够解释的范围之内；《牧牛图》中的胡芋藤之死甚至被解释为弟弟胡芋苗在幻觉之下失手致死。具有魔幻现实主义特色的还有李云的中篇小说《大鱼在淮》。小说讲述了淮河边一个叫做刘郢的村庄，捏泥狗的艺人刘淮北带着傻儿子宝柱一起过活。傻子宝柱是一个通灵式的人物，他看上去痴痴傻傻，却可以与羊对话，与水塘里的大鱼对话交流。小说通过父子两人的独白，展现了淮河边上苦难的生活、现实的压迫，以及神奇的民间艺术和神话传说。小说采用了魔幻现实主义的手法，在现实和神话传说之间无缝切换，亦真亦幻，残酷的现实中揉进了神奇的童话，营造了一个具有淮河地方文化色彩的魔幻境界。

　　而同样具有神奇魔幻色彩而又很有文体实验味道的是陈庆军的长篇小说《天堂鸟》。小说讲述了生长在水乡的美丽女子蒯丽丽，三次见到或听到天堂鸟的身影或叫声，而死了三任丈夫的故事。这部小说并不是传统意义上的传奇小说，但是，它显然吸收了传奇的讲述方式。小说一开始所讲述的就是设局，将蒯嬷嬷设计为一个谜底。然后再通过杨二龙、宋小秋与蒯嬷嬷的交往，逐步相互信任，甚至蒯嬷嬷还做了宋小秋的干娘，诱导蒯嬷嬷逐步讲述了自己三个丈夫的故事。蒯嬷嬷的讲述，经历了从最初不愿意讲，到最后完全控制不住要讲的过程；杨二龙和宋小秋从最初怀着好奇探究故事，到听到故事，最后"惨不愿听"的过程。这两个相逆的力量，相互激荡，造就了故事讲述的驱动力，也形成了故事讲述的张力，这是一种颇具文体意味的讲述方式。这部小说的作者陈庆军先生显然对于水乡的历史文化，以及水的生活有着特别的了解，也有着特别的感受，对于水乡人民的生命状态有着深刻的体察，因此，他所讲述的水乡人民的故事，尤其是船上人家的故事，让人感受特别的新鲜和刺激。这是我第一次看到如此刻骨铭心地表现水上人家生活和命运的长篇小说。

　　恰逢改革开放四十年，出现了一批讲述社会文化和道德嬗变的小说。李凤群"大江三部曲"的最后一部长篇小说《大野》讲述了两个生长在大江边的70后女孩的故事。一号主人公今宝是一个小县城中底层市民的女儿。今宝勉强读完高中，回乡帮助母亲维持家庭，而两个弟弟很早就辍学，干起了偷盗营生。今宝在现实的刺激下，嫁给了城郊做电缆生意的老三。又让丈夫带着两个弟弟做生意，结果两个弟弟将姐夫老三骗得倾家荡产。今宝借着到外地参加朋友婚礼的机会，一去不复返了。小说的二号主人公在桃出生于大江边的普济圩农场。在父母离异的打击下，离家出走混社会。她跟随剧团走穴唱歌，参军结果被奸污，歌厅卖唱被人包养，以及追星被歌星玩弄。她在城里经历了无数的屈辱之后，回乡嫁给了一个老实巴交的农场男人。小说采用了平行叙事的方式，今宝为奇数，在桃为偶数，两个人，两种命运，相互对照、补充、对话，最后出走的回乡了，在乡的又出走了，形成了一个命运意义上的循环。李凤群善于以小人物的命运隐喻宏大的历史变迁。她的长篇小说叙述结构的安排，经常令人眼花缭乱。在内部组织中，历时性的现实主义的明晰的线索，与共时性的现代主义的迷离和动荡的叙述同场共存。富有哲学隐喻意味的组织，是李凤群长篇小说的长处，但也是她的阿喀琉斯脚踵，过于精巧的技术设计，必然导致小说叙述的景观化。

　　许冬林是散文写作的好手，近年操练小说，写起经济社会下的道德纠葛也是别有洞天。其短篇小说《家宴》讲的是曾氏长者曾老过年筹办家宴前后发生的故事。曾老凝聚家族亲情的家宴，为儿子巴结商业伙伴的饭店宴会所取代。传统家族的过年家宴，已经为商业政治所取代，传统的道德流失，亲情浇漓。作家同时借助家宴将当代乡村社会的种种现象，诸如买房子、高利贷、年关要债、穷人的艰难等等一幕又一幕的人间戏剧排演了出来。她的长篇小说《大江大海》通过长江流域两代民营企业家高云天、郑永新、唐升发、高远波等人闯市场办企业的曲折辉煌经历为主要内容，呈现了改革开放前后四十多年间中国乡镇企业、民营经济在中国社会经济发展过程中所做出的贡献、所经历的风雨、所面临的困境与挑战、所展现的信心与魄力。波澜壮阔之下，暗流汹涌；徘徊迷茫之际，阳光仍在。有脚，就有路；敢弄潮的人，才有机会以生命和青春书写破浪于大江大海的时代传奇。许祚禄的长篇小说《青弋江儿女》全景式地描绘了皖南青弋江两岸的人民，从抗日战争，到新中国建立，到改革开放，为保卫家乡、保卫祖国、建设新中国，投身改革浪潮，所做出的巨大牺牲和突出贡献，热情讴歌了青弋江人民在各条战线上不断涌现出的各种英雄和模范人物，颂扬了青弋江儿女勇于牺牲、勇于奉献、吃苦耐劳、开拓进取的精神。小说以陶寡妇家童养媳柳金梅、长工陶水生的命运为主线，放射性地塑造了青弋江儿女的群像。宏大叙事和克里斯玛式人物是许祚禄小说的特点。同样以改革开放四十年为背景的，还有李圣祥的长篇小说《李木匠的春天》。小说以木匠李圣祥的入城经历为线索，上半部讲述了主人公李圣祥进城打工，做木匠，心灵手巧会来事，与城里姑娘相爱结婚，后又因为利用关系给乡下的父母偷开药而入狱的故事；下半部讲述出狱后的李木匠，遇到逃婚进入城市的同村姑娘韩圆圆，与已经被老板包养的韩圆圆之间发生了暧昧的情感关系。小说通过李木匠的眼光，展现了改革开放四十年间城市历史的嬗变，展现了乡下人融入城市的艰难历程，以及城里人在社会大变革中所承受的生活变化和精神的阵痛。李圣祥小说的语言富有弹性和活性，有时不免粗糙和油滑，但却有极强的生活实感；小说所讲述的故事，大多来自作家自己的生活经历，他以自己的乐天派性格，看待笔下人物和事体，叙述有滋有味，充满了生活的乐趣；小说语调诙谐，就是悲剧也会有喜剧的气氛。与很多乡下人进城的故事不同，李圣祥对待城里人没有固执的成见，无论是说到城里人还是乡下人，都没有刻意地丑化和美化，同情、悲悯、调弄以及爱怜，也都是兼而有之。此外，还有洪放的《一把火》。小说讲述了庄家子弟庄长生回家乡三河口办化工厂，村民赚了大钱，结果污染使得整个村子得癌症。他的中篇小说《人烟》由《冬至》《回答》《一把火》三个短篇构成。小说通过88岁的庄约之的冬至巡游，回顾了淮河边人家的历史；通过临淮镇外出做生意的庄向贤回乡重建文庙的失败，揭露庄家子弟借重建文庙做房地产生意的现实。

　　2018年安徽小说最为风姿绰约的当数刘鹏艳的创作。她的短篇小说《雪盲》讲述了便利店"老板娘"桃子与帮工陈墨的爱情故事，穿插了陈墨的母亲和父亲的故事。主人公生命中的两个女人，母亲和桃子，都饱受丈夫（或情人）的虐待。小说有着鲜明的女性主题。陈墨与桃子的交接，始于本能的驱动，却也有着沉痛的个人家庭经验，瘫痪的父亲就是这个经验的提醒，由此，陈墨对于桃子的保护欲，并不完全出于雄性的天然使命，备受虐待的母亲，让他将男性的责任扩及到每一个女人。小说对于桃子与陈墨情感的叙述是印象主义的朦胧美，裸而不色，处理极其艺术。小说《午月光》更是一部佳作。小说以一个青春期男孩的口吻，叙述了一个令人感伤的青春伤害事件。父母双亡的外甥与姨母冼翠相依为命，在冼翠对姐夫复杂的情感作用下，她对于外甥有着别样的情感，而父母双亡的外甥由于长期与姨母厮守，而产生暧昧的情愫。伴随着青春期的躁动，高中生男孩与单亲家庭的初中生女孩越出了雷池，并因此而受到了刑事处罚。这部小说的底子，显然是一个刑事案件。但作家以一个成长中的男孩的口吻来讲述，充分展示了青春期的迷离及其复杂和暧昧的社会原因。刘鹏艳小说的语言，柔滑，丰腴，有诗意，有质感，仿佛一团充满能量的涌动着的夏日雾气。故事很简单，但情绪很暧昧，神奇的联想搭载着奇妙的感觉，如柔韧的藤蔓在故事的躯体上触碰，缠绕，游走，无声无息地闪电般抵达叙述的神经末梢，将战栗传导给每一个语词和句子。忧伤的故事，并不传奇，但她的故事很绵软，爆发式的高潮如诗如画，戏剧式的逆转又捷如闪电，令人猝不及防。叙述的触角在故事的神经里触碰，反复地咀嚼体味，绵厚的甜腻，深沉的疼痛，中毒般的情热，在叙述中弥漫，一直到终了。《拔点》非常逼真地呈现了战争中的人性和心理。

老作家潘军在《山花》发表了小说《断桥》一如既往地水袖飘荡，才情和诗意同在。年轻作家大头马发表了《赛洛西宾25》《麦田守望者》《搁浅》《幻听音乐史》《十日谈》等小说，这些小说一般有着欧·亨利式的故事，内容比较单纯浅白，一种90年后创作的风格。

（原载张小平主编《安徽文学年鉴2018》）

2019年安徽小说创作漫评

以改革开放历史为题材的小说创作，取得了不俗的成绩。洪放的长篇小说《百花井》以合肥百花井地区的历史和文化为背景，讲述了从部队转业到庐州的丁成龙和土生土长的孟浩长，在当代历史中经历各自的奋斗，最后殊途同归的故事。小说将人物命运和当代历史紧密结合，有着非常浓郁的合肥地区的市井民俗情调。小说以双线对照的形式展开，人物性格和命运也相互对照。长时段社会历史的叙述，显示出史诗的性质。孙再平、桂林的长篇小说《爹千岁娘万岁》从一个乡镇干部的视角，讲述了乡村社会艰难的蜕变和乡村干部为国为民分担艰难的过程。小说具有坚实的生活基础，叙述有力、行文流畅，既表现了一个知识分子的入世治国的情怀，又表现了他们阅尽世事归隐南山的期待，就如同小说所引述的乡村俚语所说："老不过皇天大不过爹娘，娘千岁爹万岁，做官的儿子倒头睡"。爱情的线索似乎必不可少，但总是与乡村社会艰难的过渡相勾连。曹多勇的中篇小说《盖楼记》以改革开放四十年为背景，写父亲盖楼的愿望，及其实现过程。小说借儿子"我"的眼光，写出了父亲这一代农民盖楼的艰难，以及父亲作为一个淮河边上大河湾男人的传统心理。小说塑造了具有淮河一样性格的父亲的形象。

对于家庭伦理的叙述，是女性小说家的胜场。祝越的《米汤花开》讲了三个故事，一个是妻子王小菊为了致富让丈夫范团结风雪之夜开车送菜导致车毁人亡的故事，一个是大货车司机陈小明在风雪之夜撞人逃逸导致交通事故并致范团结死亡的故事，一个是王小菊的婆婆、乡村医生章翠兰用错了药致使邻居李冬梅的丈夫死亡的故事。作者将三个故事一起拉到春节时期的"打五猖"活动中，让陈小明、王小菊和章翠兰各自选择赎罪，并也各自选择原谅和和谐。小说采用了半遮掩的侦破样式，在道德理想主义的逻辑下，将故事引向大团圆。小说有浓厚的民俗风味，故事的讲述也很蕴藉。何荣芳的《重来一次又如何》中，主人公韩立冬的脑溢血事件设计了一个二选一的选择题，一个是没有救，韩立冬死了。其妻子在他死后，准备嫁人，受到婆婆和女儿的反对，并对她没有救产生了动机怀疑；一个是救了，他的女儿有了父亲学习很好，但妻子艾子却劳累成疾。这个小说通过"救"还是"不救"两个选择所导致的可能性后果的演绎，展示了妻子艾子的艰难处境。这种现代主义的开放式讲述，文本内的结尾应该交给读者去完成，但小说的结尾却由作者给出了大团圆的结局，损害小说的现代主义美学的完整性。她的小说《隔岸》讲述了一个进城的乡下家庭的伦理纠葛，和艰难而坦然面对的生活态度。她的小说《小姐》中的小姐高志烟为了能成为城里人，嫁给了一个城里的干部，结果受骗，在假装自杀后做了一个歌厅坐台小姐。何荣芳的小说，喜欢用意外事故，来造成情节波澜，在意外的生活事件中，来拷问家庭中的角色——丈夫、妻子和婆婆们的伦理道德底线。子薇的《紫荷》讲述了一个传统妇女紫荷的故事。小说中的紫荷，在革命军人丈夫离开家后，为丈夫生了孩子，为婆婆送了终，在人瘟中流浪乞讨，但是，到头来，丈夫却在革命胜利后另外成家，和她离婚。但是，她还是始终如一地守着那个家和儿子。小说把一个传统的始乱终弃的故事，用洗练的语言和流畅的叙述，处理得蕴藉而美好。

扶贫题材的创作，有好几篇不错的作品。李国彬的小说《李要饭要饭》是一篇新鲜、活泼、诙谐也很入时的"扶贫罗曼司"。小说围绕着脱贫主题，讲述了一个乡村脱贫项目竹制品厂的兴建和倒闭过程，讲述了一个挂职干部与其帮扶对象之间的爱情故事。小说语言活泼、诙谐，故事一波三折，最后虽然工厂失败，但是，希望又重新燃起。相较于很多怀乡作品"离乡"的远距离凝视，这篇小说采取了"在乡"叙述的方式。小说格调明快，有戏有剧。余同友的《颗粒归仓》也是一篇扶贫题材的小说。作品讲述了一次失败的舆情解决过程。乡镇干部为解决舆情，去帮助一户村民割稻子，反而为村民的儿子王来要挟。小说通过做好事割稻子的乡镇干部与村民儿子的冲突，表现了乡镇干部的辛苦。小说采用了不同人物的分头讲述和最后汇总的手法，将做好事的尴尬表现得别开生面。此外，还有朱斌峰的《山上的云朵》等同类题材创作。

革命历史题材的小说创作取得了丰收。赵焰长篇小说《彼岸》中的新历史主义对历史真实的探寻，在小说中成为一种讲述的方法，成为小说多方面组合建构黄山游击队正史与野史、真实和传说的有效手段。小说采用了多人称结合的叙述方式，在不同的讲述中层层剥离掩饰，还历史以真相，在这种多视角讲述下，充满了个性和私人性。小说同时通过第一人称"我"的叙述，展现了幸存的革命者及牺牲者遗属的当代遭遇，给曾经的历史补充上一个令人遗憾的后续。小说的野心在于试图建构一种讲述的历史哲学。同时，小说通过后世讲述者及其人生遭遇，思考了青春和死亡以及爱情等诸种问题，其中穿插的和尚、古镜和莲花峰抢劫事件等故事，试图进入佛教的虚无的思辨。爱情和死亡，是小说叙述的常见题材，但是，赵焰的叙述却是在爱情和死亡事件下的生命真谛。事件发生在莲花峰上，又是有关现实和彼岸的思考的，自然就有了佛家的味道。赵焰是一位善于做思辨式叙述的小说家。陈斌先的长篇小说《响郢》讲述了皖西大别山区，大家族之间的相互竞争和内讧，同时，在现代红色革命战争的背景之下，讲述了大家族儿女在革命中的复杂的人生经历和生命感受。陈斌先既讲述了革命的起源，也讲述了革命的残酷，及其过程的复杂性，当然也包括革命性和人性之间的张力。小说在叙述两大家族角力故事的时候，比较详尽，而对于革命中复杂关系的演绎则比较匆忙。孙志保的中篇小说《彩云归》讲述了一个传统意义的柔弱多才的知识分子晏之涂成长为革命烈士的故事，可以说是一个才子+爱情+革命的"罗曼司"。他的另一篇小说《南乡子》写一个神奇的共产党锄奸队员，化身药铺老板，在游击队和攻山的国民党部队同患瘟疫的时候，运用卓绝的智谋和自我牺牲精神，将"清瘟解毒丸"送给山上的游击队，拖垮了敌军。小说的叙事，在斗智斗勇的周旋下层层推进，紧张而有趣。刘鹏艳的短篇小说《奔跑的夕阳》通过地主家的长工林长工的眼光，回想他的东家一家林老爷、儿子林培虎和女儿林婉仪参加革命并惨死的经过。小说在诗性的叙事中，呈现了一个令革命者林长工永远也追不上的太阳。滚滚而来的太阳，带来了血腥的仇恨，在吞噬对手的同时，也淹没了自己。但是，淹没不了的是一个有情有义的长工对于救命恩人一家的情愫。他是一个永远追不上太阳的人，但又是一个人性意义上的革命者形象。谈正衡的长篇小说《芙蓉女儿》从抗战时代开始写起，讲述了以自己的岳母李芙初为中心的南陵女儿在动荡的战争年代的所见所闻所感，展示了大家族儿女在血与火的战争中的生命苦难，也展示了一个地方的社会文化史、民俗风情史。小说的叙述时间虽然很短暂，但是对家族历史的追溯，延伸进清末以来中国社会的多个层面。小说中诗化的语言、纪实性的自传式的叙述，呈现了浓郁的江南画风。黄复彩的长篇小说《墙》通过乡村女人韩七枝与毛头、"姨夫"江义芳、土匪邢男、药房老板沈仲景以及县长金顺生、革命干部周番茄、退伍军人桂向松等人的感情纠葛，次第展现了从民国末期到二十世纪八十年代江南和悦洲一带的社会风情和政治变迁，更表现了大历史中小人物的人性的善恶。黄复彩将人性放在家庭伦理的维度上来审视，揭示伦理和情感的冲突，揭示人性的复杂性和丰富性。这部小说也具有很鲜明的寻根文学的文化韵味。《墙》并不是严格意义上的革命小说，它主要还是家族叙事，江南家族文化在小说中呈现出末世的挣扎和力比多衰竭前的最后的莽撞。赵丰超的《滚滚淮河》讲述了黄河之畔山河尖村赵氏家族的生存状况，与土匪的纠葛，以及抗日的故事。小说行文迅捷，有传奇性和淮河之畔的雄劲之风。上述的这些革命历史题材的小说，大多以家族文化为背景，叙述革命者摆脱家族羁绊走向革命的伦理困惑，表现方式比较多样，价值倾向较为多元。

老年社会的到来，也为老年题材的小说提供了沃壤。在子薇的小说《近邻》中，家住对门的姚师傅和钱师母，是两个孤身老人，一个妻子去世了，一个丈夫摔死在工地。因为生活的琐事，慢慢交往并产生了感情。但是，在后辈的干扰下，他们却无法生活在一起。小说提出了鳏寡老人的感情问题，并希望他们的婚姻能够得到社会尤其是后辈的理解。刘晓燕的《换房》讲述了一个看上去非常难缠的老人。都从正常的伦理来看待老人，虽然带有厌恶等不可思议的表情，但是，她们不再将其视作国民劣根性来进行普遍性和民族性的解剖。这两部小说都叙述了老年人的生活状态和精神状态。程迎兵的《樟脑丸》描绘了"提前退养"的天车驾驶员丁小兵的生活片段。提早退休后的无聊生活使得丁小兵陷入孤独无助的郁闷状态中，本想通过顶岗上夜班来找回久违的生活存在感，却又在酒醉疲劳中摔倒入院。作家通过丁小兵这一人物表现了临近退休的城市中老年人生活的孤单与无助。余同友的短篇小说《幸福五幕》采用戏剧的手法，写了母亲的五幕场境。母亲告别了过去养鸭人的生活，住进了新农村的楼房，但是，过去的养鸭生活，却总是挥之不去，且化为了鸭子的叫声，在夜半更深的时候打扰她。小说通过孙子对母亲天天夜晚偷偷喝菜籽油治疗耳鸣的秘密的探寻，表现了乡下母亲对乡土生活的怀念，和对现实看似幸福的生活的不适。小说将孙子的童话想象与母亲的幻觉中的鸭子的叫声糅合在一起，使儿童眼中的浪漫天真的童话和奶奶的现实困境，实现了无缝对接。同类题材还有张尘舞的中篇小说《余霞尚满天》。

在2019年度的安徽小说创作中，泥土的气息特别浓重，城市或者都市的创作极为稀少，而李为民的小说就是这极为稀少的都市小说的重要部分。《从明天起》徜徉于现代都市生活，字句细腻温柔，人物性格跃然于纸上，作者非常擅于在平平淡淡的生活中挖掘都市人物心理特点。《女儿你在哪儿》以法医系副教授兼职警察周晔在妻子去世后寻找失踪的女儿为主要故事线索，将家庭三角恋爱、多重身份的朋友以及交织裹挟的毒品犯罪的侦破，以及城市土地买卖中的腐败，结合在一起，展示了一个罪恶昭彰的人心叵测、人性沉沦的都市世界。小说将多重故事与侦破推理相结合，熟练地运用遮掩术和反转技巧，在最后时刻利用河堤溃口，将各色人等在强烈的聚光灯下，揭示出真实身份和真实感情。小说中的案件惊心动魄，人物身份扑朔迷离，剧情闪烁腾挪，情节紧张且跌宕起伏。在《较量》中，李为民将父女亲情故事、四个同学之间的爱情友谊的变质以及生意纠纷交织叠合在一起，共同编织了一个万花筒一般令人眩晕的带有侦破味道的故事。《琐事》主要写的是李为民张勉夫妇一大家子平平常常的普通生活，真实地再现了现实生活的平淡琐碎，人注定要受生老病死之苦，小说最后暗示死亡的乌鸦出现也揭示了人物结局。《师生关系》写的是"我"为了出国，莫名其妙被卷入一场复杂的关系中，最后呼吁收刀入鞘，结尾点明小说主题："凡动刀的，必死于刀下"。《氯硝西泮》以药名作为小说篇名，似乎已暗示了小说的主题：在现代社会的侵蚀下，谁又能保证自己不是"病人"呢？他将社会中的种种黑暗揭示得彻底，却又总在结尾保留一点意味深长的亮色："罗妮像早有准备，从口袋里掏出药瓶，轻声说，我等你出来带我去吃澳洲牛排。"李为民的小说善于运用侦探手法和医学知识，在犯罪侦破方面给情节提供推动力。小说人物身份多具有掩蔽性和出其不意地跳转的特性。在小说的结尾也经常出现福尔摩斯探案剧式的"真相解说"。李为民的小说将现代黑帮小说和侦破小说相结合，营造出一个紧张神秘凶险黯淡的都市道德生活氛围。

在2019年度的小说创作中，有一批作家展现了自己的创作特色。

李凤群是一位叙述感觉奇妙而又有大气象的女性小说家。她的长篇小说《大野》由在桃写给姐妹今宝的信件和今宝的自叙构成整个小说的叙述架构。小说通过两姐妹的隔空对话，展现了"在乡"的今宝和"在城"的在桃的人生经历和改革开放时代的社会百态。这部小说凸显了有关改革开放的个人感受，道德忧虑和精神逃离的冲动。小说的叙述很别致，也很优美，甚至感伤。小说具有结构上的象征意义，表达了一种类似于存在主义哲学的生命困境感受。小说由个体体验而写出时代大潮，在广阔的社会背景下开展想象，叙述的切口虽然小，但想象的境界却很开阔。小说叙述疏朗，情节流转迅速，语言纯粹有诗意。小说的结尾采用意象化的手法，电影镜头式的表达方式，韵味悠长，具有象征意蕴。这是李凤群摆脱江心洲叙事的一次有力的尝试。她的短篇小说《路》是一篇具有象征性的，也非常精致的作品。小说讲述了三个故事，一个是暴雨之夜开车的坎坷和危险，一个是老板儿子的叛逆和颠顶，一个是司机老金儿子因为寻衅滋事遭人自卫杀死的故事。小说通过司机老金和老板儿子在车中的交锋，以及司机的错觉迁移（即他将老板的儿子幻化为自己的儿子），将这三个故事放到一个舞台上，相互指涉，暗示了人生之路的选择。好莱坞式的电影化的叙述，使得其小说无论是题材方面还是讲述技术方面，都显得很有现代性的质感。她将情节叙述的乐趣和寓言化的教益结合得非常顺畅而不着痕迹，精致的完整性美感中又蕴含着随时可能被打破的歧义和危机。在暴风雨之夜的对话中，古老道德的危机与新生力量相互碰撞，充满机心的较量和驯服，在结尾处终于相互和解，也实现了文本叙述道德的古典主义意义上的有始有终的净化之旅。在这篇小说的古典主义躯体上，闪烁着现代主义的既诱惑又拒绝的金属光泽。

张尘舞的小说创作终于摆脱了她所熟悉的教育题材的束缚，褪掉她一贯的嬉皮笑脸的神色，走进广阔的题材空间里去，直面残酷的人生，以她的女性的慈悲情怀看待和体悟人生的悲剧。小说《一念之间》讲述了一个乡村青年金轮的成长故事。金轮从小就被所有的人看作是"傻子"，其实他不过是一个爱出风头、爱美的男孩子而已；但在妹妹梅子打工被骗、父母双亡之后，他在被迫的情况下，出去打工。后来回到乡里结婚，靠装疯卖傻吃低保、靠偷盗乡民的鸡鸭鹅养活全家。小说中的金轮，在前半部还主要是一个无害的而且有着几分灵性的"傻子"；而在小说的后半部则变成了一个乡村无赖。小说在前后两部分之间，利用对金轮"懵懂"的不懂解读，实现了戏剧性的翻转。小说利用金轮的懵懂结构和戏剧冲突，展示了乡村社会令人窒息的风情。《葬身之地》讲

第五辑　新世纪安徽文学编年

述了母亲和外婆在临终时刻的葬身忧虑。在传统的男权社会里，母亲和外婆，因为离婚以后又重组家庭，所以，在她们死后就面临着她们的前后任丈夫的家族的坟地，都不能接纳她们的窘境。小说重点叙述了这种"祥林嫂式困境"，给人物所带来的心灵折磨，从而提出了对于女性的临终关怀问题。这部小说穿过层峦叠嶂的社会层面，直接抵达男权文化的症结。作者以外孙和儿子的视角，对离异再嫁的母亲和外婆的老年遭遇进行了描摹，对她们的遭遇充满了愤怒和同情。小说以写实的叙述，将残酷的生活事象披露出来，虽然没有诗意，但却令人心灵震颤。

余同友的小说创作，慢慢变得沉稳了起来。如评论家蒋甜所说，他就像一个人经历了尖锐的青年时期、挣扎的中年时期，进入稳重但不消沉的知命之年。短篇小说《台上》讲述了淮河岸边的村庄台上的搬迁故事。小说以一天的时间，通过主人公老范回忆了其整个一生与村庄的命运纠葛。小说从乡村留守者的角度，表现了乡村的兴盛和衰落，以及最终完全退出历史舞台的经过。余同友的小说创造经历了从写实到荒诞的转变，近两年似乎又有回归现实之意。《屏风里》是一篇很有温度也很有蕴藉诗意的小说。小说讲述了大山里小学中的三位教师的故事，小周和老甫都把到山里小学教书当作一场惩罚，而和尚却是一个热爱教育的前任教师，他因为学生在泥石流中死亡和遭受新闻界的侮辱而做了和尚。小周和老甫与和尚形成了对照，他们又在和尚超度亡灵的仪式中，受到了心灵的洗礼。小说中的人物性格很活泼，也很有个性。余同友的小说里有故事，但叙述却是诗意的。《纸上的父亲》通过省美术家协会副主席画家郭建伟和画廊经理尹洁的回忆，刻画了两个为了成为干部而备受愚弄以至于人格扭曲的父亲形象。同时，通过性侵事件的叙述，暗示了主人公对父亲的复仇，并在精神分析层面上深度解读了油画中的"无脸的父亲"。小说的结构设置具有很强的现代感，平行交叉的叙述，既展示了过去的历史场景，也揭密了仇父情结的原因。余同友的长篇非虚构文学《村里有座庙》，用纯纪实的手法讲诉了一段被沉没的海难事故。文字冷静克制，没有过度渲染；题材厚重深邃，有着强烈的社会关怀意识。

　　曹多勇始终以滋养自己生命的淮河作为创作的出发点和落脚点，致力于展现富有原生态气息的淮民生活。在《年兽志》里，作家聚焦于生活的琐事，由回家乡上年坟写到父亲、自己和二弟等家庭成员的生活境况，并不断追忆童年时期的丰富年味。有趣的炮仗，神奇的年兽，香甜的红糖茶，美味的面圆子，动听的泗州戏……这些记忆深处难忘的象征物，如奔腾不息的淮河水一样，尽管久经岁月的磨洗，却在作家的心中闪耀着温润的光泽，渗透着民间的底蕴，展现出了淮河流域大河湾村特有的乡风民俗。当下生活中的亲人分散、家庭矛盾、生活窘境等现状与昔日过年间热闹团聚的生活场景形成了鲜明深刻的对比，作家在现实与回忆的交织中表达了对于昔日美好生活的无限向往和怀念，也在字里行间传达出对于年味暗淡的当下现实的无奈与反思！在《耳鸣》《敬活着》和《麟屑》中，曹多勇将知性的眼光投射到淮河流域普通家庭的病患者身上，在故事背景中建构家庭和医院紧密联系的桥梁。小说借助"我""妻子"和苏亚这些人物形象的塑造，表现出各类患者在面对疾病和死亡时的恐惧和焦虑的细微心理，折射出当下医患之间的普遍矛盾。无论是听觉受损的耳鸣，鳞屑叠加的皮肤病，还是需要反复治疗的肿瘤，这些疾病的产生既有着生理层面的病因，也有着心理方面的压力。作家详细描述了患者波澜曲折的治疗过程和复杂敏感的情感心绪，在深层次上凸显出了对生命的珍爱和敬畏。童年生活、淮河文化、家庭烦恼无疑是这组小说的关键词。曹多勇以自我的亲身体验透视生活在淮河两岸的广大居民，用提炼过滤后的淮南方言表现本土人民的日常生活和命运走向，展现出一位淮畔作家纯真的乡土情怀和强烈的社会责任意识！

　　刘鹏艳的小说具有非常强悍的叙事能力，有着一种令人魅惑的美。《雪落西门》中的人物几乎都来自古龙的武侠小说。小说中的老西门是一位即将退休的干部，而他的儿子盲人西门则是一位专门给宠物做骨灰盒的艺术家。老西门老了，家里的狗吹雪也老了。小说通过老西门对于儿子未来的忧虑，展现了他的老年心理；而通过儿子西门对吹雪的应对，表达了父子情深。小说将古龙武侠小说的浪漫化入现实的生活，表达了对生命的深刻体念。整个小说诡谲而忧伤，舒缓的不动声色的叙述中，流淌着作者对生命的悲悯和从心灵深处的救赎。《褪黑素》通过女儿的梦境穿越，讲述了母女两代人的婚姻故事。在两代人婚姻的对照中，反思了母亲的婚姻生活，也原谅了父亲。成年的女儿也通过对于父母婚姻的重新介入，获得了心灵的救赎，也治愈了自己的心理症结。小说的故事很简单，但叙述很有厚度。小说运用了梦境叙述的手法，自然自在，很成功。梦境和现实之间的连接，平顺滑入，了无痕迹。小说的叙述语言，极富想象力，温润，有弹性。小说的故事虽陈旧而悲催，但却被叙述得浪漫而温馨，最后宗教层面上的宽恕和解脱赋予了小说通透而清爽的精神品质。

陈斌先深受淮河两岸人文环境的影响和熏陶，致力于在小说中展现淮滨底层民众的爱恨情仇和人性冲突。他的短篇小说《舒伯特小夜曲》以闹子和橘子之间的情感纠葛为主线，描写了农村青年王大鹏对同宗亲姑娘橘子的顽固执着的爱与追求，表现了淮河流域同宗同姓的传统伦理秩序对青年男女爱情和命运的影响与冲击，具有深刻的文化和现实意义。《轻尘》以回忆性的口吻叙述了"我"与老同学彭学辉在大集体时代上学时发生的一系列琐事，展现了特殊年代郝明、彭学辉和王大庆三人之间的真诚友谊。彭学辉的悲惨结局也在字里行间折射出作家对底层民众的命运关怀。《从头再来》聚焦于当下农村公办学校教育的衰败现状，展现出农村教师在婚姻和工作中的种种坎坷遭遇。农村中学校长徐明对妻子高丽的约束引发的家庭矛盾，与学生包大山之间的浓厚师生情在评职称事件中的逐渐变异，以及对校内教师的补课监管导致的联名举报等事件，都在深层次上展现出改革开放背景下金钱和名利对人性的渗透与腐化。陈斌先以源自生活的真实感触和体验叙写底层民众的挣扎和困境，对小人物生活、工作和情感中的冲突进行了细致的描绘，同时在时代的变迁下针对淮河流域人文和历史发展过程中的一系列问题赋予了深刻的文化反思。

陈家桥的小说大多以当代都市生活为主要题材，擅长捕捉青年男女情感交流时的敏感心绪，侧重以个人化的视角和经验来展现年轻男女之间相处的细节和紊乱的生活，并在爱情与欲望的细致刻画中表现出对当下一系列社会问题的关注与思考。《爱的四重奏》以"白蛇""孟姜女""梁祝""牛郎织女"四类传奇性的神话爱情故事来折射当下社会中四种不同类型的男女恋情。作家将家喻户晓的传奇爱恋故事的叙述与现实生活中青年男女之间的复杂恋情的描写巧妙融合，在四章中将四个不同的东方爱情故事以电视节目、影视剧和美术等不同的现代文化形式进行表现和传达，在历史与现实的时空转换中表现出主人公苏唐与西米、小廖、星星等不同女孩之间的隐晦爱恋。《康德的星空》主要讲述了教师老沈和年轻女孩艺艺、米恒等人之间的性爱交往和欲望满足，并折射出都市男女之间的情感矛盾和冲突。《大山深处》以大山深处三个留守孩子的自杀事件为主线，以乡村支教老师简青和李博明的潜在爱恋为辅线，聚焦大山深处留守儿童的悲惨命运，并在细微之处展现出逃离都市的青年男女的情感交流和命运抉择。陈家桥关注普通人隐秘的心理状况和情感生活，致力于发掘当代人的细微心境。在坚守先锋小说叙事风格的基础上，倾向于选择一种旁观者的叙述语气进行阐述，并以一种貌似第一人称实则全知全能的第三人称的视角进行对话和事件的层层揭露和描绘，由此展现出当下都市男女的私人化生活体验和欲望化生存状态。

　　朱斌峰的小说具有浓郁的诗意风格，充满着主观化的艺术想象。作家赋予了笔下事物象征性和寓意性的色彩，传达出特定的人生哲理，并借助人物的命运走向展现了社会的转型和变迁。《北斗行》以退休警察"我"在北斗岛上旅行和找人时的所见所闻为主线，在时空的跳跃中刻画了北斗岛上的"我"、长发画家、小男孩、偷情者、逃犯和偷盗者等尘世间的芸芸众生。北斗岛本是岛外人们逃避现实，栖息慰藉的"世外桃源"，然而"我"遇到的偷鼎事件和假面舞会却集中表现了难以摆脱世俗牵绊的虚假人心。《邮电所的孩子》以邮递员老苏的意外失踪为开端，在对老苏三个孩子苏西、苏北和苏南的人生经历的书写中，作家以矿区环境的变迁折射出传统能源枯竭型城市的艰难转型。《穿过矿灯房的灯光》以"我"的视角叙述了生活在矿区的田田姐的爱情悲剧。单身固执、沉迷幻想的田田姐成为传统工业文明的某种象征和隐喻。作家在对田田姐生动细致的心理和动作描绘中，寄托了对于底层女性命运的深切关怀。《红鱼记》以鱼和人的不同视角展现了生活在江心洲的老余头家族三代人的坎坷命运。老余头、黄毛和华子祖孙三代人的人生旅途正折射出了中国传统农业文明、传统工业文明和现代都市文明的三类典型时期。红鲤鱼和红鱼船既是老余头心中的吉祥物，也在字里行间表达着作家对于逝去文明的反思。朱斌峰怀揣着对自然的无限热爱，展现着浓郁的地域文化特色。岛、洲、水、鱼、老屋与老街等日常风景在作家的笔下被赋予了丰富的浪漫情调。作家以诗性的笔调展开叙事，在自然景物的诗意点缀和刻画中，完成了人、景、理水乳交融般的天然统一。

何世平将创作视角聚焦到了小城镇生活的芸芸众生，集中描绘了小城镇居民的悲欢离合和心酸曲折的心路历程。《大妈》以个体工商者"我"的视角来展现小县城居民大妈妈，她的儿子小兵以及"老妖"等人悲酸坎坷的生活。小说中邻居大妈妈帮"我"看店，"我"替小兵的人力车交付押金，以及结尾处妻子坚持替去世的大妈妈上坟等情节展现出了邻里之间真挚淳厚的友情。《发不出去的信息》以魏东和王冬梅多年后的邂逅为开端，在现实与回忆的交织中叙述了二人在特殊时代下波澜曲折的爱情纠葛。由于当年无法向王冬梅的父亲三毛子兑现在山外盖房的承诺，自尊好强的魏东在无奈之下和王冬梅分道扬镳，各组家庭。两个青年男女失败的婚姻结局折射出了现代都市和工业文明对山村文化的强力冲击。《玻璃幕墙》围绕着主人公詹德富的人生历程展开叙述。从镇机械厂的工人到镇修理厂的电焊工，再到做玻璃幕墙生意的外出打拼者，在急剧变化的时代背景下，詹德富不断改变工作方向来应对市场化的需求，同时也在虚荣心和金钱的利益驱使下逐步丧失纯真的品质和人格的底线。买车炫富，请客吹嘘，漠视妻儿，嫖娼纵欲，欺压工人，欠债不还……金钱使得詹德富的内心世界不断异化和扭曲。玻璃幕墙，这一都市文化的象征物，在作家的笔下折射出了大时代背景下利欲熏心的丑恶人性和人世间残存的温情。何世平的小说以小人物的命运走向展现了中国山村改革开放的历史进程。他笔下的人物虽大多工作和居住在城镇，但是却来自山村，身体里流淌着山民的血液，骨子里透露着原始山村居民勤劳淳朴的品质。在城乡转型的市场化背景下，作家以知性的体验不断透视着腐化堕落的人性，也以细腻真实的笔触展现了亲情、友情和爱情层面永不磨灭的光辉！

程迎兵的小说致力于展现小城市普通民众宁静、安闲、周而复始的平凡生活。作家以朴实简约的艺术风格记叙小城市平民真实的生存境遇和生活感受，在零散琐碎的生活片段的描述中，集中表现了小城市中青年人浓郁的感伤气息和生活的无力感。《多余关怀》主要叙述了丁小兵和好友余晨、孙雍三个年轻人之间的相逢聚餐。作家通过三人在餐桌上的言语行动，集中描绘了他们所面临的家庭矛盾和生活窘境，表现了新时代小城市青年在工作和婚姻上的种种压力。《四月十日》主要叙述了丁小兵到南京参加培训会的所见所闻。小说中余晨和副总之间的冲突深刻表现了青年人生活的困境和压力，凸显了金钱对人的种种异化。程迎兵将小说的主人公固定在一个叫丁小兵的市民的身上，通过他的种种境遇展现出小城市普通民众充满压力感的现实生活。他的笔下没有跌宕起伏的故事情节，也没有复杂微妙的人物关系，有的只是充满幽默和滑稽感的底层小市民。作家程迎兵立足于自我真实的生活经历和感受，在对小人物和小事件的娓娓道来和平静叙述中，展现出市民小说特有的新写实主义特色。

在2019年度的安徽小说创作中，孙志保的《猩红面纱》和马洪鸣的《揉蓝秘境》是比较别致的两部小说。《猩红面纱》的核心是一个似有似无的上下级私通和下级接盘的风俗往事。小说讲述的是这一奇妙的故事，给后代所带来的人事和道德幻灭。主人公林辛在祭奠新近去世的父亲的过程中，所接触到的人和事，将"模范家庭"这一"猩红面纱"下所掩盖着的夫妻之间的双重背叛、子女的血缘疑虑、兄弟之间的财产争夺、上下级之间的私通，在半公开半遮掩之间揭露了出来，将浪漫的猩红面纱最终解释为一场惊恐的血案。孙志保运用了现代主义悬疑小说的一般手法，通过现场性事件和人物语言来解释云山雾罩的历史悬案，在看上去风轻云淡的叙述中，一步步地披露。结尾非常干脆，简洁而有力，又构成了对于猩红面纱的回应和对于开篇的叙述上的回应。小说对于亲情和爱情以及兄弟情，都有着巨大的幻灭感。小说中似乎不经意地披露，非常具有艺术的功力，尤其是结尾展示了苍凉的诗意。《揉蓝秘境》是一部青春成长小说。小说的主人公百荷，从小就是一个自闭症而又通灵的女孩，她沉静在自己的世界里，而她所感受和经历的事迹，是神奇而诗意的。这部小说具有极好的语感和极强的想象力，那种出神和浪漫令人感动。尤其是前半部，我读出了莫言的《透明的红萝卜》的魔幻，如春秋时节江上笼罩的雾气，氤氲缭绕。但小说没有脱离自叙传的窠臼，以至于情节过于冗长，缺乏凝聚和剪裁。

2019年度安徽长篇小说的创作取得了很不错的成绩，但总体数量还是偏少。在这一年里，小说创作的题材化倾向比较突出，尤其是红色革命历史题材创作的数量比较大。这一年度的小说有不少意蕴深厚、叙述优美的作品，但也有一些叙述漂浮，艺术和思想都缺少沉淀的浮躁之作。

方维保　韩正路　季劼

（原载张小平主编《安徽文学年鉴2019》）

2020年安徽小说创作漫评

回望2020年安徽小说创作，我们不能不将关注的目光投向专题创作。专题创作主要分为三类：扶贫主题、抗疫主题和红色革命主题。

扶贫题材在2020年呈现出井喷的态势。赵志伟的《映山红为什么这样红》是一部别致的扶贫小说。它与一般的扶贫题材小说中所书写的神一般的扶贫干部不同，小说中的冶炼厂老板老赵和老罗，都是在环保风暴中不得不"产业转移"的。小说中所设置的这样一石二鸟的桥段，更符合实际生活，也更别有意味。朱斌峰的小说《山上的云朵》主要讲述了本土企业家回乡创业扶贫的一波三折，多少带有点启蒙批判的味道。小说以一个疯傻孩子的眼光来讲述，有童话的色彩。余同友的小说《找呀找幸福》是一个趣味横生的扶贫故事。小说设计了身份特殊的扶贫干部，他就是文联干部李朝阳，并利用文联的清水衙门的名声，设计了别有意味的故事冲突，一方面是村民的怀疑，另一方面是李朝阳利用自身优势成功帮扶女儿脑瘫的贫苦户王功兵。小说虽然是一个扶贫的故事，也在叙述中设计了不少的障碍，但小说写得非常有趣味，诸如农民将创联部理解成"窗帘布"，以及最后在王功兵家的楼顶上组织了一个由脑瘫儿童、卖丧葬品的大妈和音乐家组成的架子鼓乐队的故事，都非常有喜感。小说非常有可读性。孙明华的长篇小说《授渔记》以公安干警梁双喜的扶贫工作为线索，讲述了他在扶贫的过程中，发现了村长充当黑社会老大杀害上一任扶贫干部的故事。扶贫中加入了侦破，叙述中偏离了扶贫的主线，蜕变为侦破。除此之外，扶贫题材还有刘鹏艳的《猪幸福》和胡竹峰的非虚构《幸福九公里》等。

灾难主题的创作，是2020年小说的重头戏之一。首先是抗疫主题的创作。李国彬的小长篇《爱恨江城》讲述了一个非典型的武汉抗疫志愿者的罗曼蒂克。如此设计出人意外，此乃选题角度的独特之处。这部小说充满了"戏精"的操作。小说前半部分展示了女主人公江彦彦与闺蜜之间的朋友关系，江彦彦与其夫之间的爱情关系，都给予了充分的铺设。但等到江彦彦冒险闯关武汉寻夫之后，闺蜜和丈夫的双重背叛，将江彦彦推向了绝望。就在江彦彦即将自尽之时，碰到了很有个性的警察，而使得她突然转变，做了一个志愿者。而在做志愿者的过程中，又碰到了其夫肖义和得知其闺蜜的死亡。这部小说通过江彦彦这个另类的志愿者的眼光，主要展示了在武汉的外地人的生命境遇，疫情的苦难和医护人员的忘我的牺牲精神。假如说《霍乱时期的爱情》展示了穿越战争和霍乱疫情的永恒爱情的话，《爱恨江城》则讲述了一个穿越疫情和背叛的国家责任。尽管这样的责任完全是意外的收获，但一个个体一旦承担了这样的责任，就义无反顾，依然值得敬佩。李国彬的另一部小说《一片大雪花》则是以"非典"为背景的对人性的拷问。小说中的长途车司机三虎在"非典"时期，载上一个从疫区来的姑娘，因而遭到全车乘客的反对。小说通过三虎两次返回冬夜中下着雪的山顶的行为（一次返回是为了接被乘客驱逐到山顶的姑娘，一次是为了接退票下车留在山顶的乘客），写出了看似流氓和宰客的三虎的人性光芒。罗光成的短篇《家常》以新冠疫情突发期间，一家祖孙三代春节相聚，听"母亲"讲故事为场景，通过电视新闻里的抗疫播报、眼前乡村抗疫的有条不紊、"母亲"对往事回忆撕心裂肺的新旧对比，体现了"万众一心，共同战'疫'"的精神。除了虚构作品外，还有许诺晨的带有纪实性的长篇小说《逆行天使》。这部作品从护士的角度叙述了医院中的护士医生们的抗疫故事。小说从一个离家出走的调皮的小朋友去到武汉找护士表姐开始，有儿童的趣味。小说叙述得非常简洁。故事虽然沉重，但叙述得非常流利，甚至有妙趣。其次是自然灾害主题。李国彬的小说《水患》以抗洪救灾为背景，叙述了武警森林警察部队在受到村民的误解和刁难的情况下，在洪水到来之际，不计前嫌、不怕牺牲救助受灾村民的故事。"水患"既是对洪水的描述，也是对扶贫干部、部队战士和群众关系的紧张状态的隐喻，更是对家族意识和乡村小农意识的指称。小说通过先抑后扬和交叉叙述等手法，叙述了部队的委屈和族长莫宝郎的老谋深算，两相对照，暗示了水患可能带来的灾难。洪水到来之后，一个戏剧性的转折，强调了军民之间的和解和深情。小说对洪水场面的叙述非常精细精彩，气势磅礴，昭示了人与自然搏斗的勇敢精神。小说语言洗练，故事的推进有节奏感。但高潮事件（即部队的卡车落水）的设计，似乎有违常理。其基本叙述方式非常类似于好莱坞的灾难电影。

红色革命的文学叙述也属于专题创作之一种。刘鹏艳的《凌霄，凌霄》通过一个革命女性的眼光，讲述了她对第二次和第三次国内革命战争的参与。小说通过革命孤儿"我"的视角，讲述了分属于不同阵营的两个兄弟从亲兄弟变成仇人的故事，讲述了革命孤儿"我"与养父母的关系，以及"我"与养父母的大儿子之间的感情和政治纠缠。小说一方面表现了战争的残酷、烈士的英勇，同时也表现了战争中的人情和人性。同样表现革命战争，曹多勇的小说《雕像》则使用了速写的手法，勾勒出一个皖西农民卷入革命战争的故事，塑造了一个无私的老革命的形象。具有史诗品格的是陈家桥的长篇小说《红星闪闪》。小说讲述了革命者刘远行在第二次国内革命战争、抗日战争和第三次国内革命战争时期的经历。小说用五个人物第一人称"说"的形式，从多角度多时段组合的方式，讲述了一个完整的以大别山革命为起点的红色革命史，塑造了以刘知远为核心的一群革命者形象。吴云峰的长篇小说《烽火孤鹰》则讲述的是发生在皖南的革命故事。小说以主人公袁时发为线索，讲述了安徽芜湖、宣城两地人民的抗战故事。小说将战争场面、爱情情节、谍战桥段和地方文化风貌有机融合为一体。何荣芳的《皖中有佳人》则讲述了一个富家小姐韩芷蕊走上革命的经过。小说中的女主人公为找寻自己的心上人背井离乡，却在民族危难之际，毅然决然地加入了抗日革命队伍，在抗日革命中由青涩的闺阁小姐蜕变成战场上的巾帼女英雄。小说通过极具画面感的语言，形象地塑造了小人物心路历程的蜕变，折射出国家危难之际小人物的爱国情怀与坚强意志。余同友的小说《我弥留之际》则用一只手工吉祥鸟串起了两个故事，一个是黑面女与湖北佬小木匠的爱情，一个是黑面女凭着吉祥鸟救助讲着湖北话的革命者的故事。这是一部很别致的红色专题创作的作品，充满了神奇的色彩。

传统历史的现代化书写，一直是新世纪以来历史小说创作的重要部分。赵焰的小说《张择端去哪儿了——徽宗赵佶讲的故事》用故事套故事的形式讲了两个故事，一是洛阳名士汪伯谦讲的他与妻子吴氏、名妓婉儿和牡丹仙子的爱情故事，从而引出牡丹仙子邀约汪伯谦于吴道子《洛阳牡丹仙子图》悬念。这一段阐述了爱情的精神、肉体与神灵之间的三位一体的关系，赞颂了洛阳牡丹的通人性和有灵性。二是叙述者所讲述的画家张择端应汪伯谦之邀，遍游山水汲取自然灵气，一气呵成地将事主汪伯谦画入《洛阳牡丹仙子图》之中，而自己也化入其中，成为画中一员的故事。这部小说可以分为两个层面，一是故事层面。作家借助于神话传说打破时空界限和文本界限重撰世俗中的男女爱情。二是借助于跨时空的爱情故事表达了一种艺术理念，一种有关中国画的审美精神。赵焰的另一篇小说《太祖皇帝的刀》依然以北宋王朝为背景，讲述了殿前都虞侯张琼和殿前带刀护卫史珪和石汉卿结仇的经过，以及张琼之子张天一刻苦学艺，最后报得大仇的过程。小说将张天一的学艺，置于佛教的玄学之中，写出了其武艺的玄妙。而标题"太祖皇帝的刀"实际暗示了太祖皇帝的统治手腕。

以残障人士的生活为背景的小说，是2020年非常特殊的一种题材样式。刘鹏艳的《永生门》是一部极为令人感动的意味隽永的小说。这部小说写的是女强人岳小聆怎样以一颗母亲的心呵护智障儿子潘岳的故事。故事和叙述令人感受到母爱的圣洁和伟大。小说的语言有着一种绵厚和令人心酸的感动，尤其是岳小聆的死亡，被描述为智障儿童心目中的天上的星星，几乎使得这部小说成为了一部令人忧伤的童话。张尘舞的《欢乐颂》同样是表现残障人士生活和社会处境的小说。文中的安迪虎是一位憨厚得带有几分傻气的孩子，他和妹妹在无成遭受到诸多的侵害，但小说也写出了无成人的善良和对于阿迪虎兄妹的同情和保护。这种紧贴着残障人士来写他们生活的题材和做法，在小说创作中非常少见。曹多勇的短篇小说《神仙叔》叙述了民间瘸腿艺人神仙叔在学大鼓书、唱大鼓书以及婚姻方面遭遇的种种艰难坎坷。作家细致描绘了乡村残疾艺人不为人知的辛酸历程，字里行间饱含着深切的同情。

乡下人进城的生活处境和道德困窘，也是新世纪以来小说的重要表现主题。

许春樵在《长江文艺》"再发现"栏目重新发表了他的小说《骨头》和《回头》。小说以一种诗性的笔触讲述了我舅舅因为被骗子诈骗到城市寻找骗子而沦为乞丐的故事。小说从"我"和"我女朋友"对待乡下的舅舅的不同态度，表现了城市文明对乡下农民的歧视。小说同时也通过报纸中有关乞丐到饭店吃饭而受到歧视的故事，表现了舅舅如骨头一样的耿直的道德品质。这篇小说虽然发表于20年前，但今天读来依然可以感受到作家当年的道德激情和充满现代主义诗意的流利叙述。小说《回头》讲述了一个婚姻故事。导游叶琳和电脑工程师孟阳因为第三者的插足而濒临崩溃，就在他们即将要去离婚的那个晚上，孟阳从外地坐船赶回的路上遭遇了暴风雨。孟阳在海轮即将沉没之时，申明了自己的清白，也表达了他对叶琳的爱。而当叶琳回头的时候，一切都已经为时已晚，孟阳遇难了。小说采用与《泰坦尼克号》不同的手法，表现了灾难对隔阂和误解的化解。回想许春樵当年小说中的那些连篇而来的直指人心的带刺的比喻，令人不胜唏嘘。

余同友的《金光大道》和《口吐莲花》都可以归入乡下人进城系列。《金光大道》是一部故事性很强而又很有道德力度的小说。小说讲述了一个被人贩子拐骗走的女孩李小艾，在找到母亲和姐姐后，为了争夺家产，而算计姐姐，最后不但没有获得家产还给姐夫姐姐生了个儿子的故事。小说从时髦而令人感动的拐卖相认故事开始，中间是姐妹俩对于财产的争夺阴谋，结尾是妹妹的彻底失败。小说以现实利益无情地消解了血缘亲情，以乡下人李小艾对姐姐王静美的城市人斗争的失败，批判了城里人对乡下人的从物质到精神的残忍剥夺。这部小说很有张爱玲的《十八春》的味道。《口吐莲花》讲述了身在媒体的"我"的一个漂亮而又能说会道的同学孙文波从一个坚持良知的小吃摊贩，在社会的挤压下堕落成一个传销人员和街头皮条客的故事。小说的最后，受到打击的孙文波虽然变身为尼姑，但依然在行骗。

同样对乡下人进城题材迷恋不已的是何世平。他的《玻璃幕墙》讲述了做焊接生意的詹德富受到朋友的启发，到城市里去做玻璃幕墙工程，但却因此陷入了不务正业，嫖娼，与饭店老板娘私通，克扣工人工资，借钱不还，随后妻子刘晓琴与他离婚。小说细致地写出了一个市镇上的小老板堕落的过程。何世平的另外一部小说《光明旅馆》讲述了乡下的重阳和丈夫王志才跟随着进城的大潮进了城，摆地摊受到流氓的敲诈和城管的罚款，开旅馆后涉嫌嫖娼并劳改。小说讲述了乡下人进城的心酸往事。讲述小县城中从乡下进城的乡下人的生意经和道德婚姻生活，是何世平的拿手好戏。陈斌先的小说《月牙塘》所讲述的是一个乡下人进城的道德问题。主人公黄晓婉对丈夫的思念，与其丈夫的生活做派风格，构成了冲突的主体。小说对主人公黄晓婉的心理叙述，切合人物身份及其心灵处境。主人公梦境和幻觉的叙述，以及黄晓婉对家中的鸡鸭等家禽以人命名之，都富有暗示性和趣味性。小说副线和主线之间，分合都比较合理，也起到了对群体想象的指涉的作用。但小说开头对八角亭历史的叙述，只起到了渲染神秘氛围的作用，而在情节叙述中，缺少必要的回应。因此，这一情节反而显得多余。

乡土题材一直是现代以来中国文学创作的主潮，虽历经蝶变，但基本色谱不变。赵宏兴的《头顶三尺》是一篇有着道德力度的小说。小说讲述了父亲跟随舅爷学挂面，不但学到了技术而且继承了舅爷的关于手艺人的道德良心的教诲。小说以小叔作为反面人物，讲述了小叔在卖挂面的过程中欺骗一个不识秤的童养媳，并导致她被婆婆骂最后自杀的恶劣后果。当父亲最终了解了那个童养媳的自杀是由小叔引起的，就最终用斧头斩断了自己的手指，从此不再做挂面了。小说以父亲的断手掌作为悬念，通过层层铺叙，将断手掌的来龙去脉讲述清楚。在讲述的过程中，不但介绍了"文革"时期的社会风习，也突出了父亲的刚毅的道德形象。曹多勇在2020年的小说创作中，继续本着纯真的乡土情结，以朴实凝练的笔触展现淮河流域普通民众的平凡生活，勾勒出一幅幅具有浓郁乡土气息的淮河民情画卷。《磨牙图》和《一桩祸事》均是以小家庭夫妻宗平和苏亚之间的吵架事件为线索来展开叙述的，而二人争吵的导火索，无论是闺女的拉肚子事件，还是宗平小说创作中的隐私触及问题，无一不是鸡毛蒜皮的小事。小说在展现原生家庭矛盾和生存压力的过程中，凸显出新写实的鲜明特性和倾向。小说《凉风至》则记叙了"我父亲"在晚年选墓地、订寿材、做手术的一系列琐事。作家侧重于表现老一辈乡土村民在暮年之际对疾病和死亡的忧虑和恐惧。除此以外，家族叙事也成为了曹多勇新时期小说创作的亮点。小说《淮上人家》叙述了生活在淮河中游的小躺家、表奶家、贵婶家不同迥异却又殊途同归的悲惨生活。小说《三家子》记录了淮河流域的五保户家、正香家和我家的生活场景，再现了特殊年代的日常艰辛和童年乐趣。小说《一家子》则主要记叙了"我二爹"的四个子女振海、振江、振洋和振湖家各自不同的生活轨迹和相互之间的矛盾纠葛。纵观曹多勇2020年的小说创作，可以说大体上展现了集体化时代和当下两类情境下的淮畔家庭琐事。作家一方面承续以往创作的传统，用经过提炼的淮南方言和乡土俗语还原淮滨普通农家的本真生活面貌，深刻地剖析乡土人性中自私、善妒而又热情淳朴的复杂面；另一方面，立足于不同人物的命运书写，作家也在深情地缅怀昔日的故人旧事，不断寄托自我对生老病死的哲理思索。周蘩一直以超短篇小说的写作见长。2020年发表《月亮船》《马甲》等脍炙人口的小小说。其中《月亮船》以儿童的视角，讲述了一个留守儿童对母亲的思念，梦想坐上月亮船到城里见到母亲的故事。《马甲》讲述了网名"无畏"的阿明面对着局长主持的对校长的民意测评，不敢说真话；而在网络里面对着穿着"求是"马甲的局长，才敢说出他的真心话。小说既写出了现实的政治生态，又赞扬了局长的求是精神。

都市题材是随着都市孕育成长而逐步发展起来的。李为民的小说是最具有都市小说味道的。他2020年发表的小说《去吧，康奈尔》《咳嗽》《真红》《卖房》《钟楼下的爆炸声》《病人》等都堪称标准的或者说符合想象的都市生活小说。其中《病人》是一部非常有难度的短篇小说。小说采用了现代主义的手法，讲述了都市中的亲情、友情被金钱所消解的故事。小说的主人公钱清是母亲嫁给父亲之前抢先在自己肚子里种下的孽种。一场难以启齿的事故，使钱清"感到无比的沮丧和绝望"。女儿的父亲的名分，都至少在三个男人之间辗转。主人公樊燕先是嫁给汐言，后被汐言指定给了戴良臣，又成了李为民的老婆。其中的钱清，既是犯罪集团头目汐言的女儿，而又因为其警察身份，而遭受枪杀。在李为民的叙述中，亲情是淡漠的，而利益则经常导致父子、父女和夫妻、朋友之间的相互杀戮。尤其是男女之间"舍不得做一些与身体无关的动作，舍不得说一些与心灵有关的话，以致我后来闪电般的寡情和绝交"。李为民构建了一个香港警匪片+内地谍战片的都市生活。与李为民风格截然不同的是程多宝和刘鹏艳对于都市职场的关注。刘鹏艳的《暗影》写的是离婚律师卢克的白天和夜晚，他白天对案件当事人的基于律师的铁石心肠和夜晚对于自己的自虐式的鞭挞。这部小说多少沾染了虐恋影片的风格。而程多宝更多地着眼于都市职场的人性裂变。他的《不见波澜》描述了一群市井小民面对波澜壮阔的职场竞争环境，人性在权力和欲望面前所发生的扭曲。职场竞争最终也延伸至家庭之间的较量，这种扭曲的人情事理不可避免地波及下一代，使得整个现实生存都在进退两难的境地中苦苦挣扎，表现了作家对人性的高度审视。他的另一部小说《城市中流行一种痛》以大梅和二梅截然不同的职场处事状态，细致地描绘了当下最真实的现实生活，竞争无处不在，悄无声息地渗透到了生活的方方面面，甚至波及职场以外的家庭以及孩子的未来。以两者之间人际的隔阂折射出时代变迁对人性的冲击，表达了作者对攀比、病态文明的现实批判。孙志保的《像鸽子一样飞翔》叙写了城市中的传统知识分子的现实境遇问题，他笔下的"黄花市"也多少沾染了一些都市的讽刺。小说中的鲁文师承名门，技艺精湛但是却受到师弟李游龙侮辱和挤对，处境艰难。在妻子杜玫瑰的督促以及现实生活的教育下，他将那几条初恋情人留下的几条狗一条条杀掉，与过去一刀两断，勇敢面对生活，从而重拾面对生活的信心和勇气。小说设置多条相互并置的互文语境，夫妻生活和主人公鲁文的性格，初恋情人留下的几条狗与主人公在发现了她的再次背叛之后对狗的屠宰，从而在象征和暗示中写出了主人公鲁文心灵的痛苦裂变。

2020年，有不少小说家有着自己独特品位的创作。

李国彬一直关注现实并对现实有人性深度的挖掘。他除了创作一批表现抗疫等灾难题材的小说外，还有一批有深度和难度的创作。中篇小说《泥鳅》无论是故事编织还是人性挖掘还是象征意蕴的表达上都堪称精彩的中篇小说。小说运用侦破加审讯的叙述方式，逐层次讲述了两个好朋友——鱼贩子傅大正和快递员欧阳木鱼——因为市场下水道中的泥鳅的事情，从好朋友然后变成仇人，而后傅大正利用气象知识在暴雨到来之前，将下水道中捞泥鳅的好处让给木鱼，而将他在洪水中谋杀。小说中的两个人物，虽然同属于底层人物，但是，木鱼性格爽朗没有心机，而傅大正则自私自利以至于暗藏杀机。小说运用审讯式叙述，让叙述主人公傅大正在面对公安人员和木鱼女友康莉的追问下，一步步设防一步步撒谎，而后又一步步在外在压力和内心的道德审判中，逐步道出真相。小说多少有点陀思妥耶夫斯基的《罪与罚》的味道。小说中的泥鳅，不仅是一次谋杀事件的起源，而且，也是叙述者傅大正在谋杀木鱼之后精神状态的象征，更是一种小说这种不断被把握又不断滑走的真相存在状态的隐喻，也可以说是一种文本形态的互文性印证。这部小说运用了早期新历史主义的基本叙述手法，但它显然无关于宏大叙事，而只是关涉个体心灵的拷问和情绪外化。中篇小说《子弹》讲述了高由衷和李贝师徒的很有意味的警察生活，借枪和子弹的关系阐释了警察执法与规则之间的关系。《大收藏》讲述了发廊女陈羽西和大收藏家张旆的爱情故事，表达了藏物真品无价和做人真人无价的理念。小说以爱情故事为掩护，穿插了大量的收藏界的逸闻趣事，两条线索相互映照和互文，小说结尾出人意外，对人物陈羽西将其爱人给她的人间至宝拿出来拍卖提出了动机上的质疑。

李凤群小说大致已经离开了她熟悉的朴素的江心洲叙事，越来越多地沾染了域外文学的优雅的维多利亚风。小说《长夜》通过一个连环故事套的形式，讲述了两个或者三个互有交叉的别有意味的爱情故事。小说将在国内发生的故事，放到了国外，起到了陌生化的效果。这对于吸引读者的好奇心和阅读兴趣，起到了很大的作用。同时，这样的处理又将主人公们在国内和国外的故事连接成了一体。小说中两个或者三个故事之间，看似各自独立，但又似有牵扯。作者对几个故事的把握，既同时讲述，又主次分明。小说对故事由头（或者说梗）的设计，有侦探小说的趣味，但读到最后，其实它就在于阐释一种人生的哲理，又使得小说脱离了侦探小说的套路。小说的故事设计非常智慧，而又不露技巧的痕迹。小说的叙述非常蕴藉，没有大幅度的情节起伏，却又丝丝入扣，沁人心脾。这部小说具有维多利亚时代的叙述风貌。她的另一部小说《象拔蚌》以绵密的语言讲述女主人公对婚姻的身体性厌恶，持续着维多利亚时代小说的叙述情调。长篇小说《大望》是2020年中国长篇小说创作的一大收获。小说则利用灾异降临的故事套，讲述了赵钱孙李四位老人的人生反思和自我救赎，涉及老年人题材、灾难题材和乡土回归等方面。《大望》将现代主义手法融入乡土题材的创作之中，开拓了乡土题材的创作视野，展示了乡土题材创作的无限的可能性。当然，这些小说都具有浓郁的讲述风格。

何荣芳擅长叙写女性的成长和面对苦难坎坷下的坚韧。《风烟满夕阳》以"我"之口讲述了母亲邢桂花与父亲之间的纠葛。母亲以一句"总有一天，你要死在我手上"回应了父亲前半生对母亲所有的罪行，但当父亲真正倒下栽在母亲的手中时，母亲仍旧忍气吞声地承担了照顾父亲的重担。

在儿子们难以忍受父亲将之送进养老中心，还是母亲用板车将父亲带回，母亲终究没能兑现父亲会死在自己手里的诺言。作者用朴实无华的语言、平凡琐碎的生活故事叙写了母亲形象的平凡与伟大，为丈夫、为家庭任劳任怨，刚强而独立。《病毒》主要围绕王婴民在去找女朋友的途中手机中毒引发的故事展开叙述。在网络化的时代背景下，拒借手机的路人、没钱拒修手机的师傅、冷漠的友情以及虚假的爱情，都在让现实逐步丧失纯真的品质。手机中毒，这一网络时代的束缚，在作家的笔下彰显出特定时代背景对人性的扭曲和对人间温情的磨灭。《让木头唱歌》以传统木匠手艺人王春深要为出嫁的女儿打嫁妆为开端，最终在女儿对传统家具的抵抗中引发了王春深对传统手艺的坚守。代表传统文明的手艺人王春深，承载了作家对现代文明和传统文明之间对立的思考。何荣芳以小人物在特定时代下的生存体验，在理性客观的写实中，展现了新现实主义语境下小人物的现实存在意义。以小人物烦琐的现实生活为切入点，使得叙事更加贴近现实，也更加符合当下读者的审美体验。

夏群的《空椅子》是一篇关于故园荒废的印象主义忧郁作品。《万物的伤痕》则是一个身患肿瘤的女孩子由自身体验出发的对万物伤痕的感同身受。两篇都是情节淡到近乎于无的诗化抒情小说。《未尽之旅》塑造了两个慈父的形象。男主人公李罗的父亲和女主人公孟汀的父亲，尽管都已经没入老境，但是他们还在为自己的儿子和女儿承担生活的重担。小说李罗和孟汀的一纸契约，将失业的男主人公变成了一个临时导游，再通过李罗的观察和联想，将两个父亲的老年生活境况交错呈现了出来。结尾通过女主人公的孟汀的一句话，揭示了15万元陪游费的谜底，更表现了两个父亲共同的慈爱。结尾出人意外，也很别致。

程多宝立足于现实，将创作的视角主要聚焦于底层人民的现实生活，主要描绘了乡村市井生活的波澜壮阔以及人性在生存困境下所发生的异化，表现了对现实问题的热切关注。《醉芙蓉》中的林木莲几经周折战胜命运跳出"农门"，却又陷入了下一个被现实圈锢的牢笼：与王芙蓉青春年少时的姐妹情谊却在以富为荣的现实环境中走向绝境，取而代之的是无休止的攀比与虚情假意。《月光童谣》讲述了一群青年士兵翻越院墙到山上谈论人生和未来，最终却因私自外出集体受到处分，青春的芬芳被现实一下肢解得支离破碎、物是人非，多年后再也难以找寻到那份遗失的美好。《江南忆》主要以德安一行人重回江南看望刚哥哥为开端，在现实与回忆中叙述了刚哥哥在特殊年代下对德安一家的恩情，但他们最终也未能如愿见到，从结尾玉洁的口中得知：为了保留他们对故乡美好的念想，隐瞒了刚哥哥早已去世的真相。现实将过往的生活肢解得支离破碎，但在作家的笔下人民淳朴善良的品质却成为了永恒，形成一道不可磨灭的印记。《雪被子》主要以出自农村正儿八经的知识分子"呼啦子"为叙述的主线，主要讲述了"呼啦子"从结婚到离婚、丧子再到外出谋生却以失败回归家乡至死的坎坷人生经历，以"呼啦子"个人的悲惨结局折射出时代环境对人的压迫。《干净》主要以乡土人物银锁和铁锤哥俩之间围绕"干净"进行的几十年较量，但最终他们俩谁又能真正干净得了呢，体现了乡土人民在现实环境中的挣扎与斗争。程多宝的小说以乡村市井波澜不惊的生活境况，审视了人性的多重维度。小说整体上或以时间为线展开叙述，或以人物命运发展变化为结构，或以事件为主体展现人性的异化。多重文本的构筑方式，不仅丰富了小说的内在意蕴，更彰显了作家立足现实、观照现实，以一种理性的思维来对整个现实问题进行思考。

回望 2020 年安徽小说创作，从数量上来说，还是相当可观的。而从艺术上来说，可以说优长与短板互见。在这些小说中，小说的叙述方式有了较大的改观，有不少作家不但将故事讲得有机趣，而且充满诗意和想象力。但依然有一部分创作叙述方式过于保守，甚至有的创作仅仅满足于一般的讲故事。讲好故事是小说家的本职工作，但是枯燥的毫无诗意的讲述，并不是艺术品。

方维保　黄梦茹　韩正路

（原载张小平主编《安徽文学年鉴 2020》）

后 记

　　这部《新世纪小说论稿》，主要以新世纪以来中国小说为批评对象。其中的批评文章主要以安徽小说家为批评对象，也包括王安忆、钟求是等小说家的作品。第一部分，有小说理论的味道，但不系统，也主要针对新世纪小说文本而言的。第二部分，形制上是作家论，但也不系统，只有论述潘军的部分稍好一些。第三部分，主要是针对长篇小说的批评。我比较偏爱长篇小说，所以，长篇小说的评论写得多些。第四部分，主要是针对中短篇小说的批评。其中有好几篇是应大型文学期刊《清明》杂志赵宏兴主编的约请而写的。还有应作者约请写的，主要发在一些杂志的公众号上。第五部分，主要是为了给安徽文学做的若干年度"总结"。有两种情况，一是某奖评奖后接受任务所写的总结报告，二是给张小平主编的《安徽文学年鉴》写的年度总结报告，其中有几篇是与研究生合作写成的。虽然这些都属于总结报告性质，但我的秉性不喜欢罗列作品篇名，而是通过文本细读，得出我的评价。

　　论稿的序言，是请著名小说家潘小平女士、诗人评论家沈天鸿以及韩传喜教授写的。还在潘小平老师任《安徽文学》主编的时候，她在《安徽文学》上开辟了一个"代际·60后作家群"专栏，由潘老师和天鸿哥主持。我就作为60后作家群中的一员而被选中。潘老师和沈老师，分别给我写了"主持人语"。又让我约请一位批评家也写一个。我就找到了已经身在大连任教的韩传喜博士。潘老师和沈老师都言简意赅，快人快语，评说我的批评是紧扣"文本"，缺点是有的，她和他都没有说。传喜教授的风格就与潘、沈二位老师有所不同，他系统地梳理和评价了我的学术研究（包括文学批评）。文章学术性很强，并直言我有的批评文章写得过于简括。她与他们当年的"评语"，令我印象深刻，给我后来的学术研究和文学批评以很大的教益。当我编辑这部文稿的时候，按照规矩应该有一个序言，我就把这3篇文章找了出来，分别征求了潘老师、天鸿哥和传喜哥的意见，她和他们都非常愉快地答应了。感谢潘小平老师、沈天鸿学兄、传喜哥不吝赐序！

感谢发表这些文章的全国各地的报纸、期刊的编辑朋友！

我的学生张丹对书稿进行了校对，也谢谢她！

感谢《论稿》的编辑平韵冉、李克非和他们的领导戴兆国教授。

感谢安徽师范大学文学院"中国语言文学（诗学）高峰学科"的经费支持。